Sur *Le Chevalier* :

« Une succession d'aventures, d'actes téméraires et de trahisons menée tambour battant. On ne s'ennuie jamais. »

Le Soir

« Pierre Pevel lorgne du côté du *Trône de Fer* de G. R. R. Martin – intrigues de cour, personnages travaillés, complexité narrative, magie pas écrasante – avec ce premier tome d'une nouvelle saga palpitante sur laquelle passent les ombres des *Rois maudits* de Maurice Druon. Impossible de contenir son impatience. Vite, la suite ! »

L'Écho magazine

« Épique. Un sacré souffle dans ce roman écrit par un expert français en récits bien troussés, à mi-chemin entre fantastique et historique. »

20 minutes

« C'est un enchantement. Le genre de livre qu'une fois ouvert on ne peut plus quitter qu'à regret, avant d'en avoir atteint la dernière page. Fourmillant de trouvailles, de renversements de situations, de batailles entrecoupées de vrais moments de bonheur et d'émotion, avec des personnages hauts en couleur et aux caractères ciselés. Recommander sa lecture est un euphémisme. Les amateurs de grandes aventures et d'épopées farouches ne peuvent que s'y plonger sans perdre un instant. »

L'Écran Fantastique

« Le début de cette grande fresque est l'un des plus impressionnants qu'il nous ait été donné de lire ces dernières années. »

Toutes les Nouvelles - Versailles

« Le premier tome de cette saga nous a ravis. C'est rythmé et ciselé, suffisamment mystérieux sans jamais devenir nébuleux, les personnages sont plus que crédibles et le monde imaginé par Pierre Pevel terriblement réaliste. Tous au Haut-Royaume ! »

La Semaine de l'Île-de-France

« Avec *Le Chevalier*, Pierre Pevel signe son grand retour en remportant haut la main son pari, celui de se lancer dans une véritable fresque, où l'amertume souffle presque aussi souvent que l'aventure. Il nous livre une chronique dense et prenante, à l'atmosphère maîtrisée. »

Elbakin

Du même auteur, aux éditions Bragelonne :

Les Lames du Cardinal – L'Intégrale de la trilogie
Prix des Lycéens – Imaginales 2009
Prix Morningstar du David Gemmell Legend Award 2010
Prix « Littérature » Trolls et Légendes 2011

Chez d'autres éditeurs :

Wielstadt :
1. *Les Ombres de Wielstadt* – Grand Prix de l'Imaginaire 2002
2. *Les Masques de Wielstadt*
3. *Le Chevalier de Wielstadt*

Les Aventures de Louis Denizart Hippolyte Griffont :
1. *Les Enchantements d'Ambremer*
2. *L'Élixir d'oubli* – Prix Imaginales du meilleur roman français 2005

Viktoria 91

Chez Folio, en poche :

Les Lames du Cardinal :
1. *Les Lames du Cardinal*
2. *L'Alchimiste des Ombres*
3. *Le Dragon des Arcanes*

www.bragelonne.fr

Pierre Pevel

HAUT-ROYAUME

Livre 1 – Le Chevalier

Bragelonne

Collection dirigée par Stéphane Marsan et Alain Névant

L'éditeur remercie Silvie Philippart de Foy pour son aide précieuse
dans l'élaboration de cet ouvrage.

1re édition : avril 2013
2e édition : janvier 2014

ISBN : 978-2-35294-723-3

Bragelonne
60-62, rue d'Hauteville – 75010 Paris

E-mail : info@bragelonne.fr
Site Internet : www.bragelonne.fr

À Dylan.
À Irma et à Pierre.

Prologue

Été 1544

Chapitre premier

> « Il avait nom Lorn Askariàn. Certains disent que le malheur arriva par lui et d'autres qu'il fut celui par qui tout fut sauvé. Dans ses veines coulait le sang noir des héros condamnés. »
>
> *Chroniques (Livre du Chevalier à l'Épée)*

Une lune cendre s'était levée sur la capitale des duchés de Sarme et Vallence. Elle se reflétait à la surface d'une lagune dont les eaux noires et basses étaient traversées de salamandres luminescentes. C'était l'été. La Grande Nébuleuse emplissait le ciel. La nuit était chaude, étouffante, envahie par l'odeur de vase qui montait des canaux et empuantissait jusqu'aux plus sombres et discrètes venelles des vieux quartiers d'Alencia. Une lanterne brûlait au fond de l'une de ces ruelles. Entourée d'un ballet d'insectes, elle éclairait une porte à laquelle Lorn Askariàn frappa d'un poing ganté de cuir. Ignorant qu'il paierait bientôt le prix de sa loyauté, il venait secourir un homme dont la vie lui semblait valoir plus que la sienne.

Dans la porte, le panneau d'un guichet coulissa.

Parce que sa capuche cachait le haut de son visage, Lorn releva la tête et laissa voir ses yeux. Il attendit, la main posée sur le pommeau de l'épée, silhouette sombre et immobile dans la lueur incertaine.

Le guichet claqua et la porte s'ouvrit.

Lorn entra, suivi de près par un homme qui, jusque-là, se tenait à l'abri dans le renfoncement d'un porche. Âgé d'une soixantaine d'années, Odric traversa la rue aussi vite qu'il le put en serrant les pans d'une cape noire autour de ses maigres épaules et, sitôt à l'intérieur, poussa un bref soupir de soulagement. Puis il vit les murs graisseux, le plancher maculé d'épaisses souillures, les mauvaises chandelles de suif jaune qui fumaient et la loque fendue par le milieu qui faisait office de rideau au fond du couloir.

Sordide, l'endroit n'était pas de ceux qu'un digne serviteur d'un prince de sang avait coutume de fréquenter.

—Ce... Ce ne peut être ici, murmura le vieux domestique d'une voix inquiète.

Lorn ne répondit pas.

Une épaule sortie, l'homme qui leur avait ouvert se tordait le cou afin de scruter le ciel. Il était grand et lourd, imposant, parfait pour l'emploi qu'il occupait. Il finit par refermer la porte d'un air préoccupé et donna machinalement un tour de clé dans la serrure.

—Toujours pas d'orage, grommela-t-il.

—Je cherche une fille, annonça Lorn.

—C'est pas la spécialité de la maison.

—Elle se nomme Lidah. Tu la connais ?

Un solide bâton clouté à la ceinture, le portier observa Lorn d'un œil faussement indifférent. Celui-ci venait de retirer ses gants mais avait gardé sa capuche. Son épée était une large lame skande, avec une garde en panier qui enveloppait la main : une arme redoutable, mais qu'il fallait savoir manier. Un poignard était glissé dans sa botte droite.

—Alors ? insista calmement Lorn. Tu la connais ?

—Possible.

Lorn s'attendait à devoir jouer ce petit jeu. Il tenait prête une pièce d'argent qu'il fit sauter en l'air et que l'autre attrapa au vol.

—Lidah est là. Qu'est-ce que tu lui veux ?

—Rien.

—Et lui ? ironisa le portier en désignant Odric. Il lui veut rien non plus, à Lidah ?

—Non plus, confirma Lorn sans ciller.

L'homme haussa les épaules avant de tirer sur un cordon qui pendait près de la porte.

Une main flétrie écarta le rideau au fond du vestibule, celle d'une petite femme sèche et trop fardée qui s'inclina et attendit, un sourire obséquieux aux lèvres.

—Je suis madame Veld, dit-elle. Par ici, je vous prie.

Derrière le rideau, un escalier descendait dans des ténèbres silencieuses et odorantes.

Les fumées des pipes avaient la couleur de l'or pour certaines, du cuivre pour d'autres. Elles s'élevaient et formaient sous les voûtes basses des lambeaux de brume dont les arabesques rousses, blondes, légèrement scintillantes, plongeaient la cave dans une pénombre fauve. Il faisait chaud. L'air était lourd et les parfums entêtants du kesh achevaient de rendre l'atmosphère oppressante.

Lorn dut se baisser pour entrer. Se redressant, il plissa les paupières et balaya la salle du regard sans écouter Mme Veld. Les différentes variétés de résine de kesh que l'on pouvait fumer ici ne l'intéressaient pas. Pas plus que la nature et le prix des autres prestations offertes.

— Payez-la, Odric, dit-il.

Le vieux serviteur tira une bourse des plis de sa cape et y puisa trois pièces d'or qu'il glissa dans la main de la femme.

— Merci, madame. Nous… Nous n'aurons pas besoin de vos services.

Interloquée, Mme Veld se tut et dévisagea Odric. Puis elle ouvrit des yeux ronds en découvrant la petite fortune réunie au creux de sa main.

— Restez là, lâcha Lorn.

S'adressait-il à Odric ou à Mme Veld ? Dans le doute, le vieux serviteur resta sur place et, mal à l'aise, regarda Lorn s'éloigner. Leur hôtesse ne souriait plus.

Des couches étroites étaient alignées sur le sol en terre battue. Certaines étaient réunies par trois ou quatre, mais la plupart étaient isolées par des voiles derrière lesquels se devinaient des silhouettes assises ou allongées, prostrées ou gémissantes, parfois prisonnières d'un sommeil agité. Des hommes armés de longs bâtons montaient la garde car si le kesh provoquait peu de délires violents, il n'en fallait pas moins interrompre une querelle à l'occasion, jeter un indésirable dehors, emporter discrètement un cadavre. Ces hommes avaient également à l'œil les adolescentes qui se faufilaient sans bruit d'une couche à l'autre. Elles versaient à boire, roulaient les boulettes de résine, allumaient et préparaient les pipes, remplaçaient celles qui avaient refroidi. Même s'il arrivait qu'une main s'égare et les frôle, elles n'offraient pas d'autres services. Le kesh n'excitait guère les sens et pour ceux qui voulaient de la compagnie, quelques prostituées attendaient d'être appelées.

Trois d'entre elles bavardaient à voix basse sous une lanterne sourde. Lasses et mornes, elles changèrent d'attitude, se redressèrent et sourirent en voyant Lorn approcher et ôter sa capuche. Elles savaient juger un homme au premier regard et celui-ci leur plaisait. Il était jeune, grand, large d'épaules et séduisant : brun, teint hâlé et yeux clairs. Il émanait de lui une assurance virile qui en imposait et ses vêtements étaient de qualité. L'étoffe de sa chemise était excellente. De même que le cuir de ses bottes. Quant à la chevalière en argent qui ornait son annulaire, elle semblait peser bon poids.

Les trois prostituées déchantèrent vite, cependant.

— Je cherche Lidah, dit Lorn.

Elles se désintéressèrent aussitôt de lui, l'une d'elles daignant néanmoins le renseigner d'un coup de menton. Lorn regarda dans la direction indiquée et vit une jeune femme blonde qui s'en revenait d'un pas lent, légèrement décoiffée, en serrant le lacet de son corsage.

Elle le remarqua à son tour et, sur la défensive, fronça les sourcils.

— Lidah ? (Elle ne répondit pas.) Je m'appelle Lorn.

Elle se détendit mais n'apprécia guère qu'il la prenne par le bras pour l'entraîner à l'écart.

— Qu'est-ce que vous me voulez ? demanda-t-elle en se libérant d'un mouvement d'épaule après quelques pas.

— Te parler.

— Parler, baiser, c'est le même prix.

— Soit. Combien ?

La prostituée réfléchit, puis leva trois doigts. Trois pièces d'argent, donc. Une fortune, mais que Lorn paya néanmoins. Après quoi il lui montra discrètement une chevalière en or et arcanium.

— Comment as-tu obtenu cette bague ?

Lidah hésita.

— Et vous ?

— Ton souteneur l'a revendue. Maintenant, réponds à ma question.

Elle soupira.

— C'était un cadeau. Saarda n'avait pas le droit de me la prendre. Mais je sais que c'est une de ces salopes qui lui a dit, et elle perd rien pour attendre...

Elle jeta un regard mauvais aux trois autres prostituées. Celles-ci les observaient du coin de l'œil et firent aussitôt semblant de rien.

— Un cadeau de qui, Lidah ?

— Un client. Je sais pas son nom.

— Mais tu sais peut-être où on peut le trouver...

— Il est dans l'alcôve, là-bas. Celle avec le rideau rouge.

Lorn se sentit gagné par un mélange d'espoir et d'angoisse. Il se retourna. Fermées par des rideaux épais, cinq arches se découpaient dans le mur du fond.

L'un de ces rideaux était écarlate.

— J'aurai pas d'ennuis avec Saarda, hein ? demanda Lidah.

— Non, répondit distraitement Lorn. Non, aucun. (Puis, réalisant qu'il faisait peut-être une fausse promesse, il ôta sa chevalière et la donna à la jeune femme.) Garde-la, ou rapporte-la demain au palais des Laurens si tu veux changer de vie.

Les yeux baissés sur la chevalière dans le creux de ses mains jointes, Lidah resta un moment incrédule en songeant à l'opportunité qui s'offrait à elle. Lui offrait-on vraiment d'entrer au service de l'une des plus riches et plus puissantes maisons de Sarme et Vallence ?

Elle voulut remercier Lorn, mais il s'était déjà détourné d'elle et faisait signe à Odric de se diriger vers le rideau rouge. Le serviteur obéit aussitôt et traversa la salle pour le rejoindre devant l'alcôve que Lidah avait indiquée.

Lorn marqua un temps avant d'écarter le rideau d'un geste sec.

Chapitre 2

Dans l'alcôve, un jeune homme aux cheveux longs et gras gisait sur les draps et les coussins d'un lit défait. À demi nu, souillé de sueur et d'urine, il était d'une maigreur effrayante, avec un teint cireux, des lèvres sombres et des yeux vitreux. Une barbe jaune mangeait ses joues creuses. Un mélange de bile et de vomissures séchait au coin de sa bouche. On aurait pu le croire mort, mais ce cadavre tétait encore une pipe froide.

Il se nommait Alan et était fils de roi.

Portant une main à sa bouche, Odric étouffa une exclamation avant de s'élancer.

— Maître ! (Tremblant, il souleva la tête du jeune homme et, d'un geste affectueux, écarta les mèches sales qui lui tombaient sur le visage.) Maître…, appela-t-il d'une voix étranglée. Maître, je vous en prie. Répondez-moi, maître…

Lorn resta un moment immobile.

Incrédule et ému.

Puis il se ressaisit et écarta Odric pour examiner le prince. Accroupi, il colla l'oreille à sa poitrine. Le cœur battait à peine, mais il n'était peut-être pas trop tard.

— Nous… Nous ne pouvons pas l'emmener ainsi, dit-il.

Il lui semblait nécessaire de rendre un semblant de dignité à son ami, à ce moribond dont les lèvres molles tentaient encore de tirer quelque chose d'une pipe éteinte. Il fallait le laver. L'habiller. Et peut-être lui rendre assez de force et de lucidité pour qu'il puisse mettre un pied devant l'autre.

Odric acquiesça et, tandis que Lorn se reculait, il entreprit de nettoyer le visage du prince avec un coin de drap trempé dans un fond de vin. Alan réagissant à peine au contact du tissu humide sur sa peau, le serviteur s'appliqua. Ses gestes étaient délicats mais malhabiles, tant son émotion était grande.

— Mais qu'avez-vous fait ? murmura-t-il. Et pourquoi, maître ? Pourquoi vous infliger ça ? De toutes les morts, pourquoi choisir celle-là ?

— Vous voulez de l'aide ?

Une des adolescentes qui assuraient le service dans la fumerie s'était approchée de Lorn. Brune et plutôt jolie malgré sa maigreur, elle souriait avec compassion.

— Tu saurais y faire ? lui demanda Lorn.

— Oui. Mais à plusieurs, ça ira plus vite.

Acquiesçant, Lorn la paya. Deux autres la rejoignirent et elles se mirent à l'ouvrage.

— Laissez-les faire, Odric, dit Lorn.

Le vieux serviteur obéit à regret.

Lorn admira bientôt la compétence des trois adolescentes. Laver et habiller un homme inconscient n'est pas une mince affaire. Elles y parvenaient habilement et, sans échanger un mot, semblaient faire la toilette d'un mort dans le crépuscule mordoré des fumées ocre.

— Je peux savoir qui vous êtes ?

La voix qui s'était élevée dans son dos n'avait rien d'amical.

Lorn ne cilla pas.

Il regarda par-dessus son épaule et, d'un coup d'œil, vit le colosse barbu qui venait de lui parler, les quatre gardes qui se tenaient en retrait et Mme Veld qui guettait de loin.

Lorn s'intéressa de nouveau aux adolescentes : elles en auraient bientôt fini.

— Non, dit-il. Tu ne peux pas.

Il devina un flottement derrière lui. Sa réponse avait pris le barbu de court et ses hommes ne savaient quelle attitude adopter.

— D'ailleurs, nous allons bientôt partir, ajouta Lorn en se retournant pour faire face au chef des gardes.

Lequel fit trois pas en avant et, menaçant, dit :

— On dirait bien que ton ami, là, il a pas envie de partir.

— Il vient avec moi.

— Écoute. Je ne sais pas qui tu es. Mais ici, c'est moi qui…

Il n'acheva pas.

De la main gauche, Lorn le saisit subitement par la nuque et l'attira à lui en se penchant en avant. Leurs fronts se heurtèrent rudement mais Lorn raffermit sa prise, interdisant à l'autre de se dégager. Dans le même temps, il dégaina un poignard qu'il gardait caché et le pointa contre le ventre du barbu.

Désemparés, les gardes n'osèrent pas bouger tandis que leur chef et Lorn restaient crâne contre crâne, les yeux dans les yeux et leurs haleines se mêlant.

Puis, sans presque desserrer les dents, Lorn dit :

— À toi d'écouter. L'homme qui est allongé là est mon ami. Nous allons partir et tu ne feras rien pour nous en empêcher. Comme je ne suis pas un crétin, je sais que je ne sortirai pas indemne d'un combat contre vous cinq. Mais je sais aussi que je t'éventrerai au premier geste que tes hommes feront. Tu as compris ? (La tête comme prise dans un étau, l'homme acquiesça imperceptiblement.) Parfait. Maintenant, je vais te faire une faveur. Personne n'entend ce que je te dis, alors je te propose de rire. De rire à gorge déployée comme si je t'avais joué un bon tour. Ainsi, tu sauveras la face et nous pourrons nous quitter bons amis. Qu'en penses-tu ? Ne tarde pas trop à te décider, cependant. L'un de tes gars, là, derrière toi, me paraît sur le point de tenter quelque chose. Sans doute parce qu'il ne peut pas voir mon poignard d'où il est. Alors réfléchis, réfléchis vite, et commence par répondre à cette question…

Lorn marqua un temps et demanda :

— Veux-tu entendre un paquet d'entrailles éclabousser le sol ?

Ils quittèrent la fumerie sans encombre.

Chapitre 3

Une heure plus tard, Lorn discutait avec Elenzio de Laurens au pied de la passerelle d'un galion sur le point d'appareiller. Il faisait encore nuit, et pourtant des marins détachaient déjà les amarres tandis que d'autres s'affairaient à bord et dans les gréements. Des lanternes et des fanaux éclairaient le navire. Mais il ne battait aucun pavillon et s'apprêtait à quitter le port d'Alencia aussi discrètement qu'il était arrivé.

Vêtu d'un grand manteau noir dont le col relevé le cachait, le fils aîné du duc de Sarme et Vallence semblait soucieux. Pour autant, il restait concentré et se voulait rassurant.

— L'équipage est sûr. De même que le capitaine.

— Merci, Enzio.

— Je n'aurais pas dû te laisser y aller seul. C'était bien trop dangereux.

— J'avais Odric. Et il n'était pas question que tu m'accompagnes. Si on t'avait reconnu…

Enzio acquiesça sombrement.

Un jour, Alencia serait sa capitale et il serait à la tête de la République marchande la plus prospère et la plus influente sur le plan des arts et de la diplomatie. Il ne pouvait prendre le risque de se compromettre dans un scandale, même – et surtout – pour un ami d'enfance comme Alan. Son père, d'ailleurs, ne l'aurait pas permis.

Lorn le savait très bien.

— Je vais voir s'il est bien installé, dit-il.

Il tapota l'épaule d'Enzio avant d'emprunter la passerelle.

En entrant dans la cabine où le prince avait été installé en secret, Lorn croisa Odric qui en sortait. Les bras chargés des loques de son maître, il affichait un air soucieux. Il échangea un regard grave avec Lorn, et s'effaça pour le laisser passer avant de refermer la porte.

Bordé de près, Alan était allongé sur une couchette étroite. Un prêtre d'Eyral lui tenait la main et priait à genoux. Le prince semblait dormir, son visage plus maigre et plus pâle que jamais à la lumière de la petite lampe à huile qui brûlait, suspendue au plafond. Les parois de la cabine grinçaient doucement dans le silence, et Lorn resta un moment sans oser bouger ni parler.

Enfin, sa prière achevée, le prêtre reposa doucement la main d'Alan et se leva.

— Bonsoir, mon fils, dit-il à voix basse. Je suis le père Domnis.

Son regard était paisible. Il portait une robe blanche serrée par une ceinture de cuir avec, sur le cœur, brodé en fil de soie, le profil d'Eyral, le Dragon Blanc de la Connaissance et de la Lumière.

— Bonsoir, mon père.

Grand et solidement charpenté, le prêtre avait les cheveux courts et la barbe bien taillée. Il grisonnait à l'approche de la cinquantaine et dégageait une impression de force sereine. Lorn lui trouva des allures de vieux soldat.

— Comment va-t-il ? demanda-t-il en regardant Alan.

À son tour, le père Domnis se tourna vers le prince endormi.

— Je lui ai fait boire une potion. Il s'est apaisé.

— Mais encore ?

Le prêtre soupira.

— Les ravages du kesh ne l'ont pas épargné, dit-il avec compassion.

— Peut-il encore guérir ?

— Rien n'est impossible.

Lorn planta son regard bleu acier dans celui du prêtre blanc.

— Répondez-moi, mon père.

Le père Domnis ne cilla pas.

— Si le prince le désire vraiment, alors oui, il pourra guérir et s'arracher à l'emprise du kesh. Mais ce sera long et difficile. Douloureux.

Lorn soupira en secouant doucement la tête.

Il laissa s'installer un silence puis, se ressaisissant, annonça :

— Nous allons bientôt partir. Dans quelques jours, nous arriverons dans le Haut-Royaume.

— Le plus tôt sera le mieux.

Lorn baissa de nouveau les yeux sur Alan et sentit sa gorge se serrer.

— Il faudra prendre bien soin de lui, mon père. Il est le prince du Haut-Royaume.

— Et il est votre ami, ajouta le père Domnis avec compassion.

Lorn, alors, se tourna vers lui et le dévisagea un moment, comme s'il peinait à prendre la mesure de ce que le prêtre venait de dire.

Puis il lâcha :
— Oui, mon père. Il l'est.

Lorn retrouva Elenzio de Laurens sur le quai alors que l'aube pointait : il était plus que temps de prendre la mer. Les deux amis échangèrent une accolade, puis Lorn dit :
— Merci, Enzio. Et ne manque pas de remercier ton père. Sans lui, sans toi, sans vos espions qui ont découvert que sa chevalière était à vendre, nous n'aurions peut-être jamais retrouvé Alan. Ou trop tard.
Enzio sourit.
— Assure-toi qu'Alan arrive à bon port, veux-tu ?
— Promis, dit Lorn.
Après quoi il tira une lettre tachée de sang de son pourpoint et demanda :
— Pourrais-tu remettre cette lettre à Alissia ? J'espérais la voir mais…
— J'ai une meilleure idée. Tu vas la lui remettre toi-même.
Comme Lorn restait sans comprendre, Enzio se tourna ostensiblement vers le début du quai. Lorn suivit son regard, et il la vit.
Vêtue en cavalière, fatiguée et décoiffée, les bottes poussiéreuses, mais souriante et le regard étincelant.
Et si belle.
Alissia.
Ils se précipitèrent l'un vers l'autre et s'enlacèrent, échangèrent un baiser passionné qui dura assez longtemps pour qu'Enzio, ami tolérant mais frère vigilant, se racle discrètement la gorge. Lorn prit alors le visage d'Alissia entre ses mains et l'éloigna délicatement du sien.
Incrédule et ravi, il souriait.
— Je… Je te croyais en Vallence, dit-il d'une voix émue.
— J'ai sauté en selle dès que j'ai su.
— Dès que tu as su quoi, Liss ?
— Que tu étais là.
— Ne me dis pas que tu as chevauché depuis…
— Tais-toi. Et serre-moi contre toi.
Il obéit. Il étreignit Alissia de toutes ses forces, paupières closes, en respirant profondément pour s'emplir de sa présence.
Cela dura un trop court moment, puis il dit :
— Je dois partir.
— Je sais. Mais laisse-moi croire que tu vas rester encore un peu.

— Je le voudrais.

— Alors reste.

À regret, Lorn s'écarta d'Alissia et plongea son regard dans le sien. Il écarta délicatement une mèche blond-roux tombée sur la joue de celle qu'il aimait.

— Je ne peux pas. Je dois retourner dans le Haut-Royaume au plus tôt. Mon devoir me rappelle auprès du roi. On le dit malade.

— N'embarque pas sur ce navire, Lorn. J'ai un mauvais pressentiment.

— Allons, sois raisonnable. Je reviendrai dès que je le pourrai.

— Je suis de l'avis d'Alissia, Lorn, dit Enzio qui s'était approché. Reste un peu.

— Mais qu'est-ce que vous avez, tous les deux ? s'étonna Lorn avec une pointe d'amusement qui faiblit devant les mines inquiètes que le frère et la sœur affichaient.

— Quelque chose de mauvais se prépare à la cour du Haut-Royaume, annonça Enzio. Il y a des rumeurs d'intrigue et de complot. Tout cela ne me dit rien qui vaille...

— Rien que quelques jours, Lorn, insista Alissia.

Lorn esquissa un sourire attendri en lui caressant la joue. Il était confiant et les craintes de la jeune femme le touchaient d'autant plus qu'il était convaincu de ne rien risquer.

— Mais que veux-tu qu'il m'arrive ? Ne t'inquiète pas, Liss. Tout ira bien.

Il embrassa tendrement Alissia, puis échangea une dernière accolade avec Enzio.

— Encore merci, mon ami, dit-il. À bientôt.

Il se hâta d'embarquer, juste avant que l'on ne retire la passerelle.

Première partie

Printemps 1547

Chapitre premier

> « Noirs étaient les joyaux de sa couronne royale. Noirs le voile qui tombait devant son visage émacié, le feu éteint de ses yeux, le pli de ses lèvres absentes. Noir l'anneau sigillaire à sa main décharnée. Noirs les jours maudits de sa trop longue agonie. »
>
> *Chroniques (Livre des Rois)*

Le Haut-Roi avait demandé que l'on déplace son trône jusqu'à la fenêtre. Il voulait voir la pluie qui, cette nuit-là, tombait sur la Citadelle. C'était une averse blanche, chargée d'une cendre qui laisserait un linceul pâle sur les tuiles et les pierres. Un présage néfaste. L'annonce d'une guerre, d'une famine, d'une épidémie.

Ou d'un deuil.

Le vieux roi Erklant espérait que ce serait le sien. Il était prêt, plus prêt qu'il ne l'avait jamais été à l'époque où il se jetait dans la mêlée au plus fort de la bataille. Était-ce parce qu'il l'avait trop souvent défiée, que la Mort le narguait aujourd'hui ? Il souffrait d'un mal auquel les prêtres, les mages et les médecins ne comprenaient rien. Un mal mystérieux qui avait fait de lui un vieillard squelettique et toujours épuisé, et dont la raison, parfois, se troublait.

Une rafale de pluie entra par la fenêtre ouverte et crépita à ses pieds.

Il ne réagit pas, immobile sur son trône d'ébène et d'onyx. Il était pourtant lucide, et ne dormait pas derrière le voile qui cachait son visage. Plongé dans ses pensées, il songeait à son règne, à ses fils et à la reine, à son royaume que les révoltes et la guerre menaçaient. Grâce aux avertissements que le Dragon Blanc lui avait envoyés dans son sommeil, il savait que l'avenir était sombre et tragique.

Mais qu'y pouvait-il ?

Il avait été un grand roi. Aussi loin qu'il s'en souvenait, il avait régné, aimé et combattu comme tel. Alors qu'était-il advenu de ce roi glorieux et craint ? Avait-il disparu à jamais ? Et comment avait-il pu devenir ce vieillard qui, reclus dans une forteresse déserte, n'attendait plus que de mourir ? Il faisait désormais pitié.

Amer, accablé, Erklant II se laissa distraire par les gouttes qui éclaboussaient le rebord de la fenêtre. Puis son regard suivit les dégoulinures crayeuses qui faisaient une flaque à l'intérieur, et ses pensées faillirent lui échapper...

Mais il se ressaisit.

Ses mains osseuses agrippèrent les accoudoirs du trône et, tirant sur ses bras, poussant sur ses jambes, le Haut-Roi se leva lentement. Ce fut une victoire. Il était faible et, par orgueil, il n'avait jamais cessé de se vêtir en monarque guerrier. Le cuir et les mailles d'acier pesaient lourd.

Ayant pris une profonde inspiration, il fit un pas.

Un autre.

Un troisième qui le porta jusqu'à la fenêtre.

Il put alors observer la Citadelle sous l'averse blanche, les toits éclaboussés, les hauts murs d'enceinte et leurs chemins de ronde, les feux des tours de guet et les silhouettes sombres des montagnes.

Au-delà s'étendait son royaume.

Haut-Royaume.

Erklant II soupira.

Jadis, d'autres que lui s'étaient enfermés dans cette forteresse solitaire. C'était durant la Dernière Guerre des Ténèbres. Menés par celui qui allait devenir le premier Haut-Roi, quelques milliers de guerriers avaient mené ici ce qu'ils croyaient être un ultime combat – pour eux, il ne s'agissait pas de vaincre les armées des Dragons d'Ombre et d'Oubli, seulement de leur résister jusqu'au bout et de tomber les armes à la main. Comme eux, le vieux roi était venu ici dans l'intention d'y mourir. La Citadelle serait son tombeau, loin des regards et des murmures.

Mais ses plans avaient été bouleversés.

Les membres de l'Assemblée d'Ir'kans lui avaient parlé. Ou du moins lui avaient-ils envoyé un de leurs émissaires, ainsi qu'ils le faisaient toujours. Le Haut-Roi l'avait reçu. Il l'avait écouté et il avait retrouvé espoir. Peut-être pouvait-il encore sauver son royaume et achever son règne dans un semblant de gloire. Si l'Assemblée ne mentait pas, telle était la volonté du Dragon du Destin et il ne manquait qu'un homme pour qu'elle s'accomplisse.

Un homme diffamé, banni.

Un homme condamné à l'enfer.

Et qu'il fallait rappeler.

La pluie collant son voile sur son visage osseux, le Haut-Roi leva les yeux et son regard se perdit bien plus loin que ne se portait sa vue, vers un navire qui semblait minuscule sur une mer déchaînée.

Chapitre 2

« Dalroth était ceinte de hauts murs et d'une mer lointaine. D'aucuns la disaient hors du monde. Elle avait été érigée lors des Ténèbres, contre les armées des Dragons d'Ombre et d'Oubli. Elle avait survécu à l'usure patiente des siècles, mais l'Obscure y restait puissante, apte à corrompre et les âmes et les corps et les rêves des maudits. »

Chroniques (Livre d'Ombre)

Une violente tempête s'était levée cette nuit-là.

Elle se déchaînait sur une île vers laquelle un galion solitaire fendait les eaux d'une mer en furie. Le navire malmené peinait à maintenir son cap. Il tanguait, plongeait, remontait, restait parfois la proue dressée avant d'écraser sous son étrave des crêtes d'écume. Des vents chargés de pluie faisaient claquer ses voiles. Des vagues noires explosaient contre ses flancs. Des bourrasques le balayaient d'un bord à l'autre. Sa mâture et toute sa charpente craquaient mais il voguait, écrasé de loin en loin par la lumière crue de grands éclairs pourpres.

Entourée de hautes falaises, l'île semblait inaccessible. Battant pavillon du Haut-Royaume, le galion l'accosta néanmoins après avoir trouvé refuge dans une anse que gardait, dressée à l'extrémité d'un récif de rochers déchirés, une tour en ruine. On amarra le navire à un vieux quai de pierre avant de descendre la passerelle. L'endroit était désolé, traversé par des rafales de vent hurlantes. Quatre soldats débarquèrent et attendirent au garde-à-vous sous l'orage qui éclaboussait leurs casques et leurs plastrons d'armure damasquinés. Un jeune homme les rejoignit. Il avait l'épée au côté, portait un large manteau dont la capuche dissimulait son visage. Suivi de son escorte, il alla jusqu'à la falaise d'un pas pressé et, par un escalier creusé dans la roche, entreprit de monter vers la forteresse qui coiffait l'île.

Ses sinistres remparts prolongeant les falaises contre lesquelles se fracassaient les vagues, Dalroth se dressait, massive et menaçante dans la tourmente des vents hurlants et des pluies diluviennes, illuminée et comme surgie du néant chaque fois que la foudre ouvrait une saignée écarlate dans le ciel nocturne.

Le gouverneur de Dalroth dormait d'un mauvais sommeil quand des soldats firent irruption dans sa chambre en bousculant son valet. Ils étaient trempés, leurs casques et leurs cuirasses luisant à la lueur de la lanterne que l'un d'eux portait. Hébété, le gouverneur s'assit dans son lit.

— Que… ? Que se passe-t-il ? balbutia-t-il.

Il vit les soldats s'écarter pour laisser passer un jeune homme dont le visage était dissimulé sous une capuche dégoulinante de pluie. Sans un mot, celui-ci tendit au gouverneur un parchemin que scellait un cachet de cire noire. De violents éclairs crépitèrent et, par les rideaux entrouverts, emplirent la pièce d'un éclat pourpre qui figea la scène le temps d'un battement de cil.

Le gouverneur hésita.

Puis il prit le parchemin d'une main tremblante et le déroula. Un soldat approcha la lanterne pour qu'il puisse lire.

L'ordre de libération fut remis au capitaine de la garnison, lequel nomma six hommes sûrs et prit leur tête. L'orage s'acharnait sur Dalroth et il savait ce que cela signifiait : ce serait moindre mal si, au matin, on ne déplorait que des cauchemars et quelques délires morbides engendrés par l'Obscure. Mieux valait faire vite.

La forteresse de Dalroth était désormais une prison si terrible que les juges, par clémence, offraient parfois aux condamnés de choisir la mort plutôt que d'y être envoyés. Nul n'en était jamais revenu avec toute sa raison. Il y avait eu trop de sang versé à Dalroth, trop de souffrance et de désespoir, trop de vies sacrifiées. Et si les Ténèbres étaient achevées depuis longtemps, l'Obscure restait forte dans les profondeurs de la forteresse, là où les prisonniers étaient enfermés. Dans sa cellule, chacun y vivait son propre enfer, poursuivi jusque dans ses rêves par des visions macabres et des terreurs abjectes, des obsessions malsaines. Tous finissaient par basculer dans la folie. Soumis à la lente corruption de l'Obscure, les plus forts résistaient quelques années.

Le capitaine et ses hommes allaient d'un pas résolu dans un cliquetis d'armes et de cottes de mailles. Pour arriver aux geôles, il leur fallait emprunter des couloirs déserts, descendre par des escaliers toujours plus sombres et plus sinistres, franchir des grilles que l'on refermait derrière eux. L'air était poisseux, chargé d'humidité et d'angoisse – on le respirait avec peine.

Ouvrant la marche, le capitaine affichait un masque de gravité. Quant aux soldats, une sourde angoisse les taraudait déjà, ce qui n'était que l'un des premiers effets de l'Obscure. Ils le savaient et s'efforçaient de rester maîtres d'eux-mêmes, de ne pas deviner des silhouettes dans les ombres, de ne pas sentir des souffles sur leur nuque, des présences dans leur dos.

En temps normal, l'Obscure n'était un danger que dans les niveaux inférieurs de Dalroth. Ailleurs, elle ne provoquait qu'un sentiment d'oppression et d'abandon auquel on s'habituait tant bien que mal, et que la grisaille ordinaire de Dalroth n'arrangeait guère. Mais les nuits d'orage pourpre, l'Obscure se levait comme une brume des entrailles de l'île. Elle augmentait les inquiétudes et les colères, ravivait les rancœurs et les soupçons, transformait les peines en désespoirs. Elle pouvait même, chez certains, provoquer des démences passagères. Cette nuit-là, d'ailleurs, le capitaine ne dormait pas. Soucieux, il observait la tempête depuis sa fenêtre quand le sergent de garde avait frappé à sa porte. Il s'attendait à ce qu'on lui annonce un suicide, une querelle sanglante entre soldats ou une agitation de mauvais augure chez les prisonniers. La nouvelle de l'arrivée d'un émissaire royal était tout autre, mais guère plus rassurante.

Ils arrivèrent enfin devant la dernière porte qui les séparait encore du quartier des prisonniers. En bas d'un escalier à vis, dans une pièce aux murs nus, les grondements de l'orage se résumaient à des bourdonnements lointains. La porte était en bois noir, ses deux battants renforcés de gros clous à tête carrée. Une lourde barre la tenait fermée.

Sur l'ordre du capitaine, un geôlier fit glisser la barre avant de pousser l'un des battants. Il peina, arc-bouté, à croire que la forteresse lui résistait. Pareil à une plainte, un souffle entra sitôt la porte entrebâillée. Le capitaine crut voir une forme sombre accompagner ce mouvement d'air et se dissiper aussitôt. Du coin de l'œil, il guetta la réaction de ses hommes qui attendaient en rang et semblaient n'avoir rien remarqué.

Avait-il rêvé ?

Le geôlier fit encore un effort et, bientôt, le battant acheva seul de s'ouvrir sur la voûte d'un couloir obscur et profond.

Un même frisson parcourut toutes les échines.

Chapitre 3

La lumière écarta les ténèbres à mesure que la porte s'ouvrait en gémissant. Le cachot était divisé en deux par une grille. Une paille humide jonchait les dalles grises. Il y avait un grabat et une couverture de l'autre côté des barreaux. La pièce, sinon, était nue. Il y flottait une odeur de vieille pierre, de pourriture et d'urine.

Le prisonnier était assis sur sa couche, adossé au mur du fond, les poignets sur ses genoux relevés, mains pendantes et tête baissée. Il n'esquissa pas un geste en entendant la clé jouer dans la serrure, ni lorsque la lumière l'éclaira. Il n'était vêtu que d'une chemise et de chausses. Des plaies croûteuses couvraient ses avant-bras, ses chevilles et ses pieds sales. Longs et crasseux, ses cheveux tombaient devant son visage.

Le capitaine avança jusqu'à la grille.

— Chevalier, appela-t-il.

Comme le prisonnier ne réagissait pas, le capitaine répéta :

— Chevalier. Chevalier, m'entendez-vous ?

Faute d'une réponse, il se tourna vers le geôlier.

— A-t-il sa raison ? demanda-t-il. Est-ce qu'il m'entend seulement ?

Pour toute réponse, le geôlier fit la moue et haussa les épaules.

— Ouvre, lui ordonna le capitaine en s'efforçant de ne pas prêter attention aux voix qui lui chuchotaient à l'oreille.

Des voix qu'il n'entendait normalement que dans son sommeil...

Le geôlier obéit, déverrouilla la grille et s'effaça pour laisser passer deux soldats. Ils prirent le prisonnier sous les aisselles et le soulevèrent. L'homme se laissa faire. Il était grand, large d'épaules, le corps séché par les rigueurs des geôles. Il puait et semblait sans force.

— Chevalier ? tenta à nouveau le capitaine.

Inquiet, il lui prit le menton entre le pouce et l'index et, délicatement, lui fit redresser la tête. Les cheveux s'écartèrent, révélant un visage émacié au regard vide et aux traits tirés. C'était le visage d'un homme encore jeune, mais qui avait traversé plus d'épreuves que l'on peut en supporter.

Un chaume sombre recouvrait ses joues creuses. Une entaille lui barrait le sourcil gauche. Ses lèvres étaient sèches.

Le capitaine chercha en vain une lueur dans les yeux du prisonnier.

— Emmenez-le, dit-il.

Il se sentait oppressé. Épié. Menacé par les ténèbres de Dalroth. Comme les autres, il n'avait soudain plus qu'une hâte : fuir ces lieux maudits.

Le prisonnier se laissait porter plus qu'il ne marchait. Il tenait mal sur ses jambes, trébuchait souvent et peinait à maintenir l'allure que les soldats lui imposaient. Le capitaine demanda plusieurs fois à ceux qui le soutenaient de ne pas le malmener mais il était, comme eux, pressé de quitter les geôles.

Un gémissement lugubre monta des profondeurs de la forteresse quand le geôlier referma enfin la porte noire, à croire que Dalroth se lamentait qu'une âme lui échappe. Pour le capitaine et ses hommes, ce fut un soulagement. Libérés, ils respirèrent mieux et se surprirent à sourire sans véritable motif, sinon qu'ils étaient sains et saufs. Le capitaine remercia le geôlier, fit signe à sa troupe de le suivre et s'engagea dans l'escalier à vis qui montait vers les niveaux supérieurs de Dalroth.

Vers l'orage.

La tempête n'avait pas faibli. Elle se déchaînait au contraire. Les grondements de l'orage ébranlaient l'île comme des coups de boutoir. Les éclairs ouvraient dans le ciel noir et tourmenté des failles pourpres éblouissantes. Des paquets de pluie s'abattaient. Le vent hurlait à l'extérieur et sifflait par les meurtrières, forçait les fenêtres, soufflait les torches et agitait les tentures. Chargé d'humidité, l'air semblait si épais qu'il fallait respirer bouche entrouverte pour ne pas étouffer.

Ils étaient presque arrivés lorsqu'il leur fallut traverser une vaste cour. Le capitaine hésita mais le plus court chemin passait par là. Il fit signe qu'on le suive et, d'un pas pressé, s'élança le premier dehors.

C'était le moment que le prisonnier attendait.

Ployant l'échine sous l'orage, les deux soldats qui le soutenaient ne songeaient qu'à traverser la cour au plus vite. Ils ne virent rien venir et tardèrent à réagir quand le prisonnier se libéra d'un brusque mouvement d'épaules. Il ne perdit pas une seconde. Il porta un coup de coude à l'un des soldats, pivota et terrassa le deuxième d'un coup de genou dans le bas-ventre. L'homme s'effondra, plié en deux et gémissant. Sonné, l'autre n'eut pas le loisir de reprendre ses esprits. Avec une force et une agilité incroyables, le prisonnier le fit passer par-dessus son épaule et le laissa lourdement retomber sur le dos. Dans le même mouvement, il lui vola son épée au fourreau et allait le clouer au sol quand le capitaine s'écria :

— Non !

Le prisonnier figea son geste à l'instant où un éclair crépitait. Il tourna des yeux fous vers l'officier.

— Non, chevalier. Ne faites pas ça… Je vous en prie.

Indifférent aux rafales de pluie qui le giflaient, le prisonnier dévisageait le capitaine, comme intrigué et incertain, comme si les mots qu'il entendait lui étaient à la fois inconnus et étrangement familiers. Puis un nouvel éclair déchira la nuit, éclaboussant d'écarlate la cour et les soldats qui, épée au poing, se déployaient en silence.

Le prisonnier bondit.

— Chevalier ! appela le capitaine.

En vain.

L'homme s'échappait déjà par un escalier.

Le monde était un cauchemar. Un royaume hanté et hurlant.

Le prisonnier fuyait.

Aveuglé par les bourrasques, désorienté par les coups de tonnerre, il ignorait où il allait. Ici, tout lui était étranger et hostile. Dans le ciel s'ouvraient des gouffres écarlates qui voulaient l'engloutir. Le vent portait les gémissements et les rires d'âmes damnées. La foudre qui crépitait tombait sur ses talons.

Pieds nus, trempé jusqu'aux os dans ses vêtements en lambeaux, il ne sentait pas le froid. Il ne pensait qu'à fuir, fuir à tout prix ce dédale de pierre grise et les hommes à ses trousses. Il ignorait pourquoi on était venu le chercher. Il ignorait ce qu'on lui voulait. Mais il savait que personne n'avait jamais quitté Dalroth et il préférait mourir plutôt que de retourner dans l'enfer de son cachot.

L'alerte avait été donnée. Des cris, des ordres, des appels résonnaient dans la forteresse, parmi les grondements de l'orage. En haut d'un escalier extérieur, le prisonnier s'arrêta en voyant trois soldats qui venaient vers lui. Ils le repérèrent à leur tour et cessèrent de courir, pour approcher à pas prudents.

Il les observa.

Resté en retrait des deux autres, un soldat lança par-dessus son épaule :

— Ici ! Ici !

Des voix lui répondirent. Certaines étaient proches.

Le prisonnier scrutait les trois hommes en armes. Il hésitait toujours quand, soudain, la foudre illumina crûment leurs visages luisant de pluie.

Le prisonnier s'élança.

Il surprit le premier soldat d'un coup d'épée à l'épaule, fit un tour sur lui-même et éventra le deuxième en remontant sa lame ensanglantée. Le troisième soldat attaqua en hurlant. Mais le prisonnier para sans mal deux coups de taille et planta, jusqu'à la garde, son épée dans le ventre de son adversaire.

D'autres gardes arrivaient déjà.

Le prisonnier dégagea sa lame et prit la fuite vers les hauteurs de Dalroth. Il crut avoir semé ses poursuivants quand, au détour d'une venelle, il tomba sur une patrouille qui venait à sa rencontre. Il fit aussitôt demi-tour, au risque de foncer droit sur ceux qu'il venait de distancer. Ce qui faillit arriver. Hors d'haleine, des soldats sur les talons, le fugitif bifurqua à l'instant où d'autres arrivaient en face.

L'étau se resserra.

De galeries en escaliers, le prisonnier s'éleva toujours plus haut dans Dalroth. Du coin de l'œil, il guettait les ombres déformées des soldats qui se projetaient sur les murs humides de la forteresse à chaque éclair. C'était une chasse. Il était le gibier et la meute approchait.

À bout de forces, il s'élança à l'assaut d'une dernière volée de marches et gagna les remparts. Une bourrasque le prit au dépourvu et le renversa presque. Ici, les hurlements du vent étaient assourdissants et les rafales de pluie s'abattaient en trombe. Le ciel en furie semblait si proche qu'on croyait le toucher en levant le bras.

Le prisonnier rentra instinctivement la tête dans les épaules et chercha une issue. Des soldats le rejoignaient d'un côté et de l'autre sur le chemin de ronde. D'autres montaient par l'escalier qu'il venait d'emprunter. Dans son dos c'était le vide et, au terme d'une chute vertigineuse, les rochers contre lesquels se brisaient les flots furieux de la mer des Ténèbres.

Les soldats se déployèrent prudemment.

Il était acculé, avait un regard de bête traquée. Un souffle anxieux soulevait sa poitrine sous sa chemise trempée. Ses deux poings étaient crispés autour de la poignée de son épée.

Le cercle se resserra.

Comme un soldat s'avançait, le prisonnier fit mine de le charger. Le soldat battit aussitôt en retraite et lui en fit autant, dos aux créneaux, de peur qu'on le contourne.

Il attendit.

Arrivé parmi les soldats, le capitaine lui dit quelque chose, mais il ne le comprit pas. Il savait qu'il ne pouvait pas fuir. Il savait également qu'il ne pouvait pas vaincre. Il ne laisserait personne le reprendre. Comme ivre, il peinait à réfléchir mais un désespoir plus fort que la peur brûlait en lui. Quoi qu'il advienne, cette nuit serait celle où il échapperait à Dalroth.

À l'affût du moindre geste chez les soldats, il recula encore.

Vers les créneaux, le vide et la mort.

— Lorn ! fit soudain une voix. Lorn, je t'en supplie, ne fais pas ça !

L'émissaire royal avait fendu la haie des gardes. Il s'avançait, seul et tête nue, à pas lents. Le regard rivé au prisonnier, il lui tendait la main.

— C'est moi, Lorn. C'est moi. Alan.

C'était un jeune homme blond et séduisant.

— Vous, ne vous avisez pas de bouger, dit-il aux soldats. S'il saute par votre faute, je vous ferai tous exécuter. Compris ?

Les soldats acquiescèrent. Certains avaient remarqué la chevalière royale à son annulaire et quelques-uns l'avaient même reconnu. Par acquit de conscience, le capitaine fit signe à ses hommes d'obéir et l'ordre du prince Aldéran, le fils cadet du Haut-Roi, fut transmis dans les rangs.

Le prince s'adressa de nouveau au prisonnier. Pas un instant il ne l'avait quitté du regard. L'autre le dévisageait et l'on pouvait lire dans ses yeux les affres du doute.

— C'est moi. Alan. Tu me reconnais, n'est-ce pas ?

Le prisonnier acquiesça très lentement, sans conviction. Les cheveux battus par le vent, il tournait toujours le dos au vide. Sa silhouette se découpait sur fond de ciel tourmenté à chaque éclair.

— Je suis venu pour toi, expliqua Alan en faisant un pas de plus. Je suis venu te chercher. Tu as été innocenté, Lorn. Mon père a ordonné un second procès qui a établi ton innocence.

Lorn fronça les sourcils et baissa légèrement sa garde.

Des souvenirs lui revenaient.

Lorn. Lorn Askariàn.

C'était son nom.

Il lui semblait sortir lentement des brumes torturées d'un trop long cauchemar. Mais il peinait à réfléchir. Le vent et la pluie le harcelaient. Les éclairs lui tisonnaient la rétine. Il avait mal au crâne et les coups de tonnerre martelaient ses tempes.

De la main qu'il ne tendait pas, Alan défit la boucle de son ceinturon et laissa tomber son épée. Les soldats échangèrent des regards inquiets avec leur capitaine.

— Tu vois ? Je n'ai pas d'armes. Je suis ton ami, Lorn. Tu ne risques plus rien. Plus rien. Je suis ton ami et je suis venu t'emmener loin d'ici. Loin d'ici, Lorn. Et à jamais.

— A… Alan ? balbutia le prisonnier.

— Oui, Lorn, répondit Alan en souriant. C'est bien moi. C'est Alan.

Il s'était approché pas à pas et vit le changement s'opérer. La peur et le doute quittèrent les yeux du prisonnier, aussitôt remplacées par une immense lassitude.

L'épée glissa de ses mains.

Ses genoux ployèrent.

Épuisé, Lorn éclata en sanglots avant de s'effondrer dans les bras du prince.

Chapitre 4

« L'Assemblée d'Ir'kans avait coutume de se tenir dans une salle ancienne, où les Gardiens prenaient place en personne ou en esprit. »

Chroniques (Livre des Secrets)

La table était un anneau de pierre au centre duquel flottait une sphère immatérielle. Une colonne de lumière pâle tombait sur cette sphère et la nimbait d'un halo nacré qui éclairait à peine. Régulièrement disposés autour de la table, les fauteuils dans lesquels les Gardiens étaient assis se fondaient dans l'ombre. Des Gardiens, on ne distinguait guère que la tête et les épaules. Ils portaient de larges capuches grises.

— Quel est son nom ? demanda le Troisième gardien.

— Lorn Askariàn, répondit le Septième gardien.

— Est-ce son véritable nom ? celui qu'il porte devant le Dragon du Destin ?

— Non, dit le Deuxième gardien. Il est le Chevalier à l'Épée.

— Qu'en savons-nous ? Qui parmi nous l'affirme ?

— Moi, dit le Septième gardien.

Il y eut un silence.

— L'étoile du Chevalier à l'Épée a réapparu au firmament, dit le Quatrième gardien. Elle se confond avec celle du Prince.

— Cela ne prouve rien, protesta le Troisième gardien d'un ton hostile.

— Êtes-vous aveugle ou êtes-vous fou ? demanda le Septième gardien. Il est écrit que le Chevalier à l'Épée reviendrait de la Forteresse des Ténèbres.

— Et que les Ténèbres le suivront.

— C'est vrai, confirma le Neuvième gardien.

— Alors qui est l'aveugle ? demanda le Troisième gardien. Qui est le fou ?

Le Septième gardien voulut répondre mais il ne lui en laissa pas l'occasion et ajouta à l'intention de tous :

— Nous avons joué avec la voie choisie par le Dragon du Destin. Et s'il est vrai que l'étoile du Chevalier à l'Épée brille de nouveau, il est également vrai qu'elle brille d'un éclat sombre. Peut-être avons-nous commis une erreur.

Le Premier gardien choisit alors d'intervenir. Il parla d'une voix ferme et posée. Sous sa capuche scintillaient les étoiles d'une immensité nocturne.

— L'Assemblée a délibéré et l'Assemblée a choisi. Il ne saurait être question de revenir sur ce qui fut décidé.

— Contre mon avis, osa protester le Troisième gardien.

— Le jugement de l'Assemblée prévaut !

Cela sonna comme un rappel à l'ordre.

Le Troisième gardien se tut, mais son silence n'augurait rien de bon. Il était puissant et orgueilleux. Il avait des partisans. Si bien que le Premier gardien jugea nécessaire de se montrer conciliant.

— Il nous appartient parfois d'agir afin que soit respectée la volonté du Destin. C'est notre droit et notre devoir, mais seulement en de très rares occasions car nous savons tous quel danger cela représente. L'extraordinaire destinée du Chevalier à l'Épée est certaine. Il nous fallait donc permettre à son étoile de briller encore, et en cela, nous avons bien agi. Mais comme l'a dit le Troisième gardien, elle brille d'un éclat sombre. Cela doit nous inquiéter.

— Cet éclat sombre est peut-être celui de la Forteresse des Ténèbres, souligna le Septième gardien. Si nous lui en laissons le temps, l'étoile du Chevalier à l'Épée retrouvera toute sa brillance.

— Nul ne peut jurer de cela, objecta le Troisième gardien.

— Ni du contraire ! lui rétorqua le Septième gardien.

Et se tournant vers le Premier gardien, il ajouta :

— Allons-nous renoncer ? Allons-nous nous détourner du Chevalier à l'Épée, maintenant que nous l'avons rappelé ? Songez à ce qu'il lui est promis d'accomplir.

De nouveau, le silence se fit.

Puis le Premier gardien dit :

— Appelons un émissaire.

— Lequel ? demanda le Quatrième gardien.

— Celui qui a si bien œuvré auprès du Haut-Roi. Qu'il rencontre le nommé Lorn Askariàn et mesure l'emprise de l'Obscure sur lui. S'il est le Chevalier à l'Épée et si son étoile est à jamais assombrie, alors nous saurons quoi faire.

Chapitre 5

> « C'était une mer toujours furieuse, et la nuit plus encore. Elle était née du cataclysme qui avait ébranlé le monde à la fin des Ténèbres. De là le nom qui lui avait été donné. De là les tempêtes. De là les cauchemars et les nuits torturées de Dalroth. »
>
> *Chroniques (Livre d'Ombre)*

Le galion royal s'éloigna de Dalroth et de la tempête. Les eaux de la mer des Ténèbres restaient agitées et dangereuses, mais moins qu'elles ne l'étaient aux abords de la forteresse maudite, où les forces de la nature affrontaient l'Obscure sans jamais l'emporter. Les vents faiblirent. Les creux diminuèrent. Les vagues se ruèrent à l'assaut du navire avec moins de fureur.

On avait réservé une cabine à Lorn.

Il y trouva une couchette qui semblait confortable, mais réclama de quoi se laver d'abord car il voulait se sentir propre et digne. Malgré la fatigue, il fit donc une grande toilette qui exigea plusieurs brocs d'eau. Il passa une chemise et des chausses neuves. Donna ses anciens vêtements à brûler. Se résolut à tailler sa barbe plutôt qu'à la raser, de peur de s'entailler à cause du roulis et des creux dans lesquels le navire plongeait mais aussi parce que ses mains tremblaient. Alan lui assura qu'il y avait à bord un mousse qui saurait le raser sans le couper, mais Lorn ne voulut rien entendre.

Enfin, il s'allongea.

Il était épuisé, abattu par une lassitude autant physique que mentale. Et cependant le sommeil le fuyait. Il lui semblait sortir d'un cauchemar. Ou plutôt d'une maladie, d'une fièvre, d'un songe torturé d'où il peinait à s'extirper. C'était comme un poids sur son âme qui se levait et qui la laissait à nu.

Juste avant d'embarquer, il s'était retourné et avait levé le regard vers Dalroth pour – espérait-il – la dernière fois. Alan avait attendu, jusqu'à ce que Lorn demande d'une voix éraillée, le visage éclaboussé de pluie :

— En quelle année sommes-nous ?

Alan hésita.

— S'il te plaît, insista Lorn. Je finirai bien par l'apprendre, non ?

— Tu l'ignores vraiment ?

— Oui.

— C'est l'an 1547, révéla le prince d'une voix aussi douce que possible.

Il ne pouvait s'empêcher de se sentir honteux.

Dire quelle était l'année revenait à dire combien de temps Lorn avait été enfermé. Mais l'annoncer l'obligeait à affronter cette vérité odieuse. Or la brutalité de certaines réalités devient insupportable quand on les énonce.

Comme son ami se taisait, le prince prit une inspiration et précisa :

— Nous sommes au printemps de 1547.

Voilà, tout était dit.

Lorn prit le temps d'assimiler la nouvelle.

— Alors il y a… trois ans que…, lâcha-t-il.

— Oui.

Lorn avait lentement acquiescé.

Il était resté impassible mais avait alors ressenti, pour la première fois depuis fort longtemps, une émotion qui n'était ni la peur ni le désarroi.

Une émotion des plus humaines.

La colère.

Bercé par la forte houle, Lorn somnolait quand on frappa discrètement à sa porte. Le vent sifflait. Le galion craquait. Si bien qu'il douta d'avoir bien entendu et tendit l'oreille.

On frappa de nouveau.

— Entrez, dit-il d'une voix encore rauque.

Un prêtre blanc se montra d'un air hésitant par la porte entrebâillée. Il avait la cinquantaine, les cheveux gris et une courte barbe parfaitement taillée.

— Pardonnez-moi, mon fils. Vous dormiez ? Je puis revenir si…

Comme Lorn ne répondait pas, le prêtre entra. Il était grand et solidement bâti. En voyant que Lorn voulait se redresser, il s'empressa :

— Non, non, mon fils. Ne vous mettez pas en peine.

Lorn se contenta de rouler sur le flanc et de s'appuyer sur un coude.

—Vous permettez ? demanda le prêtre en désignant un tabouret.

Lorn ayant acquiescé, le prêtre s'assit.

—Je suis le père Domnis, mon fils. Peut-être vous souvenez-vous de moi. Nous nous sommes rencontrés il y a trois ans lorsque…

—Je me souviens, dit Lorn.

—Comme vous le devinez, c'est au prince Aldéran que je dois d'être ici.

Sur ses gardes, Lorn lâcha :

—On s'inquiète de mon âme ?

—Ce n'est un secret pour personne que Dalroth éprouve tout aussi rudement les esprits que les corps, dit le prêtre d'un ton conciliant.

Il portait la robe blanche de son ordre avec, sur le cœur, une tête de dragon que l'on devinait à peine car elle était brodée en blanc également, mais avec un fil de soie brillant. Il vénérait Eyral, le Dragon de la Connaissance, qui était aussi le protecteur du Haut-Royaume. Des Dragons divins qui avaient jadis régné sur le monde et les hommes, Eyral restait l'un des plus respectés.

Lorn se laissa retomber sur le dos. Il croisa les doigts derrière sa nuque et fixa du regard le plafond de sa cabine.

—Je vais bien, mon père. J'ai besoin de calme et de repos. C'est tout.

Le prêtre savait que Lorn lui mentait.

Mais il savait aussi que Lorn se mentait autant à lui-même, comme souvent mentent ceux qui ont traversé un enfer. Son mensonge l'aidait à combattre l'horreur de ce qu'il avait subi, de ce qu'il avait fait et, peut-être, de ce qu'il était devenu. Il lui faudrait pourtant affronter la réalité un jour ou l'autre.

—Je m'en réjouis, dit le père Domnis. Néanmoins, si vous sentiez le besoin de vous confier… (Il laissa sa phrase en suspens.) Ou si des cauchemars, des visions vous tourmentaient, reprit-il.

Lorn ne répondit pas, les yeux toujours rivés à la poutre qui passait au-dessus de sa couchette. Il était épuisé, mais une colère sourde continuait de lui serrer le ventre. Il la contenait sans mal, cependant. Elle était comme un animal sauvage mais assoupi lové en lui.

Après un silence, le père Domnis proposa :

—Prions, voulez-vous ?

—Je n'ai plus la foi, mon père.

Le prêtre acquiesça gravement, en homme qui croit comprendre.

—Sans doute que Dalroth a…

—Non, mon père. Je n'ai pas perdu la foi à Dalroth. J'aurais même aimé qu'elle me soutienne mais…

Il n'acheva pas.

— En ce cas, dit le père Domnis, me permettez-vous de prier pour vous, mon fils ?

Il y avait longtemps que personne ne s'était soucié de lui. Pour autant, Lorn ne sentit pas poindre en lui la moindre reconnaissance, ni le moindre réconfort. Il se demanda, en revanche, où étaient ce prêtre et tous les autres lorsqu'il hurlait à la mort, tourmenté par les spectres de l'Obscure.

— Priez, mon père. C'est ce qu'il faut faire quand il n'y a plus d'espoir.

Un peu plus tard, le père Domnis rejoignit Alan sur la dunette. Agrippé au bastingage, le prince regardait Dalroth qui s'éloignait dans la nuit. La mer était toujours mauvaise, mais ils avaient échappé à l'orage, à son déluge et à ses éclairs pourpres. Le bruit du tonnerre diminuait.

Le visage battu par les embruns, le prince garda les yeux rivés sur la forteresse maudite.

— Alors ? demanda-t-il.

— Votre ami est fort. J'ai bon espoir qu'il puisse un jour se remettre. Mais il n'est plus celui qu'il a été, et il ne le redeviendra jamais.

— L'Obscure ?

— Oui, même si j'ignore à quel point elle l'a infecté. Mais même sans cela...

Le prêtre d'Eyral hésita.

— Je vous écoute, mon père.

Le ton d'Alan était resté courtois.

Mais il était un prince, un fils de Haut-Royaume. Il avait l'habitude d'être obéi et savait, d'une légère inflexion de voix, exprimer un début d'impatience.

— Vous savez que la guerre change les hommes, dit le père Domnis.

Il n'était pas certain de trouver les mots justes et craignait d'exaspérer Alan en lui annonçant maladroitement une vérité qu'il ne voulait sans doute pas entendre.

— Elle les change le plus souvent pour le pire, dit le prince. Certains en reviennent brisés. Ou fous. Incapables de repos.

— Certains en reviennent dangereux.

Alan se tourna vers le prêtre blanc qui vit alors dans ses yeux ce qu'il craignait d'y découvrir : une révolte indignée, frémissante.

— Êtes-vous en train de me dire que Lorn revient d'une guerre ?

— En quelque sorte. Une guerre contre la solitude. Une guerre contre la folie. Contre l'oubli.

— Contre l'Obscure ?

— Oui. Malheureusement.

— L'a-t-il perdue, cette guerre ?

— Je l'ignore. Mais je sens en lui une colère terrible qui n'attend que de...

Alan s'emporta.

— Lorn a été déshonoré, trahi, abandonné par tous ! Il a perdu la femme qu'il aimait ! Sa vie lui a été volée et il a passé trois années dans l'enfer de Dalroth malgré son innocence. Qui d'autre, à sa place, ne serait pas enragé ? Dites-le-moi ! Qui ?

Le père Domnis ne répondit pas.

Alan se trouva soudain las. Il recouvra son calme, soupira et s'accouda au bastingage.

— Pardonnez-moi, mon père.

— Ce n'est rien, mon fils. Je comprends.

Le prêtre savait qu'Alan n'en avait pas après lui. De même, le prince s'étant déjà confié à lui plusieurs fois sur ce sujet, il savait que sa colère n'était pas seulement inspirée par la terrible injustice faite à Lorn : elle était également l'expression d'un profond sentiment de culpabilité.

Alan sentit le père Domnis poser une main sur son épaule.

— Vous n'avez aucun reproche à vous faire, mon fils.

— Vraiment ? Alors d'où vient que j'ai du mal à regarder mon meilleur ami dans les yeux ? demanda le prince.

Il avait la gorge serrée.

— Vous auriez aimé pouvoir secourir votre ami. Vous vous reprochez de ne pas avoir été là pour lui... Mais ce n'était pas votre faute.

Fixant de nouveau l'horizon tourmenté, Alan prit sur lui et acquiesça.

— Que puis-je faire pour l'aider, mon père ?

— D'abord vous devez vous armer de patience. Priez. Attendez et soyez là lorsqu'il aura besoin de vous. Ne le brusquez pas. Ne l'obligez à rien. Écoutez-le quand il voudra parler mais ne tentez pas de forcer ses confidences...

— Sur les remparts, il était prêt à se jeter dans le vide. Est-il encore dangereux pour lui-même ?

— Sans doute.

— Et pour autrui ?

— Oui.

La franchise de la réponse surprit Alan. Il encaissa le coup et, préoccupé, se redressa.

Son regard se perdit dans le vague.

— Lorn a de la chance d'avoir un ami tel que vous, dit le père Domnis après un moment. Cependant…

— Oui ?

— Soyez patient, conseilla le prêtre blanc. Mais soyez également prudent.

Le prince réfléchit.

Patient, il pensait pouvoir l'être.

Mais prudent ?

Nés à quelques mois d'écart, Lorn et lui avaient tété le lait des mêmes nourrices avant d'être élevés comme des frères. Enfants, ils avaient partagé leurs jeux. Plus tard, ils avaient reçu leur première épée ensemble et, à treize ans, ils avaient été déniaisés dans le même lit par deux sœurs aussi expertes que renommées. Le jour où le roi adouba son fils devant toute la chevalerie du Haut-Royaume, Lorn fut le second. Et par la suite, leur amitié ne faiblit pas. Au contraire, elle se forgea avec les années et s'affermit à l'épreuve du meilleur, du pire, des bonheurs et des deuils, des espoirs et des regrets.

— Pour moi, Lorn est plus qu'un frère, dit Alan. Je lui ai déjà fait défaut en le laissant croupir à Dalroth. Je ne lui tournerai pas le dos une seconde fois. Et vous savez comme moi ce que je lui dois.

— L'Obscure est puissante et insidieuse, mon fils.

— Non, mon père ! dit le prince en agrippant le bastingage comme s'il voulait y planter les doigts. Je ne soupçonnerai pas Lorn d'être un autre. Quel ami serais-je, si je me méfiais de lui alors qu'il a tant besoin qu'on l'aide ?

— Je comprends, répondit le prêtre blanc en se tournant vers Dalroth. Mais n'oubliez pas que l'homme que vous avez connu est peut-être mort là-bas.

Lorn ne dormait pas.

Les yeux grands ouverts, il fixait dans la pénombre le plafond au-dessus de sa couchette. Il ne cillait pas, ne bougeait pas et respirait à peine, prisonnier d'une inquiétante fixité minérale tandis que le navire tanguait, craquait et grinçait autour de lui.

Une pâle lueur habitait son regard immobile.

Chapitre 6

Lorn se réveilla au matin, quand un serviteur lui apporta son repas. C'était le vieil Odric, le valet de confiance d'Alan. Maigre, sec et ridé, il était au service du prince depuis la naissance de ce dernier. Lorn le connaissait donc, lui aussi, depuis toujours.

— Bonjour, Odric, dit Lorn en remarquant que le serviteur évitait son regard.

— Bonjour, messire.

De fait, Odric était mal à l'aise et ne parvenait pas à le cacher. Lorn le regarda disposer le contenu de son plateau sur la table.

— Je suis content de vous revoir, Odric.

— Merci, messire.

Puis, le regard toujours fuyant, le vieux serviteur demanda :

— Désirez-vous quoi que ce soit d'autre, messire ? Les ressources sont limitées à bord mais…

— Ça ira très bien.

— À votre service, messire.

Le valet se retira mais, avant de fermer la porte, il se retourna.

— Messire ?

— Oui ?

Il avait honte.

— Je… Je vous demande pardon, messire…

Impassible, Lorn sentit revenir la colère qui s'était apaisée durant la nuit.

— Sortez, Odric.

Une fois seul, Lorn se leva et alla à la fenêtre.

Le galion n'avait toujours pas quitté la mer des Ténèbres, mais il voguait sur des eaux plus calmes, poussé par des vents constants. Lorn contempla les flots un long moment, puis se tourna vers le repas qui l'attendait.

Lorn mangea sans appétit.

Il finissait son repas lorsque Alan vint le rejoindre et, sans façon, s'assit pour picorer dans son assiette. Ils échangèrent un regard mais ne dirent rien.

Parce qu'ils étaient de véritables amis, le silence ne les avait jamais embarrassés. Pourtant, celui qui s'installait entre eux était d'une qualité différente. Il n'était pas l'expression d'une complicité qui se passe de mots, mais la manifestation d'une gêne, chacun hésitant à parler le premier. Lorn ne se sentait pas capable d'exprimer quoi que ce soit, pas même de la reconnaissance. Quant au prince, il ne savait quelle attitude adopter, partagé entre la volonté de prendre soin de son ami, la crainte d'être maladroit et une pudeur imbécile qui le retenait.

Il ne pouvait, en outre, s'empêcher de se sentir coupable.

— Tes yeux ont changé, dit-il enfin sur le ton de la conversation.

Il étalait, à la pointe du couteau, une noisette de beurre sur un bout de pain.

Lorn fronça les sourcils.

— Quoi ?

— Tes yeux. Ils ont changé de couleur. Le droit, surtout. Enfin, je crois.

Lorn alla décrocher le petit miroir en étain pendu au-dessus de la bassine destinée à la toilette. Puis il s'approcha de la fenêtre, afin de profiter de la lumière qui passait les petits carreaux en losange.

Alan avait raison.

Lorn était né avec les yeux bleus. Le droit, désormais, était d'un gris très délavé. La nuit passée, dans la pénombre de la cabine, il ne s'en était pas rendu compte. D'ailleurs, il avait évité de trop se regarder. Il y avait des années qu'il n'avait vu son visage, et ce visage l'effrayait.

— Comment est-ce arrivé ? demanda le prince.

— Aucune idée.

Mais Lorn connaissait aussi bien qu'Alan la cause de ce changement. Il jeta le miroir sur les draps défaits de la couchette et revint s'asseoir.

— Ce n'est pas si grave, reprit Alan. Je parie même que cela plaira beaucoup aux femmes. Cela te donne un air… euh… mystérieux.

Lorn haussa les épaules.

La vérité était qu'il se moquait bien que l'un de ses yeux ait changé de couleur. Il savait que Dalroth lui avait fait pire, en lui dérobant à jamais une partie de son âme.

— Le père Domnis t'a parlé, pas vrai ? demanda-t-il.

Alan devint grave.

— Oui.

— Et ?

Le prince pesa ses mots.

— Il craint que tu n'aies été corrompu par l'Obscure.

— J'ai l'air d'avoir perdu la raison ?

— Non, avoua Alan.

Cela ne prouvait rien, cependant.

L'un comme l'autre savaient que la contagion de l'Obscure pouvait ne pas apparaître. Elle était sournoise et patiente. Elle pouvait accomplir des ravages avant qu'on la décèle. Elle pouvait même ne jamais être décelée.

Lorn soupira.

— Et toi, que crois-tu ?

— Moi, je crois que tu es mon ami et que je ferai tout ce que je peux pour t'aider.

Ils échangèrent un long regard qui les dispensa de parler, après quoi Lorn dit :

— Merci. Merci de m'avoir tiré de cet enfer.

Il s'était presque forcé à le dire.

Il savait qu'Alan avait affronté les tempêtes de la mer des Ténèbres pour venir le chercher à Dalroth. Il était également convaincu que le prince avait tout fait, tout entrepris pour hâter sa libération. Et néanmoins, il ne parvenait pas à éprouver de la gratitude envers Alan. Les tourments qu'il avait endurés sous l'influence de l'Obscure étaient comme des blessures à vif encore trop douloureuses pour qu'il puisse ressentir autre chose que la souffrance.

— Ne me remercie pas, Lorn. Je te dois la vie, ne l'oublie pas.

Lorn ne dit rien.

— En outre, poursuivit Alan, tu n'as pas à me remercier. Ni personne d'autre. Tu n'aurais jamais dû être envoyé à Dalroth. Tu étais innocent et…

Lorn l'interrompit.

Il n'avait pas envie de l'entendre parler de son innocence et savait parfaitement à quoi s'en tenir sur ce sujet. Sa douleur et sa colère ne demandaient qu'à se muer en révolte.

— Ne m'en veux pas de ce que je vais te dire, Alan. Tu… Tu es mon ami. Je sais que tu ne pouvais rien pour moi durant ces trois années. Mais d'autres pouvaient, et eux, ils n'ont rien fait. Rien. Alors pardonne-moi de vous en vouloir. À vous tous. À toi. J'ai encore trop… trop de colère en moi.

Le prince acquiesça, une profonde tristesse dans le regard.

— Je te comprends.

Lorn, alors, regretta d'avoir peiné son ami et voulut mieux s'expliquer :

— Personne ne mérite de subir ce que j'ai subi à Dalroth. Les souffrances, les cauchemars, la folie, l'Obscure… Personne ne mérite ça et je ne…

Sa voix s'étrangla. Il ne put achever sa phrase.

Le prince hésita, et tout ce qu'il trouva à dire fut :

— Libre, Lorn. Libre et innocenté. J'aurais voulu faire plus mais j'ignorais tout des accusations portées contre toi. J'aurais pris ta défense, sinon. Et il ne se serait pas écoulé trois ans avant que…

Le regard de Lorn se durcit.

— J'en suis convaincu. Mais je te l'ai dit : ne me demande pas de te pardonner maintenant.

— Sans toi, poursuivit néanmoins Alan, je ne serais plus de ce monde. Et où étais-je lorsque tu avais besoin de moi ?

— Arrête, Alan. Arrête.

Le ton de Lorn s'était fait glacial et menaçant.

Le prince se ressaisit enfin et, coupable de s'être apitoyé sur son sort, se tut en baissant la tête. Il se savait parfois égoïste et s'en voulut d'avoir cédé à ce mauvais penchant pour soulager sa conscience.

Il y eut un nouveau silence qui, de tendu, devint embarrassé.

Alan remarqua que Lorn avait la main gauche bandée, et crut alors avoir trouvé un sujet de conversation anodin.

— Tu es blessé ?

Lorn ébaucha un sourire cynique.

— En quelque sorte.

Après un moment d'hésitation, il ôta le bandage et, poing dressé, posa le coude sur la table. Alan découvrit alors le sceau au dos de sa main. C'était une rune ancienne, celle de l'Obscure gravée sur un médaillon de pierre rouge incrusté dans la chair.

Le galion quitta bientôt les eaux noires et dangereuses de la mer des Ténèbres. Le continent était encore très loin, mais une île se profilait à l'horizon. Le capitaine mit le cap sur cette île d'abord, puis sur les deux aiguilles rocheuses qui se dressaient derrière elle. Une gigantesque arche de pierre reliait ces pics jumeaux.

Alan et Lorn sortirent sur le pont pour profiter du spectacle. Debout sur la dunette arrière, un mage de la guilde des Navigateurs avait déjà commencé ses incantations. Le navire était bardé d'arcanium. Même ses voiles étaient tissées de fils de ce métal. Réagissant à la magie, l'arcanium se mit à luire et à chanter en même temps qu'une brise surnaturelle se levait.

Encore faible, Lorn fut pris d'un vertige. Il avait tenu à sortir de sa cabine pour voir le navire quitter la mer des Ténèbres. Mais il avait présumé de ses forces et n'avait pas envisagé l'effet que lui procurerait l'immensité de l'horizon après trois années de geôle. Il se sentit à la fois écrasé et perdu, minuscule, vulnérable. Le bleu du ciel lui parut infini et le soleil meurtrit ses yeux pâles. L'air du large l'enivra. Il lui fallut prendre plusieurs profondes inspirations, en se tenant à l'épaule d'Alan qui le soutint discrètement.

— Ça va ?

— Ça… Ça va…

— Tu es sûr ?

Lorn n'eut pas à répondre.

À l'approche du galion, les runes gravées dans l'arche de pierre s'illuminèrent. Des volutes miroitantes tourbillonnèrent dans l'air. Elles emmaillotèrent le navire, s'enroulèrent autour de ses mâts, glissèrent sur ses voiles et crépitèrent au contact des renforts d'arcanium. Un passage s'ouvrit sous l'arche immense.

Le navire y entra et disparut dans un éclat éblouissant.

Chapitre 7

« Le Haut-Roi Erklant II s'était uni à la reine Célyane en secondes noces, après la mort de sa première épouse. Sans doute ne l'aima-t-il jamais, bien qu'elle lui eût donné deux fils. »

Chroniques (Livre de la Guerre des Trois Princes)

Les dames d'atour s'affairaient, achevaient de coudre un bouton, de mesurer une manche, de reprendre un ourlet, d'ajuster un pli. Au milieu d'elles, la reine Célyane laissait faire, se tenait droite et levait un bras si nécessaire. Grande et mince, encore belle, l'œil sombre et la bouche sévère, elle restait impassible mais avait l'œil à tout et demandait régulièrement que l'on s'écarte afin qu'elle puisse se voir dans le grand miroir posé devant elle. Cette toilette serait celle qu'elle porterait bientôt lors d'un événement qui marquerait le triomphe de sa politique et l'imposerait aux yeux de tous comme la reine régnante du Haut-Royaume.

Un événement propre à être relaté dans les *Chroniques*.

— Madame ?

La reine tourna la tête vers une demoiselle d'honneur qui lui présentait différentes parures de bijoux sur un coussin en satin. Elle en désignait une quand on annonça que le sieur Estévéris demandait à être reçu. La reine soupira et permit à son ministre d'entrer. Dans son dos, une dame d'atour monta sur un petit tabouret afin de lui passer le collier d'or et de rubis qu'elle avait choisi.

Parut un homme d'une cinquantaine d'années, gras et chauve, luxueusement vêtu, les doigts chargés de bagues. Ancien prélat, Estévéris était un homme prudent et un habile politique qui ne se départait jamais d'un grand calme plein d'onction. Il passait pour tout savoir des intrigues et complots qui se tramaient dans le Haut-Royaume. En dépit des innombrables espions qu'il entretenait et des bonnes âmes qui venaient spontanément se confier à lui dans l'espoir d'une quelconque faveur, c'était sans doute faux. Mais Estévéris se gardait bien de contredire cette rumeur et s'employait même à ce qu'on la croie vraie.

Il s'inclina.

— Madame.

— Que me vaut votre visite, monsieur le ministre ?

— Des nouvelles qui viennent d'arriver, madame. Des nouvelles de la Citadelle.

— Je vous écoute.

Estévéris ne répondit pas.

Et comme il persistait à attendre, la reine Célyane comprit et chassa son entourage. La pièce se vida en quelques instants et dès que la porte de son antichambre fut refermée, la reine lâcha :

— Eh bien ?

Soucieux, le ministre annonça :

— Le Haut-Roi a de nouveau reçu un émissaire de l'Assemblée d'Ir'kans.

La reine ne réagissant pas, il ajouta :

— C'est la seconde fois en seulement quelques mois, madame.

Mais la reine demeurait impassible. Il insista donc :

— Après la première entrevue, le Haut-Roi a ordonné le procès qui innocenta Lorn Askariàn. Et là, j'apprends qu'une troupe a quitté la Citadelle pour se rendre à Samarande. À Samarande où le prince Aldéran débarquera bientôt, madame. Cela ne peut être une coïncidence…

Estévéris se tut, convaincu que la reine ne resterait pas sans réaction.

Il ne se trompait pas.

D'un claquement de doigts pressé, elle désigna un meuble sur lequel était un service en or et vermeil. S'inclinant, le ministre alla remplir une coupe de vin tandis que la reine s'asseyait dans un fauteuil à dossier bas. Elle prit la coupe qu'Estévéris lui apporta et y trempa à peine les lèvres.

— J'imagine que vous ne savez pas plus ce qui s'est dit lors de cette seconde entrevue, que lors de la première…

— Non, madame, avoua le ministre d'un air compassé.

— N'avez-vous pas des espions dans la Citadelle ?

— Quelques-uns seulement, madame.

— Mais fort efficaces, heureusement…

Estévéris connaissait assez la reine Célyane pour savoir que ce n'était jamais bon signe quand elle maniait l'ironie.

— Le Haut-Roi reçoit seul l'émissaire de l'Assemblée, expliqua-t-il. Même Norfold, le capitaine de sa garde, reste à la porte. Mes espions ne peuvent se risquer à…

La reine Célyane le fit taire d'un geste puis, se contenant, tapota nerveusement du bout des ongles sur l'accoudoir de son fauteuil.

— La mission de cette troupe ? demanda-t-elle enfin.

— Je l'ignore.

— Nombreuse ?

— Une vingtaine de cavaliers de la Garde Grise.

— Mais il ne fait aucun doute qu'elle se rend à Samarande…

— Aucun, madame.

— Et sur l'ordre de mon époux.

— Oui, madame.

La reine du Haut-Royaume pinça les lèvres.

Samarande étant la plus influente des sept Cités franches – leur capitale, pour ainsi dire. Jadis, la province des Cités franches avait d'abord appartenu au Haut-Royaume, avant d'être envahie par le royaume d'Yrgaärd. Puis, sitôt couronné, l'actuel Haut-Roi l'avait reconquise au terme d'une campagne militaire qui avait repoussé les armées du Dragon Noir au-delà de la mer des Brumes. Erklant avait ensuite accordé une relative indépendance à chacune des Cités franches afin de s'attirer leur reconnaissance et leur loyauté : elles se gouverneraient comme elles le voudraient, pourvu qu'elles paient l'impôt et n'aillent jamais contre les intérêts du Haut-Royaume. Après le joug yrgaärdien, cette liberté recouvrée fit la prospérité des Cités franches. Pourtant, l'une d'elles allait bientôt s'affranchir totalement de la tutelle du Haut-Royaume et rejoindre le giron de l'Yrgaärd…

— Pensez-vous que le Haut-Roi pourrait tenter de s'opposer à la cession d'Angborn ? demanda Estévéris.

En fait de question, il s'agissait d'une mise en garde d'autant plus prudente que le ministre l'avait plusieurs fois formulée. Il était le principal artisan de ce coup de maître diplomatique et politique qui allait bientôt faire d'Angborn une cité yrgaärdienne à part entière. Pour autant, il n'ignorait pas ce que cette cession coûtait au Haut-Roi et à ses derniers partisans.

La reine haussa les épaules.

— Ce vieillard sénile ?

— La province des Cités franches constitue la plus belle conquête du règne de votre époux, insista Estévéris. Et l'un de ses plus hauts faits de gloire est d'avoir rejeté les armées de l'Yrgaärd à la mer. Nos adversaires ont beau jeu de dire que céder Angborn au Dragon Noir, c'est à la fois amputer une conquête et ramener l'Yrgaärd à nos portes. Nul doute que le Haut-Roi, pour isolé qu'il soit, ne…

— Laissez donc mon époux où il est, voulez-vous ? Laissez-le dans cette forteresse dont il a choisi de faire son tombeau. Après tout, n'est-ce pas ce qu'il veut ? Qu'on le laisse mourir en paix ?

Le ministre s'inclina respectueusement.

— Quant à nos adversaires…, poursuivit la reine. La cession d'Angborn à l'Yrgaärd aura lieu, ne leur en déplaise. Elle est un bien pour le Haut-Royaume. Elle rétablira nos relations diplomatiques avec l'Yrgaärd et posera les jalons d'une alliance sans précédent. Le Haut-Royaume et l'Yrgaärd ! Les deux plus puissants royaumes d'Imélor enfin alliés !

S'emportant, la reine s'était levée et avait fait quelques pas. Elle se calma, et ajouta posément :

— Ce sera chose faite dans quelques semaines, Estévéris. Dans quelques semaines nous serons à Angborn devant des délégations du monde entier et nous signerons avec l'Yrgaärd un traité qui obligera tous nos ennemis, ceux de l'intérieur comme de l'extérieur, à reconsidérer longuement leurs… positions.

Célyane souriait et son regard brillait, lointain. Elle se tenait droite et déjà satisfaite dans la robe qu'elle porterait pour l'occasion et qui, comme son triomphe, n'attendait plus que l'on y mette la dernière main.

Devinant qu'elle goûtait sa victoire prochaine sur tous ceux qui contestaient son autorité ou doutaient de sa capacité à régner seule, le ministre se garda bien d'évoquer le tribut que l'Yrgaärd allait payer pour obtenir Angborn. Certes, le gain politique et diplomatique que le Haut-Royaume tirerait de cette opération était certain. Mais il s'agissait tout de même de vendre Angborn – et la redoutable forteresse qui la défendait – pour renflouer les caisses. Le Haut-Royaume était au bord de la ruine et avait besoin de l'or yrgaärdien.

— Reste que le Haut-Roi vient d'envoyer vingt cavaliers de sa garde en mission à Samarande, dit Estévéris après un moment. Si leur mission ne concerne pas le traité, elle a sans doute à voir avec la venue du prince Aldéran.

Le ministre marqua un temps avant d'en venir, enfin, où il voulait :

— Ou avec le retour de Lorn Askariàn…

La reine tourna vers lui un regard acéré.

— Lorn ! Dalroth n'a donc pas eu raison de lui ?

— Il se peut qu'il ne soit plus en vie, madame.

— Combien de temps aura-t-il passé à Dalroth, au juste ?

— Presque trois années.

— Et peut-on survivre à cela ?

— Pas avec toute sa raison, à ce que l'on dit.

— En ce cas, qu'est-ce que le Haut-Roi pourrait vouloir à cet homme ?

— Je l'ignore, madame.

Célyane de Haut-Royaume réfléchit, puis afficha un sourire supérieur et claqua vivement dans ses mains, ce qui provoqua le retour des dames d'atour.

— Encore une lubie de ce vieux fou, dit-elle avec insouciance. (Elle redevint le centre d'une fébrile activité et, le dos droit, leva les bras à l'horizontale.) Qu'il s'amuse comme ça lui chante, ajouta-t-elle. Nous avons, quant à nous, d'autres chats à fouetter…

Estévéris rentra dans les luxueux appartements qu'il occupait au palais. Il réclama qu'on lui fasse couler un bain parfumé et, uniquement vêtu d'une longue et ample chemise, plongea dans l'eau fumante. Le fin tissu colla, diaphane, aux replis de son corps obèse et totalement glabre. De grosses gouttes de sueur couvrirent son visage rubicond qu'une servante essuyait régulièrement.

Le ministre était soucieux.

Bien sûr, la situation du royaume l'inquiétait. Les caisses vides. La légitimité de la reine à régner de plus en plus contestée. Les campagnes qui menaçaient de se soulever et les nobles qui complotaient derrière le duc de Feln. Et les royaumes iméloriens qui s'armaient aux frontières parce qu'ils ne voyaient pas d'un bon œil le rapprochement de l'Yrgaärd et du Haut-Royaume.

Mais Estévéris était presque autant tourmenté par le retour de Lorn Askariàn et l'audience à laquelle – il en était convaincu – le Haut-Roi allait le convoquer. Le vieux roi, avant d'ordonner le second procès de Lorn, avait reçu un envoyé de l'Assemblée d'Ir'kans. Cela ne pouvait être un hasard. L'Assemblée devait en savoir assez pour vouloir la libération de cet homme en dépit de tout ce qu'il avait pu subir à Dalroth. Qu'avait-elle dit au Haut-Roi ? Que lui avait-elle révélé pour le convaincre ?

Estévéris devait partir du principe que le roi, désormais, savait. Une perspective plus qu'inquiétante, surtout si l'on songeait à ce que Lorn risquait d'apprendre pour peu qu'il soit animé d'un sentiment de vengeance. Et comment pourrait-il ne pas l'être, après ce qui lui était arrivé ? À sa place, n'importe qui voudrait découvrir qui avait intrigué pour le perdre, et pourquoi.

Étrangement, cela ne semblait pas préoccuper la reine.

Comment était-ce possible ?

Comment pouvait-elle ne pas voir la menace que représentait le retour de Lorn ? Comment pouvait-elle ne pas s'intéresser à ce qu'Erklant tramait dans la Citadelle ? Lorsque le Haut-Roi s'y était enfermé, tout le monde avait pensé qu'il comptait y finir ses jours en paix, à l'écart des regards. Estévéris, lui, avait été effleuré par l'idée que le roi était en quête d'un refuge, où il pourrait agir en secret. Avec le recul, cette intuition semblait être la bonne…

Vieux renard, songea le ministre en esquissant un sourire dans les vapeurs parfumées de son bain.

Restait que l'insouciance de la reine pouvait devenir dangereuse et que si elle persistait à ne rien faire contre Lorn, Estévéris allait devoir s'en charger.

Pour le bien du Haut-Royaume et pour celui de sa reine.

Et peut-être également pour le sien.

Paupières closes, il réclama plus d'eau chaude.

Chapitre 8

« La porte des Navigateurs les ayant transportés dans les eaux de la mer des Brumes, ils arrivèrent trois jours plus tard en vue des Cités franches. Le voyage s'était déroulé sans encombre depuis que le galion royal avait quitté les terreurs et les tourments de la mer des Ténèbres. C'était, enfin, le terme de la traversée. »

Chroniques (Livre du Chevalier à l'Épée)

— C'est moi, annonça Alan en toquant à la porte de la cabine.

— Entre.

Le prince trouva Lorn qui lisait allongé sur sa couchette.

— Je suis venu te dire que nous arrivons à destination.

Lorn referma son livre et jeta un œil par la fenêtre. Ils avaient dépassé la ville d'Angborn sur son île, et voguaient désormais sur les eaux calmes de la mer des Cités franches.

Plein sud, pour autant que Lorn pouvait en juger.

— Merci. Nous débarquerons à Samarande, c'est ça ?

— Oui.

Préoccupé, Alan approcha un tabouret et s'assit, penché en avant, mains jointes, les coudes sur les cuisses.

— Qu'y a-t-il ? demanda Lorn.

— Tu n'es guère sorti de ta cabine ces derniers jours.

— J'ai trouvé quelques livres dans un vieux coffre. Alors comme j'avais de la lecture en retard…

La plaisanterie ne dérida pas Alan.

Lorn poussa un soupir, s'assit au bord de sa couchette et regarda son ami droit dans les yeux.

— Je vais bien, dit-il. Laisse-moi le temps. Ça passera.

Son regard, cependant, disait tout autre chose.

Mais si Lorn avait menti, c'était moins pour rassurer son ami que pour avoir la paix : si sincère et si bienveillante qu'elle soit, la sollicitude souvent maladroite d'Alan lui pesait.

— Vraiment ? insista le prince.

— Vraiment.

La vérité était que Lorn préférait éviter l'équipage.

Par superstition, les marins se méfiaient de lui. Il était marqué par l'Obscure. Autant dire qu'il était maudit et ne pouvait qu'attirer le malheur, ce qui lui valait d'être à la fois craint et méprisé. Lorn n'avait pas été long à remarquer les regards hostiles et inquiets qu'il s'attirait dès qu'il quittait sa cabine. Et pour ne rien arranger, les rayons du soleil l'éblouissaient douloureusement, ses yeux ne semblant pas se réaccoutumer à la lumière du jour. Aussi avait-il pris l'habitude de ne sortir sur le pont qu'à la nuit tombée, au clair de la Nébuleuse. Ses journées, il les consacrait à réfléchir, à lire et à se reposer.

— Tu sembles aller mieux, dit Alan en se levant.

De fait, Lorn avait meilleure mine. Certes, son visage restait pâle et marqué. Mais il avait repris des forces. Ses yeux vairons brillaient d'un nouvel éclat. Il avait taillé sa barbe à ras et, bien coupés, ses cheveux noirs lui tombaient désormais aux épaules.

Alan alla se servir un verre de vin au pichet posé sur la table.

— Tu en veux ? proposa-t-il.

— Non merci.

Le prince vida son verre d'un trait, après quoi il demanda :

— As-tu songé à ce que tu allais faire ?

— Comment ça ?

— Maintenant que tu es libre. Que vas-tu faire ?

Lorn baissa un regard désabusé sur sa main gauche et sur la bande de cuir qui cachait le sceau de pierre rouge incrusté dans sa chair.

Libre, songea-t-il.

L'était-il vraiment ? Le serait-il jamais avec cette marque infamante ? Pour la voir apparaître, il fallait avoir subi l'influence de l'Obscure. Mais cela ne suffisait pas : tous ceux qui côtoyaient l'Obscure n'étaient pas marqués. Sans que l'on sache pourquoi, celle-ci n'apposait pas sa rune sur n'importe qui. Préférait-elle les plus forts, les plus cruels, les plus enclins à la servir ? C'était en tout cas un terrifiant privilège. Certes, ceux qu'elle adoptait lui survivaient. Elle leur épargnait le pire de ses effets corrupteurs et ils semblaient échapper à la dégénérescence physique et mentale qui frappait les autres. Ils finissaient toujours par en payer le prix, cependant. Car si l'Obscure ne tuait pas ceux qu'elle adoptait, elle attirait le malheur sur eux et le Destin, tôt ou tard, venait leur réclamer des comptes.

D'une certaine manière, Lorn devait donc à sa marque d'être encore en vie. Elle représentait le choix de l'Obscure. Sans elle, il serait mort. Ou fou et le corps rongé, difforme. Devait-il pour autant s'en réjouir ? On n'échappait pas à l'Obscure. On ne s'en libérait jamais.

— Je comprendrais que tu ne veuilles plus rien avoir à faire avec le Haut-Royaume, reprit le prince. Mais sache que dès que tu te sentiras prêt, je serai heureux de t'avoir à mes côtés.

Qu'il l'accepte ou pas, Lorn savait ce que cette offre représentait : une réhabilitation éclatante.

— Merci, dit-il.

— Ne me remercie pas. Je ne te fais pas une faveur. Je vais avoir vraiment besoin de toi.

Lorn fronça les sourcils et se leva.

— Que se passe-t-il ?

Le prince hésita, puis lâcha :

— Le Haut-Royaume va mal, Lorn. L'autorité de ma mère est de plus en plus contestée et mon père…

Sa voix s'étrangla.

Lorn attendit.

Celui qu'il avait été aurait sans doute offert au prince le réconfort d'une parole amicale, d'une main prévenante posée sur l'épaule. Mais il s'en sentait désormais incapable. Cela reviendrait peut-être.

Alan se servit un deuxième verre de vin, qu'il sécha à moitié.

— Mon père ne règne plus, Lorn. Et il est au plus mal.

— C'est si grave ?

— Oui. Tu… Tu ne le reconnaîtrais pas, si tu le voyais. Il est plus mort que vif. Maigre et pâle. Décharné. On dirait un cadavre déjà ancien. Sec. Parcheminé. C'est à faire peur. Et sa voix… Et ses yeux ! Ils…

Alan s'interrompit, incapable de poursuivre. Il finit son verre et resta le regard perdu dans le vague.

— Je… Je sais que tu as toutes les raisons de lui en vouloir, Lorn. Mais je t'assure que si tu voyais ce qu'il est devenu, tu aurais pitié de lui.

Lorn en doutait mais il préféra ne rien en dire. En revanche, il demanda :

— Qu'a-t-il ? De quoi souffre-t-il ?

— On l'ignore. Les médecins, les mages, les prêtres, tous sont impuissants. Si bien qu'on commence à parler du Grand Mal. (Le prince s'anima.) Le Grand Mal ! Mais pourquoi ? Peux-tu me dire pourquoi mon père souffrirait du Grand Mal ? Pour quel crime ?

Lorn ne répondit pas.

Le Grand Mal, selon la légende, frappait les rois coupables. Il s'acharnait tant que la faute n'était pas réparée ou pardonnée, et pouvait nuire au royaume tout entier. Disettes, guerres, épidémies. À terme, personne n'était épargné.

Alan recouvra son calme.

— Si cela n'arrive pas avant, le Haut-Royaume basculera dans la guerre à la mort de mon père. Il me faudra alors prendre les armes pour défendre le trône et j'aimerais pouvoir compter sur toi. Mais comme je te l'ai dit, je comprendrais que tu refuses. D'ailleurs, je ne te demande pas de me répondre maintenant. Seulement d'y réfléchir.

— Je te promets d'y réfléchir. Mais pour l'heure...

— Je sais, je sais. Il te faut du temps.

Ils échangèrent un sourire.

— Sais-tu pourquoi ton père a ordonné un second procès pour moi ? demanda Lorn. Il devait me croire coupable quand j'ai été condamné, puisqu'il n'a pas exercé son droit de grâce. Alors qu'est-ce qui a changé après trois ans ?

— Je ne sais pas, répondit le prince. Mais peu avant d'ordonner ce second procès, il avait reçu la visite d'un émissaire de l'Assemblée d'Ir'kans.

— Un Émissaire ?

— À ce qui se dit.

— Rien que ça...

Lorn resta un moment songeur.

— Il paraît que j'ai un destin, dit Alan avec désinvolture. C'est peut-être aussi ton cas...

Mais Lorn n'eut pas l'occasion de répliquer.

— Tu as entendu ? demanda soudain le prince en tendant l'oreille.

— Oui.

— On dirait des coups de canon...

Intrigué, Lorn se dépêcha de monter sur le pont. Alan, qui savait de quoi il s'agissait, le suivit avec moins de hâte.

Le galion royal s'était engagé dans l'embouchure du fleuve Eirdre et approchait du port de Samarande. La ville saluait son arrivée en tirant des salves depuis les remparts.

Une main en visière, Lorn en compta neuf.

— Le compte y est, dit-il alors qu'Alan le rejoignait. Neuf pour un prince de sang. Quelque chose me dit que tu es attendu.

— Estévéris, une fois de plus, a bien fait les choses.

— Estévéris ?

—Le Premier ministre de ma mère. Tu ne te souviens pas de lui ? Bah ! tu referas la connaissance de ce serpent bien assez tôt… (Alan poussa un soupir résigné.) En attendant, il va me falloir tenir dignement mon rôle de prince.

Lorn, soudain, lui trouva un air terriblement las.

Samarande était pavoisée aux couleurs du Haut-Royaume lorsque le galion royal arriva. Des estrades et des barrières avaient été dressées, et l'on n'attendait plus que de jeter des brassées de fleurs par les fenêtres au passage du cortège. Contenue par des hallebardiers, une foule joyeuse et impatiente se massait sur les quais et dans les rues avoisinantes. Il faisait un temps splendide. Toute la ville était en fête.

Le galion ayant mis l'ancre dans les eaux du port, une délégation de notables se porta à sa rencontre à bord d'une grande et luxueuse barque. De loin, on reconnut Aldéran de Langre, prince du Haut-Royaume, quand il prit place dans cette barque pour gagner la terre ferme. Des vivats s'élevèrent, mais le peuple ne laissa éclater sa joie que lorsque le prince apparut vêtu d'un magnifique habit à passementeries d'argent sur une tribune décorée à la feuille d'or et couverte d'un dais de soie bleue.

Des trompettes sonnèrent et ce fut un triomphe.

Sur les quais, un mouvement spontané de la foule obligea les hallebardiers à s'arc-bouter et à donner de la voix. Leurs ordres furent noyés par les acclamations, les bravos et les applaudissements redoublés. On tendait le cou et on jouait des coudes, épaule contre épaule. Souriant et saluant de la main, Alan se laissait acclamer.

Lorn était resté sur le galion. Coiffé d'une capuche qui protégeait ses yeux du soleil, il observait la scène et, admiratif, dit :

—Je ne me souvenais pas qu'il était si populaire…

—Il ne l'a jamais été autant que depuis son retour, lui répondit le père Domnis. C'est à croire qu'il incarne tous les espoirs du Haut-Royaume en ces temps troublés.

Jeune et beau, charismatique, Aldéran de Langre avait les faveurs du peuple qui lui pardonnait volontiers ses frasques passées. Il fallait bien que jeunesse se passe. Et d'ailleurs, ne s'était-il pas déjà beaucoup assagi ? N'avait-il pas parcouru les royaumes iméloriens en simple gentilhomme, afin de parfaire sa connaissance du monde ? N'avait-il pas accompli une retraite de plus de deux ans dans un monastère ? On le disait généreux, attentif et courageux.

— Certains se prennent à rêver qu'il hérite du trône à la mort du Haut-Roi, poursuivit le prêtre blanc.

— C'est aller un peu vite en besogne, dit Lorn. Yrdel aurait-il lui aussi renoncé au trône ?

Aldéran n'était pas le seul prince du Haut-Royaume. Il avait deux frères aînés : Jall et Yrdel. Or si Jall avait renoncé à ses droits sur la Couronne en rejoignant l'Église, Yrdel restait le premier-né et, à ce titre, l'héritier du trône d'Onyx.

— Yrdel est bien vivant, que je sache, non ? insista Lorn.

Le père Domnis haussa les épaules.

— Je ne me mêle pas de politique, mon fils. Mais je sais que le Haut-Royaume se divise et qu'il est menacé. Le peuple est inquiet. Il rêve d'un grand roi et craint qu'Yrdel ne soit pas celui-là.

Lorn se tut.

Ce qu'Alan lui avait confié un peu plus tôt dans la journée lui revenait en tête. Il avait dit qu'il craignait qu'une guerre éclate dans le Haut-Royaume à la mort du roi, et qu'il lui faudrait combattre « pour défendre le trône ». Mais prendre les armes contre qui ? Et pour défendre le trône de qui ?

Le sien ou celui de son frère Yrdel ?

Lorn se reprocha aussitôt d'imaginer son ami en usurpateur. Un tel soupçon ne lui serait sans doute jamais venu auparavant, mais se trompait-il pour autant ?

Tranquille et assuré, le prince répondait aux hommages qu'il venait de recevoir. Il adressa quelques mots à la foule depuis la tribune, après quoi il salua sous les applaudissements et monta en selle pour prendre la tête du long et superbe cortège qui l'attendait.

Lorn leva les yeux vers un soleil éblouissant.

Il était désormais libre et le monde lui parut infini, plein d'incertitudes et de dangers.

Chapitre 9

« Les festivités en l'honneur du prince durèrent tout le jour. Le soir venu, un bal fut donné dans le palais du gouverneur tandis que des banquets étaient offerts à la population dans les quartiers, les rues, les cours et les jardins de Samarande illuminée. »

Chroniques (Livre de la Guerre des Trois Princes)

Une heure avant le bal, Alan fut enfin de retour dans les appartements qui lui avaient été alloués dans le Palais du Gouverneur. Il y retrouva Lorn et ne prit que le temps de décrocher son épée avant de se laisser tomber dans un fauteuil, les pieds croisés sur une table basse.

Lorn avait passé l'après-midi à l'intérieur, à l'ombre des persiennes, loin d'un soleil radieux dont il avait perdu l'habitude. À Dalroth, il lui était parfois permis de quitter l'enfer du quartier des cellules pour passer, seul, quelques heures dans l'une ou l'autre des petites cours encaissées et humides de la forteresse. Mais il était rare que le ciel se dégage, rare qu'il ne pleuve ou ne bruine pas. Le soleil ne brillait jamais longtemps sur la mer des Ténèbres, et toujours d'une lumière grise et éteinte – une lumière de caveau.

Alan poussa un long soupir en s'étirant.

— Dur métier que celui de prince de sang, nota Lorn.

S'il s'agissait d'une gentille moquerie, le ton n'y était guère. Alan tiqua et se demanda quelle était la part de l'amertume et du reproche dans ce que Lorn venait de dire. Car après tout, si l'un devait se plaindre de son sort…

Le prince choisit cependant de ne pas relever.

— Je n'en peux plus, dit-il. Et j'ai moins d'une heure pour me préparer.

Se levant, il alla se servir un verre de vin et le siffla d'un trait. Lorn remarqua les veinures dorées et mouvantes qui trahissaient la présence de kesh dans le vin sombre.

Le prince se servit un deuxième verre.

—Je suis fatigué, déclara-t-il d'un air las et absent.

—Ce bal est donné en ton honneur, dit Lorn. Je doute qu'il commence sans toi. Et plus encore que quelqu'un te fasse des remontrances si tu arrives en retard…

—Non, tu ne me comprends pas.

Lorn fronça les sourcils et attendit.

—Je suis fatigué, Lorn. Vraiment fatigué… (Le prince se mit à arpenter lentement la pièce.) Fatigué des honneurs, des salves, des trompettes. Fatigué de me donner en représentation. Si tu savais comme je regrette le temps de notre jeunesse. Quand je n'étais que le troisième fils du roi, le cadet turbulent dont on ne savait pas trop quoi faire… (Il s'arrêta et se tourna vers Lorn.) Nous étions heureux, n'est-ce pas ?

Lorn esquissa un sourire nostalgique au souvenir des jours d'insouciance que le prince évoquait. Des souvenirs de cavalcades, de rires, de jeux, de vin et de filles troussées lui revinrent en mémoire.

—Oui, dit-il. Nous l'étions.

Le regard d'Alan s'était déjà perdu vers un horizon moins lointain et bien moins heureux.

—Maintenant, reprit-il avec gravité, le royaume pense que mon père l'a abandonné. Ou qu'il est fou, ou mort, ou tout comme. Ma mère, elle, est plus détestée que jamais. Jall a renoncé au Haut-Royaume. Quant à Yrdel… (Il haussa les épaules.) Eh bien tu le connais : Yrdel est ce qu'il est. Il fera un bon roi mais il ne fera jamais un roi aimé. Mais moi, moi le peuple m'aime. Il m'acclame. Il me fête. Il croit en moi. Pourquoi ? Mystère. Peut-être parce que je suis le dernier en qui l'on peut croire, mais c'est ainsi. (Il ricana amèrement.) Alors voilà à quoi ma mère et son ministre m'emploient. À rien, sinon à être acclamé et fêté…

Lorn avait constaté le jour même en quoi la popularité d'Alan pouvait être une arme politique. Rien d'étonnant, donc, à ce qu'on cherche à en user pour le meilleur ou pour le pire du Haut-Royaume. Durant l'après-midi, en discutant avec le père Domnis, il avait appris que le Haut-Royaume s'apprêtait à vendre Angborn à l'Yrgaärd. La nouvelle l'avait ahuri et choqué. Mais il concevait sans mal en quoi la visite du prince Aldéran à Samarande pouvait rassurer les autres cités.

—Ils ne voulaient pas que j'aille te chercher à Dalroth, reprit Alan.

—Ils ?

—Ma mère et Estévéris. Au prétexte que je m'exposerais inutilement aux dangers de la mer des Ténèbres, alors que je me dois au Haut-Royaume. En vérité, ils enrageaient que j'annule au dernier moment un voyage officiel…

Lorn ne connaissait pas Estévéris mais il savait parfaitement à quoi s'en tenir avec la reine Célyane. Elle ne l'aimait pas et ne l'avait jamais aimé, sans doute à cause de l'influence qu'il exerçait sur son fils. Cette influence ne pouvait être que néfaste puisqu'il avait souvent, volontairement ou non, incité Alan à s'émanciper de la tutelle de sa mère.

— Mais Estévéris est un vieux renard, reprit le prince. Il ne lui a pas fallu longtemps pour arranger les choses à sa manière. La nouvelle a d'ailleurs déjà été colportée dans tout le Haut-Royaume : n'écoutant que mon courage, je n'ai pas hésité une minute à affronter les dangers de Dalroth pour voler au secours d'un ami injustement condamné. C'est même grâce à moi que tu aurais été innocenté. (Dépité, il secoua doucement la tête.) Et voilà comment l'on réécrit l'Histoire…

Alan se tut.

Il était sincèrement désolé de la tournure prise par les événements.

— Je n'ai pas fait cela pour ma gloire ou pour servir les plans d'Estévéris, dit-il. Et sûrement pas pour que l'on m'accueille en héros alors que c'est à toi que le Haut-Royaume devrait présenter les honneurs.

Lorn s'étonna de la candeur du prince et ne sut quoi dire. Alors, comme Alan buvait son deuxième verre de vin au kesh, il lâcha :

— Tu devrais peut-être y aller doucement avec ça, non ?

Ce n'était pas vraiment une question, et pas même un conseil. Mais un froid constat.

Le prince ne comprit pas tout de suite.

Puis, ayant regardé son verre vide, il dit :

— Oh ! ça ? (Il posa le verre.) Ne t'inquiète pas, le kesh n'est vraiment là que pour donner de la couleur…

Le kesh pouvait être une drogue redoutable. Il était un calmant efficace contre la douleur mais à fortes doses, il provoquait une lente déchéance physique et psychologique souvent mortelle. Alan avait manqué de peu d'être une de ses victimes. De rechute en rechute, il avait fui, tout abandonné et serait mort dans une fumerie sordide sans Lorn. Sa guérison avait été longue et difficile. En fait de voyage dans les royaumes iméloriens et de retraite religieuse, il avait suivi une cure douloureuse dans un monastère isolé, sous la responsabilité du père Domnis. Et ce, dans le plus grand secret.

Lorn se contentant de le regarder sans rien dire, le prince afficha un grand sourire peut-être un peu fragile.

— Mais oui ! Ne te fais aucun souci pour moi. Je suis guéri. (Et il se sentit obligé d'insister.) Je te le jure ! Guéri. Et puis goûte ce vin, si tu ne me crois pas. Tu verras qu'il est sans danger. Un vrai vin de pucelle…

Lorn ne sut s'il devait croire son ami ou pas.

— Soit, dit-il. Je suis content de savoir que toute cette histoire est derrière toi.

Alan s'approcha et lui posa une main amicale sur l'épaule.

— Je vais bien, Lorn. De nous deux, je ne suis pas celui pour lequel tu devrais t'inquiéter. Prends plutôt soin de toi, veux-tu ?

Lorn acquiesça.

— Parfait ! s'exclama le prince avec un enthousiasme retrouvé. À présent, il faut que je me prépare... Viendras-tu ?

— Je ne crois pas, non, se renfrogna Lorn.

— Tu es sûr ? Réfléchis. (Alan était déjà à mi-chemin de la porte.) On en reparle tout à l'heure, d'accord ?

Lorn ne répondit pas.

Accoudé au balcon, Lorn écoutait les bruits et les rires de la réception que le gouverneur donnait en l'honneur du prince. Toute la bonne société avait été conviée. Une fois prêt, Alan avait insisté pour l'y emmener.

— Cela te fera du bien, Lorn. Qui a plus besoin que toi de s'amuser ? De boire et de danser ? Et peut-être de courtiser une belle ou deux ?

Mais Lorn avait refusé. Il n'était pas disposé à rencontrer des inconnus et à affronter leur regard. Sur le navire, déjà, il avait remarqué que l'équipage l'évitait et parlait dans son dos. Il revenait de Dalroth, et peu importaient les raisons qui l'y avaient conduit. Innocent ou pas, il y avait passé près de trois ans. Innocent ou pas, il portait la marque d'Obscure.

Se souvenant des recommandations du père Domnis, Alan n'avait pas insisté.

— Je resterais volontiers avec toi mais tu comprends que...

— Crois-tu que j'aie besoin que tu me tiennes la main ? Va et sois un bon prince.

— Mais si tu changes d'avis...

— À demain, Alan.

— Et si tu as besoin de quoi que ce soit, Odric est à ta disposition.

— À demain, répéta Lorn d'un ton patient.

Alan comprit et esquissa un sourire embarrassé.

— Oui. Bon... À demain.

Les appartements laissés à la disposition du prince donnaient sur les splendides jardins du palais du gouverneur et offraient une vue magnifique sur la ville et son port en contrebas. La nuit venait de tomber. Éclairé par la vaste Nébuleuse grise et blanche, le ciel étoilé, splendide, se reflétait sur les eaux noires de l'Eirdre. Des parfums de fleurs et d'arbres de senteur embaumaient l'air.

Et les bruits de la fête, donc, montaient jusqu'au balcon par les fenêtres ouvertes des grands salons. On bavardait et on riait. Des verres tintaient. L'orchestre jouait un branle enlevé, scandé par le martèlement des talons des danseurs sur le parquet.

Lorn regretta de ne pas avoir cédé à Alan.

Il y avait longtemps qu'il n'avait pas renoué avec la gaieté. Longtemps qu'il n'avait pas été joyeux et insouciant. Pourquoi s'en privait-il maintenant, après trois années ? Il n'avait que quelques escaliers à descendre. Voulait-il vivre en ermite jusqu'à la fin de son existence ? Il faudrait bien qu'il se décide un jour à affronter le monde. Il avait mené de plus rudes combats et pourtant il hésitait, comme on hésite à aimer de nouveau quand on a eu le cœur brisé...

La nuit étant particulièrement douce, la fête quitta les salons. L'orchestre se déplaça sur la terrasse. On dressa d'autres tables. Des flambeaux furent allumés. Et toute une farandole de robes s'égailla dans les jardins.

— Odric ! appela Lorn par-dessus son épaule.

Le vieux serviteur ne tarda pas à venir.

— Messire ?

— Y a-t-il dans la garde-robe du prince une tenue qui m'irait ?

Lorn parut sur la terrasse vêtu de cuir noir et de lin gris. Élégant mais manquant d'assurance, il n'attira guère l'attention. On bavardait et riait sans s'intéresser à lui. Les regards glissaient sur lui avec indifférence. En chahutant joyeusement, deux jeunes filles un peu ivres le bousculèrent. Elles le remarquèrent à peine et ne s'excusèrent pas.

Lorn resta un moment planté sur place, sans trop savoir quoi faire. Il eut l'étrange sentiment de s'être perdu sur la scène d'un théâtre. Il songeait à rebrousser chemin quand Alan l'aperçut de loin et, s'interrompant au milieu d'une phrase, vint aussitôt vers lui avec un grand sourire.

Ils échangèrent une accolade.

— Je connais ce pourpoint, s'amusa le prince.

— Oui, c'est Odric qui...

— Garde-le. Il te va bien mieux qu'à moi.

Lorn acquiesça.

— Je suis vraiment content que tu aies changé d'avis, dit Alan en prenant son ami par le coude.

Il se tourna vers les personnes qu'il avait laissées en plan. Elles attendaient, intriguées. Lorn croisa leurs regards, remarqua une jeune femme séduisante dans le groupe, ainsi qu'un homme aux cheveux plaqués en arrière et à la mine austère qui le dévisageait.

— Qui est ce triste sire ? demanda-t-il.

— L'ambassadeur d'Angborn. Un Yrgaärdien de souche. Il est ravi à l'idée que sa cité retombe bientôt sous l'autorité du Dragon Noir. Un être délicieux, comme tu peux t'en douter...

Depuis les Ténèbres, un Dragon divin régnait sur l'Yrgaärd. Créature redoutable et crainte, cruelle, intelligente, le Dragon Noir vouait au Haut-Royaume une haine inextinguible.

— Viens, ajouta Alan, je vais te présenter.

Mais Lorn refusa de le suivre.

— En fait, lui dit-il à l'oreille, si cela ne t'ennuie pas, je préférerais...

On commençait à leur lancer des coups d'œil à la dérobée et à se demander qui était cet homme que le prince traitait avec une telle familiarité. Ce devait être cet ami qu'il avait ramené d'une expédition sur la mer des Ténèbres. Et l'on parlait à mi-voix, tête penchée, en feignant de regarder ailleurs :

— Il aurait passé cinq ans à Dalroth pour un crime qu'il n'a pas commis.

— Cinq ans ? Je croyais que c'était trois.

— Mais de quoi était-il accusé ?

— Allez savoir. Son procès s'est tenu en chambre secrète.

— Pour mériter Dalroth, il fallait que ce soit grave...

Gêné, Lorn massait le dos de sa main gauche à travers la fine lanière de cuir qui l'entourait. Alan devina ce qu'il ressentait et se reprocha aussitôt son indélicatesse.

— Tu as raison, dit-il. D'ailleurs, je commençais à m'ennuyer avec eux... Allons plutôt boire un verre de vin à l'écart. Le gouverneur fait venir à grands frais un vin alguéran qui ne vaut pas nos crus langriens, mais qui n'est pas si mauvais...

Lorn suivit Alan vers les buffets dressés sur la terrasse. Le prince emporta une bouteille et deux verres, et ils allèrent faire quelques pas dans les jardins. Suivis des yeux par tous ceux qu'ils croisaient, ils marchèrent jusqu'à une balustrade d'où ils dominaient une perspective régulière de massifs, d'allées et de parterres. Là, Alan remplit les deux verres d'une main légèrement tremblante. Lorn devina que son ami avait un peu bu, mais il se tut.

— Je... Je suis désolé, dit le prince en fixant un point par terre.

— Désolé ?

Le prince chercha ses mots.

— Oui, je… Je me rends bien compte que je suis maladroit avec toi…

Lorn remarqua qu'il roulait d'une épaule, comme il le faisait lorsqu'il était sincèrement, profondément embarrassé. Cela n'arrivait pas souvent et il fallait connaître Alan aussi bien que Lorn le connaissait pour interpréter ce geste. Le prince Aldéran était de ces personnalités solaires et tranquilles, confiantes, à qui les rapports avec autrui semblent toujours aisés.

— Mais je ne sais pas comment m'y prendre, reprit le prince. Pourtant, je voudrais t'aider, Lorn. Je voudrais vraiment t'aider.

Lorn garda le silence.

Alan s'était rendu compte qu'il voulait Lorn tel qu'il était avant. Tel qu'il avait été. Il s'était attendu à le retrouver épuisé, certes. Et meurtri. Peut-être même diminué. Il savait que son ami sortirait terriblement éprouvé de Dalroth. Mais ce serait Lorn. Quand bien même le chemin s'avérerait long et la convalescence difficile, Lorn serait encore celui que lui, Alan, avait toujours connu et aimé. Celui qui lui manquait. Et celui avec lequel il voulait à toute force renouer, mû par une sollicitude et une affection sincères mais aussi – il le comprenait à présent – par une pointe d'égoïsme et peut-être de caprice.

— Je veux encore être ton ami, Lorn. Et pour y parvenir, je sais que je dois comprendre et aider l'homme que tu es devenu. Mais… Mais tu es comme hors d'atteinte, conclut Alan en se tournant vers Lorn.

Leurs regards se rencontrèrent.

Alors, pour la première fois peut-être depuis leurs retrouvailles, il sentit quelque chose de leur ancienne amitié se réveiller en lui.

Retenus par des pudeurs imbéciles, ils se contentèrent de trinquer. Alan but une gorgée de vin, contempla un instant les jardins puis s'appuya des reins contre la balustrade. Lorn l'imita. Ils levèrent les yeux vers la terrasse et, au-delà, le palais du gouverneur illuminé sous la Grande Nébuleuse.

Et parce qu'ils n'avaient pas besoin de parler, ils se turent – ensemble – un long moment.

Alan tint compagnie à Lorn autant qu'il le put.

Puis, rappelé par ses devoirs politiques et mondains, il s'excusa en promettant de revenir. C'était un peu avant minuit. Lorn l'attendit un moment puis songea à quitter la fête. Mais il savait qu'il ne trouverait pas le sommeil. Et pour peu qu'il s'endorme, il savait aussi ce qui l'attendait : chaque nuit, des cauchemars le ramenaient à Dalroth.

Lorn résolut de profiter seul des jardins.

Ils étaient calmes et parfumés, éclairés par des lanternes de papier, et il lui suffisait de prendre par une autre allée ou d'attendre dans un recoin d'ombre, pour éviter les promeneurs. Quant aux amoureux et aux couples d'un soir, ils n'avaient pas plus envie que lui de rencontrer quelqu'un.

Lorn trouva un banc isolé près d'un bassin. Songeur, il massait sa main bandée de cuir en observant les volutes laiteuses de la Grande Nébuleuse lorsque…

— Bonsoir.

Il reconnut la jeune femme qui se trouvait en compagnie des gens qu'Alan avait abandonnés au beau milieu d'une conversation pour aller à sa rencontre. Âgée d'une vingtaine d'années, elle était belle et particulièrement élégante dans une robe gris perle.

Seule, elle sirotait un verre de vin.

Lorn se leva.

— Bonsoir.

— Élana, dit-elle en tendant la main.

Il lui fit un baisemain.

— Vous permettez que je vous tienne compagnie ? demanda-t-elle.

Lorn acquiesça tandis qu'elle s'asseyait déjà. Après un moment d'hésitation, il prit place à côté d'elle sur le banc.

Il y eut un silence.

Portant son verre à ses lèvres, Élana observa attentivement le profil de Lorn par-dessus le rebord. Puis elle lui proposa son verre.

— Vous en voulez ?

— Non merci.

— Vous ne buvez pas ?

Elle insista du regard.

— Si, concéda Lorn avec un léger haussement d'épaules.

Il but une gorgée et rendit son verre à la jeune femme. Le vin était bon et frais, légèrement aromatisé à la liqueur de kesh. Cela ajoutait une note douceâtre, mais ce n'était pas la seule vertu du kesh. Voilà, peut-être, qui expliquait l'air d'indolence d'Élana.

Sirotant son vin, elle recommença à examiner Lorn avec intérêt. C'était comme si elle s'efforçait de déceler sur son visage quelque chose qui lui échappait. Ses yeux noirs étincelaient de malice.

Lorn, lui, regardait droit devant lui.

Son embarras grandit et il allait parler quand Élana le prit de vitesse :

— Il y a quelques jours, dit-elle sur le ton de la conversation, un messager royal est arrivé de la capitale. Il venait annoncer que le prince

Aldéran ferait bientôt escale à Samarande après une dangereuse expédition sur la mer des Ténèbres.

Lorn attendit, et elle demanda :

— Cette dangereuse expédition, c'était vous, n'est-ce pas ?

Il esquissa un sourire. Il n'avait encore jamais été qualifié de « dangereuse expédition ».

— Je m'appelle Lorn.

— Lorn ?

— Lorn Askariàn.

— Cela sonne comme un nom skande.

Il ne répondit pas.

— Et vous étiez enfermé à Dalroth, ajouta la jeune femme.

Lorn glissa discrètement sa main gauche sous la droite : une bande de cuir cachait toujours le sceau d'Obscure incrusté dans sa chair, mais il lui semblait que chacun pouvait le voir ou le deviner. Sa main marquée le faisait souffrir sans raison. C'était la première fois que cela arrivait, et il crut à une crampe.

Comme il se taisait, Élana enchaîna :

— D'après le messager, vous êtes l'ami du prince. Depuis longtemps ? demanda-t-elle ingénument.

— Depuis toujours.

— Alors pourquoi n'a-t-il rien fait, quand vous avez été condamné ?

— Il était loin. Il ignorait ce qui se passait.

— Pendant trois ans ?

— Pendant trois ans.

— Et vous ne lui en avez jamais voulu ? Être un ami, c'est justement être présent quand on a besoin de vous, non ?

Intrigué, Lorn se tourna vers Élana. Elle soutint son regard sans ciller et, soudain joyeuse, se leva en laissant son verre vide sur le banc.

— Allons ailleurs, proposa-t-elle.

— Pardon ?

— Allons ailleurs ! Allons marcher !

Elle prit la main droite de Lorn entre les siennes et l'obligea à se lever. Il se laissa faire.

— Mais qui êtes-vous, au juste ? demanda-t-il.

— Moi, je suis ce qui peut vous arriver de mieux ce soir. Venez donc !

Lorn se donna la peine de l'observer.

Longs cheveux noirs, teint pâle, regard pétillant et joli minois : elle était très à son goût. Ou du moins au goût de l'homme qu'il avait été.

Un soupçon, alors, naquit en lui.

Ce fut comme si la douleur provoquée par sa marque d'Obscure aiguillonnait sa méfiance et aiguisait ses sens, comme si elle l'avertissait d'un danger encore vague, lointain, mais réel.

Se trompait-il ?

Il fallait qu'il sache.

Il suivit Élana.

Chapitre 10

Ils quittèrent le palais du gouverneur mais ne s'en éloignèrent guère et restèrent dans les hauteurs de Samarande.

Élana au bras de Lorn, ils allèrent par des rues pavées et éclairées, fleuries, pavoisées, où la fête se prolongeait. Les gens se promenaient, riaient, buvaient. On dansait aux flambeaux et jouait aux quilles devant les tavernes combles. Accompagnées de flûtes et tambourins à cymbales, des sarabandes joyeuses passaient, entraient et sortaient par les portes des maisons. Des orchestres jouaient aux carrefours et, partout, des jongleurs, des cracheurs de feu, des acrobates et des montreurs d'ours se donnaient en spectacle.

Radieuse et insouciante, Élana parlait beaucoup.

Lorn, mutique, l'écoutait à peine. La douleur qui irradiait dans sa main gauche gagnait son poignet engourdi. La foule et le bruit, en outre, le rendaient mal à l'aise. Il lui semblait que tout le monde voyait, que tout le monde savait. Et ceux qui ne savaient pas devinaient. Il était marqué par l'Obscure. C'était comme une flétrissure sur le visage, un mal honteux, une tare impossible à dissimuler. Il surprenait des regards furtifs. Il en sentait d'autres dans son dos.

Dans chacun d'entre eux, il lisait la méfiance, le dégoût ou la crainte qu'il éprouvait pour lui-même. Et tous étaient hostiles.

— Et si nous allions chez moi ? proposa Élana.

Dite avec le plus charmant sourire, cette invitation confirma les soupçons de Lorn. Il savait qu'il aurait dû ressentir une attirance, voire du désir pour Élana. Et pourtant, il ne faisait que se méfier. Qui pouvait vouloir être avec lui ? Comment une femme aussi jeune et belle pouvait-elle rechercher la compagnie d'un homme atteint par l'Obscure dans sa chair et son âme ?

Il fallait qu'elle soit folle ou intéressée.

Or Élana semblait avoir toute sa raison.

Elle voulait donc quelque chose de lui. Il en était désormais convaincu, sa marque d'Obscure le faisant de plus en plus souffrir, au point de gêner sa réflexion.

— Vous allez bien ? demanda Élana.

— Oui, mentit Lorn en faisant jouer les articulations de sa main bandée de cuir.

Une sueur froide perlait sur son front.

— Vous êtes sûr ?

Il acquiesça.

— Je crois… Je crois que j'ai besoin d'un peu de calme. Allons chez vous, oui. Bonne idée.

Elle prit son bras entre les siens.

— Venez. C'est tout près.

C'était une maison coquette et discrète, au fond d'une ruelle paisible. Élana l'ouvrit avec sa propre clé en s'excusant : afin qu'ils puissent profiter de la fête, elle avait accordé leur soirée à son valet et à sa femme de chambre. Lorn, lui, comprit qu'elle cherchait à le mettre en confiance en lui donnant à croire qu'ils étaient seuls, ce qui était sans doute faux.

Il entra, plus que jamais sur ses gardes.

L'intérieur était propre, bien tenu, mais il était difficile de dire si quelqu'un habitait vraiment ici ou pas. Élana, cependant, semblait bien connaître les lieux. Ils empruntèrent un escalier de bois verni et passèrent dans un salon agréablement décoré. Tandis que la jeune femme allumait quelques bougies, Lorn alla à la fenêtre et vit que, de ce côté-ci, ils n'étaient pas au premier étage, mais bien plus haut. Comme toutes ses voisines, la maison était accrochée à flanc de colline et dominait une rivière jalonnée de ponts qui, quinze mètres plus bas, filait entre de hautes façades.

Lorn retint une grimace : sa main et son avant-bras le faisaient de plus en plus souffrir. Cela commençait à l'inquiéter. Non seulement parce que la marque d'Obscure n'avait jamais été douloureuse, mais surtout parce qu'il devinait que les autres symptômes – le malaise, les suées – y étaient associés.

Que lui arrivait-il ?

— Vous voulez boire quelque chose ?

Lorn se ressaisit.

— Oui, répondit-il en se retournant.

Elle était tout près de lui, un verre dans chaque main. Elle souriait, mutine, fière de son effet.

Lorn prit le verre qu'elle lui tendait, mais n'y but pas.

— Qu'est-ce que c'est ? demanda-t-il d'une voix aimable.

— Du vin. Sarme, je crois. Vous n'aimez pas ?

— Et c'est tout ?

— Comment cela ? s'étonna la jeune femme.

— Du vin. Et rien d'autre.

— Mais oui.

Le ton de Lorn se durcit :

— Vraiment ?

La jeune femme s'inquiéta :

— Quoi ? Mais…

— Vraiment ? Réponds !

Elle fit un pas en arrière. Elle resta calme mais les traits de son visage se tendirent. Elle sentit que quelque chose n'allait pas, que la situation dérapait…

— Pas de drogue ? demanda Lorn en avançant vers elle, menaçant.

— Mais qu'est-ce qui vous prend ? tenta Élana. Je ne…

— Réponds !

— Je ne comprends pas ! dit-elle sans le quitter des yeux.

Elle reculait posément, prudemment, comme on le fait devant un fauve prêt à bondir.

— Rien pour m'endormir ? fit Lorn. Rien pour m'assommer ou me tuer ?

La jeune femme voulut fuir mais il fut le plus rapide.

Il la saisit et la plaqua contre le mur. D'un geste vif, il tira la dague qu'il avait à la ceinture et la glissa sous le menton d'Élana, qui se figea aussitôt.

— Appelle, dit-il.

— Qu… Quoi ?

— Appelle. Appelle au secours.

Comme elle ne comprenait pas, il la secoua rudement.

— Appelle !

Alors elle obéit.

Elle appela, mais pas assez fort au goût de Lorn qui, le regard embrasé, la secoua encore.

— Plus haut !

Cette fois, elle cria :

— Au secours !

Satisfait, Lorn lui fit alors signe de se taire en posant un index contre ses lèvres, et attendit.

Il écouta, attentif au moindre bruit.

Rien.

— Personne ? fit-il d'un ton presque badin.

— Je… Je vous ai dit que…

— Oui ! Je sais ce que tu as dit !

— Mais alors pourquoi est-ce que vous m'avez demandé de… ?

— Parce que… Parce que…

Les traits déformés par un tourment intérieur, il peinait à réfléchir. Il se sentait nauséeux. Il ne pouvait se servir de sa main gauche sans serrer les dents de douleur et sa vue se troublait par moments.

Il lui fallut se concentrer.

— Parce que j'ai pas confiance ! réussit-il enfin à dire. Tu… Tu m'as fait venir ici pour une bonne raison… et je veux savoir laquelle ! Et me dis pas que c'est pour mes beaux yeux !

De rage, il planta sa dague dans le mur, au ras de la joue d'Élana qui tressaillit en se recroquevillant. Il lui saisit la gorge à deux mains et serra.

— Tu vas me dire ce que tu me voulais, éructa-t-il en lui mouchetant le visage de salive. Tu vas me dire pourquoi tu m'as attiré ici. Et… Et je veux savoir pour qui tu travailles. Pour la reine ? Pour… Pour… (Il chercha.) Pour l'Irélice ? Pour l'Yrgaärd ? Pour…

Aurait-elle voulu répondre, qu'Élana en était incapable.

Lorn l'étranglait si fort qu'elle ne pouvait respirer, et encore moins parler. L'air lui manquait. Ses yeux pleins de larmes étaient exorbités tandis qu'elle tentait de desserrer l'étau autour de son cou. Mais elle n'était pas de taille et Lorn, prisonnier d'un délire intérieur, ne semblait plus se rendre compte de rien. La douleur dans son bras gauche l'aveuglait. Un voile rouge était tombé devant ses yeux. Sa voix lui parvenait grave et lente quand il répétait :

— Pour qui ? Pour qui ? Parle !

Élana se débattait, en vain, et de plus en plus faiblement. Enfin, dans un souffle, elle réussit à émettre un misérable :

— Pi… tié…

Et ce mot, ce simple mot lâché d'une voix mourante fit mouche.

À peine audible, il se fraya pourtant un passage jusqu'à Lorn. Celui-ci prit soudain conscience de ce qu'il faisait. Ce fut comme si on le tirait brusquement d'un cauchemar éveillé. Il lâcha Élana qui tomba à genoux, recula en chancelant et, ahuri, regarda ses mains, le décor, la jeune femme enfin.

— P… Pardon…, lâcha-t-il. Je…

Il ne comprenait pas ce qui lui avait pris. Il ne comprenait pas pourquoi il avait soupçonné cette jeune femme de…

Mais de quoi, au fait ?

Son bras le faisait toujours autant souffrir. Il se sentait toujours aussi mal mais il avait recouvré assez de lucidité pour, dans un brouillard épais, appréhender la situation et la gravité de son acte.

Un acte qu'il ne parvenait à expliquer autrement que par la folie, par l'Obscure qui s'était réveillée dans son âme comme elle se réveillait dans sa chair...

Élana s'était relevée.

Encore essoufflée, fébrile, elle s'appuyait à une petite table sur laquelle reposait un broc en grès. Ses longs cheveux décoiffés pendaient devant son visage. Ses épaules se soulevaient au rythme d'une respiration difficile.

Perdu, fragile, Lorn se demandait ce qu'il était devenu.

Il voulut aider et réconforter Élana, sans savoir qu'elle était bien mieux remise qu'elle en avait l'air.

Le broc le frappa à la tempe.

Une première fois qui le fit chanceler.

Une seconde fois qui le renversa.

Et une troisième, en se brisant, qui le laissa inanimé sur le plancher, la tempe ensanglantée.

Très calme, Élana regarda Lorn étendu et secoua la tête, entre incrédulité et exaspération. Elle ne s'attendait pas à ce qu'il lui donne autant de fil à retordre, et certainement pas qu'il la démasque aussi vite...

Lorsqu'il se réveilla, Lorn n'avait pas bougé.

La joue au sol, il n'ouvrit qu'un œil et vit Élana qui faisait passer à plusieurs reprises une bougie allumée devant sa fenêtre. Il avait les deux yeux fermés quand elle se retourna, et fit semblant d'être toujours inconscient quand elle l'inspecta et lui souleva une paupière du pouce.

Ce qu'elle constata parut la satisfaire.

Néanmoins, elle revint bientôt avec une corde pour attacher Lorn. Il laissa faire, incapable de lutter. Les forces lui manquaient. Il avait la tête qui tournait et il voyait encore flou. Il n'était même pas certain que ses jambes pouvaient le soutenir, et son bras lui faisait toujours souffrir un martyre.

Mue par la curiosité, Élana prit le temps d'examiner le sceau de pierre sur la main de Lorn. Puis elle lui lia les poignets, mais fut dérangée avant d'avoir fini.

Quelqu'un arrivait.

Lorn distingua le pas de plusieurs hommes. L'un d'eux échangea quelques mots avec la jeune femme. Les oreilles bourdonnantes, Lorn ne comprit pas ce qu'ils se disaient. Leurs voix lui parvenaient déformées et il lui sembla qu'ils parlaient une langue étrangère.

Il reconnut néanmoins un mot :

« Irélice ».

S'il avait bien entendu, Lorn devait à tout prix s'échapper. Pas question de rester aux mains de ces types et d'Élana. Il ignorait ce qu'ils lui voulaient exactement, mais il n'avait aucune intention de le découvrir à ses dépens.

Combien étaient ces hommes ?

Deux ou trois ? Peut-être quatre ?

Peu importait.

Lorn savait qu'il n'était pas de force à lutter contre un seul d'entre eux. Il ignorait même s'il était capable de tenir longtemps sur ses jambes.

Alors de là à porter ne serait-ce qu'un coup bien placé…

Il attendit qu'on l'attrape et le mette debout. Profitant que les hommes qui le maintenaient ne se méfiaient pas, il se libéra d'un coup d'épaule et s'élança.

Fit de grands pas maladroits vers le rectangle gris et ondulant que dessinait la fenêtre.

Et se jeta à travers.

— Non ! cria Élana.

Lorn bascula dans le vide.

Chapitre 11

> « Malheur à celui dont l'Obscure étreint le corps. Malheur à celui dont elle étreint l'âme. Malheur à celui qui entend son Appel et malheur à celui qui y répond. Malheur à celui qui, tout entier, lui est livré. »
>
> *Chroniques (Livre des Prières)*

Lorn tomba droit dans la rivière et disparut dans des eaux sombres et vives.

Le courant l'emporta.

Sonné par le choc d'une chute de quinze mètres, il resurgit plus loin. Il prit une grande goulée d'air et fit son possible pour rester à la surface. Mais il était faible et désorienté. Ses gestes étaient maladroits, anarchiques. Il devait en outre batailler dans l'obscurité, avec un seul bras valide, contre des remous et des tourbillons traîtres. Ses bottes pleines d'eau l'attiraient vers le fond. Heureusement, les liens qu'Élana avait mal noués s'étaient défaits à ses poignets.

Ballotté, malmené, Lorn crut qu'il allait se noyer et faillit s'assommer contre une pile de pont à laquelle il s'accrocha.

Maigre répit.

Il n'avait même pas l'énergie d'appeler et savait qu'il ne tiendrait pas longtemps. Il chercha un secours, un espoir, n'importe quoi. Sa vue trouble lui permit tout juste de distinguer un escalier qui descendait d'un quai dans la rivière.

Il pouvait peut-être l'atteindre…

Lorn prit une grande inspiration, calcula d'instinct sa trajectoire et lâcha prise. La bataille qu'il livra contre le courant eut raison de ses ultimes forces. Il but plusieurs fois la tasse, crut avoir raté son coup mais réussit à se hisser hors de l'eau et s'effondra sur les marches de pierre.

Il resta un long moment immobile, à entendre les bruits de la fête et les conversations des gens qui passaient sans le voir. Puis, fébrile et fiévreux, il se releva et monta les marches sur des jambes tremblantes. Son bras gauche n'était que douleur. Sa main crispée lui répondait à peine et quand il voulait bouger ses doigts tétanisés, une brûlure irradiait jusqu'au bout de ses ongles.

Il était près du port. La faune, ici, était plus mélangée et plus dangereuse que sur les hauteurs de Samarande, mais le quartier était parfait pour disparaître. Trempé et boitant, la tête basse, il se glissa dans le flux des badauds sans que quiconque le remarque, ni s'inquiète de son état.

Il ne s'était pourtant jamais senti aussi mal physiquement. Il avait chaud et grelottait de froid. Ses oreilles sifflaient. Il était perclus de crampes. Des griffes d'acier lui fouillaient les entrailles. Il ignorait la cause de son état et réfléchissait difficilement. Impossible de se concentrer. Impossible de suivre une idée jusqu'au bout. Celle de rentrer au palais lui vint, vite chassée par la crainte que les hommes d'Élana l'y attendent.

D'ailleurs il avait soif.

Très soif.

Oui, quelques verres de vin lui feraient du bien…

Encore trempé, Lorn entra dans la première taverne venue.

Il s'assit dans un coin, dut s'y reprendre à deux fois pour compter l'argent qu'il avait sur lui, et commanda un pichet de vin. La taverne était minable mais il s'en moquait. Il ne voulait que boire et boire encore, pourvu que le vin tue la fièvre et les douleurs.

Alors il but.

Une jeune fille lui apporta un deuxième pichet de vin. Elle était mignonne, plutôt ronde, avec un joli sourire et de belles boucles châtaines. Elle n'avait pas vingt ans. Elle lui sourit, puis accrocha souvent son regard en lui souriant encore. Il répondit machinalement à ses sourires. Il y trouva même un certain réconfort mais s'aperçut bientôt qu'il essuyait des œillades hostiles de la part d'un groupe de marins assis à une table voisine. Il crut d'abord qu'il se trompait et pourtant non, c'était bien lui qu'ils toisaient en parlant à voix basse.

Baissant les yeux, il vit que la lanière de cuir autour du sceau d'Obscure sur sa main gauche avait glissé. Dans la pénombre, le médaillon de pierre ocre ressemblait à un caillot de sang et la rune paraissait presque noire. Comme pris en faute, Lorn ramena ses deux mains sous la table.

Les marins se levèrent, l'air mauvais.

Devinant qu'ils allaient s'en prendre à lui, Lorn préféra partir. Il n'était pas en état de se battre et n'en avait aucune envie : il voulait seulement qu'on le laisse en paix avec son mal et ses angoisses. Il déguerpit, fit un détour dans la salle bondée en s'efforçant de ne croiser le regard de personne. Il ne traîna pas, se faufila entre les tables et les clients, sortit par une petite porte qui le mena dans une ruelle miteuse. Les marins l'avaient déjà perdu de vue, mais à peine mettait-il le pied dehors, que quelqu'un le percutait par-derrière.

Lorn s'étala de tout son long sur le pavé souillé. Le souffle coupé, il tarda à comprendre ce qui se passait. Celui qui l'avait violemment bousculé ne lui voulait aucun mal : il était agressé par quatre hommes qui s'amusaient à le frapper et à le repousser entre eux. Lorn, trop occupé à regarder derrière lui, s'était jeté au milieu de la rixe.

Il se releva en s'essuyant la bouche.

Dans la ruelle, il n'y avait personne d'autre que Lorn, les brutes et le malheureux qui, frappé à la tête, s'était écroulé et subissait une volée de coups de pied. L'idée d'intervenir lui vint. Peu importait ce que cet homme avait fait. Il était au sol et, à un contre quatre, il pouvait mourir si personne ne faisait rien. Les agresseurs se déchaînaient, ivres et acharnés. Bientôt, ils ne frapperaient plus qu'un corps inerte et ensanglanté.

Lorn, pourtant, resta sur place en serrant son bras gauche contre lui…

Le plus grand des quatre hommes accrocha son regard. Laissant aux autres le soin d'achever le travail, il se redressa et, un méchant petit sourire aux lèvres, fit un pas vers Lorn. Il était lourd et gras. De la sueur perlait sur son front et ses poings étaient écorchés aux jointures. D'abord intrigué, il toisa calmement Lorn, le défia en silence d'agir.

Lorn déglutit. Il tremblait.

Sans détacher son regard de celui de Lorn, la brute se débraguetta et se mit de côté pour uriner sur le corps étendu. Tout le temps que dura le jet, l'homme ne quitta pas Lorn des yeux. Après quoi il renifla un grand coup et se rhabilla tandis que Lorn baissait la tête et tournait les talons.

Malade, brisé et vaincu, Lorn s'en fut d'un pas lent.

Il entendit l'autre ricaner et cracher en signe de mépris.

Lorn vomit contre un mur deux rues plus loin.

Le vin avait ajouté l'ivresse à sa fièvre, et sans calmer les douleurs. Il se sentait perdu, abandonné. Attaqué par l'Obscure, son corps le trahissait. Et sa force de caractère, sa volonté flanchait elle aussi.

Il délirait.

Dalroth avait eu raison de lui. Il y avait eu les cauchemars et les nuits hantées. Il y avait eu la solitude et le désespoir dans les ténèbres du cachot. Et au bout de ce long et lent calvaire, seules deux issues s'offraient : la folie ou le néant.

Lorn avait cru l'emporter sur la forteresse maudite en évitant la folie, en trompant les spectres de l'Obscure. Mais il s'était trompé. Car s'il n'était pas devenu dément, il n'était plus que l'ombre d'un homme disparu.

Il sentit des regards sur lui, des regards qu'il imagina peut-être mais qu'il ne put supporter. Quittant l'animation des rues en fête, il s'engouffra dans une venelle peu fréquentée.

Fuir.

Il se dégoûtait.

Humilié, désemparé, Lorn fut pris de vertige et vomit de nouveau. Il n'avait rien mangé et n'avait fait que boire toute la soirée. Il s'était égaré et s'en moquait. Il ne voulait que disparaître.

À l'entrée d'un porche, il leva un visage couvert de sueur vers le ciel nocturne. Son regard s'abîma dans cette éternité et ses pensées le ramenèrent à Dalroth, la nuit de sa libération, quand il s'était retrouvé acculé sur les remparts.

Il éclata soudain en sanglots.

— J'aurais dû sauter, murmura-t-il en se laissant glisser contre le mur.

Il tomba assis par terre et se prit la tête entre les mains.

— J'aurais dû sauter, répéta-t-il d'une voix brisée. Sauter…

Chapitre 12

— Tiens. Tu m'as l'air d'en avoir plus besoin que moi…

Lorn releva la tête d'entre ses mains.

Un homme qu'il n'avait pas remarqué était assis dans l'ombre du porche. Un mendiant. Et qui lui tendait une bouteille.

Lorn hésita, se torcha le nez et la bouche d'un revers de manche.

— Mais bois donc ! insista l'autre.

Lorn prit la bouteille d'une main tremblante. Après tout, tout serait bon à faire passer le goût ignoble qu'il avait dans la bouche.

Quoique…

Lorn grimaça après la première gorgée et déglutit avec peine.

— Pas fameux, hein ? s'amusa le mendiant.

— Pas vraiment, non.

— C'est le vin que les bourgeois ont offert à la ville pour fêter la visite du prince. Crois-moi, ils en boivent du meilleur, là-haut, chez le gouverneur. Mais nous autres, on est censés boire ça et être bien contents. Et en disant merci…

Le mendiant se tut un instant.

— Je m'appelle Delio.

— Lorn.

— Bois encore un coup, Lorn. On s'y fait, je t'assure.

Lorn obtempéra et le regretta aussitôt. Certes, le vin parut moins abject, mais pas au point qu'on lui accorde une troisième chance. Il rendit la bouteille au mendiant, qui la sécha en quelques goulées.

— Et je m'en ferais pas tant, à ta place. Je sais ce que t'as. Ça va passer, dit Delio d'une voix rassurante.

Lorn le regarda fixement, et le mendiant comprit.

— Oh ! fit-il d'un air entendu. Je vois.

— Qu'est-ce que tu vois ?

— C'est la première fois que ça t'arrive, pas vrai ?

— Tu sais ce que j'ai ?

— Ben ça dépend. Tu touches au kesh ?

— Non.

— Alors oui, je sais.

Delio se mit debout et quitta l'obscurité du porche. Intrigué, Lorn se leva à son tour en s'appuyant au mur. Ses jambes tremblaient un peu, mais elles le soutinrent.

— Qu'est-ce... ? Qu'est-ce que j'ai ? demanda-t-il. Qu'est-ce qui m'arrive ?

Son impatience avait rendu sa voix rauque et menaçante.

En temps normal, il n'aurait pas prêté attention au mendiant. Mais il se trouvait à ce point désemparé devant le mal dont il souffrait qu'il était prêt à tout entendre, à tout écouter.

Peut-être même à tout croire.

— T'as attrapé ça où ? s'enquit Delio.

D'un coup d'œil et de menton, il désigna la main marquée de Lorn. Celui-ci se rendit compte que la marque d'Obscure était de nouveau visible. Une fois encore, il la couvrit de sa main droite.

— Te donne pas tant de mal, dit le mendiant en écartant la capuche crasseuse qui le coiffait.

Il avait un visage anguleux et mal rasé, la joue gauche rongée par une croûte veineuse et purpurine. C'était la peste pourpre, la peste de l'Obscure. Elle n'était pas contagieuse mais on n'en guérissait pas.

Lorn comprit pourquoi l'homme sentait la viande avariée autant que la crasse.

— Alors ? insista Delio. T'as attrapé ça où ? Dans les Terres Mortes ?

Sans vraiment savoir pourquoi, Lorn décida de dire la vérité :

— Dalroth.

Le mendiant ouvrit des yeux ronds.

— Dalroth ? s'exclama-t-il. Ben merde... Mes compliments.

Il resta interdit un moment, puis demanda soudain :

— Tu paies ton coup ?

— Tu as dit que tu savais ce qui m'arrivait, dit Lorn.

Il fatiguait.

— Ça va pas te plaire.

— Parle !

Delio recula d'un pas, mais obéit.

— Tu dois savoir ce qui se passe quand un fumeur de kesh est brusquement privé de sa drogue favorite...

Lorn ne le savait que trop bien. Mais il se sentait trop las, trop mal pour se laisser véritablement émouvoir par le souvenir d'Alan gisant dans sa crasse, une pipe froide aux lèvres. Il ignorait même s'il était encore capable de compassion.

— Le manque, dit-il.

— Tout juste. Ben il t'arrive la même chose, mais avec l'Obscure.

Oubliant la douleur dans son bras gauche, Lorn saisit le mendiant par le col. Ses yeux étincelaient de colère.

— Je… Je t'avais dit que ça te plairait pas ! glapit Delio.

— Qu'est-ce que tu racontes ?

Le mendiant manquait d'air.

— C'est… l'Obscure… Ton corps… Il… Il s'est habitué… Il a… besoin de…

Lorn le repoussa violemment avant qu'il puisse achever sa phrase.

— Tu mens !

Parti à la renverse, Delio avait heurté un mur. Il se massait le cou et dit :

— D'accord, d'accord… Peut-être que je me trompe…

— Et pourquoi je t'écouterais ? éructa Lorn. Pourquoi je te croirais ? Pourquoi je croirais les élucubrations d'un gueux puant et crasseux ? D'un mendiant ! D'un… D'un malade rongé par l'Obscure ! cracha-t-il. Alors pourquoi, hein ? Pourquoi ?

Son regard était toujours plein de colère. Cependant, c'était aussi celui d'un homme perdu, à la dérive, et à qui il ne reste que la révolte et le déni comme ultimes recours.

— Parce que tu ne vaux pas mieux que moi ? suggéra Delio.

Lorn se figea, frappé au cœur.

Craignant de recevoir un coup, le mendiant resta un moment sur la défensive. Mais Lorn ne fit que le dévisager et réfléchir malgré les tourments de sa fièvre, immobile et tremblant, les yeux hantés par une douloureuse incertitude.

Un étourdissement le prit.

Ses genoux flanchèrent et Lorn serait tombé si Delio ne s'était pas précipité pour le rattraper.

— Oh là ! reste avec moi, l'ami…

Plus petit que lui, le mendiant eut du mal à le maintenir. Mais Lorn s'appuya sur son épaule et se remit.

— Ça va ? s'inquiéta Delio.

— J'aurais dû sauter.

— Sauter d'où ?

— Du haut d'un rempart.

— Rarement une bonne idée, ça. Tu peux marcher ?

— Je… Je crois, oui.
— Et t'as de l'argent ?
— Un peu.
— Ça suffira. Viens, on va te requinquer…

Ils franchirent un pont sur l'Eirdre et s'enfoncèrent dans Béjofa.

Ils dînèrent d'un brouet dans une gargote, puis écumèrent des tavernes misérables. Ils allèrent de ruelle en ruelle, franchirent des arrière-cours plus noires que des puits, descendirent dans des caves où l'on buvait pour s'assommer et oublier. C'était un monde dangereux et sordide. On s'égorgeait pour une boucle de ceinture en cuivre, des filles ouvraient les cuisses contre la promesse de dormir dans un lit et des enfants faméliques mendiaient aux portes des fumeries de kesh. Mais on ne posait pas de questions dans ce monde. Et l'on n'y jugeait personne.

Lorn finit par se sentir en confiance avec Delio.

Il l'avait suivi sans réfléchir d'abord, et par faiblesse ensuite. Il s'était laissé entraîner. Le brouet l'avait quelque peu ragaillardi, cependant que l'obscurité des lieux qu'ils visitaient le rassurait. Le plus fort de la crise semblait être passé. Il souffrait encore de crampes mais il alla mieux et, malgré la fatigue, il en vint à apprécier la compagnie du mendiant.

L'homme était sympathique. Il n'arrêtait de parler que pour siffler les pichets et chopines que Lorn payait volontiers. Né en Sarme, c'était un ancien matelot qui avait passé la première partie de sa vie en mer et n'avait pas rembarqué après une escale. Il ignorait pourquoi. À l'heure dite, il avait commandé un autre verre de vin au lieu de rejoindre son bord. Cela s'était passé à Samarande, quinze ans plus tôt.

— Je me dis qu'un jour, peut-être, je repartirai sur un navire. Mais je sais que c'est faux. Je sais que je mourrai ici. Et pour ce qui est d'y mourir, cette ville en vaut bien une autre, pas vrai ?

Lorn avait acquiescé.

Le mendiant était bavard, mais il n'était pas curieux. D'ailleurs, il savait tout ce qu'il avait besoin de savoir concernant Lorn : celui-ci avait de l'argent et il était prêt à le dépenser pour lui payer à boire. Sur ce point, Lorn ne se faisait aucune illusion. Il ne doutait pas que Delio s'en irait dès qu'il cesserait de payer, et qu'il l'aurait oublié le lendemain. Mais peu lui importait. Delio le distrayait. Il était joyeux et, l'ivresse aidant, il s'avéra foisonnant d'anecdotes amusantes et de plus en plus grivoises. L'une d'elles fit éclater Lorn de rire et l'obligea à recracher la gorgée de vin qu'il venait de boire. Un homme en fut quitte pour une douche, et on en serait venu aux mains si Delio n'avait pas désarmé la situation avec une plaisanterie.

Comme la nuit avançait, la fête cessa dans Samarande. Les musiciens rangèrent leurs instruments, les gens rentrèrent chez eux et les rues se vidèrent peu à peu. Il ne resta bientôt plus que quelques ivrognes que la garde chassait, et des amoureux qui ne voulaient pas que la soirée s'achève.

Mais Béjofa, elle, ne dormait jamais tout à fait.

Ils se rendaient d'une taverne à une autre quand, au détour d'une ruelle sombre, Lorn décela des présences dans l'ombre. Il fit d'abord mine de rien et compta cinq hommes. Puis, protecteur, il posa une main sur la poitrine de Delio pour le maintenir en retrait.

—Attention, dit-il.

Le mendiant recula tandis que les hommes se montraient. Des malfrats. Des brutes habituées aux basses besognes. Vêtus de cuir épais et d'étoffes grossières, ils avaient des poignards à la ceinture et tous, sauf un, tenaient des gourdins plombés. L'autre avait les bras croisés. Grand et chauve, ses épaules nues couvertes de poils noirs, il semblait être le chef de la bande.

Sûr de lui, il pavoisait.

—Tu peux te vanter de nous avoir fait courir, dit-il.

—Vous me cherchiez? s'enquit Lorn.

—Tu aurais pu te tuer en te jetant par cette fenêtre...

Sincèrement indifférent à son propre sort, Lorn haussa les épaules. Il entendit Delio qui, dans son dos, prenait la fuite avant qu'il ne soit trop tard.

Les malfrats avancèrent, prêts à en découdre.

—Ce serait plus simple si tu nous suivais, dit le chauve.

—Où?

—Tu verras bien.

Lorn poussa un soupir.

Les malfrats l'encerclèrent lentement, prudemment, certains en faisant claquer leur gourdin dans la paume de leur main. Sans rien faire pour les en empêcher, Lorn réfléchissait. Il ne se sentait pas de taille à affronter ces hommes. D'ailleurs, il ne se sentait pas de taille à affronter quiconque, ni quoi que ce soit. Mais l'idée de céder à ces brutes lui était insupportable.

—Je ne vous suivrai nulle part.

—Nous sommes cinq.

— Peu importe.

Désarmé depuis qu'il avait planté sa dague dans un mur chez Élana, Lorn serra les poings et se mit en garde.

— Je ne te veux pas de mal, lui dit le chauve.

— Belle consolation. Je crois surtout que tu me veux vivant.

L'homme sourit. La plupart des dents lui manquaient.

— Tu es plus malin que je le pensais, dit-il.

— Parce que tu penses ?

Le sourire du chauve s'effaça.

— À ta guise... Ne le tuez pas, dit-il à ses hommes. Et ne l'abîmez pas trop.

Les malfrats savaient comment on gagne un combat de rues : ils attaquèrent ensemble. Avant qu'il ait le temps de réagir, un coup de bâton atteignit Lorn dans les côtes, puis un deuxième dans le dos et un troisième manqua de lui briser le poignet. Il poussa un cri et ne vit pas venir le coup qui le cueillit sous le menton et le fit tituber en arrière. Il tomba assis au pied d'un mur lépreux.

Les malfrats se resserrèrent autour de lui. Leur chef les écarta pour passer.

Il n'avait pas porté un coup.

— C'est fini, dit-il.

Mais Lorn se releva en s'aidant du mur.

Chancelant, il afficha un sourire dément et cracha un glaviot sanglant. Il leva les poings et se mit en garde comme un pugiliste. Il était mal assuré sur ses jambes et son regard était vide.

— Allez-y, ordonna le chauve.

Un malfrat attaqua. Lorn le surprit d'un crochet du droit à la tempe, mais il ne put rien contre les autres. Les coups se mirent à pleuvoir. Dans les flancs. Dans les reins. Dans le ventre. Incapable de se défendre, il se protégeait la tête des coudes. Il serrait les dents, vacillait mais ne tombait pas. Si bien qu'ils s'acharnèrent, et que le calvaire dura.

Enfin, un coup derrière les cuisses le fit tomber à genoux. Le suivant, dans les reins, l'obligea à se cambrer et à se découvrir. Un dernier, en pleine face, l'étendit de tout son long à la renverse.

Lorn était épuisé et brisé, les cheveux empoissés, le visage couvert de boue et de sang. Les bras en croix, il toussa une bile épaisse qui macula ses lèvres. Il n'y voyait presque plus. Un bourdonnement lui emplissait les oreilles. Il souffrait et voulait mourir.

Le chef des malfrats le domina de toute sa hauteur.

— Pourquoi tu t'infliges ça ? demanda-t-il.

Lorn ne répondit pas. Il grogna et se hissa péniblement à quatre pattes. Il tentait encore de se relever.

— Par les Divins ! lâcha le chauve à mi-voix.

Vint alors le coup de trop.

Ce fut un violent coup de pied que Lorn reçut dans les côtes et qui le foudroya de douleur. Le chef des malfrats crut que c'était le coup de grâce. Satisfait et comme soulagé, il considéra Lorn qui retombait immobile sur le pavé souillé. Respirait-il encore ? Oui, heureusement. Mais il garderait sans doute des séquelles de ses blessures. Personne ne pouvait se remettre du passage à tabac qu'il venait de subir.

Quelques secondes s'écoulèrent dans la ruelle silencieuse.

Puis, à l'instant où le chauve allait donner l'ordre qu'on l'emmène, Lorn roula sur le ventre. Et lentement, lourdement, tel un géant de pierre resté trop longtemps assoupi, il se releva.

Sur un genou d'abord.

Puis sur des jambes qui ne tremblaient pas.

La poitrine soulevée par une respiration profonde, il redressa les épaules et la tête. Il serra les poings. Sur le dos de sa main gauche, la lanière de cuir glissa et montra un sceau de pierre. Un étrange éclat brillait dans son regard. Irradiant de son bras gauche, la douleur l'avait entièrement submergé et s'était faite accueillante, apaisante.

Elle le berçait.

— Mais qu'est-ce que… ? lâcha le chef des malfrats.

Anormalement calme et lucide, Lorn se consacra d'abord aux deux malfrats les plus rapides. Il esquiva l'attaque du premier et lui porta, à la base du nez, un coup de paume qui lui fit remonter l'arête nasale dans le cerveau. Tandis que l'homme s'effondrait, Lorn saisit le poignet du second. Il le fit pivoter en lui remontant le bras dans le dos, l'obligea à mettre un genou à terre, lui serra la mâchoire dans le pli du coude et, d'une brusque torsion, lui brisa la nuque par-derrière.

Le craquement figea ses agresseurs, qui reculèrent d'instinct et échangèrent à la dérobade des coups d'œil inquiets.

Lorn lâcha le cadavre qui s'affaissa. Il ramassa sa dague tandis que les malfrats et leur chef restaient à distance. Il se mit en garde, campé sur ses jambes fléchies, et défia ses adversaires du regard.

Il se sentait bien et souriait. Il y avait longtemps qu'il ne s'était pas senti aussi…

Vivant.

Un malfrat jugea que le jeu n'en valait plus la chandelle et décampa avant que son chef ait le temps de le retenir. Les deux autres hésitaient. À leurs yeux, la donne avait changé.

Ce fut Lorn qui prit l'initiative d'un nouvel assaut.

Il bondit, esquiva un coup de gourdin maladroit, tourna sur lui-même en se glissant sous la garde d'un malfrat et, en se relevant, lui planta sa dague à plusieurs reprises dans le corps : trois coups secs et rapides qui, chacun, transpercèrent un organe vital. Revenant à celui dont il avait évité le coup de bâton, Lorn lui enfonça sa dague dans l'œil et y brisa sa lame qui resta fichée dans l'orbite d'où jaillissait le sang.

Le chef attaqua.

Il avait dégainé un très long poignard. C'était une lame de qualité, dont il prenait soin et savait se servir. Elle siffla deux fois au nez de Lorn qui, au troisième passage, agrippa le poignet de son adversaire à deux mains, lui envoya son genou dans le ventre et enchaîna avec une clé de bras. Le chauve grimaça et tomba à genoux, incapable du moindre geste tant il avait mal. Il lâcha son poignard et gémit :

— Pitié…

Mais Lorn pesa de tout son poids et lui déboîta l'épaule. Des larmes dans les yeux, l'homme hoqueta de douleur et vomit. Lorn se baissa, l'attrapa par une oreille et l'obligea à le regarder dans les yeux.

Ce que le chef des malfrats y vit le terrifia.

— Pi… Pitié, répéta-t-il.

Lorn se pencha lentement, jusqu'à ce que leurs joues se frôlent et que l'odeur de crasse et de sueur de l'homme lui emplisse les narines.

— Merci, lui murmura-t-il à l'oreille tout en ramassant son arme.

Le chauve afficha un air incrédule.

— M… Merci ?

Il ne vit pas venir le coup de poignard qui lui traversa la gorge. Lorn se releva et recula pour regarder l'homme étouffer dans son propre sang, ses talons raclant le sol tandis qu'un collier de bulles roses trempait sa poitrine.

Quand le corps ne bougea plus, Lorn prit une profonde inspiration avant de marcher jusqu'au tonneau d'eau de pluie posé sous une gouttière, à l'entrée de la ruelle. Il y plongea la tête, lava son visage de la boue et du sang qui le recouvraient et se redressa brusquement, revigoré, les cheveux dégoulinant.

Mais quelque chose n'allait pas.

Il le devina avant que la douleur ne le frappe au ventre tel un coup de marteau. Il tomba à genoux, gémissant et grimaçant en se tenant l'abdomen.

Il lui semblait qu'un animal furieux lui dévorait les entrailles. Il voulut se relever en s'agrippant au tonneau, mais la souffrance fut la plus forte. Et soudain, il crut qu'un clou chauffé au rouge lui transperçait la main gauche. Il lâcha un cri. Incrédule, il leva sa main marquée devant ses yeux brûlés par la sueur, et l'observa comme si elle ne lui appartenait pas, comme s'il voyait pour la première fois ces doigts crispés et ces muscles tendus à rompre.

La douleur dans son ventre redoubla et l'aveugla.

Il s'effondra.

Roula sur le dos.

Il hoqueta et, avant de perdre conscience, vomit une épaisse bile noire qui coula sur ses joues.

Chapitre 13

« Exaspérés par la reine, de grands seigneurs en étaient venus à nourrir des projets de révolte. Ils se réunirent derrière le duc de Feln qui, sans relâche, intrigua. »

Chroniques (Livre de la Guerre des Trois Princes)

Un messager secret avait annoncé leur venue.

Les cavaliers arrivèrent à la nuit et le comte Téogen d'Argor, depuis sa fenêtre, les regarda entrer dans la cour de son château. C'était un donjon bâti à flanc de montagne et creusé pour partie dans le granit, une demeure austère et solitaire où le comte s'était retiré après avoir été écarté du Conseil du Haut-Roi. Il aimait cet endroit, sans doute parce qu'il se flattait de lui ressembler : dur et froid, mais solide et sans faux-semblants.

Et d'un autre temps.

Les cavaliers portaient de grandes capes sombres qui couvraient la croupe de leurs montures. Hommes d'épée pour la plupart, ils étaient une dizaine mais deux d'entre eux seulement mirent pied à terre et suivirent à l'intérieur les serviteurs qui s'étaient hâtés à leur rencontre avec des torches.

Téogen d'Argor resta à sa fenêtre et son regard se perdit vers les silhouettes sombres et déchirées de ses montagnes. Il savait ce qui amenait les cavaliers. Il devinait ce que Duncan de Feln allait lui proposer et il n'était pas encore certain de la réponse qu'il lui ferait. Mais le Haut-Royaume allait mal. À en croire certains, le pays était même au bord d'un gouffre profond. La faute à un roi qui ne régnait plus, et à une reine ambitieuse et détestée.

On frappa à la porte.

Sitôt entré, le duc de Feln jeta sa cape sur l'un des fauteuils disposés devant la cheminée et échangea une accolade formelle avec Téogen.

— Bonsoir, comte.

— Bonsoir.

Ils ne s'étaient pas vus depuis que le comte d'Argor avait retrouvé ses montagnes. Celui-ci restait une force de la nature malgré ses cinquante-sept ans. Grand et massif, il s'était empâté mais semblait encore capable d'écraser un heaume et un crâne d'un même coup de masse, son arme favorite sur les champs de bataille. S'il maniait plutôt l'épée, Duncan s'était également illustré par son courage au combat, ce qui lui avait valu la cicatrice qui lui coupait la pommette. Il passait moins pour un homme de guerre que pour un habile politique, cependant. Barbe bien taillée et regard assuré, il était de dix ans plus jeune que Téogen.

— Ma fille m'accompagne, annonça-t-il. Si vous le permettez, j'aimerais qu'elle assiste à notre entrevue.

Le comte se tourna vers Eylinn de Feln, vicomtesse de Beorden, qui entrait à son tour.

— Il suffirait d'un mot de vous pour que je me retire, comte, dit-elle en faisant une révérence que l'étiquette n'exigeait pas.

— Non, répondit Téogen. Puisqu'il plaît à votre père que vous restiez…

Un humble sourire aux lèvres, la jeune femme se redressa et, dénouant le lacet de sa cape, laissa à un serviteur le soin de l'en débarrasser. Elle était d'une beauté délicate : teint de lys, fin minois et bouche vermeille. Mais le plus saisissant chez elle était ses yeux, des yeux pleins de vie, d'intelligence et de ruse.

— Merci, comte.

Elle était vêtue en cavalière, et seulement de noir et de rouge car elle portait encore le deuil de son mari, un très vieux et très riche seigneur dont la fortune avait renfloué les caisses des Feln.

Téogen invita le duc et sa fille à s'asseoir près de l'âtre, afin de profiter de la chaleur et de la lumière du feu qui y crépitait. Puis il attendit que le domestique qui servait le traditionnel vin de glace des montagnes d'Argor s'en aille, et dit :

— Je vous écoute, duc.

— Vous connaissez déjà le motif de ma venue, n'est-ce pas ?

— Vous voulez que je rejoigne votre cabbale.

Sans rien en montrer, Eylinn s'amusa. Attaquer bille en tête était bien dans la manière de Téogen : il appartenait à une autre époque, à un autre monde que son père. Mais Eylinn savait que c'était aussi un rôle qu'il jouait volontiers pour cacher son jeu et déstabiliser ses interlocuteurs. Le duc le savait lui aussi. Il ne se laissa pas démonter et, calmement, précisa :

— Je voudrais que vous rejoigniez les forces qui rendront sa grandeur au Haut-Royaume.

Le comte sourit. Il but une gorgée de vin, sans quitter Duncan des yeux. Celui-ci reprit :

— Si le Haut-Royaume allait mal lorsque vous avez été écarté du Conseil, c'est aujourd'hui pire. Dans les campagnes, la révolte gronde. Les récoltes ont été mauvaises et le peuple est accablé d'impôts. Pour autant, les caisses sont vides et les subsides manqueront bientôt pour subvenir aux besoins essentiels du royaume. Or qu'adviendra-t-il lorsque le Haut-Royaume ne sera même plus en mesure de défendre ses frontières ?

Téogen fronça les sourcils.

— Comment ça ?

— Voilà déjà deux mois que l'on ne paie plus qu'une demi-solde aux garnisons du Nord et de l'Est, expliqua le duc de Feln.

— Je doute que le Vestfald nous agresse.

— Je vous l'accorde. Mais l'Yrgaärd ?

— L'Yrgaärd ?

— Le Haut-Royaume s'apprête à lui céder Angborn.

À ces mots, les poings de Téogen se serrèrent. Duncan le remarqua mais n'en montra rien.

Il ajouta :

— Vendre serait un terme plus juste.

Les poings toujours fermés, Téogen crispa les mâchoires tandis qu'Eylinn, dont les yeux brillaient, retenait un sourire. Elle savait que le comte comptait parmi les premiers compagnons du roi Erklant, ceux avec qui il avait reconquis la province des Cités franches, défendu son trône et chassé les armées du Dragon Noir. Abandonner, perdre ou – pire – vendre Angborn était une atteinte à l'intégrité du royaume mais aussi, pour ce guerrier et homme d'honneur qu'était Téogen, une insulte à la mémoire de ceux qui avaient versé leur sang ou donné leur vie pour libérer les Cités franches du joug yrgaärdien.

— Pour le Haut-Royaume, reprit le duc de Feln, c'est l'occasion de renflouer ses caisses. Mais pour l'Yrgaärd ?

D'Argor crut un moment que la question était rhétorique, mais Duncan attendait visiblement une réponse. S'agaçant que le duc joue les professeurs avec lui, il haussa les épaules et daigna néanmoins lâcher :

— L'Yrgaärd y gagne Angborn, bien sûr !

Duncan de Feln ne put s'empêcher d'esquisser un petit sourire supérieur. Eylinn le remarqua et tiqua : parce qu'il se savait plus intelligent que tout le monde ou presque, son père était parfois son pire ennemi.

— Oui, mais pas seulement, dit-il. L'Yrgaärd gagne Angborn et sa forteresse. Lesquelles se dressent sur une île à l'entrée de la baie des Cités franches. Vous souvenez-vous de cette île, Téogen ? Vous souvenez-vous de cette forteresse ?

Le comte acquiesça sombrement.

Angborn avait été l'enjeu du dernier acte de la reconquête des Cités. Durant plusieurs mois, une terrible bataille s'était déroulée dans ses fossés et sur ses remparts, les Yrgaärdiens se battant jusqu'au dernier pour la défendre. Combien d'hommes avaient péri là-bas ? Téogen ne pouvait en nommer que quelques-uns, mais qui tous étaient tombés près de lui...

Toujours attentive, Eylinn se dit que son père savait quel air chanter à Téogen. Pourtant, ne le chantait-il pas un peu haut ? Ne forçait-il pas la note ? Malgré les apparences, le comte n'était pas un rustre facile à berner.

— Qui contrôle Angborn, reprit le duc, contrôle la baie. Et qui contrôle la baie peut dicter sa loi aux Cités franches. Croyez-moi, Angborn n'est que la première étape d'une conquête.

Et il ajouta :

— D'une conquête armée. Le Dragon Noir...

Téogen cessa d'écouter et leva les yeux vers un étendard déchiré accroché au mur. Il était noir et brodé d'une tête de loup en fil d'argent. L'emblème du Haut-Roi. Pas celui du Haut-Royaume mais celui, personnel, d'Erklant. Le roi lui avait remis cette oriflamme au soir d'une rude bataille et, depuis, le comte la conservait comme un talisman.

Il était un guerrier, un vieux guerrier qui connaissait le prix de la loyauté et la valeur du sang versé.

— Le Dragon Noir, murmura-t-il pour lui-même...

Il ne l'avait jamais rencontré, ni même aperçu. En revanche, il avait affronté l'un de ses rejetons. Un « prince-dragon », ainsi qu'on les nommait. Ils avaient apparence humaine, mais portaient en eux une part de la puissance de leur géniteur. Cela faisait d'eux des adversaires redoutables, capables de libérer une force d'Obscure propre à balayer les premiers rangs d'une armée.

S'apercevant qu'il parlait dans le vide, Duncan de Feln s'était tu. Il hésita un instant. Plus habile à discerner les émotions, sa fille prit les devants et se leva, ce qui tira Téogen de ses rêveries.

— Je m'aperçois que ma présence est superflue, dit Eylinn avec un ravissant sourire. En outre, il est tard. Pourriez-vous m'indiquer votre autel ? Je souhaiterais me recueillir avant que nous repartions.

— Qui priez-vous ? demanda le comte d'Argor.

— Un autel dédié à l'un ou l'autre des Premiers Ancestraux fera l'affaire. Nul doute qu'il portera mes prières jusqu'à Eth'ril.

— Ma femme aussi priait le Dragon des Rêves. Je vais vous faire ouvrir sa chapelle, dit Téogen sans manifester l'émotion qu'il ressentait au souvenir de son épouse.

La jeune femme porta une main à sa poitrine et s'inclina légèrement.

— Merci beaucoup, comte.

Une fois seuls, Téogen et Duncan restèrent un moment silencieux. Le comte s'était levé pour se servir un autre verre de vin. Il le vida d'un trait et, pragmatique, dit :

— Il est trop tard pour empêcher la cession d'Angborn.

— Vrai, concéda le duc de Feln. Aussi nous faut-il nous préparer à l'avenir. Avec un Haut-Royaume au faîte de sa puissance et de sa gloire, la perspective d'une guerre contre l'Yrgaärd devrait déjà nous inquiéter, mais en l'état… Mieux vaut prier, si nous n'agissons pas…

Le comte Téogen d'Argor n'était pas homme à s'en remettre aux Premiers. Ni à personne, d'ailleurs.

— Prier ! s'exclama-t-il.

— Oui, comte. Prions. Prions pour que le Dragon Noir, s'il attaque, attaque le plus tard possible. Prions pour que le tribut que paiera l'Yrgaärd suffise à renflouer les caisses et, sinon, prions pour que le Vestfald continue à nous vendre son grain à crédit. Prions pour que les banquiers étrangers ne réclament pas trop tôt le remboursement des sommes énormes qu'ils ont prêtées à la Couronne. Prions pour que les campagnes ne s'embrasent pas. Prions pour que le prochain hiver ne soit pas trop rude. Et puisque nous en sommes là, prions pour que le roi guérisse du mal qui le ronge et prions pour que la reine retrouve un semblant de raison. Prions, comte. Prions.

Téogen poussa un soupir. Il s'assit, réfléchit, puis demanda :

— Qu'espérez-vous de moi ?

Le duc se pencha en avant et dit :

— La reine Célyane profite de la maladie du roi pour exercer une régence qui est non seulement désastreuse, mais illégale. Nous avons donc toutes les raisons de nous opposer à elle. Si je me dresse contre la reine, les Grands du royaume me suivront…

— Pour le seul bien du Haut-Royaume, bien sûr, ironisa le comte d'Argor.

Duncan esquissa un sourire.

—Certes, certains n'aspireront qu'à retrouver les titres et les honneurs qui étaient les leurs avant que la reine ne les écarte comme elle vous a écarté. Mais qu'importent les motifs de tel ou tel ? Il s'agit de sauver le royaume.

—Cependant s'il est vrai que les Grands vous suivront, la petite noblesse d'épée, elle, me suivra. Et vous voulez également pouvoir compter sur mes vyverniers. Voilà pourquoi vous me voulez à vos côtés.

Il n'y avait, dans tout le Haut-Royaume, de meilleurs monteurs de vyvernes que ceux des montagnes argoriennes. Et il n'y avait qu'en Argor que l'on savait dresser ces reptiles ailés au combat.

—En effet, acquiesça le duc. À ceci près que je ne vous souhaite pas à nos côtés, mais à notre tête.

Téogen gloussa.

—À votre tête, lâcha-t-il. Tiens donc…

Il marqua un temps et, plantant son regard dans celui de Duncan, dit :

—De sorte que la mienne tombera plus tôt que la vôtre si la petite aventure que vous me proposez tourne mal…

Le duc se dressa pour protester :

—Comte ! Vous ne…

Mais Téogen l'interrompit en éclatant d'un grand rire.

—Je vous taquine, Duncan. Je vous taquine… Rasseyez-vous.

Il n'en pensait pas moins, cependant. Redevenu sérieux, il ajouta :

—Reste que vous me proposez de prendre les armes contre le trône. C'est risquer de plonger le royaume dans une guerre civile.

—Non. Si vous menez nos troupes, je doute fort que l'on verse une goutte de sang ou que l'on tire un coup de canon. Lorsqu'elle verra tout le royaume dressé contre elle, la reine ne pourra faire autrement que de céder à nos exigences.

—À savoir ?

—Une régence, légitime celle-là, jusqu'à la guérison du roi.

—Si le roi guérit jamais. Et qui l'exercerait, cette régence ?

—Le Conseil.

—Où vous siégeriez.

—Vous aussi.

Songeur, Téogen acquiesça distraitement, les yeux perdus dans le vague.

—Si la reine ne cède pas, dit-il enfin d'un air grave, ce sera la guerre. Et elle sera sanglante.

Après son entrevue avec le comte, Duncan de Feln retrouva sa fille qui l'attendait dans la cour avec les cavaliers. Vêtue de son grand manteau, elle était déjà en selle.

— Depuis quand pries-tu le Dragon des Rêves ? demanda le duc en enfourchant sa monture.

— Depuis que je sais que feu la comtesse le priait.

— Habile, concéda Duncan avec un sourire.

Il piqua légèrement des talons et la troupe se mit en marche.

— Alors ? demanda Eylinn avant qu'ils aient pris trop de vitesse et que le vacarme de la chevauchée ne les assourdisse.

— Alors je lui ai donné à réfléchir.

— Seulement ?

— Je m'y attendais. Téogen est un rocher que l'on ne déplace pas facilement. Mais pour autant, cet entretien n'a pas été vain. Après tout, même la plus haute des tours commence par une première pierre, n'est-ce pas ?

D'un claquement de langue satisfait, le duc de Feln lança sa monture au galop.

Chapitre 14

Lorn grimaça en se réveillant.

Il souffrait, le corps raide et douloureux, les tempes vrillées par une migraine qui l'aveuglait presque. Il respirait difficilement, le torse entouré d'un bandage serré destiné à maintenir ses côtes en place. Il était couché dans la chambre qui lui avait été attribuée dans les appartements du prince. Comment avait-il rejoint son lit ? Les rideaux tirés entretenaient une douce pénombre alors qu'il faisait grand beau dehors. Tout était calme.

Le père Domnis priait en silence, agenouillé à son chevet. Lorsqu'il vit que Lorn revenait à lui, il ôta la capuche de sa robe blanche et se leva.

— Comment allez-vous, mon fils ? demanda-t-il d'une voix douce.

— Mon père ?

Lorn voulut se redresser et grogna.

— Essayez de ne pas bouger, mon fils. Souffrez-vous ?

— À boire.

— Bien sûr.

Le prêtre lui apporta un verre d'eau dans lequel il versa quelques gouttes d'un liquide ambré. Puis il l'aida à boire en lui maintenant délicatement la tête. Lorn reconnut le goût de la liqueur de kesh avec satisfaction. Il n'y avait pas mieux pour combattre la douleur.

Tandis que Lorn refermait les paupières en attendant que la drogue fasse effet, le père Domnis alla entrouvrir la porte et glissa quelques mots au garde dans le couloir. Après quoi il referma doucement la porte et revint sans bruit près du lit.

Lorn sentit sa migraine faiblir.

— Que s'est-il passé ? demanda-t-il en gardant les yeux fermés.

Sa voix, faible et rauque, était celle d'un homme sur le point de sombrer dans le sommeil.

— Vous ne vous souvenez de rien ? demanda le prêtre blanc.

— Je suis… si… fatigué…

— Alors rendormez-vous, mon fils. Rendormez-vous. Et laissez-moi prier pour votre âme…

Plus tard, Alan rejoignit le père Domnis au chevet de Lorn. D'attentes en vaines recherches, il n'avait pas fermé l'œil depuis que son ami avait disparu.

— Personne ne semble rien savoir de cette fille avec qui Lorn est parti, annonça-t-il à voix basse.

— Peut-être n'est-elle pour rien dans cette histoire.

— J'en doute…

— Vous devriez vous reposer, mon fils.

Alan fit comme s'il n'avait pas entendu et posa un regard désolé sur Lorn. Très pâle, le visage marqué de coups, celui-ci était plongé dans un sommeil trop profond pour ne pas être inquiétant. Le prêtre essuya un rien de bile noire qui suintait encore d'entre ses lèvres closes.

— Mais que lui est-il arrivé, mon père ?

— Je crains qu'il n'ait entendu l'Appel de l'Obscure.

— L'Appel de l'Obscure ? Qu'est-ce que c'est ?

— Lorn a longtemps côtoyé l'Obscure. Trop longtemps…

— Je sais cela.

— Mais s'il y a survécu, c'est parce que… Comment dire ? (Le prêtre blanc chercha ses mots.) C'est parce que l'Obscure l'a… accepté au lieu de chercher à le détruire. Elle l'a épargné et admis en son sein, comme l'atteste la marque sur sa main.

— Épargné ? Vous trouvez ?

— Je m'exprime mal… Néanmoins, vous savez les ravages que l'Obscure peut faire sur les corps et sur les âmes. Votre ami n'est pas devenu un dément furieux. Ni un idiot balbutiant. Et son corps n'a pas été corrompu.

— Il y a ses yeux.

— Ce qui est bien peu, comparé aux difformités subies par certains malheureux…

— C'est vrai.

— Lorn est fort. C'est sans doute pour cela que l'Obscure l'a choisi.

— Et maintenant, elle l'appelle.

— En quelque sorte. Mais c'est plutôt lui qui se languit d'elle. À Dalroth, Lorn était exposé à une abondante source d'Obscure. Il s'y est… accoutumé. Et maintenant, elle lui manque comme… (Embarrassé, le père Domnis se racla la gorge.) Comme…

— Comme le kesh m'a manqué. Ne vous donnez pas tant de peine, mon père. J'ai compris… Guérira-t-il ?

— Je l'ignore.

— Répondez-moi.

— Rien n'est impossible, mon fils. Cependant…

— Quoi, encore ? s'impatienta Alan en contenant un éclat de voix. Parlez, bon sang !

Le père Domnis prit néanmoins le temps de choisir ses mots.

— Il ne fait désormais aucun doute que l'Obscure est en lui.

Lorn bougea dans son sommeil.

Alan prit alors le prêtre blanc par le bras et l'entraîna à l'écart du lit.

— Qu'essayez-vous de me dire, mon père ? Que c'est sans espoir ?

— Non ! Lorn pourra sans doute se purger de l'Obscure qui est en lui. Mais encore faudra-t-il qu'il le veuille.

— Qu'il le veuille ? Mais bien sûr, qu'il le voudra ! Comment pourrait-il ne pas le vouloir ?

Le père Domnis trouva plus sage de ne pas contredire le prince sur ce point. Pourtant, il savait que l'Obscure pouvait exercer un attrait irrésistible. Elle était pour certains une drogue terrible et mortelle, mais dont ils ne pouvaient se passer malgré le mal qu'elle leur faisait à la longue.

— Ce sera long et douloureux, mon fils.

— Long ?

— Une vie pourrait ne pas y suffire.

Vint le matin où Lorn put, assis dans son lit, manger sans aide.

C'était le premier vrai repas qu'il faisait depuis qu'une patrouille l'avait retrouvé à Béjofa et ramené toujours inconscient au palais du gouverneur.

— Voilà qui fait plaisir à voir, dit Alan tandis qu'une servante emportait les reliefs du copieux déjeuner que Lorn venait d'engloutir avec appétit.

Comme la servante était jeune et jolie, Alan ne put s'empêcher de la suivre du regard. Pas dupe, elle lui sourit en coin avant de refermer la porte.

— Comment vas-tu ? demanda Alan.

— Bien mieux. Merci.

— Tu permets que je fasse entrer un peu de soleil ? Il fait un temps magnifique et on veille les morts, ici.

Volets mi-clos, la chambre était plongée dans la pénombre.

— Je préférerais que non, dit Lorn.

— Oh ? Ça ne s'arrange pas ?

Lorn fit « non » de la tête.

Ses yeux, en effet, étaient toujours aussi sensibles à la lumière vive. Le droit, surtout, désormais d'un gris pâle, le faisait souffrir : assez rapidement, c'était comme si on lui enfonçait des aiguilles chauffées à blanc dans le crâne.

Alan vint s'asseoir sur le lit.

Il fit pencher le matelas et Lorn, qui mesurait encore ses moindres gestes, grimaça de douleur.

— Pardon, fit le prince en s'apercevant de sa maladresse.

— Ça… Ça va aller…, dit Lorn en retrouvant prudemment une position confortable.

Alan s'efforça alors de ne plus bouger.

— Nous nous sommes fait un sang d'encre, tu sais ?

— Nous ? releva Lorn.

— D'accord. Je me suis fait un sang d'encre, corrigea le prince en insistant sur le « je ». Mais qu'est-ce qui t'a pris de disparaître comme ça, aussi ?

— Je… Je ne sais pas…

— Je t'ai d'abord cherché partout, ce soir-là. Comme j'avais un très mauvais pressentiment, j'ai ordonné des recherches. Et c'est seulement le lendemain qu'on t'a retrouvé. Inconscient. Et à Béjofa ! Mais qu'est-ce que tu es allé foutre à Béjofa ?

— Longue histoire.

— Pas un problème. J'ai tout mon temps.

— Je suis fatigué, Alan.

— Non. Tu dormiras quand tu m'auras raconté qui t'a mis dans cet état.

Le ton était amical, mais ferme.

Lorn connaissait assez Alan pour savoir qu'il ne le laisserait pas tranquille avant d'avoir obtenu satisfaction. La sollicitude du prince était aussi sincère que ses inquiétudes et ses interrogations. Il voulait savoir, et il saurait.

— Des témoins disent t'avoir vu partir avec une belle jeune femme brune, dit le prince.

Lorn acquiesça.

Il raconta alors sa rencontre avec Élana et le piège dans lequel elle l'avait attiré, jusqu'au moment où il s'était jeté par la fenêtre. Mais il cacha son accès de violence quand, convaincu qu'elle le trahissait, il avait tenté de la faire parler. Et il ne parla pas non plus de l'Irélice.

— La maison où elle t'a emmené, tu saurais la retrouver ? demanda Alan.

— Je pense, oui.

— Ça m'étonnerait que quelqu'un nous y attende, mais il y reste peut-être des indices. Tu ne sais vraiment pas ce que ces types te voulaient ?

— M'enlever. Mais à part ça...

— Comme on vous avait vus partir ensemble, je me suis renseigné sur cette Élana. Personne ne sait qui elle est au juste. Et elle ne figurait pas sur la liste des invités.

— Elle ne manque pas d'audace. Elle parlait avec l'ambassadeur de l'Yrgaärd et toi, quand je t'ai rejoint.

— Oui. Elle devait en avoir après toi dès le début. Elle a sans doute pensé que la meilleure façon de t'approcher était de passer par moi.

— Et comme tu n'as jamais su résister à une jolie femme...

— C'est très exagéré, protesta Alan par principe.

— Ben voyons.

— Et ensuite ?

— C'est... C'est assez flou. Je me souviens d'être tombé dans la rivière et je ne sais vraiment pas comment j'ai pu ne pas me noyer. Ensuite...

Lorn, encore une fois, déguisa la vérité.

Il parla de Delio mais ne dit rien de la crise qu'il avait traversée, rien du désespoir ni de la honte, rien des angoisses ni des souffrances qui l'avaient étreint au point de lui faire regretter d'être en vie. Espérait-il vraiment tromper Alan ou se mentait-il à lui-même ? Il n'aurait su le dire. Peut-être voulait-il seulement remettre à plus tard le moment où il lui faudrait affronter les événements de cette nuit terrible. Mais le plus important était qu'à cause de l'Obscure et de l'emprise qu'elle avait sur lui, il se retrouvait à mentir à son seul ami.

Le prince, cependant, n'était pas dupe.

— Pourquoi me mens-tu ? demanda-t-il avec tristesse.

Lorn le regarda sans parvenir à dire un mot.

— Je sais, reprit Alan, qu'il t'est arrivé quelque chose d'autre, cette nuit-là. Quelque chose de terrible que le père Domnis nomme l'Appel...

Comme Lorn se taisait toujours, Alan se leva.

— Les gardes t'ont ramené tel qu'ils t'ont trouvé dans la rue où tu gisais. À savoir à demi-mort. Et couvert d'une bile noire que tu crachais encore parfois... Ça a suffi au père Domnis pour comprendre ce qui t'était arrivé.

— Je... Je ne me souviens pas de tout, tenta Lorn.

— Arrête ! s'emporta Alan sans hausser la voix. Arrête... Rien ne t'oblige à te confier à moi. Tu ne me dois rien. Tu ne dois rien à personne. Mais ne me prends pas pour un imbécile. Si tu ne veux pas me parler de quelque chose, alors dis-le-moi et ça suffira.

Ils se dévisagèrent un long, très long moment.

— Je ne veux pas parler de ça, dit enfin Lorn avant de détourner le regard.

— À ta guise. Mais je ne peux pas t'aider malgré toi.

— Je ne t'ai rien demandé, Alan. Fous-moi la paix.

Pour le prince, le coup fut rude.

Lorn reprit des forces.

Au fil des jours, il fut bientôt en mesure de se promener dans les jardins appuyé sur une canne d'abord, puis sans elle. Il récupéra et s'obligea à de longs et douloureux exercices. Il ne s'agissait pas seulement de se remettre de ses blessures. Il voulait retrouver la vigueur, la vitesse et l'endurance qui étaient les siennes avant Dalroth. Et puis les efforts qu'il fournissait l'empêchaient de réfléchir et le faisaient sombrer, la nuit venue, dans un sommeil profond. Il s'entraîna donc du matin au soir, passa de longues heures solitaires dans la salle d'armes à manier l'épée, emprunta aux écuries des montures qu'il épuisait.

Alan et lui ne revinrent pas sur la pénible conversation qu'ils avaient eue. Le prince attendait des regrets sinon des excuses, tandis que Lorn ne voulait plus demander pardon à quiconque. Ils firent comme si de rien n'était, mais leurs rapports devinrent froids, tendus. Au père Domnis qui s'en inquiétait, Alan avait expliqué de quoi il retournait. Le prêtre avait alors plaidé la cause de Lorn : c'était sans doute l'Obscure qui avait parlé. Alan l'avait compris. Malgré tout, les mots de Lorn restaient une blessure.

Tandis qu'il achevait sa convalescence, Lorn dut admettre que si son corps se remettait, ses yeux restaient toujours aussi sensibles. Il lui était pénible de sortir en plein soleil sans être couvert, et c'était une faiblesse avec laquelle il devait désormais compter. Dans un premier temps, il se résolut à porter un cache de cuir sur l'œil droit, mais cela gênait sa perception du relief et réduisait dangereusement son champ de vision. Puis le père Domnis trouva la solution et fit réaliser des lunettes rectangulaires dont les verres fumés permettaient à Lorn de voir sans être ébloui. Dans un premier temps, Lorn ne fit pas montre d'un grand enthousiasme : il n'avait pas trente ans et, pour lui, les bésicles ne convenaient qu'aux vieillards et aux érudits fleurant l'encre et le papier. Mais il dut se rendre à l'évidence et admettre que ces verres remplissaient parfaitement leur office.

Avec ses cheveux noirs, sa pâleur, son mutisme, ses yeux vairons et les tenues sombres qu'il affectionnait, ces lunettes mirent la dernière touche à l'aura qui l'entourait. Sans même parler du sceau au dos de sa main gauche, il dégageait quelque chose de sombre et d'inquiétant. On baissait la tête quand on le croisait dans les couloirs ; on ne lui adressait que des regards à la dérobée ; on chuchotait dans son dos. Cela ne le dérangeait pas. Au contraire, il appréciait la solitude. Il y trouvait un certain réconfort, entre quatre murs de silence et d'oubli.

Chapitre 15

Un matin, Lorn annonça à Alan qu'il partait.

— Quand ?

— Aujourd'hui.

Le prince accusa le coup sans ciller.

— Il va bien falloir que je me décide moi aussi à rentrer, de toute façon. J'ai reçu une lettre de ma mère : elle me rappelle à Oriale.

La lettre était arrivée quelques jours plus tôt, en fait. Mais Alan n'avait pas voulu répondre à la convocation de la reine avant que Lorn ne soit parfaitement remis. Il songea alors à lui proposer de l'accompagner mais faute d'une franche réconciliation, une pointe d'orgueil l'en empêcha : il ne voulait pas avoir l'air de quémander.

— Le duc de Feln fait encore des siennes, dit-il sur le ton de la conversation.

— Le duc ?

— Je te parle de Duncan.

Duncan de Feln.

Lorn sentit ses entrailles se nouer.

Il n'en montra rien, cependant. Et demanda :

— Toujours plongé dans les intrigues, ce cher Duncan ?

Alan contint un petit rire.

— Plus que jamais. Surtout depuis que l'autorité de ma mère est contestée et que ceux enclins à prêter l'oreille au duc se font de plus en plus nombreux. Mais la petite noblesse d'épée se méfie de lui et, sans elle, il n'arrivera jamais à rien contre le trône…

— Et donc le voilà duc.

— Oui. Il dirige la maison de Feln depuis la mort de son frère aîné. Et ce, jusqu'à la majorité de son neveu.

— Pauvre neveu. Je doute qu'il fasse de vieux os, dit Lorn.

Le prince et lui se turent, embarrassés.

Les quelques mots qu'ils venaient d'échanger relevaient du simple bavardage mondain. Uniquement destinés à combler le silence et masquer un reliquat de querelle, ils n'étaient pas dignes de leur amitié.

Pas dignes d'eux.

Alan soupira.

— Où as-tu l'intention d'aller ? demanda-t-il.

— En Sarme. Je compte demander l'hospitalité à Enzio pour quelque temps.

Le prince sentit sa jalousie piquée au vif.

— Si c'est Alissia que tu veux revoir...

Il n'acheva pas sa phrase, un voile de tristesse livide passant sur le visage de son ami. Il regretta aussitôt le peu qu'il avait dit.

— Je... Je suis désolé, Lorn. Je ne voulais pas...

— Comment va-t-elle ?

— Bien.

— Est-elle... ?

— Mariée ? Non mais...

— Je sais, Alan. Je sais. Inutile de me mettre les points sur les *i*. Je sais que je ne l'épouserai jamais.

Lorn s'était efforcé de rester impassible mais le souvenir d'Alissia lui avait traversé l'âme et le cœur comme une lame de feu glacée. Il la revit, belle et fragile, le jour où il avait demandé sa main à son père, le puissant duc de Sarme et Vallence. Il la revit aussi la nuit où il les avait laissés, elle et son frère Enzio, sur un quai du port d'Alencia.

Ce fut une douleur.

Le prince voulut se rattraper et demanda :

— De quoi as-tu besoin ?

Lorn haussa les épaules.

— Un bon cheval. De l'argent. Des vivres. Une épée... Rien que le strict nécessaire.

— Entendu. Mais c'est un long voyage jusqu'à la Sarme.

— Je sais.

— Prends une escorte.

— Non.

— Une escorte de quelques hommes. Tu les choisiras toi-même.

— Non, Alan.

— On s'en est pris à toi la nuit même de ton retour. Qu'est-ce qui te fait croire que ceux qui ont voulu te faire disparaître ne vont pas recommencer ?

— Je serai prudent.

— Tu sais aussi bien que moi que cela ne suffit pas toujours. Accepte une escorte, Lorn. Tu la renverras une fois que tu seras arrivé sans encombre en Sarme.

Le prince était vraiment inquiet et Lorn le comprit. Mais il s'entêta et refusa encore : il voulait voyager seul, quels que soient les risques.

Alan renonça à contrecœur.

— À ta guise.

— Je vais aller me préparer, dit Lorn.

Il attendit tandis que le prince regardait ailleurs en silence, aussi peiné qu'exaspéré par son attitude : Lorn, une fois encore, refusait son aide.

Lorn s'en fut et s'arrêta avant de quitter la pièce.

Il hésita, puis dit :

— Merci. Pour tout.

Alan lui tournait le dos.

— C'est ça, répondit-il d'une voix froide.

Une heure plus tard, dans les écuries, Lorn s'assurait que son cheval était en bonne santé et correctement sellé quand le père Domnis vint le rejoindre.

— J'ai appris que vous partiez, mon fils.

— En effet, répondit Lorn sans s'interrompre.

— Le prince s'inquiète de vous.

— Est-ce lui qui vous envoie ?

— Non. Cependant, je partage ses inquiétudes.

Lorn garda le silence et souleva un à un les sabots de sa monture.

Le prêtre blanc insista :

— Une crise semblable à celle… à celle que vous savez peut se reproduire.

— Je sais.

— Si cela advenait, mieux vaudrait que vous ne soyez pas seul.

— Sans doute, oui.

Il y eut un nouveau silence mais, cette fois, ce fut Lorn qui reprit la parole :

— Écoutez, mon père. Je sais de quel mal je souffre. Mais le choix qui s'offre à moi est très simple. Soit je vis dans la peur d'un nouvel Appel qui arrivera quoi que je fasse s'il doit arriver. Soit je prends le risque de vivre ma vie.

— C'est un risque que vous ferez peut-être courir à d'autres, mon fils, dit le père Domnis d'une voix posée.

Lorn le regarda et dit :

— L'Obscure m'a déjà beaucoup pris.

— Je comprends, mon fils. Néanmoins vous ne…

— Au revoir, mon père.

Lorn fit sortir son cheval et mit un pied à l'étrier.

— Un instant ! s'exclama le prêtre blanc. Acceptez ceci, voulez-vous ? Qui sait si vous n'en aurez pas l'usage ?

Il tendait un médaillon portant – en émail blanc – la rune d'Eyral, le Dragon Blanc.

Lorn hésita, avant de prendre le pendentif et d'enfourcher son cheval.

Puis il piqua des talons.

Lorn quitta le palais du gouverneur sans se retourner. Il ne vit pas Alan qui, la mine grave, le regarda partir depuis une fenêtre. Il ne s'arrêta qu'aux portes de la ville, où il appela un mendiant auquel il lança le médaillon du père Domnis.

Voyant que le pendentif et sa chaîne étaient en argent, l'homme se fendit d'un sourire édenté et lança, ravi :

— Merci, monseigneur ! Qu'Eyral vous accompagne !

Lorn s'éloignait déjà au trot.

Chapitre 16

« Son aïeul était Erklant Ier, dont il portait le nom glorieux. Roi du Langre, Erklant Ier, dit l'Ancien, avait combattu durant les Dernières Ténèbres et mené son royaume à la victoire contre les armées d'Ombre et d'Oubli. Il vainquit ensuite le dragon Serk'Arn et, de conquêtes en traités, devint le premier Haut-Roi. Il mourut après avoir vécu presque autant qu'un siècle. »

Chroniques (Livre des Rois)

La porte était si haute qu'elle semblait étroite, alors que vingt hommes auraient pu la franchir de front. Les immenses battants tremblèrent. Une fente lumineuse apparut entre eux et s'élargit à mesure qu'ils s'écartaient. Puis ils s'immobilisèrent, à peine entrouverts. Mais c'était bien assez pour laisser entrer une silhouette minuscule, celle d'un vieux roi malade qui avançait appuyé sur une canne.

L'écartement des battants avait tracé sur le sol un long et étroit tapis de lumière. Le Haut-Roi le suivit, marchant droit devant lui d'un pas lent, le dos voûté, précédé de son ombre démesurément étirée. L'obscurité était épaisse. Mais à la manière dont les bruits s'y perdaient, on devinait sans mal que les lieux étaient gigantesques et caverneux : une montagne creuse.

Le roi Erklant boitait vers une estrade de pierre, où quatre vasques brûlaient. Elles encadraient par paire deux trônes se faisant face. L'un, qui tournait le dos à la porte, était vide. L'autre avait un occupant immobile, sculpté dans la même roche rouge que les sièges.

C'était un roi.

Un roi guerrier, représenté couronné et botté, revêtu d'une cotte de mailles, une main sur l'accoudoir de son trône, l'autre serrant la poignée d'une épée posée la pointe au sol.

Le premier des Hauts-Rois.

Le vieux roi s'assit devant son aïeul, dont il portait le nom. La ressemblance était frappante. Ils semblaient avoir le même âge et être frères. Même vêture. Mêmes rides et mêmes joues creuses. Mêmes pommettes osseuses. Mêmes mâchoires aux arêtes saillantes. Mêmes longs cheveux raides. Et mêmes orbites profondes.

— Bonsoir, dit le Haut-Roi.

Il attendit que les douleurs dans ses articulations diminuent. Il lui fallait également recouvrer son souffle.

— J'ai tardé depuis ma dernière visite, dit-il enfin. Pardonne-moi.

Il soupira.

— Les nouvelles sont mauvaises. La cité d'Angborn va être cédée à l'Yrgaärd…

Il semblait être seul mais le vieux roi, lui, sentait une présence. Une présence puissante et immense dont l'invisible aura se faisait presque palpable.

— Oui, dit-il comme en réponse à une question. Cédée. Ou plutôt vendue.

Le roi Erklant devint songeur. Son regard se perdit un instant, puis son attention revint.

— Vendue ! Te rends-tu compte ? (Il s'anima.) Et au Dragon Noir ! À l'Hydre d'Yrgaärd ! Sais-tu qu'ils osent présenter cela comme un succès de la diplomatie ?

Il se calma et sa voix s'emplit de sarcasme.

— Car des relations diplomatiques vont enfin être établies entre l'Yrgaärd et le Haut-Royaume, vois-tu ? Comme si l'Yrgaärd pouvait jamais devenir notre allié…

Sombre, le Haut-Roi se tut, avant de murmurer pour lui-même :

— J'ai déjà commis l'erreur de le croire. Est-ce que cela n'a pas suffi ?

Il secoua la tête et, à l'intention de son interlocuteur invisible, ajouta :

— Mais il faut reconnaître que la reine a bien préparé son affaire… Des mois durant, Estéveris a négocié en secret avec l'Yrgaärd, et maintenant tout est réglé. Ou presque. N'en déplaise aux autres royaumes. N'en déplaise à quiconque…

Sa voix mourut.

Abattu, le vieux roi savait que l'Yrgaärd ne serait jamais un allié loyal. Quelques années plus tôt, il s'était lui-même laissé convaincre de tenter un rapprochement. En pure perte. La haine du Dragon Noir pour le Haut-Royaume était trop profonde et trop ancienne. Il régnait sur l'Yrgaärd depuis les Ténèbres et détestait viscéralement Eyral, le Dragon Blanc de la Connaissance et de la Lumière. Or Eyral était le protecteur du Haut-Royaume. Un culte lui était toujours rendu et ses oracles continuaient de guider les Hauts-Rois.

— Je ne sais ce que l'Yrgaärd fomente, avoua Erklant II. Je sais seulement qu'Angborn lui est livrée à vil prix, et au mépris du sang versé pour libérer les Cités franches. Mais le comble... Le comble est que nous avons presque autant à craindre d'une alliance sincère avec l'Yrgaärd que d'une trahison du Dragon Noir. Car les autres royaumes ont toutes les raisons de s'inquiéter en voyant les deux plus puissants royaumes d'Imélor s'allier. Pour l'heure, ils font bonne figure devant le fait accompli. Mais resteront-ils longtemps sans réagir ?

Ses épaules s'affaissèrent, puis le vieux roi se redressa en devinant un mouvement dans l'obscurité.

— Il reste un espoir, cependant. Lorn sera bientôt là, sais-tu ? J'ai envoyé mes gardes le chercher. Ils le ramèneront bientôt... Je l'ai élevé comme mon fils et j'ai cru qu'il m'avait trahi, mais c'était une erreur. En vérité, il m'a toujours été fidèle et les Gardiens disent que...

Un bruit semblable à un raclement de métal contre la pierre l'interrompit.

— Oui, reprit le Haut-Roi. Il revient de Dalroth et je sais bien ce que cela signifie... Trois ans. Autant dire une éternité. Oui, une éternité...

Ses pensées lui échappèrent à nouveau.

Lorsque le vieux roi se retira, lorsque les hautes portes se refermèrent et que, les vasques éteintes, les ténèbres se firent autour des trônes de pierre, des yeux rouges s'ouvrirent et un grondement sourd s'éleva sous la montagne.

Chapitre 17

«Après le sacrifice du Dragon-Roi et le cataclysme qui s'ensuivit, après l'engloutissement de la province d'Élarias et la naissance de la mer Captive, longtemps après la fin de la Dernière Guerre des Ténèbres, les Terres Mortes restèrent maudites et corrompues, soumises à l'Obscure qui imprégnait et la terre et l'eau et les pierres et le vent.»

Chroniques (Livre d'Élarias)

En quittant Samarande, Lorn n'emprunta pas la vallée de l'Eirdre qui l'aurait pourtant mené au cœur du Haut-Royaume. Il chevaucha vers l'ouest, longea pendant quelques jours la côte de la mer des Cités puis mit le cap au sud. Son intention était de traverser la province d'Issern jusqu'à Brenvost. Il embarquerait ensuite sur le premier navire en partance pour le Lòriand, par lequel il gagnerait les duchés de Sarme et Vallence. Ce n'était pas le trajet le plus court, ni le plus aisé. Mais Lorn se savait menacé et s'il avait refusé l'escorte qu'Alan lui avait proposée, il lui semblait néanmoins plus prudent de prendre des chemins détournés. En outre, la destination lui importait moins que le voyage, qu'il comptait mettre à profit pour réfléchir. Il ignorait même s'il irait jusqu'au bout, et il s'en moquait.

La maladie du roi, la régence de la reine, la cession d'Angborn et les menées de l'Yrgaärd, tout cela lui était indifférent. De même que les doutes et les angoisses d'Alan. Et l'Irélice. Et même l'Obscure. Lorn n'était plus celui qu'il avait été. Il ne se sentait plus aucune obligation envers le Haut-Royaume, ni envers le Haut-Roi. Il voulait n'avoir plus rien à faire avec personne. Il n'aspirait qu'à une chose : qu'on le laisse en paix. Il voulait voyager longtemps et seul, incognito.

Il voulait oublier.

Fuir.

Et se perdre peut-être.

La province d'Issern était enserrée entre des montagnes sauvages à l'est et les Terres Mortes, à l'ouest. Quelques fermes isolées la parsemaient. Elle ne valait que pour la route royale qui reliait les Cités franches à la côte et à Brenvost, l'un des ports les plus prospères et les plus fréquentés de la mer Captive. Marchands et marchandises empruntaient quotidiennement cette route, malgré les brigands qui sévissaient depuis que le Haut-Royaume avait renvoyé – faute de pouvoir les entretenir – les troupes qui surveillaient la région. Désormais, des bandes de plus en plus nombreuses et audacieuses rançonnaient les voyageurs avant de trouver refuge dans les collines toutes proches.

On n'était vraiment en sécurité que dans les grandes auberges qui jalonnaient la route. Parfaitement autonomes, elles étaient fortifiées et défendues par des mercenaires. On pouvait y loger et manger, mais aussi changer de monture, faire ferrer son cheval ou réparer la roue d'un chariot. Tout, cependant, y était hors de prix. Un grabat était loué au prix d'une chambre et un bol de brouet valait aussi cher qu'une volaille. Mais les murs étaient hauts, les pierres solides et les portes robustes. Ici, on pouvait se reposer et se détendre l'esprit tranquille entre deux journées de voyage passées dans l'angoisse. Et tant pis pour ceux qui n'avaient pas les moyens, ou qui préféraient économiser leur argent.

Les deux premières nuits, Lorn les passa à la belle étoile. Chaque fois, il s'éloigna de la route et prit soin de trouver un endroit discret, d'où on ne pouvait voir son feu ni entendre son cheval. Il avait largement de quoi s'offrir plusieurs nuits d'auberge. Néanmoins, il préférait la solitude et ne se lassait pas d'observer la Grande Nébuleuse au-dessus de lui. Ce spectacle lui avait terriblement manqué à Dalroth. De plus, ses yeux réagissant aux plus faibles lueurs, il en appréciait des détails que d'autres ne distinguaient pas. Tout, la moindre étoile, la moindre volute, la moindre nuée laiteuse lui apparaissait avec une netteté parfaite sans ses verres sombres, à croire qu'il était désormais, comme certains animaux, plus adapté à la vie nocturne que diurne.

Au soir du troisième jour, cependant, Lorn se résolut à faire étape dans une auberge. L'idée de dîner d'un repas cuisiné et de dormir dans un bon lit le tentait assez. Peut-être même resterait-il une journée ou deux, pourvu qu'il puisse occuper seul une chambre tranquille. Son cheval avait également besoin de repos, voire d'un nouveau fer à l'antérieur droit : passer un peu de temps à l'écurie lui ferait le plus grand bien.

De plus, il avait eu une petite crise sur la route, en fin d'après-midi. Elle avait commencé par des douleurs dans la main et le bras. Puis étaient venus les tremblements et un début de fièvre. Heureusement, il avait suffi que Lorn se concentre et prenne de profondes et longues inspirations pour endiguer la crise. Mais Lorn appréhendait désormais la suivante. Il la devinait proche et violente. Or à tout prendre, il préférait qu'elle le surprenne là où quelqu'un pouvait venir à son secours et où des soins pourraient ensuite lui être administrés. Cette idée ne le réjouissait pas. Composer avec ces crises, c'était admettre l'emprise que l'Obscure avait sur lui. Mais il savait qu'il devait compter avec elle, à présent. Se voiler la face serait suicidaire. L'Obscure était un adversaire que l'on ne pouvait négliger.

Légèrement à l'écart de la route, l'auberge était bâtie sur une rivière dont le courant entraînait une roue à aubes. Ses murs épais protégeaient non seulement l'auberge proprement dite, mais également une écurie, une forge, une grange, toute une basse-cour, un potager et quelques arbres fruitiers, un four, un moulin et une chapelle dédiée au Dragon-Roi.

Ayant mis pied à terre, Lorn confia son cheval au valet d'écurie puis, tout en se rafraîchissant la nuque à l'eau de l'abreuvoir, il observa discrètement les lieux. L'auberge était animée, agréable et accueillante. Et elle devait être prospère car un bâtiment, sans doute destiné à abriter plus de chambres, était en construction. Aux remparts, des sentinelles scrutaient les environs mais jetaient aussi des coups d'œil à l'intérieur de temps en temps. D'autres gardaient la porte. Lorn se demanda ce que ces hommes valaient. Les temps étaient troublés et quiconque portait une épée pouvait se dire mercenaire. Mais il suffisait que la présence de ces hommes dissuade les brigands d'attaquer. Après tout, on ne leur en demandait pas plus…

Lorn demanda une chambre pour lui seul, ce qui ne réjouit pas le patron car – comme tous les aubergistes – il ne louait pas les chambres mais les places dans chaque lit. Or il ne lui restait qu'un grand lit dans une grande chambre, fort agréable au demeurant, et dont il vanta les mérites. Lorn loua et le lit et la chambre. Il paya rubis sur l'ongle et cela, ajouté à son air sinistre et au regard impassible de ses lunettes sombres, acheva de convaincre le patron de lui remettre la clé sans discuter.

Ce soir-là, Lorn réclama un bain chaud et préféra dîner seul dans sa chambre. Il ne sortit que pour s'assurer que son cheval était entre de bonnes mains, après quoi il bloqua sa porte avec une chaise, ferma ses volets et sombra dans un sommeil hanté. Il ignorait qu'il avait été reconnu dès son arrivée et qu'un homme, au moment où il s'endormait, chevauchait à bride abattue dans la nuit vers la forte récompense qui lui avait été promise.

Chapitre 18

Le lendemain matin, parce que sa marque d'Obscure le faisait souffrir et qu'il lui semblait que son œil droit était encore plus sensible à la lumière que d'ordinaire, Lorn resta dans la pénombre de sa chambre. Il se reposa, somnola, prit son mal en patience, attendit.

Mais rien ne vint.

En fait, il se sentit mieux et, en début d'après-midi, il se résolut à sortir pour prendre l'air et faire quelques pas. Un soleil radieux le fit cligner des paupières dès qu'il mit le nez dehors, ce qui l'obligea à baisser sa capuche sur ses lunettes sombres. Il hésita un instant en faisant jouer les articulations de sa main marquée, puis se décida et descendit dans la cour.

Trois familles venaient d'arriver et négociaient le prix de leur séjour avec l'aubergiste. Hommes, femmes et enfants semblaient épuisés. Ils n'étaient pas riches et ne demandaient qu'un coin où passer la nuit et de l'eau pour les mules attelées aux chariots. Les enfants ne coûteraient rien : ils dormiraient sur la même couche, mangeraient dans la même assiette que les parents. Mais le patron resta inflexible. Il refusa d'accorder un rabais et le ton monta, une vieille femme en appelant en vain à sa générosité, un homme lui reprochant d'abuser de la situation pour pratiquer des prix injustes. Des mercenaires s'approchèrent et vinrent épauler l'aubergiste, silencieux mais menaçants. Leur présence suffit. Les familles comprirent que c'était peine perdue et, après s'être concertées, elles se cotisèrent à regret. Méfiant, l'aubergiste exigea d'être payé d'avance. Il compta son argent tandis qu'un nourrisson pleurait dans les bras de sa mère.

Lorn passa son chemin.

Il retourna s'occuper de son cheval à l'écurie, échangea quelques mots avec le palefrenier, puis il acheta une bouteille de vin et alla la siroter sur une chaise laissée à l'ombre d'un chêne, dans un coin tranquille à l'écart de l'agitation de la cour. Il avait ôté sa capuche mais gardé ses lunettes, et il songeait en massant sa main gauche quand il s'aperçut d'une présence à ses côtés.

C'était une gamine de trois ou quatre ans, sale et les pieds nus, et qui le regardait fixement en suçant les doigts de sa main droite.

Lorn lui rendit son regard sans rien dire et attendit.

La fillette, alors, leva la main qu'elle ne dévorait pas et pointa un index potelé vers Lorn. Il comprit qu'elle ne le désignait pas lui, mais ses lunettes. Sans doute n'en avait-elle jamais vu de semblables. Il les enleva et les lui tendit, pour qu'elle les observe à son aise.

La gamine hésita.

Cet homme qui ne souriait pas l'impressionnait tout de même un peu.

Lorn, alors, fit jouer les verres noirs dans un rai de lumière qui perçait la ramure. La petite s'approcha. Elle voulut toucher les lunettes, mais Lorn lui fit « non » de la tête. Elle retint son geste un moment, regarda Lorn dans les yeux et tenta de nouveau sa chance en avançant lentement, très lentement la main.

Lorn esquissa un sourire et remit ses lunettes.

La gamine le dévisagea, toujours silencieuse, sans exprimer la moindre émotion.

— Tu es là !

La fillette sursauta.

Une jeune femme venait d'un pas pressé, et l'on pouvait lire sur son visage un grand soulagement mais aussi le reliquat d'une inquiétude encore trop fraîche pour se dissiper déjà. Elle était blonde, plutôt séduisante et n'avait pas trente ans même si la fatigue la vieillissait. Lorn la reconnut. Elle était arrivée avec les familles qui avaient essayé de négocier le prix de leur séjour.

— Tu sais que je déteste que tu te sauves comme ça, Idia ! Je veux toujours savoir où tu es, tu m'entends ?

Pour se faire pardonner, la gamine courut vers sa mère et lui étreignit les jambes.

La femme se laissa attendrir et, en lui caressant les cheveux, reprocha d'un ton doux :

— J'étais morte d'inquiétude, moi.

Après quoi elle releva la tête et dit à Lorn qui n'avait pas bougé :

— Pardonnez-la, monsieur.

Lorn se tut.

— J'espère qu'elle ne vous a pas embêté…

— Non, répondit Lorn.

Il y eut un silence embarrassé, la femme hésitant à prendre déjà congé. Alors elle demanda à sa fille :

— Dis au revoir, Idia.

Mais la gamine, le nez dans les jupes de sa mère, refusa.

— Désolée, dit la femme. Elle est parfois un peu timide…

Lorn acquiesça.

— Eh bien, au revoir, monsieur… Et excusez encore une fois Idia.

Sur ce, la femme s'apprêtait à s'en retourner quand Lorn lui demanda soudain :

— D'où venez-vous ?

Prise de court, elle balbutia :

— D'où… D'où nous…

— J'ai assisté à votre arrivée, tout à l'heure.

— Oui, je me souviens. Vous… Vous étiez là.

— Vous arrivez des Cités, n'est-ce pas ?

— Oui.

— Angborn ?

La femme fronça les sourcils.

— Oui. Mais comment… (Et elle comprit.) Ah. Mon accent. Cela s'entend, n'est-ce pas ?

— Un peu, dit Lorn avec un sourire aimable. Et où allez-vous ?

— Nous allons nous établir à Brenvost.

— Pour longtemps ?

— Peut-être pour toujours. Nous ne voulons pas devenir yrgaärdiens.

Cette phrase, dite avec fierté, retint l'attention de Lorn. Elle suscita même, chez lui, une pointe d'admiration.

— Aussi avez-vous préféré partir…, dit-il.

— Partir ? (La femme esquissa un triste sourire.) Nos biens ne tiendraient pas dans une pauvre charrette, si nous étions partis. Nous ne sommes pas partis, monsieur. Nous avons fui.

Lorn se leva.

— Fui ? Comment ça ?

D'un geste, il invita la femme à prendre sa chaise. Elle resta un moment indécise, puis elle se trouva brusquement bien fatiguée et accepta volontiers de s'asseoir quelques instants à l'ombre, sa fille sur les genoux.

— Vous disiez que vous aviez fui Angborn, votre mari et vous ?

— Oui, monsieur.

Répondant aux questions de Lorn, elle expliqua que depuis plusieurs mois, les habitants d'Angborn n'étaient plus autorisés à partir. Les futures autorités yrgaärdiennes craignant un exode avant la cession, les départs définitifs étaient interdits et ceux qui quittaient la ville n'avaient pas le droit d'emporter plus que ce que l'on emporte d'ordinaire en voyage. Il était même impossible de vendre sa maison ou ses biens. Si l'on partait, il fallait tout laisser, ou presque, derrière soi.

Lorn aurait voulu en savoir plus mais le mari de la femme arriva et, soupçonneux, demanda :

— Tout va bien ?

— Oui, répondit son épouse. Je me reposais un peu, c'est tout.

Elle se leva tandis que l'homme prenait leur fille dans ses bras.

— Au revoir, dit la femme.

— Au revoir, dit Lorn avant d'échanger un simple signe de tête avec le mari.

Lequel se hâta d'emmener sa famille.

Le soir venu, Lorn alla prendre son dîner dans la salle commune.

Même s'il ne fit rien pour ça, son entrée fut remarquée. Son allure sombre inquiétait, ses lunettes intriguaient, si bien que les conversations déclinèrent tandis qu'il gagnait une place libre et enjambait un banc.

Puis elles reprirent quand il commanda.

Lorn dîna sans mot dire, tout en écoutant les bavardages autour de lui. Ses voisins évoquaient à voix basse les prix que l'aubergiste pratiquait.

Pour s'en plaindre, naturellement :

— C'est du vol. Tout simplement du vol.

— C'est à croire que leurs poulets sont nourris au grain d'or.

— Et que leurs carottes poussent dans la soie !

— Ah ça ! ils en profitent bien…

— Si l'on y songe, on n'a le choix que de se faire détrousser ici ou dehors.

— Mais ici, on ne risque pas de se faire égorger.

— Ça, ça reste à voir.

— Comment ça ?

La conversation dériva.

— Les brigands sont de plus en plus nombreux. Et de plus en plus audacieux. Vous verrez qu'un jour, ils attaqueront une auberge.

— Vous croyez ?

— Mais j'en suis sûr ! Où descendent les voyageurs les plus riches, sinon dans des endroits comme celui-ci ?

— C'est vrai.

— Et pensez-vous que les brigands, eux, ne se disent pas la même chose ?

— Mais tout de même, il y a les remparts. Et les gardes.

— Les remparts, ça s'escalade. Et les gardes, ça se tue. Ou ça se paie. Vous verrez qu'un soir, nous nous endormirons en nous croyant bien en sécurité et nous nous retrouverons égorgés dans notre somm…

— Suffit, dit Lorn d'un ton sans appel.

Les trois marchands qui discutaient près de lui se turent et, pour toute explication, Lorn désigna la petite Idia.

Le hasard avait voulu qu'il dîne à la même table qu'elle et ses parents. Or son père et sa mère, fatigués et trop occupés à parler du peu d'argent qui leur restait pour finir le voyage, ne s'étaient pas aperçus que la gamine ne perdait rien de la conversation des marchands et ouvrait déjà de grands yeux effrayés. Embarrassés, les marchands s'excusèrent et ne dirent plus un mot jusqu'à la fin du repas.

Lorn, cependant, ne se souciait plus guère de ce qu'Idia pouvait entendre. Sa marque d'Obscure le faisait souffrir et la douleur envahissait son bras. Il avait chaud, froid, et sentait déjà la sueur perler sur son front. La crise qu'il appréhendait depuis quelques jours s'annonçait.

Il se leva, sortit d'un pas aussi assuré que possible et, à l'abri des regards, prit plusieurs grandes inspirations. Agrippé à une balustrade, il s'efforça de garder le contrôle mais sut que ce combat était perdu d'avance. Il devait gagner sa chambre et se coucher tant qu'il avait encore la force de le faire seul. Il se demanda s'il n'aurait pas mieux fait de prévenir l'aubergiste qu'il était malade, afin que l'on garde un œil sur lui au besoin. Sa fierté, son orgueil l'en avait empêché et il était à présent trop tard.

On accédait à sa chambre par une galerie à claire-voie.

Lorn entreprit de gravir l'escalier qui y menait en se tenant à la rambarde et, en haut, il fut un des premiers – avec les mercenaires qui montaient la garde – à voir le carrosse qui venait à vive allure par la route. Escorté de cavaliers, il entra dans la cour dans un grand fracas de sabots, de roues ferrées et de grincements d'essieux. Cette arrivée soudaine mit l'auberge en émoi et attira rapidement tout le monde dehors. Même Lorn resta sur le pas de sa porte et, aiguillonné par la curiosité, observa depuis la galerie.

— FERMEZ LES PORTES ! hurla le cocher en tirant sur les rênes, avant même que le carrosse ne s'immobilise. FERMEZ LES PORTES ! NOUS AVONS ÉTÉ ATTAQUÉS !

Tandis que le lourd portail était refermé, Lorn, qui pouvait voir par-dessus le mur d'enceinte, fouilla les alentours du regard dans les lueurs du crépuscule. Mais sa vue était trouble : c'était comme regarder à travers un voile mouvant. Il renonça et se concentra sur le cocher qui, devant l'auberge, avait sauté de son siège et racontait que des bandits leur avaient tendu une embuscade mais qu'ils avaient réussi à forcer le passage. Les questions inquiètes affluèrent. Où avait eu lieu l'embuscade ? Combien étaient les bandits ? Avaient-ils poursuivi le carrosse ?

Le carrosse.

Malgré les difficultés qu'il avait à se concentrer, Lorn se dit que celui ou ceux que le cocher conduisait ne s'étaient pas encore montrés. Puis il remarqua que les cavaliers de l'escorte avaient mis pied à terre mais que seule une poignée d'entre eux restait près du carrosse qu'ils étaient censés protéger. La plupart s'étaient déjà discrètement dispersés tandis que le cocher attirait toute l'attention sur lui.

Quelque chose se préparait.

Quelque chose que Lorn pressentait et dont il devinait l'imminence, mais sans pouvoir l'identifier clairement.

Il comprit en voyant qui descendait enfin du carrosse.

Brune, jeune, jolie.

Elle avait prétendu s'appeler Élana et, quelques semaines plus tôt, elle avait tenté de l'enlever à Samarande.

Il crut d'abord qu'il délirait, que sa fièvre et l'Obscure se jouaient de lui. Mais il reconnut la jeune femme sans aucun doute possible lorsqu'elle leva les yeux vers lui comme si elle savait où le trouver, et qu'il croisa son regard.

Elle lui sourit.

Lorn pesta et se précipita dans sa chambre, dont il verrouilla et bloqua la porte avec une chaise. Fébrile, agité, il fit les cent pas en s'efforçant de se concentrer. Il devait réfléchir. Vite. Or les idées ne lui manquaient pas, mais elles se bousculaient, se chevauchaient, s'effaçaient l'une l'autre, tandis que la douleur dans son bras crispé provoquait en lui une sorte de vertige.

Ils étaient là pour lui.

Pour l'enlever. L'Irélice avait raté son coup à Samarande mais n'avait pas renoncé.

Il n'était pas en état de se battre.

Il devait fuir.

En commençant par quitter cette chambre dans laquelle il s'était piégé tout seul…

Lorn se rendit soudain compte que des cris d'effroi et des bruits de combat s'élevaient dans la cour. Et aussitôt, quelqu'un tenta d'ouvrir la porte.

Son instinct de guerrier prit le dessus.

Il attrapa son épée au fourreau, passa son bras valide dans la bandoulière de son sac, ouvrit sa fenêtre et l'enjamba. Elle culminait à trois mètres du sol, à l'arrière du bâtiment principal. Handicapé par son bras gauche, il chuta plus qu'il ne sauta dans le vide au moment où sa porte était enfoncée à coups de botte. Il se fit mal mais ne se blessa pas et, boitant un peu, alla jeter un discret coup d'œil à l'angle de la bâtisse.

Il lui fallut se concentrer pour que sa vision s'accommode, de grosses gouttes de sueur lui piquant les yeux.

C'était le chaos dans l'auberge fortifiée. À la lueur des torches et des lanternes, les guerriers qui escortaient Élana affrontaient les mercenaires et prenaient possession des lieux, frappant quiconque se trouvait sur leur chemin, bousculant hommes, femmes et enfants.

Un homme se pencha à la fenêtre de la chambre de Lorn.

— Il est là !

Lorn s'élança dans la mêlée en dégainant son épée.

Il frappa un guerrier pris de court, dévia par pur réflexe l'attaque d'un second et riposta en tranchant une gorge.

— Ici !

Lorn se retourna et devina plus qu'il ne vit Élana qui appelait et pointait le doigt sur lui depuis la galerie. Un guerrier se rua sur lui et il frappa en aveugle. Une fois. Deux fois. Et il frappa encore une autre silhouette menaçante, avant de sentir un sang chaud lui éclabousser le visage. Le monde s'était mué en un désordre ahurissant de sons, de cris, de formes bouleversées, de couleurs saturées. Lorn perdit conscience de lui-même et redevint le dément terrifié qui avait fui sous l'orage à Dalroth. Ce fut une chute dans un abîme de violence, de spectres hurlants, de peurs primitives et de pulsions sauvages. Il ne sut ni qui il attaquait, ni contre qui il se défendait, guerriers ou mercenaires, innocents peut-être.

Lorsqu'il revint à lui, il était à cheval, blessé, et tenait les rênes de la même main qui serrait son épée ensanglantée. Sa monture se cabra en hennissant, paniquée, devant la porte perçant le mur d'enceinte. Avait-il oublié que les mercenaires l'avaient refermée après l'arrivée du carrosse ? N'y avait-il tout simplement pas pensé, emporté par un délire qui l'empêchait de réfléchir ?

Restait que la porte était haute et bien close, et que les murs qui devaient le protéger s'étaient mués en un piège sans issue.

À moins que…

— Rendez-vous ! lui lança Élana. C'est fini.

La bouche sèche et les yeux douloureux, comme assommé par la migraine qui lui vrillait les tempes, Lorn s'efforça de prendre la mesure de la situation.

Élana et ses guerriers l'acculaient. On ne se battait plus dans la cour jonchée de cadavres. Les clients s'étaient réfugiés dans les bâtiments et guettaient, anxieux, par les fenêtres.

Lorn rengaina son épée…

Avant de piquer des talons.

Décidé à tenter le tout pour le tout, il renversa un guerrier, en obligea plusieurs autres à se jeter à l'écart et, prenant toujours plus de vitesse, traversa la cour au galop, fonça vers l'annexe en construction.

Élana comprit ce qu'il comptait faire.

— Non ! s'écria-t-elle. Vous allez vous…

Mais elle n'acheva pas.

Les ouvriers avaient installé une rampe afin de monter leurs matériaux au premier étage, qui n'était encore qu'une plate-forme hérissée de pans de mur et encombrée d'outils, de sacs, de planches et de briques entassées.

Lorn s'élança sur la rampe sans ralentir.

Elle gémit, grinça, craqua, finit par s'effondrer dans un nuage de poussière. Le cheval fit un bond quand la rampe se déroba sous lui, et franchit l'étage comme un boulet de canon en empruntant ce qui, un jour, serait un couloir terminé par une fenêtre.

Effrayée, écumante, la monture se jeta dans le vide et sauta pardessus le mur d'enceinte.

Lorn disparut dans la nuit.

Chapitre 19

Lorn se réveilla dans la matinée, étendu dans l'herbe et tenant dans son poing gauche les rênes de sa monture qui broutait paisiblement. Il bougea difficilement, le corps douloureux et un reliquat de bile noire lui maculant la bouche et le menton. Il s'assit, s'essuya et tarda à reprendre ses esprits.

Après s'être échappé de l'auberge fortifiée, il avait galopé aussi longtemps que possible. Puis, sa monture n'en pouvant plus, il avait continué au pas dans un état second, peinant à rester conscient et vacillant en selle, avant de s'évanouir et de tomber comme un sac. L'excitation du combat et l'instinct de survie lui avaient permis de tenir, mais l'Obscure avait fini par avoir raison de lui.

D'ailleurs, pouvait-il en être autrement ?

Lorn soupira.

Il était en vie et il était libre. C'était déjà ça.

Mais les hommes de l'Irélice s'étaient sans doute lancés sur sa piste dès les premières lueurs de l'aube. Lorn, en effet, doutait qu'Élana abandonne maintenant, après tout ce qu'elle avait déjà tenté.

Il avait perdu assez de temps.

Lorn se releva en grimaçant, se découvrit au bras une blessure sans gravité et enfourcha son cheval.

Multipliant les détours par des sentiers rocailleux ou des cours d'eau qui brouillaient sa piste, Lorn continua à aller vers le sud. Il se montrait prudent mais n'avait pas renoncé à rejoindre Brenvost, sur la mer Captive. La ville était grande. Il pourrait aisément s'y cacher avant d'embarquer. D'ailleurs, les options qui lui étaient offertes étaient maigres. À l'est, des montagnes sauvages barraient l'horizon. S'il renonçait à gagner la côte, il n'avait ainsi le choix qu'entre rebrousser chemin vers les Cités franches et s'enfoncer, à l'ouest, dans les Terres Mortes.

Lorn chevaucha trois jours durant et crut avoir semé ses poursuivants quand, un soir, il remarqua trois cavaliers sur une crête. Ils avaient donc retrouvé sa trace. Ou du moins cherchaient-ils dans la bonne direction. Mais comment ? L'hypothèse d'un bon pisteur était une explication suffisante mais Lorn crut avoir la réponse quand, le lendemain, il aperçut des formes ailées sous les nuages et n'eut que le temps de se mettre à couvert.

Des vyvernes.

Des vyverniers sillonnaient le ciel et scrutaient la région. L'Irélice avait-elle fait appel à eux pour épauler Élana et ses hommes dans leurs recherches ? Lorn peinait à le croire mais il devait bien se rendre à l'évidence : ceux qui en avaient après lui employaient les grands, les très grands moyens.

Il devait prendre une décision.

Le soir venu, Lorn prit soin de son cheval et dîna d'un bout de pain et de viande séchée. Puis, à l'orée d'un bosquet de sapins dans lequel il avait été contraint de se réfugier tout l'après-midi afin d'échapper aux vyverniers, il s'assit tourné vers le crépuscule. Le regard lointain, il réfléchit en massant distraitement, à travers la lanière de cuir qui l'entourait, la paume et le dos de sa main marquée.

Dorénavant, il allait devoir guetter le ciel autant que l'horizon, et voyager de nuit autant que possible. Mais même ainsi, le risque d'être vu et rattrapé était trop grand s'il continuait vers le sud. Les cavaliers, d'ailleurs, avaient sans doute compris qu'il tentait de se rendre à Brenvost. S'il voulait leur échapper, il lui fallait prendre dès maintenant une autre direction, mais laquelle ? Il n'était pas question de retourner vers les Cités franches : même s'il y parvenait, il y était sans doute attendu. Aller vers l'est ? C'était courir le risque d'être repéré par les vyverniers et rattrapé avant d'atteindre les montagnes. Alors quoi ?

S'enfoncer dans les Terres Mortes ?

La région qui s'étendait à perte de vue à l'ouest avait été soumise à la corruption de l'Obscure durant les Ténèbres. Longtemps, la vie en avait été bannie car l'eau, l'air, le sol, tout y était empoisonné. Puis la nature y avait peu à peu repris ses droits, mais sans l'emporter vraiment et en accouchant parfois de monstruosités. Aujourd'hui, les Terres Mortes étaient une lande immense, austère et sauvage. Et l'Obscure n'y représentait un véritable danger qu'en des lieux reculés, désormais.

Du moins Lorn l'espérait-il.

Car l'idée de s'aventurer dans les Terres Mortes le tentait de plus en plus. Certes, ce n'était pas sans risque. Pour autant, avait-il le choix ? Il était convaincu qu'un vyvernier ou un cavalier finiraient par l'apercevoir s'il ne prenait pas ses poursuivants au dépourvu. En outre, il ne s'agissait pas de s'enfoncer loin dans les Terres Mortes. Seulement de faire un léger détour par elles, afin de gagner la côte de la mer Captive sans encombre. Peut-être même réussirait-il à gagner Brenvost, en fin de compte.

Et puis...

Et puis il avait l'intuition de devoir se rendre dans les Terres Mortes. Sans pouvoir l'expliquer, il sentait que le voyage qu'il avait entrepris passait par là. Quelque chose l'y attendait peut-être. Ou quelqu'un. Il devinait une nécessité, ajoutée à la promesse vague, diffuse, d'un réconfort.

Immobile, les lumières déclinantes du crépuscule se reflétant sur les verres sombres de ses lunettes, Lorn s'accorda le temps de la réflexion. Il pesa le pour et le contre, puis regarda son cheval. Ce n'était pas la monture sur laquelle il était arrivé à l'auberge. Sans doute l'avait-il volé à l'un des cavaliers qui escortaient le carrosse. Ce cheval lui avait rendu bien des services. Il lui avait même sauvé la vie, mais Lorn avait perdu au change. Cette bête n'avait ni l'endurance, ni la vitesse du destrier qu'il avait été contraint de laisser dans l'écurie de l'auberge. Avec elle, il n'irait plus très loin s'il continuait comme ça...

Sa décision fut bientôt prise.

Lorn vérifia une dernière fois son équipement, fit l'inventaire de ses vivres et, à la nuit tombée, enfourcha son cheval fatigué. Il s'en fut dans la pâleur livide de la Grande Nébuleuse, vers l'horizon lointain d'une lande venteuse et désolée où, sous un ciel immense, de grands rochers bleutés déchiraient des étendues de lichen brun et rouille.

Chapitre 20

Lorn rencontra l'Obscure la troisième nuit.

Il s'en étonna d'abord, mais c'était bien une brume d'Obscure qui s'était levée et s'étendait sur la lande. Prudent, il gagna un surplomb rocheux et se dressa sur ses étriers pour observer. La brume formait une mer vaporeuse et rouge devant lui. Elle semblait s'élever des entrailles du monde et se répandait, progressait de part et d'autre vers la vieille route pavée qu'il empruntait.

Lorn se retourna en selle.

L'Obscure recouvrait l'horizon derrière lui et avançait, immense et étale, en recouvrant la route. S'il tardait trop, il serait bientôt isolé sur son promontoire. Plus question de rebrousser chemin, pour autant.

Perplexe, Lorn massa sa main marquée qui le démangeait. Il savait qu'il aurait dû avoir peur, être terrifié par l'Obscure qui l'entourait et menaçait de l'engloutir. Or il faisait plus que la voir. Il la devinait. Il ressentait sa force dans sa chair. C'était comme un lent frisson qui le parcourait sous la peau et se concentrait en une boule dans le tréfonds de ses entrailles. Mais la présence de l'Obscure n'éveillait en lui ni crainte ni détresse. Elle était au contraire une présence familière, rassurante. Elle ne demandait qu'à le retrouver, qu'à l'envelopper, qu'à l'accueillir en elle comme elle l'avait accueilli à Dalroth.

C'était si facile.

Il suffisait de s'abandonner…

Lorn tressaillit en comprenant ce qui lui arrivait. Le père Domnis avait raison : Lorn avait de nouveau entendu un Appel. Cependant l'Obscure était là, toute proche. L'Appel ne s'était donc pas soldé par une crise douloureuse, mais par une séduction, une attirance, un envoûtement qui s'était donné l'apparence d'une décision raisonnée.

S'enfoncer dans les Terres Mortes pour échapper à ses poursuivants s'était avéré une folie. Lorn s'en rendait compte maintenant mais, pour autant, s'était-il aventuré aussi loin que cela ?

Impossible.

Il ne pouvait avoir franchi les dizaines de lieues qui le séparaient des régions où l'Obscure était susceptible de se manifester avec autant de virulence. En outre, il se dirigeait déjà vers le sud, et non vers l'ouest. Donc soit l'emprise de l'Obscure était partout plus forte qu'on le croyait dans les Terres Mortes, soit un phénomène inhabituel se produisait.

Lorn, alors, leva les yeux vers le ciel nocturne et se maudit. Des taches rouge sombre s'étalaient sur la lune grise telles des mers de sang, tandis que la Nébuleuse se colorait de pourpre et d'écarlate.

Une nuit d'Obscure.

À savoir une nuit où l'Obscure gagnait en force partout où elle se trouvait. Naguère, durant les Ténèbres, toutes les nuits étaient des nuits d'Obscure et il s'en produisait encore, sans que l'on puisse toujours les prévoir. Si sinistres et de si mauvais augure qu'elles semblaient être, elles s'avéraient presque inoffensives là où l'Obscure n'était pas. Mais sur les lieux et les êtres que l'Obscure imprégnait déjà…

Soudainement nerveuse, sa monture s'agita.

Lorn comprit pourquoi : des créatures étaient apparues. Elles étaient encore loin, mais elles arrivaient vite dans la brume. Des loups. Grands, noirs et puissants. Aussi hauts et lourds que des sangliers, ils chassaient en meute.

Lorn retourna sur la route et partit au galop.

Apercevant leur proie qui s'échappait, les loups bifurquèrent aussitôt pour couper à travers la lande. Du coin de l'œil, Lorn vit la meute qui menaçait de le rattraper en prenant au plus court. Pour autant, il ne voulait pas se risquer à quitter la route. Quitte à trop vite épuiser son cheval, il piqua des talons, l'obligea à redoubler ses efforts et passa devant les loups à l'instant où ils rejoignaient la vieille route pavée. L'un d'eux bondit et fut fauché en l'air par un coup d'épée qui l'éventra. Cela ne dissuada pas les autres. Crocs saillants et babines luisantes, leurs pattes traînant des lambeaux écarlates diaphanes, ils ne ralentirent pas l'allure et suivirent la route à la poursuite du cavalier. Derrière eux, la brume qui se refermait engloutit le loup agonisant.

Lorn chevauchait à bride abattue, les sabots ferrés de sa monture martelant le pavé à un rythme effréné. Il savait qu'elle faiblirait avant les loups. Il savait qu'ils finiraient par la rattraper et la faire chuter si, exténuée, elle ne s'effondrait pas d'elle-même. Ces loups n'étaient pas des loups ordinaires. Leur taille et leur masse suffisaient à s'en convaincre, et leurs yeux étincelants trahissaient l'emprise que l'Obscure avait sur eux. Les avait-elle pervertis ou engendrés ? Peu importait. Animés d'une rage sanguinaire, ils ne renonceraient pas.

Il n'y avait donc de salut que dans la fuite.

Mais pour combien de temps ?

Lorn sentait son cheval faiblir tandis que la meute, elle, gagnait du terrain. Deux loups couraient même à sa hauteur de part et d'autre de la route. Ils attendaient sans doute qu'un autre attaque par-derrière et fasse tomber la monture et son cavalier. Lorn n'avait pas rengainé son épée. En vain. Désormais, les loups gardaient prudemment leurs distances.

Infatigables.

Acharnés.

Bientôt, Lorn n'attendit plus qu'une chose. Il lui semblait inéluctable que son cheval, fou de terreur, s'effondre sous lui d'un instant à l'autre. Et il n'espérait pas même un miracle quand il vit le tertre.

Des tertres parsemaient les Terres Mortes. Ils abritaient des tombeaux anciens. Toujours surmontés de trois pierres sacrées, ils tenaient l'Obscure à distance. Lorn ne savait ni comment ni pourquoi. Il ignorait même si cela était vrai, et d'ailleurs peu importait. Ce tertre se dressait devant lui, légèrement à l'écart de la route, et semblait lui être destiné. Pareil à une île, il baignait solitaire dans la brume rouge.

Lorn resta sur la route tant qu'il le put. Puis, quand il vit qu'un loup le rattrapait et menaçait de sauter sur la croupe de son cheval d'un instant à l'autre, il bifurqua brusquement en direction du tertre. Prise de court, la meute dut faire demi-tour en catastrophe avant de reprendre la poursuite. Lorn filait déjà à travers la lande, et fendait une brume épaisse qui s'accrochait aux flancs de sa monture écumante et se déchirait en lambeaux.

Les loups le rejoignaient quand il arriva au tertre et découvrit qu'un anneau de pieux hérissés l'entourait. Lancée au grand galop, sa monture bondit. Un saut impossible. Elle se déchira le ventre sur un pieu et chuta en se recevant. Éjecté de selle, Lorn roula plus loin. L'épée toujours au poing, il se releva tandis que son cheval, incapable de se redresser, se débattait, glissait dans ses propres entrailles en bas du tertre et brisait plusieurs pieux sous lui en hennissant de douleur autant que de détresse. Lorn n'eut pas le temps de s'en inquiéter. Les loups sautaient déjà hors de la brume, par-dessus l'anneau. Ils étaient six. L'un se tua sur un pieu dressé. Trois se ruèrent pour achever le cheval éventré qui se débattait. Deux s'en prirent à Lorn.

Lorn trancha la gorge du premier, pivota sur lui-même et frappa le deuxième à l'instant où celui-ci se jetait sur lui. Il le blessa à l'épaule, sans que l'animal renonce pour autant. Le loup revint aussitôt à l'assaut.

Mais Lorn esquiva et lui assena derrière la nuque un coup terrible qui le décapita presque. Tuée net, la bête s'écroula.

Lorn, alors, se retourna vers les trois loups qui en avaient déjà fini avec le cheval et s'approchaient en grognant. Lorn se mit en garde. Il tenait son épée à deux mains, bien campé sur ses jambes. Son regard était assuré et sa respiration, régulière. Pourtant, il doutait de pouvoir remporter cette bataille. Son cœur battait à rompre. Mais il était un guerrier et les guerriers meurent au combat.

Voyant que les loups, toujours aussi menaçants, se déployaient pour l'encercler, Lorn battit lentement en retraite. Un pas après l'autre, sans jamais quitter les loups du regard, il gravit le tertre à reculons... jusqu'aux grandes pierres dressées.

Et là, dos aux stèles, il attendit...

Grognant de plus belle, tassés sur eux-mêmes, les loups hésitaient, montraient les crocs, donnaient des coups de gueule vers Lorn qui s'efforçait de les garder tous les trois à l'œil.

Soudain, l'un d'eux s'élança et donna le signal de la ruée.

Lorn prit le plus rapide de vitesse. Il lui brisa la mâchoire d'un coup de botte, avant de lui abattre son épée entre les yeux et de lui fendre le crâne. Puis il saisit à la gorge un loup qui s'était dressé sur ses pattes arrière pour l'attaquer, et lui enfonça sa lame dans le ventre jusqu'à la garde. Il en fut quitte pour une épaule labourée par des griffes acérées, avant de se dégager et de lever son épée vers le dernier loup qui lui sautait dessus. La bête s'empala sur la lame d'acier. Mais malgré l'arme plantée dans sa poitrine, elle renversa Lorn en retombant lourdement sur lui et tenta de le mordre au cou. Le visage moucheté de bave sanglante, Lorn dut lâcher son arme pour saisir la gueule de l'animal à deux mains et la tenir à distance. Ils luttèrent un moment, jusqu'à ce que le loup faiblisse enfin et que Lorn puisse se redresser à califourchon sur lui. Un avant-bras prisonnier des crocs du monstre, il trouva à tâtons la dague glissée dans sa botte et la planta à plusieurs reprises dans le flanc du loup. Il s'acharna, frappa encore et encore.

Enfin, le loup ne bougea plus...

Lorn roula sur le dos, épuisé et hors d'haleine. Il avait perdu beaucoup de sang et n'en pouvait plus. Après un moment, il parvint néanmoins à se traîner en haut du tertre, et s'assit adossé à l'une des pierres dressées. Il lui fallut reprendre son souffle. Après quoi, grimaçant de douleur, il ôta son pourpoint et déchira les manches de sa chemise. Il noua l'une autour de son avant-bras ensanglanté, et fit de l'autre un pansement qu'il pressa contre son épaule lacérée.

L'aube était proche.

La brume se dissipait sur la lande.

Seul, blessé et désormais sans monture, Lorn s'évanouit en songeant qu'il n'aurait probablement jamais la force de se relever.

Bientôt, les premiers charognards seraient là.

Chapitre 21

« On ignorait presque tout d'eux. Certains affirmaient qu'ils vivaient des siècles, serviteurs dévoués de l'Assemblée d'Ir'kans. »

Chroniques (Livre des Secrets)

Lorn se réveilla couché sur une couverture et la tête à l'ombre, un tissu noué entre deux piquets de fortune obliques la protégeant du soleil. Lequel était haut.

Lorn plissa douloureusement les paupières et se rendit compte qu'il avait un poids sur la poitrine. Ce poids était un chat qui, assis, le regardait et semblait attendre. Il était roux, tranquille, patient.

Un grésillement et une odeur de friture parvinrent à Lorn.

Il bougea et se mit sur le flanc, obligeant le chat à se déplacer. Pour autant qu'il pouvait y voir dans cette lumière éblouissante qui lui faisait mal, il était toujours sur le tertre et quelqu'un était accroupi près d'un feu de camp.

Un homme coiffé d'une capuche lui tournait le dos.

Les idées encore brumeuses, Lorn trouva ses lunettes posées près de lui et les mit. Les verres sombres soulagèrent ses yeux, mais ne purent rien contre la migraine lancinante qu'il se découvrait.

Il grimaça.

— Comment va votre épaule ? demanda l'inconnu sans se retourner. Et votre bras ?

Lorn avait l'avant-bras et l'épaule soigneusement bandés. Ils ne le faisaient pas souffrir. Tout juste ressentait-il une démangeaison : le picotement bienfaisant d'une guérison accélérée par quelque baume d'exception. D'ailleurs, en dépit de la douleur qui lui vrillait les tempes, il ne se sentait pas si mal. Il fit jouer sans trop de peine les articulations de son épaule, puis crispa le poing à plusieurs reprises en tournant le poignet.

— Ça…, commença-t-il d'une voix enrouée.

Il se racla la gorge, et reprit d'une voix plus claire :

— Ça va. Merci.

— Vous avez faim ? s'enquit l'homme avant de casser trois œufs dans la poêle où il faisait déjà frire des tranches de lard.

Lorn saliva aussitôt. Il était affamé et assoiffé.

— Il y a de l'eau fraîche dans la gourde.

Lorn baissa les yeux sur une outre en peau posée par terre près de lui. Il y but goulûment malgré ses lèvres gercées par le soleil, et mouilla la paume de sa main avant de se masser la nuque. Pendant ce temps, l'inconnu avait fini de préparer les œufs.

— C'est prêt, annonça-t-il en se tournant vers Lorn pour lui tendre la poêle. Bon appétit.

Lorn se figea.

Le visage sous la capuche n'était pas celui d'un être humain. L'inconnu était un drac, un être reptilien dont la race était montée des Royaumes d'Ombre et d'Oubli pendant les Ténèbres. Ses écailles étaient blanches et luisantes. Ses yeux fendus étaient d'un bleu turquoise intense.

— Plus faim ? demanda-t-il d'une voix douce et posée.

Lorn se ressaisit.

— Si ! fit-il en attrapant la poêle et la cuillère en bois que le drac lui tendait.

— Du pain ?

Lorn acquiesça, la bouche pleine.

Le drac tira un pain rond d'une sacoche de voyage et en coupa deux tranches épaisses. Une pour Lorn et une pour lui, qu'il mangea lentement tandis que Lorn engloutissait son repas en l'observant. Il avait une chevalière à l'annulaire de la main gauche et un anneau d'arcanium noir lui perçait l'arcade sourcilière. Une longue dague pendait à sa ceinture ouvragée. Ses vêtements, sinon, étaient ceux d'un voyageur. Impossible de deviner son âge, ni même de deviner ses sentiments.

Enfin repu, Lorn reposa la poêle et s'essuya la bouche d'un revers de manche.

— Merci, dit-il en regardant le drac droit dans les yeux. Pour tout.

L'autre accueillit ses remerciements d'un simple hochement de tête.

— Je vous en prie, Lorn.

Lorn se raidit, soudain sur la défensive.

— Vous me connaissez ? demanda-t-il.

— Tout le monde vous connaît.

— C'est peut-être beaucoup dire, non ?

— Je vous l'accorde. Disons que moi, je vous connais. Moi et quelques autres.

— Qui êtes-vous ? demanda Lorn.

— Je suis un émissaire du Dragon Gris.

— Le Dragon du Destin. Quel est votre nom ?

— Ne vous suffit-il pas de savoir que je suis un Émissaire ? s'étonna le drac.

— Non.

L'Émissaire fit une moue qui semblait dire : « Après tout, pourquoi pas ? »

— Je m'appelle Skeren.

Le chat roux était resté à l'ombre, sur la couverture. Il se leva, s'étira et vint s'installer sur les genoux de Lorn. Celui-ci le laissa faire avant de lui caresser doucement le dos. L'animal se mit à ronronner en sourdine.

— Il paraît qu'avant d'ordonner mon second procès, le Haut-Roi a reçu la visite d'un Émissaire, dit Lorn sur le ton de la conversation. Comment s'appelait-il, celui-là ?

L'Émissaire sourit.

— Il s'appelait également Skeren.

— Drôle de coïncidence, ironisa Lorn.

— N'est-ce pas ?

Lorn sourit à son tour et accorda toute son attention au chat, qu'il caressait toujours. Paupières mi-closes, le chat poussait de la tête sous sa main.

— J'imagine que je vous dois également des remerciements pour ça, lâcha Lorn.

— Vous ne me devez rien. Le Haut-Roi prend seul ses décisions.

— Sans doute. Mais sans vous, aurait-il exigé un nouveau procès ?

L'Émissaire ne répondit pas.

— Qu'avez-vous dit au Haut-Roi ? demanda Lorn.

— D'abord, que vous étiez innocent.

Lorn ricana.

— La belle affaire ! Si l'on devait libérer tous les innocents...

— Ensuite, enchaîna imperturbablement le drac blanc, nous lui avons révélé qui vous êtes...

— Qui je suis ? s'étonna Lorn.

Mais l'Émissaire ne releva pas et poursuivit :

— Enfin, nous lui avons dit ce que vous étiez peut-être destiné à accomplir. Car vous avez un destin, Lorn. Et cela n'est pas donné à tout le monde.

— Une chance pour moi…

Lorn gratta la tête du chat. Puis, délaissant l'animal, il réfléchit en massant, du pouce, sous la sangle, la paume de sa main marquée.

— J'imagine que mon destin n'était pas de croupir à Dalroth, devina-t-il.

— Certes pas.

— Alors quel est-il ?

— Je l'ignore.

— Mais l'Assemblée d'Ir'kans, elle, sait.

— Elle en sait assez, oui.

Le drac chercha ses mots, et expliqua :

— Voyez-vous, le Destin se réalise toujours d'une manière ou d'une autre. S'il est écrit qu'un roi tombera sous la dague d'un assassin, cela arrivera quoi qu'il advienne. L'assassin peut échouer. Ou mourir prématurément. Ou suivre une tout autre voie. Mais alors, un autre prendra sa place. Un autre dont le Destin guidera les pas. Et le roi, à l'heure dite ou presque, mourra. Peut-être ne recevra-t-il pas un coup de dague. Peut-être sera-t-il empoisonné. Mais il mourra assassiné. Immanquablement… Vous comprenez ?

— Oui.

— Le Dragon du Destin parvient toujours à ses fins, conclut l'Émissaire.

— Avec l'aide, parfois, de l'Assemblée d'Ir'kans.

— Parfois, oui. Mais les Gardiens ne font que favoriser l'accomplissement du Destin. Jamais plus. Lorsque l'enjeu est grand, ils font en sorte que chacun ait une chance de réaliser sa destinée…

— … dans l'intérêt du Destin.

— Oui. C'est exactement ça. Ce qui est écrit doit arriver.

Lorn se tut.

Il réfléchit tout en caressant le chat, puis dit soudain :

— Je me fous du Destin en général et du mien en particulier. Trouvez quelqu'un d'autre pour l'accomplir, Émissaire.

Le drac resta parfaitement impassible.

— Un vyvernier royal a déjà repéré la fumée de notre feu, dit-il. Avant ce soir, les Gardes Gris qui vous recherchent vous auront rattrapé.

Lorn ne put s'empêcher de sourire pour lui-même.

Ainsi, les vyverniers qu'il avait aperçus avant de s'enfoncer dans les Terres Mortes le cherchaient bien, mais pour le compte des Gardes Gris que le Haut-Roi avait envoyés à sa rencontre.

— Leurs ordres sont de vous escorter jusqu'à la Citadelle, poursuivit l'Émissaire. De gré ou de force. Vous feriez mieux de les suivre.

Et comme Lorn se taisait, il ajouta :

— Le Haut-Roi se meurt et vous attend.

Lorn baissa les yeux sur le chat qui ronronnait toujours sous sa caresse.

— La belle affaire ! dit-il.

Son ton se voulait ironique, mais il manquait de conviction.

Lorn se rendit compte que quelque chose en lui restait attaché au service du Haut-Royaume. Quelque chose qu'il combattait par cynisme et rancune. Quelque chose qui subsistait de celui qu'il avait été et qui n'avait sans doute pas totalement disparu à Dalroth.

— Ne m'avez-vous pas dit que si je fais défaut à ma destinée, quelqu'un d'autre la réalisera ?

— Si, concéda le drac. Mais cela n'ira pas sans mal. Le Destin préfère toujours la voie aisée. Il ne renoncera pas facilement, maintenant qu'il vous a choisi. Et c'est tout le Haut-Royaume qui pâtira de votre décision, sans même parler de ce qui vous attend…

— Essayez-vous de me faire peur ?

— Non. Mais je sais où mène le sentier de traverse que vous désireriez prendre.

Lorn tiqua.

— Tandis que si vous acceptiez seulement de parler au Haut-Roi…, ajouta l'Émissaire en laissant traîner sa phrase. Votre destin est un destin d'exception, ajouta-t-il. Croyez-moi, si vous l'embrassez, il vous donnera amplement les moyens de votre vengeance.

Il se leva sur ces mots, aussitôt imité par Lorn. Il rassembla ses affaires, les fourra dans un sac et enfourcha son cheval qui attendait attaché à un pieu du cercle entourant le tertre.

— Au revoir, Lorn. Faites de votre destin un allié. Il n'en est pas de plus puissant.

Lorn salua gravement l'Émissaire d'un signe de tête, avant de s'apercevoir qu'il avait toujours le chat roux dans les bras.

— Vous oubliez votre chat ! lança-t-il.

— Les chats n'appartiennent à personne, rétorqua le drac qui s'éloignait déjà. Mais celui-ci semble vous avoir adopté. Gardez-le auprès de vous.

— A-t-il un nom ?

— Très certainement, mais je ne le connais pas.

Les Gardes Gris arrivèrent à la tombée de la nuit, alors que Lorn, assis en tailleur, le jeune chat roulé en boule entre ses cuisses, attendait en tisonnant distraitement les braises de son feu de camp.

Relevant la tête, Lorn regarda la troupe approcher.

Elle était composée d'une vingtaine de cavaliers en armure et coiffés de casques à cimier, cinq couronnes noires ornant leurs oriflammes et leurs boucliers gris. Ces signes et emblèmes, Lorn ne les reconnaissait que trop bien car il les avait portés avant d'être accusé, diffamé et condamné. Alors, à la vue de ces oriflammes claquant au vent dans le grondement d'un galop régulier, une émotion à laquelle il ne s'attendait pas lui serra la gorge.

Il se souvint de sa cérémonie d'admission, en grande pompe, au sein de la Garde Grise. Il se souvint de l'honneur que représentait le fait d'appartenir à cette compagnie d'élite, à qui le roi confiait sa vie. Il se souvint de sa fierté et plus encore de la fierté de son père. Et il se souvint du moment où il avait été arrêté. Quelques mois à peine s'étaient écoulés entre le jour où le capitaine des Gardes Gris lui avait remis le célèbre casque à cimier en présence du roi, et celui où il lui avait réclamé son épée…

Lorn se ressaisit.

Son chat dans les bras, il se leva et attendit.

Chapitre 22

« Elle est la plus vivace, la plus rare et peut-être la plus belle des fleurs d'Imélor. Aucune neige n'est assez froide pour l'empêcher de fleurir au printemps et jusqu'aux derniers jours de l'automne, aucune sécheresse assez cruelle, aucune pluie assez violente, aucune grêle assez drue. Et il est dit que même l'Obscure est impuissante à ternir son éclat et flétrir sa beauté. Comme immortelle, elle ne pousse que sur les cimes éternelles du Langre dont elle est l'emblème et l'orgueil. Elle porte un nom ancien : l'irélice. »

Chronique (Livre des Symboles)

Eylinn de Feln goûtait, seule, les délices d'un bain chaud et parfumé. Alanguie, paupières closes, elle se détendait dans la pénombre. Quelques bougies brûlaient. Ses cheveux remontés en un chignon lâche et sa nuque gracile reposant sur un coussin, la jeune femme respirait paisiblement, un fin sourire aux lèvres, ses seins affleurant de l'eau laiteuse.

Elle n'ouvrit qu'un œil et n'esquissa pas un geste pour cacher sa poitrine quand son père entra. Duncan de Feln semblait énervé. Peut-être même était-il en colère. Il se laissa tomber dans un fauteuil de la luxueuse salle d'eau et poussa un soupir.

— Que se passe-t-il, père ?

L'œil sombre, le duc fixait un point devant lui. Son souffle sifflait et ses mâchoires étaient serrées. Il se contenait, silencieux et les muscles tendus à rompre.

— Les imbéciles ! lâcha-t-il pour lui-même.

Eylinn savait que son père se laissait rarement gagner par la colère. Il considérait cela comme une faiblesse dont les conséquences étaient toujours néfastes. Un homme en colère réfléchit mal et prend de mauvaises décisions. Au lieu de son intelligence et de son expérience, ce sont ses émotions qui le gouvernent. Or en politique – le domaine dans lequel Duncan de Feln excellait – s'abandonner à ses sentiments était plus qu'une erreur : c'était une faute qui pouvait s'avérer fatale.

— Les imbéciles…, répéta le duc.

Sans pudeur, Eylinn se leva dans son bain, l'eau coulant sur son corps nu. Elle était belle, mince, la poitrine ronde et ferme, la taille étroite et le ventre plat. Et elle avait le sexe lisse, ce que Duncan remarqua – et apprécia – du coin de l'œil. Ruisselante, Eylinn sortit de la baignoire et enfila une longue chemise dont l'étoffe légère lui colla, diaphane, à la peau. Elle s'approcha de son père, posa un baiser sur son front, puis passa derrière lui pour lui masser les épaules.

Duncan recouvra peu à peu son calme.

— Ils ont tenté d'enlever Lorn une première fois à Samarande, annonça-t-il. Et une deuxième fois sur la route de Brenvost. Et ils auraient sans doute encore essayé, si une troupe de Gardes Gris qui patrouillait dans la région ne les avait pas convaincus d'abandonner…

— Détendez-vous, père.

— Et maintenant… Et maintenant, c'est à moi qu'ils ont le culot de… de…

Le duc prit une profonde inspiration, avant de fermer les yeux et d'expirer longuement. Il attendit un moment que l'habile massage de sa fille fasse effet, et dit :

— C'est Hébart. Il a profité de notre périple en Argor pour organiser cette… idiotie. J'imagine qu'il n'a pas eu beaucoup de mal à convaincre les autres. Ils chient tous de trouille depuis qu'ils ont appris que Lorn allait être libéré…

— Mais Lorn n'a jamais eu affaire qu'à vous.

— Oui.

— Et donc, il ignore tout des autres membres de l'Irélice, n'est-ce pas ?

— Bien sûr ! Mais que veux-tu ? Ils ont peur de leur ombre.

La jeune femme réfléchit.

— Mais que comptaient-ils faire de Lorn, une fois qu'ils l'auraient eu enlevé ? se demanda-t-elle à voix haute.

— Ça ! gloussa Duncan. Je ne suis même pas sûr que ces crétins le savaient eux-mêmes.

— Qui s'est chargé de la besogne ?

Le duc haussa les épaules.

— Je l'ignore. Je ne connais pas encore tous les détails de l'affaire. Mais je doute que Hébart se soit sali les mains… Quoi qu'il en soit, le mal est fait. Et c'est à moi qu'il revient de le rattraper, désormais.

Cessant de masser son père, Eylinn vint s'asseoir sur ses genoux et demanda :

— Mais quel mal, au juste ? Est-ce vraiment si grave, père ?

— Qui sait comment Lorn va réagir ? Et s'il décidait de s'en prendre à nous ?

— Encore faudrait-il qu'il sache qui a tenté de l'enlever…

— Qui d'autre que l'Irélice pourrait vouloir le faire taire ? Qui d'autre aurait intérêt à ce qu'il disparaisse ? Si Lorn ne l'a pas encore compris, il le comprendra bientôt.

Eylinn se leva et, presque nue, fit quelques pas en songeant tout haut.

— Ce n'est pas certain. Lorn a sans doute bien d'autres ennemis que son retour n'enchante guère. En outre, que peut-il faire contre nous ? Parler ? Pourquoi le ferait-il maintenant, alors qu'il s'est tu jusqu'à présent ?

— Oui… Tu as peut-être raison… N'empêche, il va falloir le garder à l'œil.

La jeune femme cessa d'aller et venir.

— N'est-ce pas ce que vous comptiez faire, de toute manière ?

— Si, reconnut Duncan en faisant la moue.

Il resta un moment songeur, puis déclara :

— Je vais faire en sorte que Hébart ne se relève pas avant longtemps de ce faux pas. Je vais le faire rentrer dans le rang et marcher au pas. Quant à Lorn… Je crois que le mieux est d'attendre et d'observer. Je suis convaincu que si le Haut-Roi a ordonné sa libération, ce n'est pas seulement pour réparer une…

Il cherchait le mot juste.

— Une injustice ? proposa Eylinn.

Le duc sourit.

— Oui, dit-il. Une terrible injustice.

Chapitre 23

« Ayant retrouvé Lorn dans les Terres Mortes, les Gardes Gris que le Haut-Roi avait envoyés à sa recherche l'escortèrent à Elarian, d'où ils embarquèrent pour Ryas. Après une courte traversée sur les eaux de la mer Captive, ils reprirent la route et, chevauchant vers la Citadelle, gagnèrent les Monts Égides. »

Chroniques (Livre du Chevalier à l'Épée)

Ils firent étape au pied des Égides, dans un vieux château défendant l'accès d'une vallée encaissée. Cette halte fut la bienvenue pour tous, et en particulier pour Lorn qui n'était pas encore totalement remis de son combat contre les loups dans les Terres Mortes.

L'Obscure, en outre, continuait à l'éprouver.

Durant la courte traversée jusqu'à Ryas, il avait fait une crise de manque qu'il était parvenu à garder secrète : seul dans sa cabine, tremblant et fiévreux, recroquevillé sur sa couchette par des crampes dans tous les membres, il avait étouffé ses gémissements douloureux. La crise s'étant heureusement avérée moins aiguë que la première, il avait pu la contenir. Au matin, il avait discrètement versé par-dessus bord la bile noire qu'il avait vomie dans son pot de chambre et n'avait laissé que des draps trempés d'une mauvaise sueur pour preuve de son mal. Pour autant, il craignait que la prochaine crise le surprenne sans qu'il puisse la cacher. Il voulait croire que le manque se ferait de moins en moins sentir avec le temps, que les crises seraient de moins en moins fréquentes, de moins en moins violentes. Mais serait-il jamais sevré de l'Obscure ?

Ce soir-là, comme tous les soirs depuis que les Gardes Gris l'escortaient, Lorn avait mangé légèrement à l'écart de la troupe, sans que personne lui adresse la parole. Puis il avait allumé un bout de chandelle qu'il gardait dans sa poche, avant d'ouvrir un petit livre sali et écorné qu'il avait acheté sur le port, avant d'embarquer à Ryas.

Indifférent aux conversations des cavaliers qui discutaient à voix basse dans le vaste réfectoire, il était absorbé par sa lecture et caressait le chat que lui avait laissé l'Émissaire, lorsque l'officier commandant la troupe de cavaliers vint s'asseoir près de lui. Il se nommait Rilsen et, jusqu'à présent, il n'avait guère parlé à Lorn. Comme ses cavaliers, il l'avait toujours traité avec respect et froideur, en homme qui accomplit son devoir scrupuleusement mais à contrecœur. Lorn n'en demandait pas plus. D'ailleurs, le silence auquel on le condamnait lui convenait très bien, avec le jeune chat roux pour seul compagnon.

Rilsen resta un moment silencieux et but au goulot d'une mince flasque métallique qu'il gardait sur lui. Puis, d'un geste brusque qui trahissait un certain embarras, il tendit sa flasque à Lorn.

— Les nuits sont toujours froides dans ces vieilles pierres, dit-il.

C'était donc une tentative de rapprochement. Lorn s'interrogea, mais ne vit aucune raison de la repousser. Il referma son livre, prit la flasque, adressa un toast silencieux à l'officier et avala une petite gorgée d'eau-de-vie. Il la trouva bonne.

— Merci, dit-il en rendant la flasque.

Rilsen la reboucha avant de la glisser dans sa botte.

— Que lisez-vous ? demanda-t-il.

— Les *Chroniques*.

— Quel livre ?

— *Les Premiers Rois du Langre.*

Les *Chroniques des Royaumes d'Imélor* étaient un texte immense comptant une centaine de volumes réunis en livres et divisés en chants et versets. L'histoire et la légende s'y mêlaient, et les érudits se disputaient pour savoir si tel livre méritait d'être inclus dans les *Chroniques*, si tel chant était vraiment à sa place, si tel verset ne devait pas être réinterprété. Les débats étaient sans fin, d'autant plus que des livres continuaient d'être écrits et augmentés d'année en année. Tous, en outre, ne consistaient pas en des chroniques proprement dites. Certains livres étaient ainsi des récits de voyage, des réflexions philosophiques, des recueils de prières, des textes mystiques et prophétiques. L'origine des livres les plus anciens était mystérieuse, ce qui n'avait pas empêché quelques-uns d'entre eux de devenir des textes fondateurs dans le Haut-Royaume et ailleurs.

Le livre des *Premiers Rois du Langre* était de ceux-là.

— C'est l'un de mes livres préférés, dit Rilsen.

— Moi aussi.

— Mon père me lisait *Les Premiers Rois* quand j'étais enfant. C'est avec eux que j'ai appris à lire.

Lorn esquissa un triste sourire.

À Dalroth, il s'était souvent récité les passages qu'il connaissait par cœur. Et quand il se lassait de ceux-ci, il en reconstituait d'autres avec des bribes de souvenir. Parfois, il ne lui restait en mémoire que le rythme ou la tournure d'un verset, tandis que les mots manquaient. Alors il les inventait. Tout était bon pour s'échapper en pensée.

Rilsen vit le voile douloureux qui troublait le regard de Lorn mais ne le comprit pas. Ses yeux se posèrent sur le chat qui s'était endormi.

— Comment s'appelle-t-il ? demanda-t-il.

— Je n'en ai pas la moindre idée.

La réponse laissa l'officier dubitatif.

La vérité était que Lorn cherchait encore, et qu'il hésitait parce qu'il connaissait les chats. Il savait qu'on ne baptise jamais vraiment un chat. Lorsqu'un nom semble enfin convenir, c'est que le chat l'a choisi.

Il y eut un silence, le temps que Rilsen, à bout de sujets de conversation anodins, se sente obligé d'en venir à l'essentiel.

— Je voulais que vous sachiez que je n'ai aucune querelle contre vous, dit-il.

Lorn le regarda en songeant qu'il avait été ce jeune officier.

Trois ans plus tôt, lui aussi appartenait à la Garde Grise et personne, alors, ne doutait qu'il la commanderait un jour. Il avait le Haut-Roi pour parrain. Il était l'ami et le confident du prince Aldéran. Il s'était couvert de gloire aux confins du Valmir et – malgré ses origines modestes – il allait épouser la fille du puissant duc de Sarme et Vallence. Tout semblait alors lui réussir.

— J'ai intégré la Garde Grise un mois après votre départ, expliqua Rilsen.

— Mon départ..., releva Lorn avec amertume.

— À l'époque, tout le monde vous croyait coupable. Et les Gardes se refusaient même à prononcer votre nom.

Lorn accusa le coup.

Peut-être était-il moins insensible qu'il ne le croyait, après tout. Mais s'entendre dire que les Gardes Gris, que ceux auxquels il avait été si fier d'appartenir l'avaient renié, le blessait plus qu'il ne pouvait se l'avouer.

— Et maintenant ? demanda-t-il.

— Maintenant, ils ne savent plus quoi penser. Ceux qui sont arrivés après vous, comme moi, vous sont plutôt favorables. Ils pensent que rien ne peut vous être reproché aujourd'hui puisque vous étiez innocent de ce dont on vous a injustement accusé. Mais les autres… (L'officier soupira.) Il faut… Il faut que vous compreniez que tous, jusqu'au capitaine Norfold, ont été soupçonnés après votre condamnation. Or vous savez que le soupçon est la première atteinte à l'honneur. Quelques-uns ne l'ont pas supporté et ils ont quitté la garde plutôt que de répondre à des questions infamantes. Et ceux qui sont restés peinent à vous pardonner. Je sais, s'empressa-t-il d'ajouter. Je sais… Mais pendant trois ans, vous avez incarné ce qu'ils pouvaient concevoir de pire : un traître à son honneur et à son roi qui avait entaché l'honneur de la compagnie des Gardes Gris. Et voilà que du jour au lendemain… C'est pour cela qu'ils vous battent froid. Et je dois avouer que moi-même, je ne sais trop quelle attitude adopter. Car même si le roi a exigé que votre innocence soit reconnue…

— Un instant, l'interrompit Lorn.

Craignant de comprendre, il se redressa, ce qui dérangea le chat.

— Vous dites que le roi a exigé que…

Il n'acheva pas.

— Que votre innocence soit reconnue, oui, dit l'officier. Pourquoi ?

Lorn ne répondit pas.

Il pensait jusqu'à présent que le Haut-Roi avait ordonné un nouveau procès au terme duquel il avait été blanchi. C'était du moins ce qu'Alan lui avait affirmé, et ce que tout le monde avait l'air de croire. Pourtant, Rilsen semblait dire que le Haut-Roi avait décrété son innocence. Alors un deuxième procès avait-il bien eu lieu ? Et si oui, n'avait-il été qu'une formalité dont l'issue était écrite à l'avance, selon les exigences royales ? Il apparaissait à Lorn que le roi le voulait libre et qu'il avait usé de son pouvoir afin que cela arrive. Mais pourquoi ? Pourquoi après trois longues années ? Et le Haut-Roi avait-il agi de son propre chef, ou pour satisfaire les exigences de l'Assemblée d'Ir'kans ?

Après tout, à en croire l'Émissaire, Lorn avait un destin…

— Que se passe-t-il ? s'inquiéta Rilsen.

— Rien, mentit Lorn. Rien… Je… Je suis fatigué, c'est tout.

Et comme Lorn ne se consacrait désormais à rien d'autre que caresser la tête de son chat qui ronronnait paisiblement, Rilsen se leva et alla rejoindre ses hommes.

Ils partirent le lendemain matin.

Il leur fallut alors franchir plusieurs défilés et passer par des vallées et des gorges de plus en plus encaissées, de plus en plus élevées. Jour après jour, l'air se rafraîchit, devint plus vif. La végétation se raréfia. Ils affrontèrent des vents parfois mordants qui sifflaient et portaient leur plainte vers des sommets nus. Les Égides étaient un monde austère de roche grise et de rocaille noire, d'herbe maigre, d'épines et de broussailles, d'arbres chétifs accrochés à la pierre. Les cavaliers parlaient peu, allant le plus souvent à la file sur des sentiers escarpés, faisant halte la nuit dans les ruines des tours fortifiées qui, durant les Ténèbres, défendaient chaque col jusqu'à la Citadelle.

Réfugié derrière sa capuche et derrière ses lunettes sombres, son chat sur les épaules ou dans l'une de ses sacoches de selle, Lorn semblait être entouré d'une aura noire. Cela tenait à sa réserve, à ses silences impassibles, à la distance qu'il maintenait entre lui et les autres. Mais cela tenait aussi à quelque chose de plus profond. Comme l'équipage du navire qui l'avait ramené de Dalroth, les gardes évitaient de croiser son regard et parlaient à voix basse dans son dos. Il intriguait et inquiétait. Sans le craindre, les cavaliers de son escorte se méfiaient de lui, retenus par une prudence instinctive. Sans doute devinaient-ils l'Obscure en lui.

Lorn eut tout le temps de réfléchir.

Il regrettait la manière dont il avait traité Alan avant de quitter Samarande. Il s'en voulait d'avoir plusieurs fois refusé la main que son ami lui tendait. Mais s'il l'avait acceptée, il lui aurait ensuite fallu s'ouvrir, se dévoiler, s'abandonner. Or Dalroth lui avait fait le cuir épais et, sous la peau, la chair était à vif. Lorn ignorait qui il était désormais. Comment aurait-il pu partager ses sentiments, ses doutes et ses peurs ? Il savait qu'il ne s'était pas totalement libéré de Dalroth et que cela prendrait du temps. Mais du temps, en avait-il ? L'Obscure le laisserait-elle un jour en paix ? Il craignait qu'elle ne soit devenue une part si intime de lui, qu'il ne puisse s'en débarrasser sans s'amputer. Peut-être était-il désormais une âme tourmentée et solitaire qui ne trouverait jamais le repos. Peut-être lui fallait-il l'admettre et composer avec cette terrible vérité. Peut-être se rendrait-il service, à lui comme à ceux qui l'aimaient et prétendaient l'aider.

Seul le chat de l'Émissaire l'apaisait.

Alors, caressant l'animal qui ronronnait en fermant les yeux, Lorn s'abîmait dans la contemplation du paysage. L'immensité des montagnes, la profondeur des gouffres, la hauteur des cimes l'enivraient presque. Il avait souvent traversé les Égides pour se rendre à la Citadelle. Mais le spectacle qui s'offrait à lui n'était pas de ceux auxquels on s'habitue, et combien de fois avait-il rêvé à ces montagnes dans l'obscurité de son cachot ? Aujourd'hui les monts égidiens se dressaient aux confins du Haut-Royaume. Mais jadis, ils dominaient une vaste région sauvage qui avait pour partie disparu sous les eaux de la mer Captive, et dont il ne restait guère que les Terres Mortes. L'Histoire s'était écrite et la légende s'était forgée ici. Durant la Dernière Guerre des Ténèbres, c'était dans les Égides que le roi Erklant Ier, à la tête de quelques milliers d'hommes, s'était replié pour résister aux armées triomphantes des Dragons d'Ombre et d'Oubli. C'était dans les Égides que ces héros avaient bâti la Citadelle où, acculés, ils avaient héroïquement lutté jusqu'à ce que le sacrifice du Dragon-Roi provoque un cataclysme et ouvre la voie de la victoire. Et c'était encore dans les Égides qu'Erklant Ier, seul, avait vaincu le Dragon de la Destruction et s'était approprié son pouvoir.

L'histoire du Haut-Royaume s'était forgée ici et Lorn y connut son apogée, son déclin et sa chute. Il avait affronté son destin à l'ombre de ces montagnes légendaires.

Il y revenait.

Chapitre 24

Enfin, après de longs jours, ils gagnèrent une vallée enserrée entre des crêtes et des parois abruptes. Par une vieille route pavée, ils dépassèrent un bourg et continuèrent vers le fond de la vallée. Celle-ci s'achevait en une crevasse sombre dont les parois escarpées, dressées vers le ciel, se rejoignaient en cul-de-sac.

Là se nichait la Citadelle.

C'était une forteresse immense. Avant de l'atteindre, il fallait franchir plusieurs murailles qui barraient la crevasse. Puis l'on arrivait au pied du premier rempart. La Citadelle ne semblait jamais aussi imposante que sous cet angle, quand on attendait, minuscule et écrasé, que s'ouvrent les portes, que s'abaisse le pont-levis et que se lève la herse. D'autres remparts se succédaient derrière, en gradins, le plus haut enserrant un château dont le donjon et les tours crénelées étaient pour partie creusés dans la falaise.

Lorn suivit l'escorte jusqu'au château, au pas, dans un silence recueilli, les sabots de leurs chevaux claquant sur les pavés de pierre. La Citadelle était un lieu sacré dans lequel un sujet du Haut-Roi n'entrait jamais sans éprouver une forme de crainte et de respect, car l'histoire et la légende du Haut-Royaume s'étaient forgées ici. Mais pour Lorn, l'émotion était particulière. Il avait vu le jour dans la Citadelle. Il y avait été adoubé et honoré, puis détenu le temps de son procès et enfin condamné. Des souvenirs lui revenaient, mélancoliques et souvent douloureux. Des images vues. Des paroles entendues. Des rires et des larmes. Des odeurs fugaces. Et tout un maelström de sentiments contraires qui le bouleversaient…

Norfold, le capitaine de la Garde Grise, attendait dans la cour haute du château. Derrière lui, des soldats cuirassés faisaient une haie d'honneur sur les marches de l'escalier du donjon. Lorn mit pied à terre et tendit la bride de sa monture à un écuyer. Toujours en selle, Rilsen lui adressa un signe de tête et s'en fut, suivi des cavaliers qu'il commandait.

Lorn regarda Norfold sans mot dire.

Sa vie avait basculé dans un cauchemar quand le capitaine l'avait arrêté, trois ans plus tôt. Lorn était alors chargé d'assurer la sécurité de rencontres très confidentielles entre le Haut-Royaume et l'Yrgaärd. Ces rencontres visant à établir un projet de traité de paix, le secret le plus absolu était nécessaire. Le Haut-Royaume et l'Yrgaärd étaient des ennemis héréditaires, et l'équilibre des alliances entre les royaumes iméloriens reposait en grande partie sur cet antagonisme séculaire. Si leurs alliés découvraient que le Haut-Roi et le Dragon Noir se rapprochaient dans leur dos, cela produirait des crises diplomatiques et politiques qui ruineraient à coup sûr tous les efforts entrepris. Mais si un premier terrain d'entente était trouvé, d'autres négociations s'ensuivraient qui, elles, aboutiraient peut-être à mettre enfin un terme à cinq siècles de guerre ouverte ou larvée. Lorn savait les conséquences dramatiques que la moindre fuite aurait sur l'issue de ces rencontres. Averti des enjeux, il avait également conscience de la confiance que le Haut-Roi lui accordait et de l'honneur qui lui était fait. Et tout semblait se dérouler pour le mieux, jusqu'au jour où Norfold, impassible, lui avait réclamé son épée avant de le mettre aux arrêts.

Face à Lorn, trois ans plus tard, Norfold ne cillait pas plus.

Il n'avait guère changé. Grand et solide, le capitaine avait la cinquantaine et portait un bouc impeccablement taillé. Il se taisait, se contenait, mais son regard était terrible et exprimait tout ce que lui ne pouvait dire. Il n'avait pas pardonné à Lorn. Il ne croyait pas à son innocence. Et s'il était décidé à accomplir son devoir, s'il obéissait scrupuleusement aux ordres et à la volonté du Haut-Roi, il ne laissait aucun doute sur sa conviction profonde. Lorn ne lui inspirait que de la colère, de la haine et du mépris. Sa place était à Dalroth, et jusqu'à sa mort.

Lorn, tête haute, lui rendait un regard tout aussi éloquent.

Un regard tranquille, mais qui disait :

« Va chier. »

Norfold le comprit et acquiesça imperceptiblement, comme pour signifier qu'il répondait au défi et relevait le gant. Les deux hommes surent alors qu'ils étaient, désormais, des ennemis jurés.

— Suivez-moi, dit le capitaine après un moment.

— Est-ce que le roi m'attend ?

— Non. La journée est déjà bien avancée. Sa Majesté vous recevra sans doute demain. Vous allez pouvoir vous reposer.

Ils empruntèrent ensemble le grand escalier du donjon, entre des soldats raides et sévères qui regardaient droit devant eux. Le soir tombait déjà sur la Citadelle et l'on commençait à allumer les flambeaux.

Lorn profita des étuves du château, puis il se retira dans la chambre qu'on lui avait allouée dans une tour. Pliés et repassés, des vêtements propres l'y attendaient. Les murs étaient nus et le mobilier des plus austères, mais le lit était moelleux et, après plusieurs jours de bivouac et de chevauchée dans les montagnes, Lorn se laissa tomber dessus avec plaisir. Et il était sur le point de s'endormir tout habillé quand on lui apporta son repas.

On frappa de nouveau à sa porte un peu plus tard, alors qu'il finissait de dîner.

— Entrez, lança-t-il après s'être essuyé la bouche.

La porte s'ouvrit et un grand gaillard austère parut. Il dépassait Lorn d'une bonne tête, portait la cuirasse noire des gardes du Roi et arborait une moustache martiale. Il avait trente-cinq à quarante ans et l'on devinait sans mal qu'il avait été soldat toute sa vie. Une cicatrice en croissant de lune ornait sa pommette droite.

Lorn ne se souvenait pas de l'avoir déjà vu.

— Oui ? fit-il.

— J'ai reçu ordre du capitaine Norfold de me présenter à vous, messire.

— Pour quelle raison ?

— J'ai été chargé d'assurer votre protection.

— Ma protection ou ma surveillance ?

— Il n'a été question que de votre protection.

Le regard de l'homme était tranquille, presque indifférent. Lorn s'efforça de le jauger, mais en vain.

— Il n'y a rien que je puisse faire contre ça, n'est-ce pas ?

— Pardon, messire ?

— Quoi que je dise, vous resterez à mes côtés.

— Les ordres sont les ordres, messire. Ils peuvent être changés par ceux qui les donnent, mais non être négligés par ceux qui les reçoivent.

— Et celui que vous avez reçu me concernant vient donc du capitaine de la garde.

— Oui.

Lorn ne vit aucune raison de faire des difficultés.

— Soit, dit-il. Votre nom ?

— Hurst.

— Hurst ? C'est un nom, ça ?

— C'en est un quand on s'appelle Hurstvenskaren.

— Je vois. Un prénom ?

— Veskarstendir.

Lorn se demanda si le garde ne se moquait pas de lui. Il l'observa attentivement, mais l'autre lui parut être de ces gens totalement dénués d'humour.

— Veskarstendir, répéta Lorn.

— Oui.

— Veskarstendir Hurstvenskaren.

— Oui.

Lorn fit un gros effort pour rester impassible.

— Je pourrais vous appeler Veskar.

— Je préfère Hurst.

— Va pour Hurst. Bonsoir, Hurst.

— Bonsoir, messire.

Sur ce, Hurst referma la porte.

Lorn resta un moment à s'interroger sur les raisons qui lui valaient d'avoir désormais un garde-du-corps. Lequel, à la réflexion, était tout autant un gardien. Norfold se méfiait de Lorn et voulait sans doute lui signifier qu'il le gardait à l'œil. Mais peut-être le capitaine avait-il appris que Lorn avait été victime d'une tentative d'enlèvement à Samarande. Or son devoir, ne lui en déplaise, était de le protéger. S'il arrivait quelque chose à Lorn, Norfold devrait sans doute en répondre devant le Haut-Roi. Parce qu'il le connaissait bien, Lorn avait de l'estime pour son ancien capitaine : il n'y avait d'homme plus loyal, intègre et dévoué que lui. Si l'ordre lui en était donné par le roi, il donnerait sa vie pour sauver celle de Lorn.

Triste ironie…

Redevenu sombre, Lorn se servit un verre de vin et alla s'appuyer de l'épaule à la fenêtre.

Parce qu'elle était presque déserte, la Citadelle était très silencieuse. On n'entendait que les sifflements du vent au-dehors, le claquement des étendards et les sonneries qui rythmaient la vie militaire. La Citadelle n'avait jamais été un lieu joyeux, mais Lorn l'avait néanmoins connue beaucoup plus animée quand, adolescents, Alan et lui venaient y passer l'été auprès du Haut-Roi. Le roi Erklant, en effet, avait toujours préféré la Citadelle à ses palais. Parce qu'il était un roi guerrier. Mais sans doute aussi parce qu'il pouvait se rendre facilement sur la tombe de son grand-père, Erklant Ier, dont il portait le nom et vénérait le souvenir.

Erklant l'Ancien.

Celui qui avait triomphé pendant la Dernière Guerre des Ténèbres. Celui qui avait fondé le Haut-Royaume. Celui qui avait vaincu Serk'Arn, le Dragon de la Destruction, et s'était approprié sa puissance.

La légende et l'histoire se mêlaient si étroitement à son propos, qu'il était difficile de croire qu'il avait été un être de chair et de sang, qu'il avait vécu dans cette Citadelle et combattu contre les armées d'Ombre et d'Oubli dans ces montagnes. Mais il était encore plus difficile de croire que sa dépouille reposait non loin, sous une dalle de pierre.

Vagabondant, le regard de Lorn se posa sur une tour dont il distinguait la silhouette. Elle abritait la prison où Lorn avait attendu l'issue de son procès. Il n'y avait même pas assisté. Accusé d'avoir trahi le secret des négociations secrètes entre le Haut-Royaume et l'Yrgaärd, dont il était censé garantir le bon déroulement, il avait été réduit au silence et à l'impuissance tandis que ses juges examinaient à huis clos des témoignages et documents qui, semblait-il, l'accablaient. Nul n'assurait sa défense. Le procès fut expéditif et, moins d'un mois après son arrestation, Lorn embarquait pour Dalroth. Quant aux négociations entre le Haut-Royaume et l'Yrgaärd, elles reprirent deux ans plus tard à l'initiative du ministre Estévéris. Et par un étrange caprice du Destin, Lorn était de retour alors qu'elles allaient aboutir au rétablissement des relations diplomatiques entre les deux pays et, à terme, à un traité de paix.

Amer, Lorn but une gorgée de vin dont il ne sentit pas le goût.

Épuisé, Lorn s'endormit et rêva.

Ses cauchemars le renvoyèrent dans son propre enfer. Il se vit errant, perdu et angoissé, dans les couloirs d'une forteresse qui était à la fois Dalroth et la Citadelle. Il entendait des cris, des pleurs, des gémissements. Les siens, peut-être. L'Émissaire lui parla, mais sa voix fut couverte par le vacarme d'une tempête dont les éclairs pourpres l'éblouissaient. Impuissant, Lorn regarda l'Émissaire s'éloigner. Puis il se retourna et, terrifié, leva le regard vers un crâne de dragon poli. Il hurla quand le dragon ouvrit les mâchoires et l'embrasa tout entier dans un feu ardent.

Lorn se réveilla en sursaut, le souffle court et le cœur battant. Le chat était assis près de lui et le regardait, une patte posée sur sa poitrine trempée de sueur.

Chapitre 25

Lorn était prêt lorsqu'on vint le chercher. Il patientait dans le hall du château, indifférent aux portraits des rois du Langre qui ornaient les murs. Il était anxieux. Il ignorait ce qu'Erklant II lui voulait et savait seulement ce que l'Émissaire lui avait dit ou laissé entendre : il avait un destin d'exception et ce destin commençait ici, dans la Citadelle, par une audience avec un Haut-Roi mourant.

On le fit entrer dans la salle du trône.

Elle était longue et haute, jalonnée de colonnes et plongée dans l'obscurité. Ses étroites fenêtres en ogive étaient toutes occultées par d'épais rideaux noirs. De grands candélabres étaient régulièrement espacés depuis la porte, et les flammes vacillantes de leurs bougies permettaient à peine d'y voir.

Lorn avança vers le trône posé sur une estrade, au bout d'un long tapis cramoisi. Le tapis étouffait le bruit de ses pas. Le silence était profond, mais comme habité et vibrant sous les arches de pierre. Lorn avait le sentiment de marcher vers son destin. Il se tenait droit et s'efforçait de rester impassible, le poing serré autour de la poignée de l'épée skande qui pendait à son côté.

Le vieux roi Erklant II, sur son trône d'ébène et d'onyx, attendait immobile. Il était botté, vêtu de mailles grises et de cuir noir. Un voile sombre, tenu par sa couronne, tombait sur son visage. Sa main droite reposait sur le pommeau de son épée au fourreau comme sur le pommeau d'une canne.

Lorn s'inclina au pied de l'estrade recouverte d'un tapis noir et argent. Elle était dominée par un grand crâne qui semblait être en pierre polie – celui de Serk'Arn, le Dragon de la Destruction tué par Erklant Ier, au lendemain des Ténèbres.

— Viens. Approche, que je te voie mieux, dit le Haut-Roi d'une voix rauque.

Lorn gravit les marches de l'estrade pour baiser l'anneau sigillaire à la main que le roi lui tendait – une main sèche et décharnée. Puis, à reculons, il revint à sa place en bas de l'estrade et posa un genou au sol, la tête baissée en signe de respect et d'obéissance.

— Lève-toi, Lorn. Lève-toi, dit Erklant en accompagnant ses mots d'un geste de la main.

Lorn se leva et laissa le roi l'observer. Il remarqua alors Norfold qui se tenait dans l'ombre à deux pas du trône et qui ne le quittait pas des yeux.

— Ton œil, dit le Haut-Roi après un moment. Le droit. Il… Il a changé, non ?

Lorn n'avait pas mis ses lunettes fumées pour paraître devant son roi. D'ailleurs, elles lui auraient été parfaitement inutiles, tant la lumière était faible ici.

— Oui, sire.

— L'Obscure ?

Lorn acquiesça.

— Montre-moi ta main, dit le Haut-Roi.

Et comme Lorn hésitait, il insista :

— Montre-moi.

Lorn défit lentement la lanière de cuir qui entourait sa main gauche. Puis il mit un pied sur l'estrade et se pencha, bras tendu, pour que le Haut-Roi puisse voir le sceau de pierre incrusté dans sa peau. Le vieux roi prit sa main et examina longuement la marque de Dalroth.

— Tu souffres ? demanda-t-il.

— Parfois.

Avec des gestes lents et délicats, des gestes de vieillard fragile, le vieux roi rendit sa main à Lorn.

Puis il se redressa et demanda :

— Nous t'avons fait bien du tort, n'est-ce pas ?

Lorn gardant le silence, le vieux roi reprit comme pour lui-même :

— Oui. Bien du tort…

Il resta un instant songeur, avant de lâcher :

— Je suis content de te revoir, fils.

Fils.

Le Haut-Roi avait toujours appelé Lorn ainsi par affection. Certes, il avait bien d'autres filleuls que lui parce qu'il n'avait jamais refusé cet honneur aux fils aînés de ses seigneurs et chevaliers. Mais dans le cas de Lorn, la relation était véritablement privilégiée. Lorn savait que le roi l'aimait comme un père. Il n'en avait jamais douté, du moins jusqu'à son procès et à sa condamnation. Erklant, alors, n'avait rien fait pour le sauver, ni même pour le défendre. Il ne lui avait pas épargné d'être envoyé à Dalroth. En un mot, il l'avait abandonné.

Pour Lorn, la blessure avait été profonde, et elle le restait.

—Vous... Vous n'avez rien fait, dit-il d'une voix cassée par l'émotion. Vous auriez pu... Un mot de vous et... et...

Il ne put achever, les tripes nouées.

Le Haut-Roi ne répondit pas, sans que ses yeux luisants cessent pourtant d'examiner Lorn derrière le voile noir qui cachait son visage émacié.

Après quoi il opina gravement.

—Aide-moi, dit-il.

Il essaya de se lever, en s'agrippant à son trône d'une main et en s'appuyant sur son épée de l'autre. Surpris, Lorn hésita tandis que Norfold s'empressait déjà et aidait le Haut-Roi à se mettre debout.

—Merci, Norfold, dit Erklant après avoir retrouvé son souffle. Mais je crois... je crois que Lorn a bien assez de force pour me donner le bras seul.

Le capitaine comprit, et c'est à contrecœur qu'il confia le roi à Lorn. Pris de court, celui-ci n'eut pas le choix et se retrouva à soutenir un vieil homme qui lui parut terriblement vulnérable. Il se dit qu'il suffirait d'un rien pour qu'Erklant se brise la nuque et, croisant le regard de Norfold, il y lut une mise en garde terrible.

—Par là, dit le Haut-Roi en indiquant de grands rideaux noirs.

Il y avait un balcon derrière ces rideaux.

Lorn aida le roi à les franchir, puis l'accompagna jusqu'à la balustrade. De là, on avait vue sur toute la vallée. Le soir tombait. Les ombres froides des montagnes s'étiraient, larges et étales. Recluse entre ses falaises, la Citadelle, elle, était déjà plongée dans la nuit.

Le roi se tint à la balustrade de pierre mais Lorn, qui devinait que ses jambes étaient faibles, ne lui lâcha pas le coude.

—Désormais, dit Erklant après avoir observé le paysage, c'est là tout mon royaume...

—Sire, vous êtes toujours le Haut-Roi.

—Je porte sa couronne, oui, rétorqua le vieux roi avec une immense lassitude. Mais elle est trop lourde... Je n'ai plus les forces pour régner, pour gouverner. Mon royaume en souffre. Je l'ai trop négligé, Lorn. Bien trop. Et par ma faute, il se meurt. Comme moi...

Fatigué, il se retourna et, d'un long doigt à la peau parcheminée, indiqua un fauteuil sur le balcon. Lorn l'aida à y prendre place et, avec des gestes de garde-malade, arrangea les coussins de son mieux.

Une fois confortablement assis, le Haut-Roi poussa un profond soupir de soulagement.

— C'est mieux, dit-il. Merci.

Puis il chercha quelque chose autour de lui, parut s'agacer et, comme Lorn restait debout, appela :

— Qu'on apporte un siège au chevalier !

— Non, sire. Je vous assure que…

— Un siège pour le chevalier !

Quelqu'un s'empressa d'apporter un tabouret à Norfold qui se tenait en retrait, sur le seuil du balcon. Le capitaine posa le siège à côté du trône et se retira.

— Assieds-toi, dit le roi. (Lorn obéit.) Plus près, plus près…

Lorn approcha le tabouret assez pour que le Haut-Roi, en se penchant sur le côté, puisse lui parler à l'oreille. L'haleine d'Erklant était âcre et sa respiration sifflante.

— Je ne pouvais rien faire, sais-tu ? dit-il sur le ton de la confidence. Si j'étais intervenu, si j'avais intercédé en ta faveur… On m'aurait accusé de me substituer à ma propre justice. Parce que tu étais mon filleul. Et l'ami d'Alan… Tu comprends ?

Non, Lorn ne comprenait pas.

Car ce que le Haut-Roi avait refusé de faire alors au nom de son intégrité, il l'avait finalement fait trois ans plus tard. Par remords ou par devoir. Ou plus probablement, à l'initiative de l'Assemblée d'Ir'kans.

— Et puis il fallait le secret, ajouta le roi. Le secret des accusations qui pesaient contre toi et le secret de ton procès. Tout ça pour préserver un autre secret. Un secret plus grand. Le secret de ces maudites négociations avec l'Yrgaärd. (Le regard du roi s'alluma derrière le voile.) Avec l'Yrgaärd… L'Yrgaärd ! Mais comment ai-je pu me laisser convaincre qu'un rapprochement avec l'Yrgaärd était non seulement possible, mais souhaitable ? Comment ?

Le roi s'interrompit et, résigné, recouvra son calme.

— Si j'avais pris ta défense, le scandale aurait éclaté, dit-il. On aurait su pourquoi, comment tu avais été accusé. Et de quoi. Nos… Nos alliés auraient appris nos négociations avec l'Yrgaärd. Ils auraient découvert ce que nous nous apprêtions à faire. Trahir nos alliances. Dénoncer nos traités. Il… Il y aurait eu des crises. Des guerres, peut-être… (Et de nouveau, il s'anima autant que ses maigres forces le lui permettaient.) Et ces preuves, Lorn ! Ces preuves ! Elles… Elles ne laissaient aucun doute ! Je ne pouvais te croire coupable, toi, que j'avais aimé comme un fils. Mais tu l'étais, Lorn ! Tu l'étais !

Il se tut et prit entre ses doigts décharnés la main que Lorn avait posée sur l'accoudoir du fauteuil.

— Pardonne-moi, supplia le vieux roi d'une voix brisée. Pardonne-moi…

Bouleversé, furieux, Lorn ne sut pourtant que dire ni que faire.

Comme pris en faute, il lança à la dérobée un regard à Norfold, qui restait impassible mais se tenait prêt à intervenir. L'envie lui vint de retirer sa main, mais le roi Erklant s'y accrochait avec le peu de vigueur qui lui restait.

Il hésita.

Sentit monter en lui une émotion qu'il tarda à reconnaître et qui le submergea…

La révolte.

N'y tenant plus, il se releva brusquement et reprit sa main comme si celles du roi s'étaient faites brûlantes.

— Non ! s'exclama-t-il.

Le Haut-Roi eut un mouvement de recul instinctif.

Norfold s'élança, la main à l'épée et quelques pouces d'acier déjà sortis du fourreau tandis que Lorn se retournait et, tremblant, s'appuyait à la rambarde.

Le vieux roi arrêta son capitaine d'un geste, et garda un bras tendu vers lui afin de le tenir à distance.

Il attendit.

Lorn se ressaisissait, les narines encore palpitantes mais le souffle apaisé. Ses yeux restaient embrumés, cependant. Au loin, le ciel se couvrait en même temps que la nuit tombait, et d'épais nuages occultaient les premières pâleurs de la nébuleuse.

— C'est l'Assemblée d'Ir'kans qui m'a fait savoir que tu étais innocent, Lorn, dit le vieux roi d'une voix émue. Je te jure que je l'ignorais…

Lorn ne réagit pas.

— Et les Gardiens m'ont aussi révélé que tu avais une destinée, et qu'il fallait que cette destinée puisse s'accomplir.

Comprenant que le danger était écarté, Norfold se détendit et rengaina son épée, sans se reculer pour autant.

— Ils m'ont aussi dit qui tu étais, ajouta le Haut-Roi.

Là, Lorn tiqua.

— Qui j'étais ?

— Qui tu es, précisa Erklant. Qui tu as toujours été.

Lorn se souvint de ce que l'Émissaire lui avait confié au détour d'une phrase : « Nous lui avons révélé qui vous êtes. »

— Sire, je ne comprends pas.

Le vieux roi se leva, refusa sèchement l'aide de Norfold et, lentement, péniblement, fit l'effort de marcher jusqu'à Lorn.

— Si les Gardiens ont raison, tu es plus que tu ne crois, Lorn. Les Gardiens, parfois, se trompent. Ou ils mentent s'ils pensent que cela est nécessaire à l'accomplissement des volontés du Dragon Gris… Mais s'ils disent vrai, alors tu pourrais bien être le dernier espoir du Haut-Royaume.

Ne sachant plus quoi penser, Lorn ne put retenir un sourire cynique.

— Le dernier espoir, se moqua-t-il. Moi !

Avec la lenteur d'une colère difficilement contenue, il se tourna vers le vieux roi et leva le poing gauche pour lui montrer la marque d'Obscure au dos de sa main.

— Moi ? répéta-t-il d'un ton presque menaçant.

Tout cela n'avait aucun sens.

Une grosse goutte blanche explosa sur l'accoudoir du fauteuil. D'autres suivirent et s'écrasèrent sur les dalles du balcon, sa balustrade et les toits alentour.

Le Haut-Roi leva les yeux vers le ciel et esquissa un sourire résigné.

Lorn savait que les pluies blanches passaient pour être envoyées au Haut-Royaume par son dragon tutélaire, Eyral, le Dragon Blanc. Celui-ci était, dans le panthéon draconique, le Dragon de la Connaissance et de la Lumière. Chargées d'une cendre pâle qui devenait poussière en séchant, ces pluies étaient souvent de mauvais augure. Elles étaient autant d'avertissements qu'Eyral adressait au Haut-Roi depuis le Mont Sacré.

— Rentrons, dit Erklant. D'ailleurs, je suis bien fatigué.

Lorn resta sous la pluie.

— Demain, j'irai me recueillir sur la tombe d'Erklant l'Ancien, dit le vieux roi tandis que le capitaine Norfold l'emmenait à l'intérieur. Accompagne-moi, Lorn. Je ne te demande que cela. Accompagne-moi demain…

Et il ajouta :

— Après, tu feras ce que tu voudras.

Chapitre 26

Lorn dîna de nouveau seul dans sa chambre, dont Hurst gardait la porte. Il n'eut guère d'appétit, repoussa vite son assiette et, songeur, caressa le chat roux qui avait sauté sur ses genoux. Ajoutés au bruit de la pluie sur les toits, les ronronnements du chat l'apaisèrent et l'aidèrent à ralentir le flot tumultueux de ses pensées, de ses craintes et de ses interrogations.

La pluie cessa et laissa, sur les pierres grises, des dégoulinures blêmes. La nuit tombait et la Citadelle semblait déserte. Abandonnée. Pas un mouvement. Pas un bruit sinon celui des gouttes tombant des toits dans de grandes flaques blanches.

Un tombeau.

À sa fenêtre, Lorn se rappela l'époque où la Citadelle, pour austère qu'elle ait toujours été, était une forteresse pleine de vie. Elle avait toujours eu la préférence du Haut-Roi. Mais elle était isolée et difficile d'accès, inconfortable et incommode. Elle se prêtait peu à l'exercice du pouvoir, si bien qu'Erklant II s'était résigné à ne s'y établir que durant le mois le plus chaud de l'été, quand la canicule se faisait insupportable à Oriale, au cœur du Langre. C'était le mois qu'Alan et Lorn venaient passer auprès du Haut-Roi avant de retourner pour le reste de l'année chez le duc de Sarme et Vallence, à qui l'éducation du prince avait été confiée.

Lorn ne put s'empêcher de sourire au souvenir des jours heureux qu'Alan et lui avaient connus à l'ombre de ces murs qui, alors, ne lui semblaient pas aussi sinistres. C'était avant que la Citadelle ne devienne le tombeau d'un très vieux roi malade et solitaire, qui attendait la mort entouré de sa seule garde et assistait, depuis son trône d'ébène et d'onyx désormais vacillant, au déclin de son royaume.

Lorn sut qu'il ne trouverait pas le sommeil.

Il passa son baudrier, enfila un manteau à capuche et, sous le regard attentif de son chat, enjamba la fenêtre. Il connaissait par cœur les toits de la Citadelle, qu'Alan et lui avaient courus à longueur de nuit chaque été quand ils étaient adolescents. Pour le frisson, pour le plaisir de la découverte et pour la transgression de l'interdit. Mais aussi pour échapper à la vigilance de leurs gardiens.

Comme aujourd'hui, se dit Lorn en songeant à Hurst.

Rien ni personne ne pouvait lui interdire d'aller où il allait, mais il voulait s'y rendre seul.

De toit en toit, prenant garde à ne pas être vu des sentinelles, Lorn quitta le quartier des Gardes, où il était logé. Puis, craignant de glisser sur les tuiles humides ou de faire une mauvaise chute à cause de l'obscurité qui se couchait sur la forteresse, il retrouva le pavé des rues et gagna le quartier des Armes.

La Citadelle était divisée en quartiers, qui le plus souvent consistaient en une cour et quelques bâtiments. Des chemins de ronde, des tours de guet et des remparts crénelés les séparaient en dessinant une mosaïque. Le quartier du Roi était le plus vaste et le mieux défendu d'entre eux. Pour partie creusé dans la falaise, il les dominait tous. Mais il y avait aussi le quartier des Écuries, le quartier de l'Arsenal, le quartier des Ambassadeurs, le quartier des Temples, le quartier des Écoles, le quartier de l'Hôpital. Et tant d'autres, modestes ou glorieux, parfois oubliés, que leur compte s'en trouvait presque impossible.

La herse du quartier des Armes était levée.

Les lieux semblaient inoccupés, désormais. La cour était déserte et les bâtiments alentour, plongés dans le noir.

Pas un bruit.

Lorn sentit sa gorge se serrer.

Le quartier des Armes était celui où, traditionnellement, vivaient le maître d'armes et le forgeron royaux. Le premier formait et entraînait le Haut-Roi, tandis que le second forgeait pour lui armes et armures. Chacun, à sa manière, se voyait confier la vie du roi. Une responsabilité prestigieuse mais écrasante, et dont il fallait se montrer digne.

Le père de Lorn avait été le maître d'armes d'Erklant II. Il l'avait accompagné sur tous les champs de bataille et, une fois le temps des guerres révolu, était toujours resté à ses côtés. C'était donc ici que Lorn avait passé les premières années de sa vie ; ici qu'il avait grandi auprès de sa mère et de son père ; ici qu'il était, ensuite, revenu chaque été pendant l'adolescence. C'était également ici qu'il avait été formé au rude métier des armes par son père, suant sang et eau avec Alan, mais ne renonçant jamais malgré la fatigue et les blessures.

Enfin, c'était ici qu'il avait aimé pour la première fois.

Elle s'appelait Naéris. Elle était la fille unique et adorée de Reik Vahrd, le forgeron royal. Vrai garçon manqué, elle avait partagé les jeux de Lorn et Alan quand ils étaient enfants. Lorsqu'elle devint une mignonne adolescente, les deux garçons tombèrent amoureux d'elle un même été et tentèrent de la séduire. Elle préféra Alan, comme tant d'autres après elle. Avec les années, Lorn allait s'y faire. Alan était beau parleur, séduisant, élégant et plein d'allant. Il avait quelque chose de solaire. Il éblouissait. Et ce qui faisait que les foules l'adoraient, faisait aussi que les femmes finissaient tôt ou tard dans ses bras. Personne ne lui résistait longtemps.

Cette règle n'avait jamais connu qu'une exception : Alissia.

Lorn resta un moment silencieux devant la maison de son enfance. À ses yeux, elle était surtout celle de son père – à savoir celle où le maître d'armes, devenu veuf, avait vieilli seul jusqu'à sa mort.

Les volets étaient clos.

Lorn tenta d'ouvrir la porte. Elle était fermée à clé mais branlait. Pesant contre elle de l'épaule, il la força sans trop de mal et la laissa s'ouvrir devant lui en grinçant.

Il hésita un moment sur le seuil, une odeur de renfermé et de vieille poussière lui emplissant les narines.

Puis il entra.

Il y voyait à peine dans l'obscurité. Cependant, les lieux lui étaient familiers et rien ne semblait avoir bougé depuis...

Depuis toujours.

Ou du moins depuis la dernière visite que Lorn avait rendue à son père, à son retour de Sarme et Vallence, où il était allé rechercher Alan. Bien sûr, il n'avait rien pu dire de sa mission, ni de l'emprise que le kesh avait sur un prince du Haut-Royaume. Même à son père. Même au maître d'armes royal.

Deux jours plus tard, Norfold lui réclamait son épée et l'arrêtait.

—Qui êtes-vous ? fit soudain une voix féminine dans le dos de Lorn. Et que faites-vous là ?

Lorn se retourna, aussitôt ébloui par la lumière d'une lanterne sourde. Il leva la main pour protéger ses yeux et détourna la tête, en s'efforçant de regarder de côté.

—Je vous préviens que si j'appelle la garde, ce sera pour ramasser votre cadavre ! menaça la jeune femme qui se tenait dans l'encadrement de la porte. Alors répondez !

En bottes, chausses, chemise et pourpoint, elle brandissait sa lanterne dans la main gauche et avait une épée dans l'autre.

— Naé ? fit Lorn. Naé, c'est toi ?

La jeune femme hésita.

— L… Lorn ?

Elle leva sa lanterne, ce qui éclaira son visage tout en cessant d'éblouir Lorn. Et il reconnut sans aucun doute ces grands yeux noirs et cet air volontaire, cette lueur tendre dans le regard et cette joue gauche déchirée par une vilaine cicatrice.

Naéris.

— Oui, Naé. C'est moi.

— Lorn !

Elle lâcha épée et lanterne pour se jeter dans ses bras et serrer contre lui, longuement, un corps mince et ferme qui le troubla. Il ne sut quoi faire de ses mains, mais finit par l'enlacer.

Émue, la jeune femme peinait à trouver ses mots.

— C'est… C'est toi, c'est bien toi… Je… Je croyais que…

— J'ai été libéré, Naé. Innocenté…

— Mais comment ? demanda-t-elle en s'écartant un peu pour regarder son visage. Nous ne savions même pas si tu étais…

Elle souriait, des larmes dans les yeux.

— J'ai été rappelé par le Haut-Roi, dit Lorn. Je…

Mais Naéris l'interrompit :

— Non, pas ici. Viens, dit-elle en voulant l'entraîner par la main. Tu vas tout nous raconter. Papa sera ravi de…

Elle se tut, soudain grave.

— Quoi ? s'inquiéta Lorn.

— Je… Je suis désolée, Lorn… Pour ton père.

— Merci, Naé.

— C'est papa qui l'a trouvé, tu sais ? Un matin. Il… Il était déjà trop tard…

Les yeux de Naéris s'embuèrent de nouveau, mais ces larmes-là n'étaient plus de joie.

— Allez, gamin. Reprends un verre.

Lorn avait perdu le compte mais n'eut pas le cœur à refuser. D'ailleurs, Reik Vahrd le servit sans attendre et, comme la bouteille y passa, se tourna vers sa fille.

— Va donc en chercher une autre, Naé.

— Tu es sûr ?

— Mais bien sûr, que je suis sûr !

— Tu ne crois pas que vous avez assez bu comme ça ?

Le vieux forgeron considéra sa fille d'un œil trouble.

— Sais-tu que tu es encore en âge de recevoir une fessée ?

— Non, et depuis longtemps. En outre, ce serait bien la première que tu me donnerais...

Haussant les épaules, Reik se pencha sur la table pour confier à Lorn :

— Je crois que j'ai raté l'éducation de ma fille...

Lorn sourit et poussa son verre plein vers Reik.

— Elle est ce que vous avez réussi de mieux.

— Mouais, fit le forgeron d'un air dubitatif... avant d'adresser un clin d'œil à sa fille assise en bout de table, légèrement à l'écart des deux hommes.

Avec l'âge, ses cheveux blonds réunis en queue-de-cheval s'étaient mêlés d'argent, mais il était toujours aussi grand et massif. Ses manches retroussées laissaient voir les tatouages bleus qui lui couvraient les bras, la poitrine et le dos. Des tatouages skandes, tels que la mère de Lorn en portait elle aussi. Magiques, ils devenaient rouges et se modifiaient lorsque celui ou celle qu'ils protégeaient se laissaient emporter par la furie guerrière. Reik était skande et forgeron. Cela signifiait qu'il savait travailler l'arcanium et pouvait ainsi forger des armes et des armures d'exception.

— Il s'est battu jusqu'au bout, tu sais ? dit soudain Reik. Ton père. Jusqu'au bout. Il n'a jamais cru aux accusations portées contre toi. Et lorsque tu as été condamné, il a tout fait, tout essayé pour que... Mais qu'est-ce qu'il y pouvait ? Tout le monde lui a tourné le dos. Même le Haut-Roi, tu te rends compte ?

Il maugréa.

— Tout le monde, sauf vous deux, objecta Lorn.

Le forgeron échangea un regard avec sa fille et lui sourit.

— Ouais. Sauf nous, concéda-t-il avec amertume. Pour ce que ça a changé... J'aurais aimé pouvoir faire plus pour toi, gamin.

Lorn acquiesça.

— Je sais.

Il savait Reik sincère. Celui-ci était skande comme sa mère et Lorn, sous bien des aspects, avait été le fils qu'il n'avait jamais eu. Sa femme était morte en couches et il ne s'était jamais remarié. Il adorait sa fille, mais elle n'était pas un fils.

— Ton père s'était juré de faire reconnaître ton innocence, reprit le vieux forgeron en fixant le vide d'un regard dur. De t'obtenir un deuxième procès… Il enrageait. Il n'en dormait plus. Il a frappé à toutes les portes. Toutes. En vain, et ça l'a épuisé. Il s'est retrouvé seul et à bout de forces, sans amis ni argent. Mais il n'a jamais renoncé… (Il poussa un soupir.) Et puis un matin, comme il n'avait pas ouvert ses volets, je suis allé voir. La porte était ouverte. Il était dans son fauteuil, devant la cheminée. Mort.

Lorn eut froid et sentit ses mains trembler. Sa bouche devint sèche et un poids lui écrasa la poitrine. Il crut d'abord qu'une crise commençait. Mais cela n'avait rien à voir avec l'Obscure. C'était la colère et la douleur qui l'envahissaient comme un poison brûlant coulant dans ses veines.

Le regard fixe, il eut du mal à contenir ses larmes.

—Où est-il enterré ? demanda-t-il après un moment.

—Ici, répondit Naéris. Dans le petit cimetière du quartier des Épées.

—Quoi ? se révolta Lorn. Pas dans celui du quartier du Roi ?

—Non, fit Reik. Non.

Il sécha d'un trait le verre de Lorn et, se levant avec moins de difficultés qu'on aurait pu croire, dit :

—Attends. Bouge pas.

Il s'en fut d'un pas lourd et sortit de la cuisine dans laquelle ils étaient réunis, à l'arrière d'une grande maison désormais presque vide. Il laissa la porte entrouverte et disparut par l'arrière-cour.

—Où va-t-il ? demanda Lorn.

Naéris glissa sur le banc pour se rapprocher de lui. Elle vida la moitié de son verre dans celui de Lorn et ils burent une gorgée de vin avant qu'elle ne réponde.

—Chez lui.

—Comment ça ?

—Il dort au-dessus de sa forge, expliqua-t-elle.

—Et toi ?

—Ici. Mais au grenier.

—Mais pourquoi ?

La jeune femme regarda Lorn droit dans les yeux.

—Papa n'est plus le forgeron royal, Lorn. Nous avons presque tout perdu. Et personne n'est disposé à nous ouvrir sa porte… Nous ne devrions même plus être ici mais papa ne veut pas quitter la Citadelle. Alors nous nous cachons presque. Sans savoir si quelqu'un ne viendra pas nous déloger demain.

—Et la forge ?

—Éteinte, dit Naéris comme si elle annonçait un décès.

Reik Vahrd n'était pas un forgeron ordinaire.

Il connaissait les secrets des forgerons de guerre skandes, et savait comment travailler l'arcanium et l'acier pour créer les meilleures armes et armures qui soient. En devenant le forgeron royal, il avait prononcé un serment qui lui interdisait de forger pour un autre que le Haut-Roi.

Lorn regarda les bouteilles vides sur la table et comprit pourquoi Reik ne craignait pas de se gâter la main en buvant un peu plus que de raison.

— Tout ça parce que vous avez soutenu mon père, n'est-ce pas ?

— Oui. Mais ne dis rien à papa, s'empressa d'ajouter Naéris en entendant son père qui revenait. Tu sais comme il est fier. Il…

Reik entra, revint s'asseoir et posa sur la table, devant Lorn, une épée dans son fourreau.

— Tiens, dit-il. C'est à toi.

Il prit l'épée qu'il avait reconnue et, un sourire aux lèvres, ne résista pas à la tentation de la dégainer.

Aucun doute n'était possible.

Cette épée était la sienne, celle que Norfold lui avait réclamée quand il l'avait mis aux arrêts. Elle lui avait été offerte par sa mère qui, comme toutes les femmes skandes, était une guerrière. L'épée aussi était skande, en plus d'être d'excellente facture : sa lame était lourde et large, tranchante sur un seul côté, et sa garde en panier enveloppait la main. Une arme redoutable, mais qu'il fallait savoir manier.

— À la fin, c'est tout ce qui restait à ton père, précisa le vieux forgeron skande. J'ignore comment il l'avait obtenue.

— Merci, fit Lorn d'une voix étranglée. Merci.

Plus tard, après avoir quitté Reik et sa fille, Lorn trouva Hurst qui l'attendait à la porte du quartier des Armes.

— Comment avez-vous su où me trouver ? demanda-t-il tandis que le Garde Gris lui emboîtait le pas.

— Vos fenêtres sont gardées.

— Ainsi vous m'avez suivi et vous me surveillez depuis le début.

— Je vous protège. Mais oui, depuis le début.

— Pourquoi vous faire remarquer seulement maintenant ?

— J'ai pensé que vous aviez envie d'être seul.

Lorn sourit.

— Vous obéissez à une étrange logique, Hurst.

— Non, messire. J'obéis à des ordres.

— Vous saviez que l'ancien forgeron du Haut-Roi vivait encore ici ?

— Oui. Avec sa fille. Tout le monde le sait. Ou presque.

Songeur, Lorn acquiesça.

Il avait déjà résolu de se venger de ceux qui l'avaient trahi.

À cette liste, il allait désormais ajouter ceux qui avaient abandonné les siens.

Chapitre 27

« Car il avait voulu reposer pour l'éternité sur le lieu de sa première gloire, là où il avait affronté et vaincu le dragon. »

Chroniques (Livre des Rois)

La vallée restait recouverte d'un voile de cendre pâle lorsqu'ils quittèrent la Citadelle et, par un sentier ardu, gagnèrent un col qu'une imposante porte fortifiée, vestige des Dernières Ténèbres, défendait. Norfold menait la troupe, suivi de six cavaliers portant des oriflammes grises dont certaines arboraient, en fil noir, les cinq couronnes du Haut-Royaume et d'autres la tête de loup qui était l'emblème personnel du roi. Lorn et le Haut-Roi venaient après. Vingt cavaliers en cuir et mailles sombres fermaient la marche, casqués, l'épée au côté et le bouclier accroché à la croupe de la monture.

Coiffé de sa couronne, le Haut-Roi portait un masque d'ébène incrusté d'argent sur le visage. Il avait enfilé un long manteau et des gants épais, de sorte que pas un pouce de sa peau parcheminée n'était exposé au soleil. Lorn s'était étonné de le voir paraître ainsi, mais plus encore de le voir monter en selle, seulement aidé d'un écuyer. Il avait adressé un regard interrogatif à Norfold, qui était resté impassible.

— Allons-y, avait alors dit le roi de sa voix rauque avant de piquer des éperons.

Après trois heures de chevauchée, ils arrivèrent dans une vallée où un vent capricieux soufflait, sifflait, soulevait des tourbillons et des écharpes de poussière grisâtre qui s'effilochaient lentement. Une seule route traversait cette vallée sinistre et désolée. Elle menait au temple qui, bâti sur le flanc de la plus haute montagne des Égides, gardait le mausolée d'Erklant Ier.

Ils croisèrent quelques pèlerins miséreux pour la plupart, qui s'écartaient devant eux et se découvraient, saluaient respectueusement en voyant les couleurs du Haut-Royaume et celles du Haut-Roi. L'escorte passait alors au grand galop. Elle laissait dans sa poussière des hommes et des femmes qui doutaient d'avoir entraperçu leur roi et qui, incrédules et comme saisis de stupeur, le regardaient s'éloigner dans un vacarme étourdissant de sabots ferrés, de hennissements, d'armures cliquetantes et d'étendards claquant au vent…

Comme eux, le Haut-Roi se rendait au temple où, prévenus de sa visite, des prêtres au crâne rasé et tatoué l'attendaient. Vêtus de robes grises, ils appartenaient à un ordre uniquement dévoué à honorer la mémoire du premier des Hauts-Rois, à prier pour son âme et à entretenir son tombeau. Tous avaient fait vœu de silence.

Les cavaliers mirent pied à terre dans une cour protégée par un grand dais rouge. Épuisé, le roi fut pris d'un malaise qui obligea Lorn et Norfold à l'asseoir sur un banc. Lorn comprit alors la cause de son étonnante vigueur : son haleine était lourde des saveurs capiteuses du kesh.

Le Haut-Roi, donc, se droguait.

Ôtant son gant, celui-ci claqua des doigts avec impatience à l'intention de Norfold. Le capitaine tendit une fiole à laquelle le roi but de petites gorgées en soulevant son masque d'ébène par en dessous. Lorn regarda une goutte dorée couler sur le menton osseux de son roi.

— Sire, dit-il, vous n'auriez pas dû…

Mais le roi moribond ne voulait pas de sa prévenance, qu'il repoussa d'un geste vague. Et quand il se sentit mieux, il se releva en s'agrippant à Norfold.

— Viens, fils, dit-il à Lorn d'une voix d'outre-tombe. Nous y sommes presque.

Un trait de lumière vertical apparut dans l'obscurité profonde. Il s'élargit, devint une fente entre les battants d'une porte immense qui s'ouvrait.

Le roi entra appuyé sur Lorn et, tandis que la porte se refermait derrière eux, ils marchèrent vers l'estrade de pierre, les deux trônes en vis-à-vis et les vasques enflammées qui brûlaient dans les ténèbres devant eux. Lorn accompagnait le pas du roi. Il le suivait tout en le soutenant, sans savoir ce qu'ils venaient faire ici.

— Où sommes-nous ? murmura-t-il.

Le roi ne lui répondit pas.

Ils montaient les marches de l'estrade, ce qui eut raison de ses dernières forces. Il s'effondra sur le trône vide et recouvra difficilement son souffle.

Lorn ignorait tout de ce lieu.

Il connaissait le temple, le mausolée et l'immense monument funéraire à la gloire d'Erklant Ier devant lequel Alan et lui étaient tenus de se recueillir chaque année, lorsqu'ils étaient enfants, à la date anniversaire de la mort du premier Haut-Roi. C'était devant ce même monument que les pèlerins défilaient dans un silence recueilli, sous la surveillance des prêtres. Car c'était là, croyaient-ils, que reposait la dépouille du vainqueur de Serk'Arn.

Or le véritable tombeau était ailleurs, derrière des portes colossales, dans le ventre froid et obscur de la montagne. Simple mais massif, il se dressait derrière le trône de pierre sur lequel Erklant Ier était représenté. Lorn le devinait dans l'ombre, sur un piédestal, les flammes des vasques se reflétant dans son marbre noir veiné d'arcanium, une frise de runes anciennes entourant sa base.

Lorn se demanda qui, outre les prêtres du temple, avait connaissance de ce secret.

— Le voici, dit le vieux roi. Je te l'ai amené.

Lorn se retourna vers le Haut-Roi qui avait ôté son masque d'ébène et semblait s'adresser à la statue de son aïeul assis en face de lui.

— Sire ?

Mais le roi l'ignora et ajouta :

— Toi seul peux me dire s'il est celui que les Gardiens prétendent, ajouta le roi.

— Sire, vous ne...

Le Haut-Roi se tourna alors vers Lorn.

— Viens. Viens là, près de moi...

Lorn hésita mais obéit, se plaça à la droite du roi.

— Regarde, dit celui-ci en pointant le doigt devant eux.

Lorn regarda dans la direction indiquée, vers la statue d'Erklant Ier et vers le tombeau dont la silhouette se profilait derrière dans le noir.

— Nous sommes prêts, annonça le vieillard en forçant sa voix rauque. Nous t'attendons ! Tu peux paraître !

Troublé, inquiet, Lorn regarda la statue assise en face de lui.

Sa ressemblance avec l'actuel Haut-Roi était stupéfiante, au point que Lorn s'attendait à la voir s'animer, quitter sa rigidité minérale et prendre vie. Cela commencerait par un léger mouvement. Peut-être par un frisson qui craquellerait la pierre. Ou par une lueur pointant au plus profond des orbites...

Soudain, Lorn sut que les immenses ténèbres qui les entouraient étaient habitées. Il y eut un lourd bruit de chaînes qu'on traîne. Puis celui de serres d'acier et d'os raclant la roche. Un mouvement d'air agita le feu dans les vasques.

Il comprit qu'il ne regardait pas au bon endroit, et que le Haut-Roi ne parlait pas au fantôme de son aïeul. Une sueur froide lui coulant le long de la colonne vertébrale, Lorn leva les yeux vers le tombeau au moment où une patte se posait dessus.

Une patte écailleuse immense.

Celle d'un dragon qui, s'avançant, sortait lentement la tête de l'obscurité.

—*Je suis Serk'Arn*, dit le dragon d'une voix puissante qui résonna dans l'esprit de Lorn. *Et toi, qui es-tu ?*

Livide, Lorn tira son épée. Un réflexe vain. Un même brasier les engloutirait lui et sa skande si le dragon crachait.

—Je ne risque rien, dit le roi qui se figurait que Lorn avait voulu le protéger. Et toi non plus si tu es celui que je crois. Range ton épée. Elle t'est inutile.

Lorn n'écoutait pas.

Partagé entre la fascination et l'effroi, il ne pouvait détacher les yeux de Serk'Arn, le Dragon de la Destruction que le premier Haut-Roi avait affronté et tué selon la légende. Et pourtant ce dragon était là, devant lui.

Il sortait des ténèbres, et il le regardait.

Lorn sentait son cœur battre à tout rompre.

Les dragons avaient régné sur le monde. Ils avaient été des êtres divins avant que le sacrifice du Dragon-Roi ne précipite leur déclin à la fin des Ténèbres. Quand Erklant l'Ancien avait affronté Serk'Arn, celui-ci n'était déjà plus la créature immortelle de jadis. Et sans doute était-il encore moins puissant aujourd'hui, cinq siècles plus tard. Mais une fournaise grondait dans sa gorge. Ses griffes pouvaient déchirer la meilleure armure et ses écailles émousser le meilleur acier. Ses mâchoires étaient assez larges pour se refermer sur un homme, et ses crocs étaient assez aiguisés pour le sectionner en deux.

Et rien ne résistait longtemps à son souffle.

Pourtant, le pire était sans doute l'aura maléfique qui émanait de lui, une aura qui terrifiait et couvrait Lorn d'une sueur glacée. Car le brasier qui brûlait dans les entrailles de ce monstre n'était pas de ce monde, mais nourri par l'Obscure.

Le Dragon de la Destruction avança sa tête dans la lumière des vasques. Ses yeux rouges luisaient telles deux sphères emplies de métal incandescent. Traversée par des cornes d'ivoire, une collerette membraneuse ornait la base de son crâne. Elle cachait presque le collier d'arcanium qui lui serrait le cou, et d'où partaient les longues et lourdes chaînes qui, traînant sur la pierre, entravaient son poitrail et ses pattes.

Lorn comprit qu'Erklant Ier n'avait pas tué Serk'Arn. Il l'avait capturé et asservi.

— Il est soumis par un sortilège aux rois du Langre et à leurs descendants, dit le vieux roi en se levant. C'est à lui que, depuis, nous devons notre puissance et notre gloire.

Ahuri, désemparé, Lorn se tourna vers le Haut-Roi, mais celui-ci s'adressa à Serk'Arn :

— Alors, mon vieil ami ? Quel est ton verdict ?

Le dragon humilié remua dans ses chaînes et gronda. Néanmoins, il plongea son regard terrible dans celui de Lorn et fouilla, chercha…

… trouva enfin.

— *Les Gardiens ne t'ont pas menti*, annonça-t-il à regret. *Je ne peux rien contre lui.*

Lorn sentit une main parcheminée se poser sur son épaule.

— Entends-tu ? lui demanda le roi.

Lorn le regarda sans comprendre.

— Qu'est-ce que cela signifie ?

Les lèvres maigres et sèches du Haut-Roi souriaient. Ses pupilles, réduites à l'état de petites billes noires, brillaient d'espoir et de joie.

— Cela signifie, dit-il, que je vais te confier la destinée de mon royaume. Car je meurs et, dans moins d'une année, je ne serai plus.

Lorn, alors, se tourna et leva le regard vers les yeux embrasés du dragon. Il lui sembla que la puissance de Serk'Arn pouvait l'emporter et l'anéantir à tout moment.

C'était…

— Or si rien n'est fait, le Haut-Royaume disparaîtra avec moi, disait le vieux roi…

C'était comme faire face à une tempête silencieuse, à un ouragan invisible.

— Je sais que c'est un aveu terrible à te faire, Lorn. Mais j'ai besoin de toi. Le Haut-Royaume a besoin de toi.

C'était comme être traversé par une force inouïe, surgie des entrailles du monde et du temps.

— Lorn, m'entends-tu ?

Mais Lorn ne répondait pas.

Ou plutôt ne répondait-il pas au roi, parce qu'il était tout entier accaparé par les paroles qu'il échangeait en pensée avec le dragon – et qu'eux seuls pouvaient entendre.

Il s'écoula, ainsi, un long moment dans le silence.

Deuxième partie

Fin du printemps 1547

Chapitre premier

«Ainsi avait-il quitté la Citadelle et ses remparts de pierre grise. Hors le Haut-Roi, nul autre que lui ne savait la destination de son voyage. Il chevaucha par des routes tierces, seul, une épée au côté et une chevalière à tête de loup au doigt. Enfin, après de longs jours, il quitta les plaines du Langre et gravit les premiers contreforts des monts d'Argor. Dans sa manche était une lettre cachetée de cire noire.»

Chroniques (Livre du Chevalier à l'Épée)

— Madame ?

La reine Célyane de Haut-Royaume ne se retourna pas. Elle observait, seule, depuis une galerie supérieure, la répétition qui se déroulait dans une odeur de sciure, de colle à bois et de peinture fraîche. Le grand hall du Palais était aménagé de manière à reproduire la configuration de la salle où, à deux cent cinquante lieues de là, Angborn serait cédée à l'Yrgaärd lors d'une longue cérémonie. Des cordes tirées entre des piquets découpaient l'espace et délimitaient les lieux où se tiendrait l'assistance. Autour, des rideaux suspendus fermaient certaines perspectives, en ouvraient d'autres et dessinaient des ébauches de couloir. Tracée à la craie, une allée centrale menait à une large estrade sur laquelle des mannequins étaient assis dans des fauteuils imitant des trônes. De part et d'autre de cette allée, des ouvriers achevaient de construire des gradins. Le vacarme de leurs coups de marteau gênait le maître de cérémonie. Aidé de quelques assistants, il réglait à grand-peine les déplacements des domestiques réquisitionnés pour incarner les diplomates et autres dignitaires qui, des plus lointains confins de l'Imélorie, viendraient assister à l'événement.

— Je vous prie de m'excuser, madame.

La reine ne répondit toujours pas.

On aurait dit que l'on préparait un spectacle ou une pièce de théâtre fastueuse dans un décor de toile peinte, et l'on s'attendait presque à voir des essais d'effets pyrotechniques. C'était pourtant bien la signature d'un traité historique qui se préparait entre le Haut-Royaume et l'Yrgaärd. Les moindres détails de la cérémonie devaient être méticuleusement réglés selon les exigences du protocole et de l'étiquette. Et en veillant à ménager les inimitiés et les susceptibilités particulières de chacun. Un faux pas, un retard, un oubli pouvaient avoir des conséquences désastreuses. Or la reine ne voulait pas une anicroche. Ce traité marquerait le succès de sa politique et imposerait définitivement son autorité dans et hors les frontières du Haut-Royaume. Rien ne devait être laissé au hasard. Rien ne devait entacher le jour de son triomphe.

Célyane de Haut-Royaume resta un moment à songer, les yeux brillants, un demi-sourire aux lèvres. Puis, s'agaçant de la présence de son ministre dans son dos, elle demanda :

— Qu'y a-t-il, Estévéris ?

L'homme s'avança mais veilla à rester dans l'ombre derrière elle.

— Des nouvelles de la Citadelle, madame. La troupe de Gardes gris qui faisait route vers Samarande avait bien pour ordre d'escorter Lorn Askariàn jusqu'à la Citadelle. Où le Haut-Roi lui a accordé une audience privée.

— Fort bien. Et donc ?

La reine ne cherchait pas à cacher son ennui.

— Qui sait ce que le roi lui a dit ?

— Comment ça, qui sait ? Et moi qui espérais que vous, vous le sauriez.

Le ministre se rembrunit. Il était, d'ordinaire, très fier de l'efficacité de ses innombrables informateurs qui lui coûtaient d'ailleurs fort cher.

Ou qui du moins coûtaient fort cher à la Couronne...

La reine sourit.

Elle aimait emporter des victoires sur Estévéris, qu'elle savait supérieurement intelligent. Mieux encore, elle adorait l'obliger à reconnaître son ignorance ou son impuissance. En fait, elle prenait un plaisir tout particulier à humilier cet homme gras et chauve, huileux, au teint rose et aux petits yeux porcins qui – en secret croyait-il – la désirait.

Estévéris n'était pas le seul à avoir des espions.

— Nul doute que je l'apprendrais bientôt, dit-il. Cependant, il y a plus inquiétant...

Il laissa sa phrase en suspens.

Mais comme Célyane de Haut-Royaume gardait le silence et lui tournait toujours le dos, il ajouta :

— Le roi et Lorn se sont rendus le lendemain sur la tombe d'Erklant Ier. Puis le roi a nommé Lorn Premier chevalier du Royaume.

La reine tiqua et daigna enfin se retourner.

— Premier...

— ... chevalier du Royaume.

Elle chercha. Ce titre lui évoquait quelque chose, mais quoi ?

Et cela lui revint.

Une Garde d'Onyx avait existé. Elle avait été fondée durant la Dernière Guerre des Ténèbres et avait servi les rois du Langre jusqu'à l'avènement du Haut-Royaume. Erklant Ier l'avait dissoute. Le titre de chevalier du Trône d'Ébène et d'Onyx – ou chevalier d'Onyx – était alors devenu honorifique et, l'actuel Haut-Roi l'ayant donné jadis à certains de ses premiers compagnons d'armes, il ne se trouvait plus que quelques vieux seigneurs pour encore arborer la chevalière noire à tête de loup.

La reine haussa les épaules.

— Ce titre ne représente plus grand-chose, dit-elle. Qui s'en soucie encore ? Et une bague contre trois années à Dalroth, ce n'est pas bien cher payer pour solde de tout compte, si l'on y songe...

— Le Haut-Roi a fait quelques chevaliers d'Onyx, en effet. Mais il vient de donner à Lorn le titre de Premier chevalier. Ce n'est pas la même chose, madame. C'est même très différent.

— Mais expliquez-vous donc, Estévéris ! lâcha la reine d'une voix où pointaient l'impatience et la colère.

Le ministre s'inclina légèrement en guise d'excuses.

— Le Premier chevalier commandait la Garde d'Onyx, madame. Personne n'a été fait Premier chevalier depuis qu'elle a été dissoute.

— Le roi a donc nommé Lorn à la tête d'une garde qui n'existe plus depuis plusieurs siècles, ironisa Célyane de Haut-Royaume. Pensez-vous qu'il prévoie de la reconstituer ?

— Qui sait ?

— Et avec qui ? Et comment ? Quand ? Et avec quel argent ?

— Je l'ignore, avoua Estévéris.

Célyane de Haut-Royaume afficha un sourire supérieur...

... avant de froncer le sourcil en découvrant la mine inquiète de son ministre. Il était ambitieux et dévoué, dénué de scrupules et sans doute cruel. Il pouvait pécher par excès de zèle et peut-être même par orgueil. Mais il n'était pas de ceux qui s'alarment facilement.

La reine se laissa gagner par son inquiétude.

— Qu'est-ce que vous ne me dites pas, Estévéris ?

Dans le hall du Palais, un grand fracas s'éleva en provoquant des cris d'effroi et de douleur. Trop vite et trop mal bâtie, une volée de gradins venait de s'effondrer sous le poids des figurants qui y prenaient place, alors que des ouvriers travaillaient encore dessous. La reine se pencha à la balustrade et vit le désastre. Dans un chaos de planches brisées, des visages grimaçaient, des plaies saignaient, des membres étaient brisés. On s'empressait déjà au secours des malheureux et on se bousculait presque pour les dégager.

Mais parfaitement indifférente à la détresse et à la souffrance des blessés, Célyane de Haut-Royaume regardait tout autre chose, partagée entre la stupeur et l'effroi.

En s'écroulant, les gradins avaient repoussé l'estrade aux mannequins. Celui qui figurait la reine était tombé de son siège, et sa couronne factice avait roulé au sol.

Livide, le dos raide, les traits figés, la reine se retourna lentement vers son ministre. Il avait été son astrologue avant de devenir son conseiller. Très superstitieuse, elle continuait de consulter mages, voyants et devineresses. Estévéris savait que cet accident, pour elle, était un effrayant présage.

— Qu'est-ce que vous ne me dites pas ? répéta la reine entre des mâchoires crispées.

Soutenant difficilement son regard, le ministre dit :

— J'ai consulté les textes, madame. Le commandement de la Garde d'Onyx n'est pas la seule prérogative du Premier chevalier…

Chapitre 2

« Rempart septentrional du Haut-Royaume, l'Argor était baigné par la mer des Brumes. C'était une province de grandes montagnes, de belles vallées et de hauts pâturages, de granit bleu, de crêtes nuageuses, de pics élevés et de neiges éternelles. L'air y était vif et l'eau limpide, les nuits souvent fraîches et l'hiver jamais lointain. »

Chroniques (Livre du Haut-Royaume)

Lorn ne vit pas le premier homme mourir.

En revanche, il entendit les cris de guerre ghelts et sut ce qu'il allait découvrir avant d'arriver au sommet de la crête. Il avait prudemment laissé son cheval en arrière, attaché au tronc d'un arbre mort. À plat ventre, il observa des soldats retranchés loin en contrebas derrière des rochers, dans le lit d'une rivière asséchée. Pris au piège, ils étaient harcelés par des cavaliers à la peau bistre et aux longs cheveux noirs qui, vêtus d'armures de cuir et d'os, les encerclaient au galop et tiraient sur eux des volées de flèches.

Des Ghelts.

Lorn en dénombra vingt à vingt-cinq, contre une dizaine de soldats seulement. Déjà blessés pour la plupart, ceux-ci n'avaient pas la moindre chance de l'emporter et se préparaient à livrer un combat héroïque. Savaient-ils que ce combat serait le dernier ? Savaient-ils qu'ils ne pouvaient espérer aucune pitié ? Lorn, lui, connaissait les Ghelts pour les avoir combattus durant une année en Dalatie. C'étaient des guerriers valeureux, redoutables, souvent honorables, mais qui ne faisaient aucun quartier. Si personne ne venait les secourir, les soldats étaient condamnés.

Lorn scruta le vallon, les flancs des montagnes aux alentours, la route qui serpentait au loin et montait vers un col.

Personne.

Ayant vidé leur carquois, les Ghelts se rassemblèrent et chargèrent en hurlant. Les soldats n'étaient déjà plus que quelques-uns en mesure de se battre. Couverts de sang, épuisés, ils firent front contre les cavaliers qui arrivèrent sur eux et sautèrent de selle pour engager un corps à corps furieux. Les soldats condamnés se battirent avec l'énergie du désespoir, en s'efforçant de protéger leurs blessés. Ce fut sauvage et meurtrier. Un massacre. Des têtes volèrent. Des ventres ouverts répandirent leurs entrailles fumantes. Le sang gicla en grandes gerbes écarlates et poisseuses dans des cris de rage et d'agonie.

Lorn regarda les soldats tomber un à un sans ressentir de véritable émotion. Le dernier, titubant, blessé de toutes parts, n'eut pas la force de lever son arme contre le coup fatal.

La large lame d'un cimeterre le décapita.

Les Ghelts dépouillèrent les cadavres et emmenèrent leurs chevaux. Lorn les regarda s'éloigner au galop en poussant des cris victorieux.

Sans hâte, il retourna chercher son cheval. Son chat roux – qu'il avait baptisé Yssaris – l'attendait assis sur la selle. Lorn lui caressa la tête et le fit grimper sur son épaule avant d'enfourcher sa monture. Puis il se rendit sur les lieux du massacre.

Les corps gisaient, mutilés et grimaçants, une odeur chaude de sang et de viscères imprégnant l'air. Lorn n'avait pas songé une seconde à se porter au secours de ces hommes pendant l'attaque, et il n'en concevait aucun remords. Leur heure était venue, voilà tout.

En outre, il avait une mission à accomplir.

Un gémissement.

Lorn mit pied à terre tandis qu'Yssaris sautait de son épaule, et retourna un soldat qu'il croyait mort comme les autres.

C'était tout comme.

L'homme avait une terrible blessure au crâne et une autre, plus grave encore, au flanc. D'un coup d'œil, Lorn sut qu'il mourrait bientôt. Les instants qui lui restaient à vivre ne pouvaient être employés qu'à trouver une certaine paix.

Lorn adressa un regard résigné à Yssaris qui l'observait, tranquillement assis à l'écart. Après quoi il essuya la poussière, la sueur et le sang qui maculaient le visage du soldat. Puis il lui souleva délicatement la tête et porta le goulot de sa gourde d'eau à ses lèvres sèches.

L'homme parvint à boire un peu.

Il ouvrit les yeux et remercia d'un hochement de tête.

— Les Ghelts..., murmura-t-il d'une voix cassée. Nous... Nous les avons trouvés mais ils...

— Je sais, l'interrompit Lorn. J'ai vu.

— Vu ? Vous... étiez là ? Et... Et vous n'avez rien... fait ?

— Cela n'aurait fait qu'un mort de plus.

Le soldat tenta de se lever, mais il était si faible que Lorn n'eut qu'à poser une main sur son épaule pour l'en empêcher.

— Il faut... Il faut prévenir le château !

— Non, dit Lorn. Vous n'irez nulle part.

L'homme le regarda, puis comprit.

Les traits de son visage s'affaissèrent et il laissa sa tête retomber en arrière. Il n'avait pas trente ans. Sans doute était-il mari et père.

— Je vais mourir, dit-il.

— Oui.

— Je... Je ne souffre pas trop. Peut-être que...

— Non. C'est fini.

Lorn avait accompagné assez de mourants dans leur agonie pour savoir qu'il est inutile à la fois de leur mentir et de trop parler. Le mieux était d'être là, présent. Rien n'est pire que la solitude dans les derniers instants. Lorn attendit que la respiration du soldat devienne régulière et dit :

— Comment vous appelez-vous ?

— Sarès.

— Vous êtes croyant ?

— Oui.

— Alors le moment est venu de prier, Sarès.

Des larmes aux yeux, le soldat acquiesça faiblement. Il porta une main sale et croûteuse de sang à sa poitrine et empoigna un pendentif à l'effigie du Dragon-Roi – un dragon couronné, au corps droit, les ailes déployées à l'horizontale.

Impassible, Lorn prit l'autre main du mourant.

Il lui tint compagnie jusqu'à la fin.

Lorsque le soldat mourut, Lorn se leva. Il regarda longuement les corps suppliciés qui gisaient autour de lui et qui, dans la chaleur, commençaient à attirer les insectes. Puis il leva les yeux en direction de la crête d'où il avait assisté au combat.

Un cavalier s'y tenait.

Un Ghelt immobile qui l'observait ostensiblement, droit en selle, sa silhouette se découpant dans la lumière crue du soleil.

Un guetteur. Ou un traînard, songea Lorn.

Plissant les paupières derrière ses verres sombres, il l'observa en retour tandis qu'Yssaris lui sautait dans les bras. Il s'écoula un long moment avant que le guerrier s'en aille et disparaisse derrière la crête.

Lorn, alors, enfourcha sa monture et partit dans la direction opposée.

Chapitre 3

Lorn trouva Calaryn en émoi. Le pont-levis et la double herse franchis, il dut mettre pied à terre dans la cour et tenir son cheval par la bride.

C'était le branle-bas dans le château du comte Téogen.

Des soldats allaient et venaient, défilaient ou se croisaient et se bousculaient en désordre, archers, arbalétriers et piquiers mêlés. Les visages étaient tendus, inquiets. Des chevaux piaffaient. Des sabots martelaient un pavé sonore. Sous une arche, des hommes s'efforçaient de tenir les chaînes d'une vyverne qui renâclait. Il fallait crier pour se faire entendre et jouer des coudes pour avancer. À l'écart, des arquebusiers répétaient la manœuvre. Ils chargeaient, épaulaient et visaient des mannequins de quintaine adossés à un rempart. Ils firent feu sans surprendre grand monde dans le vacarme général, la rafale n'effrayant qu'une volée de corbeaux qui croassèrent en s'éloignant.

Lorn connaissait cette ferveur : c'était celle d'avant la bataille.

Avisant un intendant à qui tout le monde semblait s'adresser, il attacha son cheval, l'abandonna à la garde d'Yssaris et alla se planter devant l'homme. Sans cesse sollicité, celui-ci jeta plusieurs coups d'œil à cet étranger dont la capuche retombait sur des verres sombres, et qui ne disait rien.

Enfin, il demanda :

— Que voulez-vous ? Soyez bref !

— J'ai une lettre. Pour le comte.

— Confiez-la-moi. Je la ferai porter au comte dès que possible.

— Non. Je dois la lui remettre en main propre.

L'intendant, occupé à consulter un registre qu'on venait de lui présenter, s'impatienta :

— Écoutez, je n'ai pas de temps à perdre. C'est la guerre, ici ! Les Ghelts ont attaqué trois villages et emmené des captives ! Alors soit vous me confiez cette lettre, soit vous…

Il s'interrompit en levant le nez car l'étranger s'éloignait.

Il haussa les épaules et se remit au travail tandis que Lorn empruntait un escalier qui montait vers les remparts.

Le comte Téogen d'Argor avait réuni le premier cercle de ses barons et chevaliers au sommet d'une large tour crénelée. Serrés autour d'une table couverte de cartes, tous étaient en armure, l'épée au côté et les gantelets à la ceinture, le heaume sous le bras. Accrochée au donjon principal, la tour était destinée à l'envol des vyvernes. Des bannières écarlates claquant dans le vent aux quatre coins de son chemin de ronde, elle dominait le château, ses abords et même les vallées alentour. Le regard portait loin. Depuis cette position, il semblait que toute la province s'offrait à la vue, jusqu'à des sommets enneigés lointains, sous un ciel infini.

Téogen dirigeait un conseil de guerre.

Posée sur la table, sa célèbre masse de combat empêchait des cartes de se soulever tandis qu'il discutait des mesures à prendre en urgence et pointait du doigt une route à emprunter, un pont à garder, un col à fermer. Il s'agissait de localiser les cavaliers ghelts qui faisaient une razzia dans la province et venaient de piller des villages et plusieurs fermes à quelques lieues du château. La tâche était ardue car l'Argor s'étendait sur d'innombrables vallées, combes et vallons. Un dédale. Un dédale protégé par des tours, des portes et des ponts fortifiés, certes. Mais toute armure a sa faiblesse et les Ghelts, qui menaçaient les frontières du Nord-Est depuis des mois, avaient frappé cette fois au cœur de la province. Et ils étaient insaisissables, disparaissaient sitôt après avoir sévi et surgissaient ailleurs, où on ne les attendait pas.

La dernière attaque, cependant, avait été l'attaque de trop. Elle s'était déroulée alors que Téogen battait le rappel de sa chevalerie et rassemblait une armée. Celle-ci n'était pas encore au complet, mais le comte disposait maintenant d'assez de cavaliers pour ratisser le nord de sa province, traquer les pillards ghelts et – avec l'aide du Dragon Rouge – les passer par le fer.

— Le temps presse, dit Téogen d'Argor.

Penché sur ses cartes, il les scrutait d'un œil noir.

— Les Ghelts ont pris des captives, reprit-il. S'ils ne les ont pas déjà tuées après avoir disposé d'elles, cela signifie qu'ils comptent repasser bientôt la frontière et rapporter leur butin chez eux.

— Les Ghelts nous échapperont s'ils regagnent leur territoire, dit un chevalier au cheveu blanc, au visage émacié et à la peau tannée.

Nommé Orwain, ce chevalier sans terre avait juré allégeance au comte vingt-cinq ans plus tôt. Il n'avait, depuis, jamais cessé de le servir et de le conseiller.

— Vrai, confirma Téogen. Et non seulement nous ne pourrons pas les exécuter pour prix de leurs crimes, mais nous ne reverrons jamais leurs prisonnières.

— Pourquoi ne pas franchir la frontière ? Pourquoi ne pas traquer ces Ghelts jusque dans leur territoire ? demanda un jeune baron. Ils ont eu, eux, moins de scrupules !

— Parce que ce serait un suicide, répondit Orwain. Même à la tête d'une armée.

— Et ce serait déclencher une guerre, renchérit Téogen.

— Une guerre ? voulut objecter le jeune chevalier. Mais est-ce que ce n'est pas déjà... ?

— Non, Guilhem, l'interrompit le comte. Si nous étions en guerre contre les Ghelts, croyez-moi, nous le saurions. Et nous aurions d'autres soucis qu'une bande de pillards. L'Argor serait déjà à feu et à sang. (Il s'assombrit à la pensée d'une nouvelle guerre ghelte.) Je veux croire que nous avons affaire à des guerriers qui, pour une raison ou pour une autre, ont décidé de ne plus respecter les traités. Ils appartiennent peut-être à un clan qui a fait sécession. Pour peu qu'un jeune roi trop ambitieux ait été couronné...

Le comte d'Argor soupira, se redressa et, la mine grave, regarda ses vassaux. Malgré les années, il restait une force de la nature et portait encore la cuirasse qui l'avait protégé durant les premières campagnes d'Erklant II.

— Je ne prendrai pas le risque de provoquer une guerre, ajouta-t-il. Mais il n'est pas question que les exactions de ces Ghelts restent impunies. Nous les rattraperons avant qu'ils ne regagnent leur territoire, et nous les passerons par le fil de l'épée.

Tous acquiescèrent, sauf Orwain qui dit à voix basse, comme pour lui-même :

— Exécuter ces guerriers pourrait provoquer la colère des clans. Mieux vaudrait les capturer et les livrer pour qu'ils soient jugés et condamnés par les leurs.

Des murmures de désapprobation lui répondirent, sans qu'il s'en offusque. Il savait qu'il avait raison, mais il savait aussi que la voix de la sagesse était rarement celle que l'on écoute dans les temps difficiles.

Le baron d'Ortand intervint.

Les traits tirés par la fatigue et la colère, il avait été un des premiers à répondre à l'appel aux armes du comte d'Argor. Quelques-uns des pillages perpétrés par les Ghelts l'avaient été sur son domaine. Il avait vu, impuissant, des corps suppliciés pendus à des arbres ou calcinés dans des décombres encore fumants.

— Ces barbares ont pillé, violé, tué. Ils ont fait couler le sang argorien. Nul autre qu'une corde ou une lame argoriennes ne doit leur en faire payer le prix.

Les autres approuvèrent.

Orwain échangea un regard avec Téogen et sut que celui-ci devait satisfaire ses vassaux sur ce point. D'ailleurs, il n'était pas seulement question de vengeance : sans doute fallait-il signifier aux Ghelts que les frontières de l'Argor ne pouvaient être impunément violées, et que le comte rendrait coup pour coup.

— N'ayez crainte, Ortand, répondit Téogen. Leurs têtes finiront sur des piques.

Le baron acquiesça, reconnaissant.

— Reste à les trouver avant de les éliminer, dit un chevalier dont l'armure était ornée de motifs noirs et écarlates. Ces Ghelts ne sont pas partis à l'aventure. Ils ont attendu la saison où le ciel est interdit à nos vyverniers et ils semblent bien connaître les vallées qu'ils traversent. Même avec une armée, les traquer ne sera pas chose aisée.

Grand, mince, l'œil sombre et la barbe bien taillée, Doriàn de Leister avait de la prestance. À son côté pendait une épée dont le pommeau était orné d'une opale rouge. Il aurait bientôt trente ans et semblait riche et cultivé, voire raffiné. Autant dire qu'il se distinguait des rudes seigneurs d'Argor, Téogen en tête.

Mais il n'en était pas moins traité avec respect.

Et écouté.

— Vrai, dit le comte. Mais si les Ghelts s'en retournent comme je le crois, alors nous pouvons concentrer nos recherches dans ces régions. (Il pointa l'index en trois endroits sur la plus grande et la plus détaillée des cartes étalées sur la table.) Car il va bien leur falloir emprunter l'un ou l'autre de ces cols, n'est-ce pas ?

Orwain était de son avis.

Néanmoins, il ne lui fut pas nécessaire d'étudier la carte de près pour objecter :

— Sept cols. Neuf si les Ghelts prennent le risque de passer par le Val Sombre ou les Cataractes d'Acier. C'est trop. Même si nous partions maintenant, nous ne pourrions tous les surveiller.

Le comte acquiesça à contrecœur.

— Je sais bien.

— Certaines de nos patrouilles ne sont pas encore revenues, dit Leister. Les dernières rentreront demain soir, attendons-les. Elles nous apporteront peut-être les renseignements qui nous font défaut.

Téogen savait que c'était ce qu'il y avait de mieux à faire. Pourtant, il enrageait de devoir attendre.

Encore attendre...

— L'une de ces patrouilles ne reviendra pas, annonça Lorn.

Tous les regards se tournèrent vers lui.

Lorn avait résolu de trouver le comte d'Argor par ses propres moyens et y était parvenu sans grande difficulté. Il lui avait ensuite suffi de montrer la chevalière à son doigt à chaque sentinelle qu'il rencontrait. Son assurance et son autorité naturelle avaient fait le reste. Il n'était pas de ceux à qui l'on barre longtemps le chemin.

— Que faites-vous ici ? demanda le comte d'Argor.

— Le Haut-Roi m'envoie.

Téogen fronça un sourcil. Sa main, sur la table, s'était insensiblement rapprochée de sa masse.

— Alors ça y est ? On se décide enfin à m'envoyer l'aide que je réclame depuis des mois pour garder les frontières ? ironisa-t-il en provoquant quelques sourires. Vous arrivez à point nommé, chevalier. Mais je m'attendais à plus d'une épée. (Il baissa les yeux sur l'arme de Lorn.) Une épée skande, à ce qu'il semble...

Dévisageant Lorn qui ôtait sa capuche mais gardait ses lunettes sombres, Téogen affirma :

— Je vous connais. Vous êtes Lorn, n'est-ce pas ? Le fils du maître d'armes.

— C'est moi. Lorn Askariàn.

Le poing au cœur, Lorn s'inclina pour saluer le comte d'Argor. Celui-ci acheva alors de se souvenir et, malgré une impassibilité de façade, Lorn lut dans ses yeux à quoi il songeait en cet instant :

Dalroth.

Lorn tira une lettre de sa manche et voulut approcher.

— Le Haut-Roi m'a chargé..., commença-t-il.

Mais Leister s'interposa entre lui et la table. Lorn le défia sans mot dire. Une joute silencieuse s'engagea devant les vassaux qui, pour la plupart, avaient porté la main à l'épée. Orwain s'avança alors prudemment, avec l'intention d'éviter une querelle.

Ce fut cependant Téogen qui désarma la situation :

— Vous avez dit qu'une de nos patrouilles ne reviendrait pas. Qu'en savez-vous ? demanda-t-il.

Lorn se tourna vers lui.

— Des Ghelts l'ont massacrée, annonça-t-il en provoquant la stupeur. J'ai assisté à la bataille.

— Assisté, hein ? fit Leister.

Lorn l'ignora. Il estimait n'avoir de comptes à rendre à personne, sinon au comte.

— J'ai accompagné un soldat durant ses derniers instants, dit-il. Il s'appelait Sarès.

Téogen consulta Orwain du regard.

Celui-ci acquiesça gravement : Sarès était bien le nom d'un soldat parti en patrouille le matin même.

— Quand est-ce arrivé ? demanda le vieux chevalier.

— Il y a quelques heures.

— Où ? s'enquit Téogen. Montrez-moi.

Lorn attendit que Leister s'écarte et s'avança jusqu'à la table, se pencha sur la carte qu'on lui présentait, chercha… et pointa le doigt sur une vallée.

— Ici, dit-il.

Le comte et ses vassaux semblèrent perplexes.

— Vous êtes sûr ? demanda l'un d'eux.

— Oui.

— Impossible, fit un autre.

— Je sais lire une carte, assena Lorn d'un ton peu amène.

Soucieux, perplexe, Téogen s'abîma dans l'étude de la carte et songea tout haut :

— C'est à n'y rien comprendre…

— Pourquoi ? demanda Lorn sans s'adresser à quelqu'un en particulier. Que se passe-t-il ?

— Si vous ne vous trompez pas…, expliqua Orwain.

— Je ne me trompe pas.

— Si vous ne vous trompez pas, alors les Ghelts ne retournent pas sur leur territoire comme nous le croyions. Ce qui ne rime à rien car ils ont pris des captives et elles ne peuvent que les ralentir… Combien étaient ceux qui ont attaqué la patrouille ?

— Un peu plus d'une vingtaine de cavaliers.

— Alors ils n'étaient pas au complet.

— Plus de vingt guerriers ghelts contre une patrouille ! s'insurgea Guilhem, le plus jeune des chevaliers. Et vous n'avez rien fait ?

— Il n'y avait rien qu'un homme seul puisse faire, rétorqua Orwain en prenant Lorn de court.

Et s'adressant de nouveau à lui, il enchaîna :

— Avez-vous vu des prisonnières ?

— Aucune.

— C'est sans doute qu'elles étaient avec les autres Ghelts…

— Ou qu'elles avaient déjà été tuées.

Orwain dévisagea Lorn.

Il lui rappelait certains vétérans chez qui la guerre a tué l'humanité, à force d'horreurs commises, vues ou subies. Cela faisait d'excellents combattants. Mais si ces hommes étaient de ceux qui remportent les victoires et bouleversent les destins, s'ils étaient des adversaires redoutables et des alliés précieux sur les champs de bataille, ils étaient aussi des âmes perdues qui sombrent tôt ou tard.

— À moins que…

Téogen n'acheva pas sa phrase.

Empressé, il écarta sa masse pour dégager un paquet de cartes dans lequel il fouilla sans ménagement, jusqu'à en trouver une qui – plus ancienne et plus abîmée que les autres – représentait dans le détail quelques crêtes, cols et vallées. L'ayant déroulée, il la consulta brièvement et afficha un sourire.

— C'est ça ! dit-il.

— Quoi ? demanda Orwain.

— Tu ne vois pas ?

Le chevalier sans terre observa la carte, mais ce fut Leister qui trouva le premier.

— Les Passes Jumelles ! dit-il.

— Oui, dit le comte en se redressant de toute sa masse. Les Passes Jumelles. Les Ghelts regagnent bien leur territoire, mais ils n'empruntent pas le chemin le plus court.

— Ni le plus naturel, nota Orwain. Nous ne serions jamais allés les chercher par là. Ou trop tard, après avoir retrouvé la patrouille…

Téogen se tourna vers Lorn avec reconnaissance.

— Merci, chevalier. Votre aide a été précieuse, en définitive.

Et s'adressant à ses vassaux, il ajouta :

— Messieurs, nous partons demain à l'aube pour une expédition d'où nous ne reviendrons pas tous. Choisissez vos meilleures lames, vos meilleurs hommes et vos meilleurs chevaux. Allez ! Vous savez quoi faire.

Tous acquiescèrent et, dans un cliquetis martial d'armures et de talons ferrés, ils s'en furent donner leurs ordres. Lorn resta seul avec le comte d'Argor et Orwain. Le soir tombait et la nuit serait vite là, comme toujours en montagne. Un vent de nord s'était levé, vif et frais.

Sans un mot, Téogen tendit la main.

Lorn lui remit la lettre du Haut-Roi et attendit. Le comte la décacheta avant de la parcourir. Puis il la replia soigneusement et la glissa dans sa manche avec des gestes lents, afin de s'accorder le temps de la réflexion.

Après quoi il observa Lorn comme s'il espérait trouver en lui les réponses aux questions qu'il se posait. Son regard s'attarda particulièrement sur sa main bandée de cuir, qui était aussi celle à laquelle Lorn portait une chevalière d'onyx ornée d'une tête de loup en argent plaquée sur deux épées croisées. Téogen en portait une presque identique, à ceci près que la sienne n'était pas enrichie d'une couronne royale. À sa connaissance, il n'en existait qu'une seule de semblable, et il l'avait toujours vue à l'annulaire du Haut-Roi.

— Le roi vous a fait Premier chevalier du Royaume, dit-il sur le ton du froid constat.

— Oui, répondit Lorn.

— Connaissez-vous la teneur de cette lettre ?

Lorn fit « non » de la tête.

Il ignorait ce que le comte s'efforçait de découvrir, quelles interrogations la missive royale avait soulevées en lui. Il en ignorait le contenu, mais il devinait qu'elle posait un problème au comte et que lui, Lorn, y était pour quelque chose.

Téogen se leva brusquement et, s'en allant d'un pas décidé, dit d'un ton sans appel :

— Vous dînez ce soir à ma table, chevalier. Vous resterez ensuite aussi longtemps que vous le désirerez sous mon toit. Malheureusement, comme vous le savez, il me sera impossible de vous tenir compagnie.

— Je ne reste pas, dit Lorn.

Téogen s'arrêta.

— Vous avez fait un long voyage depuis la Citadelle. Reposez-vous.

— Je pars avec vous demain.

Le comte hésita.

— Je connais votre histoire, dit-il en songeant à Dalroth, à l'Obscure et aux épreuves que Lorn avait endurées.

— Alors vous savez que j'ai combattu les Ghelts et que mon aide pourra vous être précieuse. En outre, pouvez-vous vraiment vous passer d'une épée ? Vous espériez qu'un renfort viendrait du Haut-Royaume ? Vous vous en êtes moqué tout à l'heure mais ce renfort, c'est moi. Et c'est le Haut-Roi qui m'envoie.

Chapitre 4

« Le premier fait de gloire d'Erklant II fut de libérer les provinces du Haut-Royaume que l'Yrgaärd avait envahies. Le second fut de venger son père auquel l'Épée du Dragon avait ôté la vie. Le troisième fut la conquête des Cités Franches, car le Haut-Roi ne se contenta pas de reprendre les terres qui étaient siennes. Il conquit les Cités, d'où il chassa les armées de l'Hydre Noire qui retournèrent en Yrgaärd, par-delà la mer des Brumes et ses mornes rivages. »

Chroniques (Livre des Rois)

Ce matin-là, le Haut-Roi n'avait pas trouvé la force de se lever. Il garda le lit dans sa chambre tendue de noir et de gris, refusa toute nourriture, voulut seulement tremper ses lèvres dans un verre de vin miellé. Des serviteurs firent sa toilette comme ils auraient fait celle d'un mort.

Au soir, il appela Norfold.

— Des nouvelles de Lorn ? demanda-t-il.

L'air était lourd des parfums censés masquer l'odeur morbide que dégageait son corps.

— Aucune, répondit le capitaine de la garde royale.

Il était en armes. L'épée au côté, il était revêtu de la célèbre cuirasse grise et portait son casque à cimier sous le bras.

— Croyez-vous qu'il soit déjà arrivé en Argor ?

S'il a bel et bien pris la route de l'Argor, songea Norfold.

— Sans doute, répondit-il.

— Alors il a déjà rencontré le comte. Et il lui a remis la lettre.

Le Haut-Roi se fit songeur et ajouta :

— Bien. Oui, bien… Bien…

Et revenant à lui-même, il dit :

— Lorsqu'il ouvrira la lettre, Téogen comprendra. Je le connais. Il comprendra. Et il fera ce qu'il faut…

Plus grave qu'à l'ordinaire, Norfold ne dit rien. Il était un soldat. Il savait se taire, garder ses sentiments pour lui.

Mais le vieux roi le connaissait assez pour lire en lui.

— Vous désapprouvez mon choix, Norfold.

— Sire, il ne m'appartient pas de…

— Je sais ce que vous pensez !

Et comme le Haut-Roi semblait attendre qu'il s'explique, le capitaine hésita, et dit :

— Vous l'avez fait Premier chevalier du Royaume, sire.

— Vous ne l'en croyez pas digne ? Je me souviens pourtant que vous vouliez qu'il vous succède un jour à la tête des Gardes gris…

Norfold acquiesça et dit d'une voix vibrante :

— Il a trahi. Il a manqué à l'honneur et au devoir.

— Il a été injustement accusé. Un complot. Il était innocent.

Norfold se tut et se demanda qui, d'eux deux, le Haut-Roi s'efforçait de convaincre.

— Vous n'aimez pas Lorn. Vous ne l'avez jamais aimé. Et maintenant… Et maintenant, vous êtes jaloux de lui…

— Je vous assure que non, sire.

— Si, insista le vieux roi d'une voix traînante. Jaloux. Jaloux…

— Mais vous avez fait de lui votre représentant, poursuivit Norfold. Avec cette chevalière au doigt, il est… il est vous ! Il parle et agit en votre nom.

— Je sais.

— Et s'il lui venait l'idée de vous désobéir, sire ? Et s'il abusait du pouvoir que vous lui avez confié pour… ?

— Je sais !

Le Haut-Roi ressemblait à un cadavre momifié : peau parcheminée, membres décharnés, poitrine osseuse, joues creuses, pommettes saillantes, yeux renfoncés et lèvres absentes. Or ce fut comme si un feu s'était allumé en lui.

S'animant, il assena :

— Il me faut un champion, Norfold ! Un chevalier qui soit mon bras, mes yeux et ma voix ! et qui puisse sauver le Haut-Royaume. Le protéger de ses ennemis. De l'Yrgaärd ! De la reine ! Qui puisse même le protéger de l'Obscure !

Sous le coup de la passion, il s'était redressé dans son lit, le regard enflammé. Brusquement épuisé, il se laissa retomber en arrière contre ses oreillers et dit :

— Lorn est celui-là. Il… Il l'a toujours été.

Une quinte de toux eut raison de lui.

Norfold appela et fit de son mieux pour l'aider avant que des serviteurs ne s'en chargent, remontent les oreillers du Haut-Roi, lui fassent boire un peu d'eau et essuient sa bouche.

Le capitaine se recula.

Il craignait de gêner et ne se sentait pas à sa place. Il détestait voir souffrir ce roi qu'il aimait et auquel il était capable de manifester son affection autrement que par des rudesses de vieux soldat. Il avait affronté la mort plusieurs fois, mais face à la maladie et à une inexorable déchéance, il se trouvait parfaitement désemparé, hésitant et maladroit.

— Vous verrez, dit le Haut-Roi en agitant un index squelettique vers lui. Lorn se montrera digne de ma confiance. Mais surtout, il se montrera digne de sa destinée.

Ce fut dit avec un tel espoir que Norfold ne put s'empêcher d'acquiescer et d'esquisser un sourire faussement confiant. À cet instant, il ne voulait rien d'autre que le bien-être et la tranquillité de son roi, quitte à faire un pieux mensonge.

— Et puis il est de mon sang, ajouta le Haut-Roi tandis que ses forces l'abandonnaient et qu'il sombrait dans le sommeil. Ce n'est pas rien, ça, hein ? De mon sang… Ce n'est… pas… rien…

Chapitre 5

« Menés par le comte Téogen, ils chevauchèrent des jours, des nuits et d'autres jours encore. Leur traque les mena loin dans les montagnes, par des vallées sauvages et des cols élevés, vers les hautes crêtes où nichent les vyvernes. Leurs vivres s'épuisèrent, mais une volonté farouche les animait cependant que leurs chevaux étaient de rudes montures accoutumées aux rigueurs des monts d'Argor. Ils ne faiblirent pas et toujours avancèrent, malgré les douleurs, malgré la fatigue, malgré les menaces du ciel. »

Chroniques (Livre du Chevalier à l'Épée)

Ils avaient installé leur bivouac à flanc de montagne, dans l'entrée d'une large caverne qui les abriterait et, surtout, cacherait leurs feux. Le danger n'était pas que la lumière soit vue par les Ghelts qu'ils poursuivaient, mais par les vyvernes qui chassaient la nuit. C'était, au cœur de l'été, le moment de l'année où les jeunes s'essayaient au vol. Le jour, les mères veillaient sur leurs petits qui constituaient autant de proies faciles pour les grands mâles solitaires. Elles ne pouvaient donc se mettre en quête de nourriture qu'à la nuit tombée et, aussi affamées qu'anxieuses, s'avéraient particulièrement agressives. Cette saison de l'Envol était d'ailleurs la raison pour laquelle Téogen n'avait pu recourir à ses vyverniers pour repérer et poursuivre les Ghelts qui pillaient ses terres. Entre les mâles à l'affût et les femelles qui attaquaient à vue, survoler les hautes vallées de l'Argor était suicidaire.

Épée au poing, Lorn avait été chargé d'explorer le fond de la caverne à la tête de quelques hommes. Ils s'en revinrent sans avoir débusqué ni ours ni lion des montagnes, alors que le reste de la troupe achevait de s'occuper des chevaux et de dresser le campement. Comme tous les membres de l'expédition, Lorn était épuisé mais il n'en laissait rien paraître. La détermination de Téogen l'emportait sur toutes les faiblesses : infatigable, il était une force que rien n'arrête et que l'on ne peut que suivre. Pour autant, Lorn se demandait s'ils rattraperaient les Ghelts avant qu'il ne soit trop tard, c'est-à-dire avant qu'ils ne regagnent leur territoire, là où personne ne pourrait aller les chercher. Le doute commençant à se lire sur les visages, d'autres se posaient certainement la même question. Mais, comme Lorn, ils se taisaient.

Fourbu, il comptait profiter d'un instant de repos lorsque Doriàn de Leister l'aborda sèchement :

— Le comte vous demande.

Entre eux, l'inimitié avait été immédiate et ils avaient manqué de croiser le fer dès leur première rencontre. Depuis, Leister surveillait ostensiblement Lorn qui, lui, affectait de l'ignorer. Ils ne se parlaient pas plus que nécessaire, mais leur hostilité ne se manifestait pas autrement que par des silences et des regards. Téogen, d'ailleurs, ne l'aurait pas permis.

— Que me veut-il ?

Leister ne répondit pas.

Lorn se tourna vers le comte qui se tenait à l'entrée de la caverne, face au crépuscule, à l'écart des sentinelles qui scrutaient le ciel et observaient de lointaines silhouettes ailées. Il le rejoignit en sentant sur sa nuque le regard de Leister, et attendit un moment avant de se manifester :

— Comte ?

Les traits tirés et les yeux cernés, Téogen ne réagit pas, absorbé par ses pensées. Il y avait déjà quelques jours qu'il n'était plus possible de voir les feux des tours gardant l'Argor. Pourtant, chaque soir, le comte regardait en silence dans leur direction, comme si sa vue pouvait se porter au-delà des montagnes qui le séparaient de son château.

Et du tombeau de son épouse.

— Comte ? insista poliment Lorn. Vous m'avez demandé ?

— Croyez-vous que cette expédition ait un sens ? demanda Téogen, le regard rivé au couchant.

Lorn n'eut pas le temps de réfléchir à sa réponse.

— Nous savons tous que les femmes que ces Ghelts ont enlevées sont sans doute déjà mortes, reprit le comte. Tuer ces Ghelts ne ramènera pas ceux qu'ils ont tués et n'effacera pas le mal qu'ils ont fait. Et pour leur faire payer le prix de leurs crimes, d'autres – vous, moi, Orwain, qui sait ? – vont peut-être encore mourir… (Il se tourna vers Lorn.) Alors je vous le demande, chevalier : Tout cela a-t-il un sens, selon vous ?

À son tour, Lorn contempla le crépuscule dont les feux se reflétaient sur ses lunettes sombres, et dit :

— Vous avez échoué à protéger votre province, vos sujets et vos vassaux, comte. Quel choix vous reste-t-il, sinon celui de rapporter des têtes ?

Le regard furieux, Téogen observa longuement le profil impassible de Lorn. Puis sa colère diminua. Lorn avait raison. Si cynique et désabusé que soit son jugement, il avait raison et Téogen devait bien l'admettre.

— Vous m'avez dit que vous ignoriez la teneur de la lettre que vous m'avez apportée, n'est-ce pas ? demanda le comte.

— C'est la vérité, dit Lorn.

— Tenez.

Téogen lui tendit la lettre du Haut-Roi. Lorn en reconnut le cachet de cire noire et la prit sans comprendre.

— Ouvrez-la, l'encouragea le comte.

— Comte, je ne sais pas si…

— Ouvrez-la, chevalier.

Lorn hésita. Après quoi il ouvrit la lettre et crut à une plaisanterie dont le sens lui échappait.

Elle était vierge.

Il releva les yeux et adressa à Téogen une question silencieuse. Celui-ci affichait un petit air amusé, narquois. Lorn se souvint alors avec quel calme le comte avait ouvert et parcouru la lettre du Haut-Roi. Il n'avait, alors, pas manifesté la moindre surprise, ni le moindre mouvement d'humeur alors qu'il passait pour irritable et volontiers colérique. Sans doute l'était-il. Mais sans doute savait-il également cacher son jeu.

— Mais qu'est-ce que… ? commença Lorn.

— Étonnant, non ?

— Je ne comprends pas.

Téogen sourit.

— Vous ne comprenez pas ? Eh bien, moi, je vois deux explications à ce mystère. La première est que le roi a perdu la tête comme certains le prétendent. Qu'il est fou au point de faire porter des pages blanches à ses derniers alliés. Ou de vous nommer, vous, Premier chevalier du Royaume, ajouta-t-il.

La pique fit mouche.

Une lueur s'alluma dans le regard de Lorn, qui serra les mâchoires mais ne dit rien. La main à laquelle il portait la chevalière à tête de loup était aussi celle qui, bandée de cuir, portait la marque d'Obscure.

— Les voilà, annonça Téogen en se levant.

Interrompu dans le cours de ses pensées, Lorn suivit le regard du comte et vit de qui il parlait : les éclaireurs rentraient enfin. Armés d'arcs et de longs poignards, ils portaient des armures légères et s'en revenaient au pas sur des chevaux fourbus.

Orwain était à leur tête.

—Il y a du neuf, devina Téogen en se portant à leur rencontre.

—Les Ghelts vont se séparer, annonça Orwain.

Le comte d'Argor avait réuni ses chevaliers autour d'un feu, à l'écart du gros de la troupe. Ils étaient moins d'une dizaine, dont Lorn, qui écoutaient Orwain. De tous, ce vétéran était celui qui connaissait le mieux les régions reculées des montagnes dans lesquelles ils s'enfonçaient, et celui en qui Téogen avait le plus confiance.

—Nous avons suivi leurs traces jusqu'ici, dit-il en indiquant un point sur la carte qu'il avait grossièrement tracée dans le sol avec sa dague. Ils ont bifurqué là et ont emprunté ce vallon vers l'est.

—Vers l'est ? s'étonna Leister. Ils vont vers l'est, maintenant ?

—Quelle avance ont-ils sur nous ? demanda Téogen.

—Une journée, répondit Orwain. Une journée et demie, peut-être. Mais guère plus.

—Nous les rattrapons. Bien.

—Mais pourquoi vont-ils vers l'est ? insista Leister. C'est aberrant !

—Comme nous gagnons du terrain, ils espèrent peut-être nous semer, proposa Guilhem.

—Ou nous attirer dans un piège, dit Ortand. Il y a trois jours que les Ghelts ont pris la direction du nord. Trois jours qu'ils vont vers les Monts Sauvages et leurs territoires. Pourquoi ce changement de direction ? Leister a raison. Cela n'a aucun sens.

—Pas sûr, dit Orwain.

—Tu as deviné ce qu'ils mijotent ? demanda le comte.

—Je crois. Messire Guilhem a vu juste : les Ghelts savent que nous les rattrapons et ça les inquiète.

Flatté, le jeune homme esquissa un sourire embarrassé. Il n'avait pas vingt ans et était le fils d'un puissant vassal et ami du comte d'Argor. À la mort soudaine de son père, quelques mois plus tôt, il lui avait succédé sans y être vraiment préparé. Depuis, il s'efforçait de se montrer à la hauteur de sa tâche, et il avait été des premiers à répondre à l'appel aux armes de Téogen. Malgré tout, sa jeunesse et son inexpérience faisaient qu'il peinait à s'imposer et hésitait même, parfois, à prendre la parole.

—Mais les Ghelts ne cherchent pas à nous semer, reprit le vieux chevalier. À mon avis, ils vont là.

Sa dague pointa un nouvel endroit sur la carte tracée par terre.

— À la Fourche d'Erm ? s'étonna Téogen.

— Oui, comte. Et là, ils se sépareront.

— Pourquoi ? demanda Ortand.

— Pour nous obliger à diviser nos forces, dit Lorn. Ou à renoncer à rattraper la moitié d'entre eux.

— Qu'en savez-vous ? demanda Leister.

Lorn lui adressa un regard noir.

— J'ai combattu les Ghelts pendant une année aux confins du Valmir. Je les connais.

— En outre, intervint Orwain, deux petits groupes de cavaliers vont plus vite qu'un gros.

Téogen prit la parole :

— Si tu ne te trompes pas sur leurs intentions et s'ils ont environ une journée d'avance sur nous, cela signifie qu'ils campent à la Fourche ce soir. Et donc qu'ils se sépareront demain.

— Un groupe ira vers le nord et l'autre continuera vers l'est, précisa Orwain.

— Mais nous ne le saurons avec certitude que demain soir, quand nous arriverons à la Fourche, nota Ortand.

— En fait, dit Téogen en plissant les paupières sur la carte dessinée au sol, nous serons peut-être fixés un peu plus tôt.

Il regardait une petite passe qui semblait anodine mais que son vieux compagnon d'armes avait pris soin de tracer, et il comprenait maintenant pourquoi.

— Cette passe, expliqua Orwain, les Ghelts ne l'ont pas empruntée. Soit parce qu'ils n'en connaissent pas l'existence, soit parce qu'ils l'avaient déjà dépassée quand ils ont décidé d'aller vers la Fourche d'Erm. Mais pour nous, il est encore temps. Et c'est le moyen de gagner de précieuses heures.

Le comte d'Argor se redressa en affichant un large sourire.

— Messieurs, dit-il avec satisfaction, nous allons enfin prendre l'avantage.

Plus tard, malgré la fatigue, Lorn peina à trouver le sommeil. Il avait laissé Yssaris au château d'Argor et, depuis le début de l'expédition, il pouvait vérifier chaque soir à quel point sa présence l'apaisait. C'était à croire que le chat roux chassait ses angoisses et ses démons. Sans lui, les cauchemars, les suées, les doutes et les remords revenaient dès qu'il s'endormait.

Quand il s'endormait.

Il somnolait lorsque le craquement d'une bûche dans le feu réveilla l'écho d'un éclair déchirant le ciel au-dessus de Dalroth. Lorn sursauta et, le souffle court, resta un moment assis sur sa couche, comme ahuri, avant de reprendre ses esprits. Sa main marquée le faisait souffrir et il s'inquiéta que quelqu'un ait pu le surprendre dans cet état. Mais heureusement, tout le monde semblait dormir dans la caverne.

Lorn comprit que le sommeil ne viendrait plus. Il soupira et se leva en grimaçant à cause de ses reins endoloris par des jours de pénible chevauchée. Emportant son épée, il se signala discrètement aux sentinelles et sortit.

Planté devant l'entrée de la caverne, Lorn s'accorda le temps d'apprécier la quiétude ambiante et – les journées étant caniculaires – la fraîcheur d'un vent d'altitude. La nuit était claire et la lune haute. Les pâles constellations de la Grande Nébuleuse s'étalaient vers un horizon de crêtes noires. On y voyait sans mal et c'était un soulagement pour Lorn de ne pas avoir à protéger ses yeux de la morsure du soleil.

Il se laissa envahir par le calme des sauvages montagnes d'Argor et sourit…

… avant d'apercevoir deux hommes qui s'étaient un peu éloignés de la caverne et parlaient à voix basse, de sorte que personne ne pouvait les entendre.

Lorn distingua sans mal l'imposante silhouette du comte. Mais il lui fallut attendre que l'autre tourne le visage pour reconnaître Guilhem. Il hésita un instant à s'approcher sans bruit, mais préféra observer à distance.

Téogen avait des gestes affectueux pour le jeune homme, des gestes paternels. Sans doute l'avait-il vu grandir depuis sa plus petite enfance, et sans doute le conseillait-il et le rassurait-il à la veille ou l'avant-veille du combat qu'ils allaient livrer aux Ghelts qu'ils traquaient depuis des jours. Guilhem, lui, écoutait, acquiesçait, s'efforçait visiblement de faire bonne figure, voulait se montrer brave.

Au bout d'un moment, Téogen le gratifia d'une accolade virile censée dissiper ses derniers doutes et conforter son courage. Après quoi ils se séparèrent. Plongé dans de sombres pensées, Guilhem retourna dans la caverne sans voir Lorn qui s'était assis sur un grand rocher plat. Le comte, en revanche, le vit et vint s'asseoir à côté de lui en poussant un soupir fatigué.

— Vous avez entendu ? demanda-t-il.

— Non, mais j'ai compris.

— Il a peur.

— Quoi de plus normal ? Nous sommes de plus en plus vulnérables à mesure que nous nous enfonçons dans ces montagnes. Nos chevaux sont fourbus et nos vivres seront bientôt épuisés. Les hommes doutent. Et demain, il nous faudra diviser nos forces pour poursuivre la traque.

— Nous rattraperons les Ghelts bientôt. Demain. Ou après-demain.

— Et des hommes mourront. Guilhem a raison d'avoir peur.

— Il ne craint pas de mourir.

— Il a tort.

Intrigué, Téogen se tourna vers Lorn.

Qu'est-ce que cet homme pouvait encore avoir de commun avec le jeune chevalier qu'il avait été ? Lorn avait l'âge de Guilhem lorsque le comte l'avait rencontré pour la première fois à la cour de Haut-Royaume. Quelques années plus tard, il revenait auréolé de gloire des confins du Valmir, intégrait la Garde grise et allait épouser la splendide Alissia de Laurens, la fille du puissant duc de Sarme et Vallence. Tout semblait lui sourire. Comme son bonheur, sa réussite était insolente.

— Vous non plus, vous ne dormez pas, fit remarquer Téogen.

Lorn esquissa un sourire résigné.

— Je n'ai pas peur. Mes peurs sont mortes à Dalroth.

— Elles y sont mortes ? Ou elles y sont restées enfermées ? Si c'est le cas, je ne vous envie pas. Un homme n'est jamais que la somme de ses peurs et de son courage, chevalier. Si vos peurs sont encore là-bas, cela signifie qu'une part de vous-même vous a quitté. Je ne vous ferai pas l'affront de vous plaindre, cependant.

Lorn, à son tour, se tourna vers le comte. Ils échangèrent un long regard, Lorn se demandant dans quelle mesure Téogen avait vu juste. Puis il contempla de nouveau l'horizon nocturne.

Sans vraiment le voir, cependant.

D'une petite sacoche qu'il avait à sa ceinture, Téogen tira une flasque en métal. Il la déboucha, but à son goulot et offrit à Lorn d'en faire autant. Lorn accepta de bon cœur et avala une gorgée d'une eau-de-vie parfumée qui lui fit l'effet d'une coulée de métal en fusion dans le gosier. Il déglutit avec peine, grimaça et faillit s'étrangler.

— C'est un peu fort, concéda le comte en reprenant la flasque.

— Un… Un peu ? dit Lorn d'une voix rauque.

Il s'éclaircit la gorge avant d'ajouter :

— Qu'est-ce que c'est que ça ?

— Une recette de mes montagnes. Pas mauvais, n'est-ce pas ?

— C'est… mémorable.

— Vous en revoulez ? proposa Téogen en tendant la flasque.

Et comme Lorn refusait, il haussa les épaules et but encore.

— Vous n'aimez guère Doriàn, n'est-ce pas ? demanda-t-il après un silence.

Lorn hésita avant de remarquer que le comte souriait et que son sourire était non seulement conciliant, mais compréhensif. À l'évidence, il savait à quoi s'en tenir avec Doriàn de Leister. Lorn ne devait pas être le premier à avoir des problèmes avec lui.

— Non, dit-il. Mais il me semble que c'est réciproque.

— Leister se méfie de vous, chevalier. Et franchement... (Téogen marqua un temps et attendit d'accrocher le regard de Lorn.) Pouvez-vous vraiment lui en vouloir ? demanda-t-il sur le ton du reproche aimable.

Lorn ne répondit pas.

Puis il baissa les yeux sur sa main marquée dont il fit jouer les articulations. Il songea à qui il était, à ce que l'on savait ou croyait savoir de lui, à son apparence et à sa manière de se comporter. Après quoi il releva le regard et trouva celui, amical et amusé, du comte.

— Doriàn est un emmerdeur mais il est loyal, juste et valeureux, dit Téogen. Malheureusement, pour une raison que j'ignore, il est en colère contre le monde et contre lui-même. Vous verrez que vous finirez par bien vous entendre, tous les deux...

Claquant des deux mains sur ses cuisses, le comte se leva, étira ses larges épaules et ajouta :

— Il faut tout de même que je dorme quelques heures. Vous devriez en faire autant, chevalier. Je suis sûr que demain, Orwain nous réveillera encore plus tôt que d'ordinaire. Bonne nuit.

— Bonne nuit, comte.

Téogen marcha vers la caverne, mais Lorn le rappela :

— Comte !

Il se retourna.

— Oui ?

— Tout à l'heure, avant le retour des éclaireurs, vous ne m'avez pas dit quelle était l'autre explication. Si le Haut-Roi n'est pas fou, alors pourquoi m'a-t-il chargé de vous apporter une lettre vierge, selon vous ?

Téogen se campa fermement sur ses deux jambes, croisa les bras et attendit, convaincu que Lorn avait la réponse.

— Je ne suis pas le messager, n'est-ce pas ? dit Lorn. Je suis le message.

Le comte d'Argor acquiesça.

— Vous et cette chevalière à votre doigt. En vous envoyant à moi, le Haut-Roi m'adresse un message. Il me fait savoir qu'il n'a pas renoncé, qu'il est prêt à revenir dans la partie et que vous êtes l'atout maître qu'il compte jouer. Le Haut-Roi avait fait de vous son représentant. Il a fait de vous son bras, son épée.

À cet instant, Téogen se fit grave, sévère et, dans l'ombre, presque menaçant.

— Pourquoi, je l'ignore, conclut-il. Tout ce qu'il m'importe désormais de savoir, c'est si vous en êtes digne.

Chapitre 6

Ils levèrent le camp peu avant l'aube, franchirent la passe qui leur fit gagner de précieuses heures et, en milieu de journée, arrivèrent à la Fourche d'Erm. Prudent, Téogen fit mettre pied à terre et envoya Orwain et les éclaireurs en avant. Des sentinelles furent désignées. Les hommes attachèrent les chevaux et se réunirent par petits groupes, à l'ombre, pour déjeuner d'une tranche de viande séchée et d'un morceau de pain sec. Il y avait déjà trois jours qu'ils se rationnaient sévèrement et la faim commençait à se faire douloureusement sentir.

— Heureusement, l'eau ne manque pas, dit Guilhem en revenant d'avoir rempli sa gourde.

Né des eaux vives et claires d'un glacier d'altitude, un torrent coulait non loin entre des rochers moussus.

— Nous devrions peut-être consacrer une ou deux heures à la chasse, dit un chevalier à la barbe tressée.

Trapu, les épaules larges, une hache de bataille glissée dans un anneau à sa ceinture, il avait les bras couverts de tatouages tribaux. Il se faisait appeler Garalt et parlait avec un accent skande que Lorn avait reconnu sans mal – c'était celui de sa mère.

— Les éclaireurs peuvent revenir d'un moment à l'autre, répondit le comte d'Argor. Il nous faudra alors attendre les hommes que nous aurons envoyés à la chasse. Et peut-être en vain, s'ils s'en retournent bredouilles. Nous ne nous laisserons pas mourir de faim, mais nous chasserons au retour, quand nous aurons accompli notre mission.

Un cri bestial et rauque déchira alors le silence des cimes. Ce n'était pas la première fois que Lorn entendait un cri semblable à celui-ci depuis le matin, mais jamais aussi proche. Il releva la tête et scruta le ciel.

— Vyverne mâle, lui indiqua Téogen. Un cri de défi. Nous ne devrions pas tarder à en entendre un…

Il ne put achever sa phrase.

Un second cri retentit, alors que l'écho du précédent n'avait pas fini de mourir dans le lointain.

— Là ! dit Leister en pointant le doigt.

Deux vyvernes venaient d'apparaître au-dessus d'une crête rocheuse. Deux jeunes mâles qui se tournaient autour en un ballet furieux. Ils donnaient des coups de gueule et des coups de griffes, semblaient vouloir se mordre au cou et s'éventrer.

— Deux mâles qui s'affrontent, dit le baron d'Ortand.

Il plissait les paupières, une main en visière.

— Nous approchons d'une région où les vyvernes se reproduisent et font leurs nids, expliqua Téogen à Lorn. Nous allons la contourner. Les Ghelts ne prendront pas le risque de la traverser et nous non plus.

— Ces deux-là s'amusent, dit Leister.

Il avait à peine jeté un coup d'œil aux vyvernes et, assis sur une grosse pierre, il affectait de ne s'intéresser qu'au morceau de fromage qu'il mangeait au couteau.

— Vous êtes sûr ? s'étonna Ortand.

— Certain.

Ne connaissant pas grand-chose aux vyvernes sauvages, Lorn était bien en peine de dire s'il assistait à un véritable duel ou à un simulacre de combat.

Le baron se tourna vers Téogen.

— Et vous, comte ? Que pensez-vous ?

— J'aurais dit comme vous...

— Ah ! triompha Ortand. Vous entendez, Leister ?

— J'entends.

— Mais connaissant Leister, je me rangerai à son avis, poursuivit le comte.

— Vraiment ? Eh bien, je maintiens que j'ai raison, moi, dit Ortand.

— À votre place, je ne parierais pas là-dessus.

— Un pari ? C'est une idée !

Lorn échangea un regard entendu avec Téogen. Celui-ci avait intentionnellement glissé l'idée d'un pari et n'était pas mécontent que ses chevaliers, pour un moment au moins, ne pensent plus à la traque.

— Que diriez-vous d'un pari, Leister ? dit le baron.

— J'en dirais que ce serait de l'argent trop facilement gagné.

La réplique amusa Ortand.

— Vingt-cinq langres d'argent ? proposa-t-il.

— Cinquante ?

— Entendu. Cinquante.

— Vous avez tort, Ortand, dit Garalt. Vous devriez écouter le comte.

— Nous allons bien voir. Donc c'est tenu, Leister ?

Leister emballa soigneusement le morceau de fromage dans son torchon et essuya son couteau sur sa cuisse. Il ne pouvait paraître plus sûr de lui, mais sans morgue ni jubilation. Il avait simplement la tranquille certitude d'être dans le vrai.

— C'est tenu, dit-il. Baron, vous me devez cinquante langres d'argent.

Et comme pour lui donner raison, les vyvernes cessèrent de se défier à cet instant précis. Elles s'éloignèrent en jouant, l'une poursuivant l'autre.

Il y eut quelques rires et même quelques moqueries qu'Ortand, beau joueur, prit avec le sourire.

— Sans doute des frères, dit-il. Des mâles rivaux se seraient écharpés.

— Je vous avais prévenu, dit joyeusement Téogen. De nous tous, Leister est celui qui connaît le mieux les vyvernes.

— C'est ma foi vrai... Leister, je vous paierai vos cinquante langres d'argent à notre retour.

Doriàn de Leister se leva et se tourna vers le baron.

— Je n'en veux pas. Faites-en plutôt don aux malheureux qui ont tout perdu à cause des Ghelts.

— C'est entendu. Mais dans ce cas, je double la somme.

Les deux hommes échangèrent une poignée de main, avant d'être félicités pour leur générosité. Téogen avait un sourire paternel aux lèvres, un sourire de joie et de fierté mêlées.

Mais qui s'effaça vite.

Les éclaireurs s'en revenaient.

— Ils se sont effectivement séparés, dit Orwain en sautant de selle.

Il but à l'outre d'eau qu'on lui tendait, remercia d'un regard et ajouta :

— À la Fourche d'Erm, comme je l'avais pensé. Deux groupes. L'un va vers le col nord et l'autre vers le col ouest. Les traces qu'ils ont laissées sont claires.

— Quelle est leur avance ? demanda Garalt.

— À peine une demi-journée, dit Orwain avec satisfaction.

— Nous les tenons ! lâcha le comte d'Argor en serrant un poing vengeur.

Ils reprirent la route.

Il avait été convenu que le comte d'Argor emmènerait la moitié de la troupe vers le col ouest tandis que le baron d'Ortand emmènerait l'autre moitié vers le col nord, qui était le plus éloigné. Les deux colonnes se séparèrent bientôt, chacune emportant un grand cor et une part égale des provisions. Malgré la perspective de rattraper les Ghelts et de les affronter enfin, les hommes étaient sombres. En plus de la fatigue, ils ignoraient quand ils se reverraient, et même s'ils se reverraient jamais.

Avec Orwain, Lorn et Leister furent de ceux qui accompagnèrent Téogen. Garalt, Guilhem et d'autres suivirent Ortand, chaque colonne comptant vingt à vingt-cinq cavaliers. Lorn adressa à regret un dernier signe de tête à Garalt, en qui il avait deviné un combattant de valeur. Le guerrier à la barbe tressée et aux bras tatoués répondit gravement à son salut. Ils n'avaient guère eu l'occasion de parler et de se connaître, mais ils s'estimaient instinctivement. Garalt, en outre, savait que du sang skande coulait dans les veines de Lorn.

Avant de se perdre de vue, les deux troupes s'arrêtèrent. Se retournant, Téogen fit donner un coup de cor en guise d'au revoir. Ortand en fit autant et le comte regarda la colonne du baron s'éloigner en bon ordre dans la vallée. Il était inquiet. Un mauvais pressentiment le taraudait sans qu'il en laisse rien paraître.

Ou du moins le croyait-il avant de remarquer que Lorn l'observait.

Ils échangèrent un regard et le comte comprit que Lorn avait deviné. Comment, Téogen l'ignorait. Le chevalier que le Haut-Roi lui avait envoyé semblait attentif à tout sous sa capuche, derrière ses verres sombres. Peut-être partageaient-ils la même appréhension.

Et peut-être pour la même raison.

L'instinct.

Téogen ayant donné le signal du départ, Lorn fit avancer son cheval d'un claquement de langue.

Ils s'engagèrent sur un sentier qui serpentait le long d'une paroi rocheuse et montait vers des crêtes déchirées. Ils visaient un col élevé qui menait à une vallée d'altitude prisonnière entre trois montagnes dont les pics disparaissaient dans les nuages. Les cavaliers faisaient une longue file qui progressa lentement au bord du vide jusqu'à ce que le sentier devienne si étroit que la prudence leur dicta de continuer à pied. Les chevaux renâclaient, nerveux. Il fallait les tenir ferme par le mors afin d'éviter qu'ils ne fassent un écart fatal lorsque des petits éboulis se faisaient sous leurs sabots ou qu'une bourrasque soudaine les effrayait en leur hurlant aux oreilles.

Orwain allait devant. Il avait quatre ou cinq lacets d'avance et s'arrêtait souvent pour lire les traces laissées par les Ghelts, observer les alentours et écouter. Il avait troqué son armure légère contre une cotte de mailles et de solides épaulières, mais il était sans casque, ses cheveux blancs au vent. Le comte d'Argor avançait en tête de la colonne, suivi par Lorn. Leister fermait la marche, loin derrière.

L'après-midi finissait quand l'avalanche les surprit.

Orwain donna l'alerte trop tard.

Il vit passer les premiers rochers qui en entraînèrent d'autres, et d'autres encore, soulevèrent des rouleaux de poussière, poussèrent des vagues de rocaille et de caillasse qui dévalèrent la pente et fauchèrent la colonne. Lorn plongea à couvert d'un léger surplomb, se recroquevilla et se protégea la tête entre les coudes. Moins chanceux que lui, des chevaliers, des soldats et des montures furent engloutis, brisés, écrasés, balayés, poussés dans le vide. Le grondement de l'avalanche noya leurs cris. Peinant à respirer, des débris tombant en pluie sur ses épaules, Lorn ferma les yeux et attendit.

Attendit que cesse le vacarme assourdissant.

Attendit que cesse cet enfer qui déferlait et emportait tout...

Et l'avalanche prit fin, presque soudainement.

Les oreilles bourdonnantes, Lorn se redressa lentement, prudemment, hésitant encore à vraiment sortir la tête des épaules. Il toussa, cracha, peina à y voir dans la poussière qui retombait doucement, tandis que des cailloux dégringolaient encore. Il distingua une silhouette massive, celle du comte d'Argor qui, tout poudreux, une blessure au front, avançait vers lui.

— Ça va ?

Lorn acquiesça et suivit Téogen vers l'amas de pierre et de terre qui recouvrait le sentier derrière eux. Il s'en élevait des gémissements et des hennissements plaintifs. Du sang coulait entre les blocs et faisait des rigoles. L'avalanche avait décimé la troupe. N'avaient été épargnés que ceux qui se trouvaient en tête ou en queue de colonne.

Et Orwain.

Il arriva au galop alors que Téogen, Lorn et quelques autres cherchaient déjà des survivants.

— Les Ghelts ! s'exclama-t-il en sautant de selle. Ce sont eux qui...

— Plus tard ! tonna le comte. Aide-nous !

Lorn, Leister et lui tentaient de soulever un rocher qui emprisonnait la jambe d'un malheureux. Orwain leur prêta main-forte mais ne put s'empêcher de dire, affligé :

— Je les ai vus qui décampaient. Une dizaine, pas plus. C'était un piège. Un piège. Les Ghelts… Les Ghelts avaient tout prévu. Le détour, la Fourche, les deux sentiers, tout. Et moi, moi je nous ai…

Il n'acheva pas sa phrase.

Comme tous les autres, il se figea en entendant un son qui lui glaça le sang.

Un son de cor qui appelait dans le lointain, sinistre et solitaire, porté par l'écho.

— Ortand ! lâcha Téogen.

— Ils sont attaqués, dit Lorn.

Chapitre 7

Ils arrivèrent sur les lieux du combat à la nuit tombée.

Ils n'étaient plus qu'une poignée avec Téogen d'Argor.

Sales, épuisés, abattus, blessés pour certains, et sur des chevaux harassés de fatigue. Et encore s'estimaient-ils heureux de ne pas avoir été attaqués après l'avalanche. Aucun n'aurait survécu, mais cela n'entrait pas dans les plans des Ghelts. Contrairement à ce que leurs traces laissaient voir, contrairement à ce qu'Orwain et les éclaireurs avaient cru, ils ne s'étaient pas divisés en deux groupes égaux. Après la Fourche, seulement dix d'entre eux avaient pris la direction du col ouest pour préparer l'avalanche, tandis que tous les autres partaient tendre l'embuscade.

Soigneusement organisée, elle n'avait pas laissé une chance à Ortand et à ses hommes. Le baron était tombé sous la première volée de flèches, la gorge transpercée. Après quoi une trentaine de guerriers s'étaient rués à l'assaut de cavaliers désorganisés peinant à maintenir des montures paniquées.

Lorn savait ce qu'était une embuscade.

Il savait ce que c'était que de la tendre et ce que c'était que de la subir. Il avait même fait l'expérience, quelques années plus tôt, d'une embuscade ghelte. Les Ghelts qu'il affrontait alors menaçaient les frontières du Valmir, à trois mille lieues des montagnes de l'Argor. Mais ce n'était qu'un seul peuple de tribus nomades. En arrivant sur les lieux du massacre, parmi les feux épars, les cadavres alignés et les blessés encore hagards, Lorn se rappela les pluies de flèches barbelées, les cris de guerre, les guerriers qui semblent jaillir de nulle part et, après un combat furieux, disparaissent aussitôt, tels des spectres hurlants.

Malgré ses blessures, Garalt était l'un des rares à tenir encore debout. Une sentinelle les ayant signalés, il s'avança à la rencontre de Téogen et des autres et, atterré, vit qu'ils n'étaient que sept à revenir, dont un blessé.

Ils mirent pied à terre en silence.

Lorn et Orwain aidèrent le cavalier à qui un rocher avait brisé la cheville à glisser de selle. Et comme le comte d'Argor se taisait et regardait le triste spectacle qui s'offrait à lui, Leister dit :

— Les Ghelts nous attendaient. Ils ont provoqué une avalanche alors que nous montions vers le col.

Garalt acquiesça.

Pour sa part, il n'avait pas grand-chose à expliquer.

— Combien de survivants ? demanda Téogen.

— Sept avec moi. Tous blessés.

— Ortand ?

— Mort.

Le comte accueillit la nouvelle en serrant les mâchoires. Ortand était son ami et un homme de valeur.

Un soldat qui avait un bras en écharpe et une épaule bandée vint glisser un mot à l'oreille de Garalt.

— C'est Guilhem, dit gravement le guerrier skande. Il n'en a plus pour longtemps.

Le jeune chevalier était allongé sous un arbre mort, la tête sur une sacoche de selle. Livide, il grimaçait et serrait des deux mains le pansement de fortune qui retenait ses entrailles. Il grelottait près d'un feu. On venait d'y ajouter du bois, mais rien n'y faisait.

En voyant Téogen, Guilhem voulut se redresser.

— Ne bouge pas, fils. Ne bouge pas.

Le comte décrocha sa masse d'armes de sa ceinture, la tendit à Leister et s'accroupit près du mourant. Leister en fit autant. Lorn resta en retrait, debout. De son visage, on ne voyait sous sa capuche que les flammes se reflétant dans ses lunettes sombres.

Téogen prit une des mains ensanglantées du jeune homme dans les siennes, énormes et sales.

— Courage, fils.

Guilhem acquiesça péniblement.

— C… C'était ma première… bataille…

— Garalt dit que tu as été vaillant. Je suis fier de toi, fils. Comme ton père l'aurait été.

— Vous… Vous croyez ?

Le comte sourit, ému. Des larmes lui vinrent aux yeux.

— J'en suis même sûr ! sûr de sûr ! s'exclama-t-il en forçant la note dans l'espoir de cacher son trouble.

Un mince sourire vint aux lèvres de Guilhem. Il peinait à ne pas fermer les paupières. Sa respiration faiblit.

— Vous me… vengerez, n'est-ce pas ? Moi et… tous les autres ?

— Je t'en fais le serment, fils.

Leister se retourna pour adresser à Lorn un regard à la fois étonné et inquiet.

— Et je voudrais… aussi… que…

— Quoi, fils ? demanda Téogen. Dis-moi.

Mais la tête de Guilhem était retombée sur le côté.

Il venait de rendre son dernier soupir.

Garalt avait établi le campement à l'abri du vent, non loin du lieu de l'embuscade, au pied d'un grand amas de rochers depuis lequel un seul homme pouvait aisément observer tous les alentours. Il estimait improbable que les Ghelts reviennent, car, s'ils avaient voulu ne laisser aucun survivant, ils l'auraient fait. Mais la prudence était de mise car les montagnes d'Argor recélaient d'autres dangers : de loin en loin, une bête sauvage ou une vyverne solitaire hurlaient dans la nuit. Les blessés qui ne pouvaient se lever étaient allongés aussi confortablement que possible, au plus près des feux. Les autres se reposaient, somnolaient un peu, incapables de dormir pour la plupart. Un peu à l'écart, Téogen, Garalt et Leister parlaient à voix basse.

Orwain s'était porté volontaire pour monter la garde.

Lorsque son tour vint, à minuit, Lorn alla le relever et le trouva assis, parfaitement immobile, les poignets sur les genoux et le regard perdu dans le lointain. Une petite pierre ayant roulé sous la botte de Lorn, le vieux chevalier tressaillit et se retourna, la main à l'épée.

— C'est moi, dit Lorn.

Le visage fermé, Orwain reprit sa position initiale, les yeux rivés à la ligne des crêtes noires sous les constellations laiteuses de la Grande Nébuleuse. Mais les voyait-il seulement ?

— Je prends votre tour de garde, dit-il. Et les suivants jusqu'à l'aube.

Lorn hésita, puis s'assit à côté d'Orwain. Il ôta sa capuche et, les lunettes sur le front, regarda dans la même direction que le vétéran, silencieux, ses yeux vairons cillant à peine.

Il s'écoula un moment.

Puis Orwain dit :

— Tous ces hommes sont morts par ma faute. Ortand, Guilhem, tous. J'ai échoué. Je me suis cru plus malin que les Ghelts et je nous ai fait donner tête baissée dans le piège qu'ils nous tendaient. Je ne me le pardonnerai jamais.

Il secoua la tête d'un air désolé et répéta :

— Jamais.

Il se tut.

— Comment connaissent-ils aussi bien la région ? demanda Lorn.

Le vieux chevalier ne comprit pas aussitôt.

— Pardon ?

— Les Ghelts. Ces montagnes ne sont pas les leurs, n'est-ce pas ? Ils sont en territoire ennemi. Alors comment les connaissent-ils aussi bien ?

Orwain fronça un sourcil.

— Je... Je l'ignore, avoua-t-il.

— Le piège qu'ils nous ont tendu était élaboré. Ils savaient que vous devineriez qu'ils allaient vers la Fourche. Mais surtout, ils avaient prévu que nous aurions l'idée d'emprunter cette passe méconnue pour gagner une demi-journée et qu'en croyant prendre l'avantage sur eux nous n'y regarderions pas à deux fois. C'était très bien pensé. Mais surtout, cela prouve qu'eux aussi connaissaient...

— ... l'existence de la passe, acheva Orwain.

— Exactement. Mais comment ? Grâce à des cartes ?

— De cette région ? Je doute qu'il en existe une autre que celle que Téogen possède.

— Alors ils ont un guide. Un guide argorien.

— Un renégat, cracha Orwain, les yeux étincelants de haine.

Lorn se leva.

Il s'en fut sans se retourner et rejoignit Téogen qui discutait toujours avec Leister et Garalt. Il s'assit sur sa couverture, légèrement en retrait, et écouta.

— Comte, ce serait de la folie, disait le Skande en s'efforçant de ne pas parler trop haut.

— Nous ne pouvons abandonner ces femmes à leur sort.

— Nous n'avons plus que huit cavaliers, dit Leister. Tous blessés et dont trois grièvement. Autant dire que les cinq autres ne seront pas de trop pour les ramener.

— Ce qui fait, renchérit Garalt, qu'il ne reste que vous, moi, Leister, Orwain et... Lorn ?

Il se tourna vers Lorn pour vérifier. Celui-ci acquiesça.

— Soit cinq hommes, reprit Leister. Contre trente, au moins.

— Trente qui ne nous attendent pas, souligna Téogen. Trente qui se croient tirés d'affaire... En outre, je ne parle pas de les affronter. Mais de libérer leurs prisonnières et de nous échapper avec elles.

Le Skande ne savait plus quoi dire.

Leister soupira et tenta une dernière fois de faire entendre la voix de la raison :

— Comte, vous savez que nous vous suivrons et que nous vous obéirons quoi qu'il advienne, Garalt et moi. Et je sais la promesse que vous avez faite à Guilhem... Mais les Ghelts ont désormais une journée d'avance sur nous. Et nous sommes tous à bout de forces. Nous ne les rejoindrons jamais.

L'argument fit mouche.

Téogen n'était pas un imbécile. Il savait que Leister était dans le vrai. Se lancer à la poursuite d'une trentaine de guerriers ghelts ne lui faisait pas peur. Mais il était réaliste, pragmatique. Et si vraiment ils n'avaient aucune chance de rattraper les Ghelts, alors à quoi bon ?

C'est le moment que Dunwan choisit pour s'avancer dans la lumière.

Il avait tout entendu et dit :

— Si vous acceptez de me faire encore confiance, je crois avoir la solution.

Chapitre 8

« Il n'était de meilleurs vyverniers que les Argoriens, ni de meilleures vyvernes que celles qu'ils montaient. Elles naissaient dans les montagnes les plus reculées. Noires d'écaille, elles étaient indomptables par d'autres que les fils d'Argor. Et non seulement eux seuls pouvaient les dresser, mais elles seules – entre toutes – pouvaient devenir des vyvernes de guerre que ni le feu, ni l'acier, ni le tonnerre de la poudre n'effraient jamais. Sous la bride et le harnais, les grandes vyvernes noires étaient de fières et redoutables montures. Sauvages, elles étaient les plus féroces et les plus acharnées créatures qui soient. »

Chroniques (Livre des gloires et défaites de l'Argor)

Ils partirent dès avant l'aube et chevauchèrent une pleine journée sans presque desseller.

Ils n'étaient plus que cinq.

Cinq hommes qui – par honneur, courage, devoir, folie ou loyauté – n'avaient pas voulu renoncer. Leurs chances de succès, pourtant, étaient maigres. Ils étaient épuisés et allaient devoir se battre à un contre six, à un contre sept. Se battre et vaincre. Quel qu'en soit le prix. Et avant cela, il leur faudrait affronter un danger plus redoutable encore.

La Faille de Laes était une plaie irrégulière et profonde qui déchirait un grand plateau cerné de hautes crêtes. La traverser d'un bout à l'autre était l'affaire de deux à trois heures de marche entre des falaises abruptes et nues, dont des pans entiers se détachaient. Mais ces chutes de roche n'étaient pas ce qui faisait que passer par la Faille était une folie en cette saison. C'étaient les vyvernes qui nichaient dans les anfractuosités des parois et qui, pour protéger leurs jeunes, attaquaient à vue.

— Par la Faille de Laes, avait dit Orwain, nous pourrons gagner la vallée de Gorlas dans deux jours. Et peut-être même avant les Ghelts eux-mêmes.

— Mais pourquoi les Ghelts ne l'empruntent-ils pas, eux, cette faille ? avait demandé Lorn.

La réponse, lapidaire, était venue de Leister :

— Parce que c'est du suicide.

— Les vyvernes font leurs nids dans la Faille, avait expliqué Garalt. Or c'est la saison de l'Envol, ce qui signifie que les femelles sont plus agressives et dangereuses que des lionnes acculées. Le jour, elles somnolent mais restent particulièrement vigilantes. Le moindre bruit, le moindre mouvement les alarme et elles fondent sur l'intrus... Une forte troupe n'aurait aucune chance de passer sans les réveiller et se faire écharper.

— Mais une poignée d'hommes, si, n'est-ce pas ? avait demandé Lorn.

Téogen s'était alors tourné vers Orwain, qui avait acquiescé.

— La Faille de Laes, dit Téogen. Il y avait bien longtemps que je ne l'avais vue.

Ils s'étaient arrêtés sur un surplomb, alors qu'ils redescendaient d'un col. Ils observaient, en selle, le plateau que la Faille de Laes découpait et les crêtes abruptes qui l'entouraient, jalonnées d'aiguilles et de pics élevés. Des vyvernes planaient au-dessus, s'en allaient et revenaient avec de lents battements d'ailes, disparaissaient dans la crevasse. Parfois, l'une d'elles hurlait. Son cri à la fois rauque et aigu déchirait le silence et un autre lui répondait, ou deux, ou plus, leurs échos se mêlant et se portant au loin, comme autant d'avertissements.

— Nous y serons demain à midi.

— C'est parfait, dit Leister.

Comme le soir tombait, ils campèrent sur place. Ils ne firent pas de feu, burent à la même gourde et se partagèrent, cru, un petit gibier que Garalt avait abattu un peu plus tôt. La nuit fut froide, le vent soufflant du nord.

Ils arrivèrent à l'entrée de la Faille le lendemain, peu après midi. Elle faisait une brèche dans la muraille rocheuse et ouvrait sur une gigantesque lézarde aux parois verticales. On entendait des rugissements et des plaintes qui y résonnaient, sinistres et menaçants.

Téogen ne fit pas l'affront à ses chevaliers de leur demander s'ils étaient toujours décidés à le suivre. En revanche, il interrogea Lorn du regard.

Celui-ci acquiesça.

Ils déchirèrent leurs couvertures pour faire des chiffons dont ils entourèrent les sabots de leurs montures et serrèrent la moindre sangle, vérifièrent la moindre boucle de leurs équipements. Ils ôtèrent les plastrons, épaulières ou tassettes qui risquaient de s'entrechoquer, et ne gardèrent sur eux que les mailles et le cuir. Ce ne fut pas un sacrifice. Dans la Faille, la chaleur promettait d'être caniculaire.

Téogen y entra le premier.

Suivi d'Orwain, Lorn, Leister et Garalt, qui fermait la marche. La crevasse était presque toujours assez large pour qu'ils puissent y avancer à deux ou trois de front, mais ils avaient décidé d'aller à la file, séparés de quelques longueurs. Ils craignaient les éboulements et ne voulaient pas qu'un cheval puisse en énerver ou en effrayer un autre. Il suffirait que l'un hennisse – ou même s'ébroue un peu fort – pour alerter les vyvernes.

Ils allèrent au pas, dans un silence troublé seulement par les plaintes sinistres des vyvernes et les petits éboulis, les coulées de poussière qui dégringolaient le long des parois en brèves et légères cataractes. Ils ne parlaient pas. Ils étaient anxieux. Ils tendaient l'oreille et guettaient les hauteurs, à l'affût du moindre mouvement. Mais ils y voyaient mal, vite éblouis, la sueur leur piquant les yeux. Pour Lorn, le supplice était terrible. Il plissait les paupières derrière ses verres sombres et devait garder sa capuche de cuir, sous laquelle il étouffait. Le soleil qui déclinait à peine de son zénith écrasait le défilé de sa lumière et de sa chaleur, et faisait d'elle une fournaise aveuglante, un enfer ardent et immobile où l'air cuisait.

Ce n'était pas par hasard, cependant, s'ils avaient choisi de traverser la Faille à cette heure. Ils s'infligeaient ce calvaire pour une raison simple : la chaleur engourdissait, assommait presque les vyvernes qui somnolaient au sommet des falaises. Leur vigilance était diminuée et, paresseuses, elles tardaient à réagir, pouvaient renoncer à vérifier l'origine d'un bruit s'il ne se répétait pas. Si éprouvante qu'elle soit pour les hommes et leurs montures, cette chaleur était leur alliée. Elle les protégeait.

Ou du moins l'espéraient-ils.

Son crâne chauve luisant de transpiration, Téogen s'arrêta au bout d'une heure et attendit d'être rejoint par les autres. La crevasse, ici, était étroite et des pans de falaise, en s'effondrant, l'avaient obstruée. Il allait falloir escalader les blocs amassés et se faufiler entre eux.

Les cavaliers mirent pied à terre.

— Moi d'abord, dit Orwain à voix basse.

Le comte d'Argor acquiesça.

Tenant sa monture par la bride, Orwain s'aventura parmi des rochers à l'équilibre parfois précaire. Il fut réfléchi, attentif, prit le temps d'observer, ne mit pas le pied n'importe où. Il réussit à passer et put montrer le chemin.

Les autres le suivirent, l'un après l'autre.

D'abord Téogen.

Puis Leister.

Lorn.

Et enfin Garalt.

Chacun retenait son souffle, craignait de glisser, de tomber, de sentir un rocher basculer sous lui ou sous son cheval. Ceux qui attendaient n'étaient pas moins nerveux. Ils levaient des regards inquiets vers le ciel éblouissant chaque fois qu'une pierre roulait ou qu'un bloc grinçait. Les parois qui les dominaient leur paraissaient particulièrement fragiles. Des blocs entiers, d'où s'écoulaient des filets de poussière lorsque le vent soufflait un peu fort, leur semblaient sur le point de se décrocher à tout moment.

Rien de cela n'advint et tous ressentirent un grand soulagement lorsque Garalt franchit l'éboulement. Il ne manquait plus à sa monture que de descendre d'un rocher plat. Ce qu'elle fit aisément…

Mais en dérangeant une pierre de sous laquelle un serpent jaillit pour la mordre au jarret.

Le cheval se cabra en hennissant de peur autant que de douleur. Garalt faillit lâcher la bride. Il dut bondir pour attraper son cheval au mors et réussit tant bien que mal à le calmer.

Trop tard ?

Les autres s'étaient figés, à l'affût d'un bruit, d'un mouvement, craignant presque de lever les yeux. Le temps fut suspendu et pendant quelques trop longues secondes, on n'entendit que le vent.

Après quoi une forme ailée se jeta dans le vide du haut de la falaise.

— LÀ ! s'exclama Lorn.

Puis une deuxième, une troisième.

— EN SELLE ! ordonna Téogen. FUYEZ !

Tous les cinq enfourchèrent leurs montures et s'élancèrent au galop. La Faille se réveillait, sortait de sa torpeur. Elle s'emplit de cris stridents et de battements d'ailes. Ajouté aux sabots qui battaient sur le sol poussiéreux une charge furieuse, le vacarme devint assourdissant. Les cavaliers filaient à bride abattue, sautaient les obstacles sans ralentir ni se retourner. Ils savaient que pour eux, le salut était dans la fuite. Ce qui pouvait se produire de pire venait d'arriver, et ils n'y pouvaient plus rien. Il fallait fuir. S'échapper. Sortir de la Faille avant d'être rattrapés.

Et prier pour que les vyvernes, satisfaites d'avoir chassé les intrus de leur territoire, ne les poursuivent pas plus loin…

Lorn ne priait pas.

Concentré, il poussait sa monture à la limite de ses forces. À cet instant, il lui importait peu qu'elle crève tout juste après l'avoir sorti de cet enfer hurlant, pourvu qu'elle l'en sorte. Il serait toujours temps d'aviser. Il serait toujours temps de regretter et de se demander quoi faire. Lorn ne pensait qu'à vivre.

Qu'à survivre.

Téogen et Orwain étaient devant lui. Garalt était à sa hauteur. Il ne voyait pas Leister : c'était donc que celui-ci le suivait. Ou qu'il était tombé. Impossible de distinguer et situer un galop plutôt qu'un autre dans ce chaos. Et surtout, Lorn n'entendait que trop bien les hurlements perçants et les claquements des ailes de cuir qui approchaient. Des souvenirs lui revenaient. Des souvenirs de cauchemars dans un univers de tourments et de spectres qui, nuit après nuit, sans relâche, l'avaient hanté. Le vacarme de la poursuite devint celui d'un orage éternel dont les coups de tonnerre ébranlaient une citadelle maudite.

Il eut peur.

Mal au ventre.

Une sueur froide lui couvrit le dos.

Le ciel s'emplissait de silhouettes ailées. Les vyvernes étaient de plus en plus nombreuses à sortir de leur sommeil et à s'envoler, les unes alarmant leurs voisines, qui en réveillaient d'autres et provoquaient par leurs cris une hystérie contagieuse. La plupart s'élevaient d'instinct au-dessus de la Faille : elles cherchaient le danger qui menaçait la colonie, ne le trouvaient pas et, furieuses, frustrées, inquiètes, se défiaient, se querellaient, se battaient parfois. Seules quelques-unes repéraient les cavaliers au fond du défilé et piquaient sur eux. Elles furent ainsi une dizaine à les pourchasser, dont une vieille femelle dont l'envergure était telle que ses ailes semblaient pouvoir toucher les parois de la crevasse dès qu'elles se resserraient.

Lorn vit Garalt le dépasser. Il éperonna sa monture sans pitié mais rien n'y fit : elle ralentissait, épuisée. Heureusement, la fin de la crevasse était en vue. Elle faisait, devant, à l'extrémité des parois rocheuses qui défilaient, une brèche de lumière éblouissante vers le salut.

Lorn sut alors qu'il avait une chance.

Malgré son cheval qui faiblissait, malgré les vyvernes qui gagnaient du terrain, il sut qu'il pouvait espérer s'échapper. Ce serait juste. Très juste, même. Mais si sa monture tenait le coup et que la malchance ne s'en mêlait pas…

Il risqua un coup d'œil en arrière.

Leister était toujours en selle, mais il avait quelques longueurs de retard. Derrière lui, des vyvernes rasaient le sol et les falaises avec de grands et puissants battements d'ailes, gueule ouverte et crocs saillants, les yeux embrasés.

Une ombre, soudain, se coucha sur Lorn.

Il se baissa à temps : une vyverne se précipitait sur lui depuis les hauteurs. Elle redressa son vol au dernier moment et ses griffes se refermèrent sur du vide. Elle hurla de frustration en s'éloignant, les ailes déployées, emportée par son élan.

Téogen et Orwain quittèrent la Faille de Laes.

Garalt ensuite.

Qui fut suivi de près par Lorn.

Puis Leister.

Ils ne s'arrêtèrent pas. Ils galopèrent sans ralentir ni même se retourner, trop heureux d'échapper à la fournaise, aux hurlements stridents, au piège mortel de la crevasse. La plupart des vyvernes renoncèrent à mesure qu'ils s'éloignaient de la Faille et des nids, des jeunes, des œufs qu'elles protégeaient. Ils étaient passés. Ils avaient réussi ou du moins commençaient-ils à le croire quand la grande vyverne, la dernière qui les poursuivait encore, percuta Leister et lui fit vider les étriers. Lorn entendit son cri et le vit rouler dans la poussière, tandis que les autres continuaient tout droit.

Lorn prit sa décision en une fraction de seconde.

Il appela et, tirant sur ses rênes, il obligea son cheval à se cabrer et à pivoter sur ses sabots arrière pour repartir aussitôt en sens inverse.

Vers Leister qui tirait l'épée et titubait tel un homme ivre.

Et vers la vieille vyverne qui revenait déjà.

Elle fit un deuxième passage. Encore sonné, Leister la vit *in extremis* et ne put que se protéger. Elle le renversa avant de virer sur l'aile un peu plus loin. Leister se releva tant bien que mal. Il fit courageusement face malgré sa vue trouble. Le monde semblait tanguer. Les montagnes ondulaient et c'était tout juste s'il parvenait à distinguer la silhouette de la créature qui lui fonçait dessus en hurlant.

Ce troisième passage serait le bon.

Leister n'y survivrait pas et il le savait. Il décida de mettre ses dernières forces dans le seul coup qu'il pourrait porter à la vieille femelle. Il ne la tuerait pas, mais il lui laisserait un très mauvais souvenir…

Il se mit en garde.

Lorn surgit à l'instant où la vyverne arrivait sur Leister en vol plané, griffes en avant. Son cheval s'élança, fit un saut prodigieux et passa sous le cou tendu du reptile. Les rênes entre les dents, Lorn brandissait son épée à deux mains. Il frappa. L'acier skande étincela et trancha. La vyverne hurla. Le cheval hennit en trébuchant. Un flot de sang jaillit. Lorn fut éjecté de selle.

La grande vyverne frôla Leister et s'écrasa derrière lui.

Sa tête rebondit plus loin.

Roula…

Jusqu'à s'immobiliser contre un rocher.

Lorn se releva, tant bien que mal, l'épée au poing.

Ébloui, poussiéreux, le front entaillé, il ramassa ses lunettes tombées par terre, les remit, attendit que sa vue s'adapte.

Leister semblait sauf.

Alors Lorn s'inquiéta de sa monture. Il la chercha du regard et la vit : elle semblait aller bien. Il marcha vers elle. Par acquit de conscience, il guetta les hauteurs.

Mais le ciel était vide.

Alertés par l'appel de Lorn, Téogen, Orwain et Garalt avaient été plus longs à faire demi-tour. Ils arrivèrent bientôt. Orwain et le Skande restant auprès de Leister, Téogen poussa son cheval jusqu'à Lorn.

Celui-ci s'en revenait sans hâte en tirant par la bride sa monture fourbue et légèrement boiteuse. Il s'arrêta en voyant le comte approcher au trot.

Et attendit.

Téogen s'arrêta à son tour devant lui et resta en selle. Ils se regardèrent en silence, puis le comte dit :

— Merci.

Lorn acquiesça.

Et reprenant sa marche, il lâcha :

— Cinq hommes ne seront pas de trop pour ce qui nous attend.

Chapitre 9

Ils passèrent un col qui les mena dans la vallée de Gorlas et ne s'arrêtèrent pas quand vint le soir. La nuit tombant, leur vigilance déclina et ils se surprirent à somnoler dangereusement, sur des montures à bout de forces qui menaçaient de s'effondrer à tout moment. Mais ils devaient avancer vaille que vaille, autant que possible. Ils ignoraient s'ils avaient devancé les Ghelts ou non. Seule chose sûre : ceux-ci ne pouvaient être bien loin.

À la nuit noire, la Grande Nébuleuse s'avérant particulièrement pâle et la lune étant absente, Téogen jugea plus sage de faire halte à l'abri d'un bosquet de résineux, sur une colline. Cette fois encore, ils bivouaquèrent sans feu. Et ils jeûnèrent, affamés et épuisés. Ils savaient qu'ils ne pourraient pas continuer longtemps ainsi, sans vivres ni vrai repos. De même qu'ils savaient qu'ils n'auraient bientôt plus l'opportunité de rattraper les Ghelts qu'ils poursuivaient. Ce serait soit demain, soit jamais. Après, les Ghelts trouveraient refuge sur leur territoire et les malheureuses qu'ils avaient capturées – si elles étaient encore en vie – seraient à jamais perdues.

Ce fut Leister qui, le premier, vit les feux au loin.

Lorn égorgea la première sentinelle.

Le jeune Ghelt s'était assoupi assis. Lorn lui serra une main contre la bouche et le maintint durant sa brève agonie. Puis il coucha doucement le cadavre et, tous les sens aux aguets, il scruta les alentours. C'était la première heure grise de l'aube et le campement ghelt dormait encore.

Mais pour combien de temps ?

Ils avaient traversé la vallée et s'étaient rapprochés autant qu'ils avaient pu à cheval. Puis ils avaient laissé leurs montures, à l'abri des regards dans le lit encaissé d'une rivière asséchée. Ils s'étaient débarrassés de tout ce qui, sur eux, pouvait faire du bruit ou attirer l'œil. Le visage noirci, ils étaient ensuite partis à grandes enjambées silencieuses, ramassés sur eux-mêmes, profitant de l'obscurité et de la moindre irrégularité de terrain, attendant au besoin que des nuages passent pour s'élancer à découvert.

Ils étaient convenus d'éliminer d'abord les sentinelles, puis comptaient trouver les prisonnières avant que l'alerte ne soit donnée et que les combats ne commencent. Mais le jour pointait déjà. Les Ghelts ne seraient pas longs à se réveiller pour reprendre la route.

À moins que…

Intrigué par une odeur, Lorn ramassa un gobelet en bois tombé à côté du cadavre et le renifla. Il sentait l'eau-de-vie. La sentinelle s'était assoupie à son poste parce qu'elle était ivre. Les Ghelts s'étaient donc soûlés, et les feux qu'ils avaient allumés cette nuit devaient être des feux de joie. Pourquoi cette imprudence ? Ils avaient peut-être décidé de fêter en avance le succès de leur razzia, mais peu importait.

Les Ghelts campaient au pied d'une falaise, sous un large surplomb qui dessinait comme une paupière, en haut d'une pente assez forte. Lorn avait repéré trois sentinelles à mi-hauteur de cette pente. Il se tourna vers la droite et vit Leister lui faire signe que tout allait bien. Puis il se déplaça vers la gauche, contourna un gros rocher et aperçut Garalt qui approchait à pas de loup de la troisième sentinelle. Elle était bien réveillée celle-là, mais occupée à uriner et légèrement chancelante.

Un bruit attira l'attention de Lorn.

Il se tourna vers le haut de la pente et vit un guerrier sortir d'une tente en peaux cousues. C'était la seule du campement. La plupart des Ghelts dormaient à la belle étoile, sur des couvertures ou là où l'ivresse avait eu raison d'eux. Celui qui venait d'apparaître bâilla en s'étirant. Il ne portait que des braies. Il était grand, musclé, la peau tirant vers l'acajou. Lorn lui trouva aussitôt la stature d'un chef. Il avait le crâne rasé, sauf sur l'occiput d'où une longue tresse de cheveux noirs aux reflets rouges tombait entre ses omoplates.

Lorn sentit une sueur glacée le couvrir.

Le grand guerrier allait le repérer, ou repérer Garalt, et il n'y pouvait rien. Le Skande, lui, n'avait pas vu le danger. Il bondit sur la sentinelle, l'immobilisa et lui trancha la gorge. Il ne fit aucun bruit mais le mouvement suffit. Le Ghelt tourna la tête et écarquilla les yeux. Le cœur de Lorn manqua un battement. Il s'élança mais il était trop tard. Le guerrier poussait déjà un cri de guerre.

Alors qu'il grimpait à l'assaut du camp ghelt, Lorn entendit Téogen et Orwain hurler à l'attaque. Il éventra sans mal un premier guerrier ahuri et désarmé, mais dut dévier les coups d'un second. Il riposta, dévia la lame de son adversaire, lui porta un coup de genou dans le ventre, l'attrapa par les cheveux et lui planta son épée dans la gorge. Par acquit de conscience, Lorn chercha les prisonnières des yeux mais le camp était désormais le théâtre d'une mêlée furieuse. Un couteau siffla à ses oreilles, celui d'Orwain qui se ficha dans la poitrine d'un Ghelt sur le point de le frapper par-derrière. Lorn eut à peine le temps d'adresser un regard reconnaissant au vieux chevalier : un guerrier armé de deux longs poignards ensanglantés lui bondissait dessus. Lorn se baissa, fit passer le Ghelt par-dessus son épaule et l'envoya rouler dans la poussière. Mais l'autre se releva aussitôt pour contre-attaquer. Écumant, les yeux étincelants et les lèvres retroussées, il était la proie d'une frénésie meurtrière qui obligea Lorn à battre en retraite et à parer, parer, parer encore. Enfin il esquiva, trancha le poignet droit de son adversaire et, pivotant sur lui-même, le décapita d'un revers de lame.

Profitant d'un bref répit, Lorn s'arrêta et évalua la situation.

Ils étaient toujours en infériorité numérique, mais l'effet de surprise les avait servis. Dix guerriers ghelts, déjà, gisaient morts ou blessés, et les autres ne parvenaient pas à s'organiser. Peut-être allaient-ils s'en sortir, après tout, pour autant que Lorn pouvait en juger dans le chaos de cris, de haine et de violence qui l'entourait. Téogen était aux prises avec le chef qui avait donné l'alerte ; Leister, un bras entaillé, désarma un Ghelt et lui fracassa le crâne avec son propre casse-tête ; Garalt éventra un guerrier d'un coup de hache avant de trancher l'épaule d'un autre ; Orwain achevait proprement un adversaire tombé à genoux. Le sang coulait, jaillissait, mouchetait les visages et détrempait la terre. Dans le fracas des armes, les gémissements des blessés se mêlaient aux râles d'agonie.

Et Lorn les vit, derrière la cohue.

Contre la falaise, cinq femmes aux cheveux sales, dans des vêtements déchirés, étaient attachées par les poignets à des pieux enfoncés dans le sol. Profitant de ce qu'elles n'étaient plus surveillées, elles tiraient sur leurs liens de cuir jusqu'à s'entamer la peau.

Frappant à gauche, frappant à droite, déséquilibrant un Ghelt d'un coup de poing et l'égorgeant d'un revers de lame, Lorn se dirigea vers les prisonnières. Il élimina encore un adversaire qui s'interposait, mais ne vit pas le Ghelt scarifié qui lui bondit dessus et le renversa. Ils s'empoignèrent, roulèrent dans la poussière. La tête de Lorn heurta une pierre ronde. La douleur explosa dans son crâne en un grand éblouissement. Il se leva tant bien que mal, resta un moment chancelant, la vue trouble et l'ouïe saturée par un sifflement aigu. Son adversaire peinait également à se remettre debout. Lorn le comprit et se rua sur lui. Il le percuta violemment de l'épaule, le souleva du sol et le laissa retomber de tout son poids. Le choc laissa le

Ghelt pantelant, mais l'effort épuisa Lorn. Pris de vertige, il fit quelques pas maladroits à reculons et réussit à retrouver un équilibre précaire. Guère plus vaillant, le Ghelt se releva et dégaina un couteau. Il plissa les paupières comme s'il s'efforçait de voir à travers une brume épaisse, puis son regard se posa sur Lorn et il chargea en hurlant.

Lorn l'attendait.

Il réussit à agripper le poignet du Ghelt et à lui donner un, deux, trois grands coups de genou dans le ventre et les côtes. Mais son adversaire faiblit à peine et lui porta un coup de tête au visage. Lorn partit à la renverse contre un rocher. Il entraîna le guerrier avec lui et se retrouva cambré à rompre, écrasé entre la pierre et son adversaire. Il retint la lame du couteau à quelques centimètres de son visage. Le Ghelt pesait de tout son poids sur son arme qu'il tenait à deux mains. Lorn ne pouvait la repousser ni la dévier. Pire, il se sentit faiblir. Lentement, inexorablement, la lame avançait. Lorn grimaçait, suait à grosses gouttes, résistait de toutes ses forces. Sa transpiration l'aveuglait, mais pas assez pour qu'il ne voie pas la pointe d'acier qui tremblait, dirigée vers son œil pâle.

Lorn se griffa la paupière en clignant…

Et soudain le Ghelt cessa de lutter. Il se figea et s'effondra, comme foudroyé.

Lorn vit alors qui se tenait derrière lui, une grosse pierre tachée de sang dans les mains.

C'était une des captives.

Pieds nus. Sale. Les traits tirés et le regard hagard. À ses poignets meurtris pendaient des lanières de cuir. Elle portait une robe en lambeaux. Elle était jeune. Avait de grands yeux d'un bleu très clair. Ses cheveux emmêlés tombaient en lourdes boucles noires.

Elle semblait perdue, brisée.

Lorn la trouva belle.

Une heure plus tard, dans les lueurs paisibles du petit matin, tous les Ghelts qui n'avaient pas fui étaient morts. Sans broncher, Orwain et Garalt se chargèrent d'achever les blessés tandis que Leister se chargeait des captives et que Lorn allait chercher les chevaux. Ils ne firent qu'un prisonnier : le renégat qui avait guidé les Ghelts dans les montagnes de l'Argor et que Téogen voulait juger. Il avait été capturé par Orwain, qui avait bien failli le tuer à coups de poing, aveuglé par la rage. L'homme était en mauvais état, au point qu'on doutait qu'il survivrait au voyage du retour.

Dents brisées et mâchoire fracturée, il n'était plus en mesure de répondre à des questions et l'on ignorait jusqu'à son nom.

Outre des montures, les Ghelts avaient laissé des vivres et des armes – et même une partie du butin amassé en Argor. Comme les chevaux ne manquaient pas pour servir de bêtes de somme, Téogen ordonna que l'on emporte tout et ils levèrent bientôt le camp en abandonnant les cadavres aux charognards.

Chapitre 10

Durant les premiers jours du voyage de retour, ils s'inquiétèrent d'être suivis. Mais il s'avéra que les Ghelts avaient bel et bien fui, et ne reviendraient pas. Alors ils diminuèrent l'allure, bivouaquèrent plus longtemps, évitèrent les cols dangereux, prirent les sentiers les moins difficiles. Ils se montrèrent prévenants envers les prisonnières mais ils ne les interrogèrent pas sur ce qu'elles avaient subi et laissèrent les plus fortes se charger – entre femmes – des plus fragiles, des plus meurtries.

Lorn remarqua cependant que l'une d'elles restait à l'écart des autres. C'était la jeune femme aux yeux clairs qui lui avait sauvé la vie. Les autres lui parlaient peu, l'évitaient, ne lui confiaient aucune tâche mais ne négligeaient jamais de lui apporter ses repas. Un soir, au bivouac, Lorn s'assit à côté d'Orwain et lui demanda s'il savait qui elle était et pourquoi elle avait droit à ce traitement.

Elle se nommait Mairenn.

— Sorcière, expliqua le vieux chevalier avant de cracher entre ses deux pieds pour conjurer le mauvais sort.

Lorn n'en demanda pas plus.

Pourtant, intrigué, il se sentit de plus en plus attiré par la jeune femme au fil des jours. Sa beauté n'expliquait pas tout. Ni son mystère. Il y avait autre chose, comme une affinité à la fois profonde et physique qu'elle ressentait peut-être également et qu'elle semblait mieux comprendre que lui. Souvent, elle surprenait son regard lorsqu'il l'observait, et elle le soutenait avec un calme étrange.

Le calme de celle qui sait et attend.

Une nuit, Lorn se réveilla en sursaut et vit Mairenn agenouillée à côté de lui et qui le regardait, un côté de son visage éclairé par des flammes, l'autre plongé dans les ténèbres.

— Cela va commencer, lui dit-elle du ton qu'il avait pris pour annoncer au soldat blessé – à son arrivée en Argor – qu'il allait mourir.

Il s'aperçut alors qu'il avait chaud, très chaud, bien plus qu'il n'aurait dû malgré la chaleur du feu de camp proche. Sa sueur, en revanche, était glacée. Et il tremblait.

Il comprit en même temps qu'une douleur fulgurait dans son bras gauche depuis sa marque.

L'Obscure.

Les gémissements et les convulsions de Lorn ne tardèrent pas à réveiller le campement et à le mettre en émoi. Fiévreux, les muscles à la torture et les entrailles déchirées, il devina des silhouettes qui se rassemblaient et se penchaient autour de lui.

Des voix se mêlèrent.

— Qu'est-ce qui se passe ?

— Il est malade ?

— Qu'est-ce qu'il a ?

— Lorn ! Lorn !

Dans cette confusion, une voix se détacha, claire et posée, celle de Mairenn :

— C'est l'Obscure.

Cela fit naître l'inquiétude.

— L'Obscure !

— Il est sous l'emprise de l'Obscure !

— Mais Lorn ! Regarde !

— Il va mourir ?

C'étaient désormais des spectres qui se penchaient sur lui. Des spectres venus de Dalroth, attentifs et cruels. Ils le regardaient se débattre dans des liens invisibles qui lui brûlaient les membres, et se repaissaient de sa folie.

Un homme les écarta.

— Mais non ! dit Téogen. Il ne va pas mourir. Laissez, je sais ce que c'est.

— Alors, aidez-moi, comte, dit Mairenn.

— Orwain ! Un coup de main. Et vous autres, reculez ! Reculez ! Vous n'êtes pas au spectacle !

Lorn sentit des mains fraîches le maintenir fermement. Malgré lui, il lutta contre elles, voulut se libérer.

Mais en vain.

Psalmodiant, la sorcière posa une main sur son front. Il sembla à Lorn que du plomb en fusion lui traversait le crâne et coulait dans sa colonne vertébrale. Il hurla comme un dément. Rua. Se cambra. Et malgré tout entendit des prières, celles des femmes tombées à genoux qui appelaient la protection du Dragon-Roi.

— Faites-les taire ! s'exclama Mairenn avant de reprendre ses incantations, la main toujours collée au front brûlant de Lorn.

— Silence, femmes ! ordonna Téogen. Silence !

Et soudain ce fut fini.

Lorn perdit conscience en même temps qu'un fragment d'Obscure le quittait. Il ne vit pas Mairenn partir en arrière comme si elle recevait un coup au visage, ni Téogen la soutenir tandis qu'elle allait cracher, épuisée, un gros caillot de bile noire dans le feu crépitant.

Le lendemain, le soleil était déjà haut dans le ciel lorsque Lorn se réveilla. Il se sentait l'esprit reposé mais le corps douloureux, comme si on l'avait roué de coups la veille. Toujours assise à la même place près de lui, Mairenn le veillait.

— Bonjour, dit-elle en le voyant ouvrir les yeux.

— Bonjour. (Il se redressa en grimaçant.) Je vais comment ?

La jeune femme sourit.

— Mieux. Du moins je crois. Tenez, buvez ça.

Elle tendit à Lorn un gobelet qu'il vida d'un trait. Il le regretta aussitôt. La mixture qu'il venait d'avaler avait un goût de terre et d'herbes amères.

— Qu'est-ce que c'est ? demanda-t-il en retenant un haut-le-cœur.

— Vous auriez peut-être dû vous en inquiéter avant de le boire, non ?

— Pas faux.

Plissant les paupières sous un soleil éblouissant, Lorn regarda les hommes et les femmes qui vaquaient à leurs occupations dans le camp. Il remarqua qu'ils lui jetaient des regards en coin et parlaient à voix basse, et qu'ils hésitaient à s'approcher.

Il décida de n'y prêter aucune attention.

— Merci, dit-il en rendant le gobelet à Mairenn. Pour ça. Et pour cette nuit.

— De rien.

— Comment saviez-vous que j'allais faire une crise ? Parce que vous le saviez, n'est-ce pas ?

La jeune femme releva ses longs cheveux derrière son oreille droite pour révéler, là, incrusté dans sa peau pâle, un sceau semblable à celui que Lorn avait au dos de la main. Il était cependant plus petit, et sa pierre était grise.

— Je suis née avec.

Voilà, songea Lorn, pourquoi il s'était senti une affinité immédiate avec Mairenn.

L'Obscure avait reconnu l'Obscure.

— Vous allez vous sentir mieux pendant quelques jours, dit-elle. Mais ne vous croyez pas guéri. Je n'ai fait que vous soulager.

Lorn acquiesça.

— Merci quand même.

Arriva Téogen.

— Alors, chevalier ? Comment vous sentez-vous ? demanda-t-il avec énergie. Mieux ? Parfait !

Mairenn se leva.

— Je vous laisse.

— Je ne vous chasse pas, au moins ?

— Non. J'ai à faire.

Le comte d'Argor regarda la jeune femme s'éloigner et dit :

— Jolie fille...

Puis il s'accroupit pour se mettre à la hauteur de Lorn et, l'air grave, il demanda à mi-voix :

— Comment allez-vous, chevalier ? Vraiment.

— Je vais bien.

— En mesure de remonter en selle aujourd'hui ?

— Oui.

— Vous avez fait peur à tout le monde, hier soir. Vous auriez dû me prévenir que... (Il chercha ses mots et ne les trouva pas.) Enfin, vous savez.

— Les crises s'espacent, dit Lorn.

— Tant mieux. Tant mieux... Je connais ça, vous savez ?

Lorn fronçant un sourcil, Téogen comprit qu'il se méprenait.

— Non ! précisa-t-il. Pas moi. Mais ma femme. Elle... Elle en est morte.

Surpris par cet aveu, Lorn ne sut que dire.

— Désolé, lâcha-t-il.

Le comte resta un moment mélancolique et songeur, le regard perdu. Puis il se ressaisit et se leva brusquement, son entrain recouvré.

— Mangez un morceau et préparez-vous, chevalier. Nous levons le camp dans une heure.

Les derniers jours de voyage se déroulèrent sans encombre, Lorn et Mairenn chevauchant le plus souvent côte à côte sans parler. Puis, un soir, ils aperçurent les feux des tours d'Argor et comprirent qu'ils étaient sauvés. La nuit fut joyeuse pour tous, sauf pour Mairenn. Lorn ne comprit pas pourquoi mais ne demanda rien.

Le lendemain matin, elle était déjà partie lorsque Lorn et les autres se réveillèrent.

— On ne sait qui elle est au juste, expliqua Téogen. Elle était de passage par hasard dans l'un des villages que les Ghelts ont attaqués. Elle était venue y vendre des potions. Il paraît qu'elle a attiré l'attention des Ghelts sur elle pour permettre à une mère et ses deux filles de se cacher...

Lorn se tourna vers le comte, qui ajouta :

— Vous la reverrez si le Dragon Gris le veut, chevalier. Allez, en route.

Chapitre 11

Après une semaine de repos à Calaryn, le château du comte d'Argor, Lorn jugea que le temps était venu pour lui de partir. Il s'était remis de ses fatigues et de ses blessures, avait renoué avec les nuits paisibles grâce à Yssaris et se sentait en mesure de poursuivre la mission que le Haut-Roi lui avait confiée. Se faire connaître de Téogen n'était qu'un début. Il lui fallait à présent se rendre à Oriale, la capitale du Haut-Royaume.

D'ailleurs, il s'ennuyait et il gênait.

Comme Téogen et les autres, il avait été accueilli en héros à leur retour avec les captives libérées. Comme eux, il avait souffert et bravé la mort. Comme eux, il avait tout risqué pour sauver des femmes promises à l'esclavage, et des femmes qui ne lui étaient rien. On l'avait fêté. Le comte l'avait invité à rester autant qu'il le voudrait à Calaryn, où il serait toujours le bienvenu :

— Je ne vous refuserai jamais ma porte, chevalier.

Mais peu à peu…

Lorn ne cherchait la compagnie ni la sympathie de personne. Il ne répondait pas aux manifestations d'amitié ou de respect. Il se moquait de plaire ou de déplaire. Il se moquait tout autant d'être admiré. Mélancolique, il parlait peu, ne souriait pas. Il passait l'essentiel de ses journées à lire, s'entraîner et faire de longues chevauchées dans la vallée, avec son chat pour seul compagnon.

Son attitude dérangea, passa pour du mépris. Et la rumeur enflant à son sujet, on sut vite que le roi avait fait de lui son Premier chevalier, mais aussi qu'il avait été enfermé pendant trois ans à Dalroth – et qu'il en sortait à peine. Pour quel crime, au juste ? On l'ignorait, même si certains parlaient de haute trahison. Mais il fallait que ce soit grave, très grave.

Lorn suscita bientôt la méfiance et le rejet. Les habitants du château l'évitèrent et ne lui adressèrent plus la parole, sauf à la table du comte. Et si sa main gauche attirait encore les regards, c'était autant pour y voir la fameuse chevalière d'onyx, que pour deviner l'aspect du sceau de pierre ocre sous la lanière de cuir. On s'interrogea sur les motifs qui avaient poussé le Haut-Roi à élever Lorn au rang de Premier chevalier du Royaume. On parla de l'Obscure et de la manière dont elle corrompait les âmes. Toutes les âmes. On se racontait la crise qu'il avait faite, et que les on-dit exagéraient. Les gens en vinrent à se demander s'il n'avait pas en lui une trop forte part d'ombre, si sa présence n'était pas néfaste. Et on commença à entendre à Calaryn que Lorn, peut-être, avait porté malheur à l'expédition menée par Téogen…

— Bonsoir.

C'était la veille de son départ.

La nuit tombait et Lorn s'était accoudé à une large fenêtre afin de profiter seul de la fraîcheur du soir. Derrière ses lunettes sombres, il fixait un soleil en fusion qui sombrait dans une brèche immense, entre deux sommets lointains.

Lorn se retourna pour celle qui approchait.

Il la reconnut, mais ignorait qui elle était. Il l'avait remarquée durant le dîner, assise à la droite de Téogen et conversant familièrement avec lui. Elle était arrivée le jour même au château. Grande, mince et d'une beauté, d'une distinction rare. Comme tout le monde la traitait avec beaucoup d'égards, Lorn s'était dit qu'elle appartenait à la haute noblesse argorienne. Néanmoins, il ne se souvenait pas de l'avoir déjà vue à la cour de Haut-Royaume ni ailleurs.

L'inconnue souriait, vêtue de la robe blanc et gris qu'elle portait au dîner – une robe simple mais d'une parfaite élégance et qui mettait sa silhouette en valeur. Dans ses bras, Yssaris se laissait gratter la nuque et ronronnait d'aise.

— Il est à vous, n'est-ce pas ?

Lorn la regarda.

Souriant toujours, elle lui tendit le jeune chat. Il prit l'animal, qui grimpa aussitôt sur ses épaules.

— Comment s'appelle-t-il ? demanda la femme.

— Yssaris.

— Un beau nom… Cela signifie « âme » en skande. Votre mère était skande, n'est-ce pas ? Et une reine guerrière.

Lorn ne répondit pas.

Il attendit, puis demanda :

— Qui êtes-vous ?

— Dame Meryll. Pour vous plaire.

Lorn tiqua.

La femme lui tendit une main fine et, quand il vit son poignet, ses soupçons se confirmèrent. Les motifs symboliques d'un tatouage coloré de rouge, jaune et bleu pointaient vers le dos de la main et disparaissaient sous la manche. Lorn savait qu'ils remontaient jusqu'à l'épaule, et qu'ils allaient sans doute au-delà.

Dame Meryll était un Lys.

— Lorn Askariàn.

— J'ai déjà beaucoup entendu parler de vous, chevalier.

En guise d'explication, elle eut un coup d'œil appuyé vers la main marquée de Lorn. Mais désignait-elle sa chevalière ou le sceau de pierre ? Les deux, probablement.

Se tournant vers la fenêtre, Lorn posa Yssaris sur le rebord et contempla les lumières du couchant qui découpaient les silhouettes noires des crêtes. Dame Meryll vint à côté de lui et ils restèrent un moment silencieux, assez pour qu'il remarque que la présence du Lys ne lui était pas désagréable. Ce n'était guère étonnant : les Lys savaient plaire comme les assassins savaient tuer.

— Essayez de ne pas trop leur en vouloir.

Lorn fronça les sourcils.

— Pardon ?

— J'ai vu comment les gens du château vous traitent. Et je sais aussi ce que vous avez fait. Ne leur en veuillez pas trop. Pardonnez-leur leur ingratitude.

— Cela m'est égal.

— Vraiment ?

— Je n'ai pas fait ce que j'ai fait pour leur plaire.

— Alors pourquoi l'avez-vous fait ?

Lorn réfléchit.

— Il fallait que quelqu'un le fasse, dit-il. En outre, je n'étais pas seul.

— Cela ne diminue pas vos mérites.

— Songez plutôt aux mérites de ceux qui sont tombés.

Et brusquement, il demanda :

— Que me voulez-vous ?

Les Lys avaient d'abord été un ordre de courtisanes d'élite. Elles l'étaient toujours, mais leurs missions s'étaient diversifiées au fil du temps. Belles, intelligentes et cultivées, voyageant beaucoup et ayant accès à toutes les alcôves, elles étaient, désormais, également employées comme messagères, espionnes, intermédiaires ou négociatrices. Discrètes et influentes, respectées, elles servaient de riches employeurs et connaissaient les secrets des puissants. Elles n'oubliaient jamais, cependant, de préserver leurs propres intérêts.

Dame Meryll ne se départit pas de son sourire paisible.

— Je ne souhaitais que vous saluer, chevalier. Le comte Téogen dit le plus grand bien de vous. Et ce n'est pas tous les jours que l'on croise un Premier chevalier.

— Ni un ancien de Dalroth, n'est-ce pas ?

Le Lys ne cilla pas.

On pouvait croire à première vue qu'elle avait trente à trente-cinq ans, mais Lorn devinait qu'elle était plus âgée de dix. Il lui donnait volontiers la belle, la très belle quarantaine. Cela tenait à son assurance et à la profondeur de son regard. Aux petites rides à la commissure de ses paupières, également. Et à une certaine sérénité que ne connaît pas la jeunesse. Cela tenait aussi au respect qu'on lui manifestait, un respect qui devait correspondre à son rang dans l'ordre. Or la plupart des Lys se retiraient dès que leur beauté se fanait. Ne restaient que celles qui désiraient – et pouvaient – s'élever dans la hiérarchie.

Ne restaient que les meilleures.

— Il me semble que vous avez été innocenté, chevalier.

Lorn haussa les épaules.

— C'est comme une balafre au visage. Peu importe que le coup ait été mérité ou non. Peu importe que celui qui l'a porté regrette son geste ou non…

— Le roi vous a néanmoins confié la chevalière de Premier chevalier du Royaume. C'est dire toute la confiance qu'il vous accorde.

Lorn baissa les yeux sur la bague d'onyx et d'argent à sa main droite. Il connaissait certaines des raisons qui avaient décidé le Haut-Roi à le faire Premier chevalier. Toutes n'étaient pas bonnes et sans doute en existait-il d'autres qu'il ignorait. Mais il était sûr d'une chose : cette chevalière allait attiser la curiosité, l'inquiétude et l'envie.

— Que me voulez-vous ? répéta-t-il.

Il était désormais sur ses gardes, convaincu que le Lys cachait ses intentions.

— Mais simplement vous assurer de ma sympathie, chevalier. Vous est-elle à ce point odieuse ?

Lorn sentit Yssaris poser une patte de velours sur sa main marquée. Il prit une inspiration et se calma.

— Non, avoua-t-il.

Le pouvoir de cette femme tenait de la magie, de l'enchantement. Mais il n'avait pas envie de lutter.

— Je souhaitais également vous assurer que nous poursuivons le même but, dit le Lys d'une voix adoucie. Vous et moi. Enfin, vous et nous.

Elle souriait de nouveau.

— Et quel est ce but, madame ?

— Mais le bien du Haut-Royaume, bien sûr.

Lorn la dévisagea longtemps sans qu'elle paraisse s'en émouvoir.

Puis il esquissa un sourire étrange et, emportant Yssaris, il s'en fut.

— Bonsoir, madame.

— Bonsoir, chevalier. À bientôt.

Le lendemain, très tôt, Lorn sella lui-même sa monture. Yssaris sur une épaule, il la tira par la bride hors de l'écurie tandis que le château se réveillait dans les premières lueurs de l'aube. Il traversa la cour et trouva Téogen à la herse de la petite enceinte.

Lorn s'étonna car il avait fait ses adieux au comte la veille, à la fin d'une entrevue privée durant laquelle il lui avait expliqué le détail de la mission que le Haut-Roi lui avait confiée. Mais c'était bien Téogen qui l'attendait, vêtu d'un long gilet de cuir matelassé, botté, la taille serrée par une large ceinture.

— Bonjour, chevalier.

— Bonjour, comte.

— Je tenais à vous souhaiter bon voyage. Et à vous remercier encore.

— Inutile.

La lumière étant encore douce, Lorn ne portait ni ses lunettes, ni sa capuche. Téogen put alors plonger le regard dans ses yeux vairons.

Il n'y lut rien.

— Venez, dit-il après une brève hésitation.

Du geste, il invita Lorn à le suivre.

Lorn posa Yssaris sur la selle de son cheval et les deux hommes firent quelques pas ensemble, suivis des yeux par le jeune chat assis.

— Le plan du roi a toutes les chances d'échouer, dit le comte. Quant à cette idée de recréer la Garde d'Onyx… (Il secoua la tête, dubitatif.) Mais l'aventure mérite d'être tentée et vous pouvez compter sur mon aide.

— Le roi fera sans doute bientôt appel à vous. Et à vos vyverniers.

— Je suis et reste au service du Haut-Roi.

Lorn acquiesça.

— Mais vous, chevalier, vous allez être bien seul, reprit Téogen. Il va vous falloir trouver d'autres alliés que moi. Et bien plus proches. Cette chevalière vous élève et vous protège, mais elle vous expose et ne vous rend pas invulnérable. Méfiez-vous de tout le monde et guettez les poignards dans la nuit. Et ne manquez pas d'aller voir Sibellus. Je vous ai déjà parlé de lui hier : il vous sera d'une grande aide. C'est un vieil ami. Je réponds de lui.

— Je le solliciterai.

Le comte resta un moment silencieux, tandis qu'ils revenaient vers le cheval de Lorn. Puis il dit :

— Je ne comprends toujours pas ce qui vous motive, Lorn. Mais vous vous préparez à accomplir l'impossible au nom du Haut-Roi et pour cette seule raison…

Il n'acheva pas.

Et échangea avec Lorn une solide poignée de main.

— Certaines victoires ont d'abord été des combats perdus d'avance, n'est-ce pas ?

Téogen rejoignit dame Meryll sur un rempart de la première enceinte. Enroulée dans un manteau gris que le vent agitait, elle regardait Lorn qui s'éloignait vers le soleil du matin.

— Alors ?

— Je ne sais vraiment que penser de ce Lorn, avoua le comte. Il est courageux, intelligent, déterminé et c'est l'un des meilleurs combattants que j'aie jamais rencontrés mais…

Il laissa sa phrase en suspens et secoua la tête, impuissant.

— Pensez-vous qu'il puisse réussir ? demanda le Lys. Pensez-vous que le roi a fait le bon choix ?

— Je l'ignore, avoua Téogen. Et il est vrai que le roi a commis nombre d'erreurs depuis que son règne s'achève. Mais si cet homme revenu des enfers est la seule chance qui reste au Haut-Royaume, alors il faut la tenter.

Troisième partie

Été 1547

Chapitre premier

« Parmi l'Assemblée d'Ir'kans, le Septième gardien était celui qui, devant ses pairs, avait voulu et défendu la libération du Chevalier à l'Épée, afin que s'accomplisse sa destinée. Des avis contraires s'étaient élevés et l'Assemblée avait débattu et décidé en faveur du Septième malgré l'opposition du Troisième gardien et d'autres. Un Émissaire fut nommé et le Chevalier à l'Épée se vit sauvé de la Citadelle des Ténèbres et des tourments de l'Obscure. Alors l'étoile du Chevalier brilla de nouveau au firmament du Dragon Gris, mais d'un éclat sinistre. Et tous doutèrent d'avoir bien agi. »

Chroniques (Livre des Secrets)

Le soir tombait.

Le drac blanc avait allumé un feu de camp dans la clairière. Son cheval attaché non loin, il était assis sur un tronc couché et regardait cuire un lièvre qu'il avait abattu dans l'après-midi, chemin faisant. Il était vêtu d'étoffes simples et solides, ne portait pas d'armure, avait une longue dague à la ceinture. Ses écailles étaient blanches. Un anneau d'arcanium noir lui perçait l'arcade sourcilière droite. Ses yeux fendus étaient d'un bleu turquoise intense.

Skeren vit les fumées de son feu se tordre, comme modelées par des mains invisibles. Elles sculptèrent un buste, une tête, un visage dissimulé par une large capuche. Une épaisse obscurité s'abattit alentour. Le silence se fit, puis l'apparition fantomatique s'anima et le Septième gardien dit :

— Nous, du Conseil gris, requérons votre aide.

— Elle vous est acquise, répondit le drac d'une voix égale.

— Connaissez-vous l'Ancienne Langue ?

— Je la parle et je l'entends.

Ces formules étaient rituelles. L'Émissaire et le Gardien les ponctuèrent en inclinant solennellement la tête, avant de poursuivre la conversation dans une langue oubliée des hommes.

— Nous avons vu l'étoile du Chevalier à l'Épée pâlir.

— Il a manqué de périr en voulant fuir son destin, expliqua Skeren.

— L'avez-vous sauvé ?

— Oui.

— Et qu'est-il advenu ensuite ?

— Le Chevalier a parlé au Haut-Roi dans la Citadelle et il a été conduit devant le dragon Serk'Arn. Puis il s'est rendu en Argor, où il s'est distingué et a gagné l'estime du comte Téogen.

— Elle lui sera utile. Le croyez-vous digne de sa destinée ?

— Je l'ignore, avoua le drac blanc en pesant ses mots. Son âme est... trouble.

— Son étoile brille d'un sombre éclat qui obscurcit celle du Prince. Peut-être... Peut-être nous sommes-nous trompés...

L'aveu inquiéta Skeren, qui s'efforça de rester impassible et attendit.

— Mais ce que nous avons fait ne peut être défait, reprit le Gardien.

Le drac acquiesça.

Parce qu'il était son Émissaire privilégié, il en savait long sur les secrets et les intrigues du Septième gardien. Pour lui, il avait accompli de nombreuses missions, et depuis très longtemps. Il l'avait toujours servi loyalement, même lorsqu'il lui avait fallu emprunter des chemins de traverse pour réussir sans heurter l'Assemblée. Le Septième gardien faisait figure de franc-tireur. C'était un esprit fort, fier et indépendant qui avait souvent agi de son propre chef et mis ses pairs devant le fait accompli. À ses yeux, la fin justifiait les moyens dès lors que cette fin était la volonté du Dragon Gris : rien ne devait aller à l'encontre du Destin. Cela l'avait amené à prendre des décisions parfois discutables et, malgré les rappels à l'ordre de l'Assemblée, à outrepasser ses droits. Ainsi, il n'avait pas hésité à recourir au mensonge et à la ruse pour hâter la libération de celui dont l'étoile, désormais, se nimbait d'une inquiétante aura.

— Où se trouve le Chevalier, à présent ?

— Il fait route vers Oriale.

— Bien.

Le Septième gardien inclina une deuxième fois la tête et abandonna la langue des dragons.

— Servez-nous bien, dit-il.

— Je serai l'Émissaire du Dragon du Destin, répondit le drac blanc.

Autres formules rituelles qui, celles-là, marquaient la fin de l'entretien.

Skeren cligna des yeux lorsque l'apparition s'évanouit dans les volutes de fumée. Autour de lui, les épaisses ténèbres se levèrent et cédèrent la place à une obscurité ordinaire. La forêt s'emplit de bruits. On commençait à distinguer la Nébuleuse dans le ciel nocturne.

Chapitre 2

« Oriale fut la capitale du Langre avant de devenir celle du Haut-Royaume et, avant cela encore et de toute éternité, elle avait été le cœur de l'Empire imélorien, quand les Dragons Divins régnaient sur les terres, les mers, les cieux et la destinée des Hommes. Il n'était de cité plus glorieuse ni plus sacrée, ni plus vaste ni plus peuplée. Les ravages des Guerres des Ténèbres ne l'avaient pas épargnée et l'Obscure l'avait même, en une occasion, totalement submergée. Mais la protection d'Eyral, le Dragon Blanc, l'avait préservée d'une absolue destruction. »

Chroniques (Livre des Cités)

Yssaris sur l'épaule, Lorn arriva à cheval dans le quartier des Pavés rouges. C'était un quartier pauvre et populaire, puant, dont les vieilles maisons s'appuyaient les unes sur les autres et dessinaient un entrelacs de rues, ruelles, cours et passages étroits. Oriale avait été une ville pavée de blanc. Elle l'était encore en certains endroits, où sa splendeur restait intacte. Mais ailleurs, ses pavés de bois avaient viré au gris ou au brun sale. Sauf dans le quartier des Pavés rouges. Ici, les pavés étaient en pierre et avaient la couleur du sang séché, si bien que l'on ne pouvait ignorer où on se trouvait dès lors qu'on les foulait.

Il faisait beau en cette fin d'après-midi. Lorn portait ses lunettes sous sa capuche et, vêtu de gris et de noir, sa skande au côté, il chevauchait au pas, sans un regard à droite ou à gauche. Aux Pavés rouges, tout le monde se connaissait et les étrangers se faisaient rares.

Lorn fut remarqué. Il intrigua.

Et inquiéta.

Il n'en espérait pas moins…

Il prit Yssaris dans ses bras et, passant une jambe par-dessus l'encolure de son cheval, il se laissa glisser de selle devant une tour noire abandonnée et partiellement effondrée. Il resta un moment à la considérer, conscient des regards méfiants qu'il attirait. Protégé par une muraille, le donjon était presque une ruine. Jadis, il y en avait un au sommet de chacune des neuf collines sur lesquelles Oriale était bâtie.

Celui-ci était le dernier.

Un fossé avait défendu la muraille. Il n'en restait qu'un trou fangeux partiellement empli d'ordures et guère plus large que le pont-levis censé permettre de le franchir. Un pont-levis relevé, en l'occurrence. Et qui ne semblait pas décidé à descendre de sitôt.

Toujours indifférent aux curieux qui l'observaient plus ou moins discrètement et se parlaient à voix basse dans son dos, Lorn approcha d'une petite porte jouxtant l'entrée principale. Il voulut l'ouvrir et ne put que l'entrebâiller : sa serrure avait été forcée mais une chaîne la fermait.

Lorn l'ouvrit d'un grand coup de botte à la vue de tous. Il entra tranquillement en tirant sa monture par les rênes, précédé par Yssaris qui s'en fut faire un premier tour d'inspection. Le donjon se dressait au milieu d'une cour étroite, entouré par quelques bâtiments adossés au rempart, sous le chemin de ronde. Ces bâtiments n'étaient pas en meilleur état que le donjon mais Lorn reconnut facilement leur fonction : baraquements, écurie, réserve, forge et autres. Il y avait aussi un puits dans lequel Lorn lâcha une pierre. Il l'entendit tomber dans de l'eau au fond et, satisfait, il se retourna vers le donjon dont l'ombre le couvrait et dont l'imposante silhouette se découpait en contre-jour.

Un blason et une inscription étaient gravés dans la pierre au-dessus de la porte. Le blason – une tête de loup sur deux épées croisées – était celui de la Garde d'Onyx. Et l'inscription était sa devise.

« Le Haut-Roi servons.
Le Haut-Roi défendons. »

Lorn n'avait pas connu l'époque où neuf autres Tours Noires semblables dominaient Oriale. Cela remontait au règne d'Erklant Ier, cinq siècles plus tôt, quand la Garde d'Onyx était au faîte de sa puissance et de sa gloire. Alors parfaitement entretenues, elles hébergeaient des dizaines de cavaliers et symbolisaient la protection que la Garde étendait sur la ville et ses habitants, mais surtout sur le Haut-Roi. Les collines d'Oriale, en effet, en entouraient une dixième que le Palais royal recouvrait entièrement. Les Tours Noires étaient donc autant de sentinelles dressées autour du roi, leur roche sombre contrastant avec la blancheur des Tours vigiles qui jalonnaient les remparts de la capitale pour la défendre contre l'Obscure.

Les Vigiles étaient toujours là, même si les Ténèbres étaient depuis longtemps achevées. Les Tours Noires, en revanche, n'existaient plus. Après la dissolution de la Garde d'Onyx, elles avaient toutes été abandonnées, pillées, abattues ou démontées pierre par pierre.

À l'exception de celle-ci.

Plus détendu qu'il ne l'avait été depuis longtemps, Lorn prit une grande inspiration. Il avait ressenti l'influence bénéfique des Vigiles bien avant de les voir se profiler à l'horizon. Il savait que tant qu'il resterait sous leur protection, tant qu'il ne quitterait pas Oriale, il n'aurait pas à craindre d'autres crises. L'Obscure, en lui, serait comme atrophiée. Les Tours vigiles, en effet, empêchaient l'Obscure d'approcher telle une digue contenant la marée. Mais elles lui interdisaient également de germer, de s'exprimer, de se développer là où elle était déjà présente. C'était un soulagement, augmenté par l'impression de respirer plus librement, de voir plus clair, d'être plus léger, plus optimiste et plus audacieux…

Les mains sur les hanches, Lorn regardait la Tour Noire avec satisfaction quand il entendit qu'on entrait par la petite porte qu'il avait forcée. D'un discret coup d'œil par-dessus son épaule, il vit arriver une patrouille de la milice de quartier. Quelqu'un s'était donc décidé à le signaler aux autorités.

Les miliciens se déployèrent prudemment. Hésitant, ils ne savaient pas à quoi s'en tenir avec cet intrus qui ne se cachait pas.

Lorn les prit de court. Les mains sur les hanches, légèrement penché en arrière, il avait l'air d'un propriétaire admirant une récente acquisition et, sans se retourner, il annonça aux miliciens :

— Je m'appelle Lorn Askariàn. Premier chevalier du Royaume. Je prends possession de cette tour.

Chapitre 3

Le soir même, Estévéris reçut la visite du préfet Yorgast. À Oriale, chaque quartier était administré par un préfet qui n'avait de comptes à rendre à personne tant que l'ordre régnait et que les impôts rentraient. C'était le cas du quartier des Pavés rouges, dont Talinn Yorgast avait la charge.

Malgré l'heure tardive, Estévéris travaillait encore à son bureau, dans ses appartements privés. Parce qu'il venait de prendre son troisième et dernier bain quotidien, il ne portait sous sa robe de chambre en soie et brocart qu'une chemise de coton diaphane qui épousait les plis et bourrelets de son corps obèse. Son crâne lisse luisait de la pommade qu'une servante avait patiemment appliquée, et dont la vertu supposée était de calmer les terribles migraines dont le ministre souffrait. Ses doigts courts étaient comme à l'ordinaire chargés de bagues et pierreries. Ses lèvres étaient grasses des pâtisseries dans lesquelles il mordait tout en lisant un rapport préoccupant.

L'arrivée inopinée du préfet ne l'enchanta pas, mais il permit qu'on le fasse entrer. Apparut un homme d'une trentaine d'années, élancé et d'aspect soigné.

Estévéris se leva pour l'accueillir.

— Bonsoir, Talinn.

— Bonsoir, mon oncle. Merci de me recevoir.

— Je n'ai malheureusement que quelques instants à t'accorder. (Il désigna son bureau encombré de papiers, cartes, rapports et dossiers reliés par des lacets de cuir.) Comme tu le vois, mes journées sont longues et pleines.

Yorgast était le neveu par alliance du ministre, auquel il devait son poste de préfet. Ce dernier n'avait d'ailleurs jamais eu à le regretter. Il savait Yorgast malhonnête, ambitieux, avide d'or et corrompu, mais il lui était loyal et son quartier était bien tenu.

Estévéris se rassit et désigna un siège à son neveu. Il voulut également lui proposer des gâteaux, quand il s'aperçut qu'aucun n'était intact dans l'assiette. Il avait pris goût à ces pâtisseries au miel et à la fleur d'oranger pendant un voyage hors d'Imélorie, alors qu'il était encore membre de l'Église du Dragon-Roi Sacrifié. Il s'en faisait désormais servir une assiette tous les soirs après dîner. Il y piochait distraitement en travaillant, reposait le gâteau dans lequel il venait de mordre et, sa bouchée avalée, tendait de nouveau la main en aveugle pour attraper le gâteau entamé... ou un autre.

—Alors, Talinn, que puis-je pour toi ? demanda-t-il d'une voix aimable.

Le préfet remua sur sa chaise.

—À vrai dire, mon oncle, il est arrivé quelque chose aujourd'hui aux Pavés rouges. Quelque chose que je viens d'apprendre et qui vous intéressera sans doute.

Estévéris resta impassible et affecta de lécher le sucre qui restait sur ses doigts.

—Je t'écoute.

—Voilà... Un homme est arrivé aujourd'hui. Il dit s'appeler Lorn Askariàn et être Premier chevalier du Royaume. Je sais que cela est impossible, mais il a une chevalière qui semble le prouver. Et il a pris possession de la Tour Noire.

Le ministre savait déjà tout cela. Il l'avait appris quelques heures plus tôt, grâce à l'extraordinaire réseau d'informateurs et d'espions qu'il entretenait dans toutes les couches de la société, des bas-fonds de Béjofa à l'antichambre de la reine. Il préféra cependant ne rien en dire à son neveu. Un bon moyen de s'attacher la loyauté des gens est de leur donner à croire qu'ils sont utiles, voire indispensables. Après la cupidité, il n'est de laisse plus courte et plus solide que la vanité.

—Je n'ai pas voulu intervenir, poursuivit Yorgast. Pas sans vous avoir informé et consulté, mon oncle.

—Tu as bien fait.

Pour la forme, Estévéris posa quelques questions auxquelles le préfet répondit avec un zèle ravi. Après quoi Yorgast demanda :

—Mais qu'est-ce que cela signifie ? Qui est cet homme ? La chevalière à son doigt est-elle authentique ?

—Elle l'est, malheureusement.

—Alors vous savez qui il est ?

—Un homme que le Haut-Roi a rappelé auprès de lui.

—Le Haut-Roi ! s'exclama le préfet. Mais alors...

—Ne t'alarme pas, l'interrompit son oncle. Il n'y a pas matière à s'inquiéter.

—Vraiment ?

—Je te l'assure.

Yorgast ne parut guère convaincu.

Il avait mis son quartier en coupe réglée. Il l'écrasait d'impôts, prélevait plus que sa part et profitait même de sa position pour diriger quelques juteux trafics. L'idée qu'un représentant du roi s'établisse au beau milieu des Pavés rouges n'avait rien pour lui plaire.

— Ne t'en fais pas, insista le ministre en se levant de son fauteuil avec un sourire qui se voulait rassurant.

Comprenant que l'entretien s'achevait, le préfet se leva également. Il gardait la mine sombre.

— Mais que veut-il, ce... ce Lorn ?

Estévéris prit son neveu par le coude, afin de le raccompagner.

— Je ne sais..., dit-il en haussant les épaules. Peut-être recréer la Garde d'Onyx à lui tout seul ! ajouta-t-il.

Yorgast ouvrit des yeux ronds.

— Vous croyez ?

Le ministre éclata de rire.

— Mais je plaisante, Talinn ! Je plaisante ! Allons, ressaisis-toi !

Soucieux de ne pas faire mauvaise figure, Yorgast fut bien obligé de se dérider et de rire à son tour.

— Cependant, reprit Estévéris, tu as bien fait de m'informer de tout cela. Tu es vigilant, c'est parfait. Alors continue à l'être, veux-tu ? Garde discrètement un œil sur cet homme et rapporte-moi régulièrement ses faits et gestes.

Une précaution inutile, le ministre faisant déjà surveiller le nouvel occupant de la Tour Noire.

— Entendu, mon oncle.

— Que peut un homme seul ?

— Rien, reconnut le préfet.

Mais sans grande conviction.

Yorgast parti, Estévéris retourna s'asseoir à son bureau. Préoccupé, il engloutit plusieurs gâteaux à la file en réfléchissant. Il ignorait ce que Lorn venait faire à Oriale. Il savait seulement qu'il était la pièce maîtresse du Haut-Roi et que celui-ci venait de le pousser au milieu de l'échiquier. Après quelques coups d'ouverture, la partie commençait enfin vraiment.

Estévéris soupira.

Comme s'il avait besoin de ça ! Comme s'il n'avait pas assez de soucis, assez de problèmes à régler avec la cession d'Angborn qui approchait !

Fallait-il vraiment que le Haut-Roi choisisse ce moment pour faire des siennes depuis sa Citadelle ? Ne pouvait-il continuer d'y agoniser retiré du monde ?

Estévéris s'aperçut qu'il avait vidé l'assiette de pâtisseries et se le reprocha. Avec une moue soudaine de dégoût, il la repoussa dans un mouvement d'humeur et la fit tomber sur le parquet, où elle se brisa en plusieurs morceaux de porcelaine.

Le bruit vit venir Draniss, le valet de confiance du ministre. Muet comme à son habitude, le drac noir passa la tête par la porte et interrogea son maître du regard.

Estévéris le chassa d'un geste agacé.

Puis il se ravisa et le rappela.

— Draniss !

Le drac revint.

— Dalk est-il encore là ?

Draniss acquiesça.

— Faites-le venir.

Ayant de nouveau acquiescé, le drac s'en fut.

Lorsque Sorr Dalk entra, Estévéris attendait sur le balcon.

Annoncé par le martèlement de ses talons et le tintement de ses éperons, il rejoignit le ministre mais attendit d'être sollicité pour se manifester. La nuit était douce, claire et paisible.

Et Dalk n'était pas un homme pressé.

Il patienta, le pouce dans la boucle du ceinturon et la main sur le pommeau de l'épée.

— J'ai lu votre rapport, dit enfin Estévéris. Faut-il vraiment s'inquiéter ?

Dalk revenait d'Angborn.

— Je le crois, dit-il.

— Mais qui est ce Cael… ?

— Cael Dorsiàn. Très petite et très douteuse noblesse d'épée. Il réunit autour de lui tous les opposants à la cession d'Angborn à l'Yrgaärd. Il parle de trahison, de déshonneur. Il ne reconnaît pas à la reine le droit de gouverner. Il dit ne devoir obéir qu'au Haut-Roi. On l'écoute.

— Ne peut-on le ramener à la raison ?

— Non.

— L'acheter ?

— Non plus.

— Le faire taire, alors ? s'emporta Estévéris en se retournant vers son homme de main.

Dalk ne cilla pas.

— Ce serait sans doute malavisé, dit-il.

Le ministre pesta et prit le temps de recouvrer son calme.

— Je sais bien, lâcha-t-il. Je sais bien. Il n'est jamais bon de donner un martyr à une cause… Et l'arrêter ? N'a-t-il encore rien fait d'illégal, ce baron ?

— Rien. Rien d'avéré, du moins. Pour l'instant.

— Comment ça ?

Dalk expliqua que, depuis quelque temps, une bande de brigands sévissait à Angborn. Elle ne s'en prenait qu'à de riches Yrgaärdiens ou à des marchands, des banquiers, des armateurs notoirement favorables à l'Yrgaärd. Des cargaisons étaient volées, des maisons cambriolées, des entrepôts vidés, des réserves incendiées. Le tout avec le moins de violence possible, si bien que l'on ne déplorait à ce jour que des plaies et des bosses. Mais pour combien de temps encore ?

Ces brigands signaient leurs méfaits avec des tracts imprimés qu'ils laissaient sur place ou qu'ils affichaient la nuit sur les murs de la ville. Très populaires, ils se disaient de fidèles et loyaux sujets du Haut-Roi. Ils condamnaient la régence illégale de la reine, qui menait le Haut-Royaume à sa perte. Ils refusaient la cession d'Angborn et promettaient de poursuivre la lutte lorsque la ville serait devenue yrgaärdienne. Ils étaient des combattants. Ils se préparaient à mener une guerre légitime en prenant à l'ennemi les fonds qui leur seraient bientôt nécessaires.

— Et selon vous, Dorsiàn est le chef de cette bande, dit Estévéris.

— Dorsiàn s'en défend. Mais il tient exactement le même discours que ces brigands. En outre, c'est un homme d'action. Et il a toutes les qualités requises pour réunir autour de lui une poignée de volontaires courageux et décidés.

Soucieux, le ministre réfléchit.

Les actions de ces brigands risquaient de compromettre les bonnes relations qui naissaient entre le Haut-Royaume et l'Yrgaärd. Il fallait les arrêter au plus vite. Avant qu'ils ne nuisent davantage et ne réunissent plus de partisans. L'idée qu'ils pourraient tenter un coup d'éclat lors de la signature du traité fit venir une sueur froide aux tempes d'Estévéris. La reine, qui voulait que ce jour soit celui de son triomphe, ne pardonnerait pas un tel affront.

À personne.

— Retournez à Angborn, Dalk. Dès demain.

— Entendu.

— Faites comme vous voudrez. Employez tous les moyens nécessaires et dépensez tout l'argent qu'il faudra. Mais je veux que ces criminels soient morts ou sous les verrous au plus tôt. Et coupable ou pas, je veux que Dorsiàn se taise. Est-ce bien compris ?

Dalk s'inclina et se retira.

Sentant une migraine arriver sous le coup de l'anxiété, Estévéris appela :

— Draniss !

Le drac noir se montra.

— Du vin, réclama Estévéris. (Il hésita.) Et des pâtisseries.

Chapitre 4

Le lendemain, très tôt, tandis que la ville s'éveillait à peine, Sibellus trouva quelqu'un qui attendait dans la rue, devant les Archives Royales. Il s'étonna d'abord. Puis il se demanda qui était cet homme vêtu de cuir et de lin gris… avant de remarquer les verres sombres qui cachaient ses yeux dans la lumière tendre du petit matin.

Alors il comprit.

Lorn était assis sur un banc de pierre, penché en avant et les coudes aux genoux. Songeur, il leva le nez en entendant l'archiviste sortir son trousseau de clés et se redressa.

— Je suis Lorn Askariàn. Je viens de la part du comte d'Argor.

Sibellus acquiesça.

— Le comte m'a prévenu par courrier de votre visite. Mais venez, entrez.

Il ouvrit trois serrures avec trois clés différentes et poussa la lourde porte gravée aux armes du Haut-Royaume. Lorn le suivit à l'intérieur et, tandis qu'il refermait, constata :

— Pas de garde ? Personne pour veiller la nuit sur les lieux ? Et si un incendie se déclarait ?

L'archiviste retint un petit rire résigné.

— Non, personne. Et si un incendie se déclarait, ils seraient quelques-uns à se réjouir de voir ce lieu disparaître en fumée.

— Quelques-uns ?

— Au Palais. Certains trouvent que tout ce vieux papier coûte bien cher à garder. Ils n'ont peut-être pas entièrement tort, après tout… C'est par là.

Lorn suivit Sibellus dans des couloirs et quelques pièces en enfilade où des étagères et des coffres débordaient de livres reliés et de rouleaux de parchemin. C'était partout la même poussière, la même odeur de bois et d'encre, la même impression d'abandon. Le plancher craquait sous la semelle. La peinture s'écaillait aux murs. Des plaques de plâtre menaçaient de tomber des plafonds.

— Vous avez fait vite, dit l'archiviste en montrant le chemin. La lettre du comte est arrivée par vyvernier il y a seulement quelques jours. Depuis quand êtes-vous à Oriale ?

— Hier.

— Si vous ignorez où dormir, je peux volontiers vous héberger le temps pour vous de...

— Merci. Mais j'ai pris possession de la Tour Noire.

Sibellus s'arrêta et se retourna vers Lorn.

— Déjà ? s'étonna-t-il. C'est votre droit le plus strict mais...

Il laissa traîner sa phrase.

— Pourquoi attendre ? demanda Lorn.

L'archiviste réfléchit un instant, puis haussa les épaules avec une moue incertaine.

— Après tout..., lâcha-t-il en repartant.

Il fit entrer Lorn dans son cabinet privé, en haut d'un escalier en bois branlant. Sans trop savoir pourquoi, Lorn s'attendait à une pièce encombrée de papiers, de piles de documents, de pyramides de rouleaux. En fait, elle était bien rangée même si de la poussière dansait dans la lumière, ici comme ailleurs. Accroché à une corde tendue, un rideau séparait un petit lit de sangles du reste de la pièce.

— Il m'arrive d'être trop fatigué pour rentrer chez moi, expliqua Sibellus en surprenant le regard de Lorn. L'âge.

Il semblait avoir soixante à soixante-cinq ans. De taille moyenne, il était légèrement voûté par les ans mais son regard restait vif et son esprit l'était sans doute tout autant. Très modestement vêtu, il portait un collier de barbe parfaitement taillé qui rejoignait sur les tempes une couronne de cheveux blancs et courts. Les doigts de sa main droite étaient tachés d'encre. Un couteau était glissé dans un fourreau pendu à sa ceinture par deux chaînettes.

— Je dois vous remettre quelque chose.

Il se tourna vers une armoire en fer, l'ouvrit avec une clé qu'il avait autour du cou et en tira une bourse bien ronde qu'il tendit à Lorn.

— Pour vous, dit-il.

Lorn prit la bourse tandis que l'archiviste refermait l'armoire qui ne semblait pas contenir grand-chose, hormis quelques documents cachetés de cire noire. La bourse, elle, s'avéra être pleine de langres d'or.

Une petite fortune.

— De la part du comte d'Argor, expliqua Sibellus. Il vous demande simplement d'en faire bon usage.

— J'y veillerai.

Lorn glissa la bourse dans la poche intérieure de son pourpoint. Et tandis qu'il ôtait ses lunettes, on entendit, venant d'une pièce voisine, le bruit que font des livres qui tombent d'assez haut et en grand nombre.

L'archiviste soupira, s'excusa d'un regard et alla entrouvrir la porte de son cabinet.

— Est-ce toi, Daril ? lança-t-il.

— C'est moi, lui répondit une jeune voix. Tout va bien, maître. Je n'ai rien.

Sibellus soupira encore.

— Remets tout cela en ordre, veux-tu ?

— C'est à cela que je m'employais quand…

— Fais attention. Les autres sont-ils arrivés ?

— Les autres, maître ?

— De qui crois-tu que je parle ? Cam et Lerd.

— Euh… Je ne sais pas.

L'archiviste referma la porte.

— Ça, dit-il à mi-voix, cela veut dire « non ». Mais Daril n'est pas le genre à dénoncer. (Nouveau soupir.) Pourquoi faut-il que le plus ponctuel soit le plus maladroit ?

Il s'assit et invita Lorn à en faire autant.

— « Maître » ? fit Lorn.

Sibellus acquiesça.

— Je suis maître archiviste, dit-il.

— Et vous n'avez pour vous aider que…

— Deux archivistes et un apprenti, oui.

— Pour toutes les Archives Royales ?

— Il y a seulement deux ans, nous étions vingt. Mais voilà, mes crédits ont fondu comme neige au soleil. Et faute d'argent… Ce qui n'empêche pas les documents, lois, décrets, traités et j'en passe, de toujours affluer ici en grand nombre. Or comme nous ne pouvons faire face, tout s'accumule. Et en piles toujours plus hautes qui finiront un jour par ensevelir ce pauvre Daril, ajouta Sibellus avec un sourire. Mais que voulez-vous, chevalier ? Le royaume est au bord de la ruine et nul ne sait de quoi demain sera fait. Alors qui peut s'intéresser au passé ? Et n'est-ce pas ce que nous sommes, nous autres, ici ? Le passé ?

Lorn ne répondit pas. Il se contenta de fixer sur l'archiviste le regard tranquille de ses yeux vairons. Sibellus lui rendit son regard et se demanda quoi penser de cet homme qui semblait à la fois attentif et étrangement détaché de tout. Par Téogen, il connaissait son histoire. Il savait que Lorn avait tout perdu et passé trois ans dans les geôles de Dalroth pour un crime qu'il n'avait pas commis. Qu'avait-il subi, là-bas ? Et comment y avait-il survécu ?

Se ressaisissant, Sibellus dit :

— Vous voilà riche. Est-ce que je peux quelque chose d'autre pour vous ?

— Le comte a dit que je pouvais compter sur vous.

— Tout dépend pour quoi.

— Je suis venu restaurer l'autorité du Haut-Roi.

Interdit, l'archiviste se tut et dévisagea longuement Lorn, qui ne cillait pas.

Restaurer l'autorité du roi ?

Alors que la reine avait accaparé tous les pouvoirs et chassait, achetait, brisait ou éliminait quiconque lui résistait ? Alors que le roi, frappé par un mal mystérieux, mourait dans une citadelle lointaine où il s'était lui-même enfermé ? Alors qu'on le disait fou ? ou coupable d'avoir abandonné le Haut-Royaume et son peuple ? À l'exception de quelques-uns qui luttaient dans la clandestinité au péril de leur vie, les derniers partisans d'Erklant se taisaient et se cachaient.

Mais peut-être, peut-être n'attendaient-ils qu'un homme qui se dresse et les guide.

Lorn Askariàn pouvait-il être cet homme-là ?

Téogen semblait le croire, songea Sibellus.

Il s'accorda encore quelques instants de réflexion sous le regard impassible de Lorn, puis dit :

— Pour cela, oui, vous pouvez compter sur moi.

Lorn acquiesça gravement.

Ils ne firent aucun serment. Ils n'échangèrent pas même une poignée de main. Mais dès cet instant, un pacte les unit et Sibellus sentit un curieux frisson d'excitation et d'espoir mêlés lui remonter la colonne vertébrale.

— Je veux tout savoir des droits que procure cette bague, dit Lorn en montrant sa chevalière d'onyx. Des droits et des devoirs. Selon la loi. Mais aussi selon la coutume.

— Entendu.

— Trouvez-moi tous les documents. Le moindre décret. Le moindre arrêt. Le moindre jugement rendu devant la justice du Haut-Roi.

— J'ai compris.

— Et je veux également tout savoir de la Garde d'Onyx. Son histoire. Son organisation. Ses prérogatives.

— Soit. Mais vous savez de quels moyens je dispose. Ce sera long.

— Je lirai tout ce que vous trouverez au fur et à mesure. Vous me ferez porter les documents à la Tour Noire. N'ayez crainte, j'en prendrai grand soin et je vous les retournerai sitôt que je les aurai étudiés.

Sibellus tiqua à l'idée que certaines de ses plus précieuses archives quitteraient ces murs. Deux ans plus tôt, la sortie de documents rares aurait été impossible. Ou elle ne serait pas allée sans mal et certainement pas sans attirer l'attention. Mais aujourd'hui… Le maître archiviste se dit que puisque nul ne semblait se soucier de ce qui advenait de la mémoire du Haut-Royaume, il était libre d'en faire ce qu'il voulait.

Pourvu qu'elle reste intacte.

— Par quoi voulez-vous que je commence ?

— Par les droits et devoirs des Premiers chevaliers du Royaume. Je dois les connaître pour être irréprochable, inattaquable. Ou pour savoir quand et comment j'outrepasse mes fonctions, le cas échéant.

Sibellus haussa un sourcil.

— Le cas échéant ?

Lorn le regarda droit dans les yeux.

— Je vais accomplir la mission que le Haut-Roi m'a confiée. Coûte que coûte. Et vous n'avez à vous soucier que de cela.

L'archiviste sentit une inquiétude monter en lui, mais il n'en dit rien. Tout ce qu'il put dire fut :

— Soyez… prudent, chevalier.

Après le départ de Lorn, Sibellus interdit qu'on le dérange et resta un long moment à réfléchir.

Puis il appela :

— Daril !

Un adolescent de seize ans passa bientôt la tête par la porte entrebâillée.

— Oui, maître ?

— Entre, Daril. Et referme la porte. Je vais avoir besoin de toi.

De retour de son entretien avec Sibellus, Lorn se mit aussitôt au travail. Il entreprit de vider le rez-de-chaussée de la tour des débris et saletés, mais aussi de la terre et des herbes et broussailles qui l'encombraient. Il y passa la journée, sans pour autant parvenir à bout de cette tâche. Bien sûr, l'or de Téogen aurait pu lui permettre d'embaucher des ouvriers, et sans doute le ferait-il pour le gros œuvre. Mais il fallait qu'il peine seul, quitte à passer pour fou. Il fallait également que cela se sache.

Lorsque vint le soir, Lorn jugea qu'il avait bien assez transpiré.

Sans même faire un brin de toilette, il se rendit dans la première auberge et acheta du pain, du vin, du pâté, du fromage et du raisin en ignorant le profond silence qui s'était abattu sur l'assistance à son arrivée. Il paya, promit de rapporter le panier et s'en retourna d'un bon pas. Il s'installa dans la tour, à califourchon sur un banc, ses victuailles posées devant lui tandis qu'Yssaris poursuivait une souris dans les étages.

Et il s'apprêtait à attaquer son dîner quand quelqu'un se racla la gorge sur le pas de la porte. C'était un adolescent assez maigre, aux cheveux emmêlés et aux oreilles décollées, qui portait un petit coffre et semblait ne pas savoir quoi en faire.

Lorn le regarda et attendit.

L'adolescent déglutit et n'osa pas parler.

Et plus Lorn attendait, moins l'adolescent osait. Une souris dans la gueule, Yssaris vint voir et se posa sur une marche, en haut d'un escalier.

—Alors ? s'impatienta Lorn.

L'adolescent sursauta.

—Je m'appelle Daril, dit-il. Je viens de la part de maître Sibellus. J'apporte des documents pour vous. Enfin…

Il hésita à poursuivre.

—Oui ? fit Lorn.

—Vous êtes bien le chevalier Lorn Askariàn, n'est-ce pas ?

En fait de chevalier, Daril avait affaire à un homme sale, en bras de chemise, les cheveux pleins de poussière et la mine peu amène, qui mangeait sur le pouce et buvait au goulot dans une ruine.

—C'est moi, dit Lorn.

—Alors ces documents sont bien pour vous, annonça l'adolescent avec un soulagement visible.

—Mets ça où tu veux. Merci.

Daril chercha un endroit meilleur qu'un autre où laisser le coffre, n'en trouva pas et le posa finalement à ses pieds. Lorn crut alors qu'il pouvait dîner tranquille, mais l'adolescent ne semblait pas décidé à partir. Les bras ballants, il examinait les lieux, le désordre, les vieux meubles, les tapisseries en lambeaux, la charpente apparente et les planchers défoncés.

Il semblait fasciné.

—Autre chose ? demanda Lorn.

—Non, non, répondit l'adolescent.

Sans partir pour autant.

Son attitude intrigua Lorn qui se tourna vers Yssaris. Le chat avait lâché sa proie morte mais restait sur la plus haute marche de l'escalier en pierre qui montait le long d'un mur. Il attendait, curieux de voir ce qui allait arriver.

Lorn hésita, et se surprit lui-même :

— Tu as faim ?

Daril était un de ces adolescents filiformes qui ont toujours faim.

— Ma foi…

De la main, Lorn l'invita à le rejoindre. Daril ne se fit pas prier. Il se dépêcha d'enfourcher le banc et de tirer un canif de sa poche. L'œil brillant et plein de reconnaissance, il fit alors montre d'un appétit féroce et joyeux. Il mangeait trop pour parler mais, entre deux bouchées, souriait de bon cœur. Lorn dîna avec moins d'entrain, sans pouvoir s'empêcher de sourire en coin.

Enfin repu, Daril essuya son couteau sur sa cuisse, le replia et se leva.

— Merci, messire. Mais vaut mieux que je rentre, maintenant.

Et comme Lorn se contentait de le regarder en finissant le fromage, il ajouta :

— Maître Sibellus a dit que vous rapporteriez les documents ?

— C'est prévu comme ça, oui.

— Parce que sinon, je peux revenir les chercher, si vous voulez…

Lorn considéra l'adolescent avec un mélange d'effarement et d'amusement.

— Bonsoir, Daril.

— Bonsoir, messire.

Daril s'en fut, à regret, mais se retourna juste avant de passer le seuil de la tour.

— Messire ?

— Quoi ? fit Lorn en s'efforçant de se souvenir que la patience était une vertu vantée par les philosophes.

— Si j'étais vous, je me fierais pas trop à cette charpente.

Lorn leva les yeux vers la charpente au-dessus de lui.

— Parce qu'à mon avis, poursuivit l'adolescent, si elle ne vous tue pas en s'effondrant sous vous, c'est qu'elle vous sera tombée sur la tête avant… Si je puis me permettre, messire.

— Elle ne m'a pas l'air en si mauvais état que ça…

— La poutre maîtresse est faussée. Et ces solives, là, à droite, elles ne demandent qu'à céder. Il faut les renforcer mais le plus simple serait encore de tout mettre par terre.

Lorn s'étonna :

— Tu t'y connais donc ?

— Un peu. Mon père est charpentier. Il a voulu m'apprendre le métier. Il paraît que j'ai l'œil, mais bon… C'est grâce à un cousin qu'on m'a trouvé une place aux Archives. C'est ennuyeux mais je préfère ça à la charpente.

— Et qu'est-ce qui te déplaît tant, dans le métier de charpentier ?

— Les échardes, répondit l'adolescent sans hésiter.

Lorn regarda Daril, puis la charpente, puis Daril de nouveau.

Il souriait.

Chapitre 5

Des jours passèrent, durant lesquels Lorn continua de déblayer la tour. Il travaillait seul, suant parfois sang et eau, ne renonçant jamais. Il savait qu'il était observé et que la rumeur le concernant enflait. D'ailleurs, il y veillait sans en avoir l'air. S'il parlait peu, n'expliquait rien à personne et laissait libre cours à toutes les interprétations, il se montrait volontiers. Il remarquait avec satisfaction les têtes curieuses aux fenêtres des maisons voisines et gardait ouverte la petite porte qu'il avait enfoncée d'un coup de pied à son arrivée. L'idéal aurait été de baisser le pont-levis afin de permettre aux badauds de voir dans la cour, mais son mécanisme était bloqué par la rouille et la crasse. N'empêche, la nouvelle que la Tour Noire avait retrouvé un occupant et que cet occupant s'épuisait à la remettre en état ne tarda pas à se répandre au-delà du quartier des Pavés rouges. Lorn comptait qu'elle serait bientôt connue de toute la ville et ne doutait pas une seconde qu'elle était déjà parvenue au Palais.

Un soir, Lorn se rendit dans l'auberge où il avait désormais l'habitude de commander ses repas. Mais au lieu de payer et repartir avec le panier de victuailles qui l'attendait, il prit une table et réclama un pichet de bière. Un épais silence se fit, chacun guettant du coin de l'œil le mystérieux occupant de la Tour Noire. Mais comme celui-ci se taisait et ne faisait rien d'autre que siroter sa bière à l'ombre, il y eut quelques raclements de gorge gênés avant que les conversations reprennent et que l'auberge retrouve son animation ordinaire.

On finit par l'oublier. Ou presque.

Après un moment, des hommes prirent place à une table voisine sans remarquer Lorn dans la salle. Ils étaient deux : un grand barbu en qui on reconnaissait à coup sûr un ancien soldat et un ouvrier aux mains calleuses et aux cheveux blancs de plâtre. À peine étaient-ils installés qu'ils étaient rejoints par un jeune homme aussi mal vêtu que mal nourri qui exerçait le métier d'écrivain public. Ils commandèrent à boire et, très vite, la conversation roula sur Lorn.

Et plus particulièrement sur sa chevalière, objet de toutes les spéculations.

— Elle est en onyx, disait l'écrivain public. Avec une tête de loup sur des épées croisées. Et une couronne au-dessus. Et tout ça en argent.

— D'où savez-vous ça ? demanda l'ouvrier.

— Je le tiens d'une femme qui est venue me voir ce matin pour que je lui rédige une reconnaissance de dette. Elle est l'épouse d'un des miliciens à qui le chevalier a montré sa chevalière, le jour de son arrivée.

— L'épouse d'un milicien ? Vous fréquentez ces gens-là, vous ?

Lorn avait déjà eu l'occasion de constater que les miliciens des Pavés rouges étaient craints et détestés par la population.

Le jeune homme s'excusa d'un haussement d'épaules.

— Que voulez-vous ? Il faut bien vivre.

— La couronne et la tête de loup sont les armes personnelles du roi Erklant, dit l'ancien soldat d'un air songeur. La tête de loup et les épées croisées étaient celles de la Garde Noire, la Garde d'Onyx. Mais il n'existe qu'une chevalière arborant les armoiries du roi et celles de la Garde d'Onyx.

— Laquelle ? demanda l'écrivain public.

— Celle du Premier chevalier du Royaume, dit un homme qui écoutait la conversation.

C'était Cadfeld, un vieillard aux cheveux blancs dont l'épaisse moustache tombante était d'un gris sombre. Lui aussi était un habitant du quartier et un habitué de l'auberge. Vêtu de haillons sales, il vivait de la charité publique et du peu qu'il gagnait en vendant des livres de seconde, troisième ou même quatrième main. Lorn l'avait déjà vu arpentant les rues du quartier, une sacoche pleine de bouquins écornés et déchirés sur l'épaule.

— Le Premier chevalier est à la fois capitaine de la Garde d'Onyx et représentant du Haut-Roi, expliqua Cadfeld. Voilà pourquoi il porte leurs armoiries. Mais il doit renoncer aux siennes, à celles de sa famille.

— À jamais ? s'étonna l'ouvrier.

— Oui, dit l'ancien soldat. Jusqu'à sa mort.

— Ou du moins tant qu'il reste le représentant du Haut-Roi, précisa le revendeur de vieux livres.

Il prit son verre et, quittant la petite table qu'il occupait seul, alla s'asseoir à celle du trio. Son verre était vide. Il le remplit au pichet de vin commun et dit :

— À l'origine, les rois du Langre ne nommaient un Premier chevalier du Royaume que pour des occasions particulières. Pour un tournoi, par exemple. Ou pour un duel dans une affaire qui obligeait le roi à défendre son honneur les armes à la main – ce qu'il ne pouvait pas faire, puisqu'il était le roi. C'était un immense honneur que de représenter le roi, mais un honneur momentané. Après le tournoi ou le duel, le roi défaisait le Premier chevalier et celui-ci redevenait... lui-même. Car nous disons, par commodité, que le Premier chevalier est le représentant du roi. Mais il est bien plus que ça. Il est le roi. Il l'incarne. Il devient sa personne physique.

— Vraiment ? dit l'écrivain public.

— Consultez les textes de loi, dit Cadfeld. Ce que le Premier chevalier fait, le roi le fait. Ce qu'il dit, le roi le dit. Et ce qu'il subit, le roi le subit. Le seul pouvoir que le roi n'abandonne pas à son Premier chevalier, c'est celui de régner. Mais pour ce qui est du reste...

Il vida son verre, se resservit et ajouta avec des airs de conspirateur :

— Vous voulez vous en convaincre ? Alors, écoutez plutôt cette histoire... (Les trois autres se penchèrent sur la table, silencieux et attentifs.) Il est fait mention, dans les *Chroniques*, d'un roi qui a été blessé lors d'une partie de chasse. Ce roi se nommait... Non. J'ai oublié son nom, mais peu importe... Le soir même, un bal doit être donné au Palais et la reine se fait une joie d'y danser. Ce dont le roi est désormais incapable, à cause de sa blessure. En apprenant cela, la reine se fâche, pleure, tempête, réclame. Mais en vain. Une reine du Langre ne pouvant danser qu'avec son royal époux, elle ne danserait avec personne ce soir-là... (Cadfeld but une gorgée avant de reprendre son récit.) Qui eut l'idée de nommer un Premier chevalier pour le temps du bal ? Certains disent que ce fut le roi, afin de plaire à son épouse. D'autres disent que ce fut la reine, et ce sont les mêmes qui disent que ce fut également elle qui choisit celui qui fut désigné. Bref, le roi nomma un Premier chevalier du Royaume. La reine eut un cavalier. Et elle put danser autant qu'elle voulut. Mais l'histoire ne s'arrête pas là...

Cadfeld fit une pause savamment calculée.

Lorn, qui veillait à ne pas se faire remarquer mais ne perdait rien du récit, ne put s'empêcher de sourire.

— Car pendant le bal, le roi se retira dans ses appartements pour se reposer un peu et s'endormit. Fatigué par sa blessure, sans doute. Ou peut-être par les remèdes que la reine lui avait fait prendre contre la douleur... Reste qu'à la fin du bal, le Premier chevalier était encore Premier chevalier. Et qu'il l'était encore le lendemain matin, quand on le surprit quittant discrètement la chambre de la reine…

Nouvelle pause et nouvelle rasade de vin. Le vendeur de vieux livres s'essuya la bouche d'un revers de manche et reprit :

— On étouffa l'affaire pour éviter le scandale. Mais le Premier chevalier ne fut jamais inquiété, sinon qu'il perdit la confiance du roi et fut exilé à la première occasion. Pourtant, ni la reine ni lui n'avaient commis quoi que ce soit de répréhensible. Elle avait couché avec son époux et il avait couché avec sa femme. Cette nuit-là, aux yeux de la loi, la reine avait reçu le roi dans son lit. Et peu importait que le roi, au même instant, ait dormi dans le sien…

Assez fier, Cadfeld ponctua son anecdote d'une dernière lampée et se redressa. Les autres se redressèrent à leur tour en souriant. Le vieil homme avait vidé leur pichet de vin mais son histoire le valait bien.

Il y eut un silence, que l'écrivain public rompit :

— La rumeur est donc vraie, dit-il. Le Haut-Roi a bien nommé un Premier chevalier.

Lorn tiqua. Il ignorait que ce bruit avait couru.

— Et il est ici, dit l'ancien soldat. À Oriale.

— C'est ce que j'ai le plus de mal à croire. J'ignore qui est cet homme qui a pris possession de la Tour Noire. Mais je ne peux croire que sa chevalière soit authentique, ou qu'il ne l'ait pas volée… Le roi a nommé un Premier chevalier ? Soit. Mais que viendrait-il faire ici ?

— Les Tours Noires étaient à la Garde d'Onyx. Celle des Pavés rouges est la dernière qui reste. Quoi de plus normal qu'il y revienne ?

— Dans cette ruine, Liam ? Alors qu'il pourrait loger au Palais ?

Le vétéran n'avait pas la réponse. Il haussa les épaules.

— Et un Premier chevalier du Royaume s'échinerait-il à reconstruire une tour, seul, de ses propres mains ? insista l'ouvrier.

Là encore, l'ancien soldat ne sut quoi répondre.

Pourtant, il pressentait que tout cela avait un sens. Et c'était à contrecœur qu'il reconnaissait ne pas comprendre. Comme la plupart des gens, il s'était senti abandonné quand le roi s'était retiré dans la Citadelle et avait laissé le gouvernement du royaume à la reine et à ses ministres. Le Haut-Royaume, alors, allait mal. Mais depuis, la situation n'avait fait qu'empirer, surtout pour le peuple. Liam, le vétéran, était de ceux qui ne demandaient qu'à croire, qui voulaient encore espérer que le Haut-Roi n'avait pas totalement renoncé à eux.

— Durant ses premières campagnes, dit Cadfeld, le roi sellait lui-même son cheval. Et il ne laissait à personne le soin de fourbir ses armes. Il dormait sous la tente ou à la belle étoile, parmi ses chevaliers et ses écuyers.

— C'est vrai, affirma Liam. Et les hommes dont le roi s'entourait alors étaient d'une autre trempe que… que ceux que la reine cajole. Ils savaient ce que c'est que la sueur et le sang. Ils savaient ce que c'est que l'effort et ils n'hésitaient pas à se donner du mal, dans la boue jusqu'aux genoux si nécessaire…

— Ces hommes-là ne peuvent pas avoir tous disparu, nota l'écrivain public.

— Non. Mais on dirait bien que leur époque est révolue.

Cette époque était aussi celle de l'ancien soldat. Il parut si désolé que Cadfeld voulut le réconforter en lui posant une main amicale sur l'épaule.

Lorn se leva.

Les quatre hommes le remarquèrent alors et se turent. À l'évidence, il avait tout entendu. L'ouvrier pâlit. L'écrivain public se figea. Liam et Cadfeld, eux, regardèrent Lorn et attendirent.

Impassible, il marcha vers la sortie et dépassa leur table.

Mais il s'arrêta.

Se ravisa et fit demi-tour.

— Le roi cocu, dit-il à Cadfeld, c'était Galandir IV.

Après quoi il lança une pièce à l'aubergiste, déclara :

— Ils sont mes invités.

Et sortit en emportant son panier de victuailles, suivi du regard par toute la tablée à l'exception du revendeur de vieux livres.

Dos à la porte, Cadfeld ne fit même pas mine de vouloir se retourner. Il resta songeur, les yeux perdus dans un flou lointain.

— Il a raison, dit-il au bout d'un long silence. C'était bien Galandir IV.

De retour à la Tour Noire, Lorn trouva Daril et son charpentier de père qui l'attendaient dans la cour. L'adolescent fit les présentations et, après une poignée de main, l'homme dit à Lorn :

— Il paraît que vous avez un problème de charpente ?

Le regard de Lorn alla du père au fils, s'arrêta un moment sur le fils, puis revint au père. Grand, solide et ventru, le charpentier lui fit l'effet d'être un brave type. Sa poignée de main était franche et sa paume calleuse.

— Il paraît, oui.

— Je peux y jeter un œil, si vous voulez.

— Soit, dit Lorn après un instant de réflexion. Suivez-moi.

Le charpentier lui emboîta le pas dans la tour, suivi par un Daril tout sourires.

Chapitre 6

Un soir après avoir rapporté des documents à Sibellus et discuté un long moment avec lui, Lorn revenait seul des Archives Royales quand, en passant devant une ruelle, il entendit un gémissement étouffé. Il s'arrêta, tendit l'oreille, fouilla la ruelle du regard à la lumière de la Grande Nébuleuse et remarqua, par terre, une sacoche en cuir hors d'âge qu'il reconnut aussitôt : c'était celle de Cadfeld. Il la ramassa. La sangle en était cassée et des livres en très piteux état gisaient dispersés sur le pavé.

Sans y penser, Lorn remit les livres dans la vieille sacoche. Puis il poussa ses investigations un peu plus loin et surprit, au bout de la ruelle, dans une arrière-cour où ils l'avaient entraîné afin d'être tranquilles, quatre miliciens qui frappaient le vieux revendeur de livres. Ils prenaient leur temps, ajustaient leurs coups, par cruauté et par jeu.

La vision d'un malheureux passé à tabac, une nuit de fête, derrière une taverne de Samarande, frappa Lorn comme une gifle. Le souvenir de sa propre lâcheté lui revint. Une colère froide l'envahit.

— Laissez-le.

Étonnés, les miliciens se retournèrent. Comme il faisait nuit, Lorn ne portait pas ses lunettes. Ils ne le reconnurent pas sous sa capuche.

— Dégage.

— J'ai dit : laissez-le.

— Dégage, ou tu vas le regretter.

Lorn ne bougea pas d'un pouce.

— Laissez-le. Et foutez le camp.

Les miliciens se déployèrent en ricanant, tandis que Cadfeld se relevait péniblement.

Ils étaient quatre, armés de lourds bâtons plombés.

Lorn était seul et désarmé. Il avait bien un couteau à la ceinture mais, Oriale étant une ville assez sûre, il n'avait pas pris son épée pour se rendre aux Archives.

En revanche…

La sacoche pleine de livres fit un tour au bout de sa sangle et cueillit un milicien sous le menton. L'homme partit à la renverse, assommé, tandis que la sacoche éventrée se détachait en dispersant les livres qu'elle contenait dans un nuage de feuillets imprimés. Un autre milicien attaquait déjà. Lorn para le coup avec la sangle de la sacoche tendue à l'horizontale. Il s'effaça, pivota, donna un coup d'épaule et fit une boucle autour du poignet du troisième milicien… qu'il envoya trébucher sur celui qui gisait évanoui. Pris de court, le quatrième ne comprit pas comment, en une feinte et deux mouvements, Lorn réussit à l'agenouiller, à passer dans son dos et à l'étrangler avec la sangle.

Le milicien dont Lorn avait paré l'attaque allait revenir à l'assaut. Celui qui avait buté sur le corps du milicien assommé se relevait en se massant le poignet d'un air mauvais.

Mais Lorn menaça :

— Un geste, et je lui brise la nuque.

Pour montrer qu'il ne plaisantait pas, il serra un peu plus. Écarlate, son prisonnier couina, de la bave aux lèvres et les yeux révulsés.

Les deux miliciens hésitèrent.

— Jetez vos bâtons. Maintenant !

Ils lâchèrent leurs armes comme si elles étaient soudain devenues brûlantes.

— Vos dagues aussi.

Ils obéirent.

Lorn sentait que son prisonnier commençait à faiblir : il s'affaissait et griffait le cuir qui l'étranglait avec moins de vigueur.

Il était temps d'en finir.

Lorn le libéra et le poussa brusquement en avant d'un même mouvement. Un milicien aida l'homme à se relever tandis qu'il toussait, crachait, peinait à retrouver son souffle.

Lorn ramassa un bâton plombé et désigna le milicien étendu.

— Emmenez-le et tirez-vous.

Il n'eut pas à se répéter. Les miliciens soulevèrent leur collègue et s'en furent, penauds. Ce n'est qu'avant de disparaître à l'angle de la ruelle que l'un d'eux menaça :

— On se reverra !

— Oui, répondit Lorn pour lui-même. J'en suis convaincu.

Lorn attendit d'être sûr que les miliciens ne revenaient pas, avant de s'inquiéter de Cadfeld. Celui-ci n'avait pas réussi à se lever. Il s'était traîné vers un mur auquel il était adossé, assis, le nez et la bouche en sang, le visage tuméfié.

Lâchant le bâton plombé qu'il avait ramassé, Lorn s'accroupit près de lui et se pencha pour examiner succinctement ses blessures.

— Ça va ?

— Pas vraiment.

— Vous avez mal ?

— À la tête. Aux côtes. Au ventre. Un peu partout, en fait.

— Je crois que vous avez le nez cassé.

— Le contraire serait étonnant. Croyez-vous que je pourrai encore plaire aux dames ?

Lorn tâta les flancs du vieil homme au travers de ses hardes. Cadfeld grimaça et gémit.

— Ils vous ont aussi cassé deux côtes.

— Ils connaissent leur métier et sont assez doués. Mais on fait toujours mieux un métier que l'on aime, n'est-ce pas ?

Lorn se redressa mais resta accroupi.

— Pourquoi vous rouaient-ils de coups ?

Le revendeur de livres ne put retenir un douloureux sourire.

— Il paraît que je n'ai pas payé l'impôt.

— Comment ça ?

— Je tiens boutique, selon eux. Je dois donc payer l'impôt.

En fait de boutique, il avait une petite baraque en planches branlantes, étroitement coincée entre deux maisons, dans laquelle il dormait et gardait ses maigres biens.

— Au fait, ajouta Cadfeld. Merci. Sans vous...

— Vous pouvez marcher ? demanda Lorn.

— Pas tout seul.

— Je vais vous aider.

— Et si on lui demandait un coup de main, à celui-là ?

Lorn se retourna et vit Daril qui se tenait dans la ruelle, embarrassé et gauche, ne sachant quoi faire de ses mains.

— Qu'est-ce que tu fiches ici, toi ?

— Je... Je vous suivais et...

Et changeant brusquement de ton, l'adolescent s'exclama, des lumières dans les yeux :

— Bon sang, messire ! J'ai tout vu ! Ils étaient quatre, et avec des bâtons. Et vous, vous étiez seul et vous...

— Tu as fini ? l'interrompit Lorn.

— Pardon ?

— Parce que si tu as fini, j'aurais bien besoin de toi, là.

Daril s'empressa et, à deux, ils aidèrent difficilement Cadfeld à se mettre debout. Il pesait lourd et, les jambes faibles, il souffrait beaucoup. Il réussit néanmoins à mettre un pied devant l'autre, soutenu par Lorn et Daril sous les épaules.

Au sortir de la ruelle, ils hésitèrent sur le chemin à prendre.

— Il faut qu'un médecin vous examine, dit Lorn.

— Un médecin ? ironisa Cadfeld. Aux Pavés rouges ? Vous vous trompez de quartier, messire...

— Il y a le père Eldrim, suggéra Daril.

— Je n'aime pas trop ça, moi, les prêtres, dit le vieil homme.

Lorn l'ignora.

— Le père Eldrim, tu dis ?

— Il tient un petit dispensaire pour les malades et les miséreux, expliqua l'adolescent

— C'est loin ?

— Non. C'est rue de l'Orme.

— Parfait.

— Vous ne voulez pas plutôt me ramener chez moi ? demanda Cadfeld.

— Vous avez besoin de soins, lui rétorqua Lorn. Et d'ailleurs, personne ne vous demande votre avis.

Lorn frappa plusieurs fois du poing contre la porte.

Malgré l'heure très tardive, une religieuse vint ouvrir et, en voyant dans quel état était Cadfeld, elle ne fit aucune difficulté pour les laisser entrer. Lorn et Daril portèrent le vieil homme à l'intérieur du dispensaire, jusque dans une salle où dix grands lits étaient accolés, tous occupés par deux ou trois malades. Il fallut déplier un petit lit de sangles pour Cadfeld.

Après quoi Lorn et Daril furent invités à attendre dans une petite cour très agréable. Du lierre grimpait aux murs et aux colonnes d'une galerie en arcades. Des bancs et des chaises longues étaient disposés çà et là, sous le ciel nocturne et les constellations pâles de la Nébuleuse. L'air était doux et le silence apaisant.

Fatigué d'avoir soutenu Cadfeld seul ou presque malgré toute la bonne volonté de Daril, Lorn se laissa tomber sur une chaise longue. Il ne demandait qu'à soulager son dos douloureux et, poussant un soupir, ferma les paupières. Sa respiration devint très régulière, si bien que l'adolescent – qui, lui, peinait à rester en place – crut qu'il s'était endormi.

Mais Lorn, sans bouger, la capuche sur les yeux, dit soudain :

— Donc, tu me suivais.

Daril tressaillit.

— P... Pardon ?

— Tout à l'heure, dans la ruelle. Tu as dit que tu me suivais.

— Oui. Enfin non... Enfin si !

Lorn releva sa capuche.

Il tourna lentement la tête vers l'adolescent et attendit.

Daril déglutit.

— Je... Je vous suivais pas vraiment. Mais j'allais au même endroit que vous. Chez vous. On prenait le même chemin, quoi.

— Et qu'est-ce que tu allais faire chez moi ?

— Vous voir, pardi ! Mais... (Il hésita.) Mais je crois pas que ce soit le bon moment pour vous dire... pour vous dire ce que je voulais vous dire.

Intéressé, Lorn se mit sur le flanc, appuyé sur un coude.

— Je t'écoute, Daril.

— Ici ? Vraiment ? Z'êtes sûr ?

— Tu as mieux à faire ?

— Non, non.

L'adolescent, debout, tira sur les pans de sa tunique et, le dos bien droit, annonça :

— Je m'ennuie aux Archives. Il s'y passe jamais rien. Les autres, ça leur plaît, mais pas moi. Alors j'en ai parlé à maître Sibellus et il est d'accord pour que j'entre à votre service.

Lorn retint un sourire.

— À mon service. Rien que ça.

— Oui, messire. Comme valet. Ou comme écuyer, puisque vous êtes chevalier. Vous êtes bien chevalier, pas vrai ?

— Je le suis. Et Sibellus est d'accord pour te rendre ta liberté ?

— Il dit que ma seule qualité, en tant qu'archiviste, c'est la ponctualité. Et que ça lui permet seulement de savoir à quelle heure commencent les catastrophes. Mais il a aussi dit que je ferais sans doute un bon valet.

— Ou un bon écuyer.

— Il vous faut quelqu'un à votre service, messire. Pour s'occuper de votre cheval et de vos armes. Pour faire le ménage. Les courses. Pour faire un peu tout, en fait...

— Et ton père, qu'est-ce qu'il en pense ?

Daril baissa les yeux.

— À vrai dire, j'espérais un peu que vous seriez là quand je lui dirais. Et même que si vous pouviez lui dire que c'est plus ou moins votre idée…

Lorn le regarda, sans pouvoir s'expliquer l'affection qu'il ressentait pour ce jeune homme qui semblait avoir grandi trop vite, comme poussé hors de l'enfance par un excès d'impatience.

— Je vais y réfléchir, dit Lorn.

— Vrai ?

— Je n'ai pas dit « oui » ! Néanmoins, il y a une tâche dont tu pourrais t'acquitter maintenant.

— Tout ce que vous voulez, messire !

— Sais-tu où est la cabane de Cadfeld ?

— Je suis des Pavés rouges, messire.

— À l'avenir, autant que possible, réponds par « oui » ou « non ».

— Alors, oui. Je sais.

— Vas-y et rapporte tout ce dont Cadfeld pourrait avoir besoin. Ou tout ce qui pourrait avoir un peu de valeur. Je serais surpris qu'un verrou ferme la porte.

— Entendu, messire.

Et Daril s'en fut en manquant de bousculer le père Eldrim qui arrivait.

— Pardon, mon père !

Lorn se leva.

Grand, mince, le port raide, le père Eldrim avait une trentaine d'années mais semblait plus jeune. Il était vêtu d'une robe noire, car, comme tous les prêtres de l'Église du Dragon-Roi Sacrifié, il portait le deuil de ce dernier. L'Église du Dragon-Roi supplantait presque partout le culte des autres Dragons divins. À Oriale comme dans le reste du Haut-Royaume, il n'y avait guère que l'Église d'Eyral, le Dragon de la Connaissance et de la Lumière, pour lui tenir encore tête.

— Bonsoir, mon père.

— Bonsoir, mon fils.

— Je suis…

— Je sais qui vous êtes : on ne parle plus que de vous dans le quartier et je prévoyais de vous faire bientôt une visite. Mais surtout, je sais ce que vous avez fait ce soir pour ce pauvre Cadfeld, et je vous en remercie.

Lorn se demanda quel aurait été le motif de la visite du prêtre noir. Pure courtoisie ?

Peu probable.

— Comment va Cadfeld ?

— Il dort. Je lui ai fait boire une potion contre la douleur et j'ai étroitement bandé ses côtes.

— Se remettra-t-il ?

— Ce n'est plus un jeune homme mais il est encore solide. Espérons qu'un long et bon repos suffira. Pour le reste, nous ne pouvons que prier. Il revient au Sacrifié de décider.

Le père Eldrim se signa en frôlant, de l'index, l'effigie du Dragon-Roi qui ornait sa poitrine : un trait vertical de la tête à la pointe de la queue, puis un trait horizontal reliant les extrémités des ailes ouvertes. Le Dragon-Roi avait été le plus puissant et le plus sage des Divins. En sacrifiant sa vie, il avait mis fin aux Ténèbres et permis la victoire sur les armées d'Ombre et d'Oubli – ce qui avait parachevé le déclin des Ancestraux. Mais selon les prêtres noirs, il avait également purifié l'âme des hommes qui, dès lors, pouvaient prétendre au salut éternel.

Lorn ne croyait pas que son âme était éternelle. Et encore moins qu'elle était promise au salut.

— D'après Cadfeld, dit-il, les miliciens voulaient lui faire payer l'impôt. Que se passe-t-il, ici ?

Le prêtre soupira et lui désigna un siège.

— Il se passe, répondit-il quand ils furent assis, que notre préfet de quartier est avide et corrompu.

— Ne le sont-ils pas tous ?

Le père Eldrim esquissa un sourire résigné.

— Plus ou moins, si. Surtout depuis qu'ils ne sont plus désignés par le Conseil de Ville, mais nommés par la reine. Le nôtre, Talinn Yorgast, excelle dans son genre. Il écrase les Pavés rouges d'impôts, en prélève une part énorme pour son propre compte et s'enrichit encore plus grâce à divers trafics.

— Ne peut-on rien contre lui ?

— Il est le neveu d'Estévéris, le ministre de la reine. Autant dire qu'il est intouchable.

Lorn tiqua.

S'en prendre au neveu pouvait être un bon moyen d'atteindre l'oncle. Peut-être avait-il là une carte à jouer…

— Et pour qui songerait à protester, poursuivit le prêtre noir, Yorgast a la milice à sa solde.

— Je croyais que les membres de la milice étaient choisis parmi les habitants du quartier. Et par eux.

— De milice, celle des Pavés rouges n'a en fait que le nom. Yorgast en a fait sa garde rapprochée en ne recrutant que des brutes qu'il est parfois allé chercher en prison et dont vous avez pu mesurer la cruauté ce soir. Et à leur tête, il a nommé le pire de tous : Andara. C'est lui qui fait régner la terreur ici.

— Qui est-ce ?

— On l'ignore. Sans doute un ancien mercenaire. Mais si vous me permettez un conseil, chevalier, ne cherchez pas noise à ce monstre.

Lorn resta imperturbable.

— Et vous ? Vous n'avez pas de problèmes avec Yorgast et sa clique ?

— Ils ne m'aiment pas parce que je fais mon possible pour venir en aide aux miséreux et leur rendre espoir. Je pense qu'Andara me voit comme un opposant à son pouvoir. Un adversaire.

Lorn se demanda si Andara avait vraiment tort sur ce point.

L'Église du Dragon-Roi étendait en effet son influence en gagnant chaque jour de nouveaux adeptes. Parmi les puissants, certes. Mais surtout parmi les plus modestes, à qui elle venait en aide. En ces temps troublés, elle avait beau jeu d'incarner la justice, l'ordre et l'espoir. Et de nourrir et soigner des populations délaissées. Pour autant, les œuvres charitables des prêtres noirs n'étaient pas désintéressées : elles étaient partie intégrante d'une stratégie de conquête.

— Jamais ils n'oseront s'en prendre à moi, ajouta le père Eldrim. L'Unique me protège.

Il se signa de nouveau.

— Vous pouvez désormais compter sur mon aide, dit Lorn. N'hésitez pas à faire appel à moi si nécessaire. En attendant, acceptez que je paie les soins du vieux Cadfeld.

Il tendit une petite bourse. Le prêtre la prit, l'ouvrit et dit :

— C'est bien plus que nécessaire.

— Consacrez le surplus aux plus démunies de vos ouailles, mon père.

— Pour elles, merci.

Le père Eldrim empochait la bourse quand ils entendirent tambouriner à la porte du dispensaire. Ils échangèrent un regard intrigué, se levèrent et virent bientôt Daril qui faisait irruption dans la cour, poursuivi par les deux ou trois religieuses qu'il avait bousculées pour entrer.

Rouge, essoufflé, l'adolescent parvint tout juste à articuler :

— Vite ! Messire… Il faut… Il faut que vous veniez tout de suite !

Un grand feu crépitait dans l'obscurité, au centre de la place, à la vue de tous.

Tirés du lit par la milice, des habitants du quartier étaient réunis dans la tiédeur de la nuit. Rhabillés à la va-vite, pieds nus pour certains, ils se tenaient à bonne distance de l'éblouissant brasier sans mot dire, craintifs et vaguement incrédules, contraints d'assister à un spectacle obscène. Il y avait aussi des têtes hirsutes aux fenêtres et, par les rues, arrivaient des curieux que des voisins zélés avaient réveillés.

Ce que l'on brûlait, c'était la vie d'un brave homme.

Les flammes étaient hautes. Avivées par quelques flacons d'alcool, elles dévoraient des planches vermoulues, un tabouret, une caisse qui avait servi de table, un grabat et une couverture, un tapis miteux, des livres déchirés dont des pages voletaient en s'embrasant, soulevées par l'air chaud, et tout un bric-à-brac accumulé au fil du temps. Des miliciens continuaient d'ailleurs d'alimenter le bûcher avec ce qui restait des maigres trésors – un oiseau empaillé qui avait été un confident aussi fidèle que patient, une petite boîte ébréchée ornée de motifs en nacre, une collection de petits flacons vides – que contenait la baraque de Cadfeld avant qu'ils ne la détruisent. Elle n'avait offert qu'une résistance dérisoire. Deux ou trois coups de pied bien placés avaient suffi à abattre ses planches disjointes dans un nuage de poussière.

Andara souriait, satisfait, les bras croisés sur la poitrine tandis que ses hommes finissaient de jeter au feu le peu qu'un vieil homme inoffensif avait jamais possédé. Il était convaincu que la leçon porterait ses fruits. Voilà ce qu'il en coûtait de s'opposer à la milice, de s'opposer à lui. En s'en prenant à ses miliciens, quelqu'un avait directement contesté son autorité. Comme tout le monde dans le quartier des Pavés rouges, ce quelqu'un devait apprendre que cela n'allait pas sans conséquences.

Chapitre 7

Cette nuit-là, sur la place, Lorn choisit de ne pas intervenir.

Plus rien ne pouvait être fait pour sauver la cabane de Cadfeld et une confrontation publique avec Andara aurait été prématurée. Lorn resta donc à l'écart et garda Daril auprès de lui tandis que le père Eldrim, lui, fendait la foule d'un pas vif. Le courage du prêtre l'étonna, celui-ci n'hésitant pas à prendre Andara à partie pour l'accuser de cruauté et de lâcheté.

Il impressionna d'autant plus Lorn que celui-ci n'aimait guère les prêtres noirs et leur dogme niant la nature divine de tous les Dragons divins à l'exception du Dragon-Roi – qu'ils nommaient d'ailleurs l'Unique. Selon eux, les autres Ancestraux n'étaient que des émanations, des incarnations du Dragon-Roi. Les vénérer était une hérésie qu'il fallait combattre par la parole et la prédication, mais également par le fer et le feu si nécessaire. Aux yeux de Lorn, l'Église du Dragon-Roi Sacrifié incarnait une foi qu'il détestait : intolérante, souvent aveugle et parfois fanatique.

Était-ce sa foi qui donna au père Eldrim le cran de s'opposer à Andara devant tous ? et de l'insulter ? Peut-être. Mais il frémissait d'une colère que Lorn crut sincère. À l'évidence, il était révolté et n'en pouvait plus de se taire. Quels que soient les risques. Et d'ailleurs y songeait-il seulement ? Lorn en douta et guetta les réactions d'Andara.

Immense, massif, le chef des miliciens dépassait le prêtre d'une tête. Il essuya la diatribe sans sourciller. Puis il se pencha et, dans un silence de mort, toute l'assistance retenant son souffle, il glissa à l'oreille du père Eldrim quelques mots que Lorn apprit plus tard :

— Partez, mon père. Partez avant qu'il soit trop tard et que quelqu'un d'autre paye pour vous, ce soir.

Et il avait ajouté :

— Nous réglerons ce petit différend plus tard…

Furieux mais impuissant, craignant que des victimes innocentes fassent les frais de la colère d'Andara par sa faute, le père Eldrim avait renoncé et battu en retraite.

— Soyez maudit !

— Allons, mon père. Et qu'en est-il de la compassion inspirée par l'amour de l'Unique ?

Andara avait alors ordonné à ses hommes de vider la place.

Les miliciens chassèrent la foule sans ménagement pendant que le feu mourait. Les habitants des Pavés rouges rentrèrent docilement chez eux. Lorn partit parmi les derniers, quand il fut certain qu'Andara l'avait remarqué. Ils échangèrent un regard, chacun reconnaissant en l'autre un ennemi mortel.

Daril ne comprit pas pourquoi Lorn était resté sans agir. Mais il n'en dit rien et, Lorn l'ayant pris à son service avec la bénédiction de son père et de Sibellus, il s'acquitta de ses tâches avec zèle durant les jours suivants.

L'adolescent ne tarda pas à être reconnu dans le quartier. Il était le valet du chevalier de la Tour Noire et tout le monde cherchait à s'attirer ses bonnes grâces dans l'espoir d'en apprendre un peu sur son maître. Daril sut se taire, ce qui lui fut d'autant plus facile que Lorn ne lui disait rien de ses projets. En outre, il n'avait guère le loisir de profiter de sa soudaine popularité, Lorn préférant le garder dans l'enceinte de la tour. Lorn était en effet convaincu que la milice n'en resterait pas là. Il craignait qu'Andara ne s'en prenne à Daril pour l'atteindre et estimait donc plus prudent que l'adolescent ne s'aventure pas trop souvent seul dans les Pavés rouges. Aussi ne le chargeait-il que de faire quelques courses à l'occasion, ou d'aller prendre des nouvelles de Cadfeld – et accessoirement du père Eldrim, dont Lorn était sûr qu'il était désormais en danger.

Un matin, peu avant midi, Lorn revint de chez un imprimeur avec les affichettes qu'il avait commandées deux jours plus tôt. Il les confia à Daril et lui dit d'aller les clouer dans le quartier, mais en ouvrant l'œil et sans trop s'éloigner de la tour. Daril lut une des affiches et ouvrit des yeux étonnés. Mais comme Lorn le regardait et attendait, il n'osa rien demander et s'en fut.

Une heure plus tard, il était de retour.

Les gravats et détritus que Lorn avait déblayés faisaient un tas dans la cour. Il allait falloir les emporter et commencer les travaux de réfection de la tour, ce que Lorn ne pouvait faire, même avec l'aide de Daril – qui s'avérait d'ailleurs plus dangereux avec un marteau qu'une lampe à huile dans une poudrière. Lorn avait désormais besoin d'ouvriers compétents et d'un maître d'œuvre en mesure d'organiser les travaux et de diriger le chantier.

La Tour Noire menaçait ruine et sa toiture effondrée avait défoncé les planchers des derniers étages. Le plus simple aurait sans doute été de l'abattre et de reconstruire. Mais quitte à y consacrer tout l'argent que lui avait confié le comte d'Argor, Lorn tenait à s'établir dans la dernière Tour Noire d'Oriale pour la même raison qu'il en avait fait autant que possible sans personne : pour le symbole.

Il lui restait d'ailleurs une dernière tâche à accomplir seul, une tâche qu'il n'avait que trop longtemps repoussée.

— Daril, va me chercher la grande masse.

Le pont-levis restait bloqué ; or, avec le chantier qui s'annonçait, des mules, des charrettes à bras, des chariots devraient pouvoir entrer et sortir. Lorn avait repéré les pièces fautives dans le mécanisme, celles qui – après des siècles d'abandon – grippaient tout et retenaient les chaînes. Il avait tenté de les nettoyer, de les ôter, de les forcer en douceur. En vain. Elles étaient prises dans la rouille et la poussière sédimentée, et ne faisaient plus qu'un agrégat.

Cela avait assez duré.

C'est donc un lourd maillet sur l'épaule que, ce jour-là, en bras de chemise, Lorn traversa la cour écrasée de soleil. Et après avoir craché dans ses paumes, il frappa et frappa encore à grands coups réguliers…

… jusqu'à ce qu'il n'en puisse plus et que, les bras raides, les épaules douloureuses, il aille boire à l'eau du puits.

Il s'était épuisé durant une heure pour rien. Le mécanisme semblait irrémédiablement pris dans une gangue aussi solide que du granit et Lorn commençait à sérieusement envisager de libérer le pont-levis en coupant ses chaînes, ce à quoi il rechignait depuis le début.

Il venait de plonger la tête dans un seau que Daril venait de remonter quand, le visage encore dégoulinant d'eau fraîche, il plissa les paupières en voyant quelqu'un qui était entré dans la cour. Il remit ses lunettes et reconnut le vétéran qui discutait avec Cadfeld et deux autres, un soir, à l'auberge.

— Trouve-toi quelque chose à faire, Daril.

L'adolescent acquiesça et s'en fut sans discuter.

Liam ne semblait trop savoir quoi faire, ni où aller. Il finit par approcher de Lorn qui, impassible, ne le quittait pas du regard.

— Bonjour.

Lorn répondit d'un signe de tête.

— Vous avez soif ? demanda-t-il.

Le vétéran acquiesça et but au seau.

— Elle est fraîche, dit-il en s'essuyant la bouche avec sa manche. Merci.

Lorn l'observa.

Il était plus grand que lui, avec des mains énormes, une barbe hirsute et un regard doux. Une cicatrice en croix lui fendait la pommette droite. Ses vêtements étaient modestes, rapiécés, usés mais propres. Il était chaussé de vieilles sandales en corde et avait dans le dos une épée soigneusement emmaillotée.

— J'ai vu les affiches, dit Liam. C'est vrai, ce qu'elles disent ?

— C'est vrai.

L'ancien soldat prit le temps d'assimiler la nouvelle.

Car c'était bien un ancien soldat, Lorn n'en doutait pas, même s'il ignorait encore son nom.

— Vous avez combattu, dit-il.

— Oui, répondit Liam.

Et il cita sobrement ses campagnes.

Leur nombre était impressionnant. Certaines, parmi les plus récentes, étaient inconnues de Lorn. Mais d'autres lui étaient d'autant plus familières qu'il y avait participé.

— Vous étiez à la bataille d'Urdel ? demanda-t-il.

— Oui.

— Quelle compagnie ?

— Langre-Azur.

— Langre-Argent, annonça Lorn.

L'estime fut aussitôt réciproque entre les deux soldats. Ils échangèrent un regard durant lequel ils se jaugèrent, jusqu'à ce que Lorn reprenne :

— Il y a surtout des coups à prendre et il faudra parfois se salir les mains. Mais nous aurons une chance de faire la différence. Pour le Haut-Roi. Et pour le Haut-Royaume.

— Ça me va.

— Vous ne voulez pas connaître le montant de la solde ?

— Non.

— Comment vous vous appelez ?

— Liam.

Lorn tendit la main au vétéran.

— Bienvenue dans la Garde d'Onyx, Liam.

Ils n'avaient pas fini de se serrer la main quand ils entendirent le bruit que peut faire une masse métallique frappant un rocher.

Il y eut un long, un très long grincement.

Puis un craquement et, dans un furieux cliquetis de grosses chaînes qui se dévident, le pont-levis s'abattit et claqua sur le pavé de la rue en soulevant un épais nuage de poussière.

Après un moment qui s'étira dans un étrange silence, Daril parut.

Ahuri et ravi, il tenait le maillet.

Comme Lorn le lui avait demandé, il s'était trouvé quelque chose à faire, et un coup avait suffi.

Chapitre 8

Talinn Yorgast releva les yeux de l'affiche qu'Andara venait de lui apporter. On y voyait la silhouette de la Tour Noire et cette inscription : « La Garde d'Onyx recrute ».

— Eh bien ?

— Avez-vous reconnu le cachet ?

Il y avait en effet un cachet de cire rouge apposé au bas de l'affiche. Pour le déchiffrer, Yorgast dut s'approcher de l'une des torches qui, cette nuit-là, éclairaient la terrasse de son jardin d'été.

Une tête de loup sur deux épées croisées.

Et une couronne.

Yorgast se souvint de la manière dont son oncle avait ironisé à l'idée que le chevalier que le Haut-Roi leur envoyait pourrait vouloir recréer la Garde d'Onyx seul. Le calme affecté par le ministre l'avait impressionné et il voulut produire un effet semblable.

— La Garde d'Onyx ne va pas renaître avec quelques affiches, dit-il avec un haussement d'épaules méprisant. C'est pour ça que vous me dérangez, Andara ?

— La Garde d'Onyx ou autre, je m'en moque, répondit son homme de main.

Ce qui troubla le préfet des Pavés rouges.

— Pardon ?

— L'important est qu'il recrute, expliqua Andara. D'abord, cet homme prend possession de la Tour Noire. Ensuite, il malmène quatre de mes hommes et s'acoquine avec ce maudit prêtre. Et maintenant, il recrute.

— Et donc ?

— Croyez-moi, cet homme est dangereux.

— Je sais à quoi vous pensez, Andara. Il n'en est pas question.

— Il disparaîtrait. Personne ne saurait jamais ce qu'il est advenu de lui.

— Non ! s'agaça Yorgast.

Andara attendit un moment et dit d'une voix calme :

— Il devient populaire. Bientôt, il sera trop tard. Or il suffit parfois qu'un homme se lève pour que...

— Je sais, je sais..., l'interrompit le préfet.

La situation l'inquiétait plus qu'il ne voulait le montrer. Lui non plus ne tenait pas à ce que quelqu'un – et certainement pas un représentant royal – fasse des siennes dans le quartier des Pavés rouges. Mais Estévéris avait été plus que formel : il n'était pas question que l'on touche à un cheveu de ce Lorn Askariàn. La chevalière qu'il avait au doigt le protégeait.

— Continuez à garder un œil sur lui, dit Yorgast. Mais je vous interdis de vous en prendre à lui.

— Compris.

Andara s'en fut en laissant l'affiche.

Talinn Yorgast pouvait bien dire et exiger ce qu'il voulait, il ignorait ce qui se passait vraiment aux Pavés rouges. Andara le savait et il avait beaucoup plus à perdre que le préfet si le quartier lui échappait ou si ses habitants commençaient seulement à s'agiter. Il avait fait ce qu'il fallait en brûlant sans tarder et à la vue de tous la cabane de ce vieux fou.

Mais il devait frapper plus fort, à présent.

Et plus haut.

Chapitre 9

Reik Vahrd franchit le pont-levis de la Tour Noire un matin, aux rênes d'un vieux chariot grinçant qui transportait le bien le plus précieux du forgeron royal : son enclume.

— Notre forge est en ruine mais il s'y trouve une enclume, sais-tu ? se moqua Lorn en s'approchant tandis que Vahrd descendait de son siège.

— Pas comme celle-ci.

— Tu veux dire que la nôtre n'est pas aussi dure que ta vieille tête ?

— Et de très loin.

Heureux, ils échangèrent une virile et chaleureuse accolade, de celles qui coupent le souffle, broient les côtes et fendent les omoplates. Vahrd, d'ailleurs, n'en connaissait pas d'autres.

— Je suis vraiment heureux de te voir, dit Lorn.

— Moi aussi.

— Tu as fait bon voyage ?

— La route est longue depuis la Citadelle…

— Mais tu es venu seul ? Et Naé ? Elle ne t'a pas accompagné ?

Le vieux forgeron se renfrogna.

— Non. Je t'expliquerai.

Lorn devina un souci mais n'insista pas. D'ailleurs, Vahrd changeait déjà de sujet en regardant autour de lui, les mains sur les hanches.

— Tu t'es donc bel et bien installé dans cette ruine, constata-t-il.

Lorn lui avait fait part de son intention avant de quitter la Citadelle, le soir même où il lui avait proposé de rejoindre la Garde d'Onyx et de l'aider à accomplir la mission que le roi lui avait fixée. Vahrd avait demandé une nuit de réflexion, avant d'accepter – et à la condition que le Haut-Roi le libère.

Cela faisait de lui le premier que Lorn avait recruté.

Le premier Garde d'Onyx.

Dans la cour inondée de soleil, Lorn vit Liam qui sortait sur le perron du donjon et plissait les paupières, ébloui. Il effectuait des travaux à l'intérieur quand il avait entendu le chariot arriver et venait voir de quoi il retournait, en bras de chemise, gris de poussière, le front luisant et les aisselles assombries par la sueur.

Lorn lui fit signe de les rejoindre.

— Qui est-ce ? demanda Vahrd.

— Liam. Ma première recrue. Enfin, après toi.

Lorn fit les présentations et Liam ne put masquer son trouble en comprenant à qui il avait affaire. Reik Vahrd n'était pas seulement le forgeron du Haut-Roi, celui qui fabriquait ses armes et ses armures, celui de qui – pour une large mesure – la vie d'Erklant II avait dépendu sur les champs de bataille. Il avait également été le compagnon d'armes du roi durant quelques guerres aussi héroïques que glorieuses, au début de son règne.

Comprenant de quoi il retournait, Vahrd adressa un clin d'œil amical et complice à Liam.

— Tout va bien, dit-il avec un bon sourire. Heureux de faire ta connaissance.

— C'est… C'est un honneur.

— Ça passera après quelques verres… Et celui-là ? Une autre recrue ?

Vahrd désignait Daril qui approchait, radieux et curieux, Yssaris dans les bras.

— En quelque sorte, répondit Lorn. Il me tient compagnie depuis quelques semaines sans que j'aie à m'en plaindre. L'autre, c'est Daril, mon… écuyer.

— Salut, Daril.

— Bonjour, messire.

Échappant à l'adolescent, le chat roux alla voir ce que c'était que cette nouvelle charrette et ce nouveau cheval qui la tirait.

Lorn prit Vahrd par le bras.

— Viens. Je vais te montrer la forge. Ou plutôt ce qu'il en reste.

Ils s'éloignèrent.

Adossée au mur d'enceinte, la forge avait été laissée à l'abandon, comme le reste de la Tour Noire. Il n'en restait guère que les murs et quelques poutres de charpente, le toit s'étant effondré depuis longtemps.

Bras croisés, une épaule appuyée dans l'encadrement de la porte, Lorn observa Vahrd alors qu'il faisait le tour des lieux en enjambant débris et broussailles, examinant la forge proprement dite dont la cheminée se dressait encore vaillamment. Lorn en profita pour mettre le forgeron au courant de l'essentiel. Il lui parla de Sibellus, d'Andara, du préfet Yorgast et de ce qu'il savait de la vie dans le quartier des Pavés rouges. Vahrd écouta en silence, attentivement mais sans interrompre son inspection pour autant. Il finit par poser un regard méprisant sur l'enclume couverte de rouille et de lierre qui trônait au milieu des décombres.

Lorn attendit un moment, puis demanda :

— Alors ? Naé ? Elle a préféré rester ?

Vahrd haussa les épaules. Ce geste n'indiquait cependant pas une ignorance, plutôt un embarras à répondre.

— En fait, elle a quitté la Citadelle peu après ton départ.

— Pour aller où ?

— Je ne sais pas trop. Nous… Nous nous sommes un peu disputés.

— À quel sujet ?

Autre haussement d'épaules gêné.

— Elle n'a pas apprécié que j'accepte ton offre de rejoindre la Garde d'Onyx à mon âge. Mais surtout elle a… (Craignant de trop en dire, Vahrd chercha ses mots.) Elle a pris une décision que je n'approuve pas.

Les précautions du vieux forgeron intriguèrent Lorn.

— Mais pourquoi tous ces mystères ? demanda-t-il.

— C'est son choix…, lâcha Vahrd à contrecœur.

Lorn décida de ne pas insister mais Vahrd ajouta de lui-même :

— Je l'ai élevée pour qu'elle soit indépendante, qu'elle prenne ses décisions seule. Je n'allais tout de même pas l'empêcher de faire ce qu'elle veut au prétexte que cela me déplaît, n'est-ce pas ?

Il semblait chercher un réconfort, une réponse que Lorn ne possédait pas. Alors, brusquement honteux de s'être abandonné à un moment de faiblesse, le vieux forgeron baissa les yeux tandis que Lorn ne savait que dire ni que faire face à l'inquiétude d'un père.

Il y eut un silence qui dura.

Puis Lorn prit la décision qui les soulagea tous les deux, et fit comme si de rien n'était.

— Crois-tu pouvoir faire quelque chose de cet endroit ?

Le vieux forgeron considéra la forge en ruine une dernière fois avant d'acquiescer d'un air appréciateur et de répondre :

— Mon enclume y chantera bientôt.

Après Vahrd, d'autres vinrent.

Ils se présentèrent tandis qu'avançait l'été et que des échafaudages s'élevaient autour de la Tour Noire. La plupart arrivèrent attirés par la rumeur. Andara faisait arracher les affiches au fur et à mesure mais il ne fut bientôt plus nécessaire de les remplacer. Le bouche à oreille fonctionnait, surtout parmi les soldats de métier et les vétérans nostalgiques de la gloire perdue du Haut-Royaume. Il se disait qu'il y avait un nouveau Premier chevalier du Royaume et qu'il recrutait pour la Garde d'Onyx. Un fou, peut-être. Mais ce fou avait auprès de lui Reik Vahrd, l'un des derniers fidèles du Haut-Roi…

Chaque semaine amenait ainsi de nouveaux candidats.

Lorn les recevait en présence de Vahrd, qu'il consultait du regard lorsqu'il hésitait. Souvent, un coup d'œil lui suffisait pour écarter un volontaire. Il voulait des hommes capables de se battre et de monter à cheval. Mais aussi d'obéir, et d'endurer la fatigue et la douleur. Surtout, il cherchait des hommes habités par un idéal, des hommes d'honneur et de devoir qui avaient tout perdu comme lui et qui pourtant gardaient en eux une flamme secrète.

Une flamme sacrée.

Lorn ne recruta que quatre hommes durant ces quelques semaines.

Dwaìn, un colosse roux au dos zébré de cicatrices qui avait été maréchal-ferrant dans l'armée d'Ansgarn avant d'être envoyé aux galères. Yeras, un éclaireur qui – la gorge entaillée et une pointe de flèche dans l'œil gauche – avait été laissé pour mort au terme d'une expédition suicidaire dans les Steppes grises. Eriad, un jeune homme blond et séduisant qui ne rêvait que de hauts faits et de victoires héroïques.

Et Logan.

Celui-ci se présenta un soir avec une épée au côté et sa jumelle dans le dos. Taciturne, il semblait se méfier de tout et répondit à peine aux questions que Lorn lui posait. L'entrevue se passa mal, si bien qu'il s'en retournait déjà quand Vahrd le rappela.

— Un instant !

Plutôt satisfait de voir Logan partir, Lorn considéra le vieux forgeron avec étonnement.

— Mercenaire ? demanda Vahrd.

— Oui, répondit Logan.

— Depuis quand ?

— Depuis presque toujours.

— Vous respectez le Code ?

Logan souleva sa manche et montra la marque, gravée au fer rouge sur son poignet, que portaient tous les mercenaires qui juraient d'exercer leur métier selon les commandements de courage et de loyauté du Code de Fer.

Vahrd fit mine de réfléchir, puis dit :

— Les deux épées, c'est pour la galerie ?

La question était volontairement provocante mais Logan était resté impassible.

— Non.

Un autre que lui aurait dégainé ses lames pour faire une démonstration, accomplir quelques passes d'armes censées démontrer sa maîtrise.

Pas lui.

Vahrd, alors, sourit. Et sans consulter Lorn, il dit :

— Sois ici demain à l'aube.

Le mercenaire acquiesça avant de repartir sans un merci ni un au revoir.

— Tu es sûr ? demanda Lorn en regardant Logan s'éloigner dans la cour.

— Certain, répondit Vahrd.

Il avait reconnu dans le regard du mercenaire une douleur qui ne lui était que trop familière. Cet homme était en quête de rédemption.

— En revanche, ajouta-t-il, je n'aime pas Eriad.

Lorn fit la moue.

— Bah ! il rêve un peu trop de gloire, et alors ? Il est jeune.

— Il n'a que cinq ans de moins que toi.

— Mais moi aussi, je rêvais de gloire, il y a cinq ans.

Lorn s'assombrit en songeant à celui qu'il avait été et ne pourrait plus jamais être.

Le vieux forgeron bougonna un peu.

Embarrassé d'avoir indirectement – et très involontairement – réveillé de mauvais souvenirs, il se racla la gorge et dit :

— Eh bien, mettons que je te laisse Eriad et que tu me laisses Logan…

Lorn acquiesça.

— Que penses-tu des autres ?

Vahrd réfléchit rapidement avant de répondre :

— J'aime bien Dwaïn. Je me fierais à lui. À Yeras, j'en suis moins sûr. Même d'un œil, je crois qu'il a vu la mort d'un peu trop près.

— Et Liam ?

— Celui-là, n'hésite pas. Fais-en ton lieutenant.

Chapitre 10

La vie s'organisa au fil des jours dans la Tour Noire.

Les premiers Gardes d'Onyx apprirent à se connaître et fraternisèrent, sauf Logan qui préférait souvent rester à l'écart. Le soir, quand tous se retrouvaient autour d'un feu de camp à l'issue d'une journée de travail harassante, il se taisait et s'esquivait après avoir salué la compagnie d'un signe de tête. Ces repas étaient pourtant amicaux et souvent joyeux, pris à la belle étoile, au pied du donjon. Assis sur des pièces de charpente et des sacs de plâtre, Lorn et ses hommes mangeaient, buvaient et parlaient comme on parle quand on se découvre, en alternant les témoignages, les questions à l'autre et les demi-confidences.

Daril écoutait, ravi, le visage chauffé par le feu, et il manquait parfois de faire brûler les pièces de viande qu'il avait la charge de surveiller. Son admiration pour Lorn demeura intacte, mais il tomba en adoration devant Vahrd dont les anecdotes cocasses et les récits épiques l'enchantaient : à ses yeux, le vieux forgeron était une sorte de demi-dieu tout droit venu des temps héroïques. Les autres, d'ailleurs, n'étaient pas loin de ressentir la même chose, impressionnés par sa stature et son expérience mais aussi réconfortés par sa modestie bourrue et son naturel sincère. Ils le surnommèrent « le Vieux » avec un mélange de respect et d'affection. Cela plut à Vahrd qui laissa dire, si bien que même Lorn se surprit à l'appeler parfois ainsi.

Le Vieux bénéficiait d'un statut à part que nul ne lui contestait : celui de confident privilégié de Lorn. Mais suivant son conseil, c'est de Liam que Lorn fit son bras droit. Il ne le regretta pas. Le vétéran était rigoureux et précis, fiable et efficace. S'il donnait son avis, ce n'était jamais plus d'une fois et il exécutait ensuite les ordres sans discuter. Discret et zélé, il était capable de prendre des initiatives. Il avait, en outre, l'œil à tout et rapportait à Lorn ce qu'il devait savoir, ce qui revenait à dire qu'il ne lui rapportait pas tout. Un parfait lieutenant.

L'une de ses attributions était de surveiller le chantier.

Comme il était temps de s'attaquer au gros œuvre dans le donjon, Lorn s'était résolu à recruter des ouvriers et des artisans de métier. Pour la charpente, il avait fait appel à Elbor Sarne, le père de Daril, et il lui avait demandé de lui recommander un maître d'œuvre capable. Sarne en recommanda plusieurs pour lesquels il avait lui-même travaillé ou qu'il connaissait de réputation, mais tous refusèrent le contrat ou se désistèrent très vite. Ce ne pouvait être une coïncidence. Le préfet Yorgast avait-il fait jouer ses relations? Andara avait-il eu recours à des menaces? Quoi qu'il en soit, le résultat était là: personne ne semblait disposé à prendre en charge le chantier de la Tour Noire.

Sauf Sarne à qui Lorn s'était finalement adressé, mais sans lui dissimuler les risques:

—La nouvelle ne plaira pas du tout à Andara.

—Andara fait la loi dans les Pavés rouges depuis bien assez longtemps, avait répondu le père de Daril après un instant de réflexion.

Les deux hommes avaient alors scellé leur accord d'une poignée de main.

Lorn ne regretta pas son choix.

Sarne s'avéra compétent. Il avait travaillé sur assez de chantiers et depuis assez longtemps pour pouvoir en diriger un. Il avait l'expérience et l'autorité nécessaires, et il bénéficiait du respect et de la confiance des artisans qu'il engageait car il était du métier, comme eux. Il embaucha les meilleurs. Le donjon se garnit d'échafaudages à l'intérieur et à l'extérieur, et Lorn et ses hommes besognèrent sans rechigner, suant et peinant sous le soleil comme de simples ouvriers. Le soir les trouvait fourbus mais heureux de participer à la renaissance de la dernière Tour Noire d'Oriale.

Elle devint la leur.

Celle qu'ils bâtissaient et défendraient si nécessaire.

Les premiers jours de labeur, cependant, furent terribles pour Eriad. Lorn et Vahrd le virent s'épuiser, souffrir et meurtrir jusqu'au sang des mains tendres qui n'avaient jamais travaillé. Mais il ne renonça pas et ne se plaignit jamais. Son abnégation lui valut de gagner l'estime des autres Gardes d'Onyx qui jusque-là considéraient ce jeune homme avec une méfiance teintée de dédain. Même Vahrd reconnut qu'il s'était peut-être trompé sur son compte, et il le recruta pour les aider, Dwaìn et lui, à retaper la forge.

Les travaux allèrent bon train, dans les coups de marteau, le chant des scies, le grincement des poulies, les allées et venues des charrettes.

Les échafaudages grimpèrent de plus en plus haut autour du donjon. Les baraquements devinrent habitables. La forge eut un toit. Aucun incident ne vint perturber la vie du chantier mais Lorn restait méfiant.

La forge de la Tour Noire fonctionna deux semaines après l'arrivée de Vahrd. Le forgeron royal put alors réparer le matériel et les outils des ouvriers qui travaillaient sur la tour, mais aussi fabriquer l'équipement dont la nouvelle Garde d'Onyx avait besoin.

En premier lieu, Lorn chargea Vahrd de forger les armures et les lourdes capuches qui les feraient reconnaître. Ils les voulaient en cuir noir doublé de mailles, afin d'allier souplesse et robustesse. Et il tenait aux capuches plutôt qu'aux casques, qui limitaient trop le champ de vision. Le forgeron réalisa plusieurs modèles d'armure que Lorn essaya l'un après l'autre, en demandant tel ajustement, tel perfectionnement. Et chaque fois, Vahrd s'exécutait. Souvent, le marteau sonnait contre son enclume jusqu'à la nuit noire.

Enfin, un soir après dîner, Daril vint chercher Lorn.

— Votre armure est prête, messire.

Lorn traversa la cour derrière l'adolescent. La nuit était tombée et, vidée des ouvriers, la Tour Noire semblait désertée. Il y régnait un silence apaisant sous la Nébuleuse. Seul Logan veillait encore.

Vahrd attendait sur le seuil de la forge, sa large silhouette découpée par une lumière rouge et orangé. Il fit entrer Lorn et lui présenta l'armure qu'il venait d'achever. Lorn la passa aussitôt. Il en apprécia la légèreté, fit quelques grands mouvements pour en mesurer la souplesse.

— Alors ? s'enquit le forgeron.

— On dirait que celle-ci est la bonne.

— Je me suis inspiré d'une armure que j'ai vue il y a longtemps. Celui qui la possédait disait l'avoir prise à un chevalier du Drakhen. Je n'ai pas cru à son histoire, mais l'armure était belle. Un peu plus lourde, peut-être.

— Elle est parfaite.

Lorn prit deux épées sur un râtelier, en lança une à Vahrd, se mit en garde, et les deux hommes s'affrontèrent dans la forge sous le regard ravi de Daril. Il ne s'agissait pas de vaincre, plutôt de tester les attaques et les parades, les feintes, tous les enchaînements susceptibles d'être accomplis dans un combat à mort. Le duel avait l'apparence de la vérité, si ce n'est que Lorn et le forgeron souriaient et exagéraient leurs gestes par moments. L'adolescent n'en perdit pas une miette, esquissant même une esquive ou une riposte à l'occasion.

— Bravo, dit Lorn à l'issue du combat.

— Merci.

Vahrd était essoufflé, mais son bras n'avait pas faibli, ainsi que Lorn avait pu s'en rendre compte.

— Tu ne voulais pas seulement tester l'armure, pas vrai ? demanda le vieux forgeron royal.

— Non, reconnut Lorn. Désolé.

— Ne le sois pas. Je comprends.

Un silence s'installa dans la forge tandis que Daril aidait Lorn à enlever son armure. Celui-ci aurait facilement pu s'en sortir seul, mais l'adolescent prenait son rôle d'écuyer très au sérieux. Or les écuyers aident les chevaliers à ôter l'armure, n'est-ce pas ? Lorn et Vahrd échangèrent un regard et retinrent un sourire.

Enfin, Daril s'en fut en emportant l'armure, avec ordre de la graisser afin d'en assouplir le cuir et d'en protéger les mailles d'acier.

— La prochaine armure que tu feras sera la tienne, dit Lorn depuis le seuil de la forge. Les autres passeront te voir ensuite pour que tu prennes leurs mesures...

— Entendu.

— Nous pourrions avoir bientôt besoin de ces armures, Vahrd.

— Je sais.

À l'instar de Lorn, Vahrd pressentait qu'Andara ne resterait pas longtemps sans agir contre eux. Pour l'instant, il se contentait de faire surveiller la Tour Noire et ses occupants, pendant que ses miliciens se montraient plus que jamais dans les Pavés rouges et faisaient peser une menace silencieuse sur le quartier.

— Tu comptes te rendre chez Sibellus, ce soir ?

Lorn acquiesça.

— Je suis déjà en retard.

Il s'était d'abord efforcé d'étudier seul, après dîner, les documents que le maître archiviste lui faisait parvenir. Mais très fatigué, il s'était souvent endormi sur un texte de loi ou un commentaire d'un extrait méconnu des *Chroniques*. Si bien qu'il avait pris l'habitude de se rendre auprès de Sibellus, qui lui lisait et expliquait les textes d'importance. Lorn s'assurait ainsi de la légalité de ses prérogatives de Premier chevalier du Royaume et découvrait ce que la Garde d'Onyx avait été. Créée et dissoute par Erklant Ier, elle avait accédé à la légende et semblait appartenir à un passé héroïque et irréel. Mais les devoirs et attributions de cette troupe d'élite n'avaient rien d'imaginaire.

— Sois prudent, conseilla Vahrd.

— Je serai rentré avant minuit.

— Demande à Logan de t'accompagner. De toute façon, il ne dort jamais, celui-là.

— Si tu veux. Mais je ne crois pas qu'Andara s'en prendrait directement à moi.

— Ouvre quand même l'œil.

— Promis.

Lorn s'en fut en souriant.

— Et emmène Logan avec toi ! lui lança Vahrd depuis l'intérieur de la forge.

Chapitre 11

Les ennuis commencèrent un matin, quand Sarne arriva en retard, fit arrêter le chantier et demanda à parler seul à seul à Lorn.

— Qu'est-ce qui se passe ? s'inquiéta Daril en remarquant la mine grave de son père.

Mais celui-ci ne répondit pas et suivit Lorn dans le donjon, où ils s'enfermèrent.

— Ça va aller, gamin, glissa Vahrd à Daril.

Tous les regards étaient désormais tournés vers la porte du donjon, un étrange silence régnant sur la Tour Noire.

L'entrevue ne dura guère.

Les deux hommes ressortirent, Lorn réunissant ses gardes tandis que Sarne allait expliquer aux artisans et ouvriers médusés qu'ils seraient payés pour la semaine mais qu'ils devaient rentrer chez eux et qu'ils étaient libres d'accepter d'autres contrats. Les travaux, en effet, ne reprendraient pas avant nouvel ordre.

— Bon sang, Lorn ! c'est quoi, cette histoire ? s'impatienta Vahrd pendant que Sarne s'expliquait avec ses employés.

— Il a été menacé, dit Lorn. Hier soir, des hommes se sont introduits chez lui et lui ont ordonné d'abandonner le chantier. Trois de ses maîtres artisans ont reçu la même visite. Et l'un d'eux a même vu sa fille aînée violée devant lui...

— Les salauds, jura Liam dans sa barbe.

— Andara ? s'enquit Yeras pour la forme.

— À coup sûr, dit Lorn. Sarne dit ne pas avoir reconnu les hommes qui les ont menacés, sa femme et lui. (Il se tourna vers Daril.) Ta mère va bien, Daril. Mais elle a sans doute besoin que tu sois près d'elle. Va la retrouver.

Très pâle, l'adolescent balbutia un remerciement et s'en fut. Vahrd fit alors signe à Logan de le suivre. Le mercenaire acquiesça et obéit.

— Il faut faire payer à ces ordures ce qu'elles ont fait ! dit Dwaìn.

— Sans preuves, nous ne pouvons pas grand-chose, objecta Liam.

— Peu importe, rétorqua Yeras. Nous savons parfaitement que c'est un coup de la milice des Pavés rouges. Il suffirait d'en coincer quelques-uns un soir et d'avoir une petite discussion avec eux…

— Ce serait nous comporter comme eux, protesta Eriad.

Yeras se tourna vers le jeune homme, planta son regard dans le sien et, très calme, demanda :

— Et alors ?

Vahrd prit la parole :

— Sarne ment peut-être quand il dit ne pas avoir reconnu les hommes qui l'ont menacé. Pour éviter les représailles. S'il acceptait de témoigner…

— Non, fit Lorn. Il en a déjà bien assez fait.

Ils se turent et se tournèrent vers les artisans et les ouvriers qui rangeaient leurs affaires, emballaient leurs outils et quittaient peu à peu le chantier. Certains adressèrent des saluts amicaux et pudiques aux gardes. La plupart s'en allaient d'un pas lent et la tête basse, comme une garnison vaincue qui livre une place forte à l'ennemi.

— Ils sont honteux de partir, nota Liam.

— Ils savent qu'ils faisaient plus que rebâtir une tour, dit Lorn.

C'était, d'une certaine manière, une petite victoire.

— Alors ne les laisse pas repartir, dit Vahrd. Retiens-les. Ou au moins, propose-leur de continuer le chantier. Certains accepteront. D'autres viendront peut-être.

— Sans maître d'œuvre ?

— On finira bien par en trouver un…

— Vraiment ? Où ? Et quand ? (Le forgeron voulut répondre mais Lorn ne lui en laissa pas le temps.) Et même si on reprenait le chantier ? Tu crois qu'il se passera longtemps avant qu'Andara fasse un mort ? Une adolescente a déjà été violée, Vahrd. Ces types ne plaisantent pas.

— Et c'est précisément pour ça qu'il faut leur rentrer dans le lard ! Crois-moi, Andara appartient à une race d'hommes qui ne connaît qu'une loi : celle du plus fort.

Lorn observa ses gardes. Tous, sauf Liam, approuvaient le Vieux et il sentit leur déception quand il dit :

— Je trouverai une solution. Mais pour l'instant, on ne fait rien.

— Merde, Lorn ! protesta Vahrd. Tu ne peux pas…

— Si ! s'emporta Lorn. Je peux ! Et je le fais ! Faut-il que je te rappelle qui commande, ici ?

Fulminant, Vahrd serra les poings mais réussit à se contenir.

— Je…, commença-t-il. Je ne comprends pas comment tu peux t'avouer vaincu si vite.

— Qui te dit que je m'avoue vaincu ?

— Ça y ressemble, en tout cas.

Sur ces mots, le forgeron tourna les talons.

— Où vas-tu ? lui demanda Lorn.

— Boire ! répondit Vahrd sans se retourner.

Il traversa la cour au pas de charge et quitta la Tour Noire en maugréant.

Liam interrogea Lorn du regard.

— Laisse, dit Lorn. Je le connais. Il reviendra quand il sera calmé.

En fin d'après-midi, incapable de se concentrer, Lorn referma le lourd volume de lois qu'il tentait de lire et appela Liam qui arriva presque aussitôt.

— Oui ?

— Le Vi...

Lorn se reprit :

— Vahrd est-il rentré ?

— Non.

Lorn soupira, taraudé par un début d'inquiétude. Et tout en passant son armure noire, il dit :

— Retrouve-le. Il ne doit pas être loin. Tu le trouveras sans doute dans la première taverne venue.

Puis, réfléchissant, il ajouta :

— Ou plutôt dans cette auberge, où il a ses habitudes...

— *Le Griffon* ?

— Oui, c'est ça. Commence par là. (Il ceignit son épée skande.) Moi, je serai aux Archives Royales pour une ou deux heures.

Liam acquiesça.

La Tour Noire était désormais bien calme et bien silencieuse. Préoccupé, insatisfait, Lorn retrouva l'animation de la rue avec plaisir et se rendit d'un pas vif aux Archives, traversant le quartier des Pavés rouges sans se soucier de qui il croisait ni – éventuellement – de qui le suivait.

Pour l'essentiel, Vahrd avait raison. Les Gardes d'Onyx ne pouvaient rester sans rien faire. Ils devaient contre-attaquer et frapper Andara, sous peine de perdre vite le peu de crédit qu'ils commençaient tout juste à gagner auprès de la population. La Tour Noire avait fait naître un fragile regain d'espoir chez les habitants des Pavés rouges, celui d'une autorité et d'une justice royales restaurées. Mais à présent que son chantier était interrompu, elle pouvait devenir une promesse non tenue et donner raison aux cyniques comme aux résignés, prisonnière de ses échafaudages comme un éclopé de ses attelles. Pour autant, Lorn savait qu'il était encore trop tôt pour frapper Andara, trop tôt pour le défier. Ce jour était proche, mais il n'était pas encore venu.

Sibellus lui fit bon accueil et l'écouta se confier, raconter l'interruption du chantier et sa querelle avec Vahrd. Il lui confirma qu'il avait certainement bien fait de ne pas s'en prendre aussitôt et frontalement à Andara, une erreur à laquelle le chef de la milice voulait sans doute le pousser.

— Vous êtes Premier chevalier du Royaume. Vous savez comme moi que cela vous protège. Je ne serais pas surpris d'apprendre que le préfet Yorgast lui a interdit de s'attaquer à vous. En revanche, Andara se croit sans doute autorisé à se défendre, et il n'attend sans doute qu'une chose : que vous portiez le premier coup. Ce qui signifie que si vous le frappez, vous devez le faire assez habilement pour qu'il ne puisse légitimement riposter.

— Ou assez fort pour qu'il ne puisse se relever.

Inquiété par la détermination qu'il lisait dans les yeux de Lorn, Sibellus acquiesça à contrecœur et concéda :

— Certes, certes…

Puis, se ravisant :

— Attendez, je veux vous montrer quelque chose…

Le maître archiviste se leva, laissa Lorn dans son bureau et revint avec un très vieux carnet dont l'épaisse couverture de cuir était usée, écornée, griffée et même brûlée par endroits.

— Tenez, regardez.

Le cahier était ouvert sur une double page couverte d'un dessin représentant une porte fortifiée. Des notes manuscrites en pattes de mouche l'enrichissaient.

— Cela ressemble à un carnet de voyage, mais qui aurait été écrit par un fou, expliqua Sibellus. Je suis tombé dessus par hasard et seul le Dragon Gris sait comment il est arrivé ici. Des pages ont été déchirées. Certaines sont indéchiffrables et d'autres n'ont aucun sens. Mais mon attention a été retenue par ce dessin, qui semble assez fidèle. Lisez l'inscription gravée sur le frontispice. On dirait que l'on a tenté de l'effacer à coups de burin, mais le dessin est assez précis pour que l'on puisse reconnaître le blason et deviner quelques mots…

Lorn plissa les yeux et, en effet, reconnut le blason. Une tête de loup ou de chien, deux épées croisées : c'était certainement celui de la Garde d'Onyx.

Mais quant au texte…

— C'est en vieil imélorien, dit Lorn. Mais on dirait la devise des Gardes d'Onyx, non ?

— Cela dit : « Le Haut-Royaume servons. Le Haut-Royaume défendons. »

Lorn releva le regard.

Un frisson d'excitation l'avait parcouru, comme s'il découvrait le premier élément d'un mystère inconnu jusqu'alors, mais dont il pressentait l'importance.

— Où ce dessin a-t-il été fait ? demanda-t-il. Que représente-t-il ? Quel est ce lieu ?

— Je l'ignore. Il est question d'un lieu désolé que l'auteur du carnet aurait découvert après des jours et des jours d'errance… Mais l'essentiel n'est pas là, chevalier. Ce carnet est ancien et je devine que l'inscription que l'auteur a recopiée l'est beaucoup plus. De sorte que cette devise que certains ont voulu effacer fut sans doute la première de la Garde d'Onyx…

Lorn songea alors à l'inscription gravée au-dessus de la porte de la Tour Noire, et il comprit où le maître archiviste voulait en venir. Il n'y avait qu'un mot de différence entre les deux devises successives de la Garde d'Onyx, mais il changeait tout.

— « Le Haut-Royaume servons. Le Haut-Royaume défendons », Lorn. Le Haut-Royaume. Pas le Haut-Roi. Avant de devenir les protecteurs du Haut-Roi, les Gardes d'Onyx furent d'abord ceux du Haut-Royaume…

Lorn rentra au crépuscule.

Chemin faisant, il songea à l'étrange carnet de voyage glissé dans son armure de cuir et de mailles. Selon Sibellus, rien ne permettait de deviner qui en était l'auteur, mais différents indices laissaient supposer que celui-ci avait vécu un siècle plus tôt environ. D'autres questions, cependant, excitaient la curiosité de Lorn. Quel était le lieu que cette porte fortifiée défendait ? Avait-il existé ? Et s'il n'était pas né de l'imagination tourmentée d'un dément, existait-il encore ? Et où ? Lorn espérait bien déchiffrer les pages couvertes de pattes de mouche que Sibellus avait échoué à lire. Le texte, il le savait, était souvent délirant. Mais peut-être avait-il un sens caché.

Et il y avait le mystère de la devise des Gardes d'Onyx.

Pourquoi et quand avait-elle changé ? Cette modification était-elle aussi lourde de sens que Lorn le devinait ? Avait-elle précédé de beaucoup la dissolution de la Garde d'Onyx, sous le règne d'Erklant Ier ? Ces deux événements étaient-ils liés d'une manière ou d'une autre ?

Tout à ses interrogations, Lorn en avait presque oublié le reste. Mais la réalité s'imposa à lui lorsqu'il trouva la Tour Noire en émoi, quelques dizaines de curieux amassés devant son pont-levis. Il fendit la masse des badauds pour entrer et, dans la cour, trouva Liam et Logan qui veillaient au grain.

— J'allais envoyer quelqu'un vous chercher, dit Liam.

— Que se passe-t-il ?

— Nous avons retrouvé Vahrd. Il est dans la forge.

Lorn se hâta de se rendre dans la forge, dont Yeras gardait la porte.

À l'intérieur, Vahrd était allongé sur son lit de sangles, Dwaìn et Eriad lui tenant compagnie. Le vieux forgeron avait reçu plusieurs coups au visage et un bandage taché de sang entourait sa main droite. Engourdi par l'alcool, le regard vitreux, il marmonnait et protestait seul.

— Il s'est battu contre des miliciens, expliqua Eriad. Nous sommes arrivés trop tard.

— Sa main ?

— Ils l'ont clouée à une table avant de partir. Pour l'exemple.

Dwaìn s'écartant, Lorn s'assit au chevet de Vahrd.

— Comment vas-tu ? demanda-t-il avec compassion.

Le vieux forgeron le reconnut à travers des brumes avinées et grommela :

— Tu ne vas pas être content...

— Et si tu me racontais ?

Vahrd grogna.

— Comme tu veux. Je buvais. Tranquillement... Et puis ces... ces types sont entrés. Des miliciens. Ils m'ont pas vu. Ils voulaient de l'argent en échange de leur... protection. Mais le patron ne pouvait pas payer alors ils ont commencé à... Ils étaient cinq, mais je leur ai foutu une méchante raclée. (Vahrd s'anima.) Bon sang, Lorn ! tu les aurais laissés faire, toi ?

— Non, reconnut Lorn.

Il se leva, regarda Vahrd un moment puis, sa décision prise, dit en souriant :

— Tu as gagné, vieux fou. Nous allons leur faire la guerre. Mais à ma manière.

— Content de l'entendre. Mais sois prudent. Les hommes d'Andara sont peut-être des lâches qui n'attaquent qu'en nombre, mais ce sont surtout des tueurs. Être Premier chevalier ne te protège pas d'un coup de dague bien placé.

— Il a raison, renchérit Dwaìn. Vous pourriez faire une mauvaise rencontre. Avoir un malencontreux accident.

— Et on retrouverait ton cadavre au matin, dépouillé de cette chevalière, dit Vahrd. Crois-moi, elle inquiète plus Estévéris qu'une ordure comme Andara...

Dwaìn acquiesça.

— Il serait sans doute plus prudent que vous ne sortiez plus dans le quartier seul, chevalier.

Lorn haussa les épaules, mais Vahrd lui agrippa la manche de sa main bandée.

— Promets-le, Lorn. Regarde ce qu'ils m'ont fait.

C'est le soir même que Lorn reçut une convocation officielle au Palais royal.

Chapitre 12

« Parmi les neuf collines d'Oriale, il en était une dixième, plus vaste et plus haute que toutes. Elle accueillait le Palais qui avait d'abord été celui des rois du Langre et, avant eux, celui du Grand Dragon Blanc de la Connaissance et de la Lumière. Ceinte de portes et de remparts élevés grâce à la magie contre les puissances et influences de l'Obscure, la Colline des Hauts-Rois était comme une île avec un palais aux innombrables cours et terrasses, des temples et résidences particulières, des tours et des jardins, des vergers, un bois, une rivière et des étangs, des ruines anciennes, un port baigné par les eaux de l'Eirdre. Il se racontait qu'on pouvait y vivre une pleine vie et qu'une pleine vie ne suffisait pas à l'explorer. »

Chroniques (Livre d'Oriale)

Lorn passa la porte aux Lions de bronze et se présenta au poste de garde. Un huissier du Palais l'attendait. Il l'accueillit avec beaucoup d'égards et le pria de le suivre. Lorn ayant acquiescé, une petite escorte de hallebardiers leur emboîta le pas.

Lorn se tendit.

La convocation était arrivée le matin même, apportée par un messager royal à cheval qui ne passa pas inaperçu dans le quartier des Pavés rouges. Il traîna derrière lui quelques curieux qui s'arrêtèrent devant la Tour Noire tandis qu'il en franchissait le pont-levis toujours baissé et entrait dans la cour. Très impressionné par la livrée du cavalier, Daril s'était dépêché d'aller chercher Lorn. Celui-ci était alors descendu des échafaudages, en bras de chemise et tout transpirant, de la poussière plein les cheveux.

— Qu'est-ce que c'est ? s'était enquis Liam alors que le messager s'en retournait.

Les Gardes d'Onyx travaillaient sur le chantier si Lorn ne leur fixait pas d'autres missions. Ce matin-là, seul Yeras manquait à l'appel. Les autres suivirent Lorn et Liam dans la forge où ils avaient désormais l'habitude de se réunir à l'écart des oreilles indiscrètes. Les travaux ayant bien avancé, la forge avait désormais un toit.

— Je suis convoqué au Palais à midi, avait annoncé Lorn après avoir lu le pli.

— Par qui ? avait demandé Dwaìn.

— Ce n'est pas dit. Mais le sceau au bas de la page est celui du Haut-Royaume.

— Une convocation royale, avait lâché Liam.

— Méfiance, avait dit Vahrd en faisant jouer les articulations de sa main blessée.

Lorn songeait à cette mise en garde en suivant l'huissier dans les couloirs du Palais, six hallebardiers dans son dos. Combien d'arrestations arbitraires avaient commencé ainsi depuis que la reine Célyane était au pouvoir ? Combien avaient répondu à une convocation avant d'être emprisonnés sans procès pour un mois, six mois ou un an ? Et combien avaient disparu à jamais ? Difficile de faire la part de la rumeur et de la vérité. Parce qu'elle était détestée, les rumeurs les plus folles couraient au sujet de la reine. Mais sa brutalité et sa cruauté, surtout lorsqu'elle se laissait aller à la colère, n'avaient rien de légendaire. Quant à Estévéris, il n'avait attendu personne pour pratiquer l'assassinat politique.

Lorn était convaincu qu'Estévéris le surveillait depuis son arrivée à Oriale. Grâce à ses espions, le ministre avait certainement eu connaissance du moindre de ses faits et gestes. Mais ce qu'il ignorait devait d'autant plus l'intriguer. Et peut-être même l'alarmer. Quel but Lorn poursuivait-il vraiment ? Obéissait-il au roi ou à lui-même ? Et à quelle fin ? Estévéris était un trop fin politique pour ne pas s'inquiéter de l'arrivée d'une nouvelle pièce sur l'échiquier du Haut-Royaume.

Lorn remarqua que l'huissier ralentissait le pas et prenait plus de temps que nécessaire pour ouvrir certaines portes. L'homme offrait un visage impassible mais ses mains tremblaient un peu, ce qui acheva d'éveiller la méfiance de Lorn. Tous les sens aux aguets, il se tint prêt à dégainer et prêta particulièrement attention aux mouvements des hallebardiers dans son dos. Ils ne rencontraient plus grand monde dans les couloirs, traversaient une partie du Palais que Lorn connaissait mal. Il ne s'en était pas réellement soucié en pensant qu'Estévéris souhaitait le recevoir en toute discrétion. Mais ces couloirs presque déserts s'avéraient également propices à une embuscade – un coup de dague ; l'assassin qui s'échappe aussi rapidement qu'il a frappé et ne sera jamais pris ; les hallebardiers qui le poursuivent et s'en reviennent bredouilles, mais pas avant que Lorn ne se soit vidé de son sang.

Lorn se sentit vulnérable.

Avait-il eu tort de refuser que Liam l'accompagne ? Un témoin est toujours embarrassant et deux épées valent toujours mieux qu'une...

L'huissier le laissa dans un cloître dont des rosiers grimpants ornaient les colonnes et les voûtes. Les hallebardiers restèrent, sentinelles vigilantes et impassibles.

Troublé, Lorn se demandait encore qui l'avait convoqué au Palais. Estévéris ? Il fallait que ce soit quelqu'un autorisé à utiliser le sceau de Haut-Royaume.

La reine ? Peu probable. Et d'ailleurs, le recevrait-elle ici ?

Le prince Yrdel, alors, fils aîné du roi et premier héritier du trône ? Mais comme tout le monde à Oriale, Lorn savait qu'il était parti pour Angborn, afin d'y préparer l'arrivée de sa mère.

Ou alors...

Dans le jardin du cloître, là où les allées centrales de terre jaune se croisaient parmi les parterres, les massifs et les charmilles fleuries, Lorn vit une épée plantée dans le sol.

Il s'en approcha.

L'épée était une rapière sarme et quelque chose était accroché à sa garde.

Un masque de cuir noir.

Souriant, Lorn enleva son pourpoint, retroussa les manches de sa chemise, défit son ceinturon, se débarrassa de sa lourde skande, ôta ses lunettes et enfila le masque.

Enfin, il saisit la rapière et guetta les alentours.

Deux hommes ne tardèrent pas à se montrer, qui arrivaient chacun par un point opposé du cloître. Eux aussi étaient en manches de chemise. Eux aussi avaient au poing une rapière identique à celle de Lorn.

Et ils portaient des masques.

L'un blanc. L'autre rouge.

Ils attaquèrent Lorn ensemble et un combat s'engagea. Un combat rapide et virtuose, mais également joyeux : le combat de trois escrimeurs complices qui se connaissent à la perfection.

Le combat de trois amis.

Ils s'affrontaient à deux contre un mais dès que l'un faiblissait, l'un des deux autres se retournait aussitôt contre son allié d'un moment. De trahison en retournement, le combat changeait sans cesse d'assaillants et de défenseurs. Parfois, chacun des trois ne faisait équipe que pour lui-même et ils attaquaient, paraient, ripostaient de toutes parts. L'acier tintait, sifflait, fendait l'air au ras des ventres et des têtes. Si le sang ne coulait pas, les escrimeurs ne s'épargnaient pas pour autant. Il y avait des coups d'épaule, des coups de coude, des croche-pieds. Et pour chaque feinte, pour chaque ruse qui portait, des rires heureux et moqueurs éclataient.

Enfin, ils n'en purent plus.

Hors d'haleine mais ravis, ils ôtèrent leurs masques d'escrime avant de se tomber dans les bras avec de grands sourires émus.

Comme lorsqu'ils étaient adolescents et s'entraînaient ensemble, Alan portait le masque blanc et Enzio portait le rouge.

Lorn, lui, avait toujours préféré le noir.

Une heure plus tard, sans avoir quitté le Palais, ils finissaient de déjeuner sur l'herbe au bord d'un étang, à l'ombre de quelques saules pleureurs. Ils étaient repus, un peu gris, et regardaient d'un œil distrait les carpes qui agitaient la surface de l'eau claire.

— Hai hune hen hi houge, dit Enzio en poussant une de ses molaires du bout de la langue.

— Hein ? fit Alan dont la pommette s'ornait d'un bel hématome.

— He hi… Je dis que j'ai une dent qui bouge.

Lorn sourit.

— Je vais attendre un peu pour compatir.

En plus d'une lèvre fendue, il avait reçu un coup dans les côtes qui le faisait encore souffrir. Malgré tout, il se sentait bien, et plus détendu qu'il ne l'avait été depuis sa libération de Dalroth. Le vin y était certainement pour quelque chose. Et le cadre enchanteur et paisible, le soleil radieux, l'air tiède et parfumé. Mais surtout, il avait retrouvé deux amis.

Elenzio de Laurens était le fils du puissant duc de Sarme et Vallence, chez qui Lorn et Alan avaient grandi. La tradition voulait que les princes du Haut-Royaume soient éduqués par leur parrain. D'ordinaire, le parrain d'un prince était choisi parmi la haute noblesse du royaume mais, pour son troisième fils, le roi Erklant avait préféré honorer un dirigeant étranger qui avait toute son estime et toute sa confiance. Dès qu'il eut douze ans, donc, Alan fut envoyé en Sarme. Lorn l'y accompagna et ils bénéficièrent de l'excellente éducation dispensée à Enzio, avec qui ils se lièrent vite d'une amitié sincère et profonde qui allait durer.

Le regard d'Enzio s'accrocha à la chevalière de Lorn.

— Premier chevalier du Royaume, dit-il. Rien que ça… Ça veut dire que je dois t'appeler « sire » ?

Lorn pouffa.

— Crétin. Tu mériterais que je t'y oblige.

Enzio ouvrit des yeux ronds.

— Tu pourrais ? Vraiment ?

— En principe, oui. Sauf en présence du Haut-Roi.

— Oh ?

— Arrête de faire tourner Enzio en bourrique, sire. Tu ne veux pas que je te dise « père », non plus ? ironisa Alan.

— Je te trouve bien dissipé, fils.

Ils éclatèrent de rire.

Enzio attrapa une bouteille qui passa de lèvres en lèvres, puis le prince dit :

— Parle-nous plutôt de ta Garde d'Onyx, Lorn.

— Ce n'est pas *ma* Garde d'Onyx : c'est *la* Garde d'Onyx. Le roi a voulu que je la recrée.

— Dans quel but ? demanda Enzio.

— Celui de restaurer son autorité sur le Haut-Royaume.

— As-tu de l'argent ? s'enquit Alan.

— Un peu.

— Des hommes ?

— Quelques-uns.

— Ce n'est pas grand-chose.

— Non. Mais c'est un début.

Enzio intervint :

— Est-ce aussi pour cela que le roi t'a fait Premier chevalier ?

— Je le crois.

— Tu le mérites, Lorn. Tu l'as toujours mérité, dit le prince sarme en tapotant l'épaule de son ami.

— Merci.

— Je le confirme, dit Alan en levant la bouteille. Au Premier chevalier du Royaume !

Et chacun but encore une rasade au goulot.

— Tout de même, reprit le prince. Tu aurais pu te manifester quand tu es revenu à Oriale. Ou même avant.

— J'ignorais que tu étais au Palais.
— T'es-tu seulement renseigné ?
— Non, c'est vrai. Mais j'avais fort à faire.
— Et pourquoi ne reviens-tu pas t'installer au Palais ? Avec Enzio qui est là, ce serait comme au bon vieux temps.
— La Tour Noire est presque remise en état. Je suis mieux là-bas.
— Histoire que chacun comprenne que tu n'as rien à voir avec le pouvoir en place, n'est-ce pas ? glissa Enzio.
Lorn se tourna vers lui.
— Oui. Il y a de ça.
Des trois, Elenzio de Laurens avait toujours été le plus habile, le plus rusé. Il avait de qui tenir. Chez les Laurens, le talent de l'intrigue et le goût du complot étaient de famille.
Enzio connaissait la portée des symboles en politique.
— On parle beaucoup de toi au Palais, dit Alan.
— Et que dit-on ?
— On s'interroge, surtout. Et il paraît que tu fais des misères à la milice des Pavés rouges ? Yorgast ne doit pas être content.
— Qui est Yorgast ? demanda Enzio.
— Le préfet des Pavés rouges, expliqua Lorn. La milice est à sa solde. Ambitieux et vénal. Corrompu.
— Et neveu d'Estévéris ! précisa Alan.
— C'est vrai, reconnut Lorn. Et neveu d'Estévéris.
Cela avait son importance et Enzio le comprit. Il regarda Lorn dans les yeux avec un petit sourire entendu. Celui-ci n'avait décidément pas choisi le quartier des Pavés rouges par hasard.
— Mais dis-moi, qu'est-ce qui t'amène à Oriale, au fait ? s'enquit Lorn en tirant à lui une assiette de fromage.
— Une mission d'ambassade, répondit Enzio. Mon père m'a chargé de le représenter lors de la cession d'Angborn.
Lorn accueillit la nouvelle d'une moue admirative.
C'était un bel honneur que son père faisait à Enzio. Mais cela signifiait aussi que le duc, vieil ami et compagnon d'armes du Haut-Roi, ne souhaitait pas assister au triomphe d'une politique qu'il condamnait certainement. Sans pour autant vouloir prendre le risque de provoquer une crise diplomatique avec le Haut-Royaume. Une fièvre très opportune ayant frappé le duc, les duchés de Sarme et Vallence seraient officiellement et dignement représentés, mais par le fils aîné et non le père.
— Le cortège royal part dans deux semaines, dit Alan.
— Tu en es ? demanda Lorn.

— Tout le monde en est ! Ma mère, mon frère, Estévéris. Moi. Et tout ce que le Palais compte d'ambassadeurs et de représentants étrangers.

— Mais avant cela, je donne un dîner, annonça Enzio. Bien sûr, tu es invité.

Lorn grimaça.

— Liss sera là, Lorn, indiqua Enzio.

Lorn se tut et pâlit un peu.

Son regard se troubla derrière ses lunettes sombres. Il déglutit et repoussa l'assiette de fromage.

— Je ne pense pas que ce soit une bonne idée…

— Je crois qu'elle aimerait te revoir. Vous pourriez vous parler.

— Je vais y réfléchir.

Enzio connaissait assez son ami pour savoir qu'il n'obtiendrait rien de mieux.

— C'est tout ce que je te demande, Lorn. Mais je peux t'assurer que tu lui as manqué. Ma sœur ne t'a pas oublié.

Un peu plus tard, Alan raccompagna Lorn dans le Palais.

— Ça va ? demanda-t-il. J'ai bien vu qu'évoquer Alissia t'a ébranlé tout à l'heure. Tu l'aimes toujours, n'est-ce pas ?

— Je ne sais pas. Je ne sais vraiment pas.

— Et sinon ? Comment vas-tu ?

— Je vais bien. Le Haut-Roi m'a donné un but. Cela m'aide à rester debout.

— Il n'y a pas de honte à s'appuyer parfois sur l'épaule d'un ami.

Lorn sourit, reconnaissant.

Ils étaient arrivés dans la dernière cour des appartements royaux, là où il était convenu que Lorn laisserait Alan.

Ils échangèrent une accolade.

— Ce serait bien si tu pouvais donner de tes nouvelles sans que je sois obligé de t'envoyer une autre convocation, dit le prince.

— Promis.

— As-tu besoin de quoi que ce soit ? Pour ta tour, pour ta garde, pour toi ? Si c'est dans mes cordes, tu n'as qu'à demander.

Lorn réfléchit et dit :

— Des chevaux. Des bons.

— C'est entendu.

— Merci.

— À bientôt, Lorn. Prends soin de toi.

— À bientôt, Alan.

Lorn rentra directement à la Tour Noire.

Le soir même, dix magnifiques destriers arrivaient du Palais.

Chapitre 13

Un matin, Lorn passa ses hommes en revue dans la cour de la Tour Noire.

Pour la première fois, tous étaient revêtus de l'armure de cuir et de mailles sombres que le forgeron avait conçue, avec sur le cœur l'emblème de la Garde d'Onyx – une tête de loup et deux épées croisées. Ils étaient graves, dignes et fiers, Eriad s'efforçant de faire bonne figure au côté des autres. Vahrd avait la main encore bandée et le visage marqué par les coups qu'il avait reçus, mais il se tenait droit et son regard était plus déterminé que jamais. Logan, impassible et ganté, était armé de ses lames jumelles. Dwaìn tenait, posé sur l'épaule, un marteau de guerre qu'un homme ordinaire aurait peiné à soulever des deux mains. Un écusson de cuir sur l'œil gauche, Yeras avait une épée au côté et une dague ghelte dans la botte. Liam portait dans le dos la grande épée qui était son seul bien.

Satisfait, Lorn se tourna vers Daril qui arrivait. L'adolescent avait à la main un seau de peinture dans lequel un pinceau trempait, et une grande pièce de carton fort sous le bras.

— Tu es prêt ? lui demanda Lorn.

— Oui, messire.

— Ouvre l'œil et ne t'éloigne pas de nous, d'accord ? Et si les choses prennent vraiment une vilaine tournure, réfugie-toi à l'intérieur du dispensaire.

— Compris.

— J'ai promis à Sibellus qu'il ne t'arriverait rien si je te prenais à mon service. Ne me fais pas mentir.

Ils enfourchèrent les splendides destriers offerts par Alan et empruntèrent le pont-levis baissé, Lorn ouvrant la marche et Daril la fermant discrètement, à pied, quelques pas en arrière. On le remarquait d'ailleurs à peine. Lorn et son escorte de cavaliers noirs attiraient tous les regards.

Les armures et la mine sévère de ceux qui les portaient faisaient leur effet.

À leur arrivée, du monde était déjà rassemblé place des Ormes, devant le dispensaire du père Eldrim. Il y avait là des habitants du quartier avertis par le bouche à oreille. Mais aussi Andara et une dizaine de miliciens, en retrait, à l'ombre sous les arbres auxquels la place devait son nom.

Lorn mit pied à terre et frappa à la porte du dispensaire.

En attendant qu'on lui ouvre, il se tourna vers la foule et se demanda combien, parmi tous ces gens qui le dévisageaient, étaient là pour manifester leur sympathie à Cadfeld et combien étaient venus voir se jouer le nouvel acte d'une tragédie annoncée. Car les incidents s'étaient multipliés durant les derniers jours entre la Tour Noire et la milice, si bien que l'on ne se demandait pas si Andara allait frapper. On se demandait quand et comment.

Conscients du danger que Lorn courait en s'exposant ainsi, ses hommes restaient particulièrement vigilants. Toujours en selle, Dwaìn, Eriad et Logan gardaient l'accès au perron. Quelques marches plus haut, Yeras balayait l'assistance de lents regards, une arbalète prête à tirer en main. Tout aussi vigilants que les autres, Liam et Vahrd n'étaient qu'à un bond de Lorn.

La porte s'ouvrit et le père Eldrim parut, suivi de Cadfeld au bras d'une religieuse. Le vieil homme faisait encore peine à voir malgré les soins reçus et le temps écoulé depuis l'agression. Il avait maigri. Son visage était meurtri et il marchait à petits pas, appuyé sur une canne. Il semblait terriblement fragile et chacun s'en émut.

Cadfeld resta un moment immobile sur le perron, à la vue de tous, comme ébloui et hésitant.

Alors, quelqu'un applaudit dans un grand silence.

Puis quelqu'un d'autre.

Et un troisième, un quatrième, un cinquième.

Et comme les miliciens ne bronchaient pas, les applaudissements se firent plus francs, plus joyeux et plus nourris. Bien sûr, ils étaient destinés à Cadfeld. Mais ils célébraient également une liberté espérée, un début de révolte. Tous ne frappaient pas dans leurs mains, mais ceux qui le faisaient se félicitaient eux-mêmes d'oser et, fiers de cette audace recouvrée, adressaient un message à la milice.

Lorn le savait aussi bien qu'Andara.

Du haut du perron, il échangea avec le chef des miliciens un long regard par-dessus la foule bruyante qui les séparait. Andara ne voyait pas les yeux de Lorn. Uniquement deux rectangles sombres qui reflétaient l'éclat du soleil. Pour autant, il ne doutait pas que ce regard était un regard de défi. Il serra les mâchoires et crispa les poings en s'efforçant de paraître impassible.

Sans quitter Andara des yeux, Lorn se pencha de côté vers le père Eldrim.

— Vous êtes toujours décidé, mon père ?

— Je le suis.

— Vous pouvez encore renoncer.

— Je sais. Allez-y.

Lorn fit alors un signe de tête à l'intention de Daril qui attendait en bas des marches. L'adolescent les rejoignit sur le perron et appliqua la plaque de carton qu'il transportait sur la porte du dispensaire. C'était un pochoir qu'il badigeonna de peinture noire en quelques coups de pinceau.

Intriguée, la foule se calma et vit bientôt le dessin dégoulinant qui restait sur la porte : deux épées croisées dont le sens était évident.

La Garde d'Onyx protégeait cette maison et ceux qui y vivaient.

Lorn écarta les bras pour obtenir le silence.

— Habitants des Pavés rouges ! Je suis Lorn Askariàn, Premier chevalier du Royaume. À compter de ce jour, au nom du Haut-Roi et en vertu des pouvoirs qu'il m'a confiés, je vous offre la protection de la Garde d'Onyx ! Il vous suffit de le vouloir et de le montrer en traçant cet emblème sur votre porte ! Ces épées sont les nôtres ! Elles vous protégeront et je mets quiconque au défi de s'y opposer !

Un frisson parcourut l'assistance.

Dans l'expectative, chacun se tourna vers Andara et joua des coudes, tendit le cou, se haussa sur la pointe des pieds pour voir comment il allait réagir.

Immobile, le chef de la milice ne dit rien, les yeux étincelants de colère. Puis il lâcha un ordre sec et tourna les talons, suivi par ses hommes.

La foule le regarda partir humilié sans trop y croire, avant de basculer dans une liesse soudaine. Il y eut des cris, des bravos, des rires et des vivats.

— Voilà, dit Lorn d'un air grave. La guerre est déclarée.

— J'espère que vous savez ce que vous faites, mon fils.

— Andara n'osera pas s'en prendre à moi. Mais méfiez-vous, mon père. Il pourrait s'en prendre à vous.

— L'Unique me protège.

Une fois encore, Lorn se demanda quelle était la part du courage authentique et celle de la foi aveugle dans la confiance absolue dont le prêtre noir faisait preuve face au danger.

—Mais ne vous y trompez pas, poursuivit le père Eldrim. Ces gens applaudissent et se réjouissent. Ils sont nombreux et se sentent forts. L'instant les enivre. Il les rend courageux parce qu'il les rend insouciants. Mais ils vont rentrer chez eux. Seuls. Et ils vont réfléchir. Ils songeront à ce qu'ils ont à perdre et ils auront de nouveau peur. Ils se diront que vous ne pouvez les protéger tous, et ils auront raison.

Comme Lorn ne disait rien, le prêtre se tourna vers lui et insista :

—N'est-ce pas ?

—Il n'y a pas de guerre sans victimes, mon père.

Eux seuls pouvaient s'entendre, si bien que le père Eldrim crut avoir mal compris.

—Que dites-vous ?

—Je dis que vous avez raison, mon père. Je ne peux pas protéger tous ces gens de la milice. Ni leurs familles. Ni leurs maisons. Ni leurs boutiques.

—Certains vont payer le prix de leur audace aujourd'hui.

—Oui. Tôt ou tard, Andara se vengera de l'humiliation qu'il vient de subir.

Contenant une colère naissante, le prêtre noir dévisagea Lorn qui, lui, regardait la foule.

—Et ça ne vous dérange pas ?

—C'est inévitable. Alors je l'accepte.

—Vous l'acceptez, mais sans que cela vous coûte beaucoup, reprocha le prêtre. Et tant pis si des innocents font les frais de votre ambition. Car rien ne compte plus que la Tour Noire, n'est-ce pas ?

Lorn dut faire un effort pour garder son calme. Il prit une profonde et lente inspiration, et dit après un silence :

—Des prêtres, des prêtres noirs, comme vous, sont venus une fois à Dalroth. Ils ont beaucoup prié, dit quelques messes et entendu les prisonniers en confession. Je me souviens de l'un d'eux. Un vieil homme qui avait été aumônier. Il avait accompagné des armées en campagne et connaissait toutes les horreurs du monde. Comme il me demandait de lui confesser mes péchés, je lui ai dit que les plus grands pécheurs, à Dalroth, quoi qu'ils aient pu faire, n'étaient pas les prisonniers. Parce que ce que j'ai subi, là-bas, à longueur de jour et de nuit, je ne l'avais pas mérité, mon père. Et savez-vous ce que ce vieux prêtre m'a répondu ?

—Non.

—Il m'a répondu que les souffrances et les malheurs qui nous étaient infligés en ce monde ne comptaient pour rien. Et que seul importait le salut de mon âme éternelle.

Lorn se tut.

— Et... Et alors ? hésita le père Eldrim.

— Occupez-vous de leur âme, dit Lorn en désignant la foule d'un coup de menton. (Et se tournant vers le prêtre, il baissa légèrement ses lunettes afin que celui-ci ne manque rien du feu glacé qui embrasait ses yeux vairons.) Occupez-vous de leur âme, et de rien d'autre.

Lorn en tête, les Gardes d'Onyx escortèrent Cadfeld jusqu'à la Tour Noire, où il était convenu que le marchand de vieux livres achèverait paisiblement sa convalescence. Ils l'installèrent dans une ancienne remise qu'ils avaient aménagée et que Daril avait meublée et préparée de son mieux. Un lit, une table, une chaise, quelques livres et un toit sur quatre murs. Ce n'était pas grand-chose mais Cadfeld ne put cacher son émotion lorsqu'il entra.

— Merci, dit-il d'une voix étranglée.

— Vous êtes ici chez vous, répondit Lorn tandis que Dwaìn aidait le vieil homme à s'allonger sur le lit. Naturellement, vous êtes libre d'aller où bon vous semble, mais je vous déconseille de quitter la Tour Noire. Ce ne serait pas prudent.

Cadfeld grimaça de douleur en se redressant pendant que Daril glissait deux oreillers dans son dos.

— Croyez-moi, chevalier, je ne suis pas pressé de recroiser les hommes d'Andara. Et je vous promets de résister à la tentation de cabrioler en haut de vos échafaudages...

Lorn sourit.

— J'allais vous l'interdire, précisément, dit-il en s'effaçant pour laisser Dwaìn sortir.

Il le remercia d'un acquiescement.

— Précaution inutile, ironisa Cadfeld. Il vous aurait suffi de me prendre mes béquilles...

— Bonne idée, dit Lorn le plus sérieusement du monde. Daril, tu emporteras les béquilles du sieur Cadfeld et tu ne les lui rendras que sur mon ordre.

Interloqué, l'adolescent se tourna vers Lorn avec des yeux ronds.

— Vraiment, messire ?

Après un court silence complice, les deux hommes éclatèrent de rire ensemble. Embarrassé mais beau joueur, Daril comprit qu'il avait été le jouet d'une farce et sourit.

— Désolé, dit-il.

— File, dit Lorn avec affection. Mais passe régulièrement voir si on n'a pas besoin de toi ici, compris ?

— Oui, messire.

— Je te remercie.

L'adolescent sortit.

— Vous serez bientôt sur pied, promit Lorn. Et je pourrai dire à Daril d'emporter vos béquilles sans qu'elles vous manquent.

— Ma foi…, lâcha Cadfeld.

Mais il était clair qu'il ne croyait guère à une guérison proche, et encore moins à une guérison complète. Lorn le devina et préféra ne pas insulter son intelligence en insistant.

— Ces épées croisées sur la porte du dispensaire, dit Cadfeld. Croyez-vous vraiment que ce soit une bonne idée ?

— Ça le sera quand d'autres épées peintes apparaîtront sur d'autres portes.

— Si cela arrive jamais.

Lorn haussa les épaules.

— Nous verrons bien. Mais je crois que les gens des Pavés rouges sont las de subir les violences de la milice. Avec ces épées croisées, je leur donne le moyen de le faire savoir sans trop s'exposer.

— Pour Andara, c'est une déclaration de guerre.

— Je le sais.

— Vous avez six hommes sous vos ordres, chevalier. Andara, lui, en a six fois plus. Au moins.

— Oui mais moi, j'ai ça, rétorqua Lorn en montrant sa chevalière. Et j'ai cette tour et tout ce qu'elle représente. (Il sourit, sûr de lui.) En outre, je doute que les hommes d'Andara valent les miens. Même à six contre un.

Lorn vit une ombre passer sur le visage de Cadfeld.

— Qu'y a-t-il ? demanda-t-il.

Le vieil homme hésita.

— Je… Je ne suis sûr de rien. Mais je crois qu'il y a quelque chose que vous devez savoir au sujet d'Andara…

Ce soir-là, Andara veilla.

Les événements de la journée l'avaient pris de court. Il savait que des gens viendraient soutenir Cadfeld à sa sortie du dispensaire. Grâce à ses mouchards, il savait également que les Gardes d'Onyx attendraient le marchand de vieux livres pour l'escorter, et il se doutait donc que Lorn profiterait de l'occasion pour se distinguer. En revanche, il n'avait pas prévu le coup des épées peintes et devait bien reconnaître que l'idée était bonne, en particulier maintenant que ce foutu prêtre s'affichait clairement aux côtés du Premier chevalier. Voilà qui allait donner du courage et des envies de révolte à quelques-uns, sans aucun doute…

Pour autant, Andara n'était pas inquiet. Contrarié ? Peut-être. Et furieux d'avoir été publiquement défié par Lorn, bien sûr. Mais il disposait d'un atout qu'il n'avait pas encore abattu et, à la réflexion, ce n'était pas un mal si Lorn croyait mener le jeu. Le coup d'estoc qu'Andara lui porterait le moment venu n'en serait que plus redoutable. Il fallait juste qu'il attende la bonne occasion. D'ici là, il lui suffirait d'administrer quelques corrections pour dissuader les gens du quartier de peindre des épées blanches sur leurs portes. Lorn croyait aux symboles. Andara, lui, croyait à la brutalité et à la peur.

Comme il avait une heure à tuer ce soir-là, Andara accepta de recevoir la jeune femme qui se présenta dans l'auberge dont il avait fait son quartier général, et où ses hommes et lui se détendaient et conduisaient leurs affaires. C'était l'épouse de l'écrivain public des Pavés rouges. Les affaires étaient mauvaises. Le couple avait besoin d'argent et la jeune femme venait supplier Andara de leur accorder un prêt que son mari était trop fier pour demander. Andara tirait en effet d'importants bénéfices de ses activités de prêteur sur gages. Comme l'épouse de l'écrivain public était aussi jolie que sage et timide, il se fit un plaisir de lui accorder l'argent dont elle avait besoin et se contenta, cette fois-ci, de jouir dans sa bouche malgré ses larmes.

La jeune femme était encore agenouillée en sanglots quand Andara la laissa et quitta l'auberge. Il souriait, flatté dans sa vanité d'avoir humilié et soumis à sa volonté une « conquête » de plus – et celle-ci reviendrait comme les autres pour payer les intérêts. Ce n'était certainement pas Lorn qui pouvait se permettre d'en faire autant. Ni personne dans les Pavés rouges. Lui seul avait ce pouvoir et tant qu'il en serait ainsi, il n'aurait guère de raisons de s'inquiéter. Tout le reste n'était que discours et mouvements de main…

Minuit sonnait quand Andara arriva sur le lieu de son rendez-vous, un petit jardin public laissé à l'abandon. Il était à l'heure mais son contact était déjà.

— Je n'ai pas beaucoup de temps, dit Eriad en sortant de l'ombre.

Chapitre 14

Le surlendemain, au matin, le père Eldrim se présenta à la porte de la Tour Noire et voulut parler à Lorn en particulier.

— Que se passe-t-il, mon père ? demanda Lorn.

— Il s'agit d'une affaire assez délicate, chevalier. J'ai besoin de votre aide mais votre discrétion, sur certains points, serait indispensable.

— Soit.

— Alors retrouvez-moi dans une heure au dispensaire, si vous le voulez bien.

— Vous ne pouvez pas m'en dire plus ?

— Je ne peux rien vous répéter de ce qui m'a été dit en confession. Je ne peux qu'encourager celui ou celle qui m'a parlé à se confier à d'autres, si d'autres peuvent l'aider mieux que moi.

Lorn acquiesça.

— À dans une heure, mon père.

— Merci.

Une heure plus tard, dans un jardin du dispensaire, Lorn se trouva en présence du père Eldrim et d'une jeune femme éplorée que le prêtre noir s'efforçait de réconforter. Lorn ignorait qui elle était et doutait de l'avoir jamais rencontrée. Elle était assez jeune et plutôt jolie, modestement vêtue. Plus recroquevillée qu'assise, elle peinait à contenir ses larmes, les yeux rougis et les traits défaits par l'inquiétude.

Lorn s'assit en face d'elle, ôta ses lunettes, se pencha en avant et dit :

— Parlez-moi.

La jeune femme adressa une question silencieuse au père Eldrim qui, d'un sourire compatissant, l'encouragea à parler.

— C'est... C'est mon mari... Il a... disparu.

— Depuis quand ?

— Depuis… Nous nous sommes disputés, hier soir… Il est parti et… et il n'est pas revenu.

Elle éclata en sanglots.

Lorn se redressa et gratifia le prêtre d'un regard peu amène. Celui-ci avait-il réclamé son aide pour un mari qui découchait à la suite d'une dispute conjugale ?

— Peut-être devriez-vous tout expliquer au chevalier depuis le début, dit le père Eldrim à la jeune femme. En commençant par lui dire qui vous êtes et qui est votre mari…

Elle acquiesça et se ressaisit.

— Oui, pardon… Je… Je m'appelle Mahaut. Mahaut Veren. Je suis l'épouse de Loah Veren.

— Veren, fit Lorn. L'écrivain public ?

— Oui. C'est lui.

Lorn se souvint du jeune homme qui parlait avec d'autres autour d'un verre, quand Cadfeld s'était joint à eux, ce fameux jour, dans la taverne.

— Je ne le connais pas personnellement, dit Lorn. Mais je l'ai déjà croisé. Je sais qui il est.

Le prêtre prit les mains de la jeune femme dans les siennes et lui murmura :

— Vous pouvez tout raconter au chevalier, Mahaut. Tout. Je me porte garant de lui. En outre, lui seul peut vous aider.

Mahaut expliqua alors que, le peu que gagnait son mari ne leur permettant pas de joindre les deux bouts et leurs dettes s'accumulant, elle s'était résolue à aller demander un prêt à Andara. Bien sûr, elle l'avait fait en secret. D'abord parce que Veren avait trop d'honneur et de fierté pour devoir de l'argent à un être aussi détestable. Ensuite parce que Mahaut savait ce que le chef de la milice exigerait d'elle. Cela n'avait pas manqué, mais au moins avait-elle rapporté de l'argent pour parer au plus pressé.

— Je… J'ai cru bien faire… Nous avions besoin de cet argent, vous comprenez ? Besoin !

Lorn acquiesça.

— Mais votre mari a découvert la vérité, n'est-ce pas ?

— Oui. Il a appris que j'avais payé certaines de nos dettes et il a voulu savoir comment. Je… Je n'ai pas pu lui mentir. Je l'ai supplié de me pardonner mais il est entré dans une rage folle. Il… Il m'a insultée. J'ai même cru qu'il allait me battre, mais il est parti avant ça… C'était hier soir. Et depuis…

Lorn en avait bien assez entendu.

Mais, remarquant un hématome sur la pommette de la jeune femme, il demanda :

— Qui vous a fait ça, alors ?

— Andara. Je sais que Loah est allé le voir, hier soir. J'en suis sûre ! Alors…

— Alors vous êtes retournée voir cette brute.

— Oui.

De nouveau, Mahaut fondit en larmes.

De retour à la Tour Noire, Lorn réunit ses hommes et les mit au fait. Par respect pour Mahaut, il ne parla pas des faveurs qu'Andara avait exigées d'elle, mais nul n'était dupe.

— Vahrd, Dwaìn et Yeras, allez poser quelques questions discrètes dans le quartier. Essayez de savoir ce que Veren a fait hier soir après avoir quitté sa femme, et s'il a bien commis la folie de demander des comptes à Andara… Les autres, tenez-vous prêts : on ne sait jamais.

Une heure plus tard, Vahrd revenait avec une version des faits que Dwaìn et Yeras devaient confirmer à quelques variantes près. Andara et ses hommes étaient si sûrs de leur impunité qu'ils cherchaient à peine à cacher leurs méfaits. Mais les Gardes d'Onyx – et Vahrd plus particulièrement – bénéficiaient désormais d'un certain crédit dans les Pavés rouges. Des langues s'étaient déliées. Pourvu qu'on leur garantisse l'anonymat, des témoins s'étaient manifestés, trop heureux de trouver quelqu'un vers qui se tourner.

— Veren a commencé par boire, expliqua Vahrd. Puis il est allé frapper aux volets de *L'Épée Brisée* en pleine nuit. Ivre mort. Et en insultant Andara à pleins poumons. Si bien qu'il a réveillé toute la rue et que tout le monde a vu ce qui est arrivé ensuite…

Lorn craignit le pire. *L'Épée Brisée* servait de quartier général à la milice des Pavés rouges.

— Andara ne s'est pas montré, poursuivit Vahrd. Si ça se trouve, il dormait tranquillement chez lui, à pareille heure. Mais cinq ou six de ses hommes sont sortis. D'après ceux qui ont assisté à la scène depuis leurs fenêtres, les types ont d'abord voulu chasser Veren et ils l'ont poussé dans la boue. Mais il s'est rebiffé et il a réussi à en cogner un. Il paraît que ça les a rendus fous…

Vahrd s'interrompit pour boire une gorgée de vin et Lorn l'interrogea du regard.

— Oui, répondit-il. Battu à mort. Je sais même où est le cadavre…

Les miliciens avaient leurs habitudes, dont celle de se débarrasser des morts encombrants dans un terrain vague situé à la périphérie des Pavés rouges. Le lieu était à ce point connu que, tôt ou tard, quiconque restait sans nouvelles d'un proche ayant eu maille à partir avec la milice venait chercher ici.

Les Gardes d'Onyx, qui s'étaient déplacés au complet, fouillèrent l'endroit et trouvèrent bientôt le cadavre de Veren dans un fossé boueux. Ils l'en tirèrent avec difficulté. L'écrivain public était presque méconnaissable et, voyant le père Eldrim qui arrivait avec Mahaut, Lorn exigea que l'on pose un linge sur son visage massacré.

La jeune femme poussa un cri déchirant en reconnaissant le corps de son mari. Se précipitant sur lui, elle l'étreignit et gémit :

— Pardon… Pardonne-moi… Je ne voulais pas… Pardon…

Les gardes s'efforcèrent de rester graves et impassibles, mais la douleur de Mahaut leur serrait le ventre. Ils attendirent, ne sachant que faire. Ce fut finalement le père Eldrim qui prit la jeune femme par les épaules et sut trouver les mots qui lui firent lâcher le cadavre de son mari.

Vahrd soupira.

— Et maintenant, Lorn ? Qu'est qu'on… ?

Mais Lorn n'était plus là.

— Lorn ?

Déjà loin, il marchait d'un pas vif vers un groupe de miliciens qui, goguenards, assistaient à la scène. Ils étaient quatre et comprirent trop tard le danger que Lorn représentait.

— Ça vous amuse ?

Il ne leur laissa même pas le temps de répondre.

Il foudroya le premier d'un coup de tête en plein visage, brisa les incisives du second d'un coup de coude, plia le troisième en deux d'un coup de genou vicieux. Le quatrième porta la main à son épée courte mais Lorn l'arrêta.

— Dégaine ça et tu crèves.

Le milicien figea son geste et pâlit en voyant les Gardes d'Onyx qui se hâtaient de rejoindre leur capitaine.

— Va trouver Andara, lui dit Lorn d'une voix glaciale. Va trouver Andara et dis-lui que…

Il hésita, soupira, et lâcha :

— Et merde. Dis-lui ça.

Saisissant l'homme par le col d'une main, il lui envoya au visage un coup de poing qui le sonna, puis un, deux, trois autres qui lui brisèrent le nez et firent jaillir le sang. Il fallut que Vahrd le maintienne avant qu'il ne tue le milicien à main nue.

Le soir même, à la Tour Noire, Lorn s'enferma avec Vahrd pendant une heure avant de demander à Dwaïn de réunir les autres. Il leur parla au rez-de-chaussée du donjon, sous les charpentes et les planchers en réfection de la bâtisse presque évidée.

— J'ai décidé de passer à l'attaque cette nuit. Andara va vouloir venger ses hommes et sauver la face. Je ne veux pas lui en laisser le temps.

Des regards se tournèrent vers Vahrd qui, en retrait, se taisait mais désapprouvait clairement cette décision.

— Si nous devons agir cette nuit, dit Yeras, cela nous laisse peu de temps.

La nuit, en effet, tombait.

— Je sais. Mais nous profiterons d'autant mieux de l'élément de surprise.

L'ancien éclaireur ne parut guère convaincu mais se tut. Il avait manqué de perdre la vie dans une opération mal préparée.

— Il reste à déterminer la cible, dit Vahrd.

Lorn acquiesça.

— Nous avons le choix, dit-il. D'abord, nous pouvons attaquer *L'Épée Brisée.*

— Le quartier général de la milice ? fit Logan. Risqué.

— Mais cela frapperait les esprits, dit Yeras.

— Ceux de la population comme ceux des miliciens, renchérit Lorn.

— Il faudra compter avec une forte résistance, dit Liam. Trop forte, sans doute.

Eriad opina.

— Admettons que nous prenions l'auberge d'assaut, dit Vahrd. Et après ? On y flanque le feu ? On tue tout le monde ?

— Moi, ça ne me déplaira pas de fendre quelques crânes de ces ordures, dit Dwaïn.

— Nous ne sommes pas en guerre, objecta le forgeron. Les Pavés rouges ne sont pas les confins du Valmir et *L'Épée Brisée* n'est pas un avant-poste ghelt.

L'argument fit mouche et un silence réfléchi tomba dans le donjon.

— Il reste la solution de s'en prendre à Andara, dit Lorn après un silence.

Attentifs, les Gardes d'Onyx l'écoutèrent.

— Cadfeld m'a parlé d'une maison qu'Andara possède, expliqua Lorn. Officiellement, elle appartient à un prête-nom, mais c'est bien là qu'il vit. C'est une maison entourée d'un grand jardin et protégée par un mur. Des arbres la cachent.

— Ce serait parfait, nota Yeras. Personne pour nous voir ou nous entendre.

— Et qui sait ce qu'on trouvera à l'intérieur ! dit Logan. C'est là qu'Andara doit garder ses richesses.

— En tout cas, on y trouvera Andara, dit Dwaïn en serrant les poings.

— Et seulement quelques sentinelles, avec un peu de chance, dit Liam.

— C'est ce que dit Cadfeld, indiqua Lorn.

Il regarda ses hommes, qui tous semblaient approuver. Seul Vahrd échappait à son champ de vision, et il se garda bien de se tourner vers lui.

— Alors c'est décidé, décréta-t-il. Nous attaquons la maison d'Andara cette nuit. Mais histoire d'éviter les mauvaises surprises, il faudrait que l'un de vous aille surveiller les lieux dès maintenant, pendant que les autres se préparent. Un volontaire ?

Yeras voulut s'avancer mais Eriad le prit de vitesse.

— Moi.

Lorn hésita un bref instant. Il parut réfléchir et dit :

— Entendu. Mais ne te fais pas remarquer. Si Andara ou l'un de ses hommes te repèrent, ils se douteront de quelque chose et…

— Je serai discret, promit le jeune homme.

Étonné d'avoir été écarté, Yeras se tut et interrogea Vahrd des yeux. Celui-ci ne lui répondit pas, tandis que Lorn adressait un discret signe de tête à Liam pour qu'il mette fin à la réunion.

— Messieurs, dit le vétéran, il est temps de se préparer.

Les Gardes d'Onyx se retirèrent, sauf Yeras que Vahrd retint discrètement.

— Je sais que tu t'attendais à ce que Lorn te choisisse plutôt qu'Eriad, fit-il. Mais nous avons besoin de toi pour autre chose…

Moins d'une heure plus tard, Andara était d'une humeur exécrable quand Eriad se présenta devant lui à *L'Épée Brisée*. Il avait bu seul dans son bureau et ne décolérait pas après la raclée que Lorn avait infligée à quatre de ses hommes.

— Qu'est-ce qui t'amène ? demanda-t-il d'un ton peu amène. J'ai assez entendu parler des Gardes d'Onyx pour aujourd'hui…

— Justement. Tu vas pouvoir te débarrasser d'eux cette nuit.

Chapitre 15

Eriad revint à la nuit tombée en sachant que tout était prêt. Il avait prévenu Andara qui – en apprenant les projets de Lorn – avait aussitôt battu le rappel de ses miliciens et de quelques brutes supplémentaires : une semblable occasion d'éliminer la Garde d'Onyx ne se représenterait pas. Le piège était tendu, et ne demandait plus qu'à se refermer.

Trente hommes armés et déterminés attendaient Lorn et les autres. Andara ne voulait aucun survivant. Il avait disposé ses troupes dans sa maison, dans le jardin et aux alentours. L'ordre était d'attendre que les Gardes d'Onyx aient franchi le mur d'enceinte avant d'attaquer. Pour deux raisons. D'abord parce que cela placerait Andara en état de légitime défense : il serait l'agressé, celui dont la propriété était envahie en pleine nuit, et nul – ni le préfet Yorgast, ni la justice royale – ne pourrait lui reprocher d'avoir protégé ses biens et sa vie. La deuxième raison était qu'Andara voulait que le combat se déroule à l'abri des regards car il n'aurait de combat que le nom : ce serait un massacre. À un contre six, Lorn et ses hommes n'avaient aucune chance de réchapper à l'embuscade.

Eriad savait qu'Andara ne voulait aucun prisonnier, et qu'il avait même promis une prime à qui rapporterait la tête de Lorn. Le jeune homme se disait qu'il pourrait être celui-là. Après tout, ne serait-il pas le mieux placé pour porter un coup fatal au Premier chevalier ? Yorgast serait peut-être intéressé de savoir qui aurait tué Lorn. Et qui sait si son nom n'arriverait pas un jour aux oreilles d'Estévéris ? Car Eriad était ambitieux en plus d'être joli garçon. Une vraie gueule d'ange, mais un ange sans scrupules et incapable de ressentir le moindre remords.

Cela avait été presque trop facile de tromper Lorn et sa clique.

Cela le serait presque autant de les attirer dans la gueule du loup…

Eriad souriait à cette idée en entrant dans la cour de la Tour Noire, mais son sourire laissa place à un air perplexe lorsqu'il trouva les Gardes d'Onyx prêts à partir dans deux chariots.

— Il y a du neuf, lui dit Lorn. Grimpe, on t'expliquera en route.

Pris au dépourvu, le jeune homme ne put refuser la main que lui tendait Dwaìn.

Andara attendait au fond d'un porche avec deux de ses miliciens lorsqu'un troisième les rejoignit en courant et se fit reconnaître.

— C'est moi, dit-il en s'arrêtant à l'entrée du porche. Vous êtes là ?

Andara s'avança d'un pas hors de l'ombre.

— Évidemment ! lâcha-t-il, agacé. Mais ne reste pas planté là, crétin !

Essoufflé, l'homme jeta un dernier regard derrière lui avant d'obéir. Il arrivait de la Tour Noire, qu'Andara lui avait ordonné de surveiller jusqu'au départ des Gardes d'Onyx.

— Ça y est, dit-il. Ils sont partis.

— Eriad est avec eux ?

— Oui.

— Ils arriveront quand ?

— Dans une demi-heure, je pense.

Andara tiqua.

— Ça me paraît bien long, dit-il. Tu es sûr ?

— Ils arrivent avec des chariots, c'est pour ça.

— Des..., commença Andara. Hein ?

— Deux, précisa l'homme.

Perplexe, le chef de la milice se gratta la joue.

— Mais pourquoi des chariots ? se demanda-t-il à mi-voix.

Bah ! On verrait ça plus tard...

Se tournant vers les deux miliciens avec lesquels ils attendaient, Andara dit :

— Allez prévenir les autres, dit-il. Que tout le monde se tienne prêt.

Les Gardes d'Onyx arrêtèrent les chariots dans une ruelle discrète et attendirent que Yeras, parti en éclaireur, les retrouve.

— Seulement trois sentinelles, annonça-t-il à voix basse. Une au portail et deux qui patrouillent. Aucun mouvement à l'intérieur.

— Parfait, dit Lorn.

Le quartier était très silencieux, car peu habité. Pour l'essentiel, il était constitué d'entrepôts, de silos, de chantiers, d'ateliers et de terrains vagues. Dans le ciel, la Grande Nébuleuse dispensait une lueur blafarde.

Lorn s'adressa à ses hommes :

— Vahrd et Eriad, vous restez ici avec les chariots et vous attendez notre signal. Les autres, avec moi. Prêts ?

Tous acquiescèrent.

— Alors on y va.

— Soyez prudents, dit Vahrd.

La main sur le pommeau de l'épée, Lorn s'en fut à grandes enjambées souples et silencieuses, suivi par Dwaìn, Logan, Liam et Yeras. Le vieux forgeron les regarda s'éloigner puis, tranquille, il se tourna vers Eriad et demanda :

— T'aurais pas des dés sur toi, par hasard ?

* * *

Embusqué avec une quinzaine d'hommes répartis dans le jardin qui entourait sa maison, Andara levait les yeux vers le ciel et pesta. Il s'était écoulé plus d'une heure depuis que les Gardes d'Onyx avaient quitté la Tour Noire, et ils n'étaient toujours pas arrivés. Avaient-ils été retardés ? Avaient-ils renoncé au dernier moment ? Lorn avait-il flairé un piège ?

Et si Eriad avait été démasqué ?

Andara se raisonna.

Une occasion pareille de se débarrasser de Lorn ne se représenterait sans doute jamais. Elle valait bien de faire preuve d'un peu de patience. Ce serait vraiment trop bête de tout faire rater, faute d'avoir attendu un quart d'heure de plus.

Lorn et ses hommes n'allaient pas tarder à franchir ce mur, Andara le savait.

* * *

Poussé par Dwaìn, Lorn grimpa sur le mur d'enceinte et l'enfourcha. Il aida ensuite Yeras à le rejoindre, puis ce fut au tour des autres. Dwaìn passa enfin, Logan et Liam n'étant pas trop de deux pour le hisser.

Lorn se laissa retomber discrètement de l'autre côté et tira son épée, tous les sens aux aguets. Ses hommes le rejoignirent, arme au poing eux aussi. Ils savaient ce qu'ils avaient à faire et n'attendaient qu'un signe de leur capitaine.

Lorn le leur donna avant de partir vers la droite, Dwaìn sur les talons. Liam et Logan partirent vers la gauche, afin de contourner par l'autre côté l'immense entrepôt qui, obscur et silencieux, se dressait devant eux. Yeras, lui, entreprit de l'escalader sans bruit.

Eriad n'en montrait rien, mais il avait le ventre serré par un sentiment de frustration, de colère et d'angoisse mêlées. Liam lui avait expliqué dans le chariot qui bringuebalait doucement que leur objectif avait changé. Il ne s'agissait plus d'attaquer la maison d'Andara, mais de vider un entrepôt sur le port.

Parce qu'il connaissait les affaires d'Andara, Eriad avait aussitôt deviné de quel entrepôt il s'agissait. Il avait néanmoins écouté Vahrd le lui expliquer, et obtenu confirmation.

Pour épargner à Oriale de connaître la famine, le Conseil de Ville achetait du blé de mauvaise qualité qu'il transformait en farine et revendait ensuite, à très bas prix, dans les quartiers les plus pauvres. L'opération était coûteuse mais nécessaire selon les édiles : il s'agissait avant tout d'éviter des émeutes dans la capitale du Haut-Royaume. Les préfets de quartier étaient chargés de redistribuer la farine de l'aide publique, ce qui permettait à Yorgast de s'enrichir en détournant une partie des stocks. Cette farine mal acquise était cachée dans un entrepôt en attendant d'être revendue au prix fort.

D'après Vahrd, c'était sur la foi d'un renseignement anonyme que Lorn avait décidé au dernier moment de dévaliser cet entrepôt. Il serait sans doute moins défendu que le domicile d'Andara, et le coup que l'on pouvait y jouer était tout aussi intéressant. Le forgeron, en tout cas, semblait préférer cette option.

— Et qu'allons-nous faire de tout ce blé ? s'était étonné Eriad.

— Mais le donner, petit. Le donner…

Dans la ruelle où Vahrd et lui gardaient les chariots, Eriad ne pouvait que penser à Andara qui attendait en vain et plongerait dans une rage folle lorsqu'il découvrirait ce qui était en train de se passer. Eriad n'y était pour rien mais il connaissait assez Andara pour savoir que quelqu'un ferait les frais de cette colère. Ce quelqu'un, ce pourrait bien être lui, Eriad. Ou n'importe quel autre. Andara ne supporterait pas cet échec, sans même parler du manque à gagner. Et le pire était qu'il avait réquisitionné la plupart des sentinelles de l'entrepôt pour les affecter à son embuscade…

Mais était-ce vraiment un hasard ?

Eriad n'était pas un imbécile et, à mesure que le temps passait, ses soupçons augmentaient. Et s'il avait été démasqué ? Et si Lorn l'avait chargé de repérer les lieux avant le cambriolage afin de lui donner l'occasion de prévenir Andara ? Et s'il avait décidé dès le début d'attaquer l'entrepôt ?

De plus en plus angoissé, Eriad se dit que les Gardes d'Onyx savaient et qu'ils l'avaient manipulé. Et d'ailleurs, Yeras n'aurait-il pas dû être celui chargé de repérer le domicile d'Andara ? N'était-il pas l'éclaireur et la vigie de la bande ? Bien sûr, Eriad s'était porté volontaire le premier, afin d'avoir les coudées franches. Mais est-ce que cela signifiait pour autant que Lorn devait le choisir, lui ?

Sentant une mauvaise sueur perler sur son front, Eriad comprit que Lorn savait. Il savait qu'il voudrait avoir le champ libre afin de pouvoir contacter Andara. Lorn savait qu'il se proposerait et il comptait même dessus.

Eriad s'était fait manipuler du début à la fin.

Peu importait comment il avait été démasqué. Peut-être s'était-il trahi, après tout. Il lui fallait fuir avant qu'il ne soit trop tard. Lorn attendait sans doute la fin de cette mission pour lui régler son compte ou, pire, le laisser partir en faisant courir le bruit qu'il avait trahi Andara. Ce serait signer son arrêt de mort. Pas question de laisser faire ça. Eriad avait peut-être encore une chance de s'expliquer avec Andara, mais il devait s'échapper maintenant.

En commençant par éliminer Vahrd.

Il dégaina lentement son poignard et se tourna vers Vahrd, qui attendait jusqu'alors à l'entrée de la ruelle.

Mais le vieux forgeron n'y était plus.

Eriad sentit trop tard la présence dans son dos. Il ne vit pas venir le coup qui l'assomma et il s'effondra.

Vahrd regarda avec mépris le corps étendu à ses pieds. Il lui cracha dessus.

— Traître.

Lorn et Dwaïn se débarrassèrent sans mal des deux sentinelles qui patrouillaient autour de l'entrepôt. Lorn assomma la sienne d'un coup à la nuque. Dwaïn souleva la sienne par-derrière et l'étrangla dans le pli de son coude assez longtemps pour qu'elle perde conscience, indifférent à ses battements de jambes frénétiques.

Liam et Logan les rejoignirent après avoir fait le tour de l'entrepôt.

— Personne, dit Liam.

Au même moment, Vahrd arrivait aux rênes de l'un des chariots. L'homme qui gardait le portail s'avança pour l'arrêter et lui demander ce qu'il voulait, mais Yeras l'abattit d'un carreau d'arbalète. Tiré depuis le toit, le trait avait un petit sac de sable en guise de pointe. Touché à la tête, l'homme en serait quitte pour un méchant mal de crâne lorsqu'il se réveillerait.

Les Gardes d'Onyx se hâtèrent d'ouvrir le portail à Vahrd. Ils cachèrent la sentinelle et Logan partit chercher l'autre chariot tandis que Dwaìn et Liam poussaient les grandes portes de l'entrepôt.

À l'intérieur, des piles de sacs de farine s'alignaient.

— On charge tout ce qu'on peut, dit Lorn.

— Et lui ? demanda Liam.

Il désignait Eriad inconscient et attaché à l'arrière du chariot.

Lorn hésita.

— Je m'occuperai de lui quand on en aura fini, dit Vahrd d'un air lugubre.

Ils se mirent à l'ouvrage.

Andara retrouva son espion au petit matin, pieds et poings liés, pendu par le cou à une enseigne devant *L'Épée Brisée*, avec juste assez de corde pour qu'il se balance sur la pointe des pieds. Eriad vivait, les yeux exorbités et pleins de larmes. Un chiffon ensanglanté étouffait ses gémissements désespérés.

Exaspéré, Andara ordonna qu'on lui enlève d'abord son bâillon.

— Imbécile, dit-il. Il ne leur a vraiment pas fallu longtemps pour t'avoir...

Mais l'autre ne répondit pas.

Dans un râle ignoble, Eriad hoqueta et cracha des caillots de sang noir avec la langue de chien errant qu'il avait dû garder en bouche toute la nuit, au risque d'étouffer. Plusieurs des miliciens présents eurent de violents haut-le-cœur.

L'un d'eux vomit.

— Parle, dit Andara en soulevant la tête du jeune homme par les cheveux.

Il était blême de colère, mais cette colère n'était rien comparée à la rage qui le prit lorsqu'il découvrit l'entrepôt où ne restaient que quelques sacs de farine éventrés. Il passa ses nerfs sur une sentinelle qu'il manqua de battre à mort, puis éructa les poings ensanglantés, en allant et venant telle une bête féroce prise au piège.

Pour Yorgast, le manque à gagner serait important mais il était déjà bien assez riche sans ça, si bien qu'Andara savait déjà que le préfet ne lèverait pas le petit doigt. Pour lui, en revanche, le revers était sévère. Il y avait d'abord la perte financière, énorme, alors que cet argent qui venait de s'évaporer n'était pas seulement destiné à l'enrichir, mais aussi à payer ou corrompre les hommes de main, informateurs et autres collaborateurs qui ne le servaient que par intérêt. Mais il y avait également l'affront, l'insulte publique qui lui était faite.

Car tout le monde saurait ou devinerait bientôt qui avait fait le coup, sans qu'il y puisse rien. La nouvelle se répandait probablement déjà dans le quartier comme une déferlante et Lorn Askariàn, du haut de sa maudite tour, n'aurait qu'à laisser dire et jubiler, les habitants des Pavés rouges riant du culot et de l'intelligence du coup que ses hommes et lui venaient de porter à la milice. Ils avaient volé des voleurs, dérobé une marchandise de contrebande qui ne pouvait donc pas faire l'objet d'une plainte. À moins de se faire justice lui-même, le chef de la milice ne pouvait que se taire et serrer les dents.

Et si quelqu'un devait encore douter que les Gardes d'Onyx étaient coupables, tous en obtinrent la confirmation éclatante dans l'après-midi, quand eut lieu à la Tour Noire la première d'une série de distributions gratuites de farine.

Avec les compliments du Premier chevalier du Royaume.

Dès lors, des épées croisées commencèrent à apparaître, peintes sur les portes du quartier.

Chapitre 16

Il s'écoula des jours sans qu'Andara se manifeste, ni que les miliciens fassent parler d'eux : on continuait de les voir arpenter les rues des Pavés rouges, mais ils évitaient les impairs et rendaient même quelques services.

Cela n'augurait rien de bon.

Certain qu'Andara ne se contenterait pas de regarder les épées croisées se multiplier, Lorn avait déconseillé au père Eldrim de sortir seul. Il avait également chargé Yeras d'une mission particulière dont il n'avait parlé à personne d'autre que Liam, et il interdisait toujours à Daril de s'aventurer longtemps seul dans le quartier. Lorn était convaincu qu'Andara ne s'en prendrait pas à lui, mais à quelqu'un de son entourage, voire à des innocents totalement étrangers à leur conflit. Pour autant, désormais, tout ce qu'il pouvait faire était attendre que le chef de la milice passe à l'action.

Lorn, cependant, avait la tête ailleurs.

Lorsqu'il ne s'épuisait pas sur le chantier, il ne cessait de penser à Alissia, la sœur d'Enzio qu'il avait tant aimée. Ils étaient tombés amoureux adolescents, lors des années que Lorn avait passées en Sarme. Malgré la vigilance ombrageuse d'Enzio, ils s'étaient fréquentés et promis l'un à l'autre. Malheureusement, la modestie des origines de Lorn était un obstacle. Car si son père était un ancien compagnon d'armes du roi Erklant, il n'en était pas moins issu d'une très petite noblesse d'épée. Quant à sa mère, elle était une captive qu'un roi skande avait offerte au Haut-Roi avec un bouclier d'or et deux destriers lors de la signature d'un traité. Pourtant, à seize ans, Lorn trouva le courage d'avouer au père les sentiments qu'il avait pour sa fille. Il l'aimait. Elle l'aimait. Il voulait l'épouser. Le duc demanda à réfléchir, puis dit qu'il approuverait l'union le moment venu, mais à deux conditions. Que Lorn respecte sa fille jusqu'au jour du mariage. Et qu'il devienne digne d'elle par ses mérites. C'était plus que Lorn ne pouvait en espérer : il promit tout ce qu'on voulait.

Et tint parole.

Quelques années plus tard, il combattait les barbares dalates à la frontière du Valmir et se couvrait de gloire à la bataille de d'Urdel, où son courage sauva une ville de la destruction. Blessé, il rentra au Haut-Royaume et fut accueilli en héros. Toute la cour s'enticha de lui. Le roi Erklant l'honora, lui donna des terres et l'intégra dans la garde royale avec rang d'officier.

Ainsi, un casque à cimier gris sous le bras, c'est par un beau jour d'automne que Lorn se présenta devant le duc de Sarme et Vallence. Il était désormais un homme marqué par la guerre, mais son amour pour Alissia n'avait pas faibli. Elle l'attendait, belle et fragile, des fleurs blanches dans les cheveux. Le duc l'appela « mon fils » avant de le gratifier d'une accolade paternelle. Il fut convenu que le mariage aurait lieu au printemps prochain, après que Lorn se serait acquitté d'une mission que le Haut-Roi venait de lui confier.

Le rêve, ensuite, s'était très vite brisé.

Ce jour-là, en fin d'après-midi, Lorn revenait des Archives Royales lorsqu'il trouva la Tour Noire plongée dans une effervescence inhabituelle.

— Que se passe-t-il ? demanda-t-il en confiant les rênes de son cheval à Daril.

— Nous avons découvert quelque chose, messire.

Vu de l'extérieur, malgré les échafaudages qui l'entouraient encore, le donjon semblait presque entièrement reconstruit. Mais les travaux qui restaient à faire à l'intérieur étaient importants et, à l'initiative de Vahrd, qui ne supportait pas de rester oisif, les gardes avaient décidé de s'y attaquer. En effet, d'en bas, il suffisait de lever le nez pour voir haut à travers les charpentes nues et les planchers défoncés. Seul le dernier étage était sinon habitable, du moins sans danger. Sitôt la toiture réparée, Lorn s'y était d'ailleurs installé dans un confort spartiate.

Il entra dans la tour, où tous les gardes étaient réunis.

— On a trouvé une chapelle, dit Vahrd en le voyant.

Le donjon était flanqué de trois tourelles d'angle crénelées aussi hautes que lui. Dans l'une était logé un escalier à vis qui desservait tous les étages. Les deux autres abritaient des salles rondes et nues que des meurtrières cruciformes éclairaient. Au rez-de-chaussée, l'une de ces salles était murée. Ce dont personne ne s'était vraiment inquiété jusqu'à ce que Dwaïn abatte la cloison de briques et de mortier qui en condamnait l'accès.

Et qu'il découvre une ancienne chapelle derrière.

À l'évidence, celle-ci était dédiée à l'un des Dragons Divins, mais la statue qui dominait l'autel de ses ailes déployées avait été mutilée, si bien qu'elle était méconnaissable. De même, tous les bas-reliefs et toutes les peintures murales avaient été effacés au marteau et au burin.

Yssaris était assis sur l'autel de pierre et semblait attendre.

Lorn s'interrogea en enjambant prudemment les décombres qui barraient le seuil. Il ignorait que la Garde d'Onyx priait un Divin et se demandait duquel il pouvait s'agir. Mais si cela avait été le cas, avait-elle ensuite renoncé à ce culte ? Et pourquoi ? Ensuite, pourquoi condamner cette pièce plutôt que la réaménager ? Pourquoi défigurer la statue ? Était-ce un acte de haine ? de peur ? Avait-il été commis avant ou après la dissolution de la Garde d'Onyx ?

— Ce n'est pas tout, dit Logan qui explorait déjà la pièce quand Lorn y était entré. Regardez.

Lorn rejoignit l'ancien mercenaire derrière l'autel et vit, au sol, une large dalle gravée. Il s'accroupit. Les inscriptions avaient été grattées et rendues illisibles, mais un coin de la dalle manquait et laissait deviner une cavité obscure en dessous.

Lorn se pencha, ôta ses lunettes...

Et réprima un frisson.

Il venait de ressentir quelque chose qu'il n'avait pas ressenti depuis un moment : la présence de l'Obscure. Il lui sembla entendre les sifflements d'un vent furieux, des hurlements stridents sous des voûtes immenses, des gémissements d'âmes tourmentées. Un froid glacial l'envahit.

Il se redressa et tandis qu'Yssaris lui sautait dans les bras, dit à Liam :

— Que personne ne touche à cette dalle. Et que l'on condamne cette salle.

Liam acquiesça.

Réussissant à masquer son inquiétude grâce à Yssaris qui l'apaisait, Lorn avait parlé d'une voix calme et posée. Néanmoins, les autres le regardaient avec étonnement. Lorn aurait pu ne rien expliquer : il aurait été tout aussi bien obéi. Mais il voulut éviter d'éveiller des soupçons.

— Nous aurons tout le temps d'explorer ça plus tard, dit-il. Pour l'heure, nous avons plus urgent à faire.

L'explication parut satisfaire tout le monde. Seul Vahrd fronça un sourcil.

— Explorer quoi ? demanda quelqu'un d'une voix claire.

Lorn reconnut la voix d'Alan et se retourna tandis que les gardes étaient comme frappés de stupeur. À l'exception du chevalier, tous mirent brusquement un genou à terre, tête baissée.

Le prince parut ne rien remarquer et entra très naturellement dans la chapelle.

— Qu'est-ce que c'est cet endroit ? demanda-t-il.

— Une ancienne chapelle, répondit Lorn. On vient de la découvrir et on ignore à qui elle était dédiée. Et il semble qu'il y ait une crypte sous nos pieds.

Alan considéra le décor avec étonnement.

— J'ignorais que les Gardes d'Onyx élevaient des chapelles…

— Moi aussi. Celle-ci est peut-être la seule.

Lorn se promit d'interroger Sibellus sur ce sujet.

— Je suis venu te chercher, annonça Alan.

— Moi ? Mais pour aller où ?

— Le dîner d'Enzio, dit le prince en entraînant Lorn hors de la chapelle. Enzio. Tu te souviens d'Enzio, n'est-ce pas ? Grand ? Brun ? Se croit plus beau que toi et moi mais n'a qu'à moitié raison ?

Ils sortirent dans la cour.

Le soleil se couchait mais Lorn, qui avait toujours Yssaris dans les bras, dut remettre ses lunettes teintées.

Deux chevaux sellés les attendaient.

— Tu tiens à l'emmener ? demanda Alan en désignant le chat.

Sibellus quitta les Archives Royales un peu plus tard que d'ordinaire.

Avant de fermer la lourde porte, il appela, s'assura qu'il était le dernier à partir. Précaution inutile. Depuis que Daril était entré au service de Lorn, le maître archiviste ne risquait plus d'enfermer grand monde. Non pas que l'adolescent ait eu pour habitude de faire de longues journées de travail. Mais il lui était arrivé de s'endormir avant la fermeture et de se réveiller en pleine nuit avec pour seuls compagnons les souris qui pullulaient dans les armoires et le couple de chouettes qui nichait dans les combles.

Sibellus sourit.

Il était bien obligé de reconnaître que Daril lui manquait. Son ancien apprenti comptait parmi les moins doués qu'il lui avait jamais été donné de former. Mais au moins était-il plein de bonne volonté, à la différence des deux employés que le maître archiviste avait sous ses ordres et qui ne faisaient presque rien pour mériter leur salaire. Un salaire bien maigre, au demeurant. Ceci expliquant sans doute cela.

Sibellus, qui était parvenu à l'âge où l'on compte les hivers, se demandait souvent ce qu'il adviendrait de ses chères archives quand il prendrait sa retraite ou, ce qui était encore le plus probable, quand il rendrait l'âme parmi ses registres, classeurs, rouleaux et parchemins. Il craignait que rien de tout cela ne lui survive vraiment. Ce qui ne serait pas jeté serait détruit et ce qui ne serait pas détruit serait oublié. Si les Archives Royales étaient la mémoire du Haut-Royaume, Sibellus était le dernier gardien d'une mémoire condamnée.

La nuit tombait et il avait du chemin à faire jusqu'à la petite maison où, depuis la mort de son épouse, rien n'avait vraiment changé. Mais l'air était doux et Sibellus appréciait la promenade qui, pour lui, était l'occasion de respirer autre chose qu'une poussière séculaire.

Et de réfléchir.

Tout à ses pensées, il ne remarqua pas l'homme qui le suivait depuis plusieurs jours déjà, pas plus qu'il ne remarqua à temps ceux qui le plaquèrent contre un mur au détour d'une ruelle déserte à cette heure. S'il avait habité les Pavés rouges, peut-être aurait-il reconnu des sbires à la solde d'Andara. Il crut avoir affaire à des voleurs et dit :

— Je… Je n'ai pas grand-chose. Tenez. Prenez tout.

Mais ils n'en voulaient pas à son argent.

Il ne vit pas venir le premier coup.

Chapitre 17

Comme il s'agissait d'un dîner privé, une vingtaine d'invités seulement étaient attendus. Parmi eux, un prince de sang et le ministre Estévéris qui, cependant, s'était excusé par avance de ne pas rester. Le dîner aurait lieu au Palais, dans les grands salons de la résidence de Sarme et Vallence. Parmi les résidences allouées dans l'enceinte du Palais à des ambassades étrangères, celle-ci comptait parmi les plus luxueuses et les plus raffinées. Elle se dressait de surcroît au milieu d'un magnifique jardin dont les terrasses parsemées de plans d'eau offraient une vue unique sur Oriale.

Lorn avait rechigné à venir mais Alan n'avait rien voulu entendre. Lorn n'avait jamais eu le goût des mondanités et depuis son retour, il ne se sentait bien que seul ou en compagnie de ses proches, et en petit comité. La vérité, cependant, était qu'il redoutait de retrouver Alissia. Il l'avait aimée à la folie, convaincu qu'elle était la femme de sa vie, celle auprès de qui il vivrait heureux jusqu'à la fin de ses jours. Dans sa fougue, il n'y avait rien qu'il n'aurait alors fait ou sacrifié pour elle. Et durant ses années de souffrance à Dalroth, le souvenir d'Alissia lui avait souvent été d'un grand réconfort.

Pourtant, Lorn était convaincu que la revoir serait une douleur.

L'aimait-elle encore malgré les épreuves et les années ? Et lui, que ressentait-il exactement ? L'aimait-il ou avait-il la nostalgie de leur amour, de l'homme qu'il était avant ? Était-il encore capable d'aimer ?

Massant distraitement la paume de sa main marquée, Lorn s'interrogeait sur la terrasse, seul, quand il entendit plusieurs personnes sortir des grands salons. Il se retourna, cligna des paupières dans la lumière des grands candélabres et reconnut Estévéris entouré de quelques conseillers.

La nuit venait de tomber. Il faisait doux et la Grande Nébuleuse était presque absente.

— Chevalier Askariàn, n'est-ce pas ? dit le ministre en s'approchant.

Lorn s'inclina, respectueux mais silencieux tandis qu'Estévéris se tournait vers ceux qui l'accompagnaient.

— Messieurs, je vous présente Lorn Askariàn, Premier chevalier du Royaume.

Lorn et les conseillers se saluèrent brièvement, à distance, après quoi le ministre dit, avec tous les accents de la sincérité :

— J'ignorais que vous seriez ici ce soir, chevalier.

— Je l'ignorais également.

— Le hasard fait donc bien les choses en nous réunissant. Voyez-vous, il y a déjà quelque temps que je souhaitais m'entretenir avec vous mais... Les affaires du royaume, vous comprenez ?

— Bien sûr.

— Mais venez, voulez-vous ? (Le ministre prit Lorn par le coude et l'emmena à l'écart des oreilles indiscrètes.) Profitons de l'occasion qui nous est donnée pour parler un peu.

Ils allèrent s'asseoir sur un banc de pierre éclairé par des flambeaux.

— J'ai appris, dit Estévéris, l'excellent travail que vous accomplissez aux Pavés rouges.

— Vraiment ?

— Mais oui, mais oui... Vos efforts pour y rétablir la justice, vos bonnes relations avec le père Eldrim et, bien sûr, les travaux que vous avez entrepris afin de remettre la Tour Noire en état. À ce sujet, je vous souhaite de bientôt trouver un nouveau maître d'œuvre. Je puis vous en conseiller d'excellents, si vous le souhaitez.

— Merci. Ce ne sera sans doute pas nécessaire.

Lorn restait froid et distant mais Estévéris ne se départait pas d'un sourire aimable, comme s'il ne se rendait compte de rien.

— Vous savez, chevalier, j'ai toujours pensé que cette tour, puisqu'elle est la dernière Tour Noire qui reste, devait être préservée. Qu'elle devait être sauvée, en quelque sorte, afin d'entretenir la mémoire... Mais je dois confesser que j'ai toujours remis au lendemain. Il y avait toujours plus urgent. Et l'argent manque. Et les jours passent... (Il soupira, et se reprit.) Mais je m'égare.

Il posa une main chargée de bagues sur l'épaule de Lorn.

— Chevalier, je suis convaincu que la reine aura à cœur de vous recevoir bientôt. Sachez que Sa Majesté et moi-même nous réjouissons de savoir que le Haut-Royaume a retrouvé un Premier chevalier. Et plus encore que la Garde d'Onyx renaisse. Je ne doute pas que, commandée par vous, elle rendra de grands services et retrouvera toute sa gloire.

Sur ces mots, les mains jointes devant la poitrine, Estévéris salua d'un sourire, se leva et rejoignit ses conseillers qui l'attendaient. Lorn le regarda s'éloigner avec le sentiment d'avoir été approché par un serpent habile, cruel et patient. Il resta un moment sur le banc à réfléchir.

Jusqu'à ce qu'Alan le retrouve.

— Mais qu'est-ce que tu fiches ici tout seul ? Allez, viens, c'est par là que ça se passe. Et enlève ces lunettes, veux-tu ? Tu fais peur et il fait nuit noire.

Lorn obéit avant de suivre le prince sur la terrasse.

— J'ai parlé à Estévéris.

— Personne ne parle à Estévéris. On croit qu'on lui parle, et puis on s'aperçoit qu'on n'a fait qu'écouter.

Lorn esquissa un sourire et dut reconnaître qu'Alan n'avait pas tort.

— Et que voulait-il, le bon ministre ?

— Me faire comprendre qu'il m'avait à l'œil, je crois.

— Ça lui ressemble assez. Il ne te fait pas l'impression d'un lézard ?

— Assez, oui.

— Je ne m'explique vraiment pas comment ma mère peut le supporter à longueur de journée...

Ils entrèrent dans les grands salons et Lorn cligna des paupières tant la lumière des bougies, réfléchie par les miroirs et les ors de la pièce, était vive. Ébloui, il dut patienter un peu avant d'y voir clairement et se figea.

Alissia était là.

Elle était arrivée pendant qu'il s'entretenait avec Estévéris, et bavardait joyeusement avec quelqu'un.

Avec qui ?

Lorn s'en moquait et n'avait d'yeux que pour Alissia. Elle lui paraissait plus belle que jamais. Ses cheveux blond-roux étaient remontés sur sa nuque nue en un chignon raffiné que des peignes ornés d'émeraudes retenaient. Elle portait une robe d'un vert tendre dont les broderies, plus sombres, soulignaient ses courbes élégantes. Ses lèvres étaient à peine nacrées. Ses yeux bruns enrichis de paillettes dorées brillaient. Elle souriait et tenait, dans sa main gantée, un éventail en ivoire incrusté de jade.

À son tour, elle le remarqua et se troubla, acquiesçant distraitement à l'intention de son interlocuteur. Comme seuls au monde, elle et Lorn échangèrent un long regard. Elle lui sourit. Tendre. Émue. Sincère. Et lui ne sut que faire tandis qu'une lave tiède coulait dans ses veines glacées. Puis ce fut comme un foudroiement lent et silencieux qui lui fendit la poitrine.

Il l'aimait.

Et vint la douleur née de cet amour désormais impossible.

— Elle est belle, n'est-ce pas ? fit une voix féminine.

Lorn ne réagit pas aussitôt.

— Lorn, dit Alan, je te présente Eylinn de Feln.

Alissia accordait de nouveau toute son attention à celui qui n'avait cessé de lui parler. Lorn se tourna vers celle qui avait brisé l'enchantement et découvrit une jeune femme à la beauté délicate, très pâle, avec une bouche vermeille et des yeux pétillants.

— Enchanté, dit Lorn en faisant un effort sur lui-même. Je suis…

— Mais tout le monde sait qui vous êtes, chevalier, l'interrompit gaiement Eylinn.

— Eylinn et Alissia sont devenues inséparables, dit Alan pour achever les présentations. Soyez sages, ajouta-t-il avant de s'esquiver.

Lorn regarda le prince qui partait serrer des mains et distribuer des sourires.

— Ne vous inquiétez pas, lui glissa Eylinn, je ne vous veux aucun mal…

La moquerie était gentille.

Beau joueur, Lorn daigna sourire mais resta sur la défensive. Il savait à qui il avait affaire : Eylinn était la fille du duc Duncan de Feln, puissant seigneur de Haut-Royaume et comploteur notoire. Or la fille, paraît-il, était aussi habile que le père en matière de ruse et d'intrigue. Peut-être même le surpassait-elle grâce à deux armes qui manquaient au duc : un air d'innocence et une troublante beauté.

— Et si vous me demandiez si je veux boire quelque chose ? proposa la jeune femme d'un ton badin.

— J'y songeais, justement.

— Menteur.

Enjôleuse, Eylinn prit Lorn par le bras et l'attira vers un buffet débordant de victuailles. Les duchés de Sarme et Vallence étaient des pays chauds où l'on dînait et se couchait tard afin de profiter au mieux de la fraîcheur du soir. Conformément à cet usage, le repas ne serait pas servi avant un petit moment mais des buffets garnis étaient là pour aider les natifs de Haut-Royaume à patienter.

Lorn n'attendit pas qu'un domestique propose son aide. Sans façon, il remplit deux verres de vin et ils trinquèrent.

— Sans la cession d'Angborn, dit Eylinn, on ne parlerait que de vous au Palais, chevalier.

— Vraiment ?

— Vous l'ignoriez ?

— Je fréquente peu le Palais.

— Et vous n'en intriguez que davantage, là-bas, dans votre tour. Comment se porte le Haut-Roi ?

Lorn tiqua.

— Pourquoi cette question ?

— Parce que vous êtes la seule personne que je connaisse à l'avoir rencontré depuis moins d'un an. Et peut-être même depuis deux ou trois ans, si je ne compte pas le prince Aldéran.

— Le prince a rencontré le Haut-Roi dernièrement ?

— Il me semble, oui. Avant d'aller vous chercher à Dalroth, si je me souviens bien.

Lorn acquiesça mais se tut, distrait.

Eylinn surprit alors un autre des regards qu'il lançait à la dérobée vers Alissia. À l'autre bout de la salle, celle-ci parlait maintenant avec son frère Elenzio et Estévéris qui, sur le départ, les saluait.

— Ce sera peut-être difficile ce soir, dit Eylinn, mais je peux vous organiser une rencontre.

— Pardon ? fit Lorn.

La jeune femme sourit, amusée par la facilité avec laquelle elle avait soudainement attiré toute l'attention de Lorn.

— Alissia souhaite vous rencontrer, chevalier. En tête à tête mais discrètement. Elle veut vous parler. Je crois qu'elle… qu'elle a beaucoup de choses à vous dire. Et vous aussi, sans doute, non ?

Lorn dévisagea Eylinn.

Il ignorait quoi dire ou quoi penser. Il se dit cependant que la jeune femme l'avait volontairement pris de court et que la brusquerie de sa proposition était destinée à le sonder, lui.

À mesurer la sincérité de ses sentiments.

Ou peut-être n'était-ce qu'un jeu pour Eylinn qui, mutine, le regardait en souriant par-dessus le rebord de son verre…

Mais Lorn n'eut pas l'occasion de s'interroger longtemps.

Un bruit lui fit dresser l'oreille.

— Vous entendez ? fit-il.

C'était un son de cloche lointain.

Sans attendre la réponse, il planta Eylinn sur place et se précipita vers la terrasse. Des invités l'y précédaient, eux aussi attirés par l'écho distant mais clair du tocsin.

Car c'était bien le tocsin qui sonnait en ville.

— Le feu ! lâcha Lorn pour lui-même.

Il joua des coudes jusqu'à la balustrade mais, contrairement aux autres, il n'eut pas à chercher pour regarder dans la bonne direction.

Il savait déjà ce qu'il allait voir.

Un incendie s'était déclaré dans le quartier des Pavés rouges.

Chapitre 18

Lorn arriva au galop mais dut mettre pied à terre place des Ormes. Un incendie ravageait le dispensaire du père Eldrim. Des flammes immenses perçaient sa toiture et sortaient par ses fenêtres, léchaient ses murs en soulevant des tourbillons de cendres incandescentes. La chaleur était telle qu'il fallait se tenir à l'écart.

Lorn arriva alors que l'on ne pouvait déjà plus rien faire, si ce n'est espérer que l'incendie ne se propage pas. Le dispensaire, heureusement, était entouré de rues qui l'isolaient. Et l'on arrosait les toits des maisons voisines, à l'affût de la moindre flammèche, de la moindre braise portée par le vent. Mais il ne resterait que des cendres fumantes de la bâtisse, au matin. Quant aux malheureux qui s'y trouvaient peut-être encore…

Sitôt que l'incendie s'était déclaré, les religieuses avaient tenté d'évacuer le dispensaire. Des habitants du quartier avaient spontanément offert leur aide et les Gardes d'Onyx étaient accourus dès qu'ils avaient entendu le tocsin. Mais les premiers arrivés avaient découvert des chaînes qui maintenaient les issues fermées. Des barreaux protégeant les fenêtres, il avait fallu trouver des outils pour couper les chaînes tandis que la panique gagnait les gens emprisonnés à l'intérieur et que certains se réfugiaient sur les toits… pour finir par se jeter dans le vide, rattrapés par les flammes. À l'initiative de Vahrd, les gardes n'y étaient pas allés par quatre chemins et avaient abattu les portes principales à coups de hache et de masse. Puis les uns avaient combattu le feu de leur mieux tandis que les autres, au péril de leur vie, aidaient les volontaires à sortir les grabataires de la bâtisse incendiée. Les citernes des pompes mobiles furent vite vidées et les seaux d'eau que des chaînes humaines apportaient jusqu'au brasier parurent bientôt dérisoires. Le feu dévorait tout. Plus rien ne pouvait le contenir et le combat fut abandonné.

Les flammes immenses et furieuses qui ravageaient le dispensaire éclairaient la foule amassée, les cadavres alignés sur le pavé, les blessés que l'on soignait comme on pouvait, les plus chanceux qui ne souffraient que d'avoir respiré de la fumée et restaient effrayés, prostrés, insensibles au réconfort, le visage noir et les yeux rougis. Le dispensaire abritait autant de miséreux que de malades. Des pères et des mères cherchaient un proche, un époux, un fils ou une fille dans la cohue, et l'appelaient d'une voix étranglée par l'angoisse avant, parfois, de pousser un cri déchirant et s'effondrer à genoux devant un cadavre.

Lorn ne trouva pas le père Eldrim du regard. En revanche, il reconnut Vahrd qui, les cheveux roussis et le visage écarlate, était assis sur une borne tandis qu'une femme lui bandait le mollet.

— Ça va ? demanda Lorn en forçant sa voix.

Les grondements, craquements, sifflements du brasier étaient tels qu'il fallait presque crier pour s'entendre.

Le vieux forgeron acquiesça.

— Je suis vivant. Mais je ne vais pas gambader tout de suite.

— C'est grave ?

— Non.

— Et les autres ?

— Vivants aussi, je crois.

Liam et Logan les rejoignirent. Ils froncèrent les sourcils en voyant Vahrd blessé, mais celui-ci les rassura d'une moue tranquille.

— On dirait que le feu est parti de plusieurs endroits, dit Liam. Et il y avait des chaînes aux portes.

Comme tout le monde, Lorn savait ce que cela signifiait.

— Où est Yeras ?

— Resté à la Tour Noire, dit Liam.

— Un problème ? s'inquiéta Lorn.

— Sibellus. Les hommes d'Andara l'ont agressé ce soir.

Andara s'en était donc pris au maître archiviste la nuit où il incendiait le dispensaire. Il avait voulu frapper fort, et peut-être n'en avait-il pas fini.

— Je ne vois pas le père Eldrim, dit Lorn.

— La dernière fois que je l'ai vu, il entrait là-dedans, dit Logan.

Lorn se tourna vers le dispensaire en flammes.

— Il y a longtemps ?

— Non.

— Et il y est encore ?

— Je crois bien.

— Lorn ! s'exclama Vahrd. Non !

Mais Lorn se précipitait déjà.

— AVEC MOI !

Le forgeron pesta en voyant Liam et Logan suivre leur capitaine sans hésiter. Parce qu'ils se jetaient tête baissée dans un brasier, d'abord. Mais aussi parce qu'il ne pouvait pas en faire autant.

Lorn arracha une de ses manches de chemise et s'en fit un masque avant d'entrer dans le dispensaire. Les flammes l'éblouirent et la chaleur l'estomaqua. L'air semblait cuire.

— PAR LÀ ! hurla Logan en désignant l'escalier. APRÈS, JE NE SAIS PAS.

Lorn le premier, ils gravirent l'escalier de pierre dont la rampe brûlait. Ils étaient dans la partie principale du dispensaire. À l'étage, les flammes tapissaient les murs des couloirs et rampaient au plafond.

Presque aveuglé, Lorn appela :

— PÈRE ELDRIM ! PÈRE ELDRIM !

En vain.

— CHERCHEZ ! ordonna-t-il aux autres.

Une épaisse fumée noire empoisonnant l'air, ils s'aventurèrent dans l'incendie, poussèrent des portes qui libérèrent des boules de feu, fouillèrent des pièces où des flammes hautes et puissantes dévoraient tout dans un vacarme assourdissant et une chaleur insupportable.

Ils enjambèrent des cadavres, puis Liam cria :

— ICI !

Il avait trouvé le père Eldrim qui, seulement évanoui, reprit conscience et toussa lorsqu'ils le retournèrent pour l'examiner.

— Il vivra, dit Logan.

— Vite ! On l'emmène ! ordonna Lorn.

Mais le père Eldrim ne se laissa pas faire lorsque Liam et Lorn le soulevèrent sous les épaules pour le porter.

— Non, gémit-il. Non… Là…

— Qu'est-ce qu'il dit ? demanda Logan.

— Je ne sais pas, répondit Lorn.

— Là… À…

— TOUT VA S'EFFONDRER ! prévint Liam.

Le dispensaire craquait et gémissait dans le rugissement des flammes. On entendait, parfois, des pans entiers de la bâtisse qui s'écroulaient.

Le prêtre noir réussit à lever une main pour désigner une porte close.

— À… À côté…

— Occupe-toi de lui ! dit Lorn à Logan avant d'aller voir.

Il poussa la porte et découvrit une chambre en pleine fournaise. Deux corps gisaient là : celui d'une fillette et celui d'un homme. Le père tentait sans doute de sauver sa fille quand le plafond s'était effondré. Il était étendu, assommé, les deux jambes brisées sous une lourde poutre.

— LIAM ! hurla Lorn. EMMÈNE LE PRÊTRE ! LOGAN ! AIDE-MOI !

— Mais je…, commença Liam.

— NE DISCUTE PAS ! SAUVE LE PRÊTRE ET REVIENS SI TU PEUX !

Liam obéit, conscient qu'il n'aurait pas l'occasion de revenir prêter main-forte à Lorn et Logan, quand bien même parviendrait-il à tirer le père Eldrim de cet enfer.

Lorn se glissa sous un enchevêtrement de poutres, de planches et de plaques de plâtre pour attraper la petite fille, la tirer à lui et la coucher dans le couloir. Logan l'examina et se rendit compte qu'elle n'était qu'évanouie à cause des fumées qu'elle avait respirées. Soulagé, il dit :

— Vivante.

— Le père, maintenant.

À deux, ils tentèrent de soulever la poutre qui bloquait l'homme. Mais elle était lourde et, de plus, bloquée par d'autres décombres. Ils échouèrent une première fois.

— Encore ! dit Lorn. Ensemble. À trois ! Un… deux… trois !

Ils unirent leurs forces, peinèrent, firent bouger la poutre mais rien n'y fit. Ils échouèrent une deuxième fois.

— Impossible ! lâcha Logan. Il faut renoncer !

— Pas question !

— La gamine mourra avec nous si nous restons plus longtemps !

— Emmène-la ! Je vais encore essayer. Je crois que si…

— Non, chevalier ! Vous n'y arriverez jamais seul ! Vous…

Le mercenaire toussa.

Ils se voyaient à peine à cause de la fumée et des larmes qui avaient envahi leurs yeux douloureux. À quelques mètres d'eux, quelques mètres de couloir basculèrent dans les flammes.

— Alors aide-moi ! dit Lorn. Une dernière fois !

Logan acquiesça à contrecœur.

De nouveau, ils agrippèrent la poutre.

De nouveau, ils essayèrent de la bouger, grimaçants, les muscles bandés et suppliciés. Et ils allaient renoncer lorsqu'elle se souleva et parut même ne plus rien peser.

Lorn vit que Dwaìn les avait rejoints.

— VITE ! dit le colosse roux en maintenant la poutre à quelques centimètres des jambes qu'elle écrasait jusqu'alors.

Il portait seul un poids énorme et ne tiendrait pas longtemps.

Dehors, devant le dispensaire qui n'était plus qu'un gigantesque brasier auquel rien ni personne ne pouvait survivre, la foule était désormais silencieuse, immobile et comme sidérée devant la beauté de ce terrifiant spectacle.

Vahrd dut retenir Liam. Le vétéran avait croisé Dwaìn dans l'escalier. Il lui avait dit où trouver Lorn et Logan et, maintenant que le père Eldrim était sauvé, il voulait retourner dans la bâtisse.

— Non ! ordonna Vahrd. C'est trop tard.

Et sur ces mots, le toit du bâtiment principal s'effondra par le milieu comme si le poing d'un géant pesait sur lui. Un nuage de flammes, de braises, de cendres et d'étincelles s'éleva dans la nuit, mêlant d'éphémères paillettes rouge et or aux volutes livides et immobiles de la Grande Nébuleuse. Ce qui restait du dispensaire en trembla jusque dans ses fondations, puis les planchers s'affaissèrent les uns sur les autres depuis le grenier, dans un embrasement assourdissant.

Chacun retint son souffle, effrayé, incapable d'admettre ce qui venait de se passer. Comme tous les autres, Vahrd et Liam ne pouvaient détacher les yeux de la façade dont on ne devinait plus que les contours et les ouvertures sombres dans la tourmente des flammes.

Le père Eldrim tomba à genoux et pria, vite imité par ses ouailles.

Puis…

— LÀ ! s'écria quelqu'un.

Un regain d'espoir fit trembler l'assistance. Chacun voulut voir. On se hissa sur la pointe des pieds. On tendit le cou en jouant un peu des coudes. L'inquiétude était encore présente mais on voulait croire que, peut-être…

— Oui ! Là ! Je les vois !

Et tous, alors, aperçurent des silhouettes qui sortaient des flammes. Chancelantes, elles semblaient bien fragiles et tremblantes dans la fournaise, le dos rond, la tête rentrée dans les épaules.

C'étaient Dwaìn et Logan qui portaient le blessé.

Le souffle coupé par l'inquiétude, Vahrd chercha Lorn du regard.

— Dragon-Roi, murmura-t-il. Faites que…

Mais il n'eut pas l'occasion d'achever sa prière.

Il y eut des cris de joie et des bravos.

Lorn suivait les deux autres en tenant contre lui la gamine, saine et sauve, enroulée dans son pourpoint.

Chapitre 19

L'aube pointait.

Il ferait jour dans moins d'une heure mais, d'ici là, Andara serait loin. Il lui avait fallu un peu plus de temps qu'il n'aurait voulu pour réunir la fortune emplissant les deux lourdes sacoches de selle qu'il portait sur l'épaule. Tout n'y était pas. Il avait dû faire des choix, renoncer, laisser des objets auxquels il tenait. Mais il était pressé.

Très pressé.

La première partie de son plan de vengeance s'était déroulée à merveille : le dispensaire du prêtre était parti en fumée. En revanche, les hommes qu'il avait chargés d'enlever l'archiviste avaient échoué.

Les imbéciles !

Leur mission était pourtant simple : maîtriser un vieil homme et l'emmener sans le tuer. À quatre. Mais non, c'était encore trop difficile pour ces brutes. Or sans l'archiviste, Andara ne disposait d'aucun moyen de pression sur Lorn. Rien ne le protégeait de la vindicte des Gardes d'Onyx. Et pour couronner le tout, il avait appris l'échec de ses hommes bien trop tard, alors que le dispensaire brûlait déjà et qu'il ne lui restait plus que quelques heures pour prendre ses dispositions.

Car Andara n'en doutait pas : Lorn allait riposter et il serait sans pitié.

Il pressa le pas en entendant sonner l'heure des premières prières dans les églises du Dragon-Roi Sacrifié. Mais le relais de poste n'était plus très loin. Il y arriva vite et, après avoir observé les alentours sans rien noter de suspect, poussa les portes de l'écurie.

Il appela le valet qui, d'ordinaire, dormait sur place.

En vain.

Andara pesta mais il n'avait pas le temps d'attendre. Tant pis, il sellerait son cheval lui-même…

Il reçut un premier coup de manche de fourche en plein visage, un autre dans le ventre qui le plia en deux et un troisième sur les omoplates qui l'étendit de tout son long sur le sol jonché de paille. Le nez en sang, il tenta de se relever mais des coups de botte, soigneusement administrés, lui brisèrent plusieurs côtes. Il roula sur le dos, ahuri, nauséeux, aveuglé par la douleur. Et il hoqueta quand les deux dents de la fourche se plantèrent de part et d'autre de sa gorge et l'immobilisèrent.

Cloué par terre, la glotte écrasée, il vit Lorn se pencher sur lui.

— Tu as vraiment cru que tu allais t'échapper ? Tu as vraiment cru que je ne savais pas où tu habites ? quelles tavernes tu fréquentes ? quelle écurie héberge ton cheval ? Tu as vraiment cru que je ne te faisais pas surveiller, moi aussi ? Et tu as vraiment cru que je ne protégerais pas les miens ?

Furieux, Lorn lui écrasa l'entrejambe d'un coup de talon ferré. Andara poussa un long gémissement et porta les mains à son bas-ventre en relevant les genoux. Il aurait voulu se recroqueviller sur le flanc, mais la fourche l'en empêchait.

Il se mit à sangloter, les lèvres maculées de salive rose.

— Tu n'as jamais compris à qui tu avais affaire, pas vrai ? reprit Lorn. Connard ! (L'insulte fut ponctuée d'un coup de pied supplémentaire.) Tu t'imaginais que ne pas respecter les règles te donnerait l'avantage. Mais voilà, moi non plus, je ne respecte pas les règles. Ou plutôt, je ne les respecte plus…

Lorn approcha un tabouret et l'enfourcha, les coudes sur les cuisses.

— Qu'est-ce… ? Qu'est-ce que tu vas faire de moi ? demanda Andara.

— Ta gueule.

— On peut trouver un…

— J'ai dit : ta gueule ! s'écria Lorn.

Andara se tut.

— Tu sais, nous nous ressemblons, toi et moi. Tu es la dernière des ordures, mais je ne vaux pas beaucoup mieux. Il y a quelque chose en moi, quelque chose qui me vient de… Attends, je te montre.

Comme on enlève un bandage autour d'un membre douloureux, Lorn défit lentement la lanière de cuir qui entourait sa main marquée. Puis, serrant le poing, il montra le sceau incrusté dans sa chair. La peau avait noirci autour de la pierre ocre.

— Tu vois cette marque ? Tu la vois bien ? Elle dit ce que je suis devenu, ce que je suis et ce que personne ne semble voir. Mais la vérité est là, dans ce sceau de pierre. Et la vérité, c'est que je suis plus fort, maintenant. Plus fort que je ne l'ai jamais été. Plus décidé. Plus acharné. Et malheureusement pour toi, plus impitoyable.

Lorn se leva.

— Non ! Attends ! tenta Andara.

— Tu n'aurais pas dû te dresser sur ma route, Andara. Tu n'aurais pas dû t'en prendre aux miens… Mais l'ironie de cette histoire, c'est que tu m'as rendu service, finalement. Il me fallait un adversaire, un dragon à abattre pour le bien commun, une cause noble à défendre… Alors je peux bien te l'avouer, si tu n'avais pas attaqué, je serais venu te chercher. Maintenant, grâce à toi, les Gardes d'Onyx sont aimés et respectés. Et il n'aura suffi que de quelques semaines…

Un sourire cruel aux lèvres, Lorn s'appuya des deux mains sur le manche de fourche dressé.

— Attends ! dit Andara. On peut encore s'entendre. Dans les sacoches, là, il y a toute ma fortune. De l'or, de l'argent, des pierres précieuses. Mais aussi des titres de propriété. Puisque tu es comme moi, prends-en la moitié. Et laisse-moi partir.

Lorn considéra les lourdes sacoches et réfléchit.

Puis il dit :

— Puisque je suis comme toi, pourquoi je ne prendrais pas tout ?

Et d'un coup de talon, il enfonça les dents de la fourche dans le sol.

Logan surveillait discrètement l'écurie afin que personne n'y entre. Les sacoches d'Andara sur l'épaule, Lorn le rejoignit et, sans un mot ni un regard en arrière, ils gagnèrent la Tour Noire pendant que le jour se levait. Ils y retrouvèrent Liam et Dwaìn, mais aussi Yeras qui gardait la porte de Sibellus.

— Il va bien ? demanda Lorn.

— Oui.

Craignant qu'Andara s'en prenne au maître archiviste, Lorn l'avait fait suivre matin et soir par Yeras. Sibellus l'ignorait, si bien qu'il avait été le premier surpris quand le borgne avait surgi de nulle part et éliminé les miliciens qui l'agressaient. Le premier coup que Sibellus n'avait pas vu venir, c'était Yeras qui l'avait porté. Puis tout était allé très vite…

Lorn frappa et entra dans la pièce où le maître archiviste était gardé.

Celui-ci ne dormait pas, mais il avait les traits tirés. En revanche, Daril, qui était censé lui tenir compagnie, dormait à poings fermés.

— Comment vous portez-vous, Sibellus ?

— Bien. Grâce à vous et à vos hommes. Merci, chevalier… Savez-vous ce que ces hommes me voulaient ?

Lorn fit la moue.

— Vous frapper et vous laisser sur le pavé afin de m'adresser un message. Peut-être vous tuer. Ou vous enlever afin de faire pression sur moi… Quoi qu'il en soit, ne me remerciez pas car c'est par ma faute que vous étiez en danger.

—Je savais dès le début quels risques je courais en m'associant à vous. Ce n'est pas parce que j'ai pris votre parti que j'étais en danger, c'est parce que j'ai pris celui du Haut-Roi.

Lorn choisit de ne pas détromper Sibellus sur ce point. Ce conflit avec Andara, il l'avait voulu. Il en avait attisé les braises parce que cela servait son intérêt, tout en sachant que d'autres que lui s'y brûleraient. Le maître archiviste en était quitte pour une belle peur, mais le dispensaire du père Eldrim n'était plus que cendre et le bilan de l'incendie était tragique.

—Vous allez pouvoir rentrer chez vous, Sibellus.

—Aujourd'hui ?

—Maintenant, si vous le désirez. Vous ne risquez plus rien.

—Andara ?

—Mort.

—Et ses hommes ?

—Ils fuiront dès qu'ils sauront. Et ceux qui ne fuiront pas assez vite risquent de finir lapidés ou battus et pendus à une enseigne.

—Alors c'est fini.

—Oui.

—Merci, chevalier. Si vous pouviez faire pour Oriale ce que vous avez fait pour les Pavés rouges…

—Pour l'heure, il ne s'agit que de rendre l'espoir. Mais ce que la Garde d'Onyx a fait pour les Pavés rouges, elle le fera pour le Haut-Royaume. Et bientôt.

Sibellus acquiesça.

—S'il y a quoi que ce soit que je puisse faire…, dit-il.

Lorn réfléchit, hésita. Le moment était-il venu de demander au maître archiviste ce qu'il attendait vraiment de lui depuis le début ?

Sans doute.

—Je veux les minutes de mon procès, dit-il. Je sais qu'elles sont placées sous le sceau du secret. Mais je sais aussi que c'est vous, le Maître Archiviste du Haut-Royaume, qui les conservez.

Sibellus regarda longtemps Lorn avant de répondre. D'une certaine manière, il avait toujours su qu'il en viendrait là.

—Si je vous remettais ces minutes, je serais parjure et coupable de haute trahison…

Lorn ne cilla pas et dit :

—Je sais.

Après avoir laissé Sibellus se reposer, Lorn trouva Vahrd qui, l'air sombre, l'attendait.

— Un problème ? demanda Lorn.

— Tu aurais pu tuer Andara depuis des semaines.

— Oui.

— Et tu savais que tu finirais par le tuer. Mais tu as attendu.

— Il fallait qu'il commette le crime de trop. Il fallait que les Pavés rouges passent de la résignation à la colère.

— Des gens sont morts dans cet incendie, Lorn. Des femmes et des enfants. Des innocents.

— Je sais.

— Cela ne semble guère t'émouvoir.

— Je menais une guerre. Toutes les guerres font des victimes inn…

— Ne me sers pas ce couplet ! s'emporta le vieux forgeron. Je l'ai trop entendu. Il sert toujours à justifier le pire.

Lorn se tut, réfléchit, songea que le pire est parfois ce qui doit être accompli. L'homme qu'il avait été aurait peut-être agi comme lui, mais il en aurait éprouvé de terribles remords. Il se souvenait d'avoir été contraint, quand il combattait à la frontière du Valmir, d'abandonner des soldats sous ses ordres – ce qui les avait condamnés à une mort certaine. La décision qu'il avait prise était la bonne. Elle avait préservé de nombreuses autres vies en péril et malgré tout, il en avait perdu le sommeil durant des semaines.

Mais maintenant…

— J'ai une mission à accomplir, dit-il.

Vahrd acquiesça gravement.

— Je voudrais tout de même te poser une question. Lorsque tu t'es précipité dans ce dispensaire en flammes, tu voulais sauver des vies ou montrer ton courage pour rallier les gens à ta cause ?

Lorn ne répondit pas, parce qu'il ignorait la réponse.

Lorn rentra dans sa chambre épuisé.

Andara n'était plus, sa milice ne lui survivrait pas et, s'il n'était un imbécile, le préfet de quartier se ferait oublier ou s'empresserait de se réjouir publiquement de la tournure prise par les événements : il annoncerait la constitution d'une nouvelle milice et ne pourrait plus s'opposer à ce que son chef soit désormais élu par la population. En attendant, les Gardes d'Onyx maintiendraient l'ordre, aidés de quelques volontaires que Lorn nommerait.

Mais cela attendrait bien demain.

Lorn se laissa tomber tout habillé sur le lit en poussant un soupir de soulagement. Puis il roula sur le dos tandis qu'Yssaris venait ronronner contre son flanc. Lorn le caressa distraitement en somnolant déjà.

Il n'avait pas fait le détail de ce que les sacoches d'Andara contenaient, mais il devinait qu'elles recélaient une fortune. Il comptait bien en profiter, en commençant par financer la reconstruction du dispensaire au nom du Haut-Roi. Il se chargerait ensuite de réparer quelques injustices et d'aider les plus méritants, ce qui achèverait de le rendre populaire. Très vite, le quartier des Pavés rouges n'aurait que des raisons de se réjouir de la protection de la Tour Noire. D'autres quartiers pauvres l'envieraient, et l'on commencerait à se dire à Oriale que la vie est meilleure là où la justice du roi est restaurée…

Lorn s'étira et trouva le courage de s'asseoir sur le bord de son lit pour ôter ses bottes et son pourpoint. Après quoi il s'allongea de nouveau et, les doigts croisés sous la nuque, il fixa le plafond un moment.

Il s'endormit en songeant à ce qui lui restait à accomplir.

Deux jours plus tard, un vyvernier arriva de la Citadelle avec une épaisse sacoche en cuir contenant les ordres et arrêts dont Lorn avait désormais besoin.

Chapitre 20

La reine Célyane tenait son dernier Conseil avant son départ pour Angborn lorsqu'un huissier entra par une porte dérobée, approcha à pas feutrés et glissa une note à Estévéris. Sans interrompre les débats, la reine observa Draniss qui attendait derrière la porte. Elle comprit que c'était lui qui avait confié le billet à l'huissier et son regard s'assombrit. Elle n'aimait pas les dracs et détestait particulièrement celui-ci, sans doute parce qu'elle n'avait jamais réussi à le corrompre. Les seules loyautés que la reine supportait étaient celles qu'elle s'attirait. Les autres suscitaient sa jalousie et, très vite, immanquablement, sa méfiance et sa haine.

Estévéris déplia le papier sous la table sans attendre. Il attendait des nouvelles de Sorr Dalk, à qui il avait accordé des crédits illimités pour mettre fin aux exactions des partisans opposés à la cession d'Angborn. Il avait espéré que cette affaire serait vite réglée, mais les semaines avaient passé sans que Dalk se manifeste et l'on était maintenant à la veille du départ du cortège royal pour les Cités Franches. Dalk avait-il échoué ou réussi ? Rencontrait-il des difficultés imprévues ? Avait-il été démasqué ? éliminé ? Le ministre se souciait assez peu du sort de son agent. En revanche, il avait hâte qu'on lui retire cette épine du pied : il en allait du succès des négociations menées depuis des mois avec l'Yrgaärd.

Estévéris déchanta en découvrant le billet : il n'était question ni de Dalk, ni d'Angborn. Mais ce qu'il lut ne l'en étonna pas moins pour autant. D'ordinaire, en pareilles circonstances, il se contentait de survoler le papier qu'on venait de lui remettre, puis il le repliait discrètement avant d'accorder de nouveau toute son attention à la discussion. Là, il lut plusieurs fois la note et resta un instant perplexe, ce qui acheva d'intriguer et agacer la reine.

— Une mauvaise nouvelle, monsieur le Premier ministre ? demanda-t-elle d'un ton cassant.

Estévéris releva la tête.

— Veuillez-me pardonner, madame. Mais non, aucune mauvaise nouvelle. Du moins, je le crois…

— Et qu'est-ce qui vous trouble tant ? Peut-être daignerez-vous le partager avec ces messieurs du Conseil et moi-même ?

Les ministres gardaient un silence prudent et évitaient même de bouger, voire de respirer.

Estévéris était assis à la droite de la reine, qui présidait en bout de table. Il se pencha et, en aparté, lui dit :

— Le chevalier Lorn Askariàn demande une audience.

— Lorn Aska… ?

— Le Premier chevalier nommé par le Haut-Roi, madame.

— Je sais qui il est ! s'agaça soudain la reine. Que veut-il ?

— Je l'ignore, madame.

La reine se calma et réfléchit.

— Je le recevrai à mon retour d'Angborn. Organisez cela, voulez-vous ? Pour l'heure, nous avons bien assez à faire.

Estévéris se racla légèrement la gorge.

— Madame, c'est que le chevalier attend à la porte…

La reine haussa les épaules et, assez fort pour que son Conseil l'entende, déclara :

— Et alors ? Il n'entend pas la forcer, n'est-ce pas ? Il est à la porte ? Qu'il y reste.

Elle provoqua quelques sourires polis, mais l'embarras d'Estévéris ne fit qu'augmenter.

— Madame, dit-il à voix basse. S'il vous plaît…

Comme le regard du ministre se faisait implorant, la reine daigna se pencher pour qu'il puisse lui parler à l'oreille.

— Madame, le Premier chevalier du Royaume est le représentant du Haut-Roi. C'est par pure courtoisie qu'il vous demande une audience. S'il le souhaitait, il pourrait entrer dans cette pièce sans être annoncé…

La reine toisa Estévéris comme s'il était responsable de cette situation.

— Madame…, insista le ministre.

La reine Célyane comprit qu'elle devait « accorder » cette audience si elle voulait sauver la face. Furieuse, elle pinça les lèvres mais se contint. Elle se redressa, posa les mains sur les accoudoirs de son siège et acquiesça.

Les portes s'ouvrirent devant Lorn qui entra.

Ganté et botté, ses cheveux tenus sur la nuque par un lacet de cuir, il était revêtu de l'armure noire des Gardes d'Onyx et avait l'épée au côté.

Impassible, il avança d'un pas décidé et s'arrêta devant la table du Conseil. Celle-ci le séparait de la reine de toute sa longueur. Ministres et conseillers s'étant retirés, seul Estévéris restait.

Lorn s'inclina.

— Je suis venu, madame, vous transmettre les salutations du Haut-Roi votre époux.

— Merci, chevalier.

— Il vous assure de son affection et espère pouvoir bientôt revenir auprès de vous. Et il vous est reconnaissant, en attendant ce jour, de vous charger si bien des affaires du royaume.

La reine esquissa un sourire qui ne l'engageait guère.

— Par ma voix, le Haut-Roi vous présente une requête, poursuivit Lorn. Il ne doute pas que vous aurez à cœur de la satisfaire et vous en remercie par avance.

La reine et Estévéris, qui se tenait debout à côté d'elle, échangèrent un bref regard. Ils avaient compris la même chose, à savoir que la requête du Haut-Roi était une exigence et qu'il entendait bien être obéi. N'en déplaise à la reine, ses ordres ne pouvaient être discutés.

— Quelle requête, chevalier ? demanda le ministre.

Lorn tira une lettre de son pourpoint et la montra.

Estévéris s'avança, prit la missive royale et revint l'apporter à la reine. Mais celle-ci lui fit signe de l'ouvrir. Il hésita, puis rompit le cachet de cire noire et déplia la lettre. Il lut et tourna un visage inquiet vers la reine. S'impatientant, celle-ci lui arracha presque la missive des mains.

Elle la lut à son tour.

Et pâlit légèrement avant de s'adresser à Lorn :

— Il en sera fait selon la volonté du Haut-Roi, dit-elle d'une voix blanche.

Quatrième partie

Automne 1547

Chapitre premier

« De tous les Dragons Divins qui jadis régnaient et dont le brusque déclin advint par la mort du Dragon-Roi, un seul occupait encore, des siècles après les Ténèbres et leurs ravages, le trône d'un royaume imélorien. Il avait non Orsak'yr, l'Hydre d'Yrgaärd. Et l'on disait encore le Grand Dragon Noir, celui qui jadis avait commandé à la Mort et à la Nuit. »

Chroniques (Livre des Dragons)

À Dorvarsen, capitale de l'Yrgaärd, le cavalier traversa au trot les premières cours d'honneur de la forteresse royale avant de descendre souplement de selle et de gravir quatre à quatre un gigantesque escalier, assez large pour permettre à trente hommes de l'emprunter de front. Il entra et, allant toujours tout droit, emprunta plusieurs halls et couloirs d'un pas vif. Devant lui, le cliquetis de ses éperons scandant sa marche, les portes s'ouvraient sous le regard impassible d'armures écarlates dont on ne pouvait dire si elles étaient portées, et par qui. Enfin, il s'arrêta devant deux battants de pierre qui semblaient avoir été découpés dans un même et colossal bloc de marbre blanc.

C'était à peine si l'on distinguait la ligne qui les divisait, et pourtant les battants s'écartèrent bientôt, lentement, sans troubler l'absolu silence des lieux. L'homme les franchit avant qu'ils achèvent de s'ouvrir et foula un long tapis rouge sang. Frappées d'une sinistre rune noire très semblable à celle de l'Obscure, des tentures ornaient les colonnes soutenant des voûtes vertigineuses. Ces tentures à la gloire du Dragon Noir étaient du même rouge que le tapis. D'autres armures écarlates montaient la garde, immobiles, toutes armées d'un grand écu et d'une longue lance. Elles semblaient naines adossées aux socles des gigantesques colonnes, cependant que des silhouettes lointaines volaient sous les voûtes comme sous un ciel de pierre.

L'homme avançait désormais d'un pas plus mesuré et respectueux.

Ce n'était pourtant pas la démesure de la salle qui l'impressionnait.

Ni le silence qui l'écrasait.

Grand, mince, athlétique, l'homme était vêtu de noir et de rouge, les couleurs de l'Yrgaärd. Il portait des bottes de monte, de lourds gantelets articulés, un plastron de cuirasse ciselé. Une cape était accrochée à ses épaules. Il avait de la prestance, mais une prestance hautaine, pleine de morgue - celle d'un être égoïste, impitoyable et cruel pour qui le monde est peuplé d'inférieurs. Ses cheveux étaient longs et roux. Son profil était régulier et son regard assuré. Il était beau, froid, inquiétant. Ses yeux étaient des yeux de reptile.

Il se nommait Laedras et dans ses veines coulait le sang du Dragon Noir.

Le tapis rouge traversait la salle dans toute sa longueur. Laedras l'arpenta jusqu'au bout et, tête baissée, posa respectueusement un genou au sol devant les hautes marches d'une grande estrade de pierre. De part et d'autre de ces marches, encore des sentinelles en armure écarlate. Tout autour de l'estrade couverte de tapis cramoisis, des braseros éteints. Et sur elle, un dragon noir.

Une hydre immense dont les sept têtes écailleuses et cornues étaient presque semblables.

Orsak'yr.

Le Dragon de la Mort et de la Nuit.

— Relève-toi…, commença une tête.

— … mon fils, acheva une autre.

Laedras se redressa.

— Merci, mère.

Il était l'un des rejetons de l'Hydre Noire. Un « prince-dragon », ainsi qu'on les nommait. Certains prétendaient qu'il en existait un pour chacune des têtes de l'hydre. Leurs yeux exceptés, ils avaient apparence humaine mais ne vieillissaient pas et portaient en eux une part de la puissance de leur génitrice. Cela faisait d'eux des adversaires redoutables, capables de libérer une force d'Obscure propre à balayer une rangée de soldats.

— L'escadre est prête, mère.

— Bien…

— Tu la…

— … commanderas.

— Je ferai selon votre ordre, mère. Cependant…

— Oui ? fit l'une des sept têtes sans cesse mouvantes mais qui ne quittaient pas Laedras du regard.

Celui-ci hésita, puis demanda :

— Toute une escadre de guerre, mère ? Pour escorter une mission d'ambassade ?

Les yeux du Dragon Noir luirent et, après un silence, toutes les têtes dirent à l'unisson :

— La diplomatie, c'est la guerre avant les canons.

Chapitre 2

« La reine, pour rejoindre les Cités franches, résolut de descendre le cours de l'Eirdre et emménagea dans les nefs splendides du Palais Flottant qui, de l'avis des sages, était l'une des plus grandes et magnifiques merveilles d'Imélor. »

Chroniques (Livre du Chevalier à l'Épée)

Lancé au grand galop, Lorn s'engouffra dans le bois. Deux cavaliers étaient à ses trousses. Comme la sienne, leurs montures étaient excellentes. Nerveuses, racées, puissantes. Eux aussi chevauchaient à bride abattue.

Couché sur le col de son cheval, Lorn fonçait sur un sentier étroit. Des branches le frôlaient à droite et à gauche, et passaient au ras de sa tête. Il risqua un coup d'œil en arrière, et vit que le plus rapide des cavaliers le rattrapait.

Il sourit, ravi et confiant.

Tant qu'il ne quitterait pas le sentier, personne ne pourrait le dépasser.

— Tu triches ! lui cria Alan.

Lorn éclata de rire.

— Vraiment ? Et qui t'obligeait à me suivre dans le bois ?

Le prince se renfrogna et se consola à l'idée qu'Elenzio, lui aussi, avait suivi le mouvement sans réfléchir. Assez curieusement, savoir que l'on n'est pas le seul à avoir donné dans un piège grossier est toujours d'un certain réconfort.

Lorn vit que le sentier se divisait soudain devant lui.

Il prit à droite, tandis qu'Alan prenait aussitôt à gauche.

— Mauvais choix ! s'exclama Lorn.

— Nous verrons !

Enzio, lui, continua de poursuivre Lorn. Et comme il était à ce qu'il faisait et préférait soigner ses trajectoires plutôt que de défier ses adversaires, il gagna du terrain. Lorn s'en rendit compte un peu tard, trop occupé qu'il était à guetter Alan entre les arbres et les branchages.

Lorn et Alan jaillirent du bois ensemble, suivis de peu par Enzio.

— C'est Enzio qui triche ! hurla Lorn. Il est trop sérieux !

— Comme toujours ! lança joyeusement Alan.

Le gentilhomme sarme se contenta de sourire et piqua des talons.

Les trois cavaliers galopaient désormais à l'assaut d'une colline, vers l'arbre qui la coiffait. Lorn et Alan chevauchaient presque botte à botte, mais Enzio était concentré et sa monture disposait de ressources que ses amis avaient dilapidées. Il remonta à leur hauteur, s'insinua entre eux, eut bientôt une encolure d'avance. Les deux autres s'échinèrent en vain. L'encolure devint une longueur et, foulée après foulée, Enzio les distança.

D'un bond, il franchit une haie devant laquelle Lorn et Alan renoncèrent.

Ils arrêtèrent leurs chevaux.

— Mais comment a-t-il fait ? s'interrogea le prince.

Essoufflé et admiratif, il regardait Enzio s'éloigner dans un nuage de poussière.

— Aucune idée, avoua Lorn. Bien sûr, quelqu'un qui ne nous connaîtrait pas pourrait penser qu'Enzio a mieux mené sa monture que nous…

Ils entamèrent, au pas, un détour pour contourner la haie.

— N'importe quoi, dit Alan. J'affirme, moi, qu'il a pris le meilleur cheval.

— Et la meilleure selle.

— Et les meilleures brides…

Le prince sourit.

— Mais regarde-moi ce grand couillon qui n'a pas compris que la course est finie.

De fait, Elenzio chevauchait toujours au galop vers l'arbre au sommet de la colline.

— Tu verras, dit Lorn, qu'il va avoir le toupet de prétendre qu'il a gagné.

— Gagner une course qu'on est seul à faire ? Le bel exploit !

— Il prétendra que nous aussi, nous la faisions, cette course…

— L'impudent ! Mais je pense à une chose : s'il a la meilleure monture, c'est peut-être qu'il a mieux choisi que nous.

— Je vois ce que tu veux dire. Convenons que nous lui avons laissé la meilleure monture. Par charité.

— Et la meilleure selle.

— Et les meilleures brides…

Ils arrivèrent à l'arbre fort contents d'eux, et retrouvèrent Enzio qui avait mis pied à terre et ne boudait qu'à moitié.

— Vous êtes mauvais perdants, dit-il en regardant au loin.

Des trois, il était celui qui était le plus souvent victime des farces et moqueries des autres. Il assumait ce rôle de bonne grâce depuis des années, et forçait même la note dans le registre de la dignité outragée. Enfant, déjà, il était la voix de la raison.

Lorn et Alan sautèrent de cheval et, se plaçant de part et d'autre d'Enzio, ils regardèrent dans la même direction que lui. Les trois restèrent alors un moment silencieux et immobiles, à admirer un spectacle unique sous un ciel immense et ensoleillé.

Ornée de glorieux étendards multicolores, une ville de toile et de bois descendait le cours de l'Eirdre. Elle était composée de dizaines de barges étroitement amarrées par quatre ou cinq et qui flottaient ensemble en formant ce qui semblait être des quartiers plus ou moins distants les uns des autres. La taille de ces barges – ou nefs – variait. Certaines supportaient des structures splendides, comptant trois étages au moins, avec des balcons, des galeries et de vastes dais couvrant des terrasses. D'autres, plus modestes, formaient des grappes à l'écart des premières.

Cette ville qui paraissait dériver sur les eaux lentes du fleuve était une résidence royale au même titre que la Citadelle ou l'ancien palais des rois du Langre, à Oriale. Elle emmenait la Cour du Haut-Royaume, laquelle suivait la reine Célyane et son ministre Estévéris à Angborn. Les barges royales étaient les plus longues et les plus hautes, la Nef du Haut-Roi – que certains n'hésitaient plus désormais à nommer « Nef de la Reine » – les surpassant toutes. Elles étaient entourées des barges de différentes nations imélorienness : Alguéra, Vestfald, Loriand, Sarme, Irédia, Valmir et autres – avec la notable exception de l'Yrgaärd. Même l'Église du Dragon-Roi Sacrifié avait la sienne, qui semblait être une cathédrale mise à flot.

Superbement pavoisée, la Nef du Haut-Roi occupait le centre de cette mosaïque mouvante, dont l'agencement évoluait au gré des nécessités, mais également des intrigues, de la diplomatie et des caprices d'une souveraine aussi orgueilleuse qu'emportée. Avoir sa nef accolée à celle de la reine était un honneur qui s'accordait et se retirait, de sorte que l'on pouvait mesurer la faveur dont tels ou tels bénéficiaient à la position qu'occupaient leurs barges. À cela s'ajoutait le jeu complexe des traditions, préséances, alliances et rivalités, les nefs se jouxtant par affinités politiques ou religieuses, et bougeant selon les évolutions et – parfois – les brusques retournements de la diplomatie. Le plan du Palais Flottant évoluait ainsi sans cesse, pour des motifs futiles ou graves : une querelle d'étiquette lors d'une cérémonie officielle, l'ouverture de négociations commerciales, la déclaration d'une guerre. Le rapprochement de deux nefs, l'éloignement d'une autre ou l'arrivée d'une quatrième n'étaient jamais anodins. Chaque amarre nouée ou dénouée, chaque passerelle couchée ou relevée était un signal, un salut, un avertissement que l'on adressait à ses alliés comme à ses adversaires. Si bien que l'agencement et le réagencement du plan du Palais Flottant offraient, chaque jour ou presque, un portrait fidèle des petites et grandes relations diplomatiques entre les royaumes iméloriens.

L'attention de Lorn se porta sur la nef du Valmir.

En bois clair, tendue de draps gris et or, elle allait devant celle du Haut-Roi et ne quittait jamais cette place. Petite mais haute, elle était sans nul doute la plus importante de toutes. Car si les nefs pouvaient s'imbriquer selon des combinaisons infinies, si elles voguaient sans voiles ni rames, comme mues par la seule volonté du fleuve, elles le devaient autant à la magie qu'au génie de leur conception. Entre le Valmir et le Haut-Royaume, les liens étaient solides et les traités anciens. Le Palais Flottant était le produit de l'un de ces traités, et c'était grâce à l'art des mages de la nef valmirienne, droite comme un phare, qu'il allait à bon port en conservant sa cohésion, son équilibre et son harmonie.

Il y avait déjà deux semaines que le Palais Flottant avait quitté Oriale. Pour l'essentiel, cela avait été deux semaines de fêtes et de jeux. Les journées s'étiraient, longues comme le cours de l'Eirdre, dans le désœuvrement et la paresse, et les soirées se passaient en dîners, bals et spectacles à bord d'une nef puis d'une autre, chaque royaume, chaque délégation rivalisant dans le luxe et la démesure pour se distinguer et frapper les esprits. Ainsi, la Cour ne faisait que danser, boire, manger et s'amuser jusqu'à l'aube, puis elle commentait, comparait le lendemain les réceptions passées et discutait de celles à venir.

Lorn n'avait jamais eu de goût pour ces plaisirs.

Aussi, un soir, il était allé trouver Alan et Enzio et leur avait proposé tout de go :

— Une chevauchée. Demain. Nous trois.

Ce qui, en fait, sonnait plus comme une annonce que comme une proposition.

Alan et Enzio avaient levé le nez ensemble de leur partie d'échecs. Ils avaient échangé un regard amusé, puis le gentilhomme sarme avait fait mine de chercher quelque chose par terre. Les deux autres avaient alors regardé comme lui sous la table et autour d'eux, mais sans comprendre.

— Tu as perdu quelque chose ? avait demandé Alan.

— En fait, je cherche les verbes de Lorn. Ils ont dû s'égarer car il parle comme un sergent vestfaldien, avait dit Enzio avant de se redresser avec un grand sourire.

Alan avait pouffé et Lorn n'avait pu s'empêcher de sourire.

— Très drôle. Mais je vais devenir fou. Je n'en peux plus de ces courtisans et de toute cette… foire.

— Une chevauchée ? C'est une idée, avait reconnu Enzio. Nous aurions sans doute bien besoin d'exercice. Mais avec quels chevaux ?

— La Garde d'Azur en a.

Lorn s'était tourné vers Alan, qui avait fait la moue et dit :

— Cela peut s'arranger. Mais cela ne sera pas que nous trois.

Outre qu'Alan était prince du Haut-Royaume, Enzio était un riche gentilhomme étranger qui – de plus – représentait son père à la tête de la délégation de Sarme et Vallence. Une escorte leur fut obligatoirement allouée par mesure de prudence.

— Les voilà, dit Lorn en se retournant sur sa selle.

Se désintéressant du Palais Flottant, les deux autres l'imitèrent.

Leur escorte, qu'ils avaient semée un moment, sortait du bois et remontait la colline pour les rejoindre. Elle était composée de cavaliers en armure vêtus de blanc et de bleu. De garde du Palais d'Oriale, la Garde d'Azur était devenue celle de la reine. Estévéris avait personnellement recruté chacun de ses membres.

La troupe s'arrêta en bon ordre à quelque distance de l'arbre sous lequel se tenaient Lorn, Alan et Enzio. Elle était commandée par le capitaine de la Garde d'Azur qui, lui, piqua légèrement des talons pour s'approcher. Grand, lourd, imposant, Dol Sturich ressemblait à la brute qu'il était. Il avait été un exécuteur des basses œuvres du ministre, et il lui restait tout dévoué.

— Alors, Sturich ? lui lança Lorn. On lambine ?

Le capitaine, essoufflé et transpirant, était déjà en colère. Il fusilla Lorn du regard mais se tut, et s'adressa à Alan :

— C'était très… imprudent, messire. Cette… Cette cavalcade soudaine…

Comme Lorn, Alan n'aimait pas Sturich.

— Vous commandez notre escorte, Sturich, dit-il d'un air sévère. Contentez-vous d'escorter.

Le capitaine dut s'incliner.

— Oui, messire, dit-il.

Après quoi il fit faire demi-tour à son cheval et s'en alla attendre avec ses hommes.

— Mais qu'est-ce que… ? lâcha Enzio, les paupières plissées vers le lointain.

Lorn et Alan regardèrent dans la même direction que lui et virent un nuage de poussière. Une troupe semblait arriver au pas par la route qui longeait l'Eirdre. Elle formait une longue colonne composée de cavaliers en armes et de fantassins. Elle allait au son du tambour, précédée par des étendards qu'Alan reconnut le premier.

— C'est Yrdel ! s'exclama-t-il joyeusement avant d'éperonner sa monture. C'est mon frère ! Allons à sa rencontre !

Les deux autres échangèrent un regard.

— Je croyais qu'Yrdel n'était pas attendu avant quelques jours…, dit Enzio.

— Moi aussi, répondit Lorn.

Ils s'élancèrent au galop à la poursuite d'Alan, sans se soucier de leur escorte.

Chapitre 3

Le prince Yrdel avait précédé la reine de plusieurs semaines dans les Cités franches, et il avait été convenu qu'il viendrait à sa rencontre, depuis Samarande, afin qu'ils fassent ensemble une entrée aussi solennelle et spectaculaire que possible dans Angborn.

Comme Elenzio l'avait fait remarquer, Yrdel n'était pas attendu si tôt. Il avait en effet quitté Samarande avec quelques jours d'avance et, suivi d'une escorte aussi réduite qu'il était possible à l'héritier du trône du Haut-Royaume, il avait voyagé vite. Un vaste coup de filet ayant permis l'arrestation des derniers opposants à la cession d'Angborn, tout était désormais prêt pour accueillir la reine, les nombreux ambassadeurs et délégations étrangères qui l'accompagnaient à l'occasion de cet événement historique et, surtout, les envoyés de l'Hydre Noire. Le moindre paragraphe, la moindre ligne, le moindre mot du traité avait été pesé, étudié, disputé en trois langues – langrien, yrgaärdien et vieil imélorien – par des armées de juristes et de diplomates durant des jours et des nuits, chaque modification d'une version ou de l'autre donnant lieu à d'autres palabres et révisions.

Mais le traité était enfin rédigé.

Il ne manquait plus, au bas de l'impressionnant document, que soient apposés les sceaux des deux royaumes et les signatures de la reine Célyane et du prince Laedras, l'une ayant procuration du Haut-Roi et l'autre de l'Hydre Noire. Angborn, alors, deviendrait yrgaärdienne, ce qu'elle n'avait jamais cessé d'être selon certains. L'Yrgaärd paierait un fort tribut au Haut-Royaume en dédommagement. Et les relations diplomatiques reprendraient officiellement entre deux puissants ennemis héréditaires dont les relations avaient façonné l'histoire de l'Imélorie depuis des siècles.

Le retour d'Yrdel fut célébré le soir même, sur la Nef de la Reine, lors d'un magnifique banquet auquel Lorn fut obligé d'assister. Il était plus que las des fêtes et des bals, mais il était le Premier chevalier du Royaume et se devait donc de s'asseoir à la table d'honneur : sa présence était attendue et son absence serait remarquée. C'était en qualité de représentant du Haut-Roi qu'il était du voyage. Il avait ainsi imposé sa venue, malgré la reine qui voulait faire de la cession d'Angborn un triomphe politique personnel et enrageait de savoir que son époux serait officiellement représenté durant la cérémonie. Or telle était précisément la mission que le roi Erklant avait confiée à Lorn : être là, être vu et en son nom.

Durant le banquet, alors que seul Alan les séparait et qu'Yrdel présidait, la reine traita Lorn comme elle le traitait depuis le début du voyage et de leur promiscuité forcée. Faute de pouvoir le chasser, elle l'ignorait. Elle ne lui parlait pas, ne lui répondait pas et ne le voyait pas. Elle faisait même mine de ne pas entendre ou de ne pas comprendre quand quelqu'un commettait l'erreur d'évoquer Lorn devant elle. Cela n'arrivait guère, cependant. Car rares étaient les membres de l'entourage de la reine qui considéraient Lorn avec égards. La plupart l'ignoraient avec plus ou moins de morgue, tandis que les plus habiles se débrouillaient pour ne jamais avoir à lui parler. Estévéris était une notable exception. Lui seul se comportait normalement, tout en feignant de ne pas s'apercevoir du traitement qu'une reine jalouse et des courtisans serviles réservaient au Premier chevalier du Royaume. Même les ambassadeurs étrangers, sans trop y paraître, trouvaient prudent de l'éviter pour le moment.

Être traité en paria ne déplaisait pas à Lorn.

Il détestait ce que la Cour du Haut-Royaume était devenue : un nid d'intrigue et de jalousie, d'hypocrisie et de bassesse, de luxe tapageur où chacun devait sa position à la reine, à elle seulement et non à ses propres mérites – ni même à sa naissance, ce que Lorn aurait compris. Tout ce petit monde servile profitait de ses privilèges et s'enrichissait, jouissait, dilapidait des fortunes en ne se souciant que de plaire et de flatter la vanité de la reine, car elle pouvait provoquer la disgrâce de ses favoris aussi vite qu'elle les avait élevés.

Durant le banquet, tandis que les plats et les numéros d'artistes se succédaient, Lorn assista désabusé à la comédie des courtisans qui ne riaient et n'applaudissaient qu'avec la reine. Mais surtout, il prit le temps d'observer le prince Yrdel qui n'était assis qu'à quelques places de lui et ne semblait guère avoir changé en trois ans. Ses tempes grisonnaient légèrement. Sinon, il était le même gentilhomme dont les ascendances alguéranes ne faisaient aucun doute. Grand, mince, très brun, il était le fils de la première épouse du Haut-Roi, qui était infante d'Alguéra et était morte en le mettant au monde. Entre Yrdel et Alan, son cadet de dix ans, le contraste était flagrant. Blond, joyeux et plein d'entrain, Alan était tout le contraire de son aîné. À cette table où deux princes siégeaient, on ne remarquait que le plus jeune car il était de ces êtres solaires qui attirent la lumière et qui la rendent plus chaude et plus brillante.

Lorn nota qu'Yrdel ne buvait pas et mangeait à peine. Il souriait quand les autres s'esclaffaient. Il prêtait une oreille attentive à ses voisins de table, leur répondait poliment mais parlait assez peu en définitive, et ne semblait guère s'amuser du spectacle des jongleurs, danseurs et baladins. Les fatigues du voyage ajoutées à celles des délicates négociations qu'il avait dirigées, sans doute. Mais surtout, Yrdel se comportait selon sa nature. Calme et réservé, il n'avait aucun goût pour les plaisirs de la table, ni pour les festivités et le luxe. Et il ne cherchait pas à plaire, à l'opposé d'Alan qui – inconsciemment – ressentait le besoin de briller.

Alors que le banquet s'achevait, les regards de Lorn et Yrdel s'accrochèrent et restèrent un moment unis. Lorn lut de la lassitude et de la résignation dans les yeux du prince, et il comprit que c'était comme un aveu que celui-ci lui faisait. Pourquoi à lui plutôt qu'un autre ? Yrdel et Lorn se connaissaient assez mal, en vérité. Mais le prince avait peut-être deviné qu'ils auraient préféré l'un comme l'autre dîner d'un ragoût, assis à la table d'un corps de garde. Qu'ils n'aspiraient qu'à fuir cette liesse avinée et ces sourires gras. Qu'ils éprouvaient un égal dégoût pour ce luxe tapageur. Même si Yrdel donnait mieux le change que Lorn, ils étaient les seuls – Estévéris excepté – à ne pas s'amuser, à regarder et écouter plutôt que rire et bavarder.

Mais ce qui les rapprochait plus encore était que, chacun à leur manière, ils étaient des étrangers dans cette Cour. Observateur silencieux, Yrdel l'avait compris le premier, et Lorn, à son tour, s'en convainquit sans mal. Certes, Yrdel recevait toutes les marques de respect auxquelles il avait droit. Il était célébré et flatté. Mais tout cela n'était qu'hypocrisie, que faux-semblants. Il était le fils d'une reine dont la reine Célyane détestait le souvenir, jalouse de l'amour que le Haut-Roi lui avait longtemps porté. Malgré les sourires et les attentions dont elle gratifiait publiquement Yrdel, il ne faisait aucun doute que Célyane lui préférait Alan – lequel était son fils. Les courtisans ne s'y trompaient pas et savaient que, pour plaire à la reine, mieux valait s'attacher au prince Aldéran. D'ailleurs, qui ne préférait pas Alan, tant Yrdel semblait terne en comparaison ?

Tandis qu'Yrdel se détournait pour joindre son rire à ceux qu'Alan venait de provoquer avec une plaisanterie, Lorn se souvint d'une chose que le père Domnis lui avait dite à leur arrivée à Samarande. C'était au sujet d'Alan : « Certains se prennent à rêver qu'il hérite du trône à la mort du Haut-Roi. » Et le prêtre blanc avait ajouté que le peuple espérait un grand roi et craignait « qu'Yrdel ne soit pas celui-là. »

Lorn balaya l'assistance d'un long et lent regard en se demandant combien, ici, se réjouiraient ou ne trouveraient rien à redire si Alan montait sur le Trône d'Onyx à la place de son aîné.

Ses yeux glissèrent sur Estévéris qui l'observait.

Puis s'arrêtèrent sur la reine.

Après le banquet, un magnifique feu d'artifice fut tiré depuis une barge restée en arrière du Palais Flottant. Lorn profita que l'on éteignait les torches et les lampions pour s'éclipser. Il rafla une bouteille de vin et s'isola sur une terrasse exposée à un petit vent tiède, mais à peine s'était-il vautré dans un fauteuil, les pieds croisés sur une table basse, qu'Yssaris lui sautait souplement sur les cuisses.

Lorn sourit.

— Te voilà, toi. Comment vas-tu ?

En guise de réponse, Yssaris poussa sa petite tête triangulaire sous sa main.

Lorn avait hésité à l'emmener, le chat roux n'ayant pas été long à prendre ses habitudes dans la Tour Noire et ses alentours. Puis il s'était aperçu qu'il lui était plus attaché qu'il ne le pensait et, surtout, que les crises d'Obscure avaient cessé depuis que l'Émissaire lui avait confié Yssaris.

Était-ce un hasard ?

Lorn l'ignorait. Il savait seulement que la présence du jeune chat le détendait et, cette nuit encore, la chaleur et les doux ronronnements d'Yssaris ne tardèrent pas à l'apaiser tandis qu'il le caressait et sirotait sa bouteille de vin au goulot.

La nuit, derrière lui, s'illuminait, les fusées éclaboussant de couleurs vives les constellations livides de la Grande Nébuleuse.

Chapitre 4

Le lendemain, Lorn s'obligea à retrouver ses hommes pour l'entraînement. Les Gardes d'Onyx avaient obtenu de disposer seuls de la salle d'armes de la Nef des Princes, deux heures par jour, tôt le matin et tard le soir.

Vahrd manquait à l'appel.

— Quelqu'un sait où est le Vieux ? demanda Lorn.

Personne ne savait mais Dwaìn, qui partageait sa cabine avec le forgeron, dit :

— Quelqu'un a frappé à la porte, ce matin. C'est Vahrd qui a ouvert. Je dormais encore et ça m'a réveillé.

— Tu as vu qui c'était ?

— Non. Et comme le Vieux avait l'air de le connaître, je ne m'en suis pas inquiété. Après tout, il connaît encore pas mal de monde. Ils ont parlé à voix basse, et puis ils sont partis ensemble.

— Vahrd t'a dit quelque chose ?

— Qu'il serait revenu pour l'entraînement.

Lorn tiqua.

— Je n'aime pas ça.

— Je suis désolé, dit Dwaìn. J'aurais peut-être dû…

— Non, l'interrompit Lorn. Vahrd n'a pas besoin d'un chaperon.

— Ça fait jamais qu'une petite heure qu'il est parti, nota Logan.

— C'est vrai, reconnut Lorn.

Il se faisait néanmoins du souci, et cela se lisait sur son visage.

— On peut essayer de se renseigner, proposa Liam.

Lorn hésita mais vit que tous l'encourageaient du regard à accepter : ils voulaient aider.

— Soit, dit-il. Mais discrètement et prudemment. Je n'ai pas besoin de vous rappeler que nous ne sommes pas exactement populaires, par ici : si Alan ne nous avait pas invités, nous logerions dans une cale. Alors inutile d'en rajouter si le Vieux s'est mis dans la merde.

— Pas la peine, dit Vahrd. Je suis là.

Tous se tournèrent vers la porte que le vieux forgeron venait de franchir.

— Ça va ? demanda Yeras.

Vahrd acquiesça mais il avait le regard sombre et les traits tirés par l'inquiétude.

— Qu'est-ce qui se passe ? demanda Lorn.

— Je peux te parler ?

— Bien sûr.

Les autres comprirent et se retirèrent en échangeant des signes de tête avec Vahrd, qui apprécia.

— Ça ira, les gars. Merci.

— Logan ! lança Lorn.

— Oui ?

— Garde la porte, veux-tu ?

— À vos ordres.

Le mercenaire aux épées jumelles referma la porte sur lui, laissant Lorn et Vahrd seuls dans la salle d'armes.

— C'est Naé, dit le forgeron à voix basse. Elle a été arrêtée.

— Naé ? Mais pourquoi ?

— Elle faisait partie d'un groupe d'insurgés qui voulaient empêcher la cession d'Angborn.

— Des idéalistes.

— Des patriotes ! corrigea Vahrd d'un ton plus sec qu'il ne l'aurait voulu et qu'il regretta aussitôt. Désolé, lâcha-t-il après s'être ressaisi. Je savais que c'était une très mauvaise idée.

— C'est ce groupe qu'elle allait rejoindre, quand elle est partie d'Oriale ?

— Oui.

— Et tu savais. Et tu l'as laissée faire.

Le vieux forgeron n'apprécia pas le reproche.

— Je l'ai élevée pour qu'elle soit indépendante. Pour qu'elle prenne ses décisions seule. Les bonnes comme les mauvaises.

— Celle-là était mauvaise, à l'évidence.

Vahrd s'emporta.

— Mais je sais, merde ! s'exclama-t-il.

Logan ne pouvait pas ne pas avoir entendu cet éclat de voix. Lorn et Vahrd se tournèrent vers la porte et attendirent, mais elle resta close.

— D'accord, dit Lorn après un moment. Qu'est-ce qui s'est passé ?

— Ils ont tous été pris il y a quelques semaines. Naé comme les autres.

— Et où est-elle, maintenant ?

— Ici. Elle est arrivée hier avec les… bagages du prince Yrdel. Un petit cadeau pour Estévéris.

— Comment le sais-tu ?

— J'ai encore quelques amis. Des amis sûrs.

Lorn se passa une main sur le visage et réfléchit.

— On ne peut pas laisser Naé aux mains d'Estévéris, dit Vahrd d'une voix presque suppliante.

— Je sais, dit Lorn sans cesser de cogiter. Je sais…

— Alors qu'est-ce qu'on va faire ?

Lorn prit sa résolution.

— Toi, rien du tout, dit-il. Moi, je vais aller parler à Alan.

— Je viens avec toi.

— Non.

— Lorn, s'il te plaît. C'est Naé. C'est ma fille.

Lorn hésita, mais plia.

— D'accord. Mais tu te tais et tu ne bouges pas une oreille, compris ?

— Compris. Merci, Lorn.

— Tu me remercieras quand on aura tiré Naé de ce merdier.

Lorn demanda à voir Alan. Comme il était encore tôt, le prince se levait à peine. Il reçut néanmoins Lorn et Vahrd dans ses appartements privés, alors qu'il finissait de faire sa toilette.

Il était d'excellente humeur.

— Qu'est-ce qui t'amène de si bon matin, Lorn ? Bonjour, Vahrd. (Alan s'arrêta et considéra le vieux forgeron d'un œil circonspect.) Je ne suis pas certain de vous avoir déjà vu hors de la Citadelle, en fait…

Vahrd s'inclina.

— Nous avons besoin de toi, annonça Lorn d'un air grave.

Sa mine inquiéta le prince, qui cessa aussitôt de sourire.

— Un instant, dit-il.

Il alla fermer la porte qui communiquait avec sa chambre, Lorn n'ayant que le temps d'apercevoir une jeune femme blonde encore endormie derrière les voiles vaporeux d'un lit à baldaquin, dans un fouillis de draps blancs et d'épais oreillers. Alan invita ensuite Lorn et Vahrd à s'asseoir avec lui autour d'une petite table basse sur laquelle était posé un plateau de fruits frais et, en chemise, pas encore rasé, il dit :

— Je vous écoute. De quoi s'agit-il ?

Lorn lui expliqua la situation en quelques mots. Alan écouta, attentif et concerné. Lui aussi avait, comme Lorn, noué des liens avec Naé durant leur adolescence, au fil des étés passés dans les murs austères de la Citadelle, jusqu'à ce que la vie les sépare. Sans doute n'avait-il pas autant d'affection que Lorn pour la jeune femme. Mais des liens particuliers – dont ni Lorn ni Vahrd ne savaient rien – l'attachaient encore à elle.

— Elle était avec Dorsiàn ? demanda Alan à Vahrd.

Le forgeron acquiesça.

— Tu sais de quoi il retourne ? s'étonna Lorn.

— J'ignorais que Naé avait été arrêtée. Mais oui, je suis au courant du coup de filet qui a permis la capture de Dorsiàn et de ses complices, même si je croyais qu'ils étaient tous détenus dans les geôles de la forteresse d'Angborn. Yrdel m'en a parlé hier soir.

Au mot de « complices », Vahrd se tendit mais se tut.

Lorn se tourna vers lui.

— Naé a suivi Dorsiàn ?

Et incrédule, il insista :

— Cael Dorsiàn ?

— Oui. Tu le connais ?

Le vieux forgeron ne comprenait pas l'étonnement et l'agacement qu'il lisait sur le visage de Lorn.

Lorn et Alan échangèrent un regard.

— Nous le connaissons, oui, dit le prince.

— Peu importe, dit Lorn pour évacuer le problème.

Et s'adressant à Vahrd :

— Mais ne me dis pas que Naé et lui…

Il n'acheva pas.

— Quoi ? fit Vahrd.

Il tarda à comprendre et lâcha :

— Naé et… Non ! Bien sûr que non ! (Il hésita.) Enfin… Oui, peut-être… (Et il finit par protester.) Mais je suis son père ! Comment veux-tu que je sache ce genre de choses ?

Alan se leva, mettant fin au conciliabule.

— Bon, dit-il. Je vais m'occuper de cette histoire.

Imité par Vahrd, Lorn se leva également et demanda :

— Qu'est-ce que tu comptes faire ?

— D'abord, finir de m'habiller. Ensuite, j'irai parler à Estévéris.

— Tu ne peux pas demander à ton frère de la faire libérer ?

— La version officielle est que l'arrestation de Dorsiàn est un succès de mon frère. La vérité est qu'il faut la mettre au crédit de Dalk, l'âme damnée d'Estévéris.

— Connais pas, dit Lorn.

— Crois-moi, ça viendra. Reste que c'est Estévéris qui détient Naé, si j'ai bien compris. Pas Yrdel. Ni même la justice de Haut-Royaume.

Vahrd avait une question au bord des lèvres mais n'osait la poser. Lorn le vit et, d'un hochement de tête, l'encouragea à parler. Alors le vieux forgeron se racla la gorge et, embarrassé, dit au prince :

— Il y a une chose que je ne comprends pas, messire.

— Quoi donc ?

— Si tous les autres sont gardés dans les cachots de Saarsgard, pourquoi est-ce qu'Estévéris a fait venir ma fille ici ? Pourquoi elle ?

Saarsgard était l'imposante forteresse défendant Angborn.

— Parce que Estévéris sait qui est Naé, expliqua Alan. Il sait donc ce qu'elle vaut, ce qui est à la fois une bonne et une mauvaise nouvelle...

— Ce qu'elle vaut ? intervint Lorn.

— C'est la fille du forgeron royal. Estévéris y voit peut-être le moyen d'impliquer la Citadelle et le Haut-Roi, même indirectement, dans un scandale. Ou alors, il compte l'utiliser pour faire pression sur vous, Vahrd. Ou sur toi, Lorn. Peut-être même sur moi. Car tu peux être sûr que ce serpent obèse sait ce que Naé représente à nos yeux...

Lorn et Vahrd retournèrent dans les quartiers alloués à la Garde d'Onyx, où ils retrouvèrent les autres. Le vieux forgeron ayant donné son accord, Lorn expliqua à ses hommes de quoi il retournait. Ils l'écoutèrent gravement, échangeant à l'occasion des regards étonnés et en adressant d'autres, plutôt admiratifs, à Vahrd.

— Elle a du courage, cette petite, commenta Liam quand Lorn en eut fini.

— Ça... ! lâcha Vahrd avec autant de fierté que d'inquiétude.

— Elle n'a peur de rien et c'est une entêtée, ajouta Lorn. Elle a de qui tenir.

— Alors qu'est-ce que nous allons faire ? demanda Dwaìn.

— Alan nous a demandé de ne rien faire en l'attendant, répondit Lorn. Alors c'est exactement ce que nous allons faire : rien.

— N'empêche, dit Yeras. Il suffirait de savoir où elle est gardée exactement et cette nuit, à un ou deux gars...

— Non. Ni coup de force, ni coup fourré. Nous attendons.

Alors ils attendirent et deux heures s'écoulèrent avant qu'Alan n'envoie quelqu'un chercher Lorn. Les deux amis se retrouvèrent dans un lieu discret de la Nef des Princes, à l'écart des oreilles indiscrètes.

— Je n'ai pas beaucoup de temps, dit Alan. Je déjeune avec mon frère et ma mère.

— Tu as vu Estévéris ?

— Je suis prince du Haut-Royaume, répondit Alan d'un ton amusé où pointait un rien d'orgueil. Je vois qui je veux.

Lorn se le tint pour dit.

— C'est vrai. Alors ?

— Alors j'ai parlé à Estévéris mais je n'ai pas obtenu la libération de Naé. D'ailleurs, je ne l'ai pas demandée.

— Quoi ? s'emporta Lorn en s'efforçant de ne pas trop hausser la voix. Mais pourquoi ? Tu avais dit que...

— J'ai dit que je m'occupais de cette affaire et c'est ce que je suis en train de faire.

— Vraiment ? Parce que j'ai comme l'impression que tu t'y prends mal.

— Et moi j'ai comme l'impression que tu ne sais pas de quoi tu parles. Il ne s'agit pas de prendre un bastion d'assaut. Ni d'intimider le chef d'une milice.

Surpris, Lorn dévisagea Alan.

Faisait-il allusion à Andara ? Et si oui, que savait-il au juste ?

La tension étant quelque peu retombée entre eux, Alan regarda Lorn dans les yeux et lui expliqua posément :

— La première chose à faire était de s'assurer que toute cette histoire était vraie et que nous ne donnions pas tête baissée dans un piège. Parce que tu peux me croire quand je te dis qu'avec Estévéris, on n'est jamais trop méfiant. Ce que je n'ai pas dit à Vahrd, tout à l'heure, c'est que si Estévéris a fait venir Naé dans le Palais Flottant, c'est peut-être parce que nous y sommes, toi et moi. Il devait savoir que nous finirions par apprendre la présence de Naé, et il attendait de jouer une partie dont lui seul connaît les règles et l'enjeu...

Lorn dut admettre qu'Alan avait raison.

— Soit, dit-il. Pardonne-moi.

— Est-ce que tu me fais confiance ?

— Oui.

— Estévéris a reconnu détenir Naé : c'est un début. La partie est entamée et il va falloir la jouer finement. Elle durera sans doute des jours, peut-être des semaines, mais j'ai de bonnes chances de la gagner. D'accord ?

— D'accord.

— J'ai tout autant envie que toi que Naé recouvre la liberté. Mais ne tente rien. Laisse-moi faire. Avant tout, je dois découvrir ce qu'Estévéris veut vraiment.

Lorn acquiesça, mais à contrecœur.

Savoir Naé toute proche et ne rien faire pour la sauver lui était insupportable. Il se sentait impuissant, pris dans un engrenage dont il ne comprenait pas les rouages, et il détestait cela. Il avait été un homme patient mais désormais, nourri par sa colère, un sentiment d'urgence l'habitait en permanence. Il lui fallait agir, toujours agir, en poursuivant ses buts et sans grand souci des autres.

Chapitre 5

Ce soir-là, Alan donna des ordres précis, et c'est assez soucieux qu'il se rendit au dîner auquel son frère l'avait convié en compagnie de quelques gentilshommes de son entourage. Il fit son possible pour donner le change durant le repas mais eut des silences, des absences qui le trahirent. Il était préoccupé, ce qu'il lui était d'autant plus difficile de cacher qu'il se trouvait en petit comité.

— Qu'as-tu ? lui demanda son frère aîné en aparté tandis qu'un convive entamait une chanson.

— Rien.

— Tu sembles inquiet. Distant.

Les deux princes s'aimaient et s'estimaient mais ils n'avaient jamais été proches. Dix années et des personnalités très différentes, presque opposées, les séparaient. Alan avait parfois l'impression qu'ils étaient des étrangers ou de lointains cousins qui partagent quelques souvenirs et se retrouvent avec plaisir à l'occasion, sans pour autant manquer l'un à l'autre. Ils n'avaient jamais été des confidents, aussi Alan hésita-t-il avant de dire :

— Pardonne-moi. C'est que… C'est que j'ai le sentiment que l'un de mes amis va bientôt commettre une erreur.

— Cet ami, c'est Lorn ?

— Oui.

— Peut-être devrais-tu te méfier de lui…

— Lorn ne fera jamais rien pour me nuire.

— Même sans le vouloir, certaines personnes attirent le malheur sur ceux qui les entourent. Lorn est comme ça.

Le premier réflexe d'Alan fut de protester, de prendre la défense de son ami. Mais il se tut et se surprit à réfléchir à ce qu'Yrdel venait de lui dire. Il savait que son frère était fin psychologue. Comme tous ceux qui jouissent d'une grande intelligence et sont d'une nature réservée qui les pousse à se taire, écouter et observer, Yrdel était d'une lucidité rarement prise en défaut.

La chanson s'achevant, un toast interrompit le cours des pensées d'Alan. Il leva son verre et, un sourire trompeur aux lèvres, trinqua avec les autres avant d'apercevoir Odric qui s'efforçait discrètement d'accrocher son regard à travers la pièce.

—Je reviens, dit Alan à son frère.

Il se leva et s'empressa de rejoindre son fidèle serviteur.

—C'est Lorn ? demanda-t-il.

—Non, messire.

Précédant Odric qui trottait sur ses jambes maigres pour suivre, Alan allait d'un pas vif sans voir les sentinelles qui le saluaient au passage. Les deux dernières ouvrirent devant lui les battants d'une porte double et il entra d'un pas vif dans une pièce éclairée à la lanterne.

Le capitaine commandant la Garde de la Nef des Princes l'y attendait.

—Il a tenté de s'introduire à bord de la Nef de la Garde d'Azur, dit-il. Il leur a donné du fil à retordre mais ils ont fini par le maîtriser. Et conformément à vos ordres, ils nous l'ont livré.

Le capitaine s'écarta.

Entre deux gardes, Vahrd était assis sur un tabouret avec les mains liées dans le dos. La tête penchée en avant de sorte que l'on ne voyait pas son visage, il se balançait légèrement comme si un faible roulis agitait la nef. Il était hirsute, le col de sa chemise et une manche de son pourpoint déchirés. Une entaille sur son front saignait encore.

Alan s'approcha et plissa le nez : Vahrd puait le mauvais vin.

—Je vous avais dit de ne rien faire.

—J'veux ma fille, lâcha le forgeron sans relever la tête.

Alan sentit la colère le gagner.

—Vieil imbécile...

Et se tournant vers le capitaine, il dit :

—Foutez-moi ça dans un cachot. Et allez me chercher le chevalier Lorn.

Le capitaine acquiesça.

—À vos ordres.

Mais les gardes soulevaient à peine Vahrd de son tabouret qu'une détonation retentissait dehors.

Puis une autre.

Une troisième.

Inquiet, Alan se précipita sur le pont et, appuyé au bastingage, vit des fusées qui éclairaient le ciel.

— Des fusées d'alerte ! s'exclama-t-il.

Le capitaine, qui l'avait suivi, pointa le doigt pour désigner la barge située de l'autre côté de la Nef de la Reine.

— Elles sont tirées depuis la Nef de la Garde d'Azur, dit-il.

— Oui, répondit le prince d'un air sombre. Et c'est nous qu'elles éclairent.

De fait, une fusée retomba non loin d'eux et manqua de mettre le feu à une tente.

Moins d'une demi-heure plus tard, le capitaine de la Garde d'Azur demanda en urgence une audience au prince Yrdel. Tout le Palais Flottant était alors en émoi. Les fusées d'alerte avaient si bien rempli leur office qu'elles avaient failli provoquer une panique. Certains avaient d'abord cru à une attaque avant que diverses rumeurs se répandent, dont celle d'une évasion audacieuse au nez et à la barbe de la garde de la Reine.

Yrdel reçut le capitaine Sturich en présence d'Alan et du capitaine de sa propre garde. Après les salutations d'usage, Sturich s'inclina et dit :

— Messeigneurs, un homme s'est introduit cette nuit sur la Nef de la Garde d'Azur et a fait évader une prisonnière qui y était détenue. Ils ont été surpris alors qu'ils s'enfuyaient et ils ont dû se jeter à l'eau. Grâce aux fusées que nous avons tirées, nous les avons vus qui s'éloignaient à la nage et nous avons acquis la certitude qu'ils ont trouvé refuge dans votre nef s'ils ne se sont pas noyés.

— Qui est cette prisonnière ? demanda Yrdel.

— Naéris Vahrd, monseigneur. Une criminelle. Une rebelle complice de Cael Dorsiàn.

— Et l'homme qui l'a libérée, sait-on de qui il s'agit ?

— Il n'a pas pu être reconnu, répondit Sturich avant de se rendre compte que le prince Yrdel s'était tourné vers son frère, comme si la question s'adressait plutôt à celui-ci.

Alan soutint le regard d'Yrdel.

Ce n'était pas un regard de reproche, mais un regard calme et posé, presque désolé, et qui disait : « Il n'a pas été long, n'est-ce pas ? »

— J'imagine que vous souhaitez fouiller les lieux, déclara Yrdel.

— En effet, monseigneur. Avec votre permission.

Interloqué, Alan se redressa sur son siège.

— Vous ? s'insurgea-t-il. Fouiller la Nef des Princes ? Mais vous n'y pensez pas !

— Monseigneur, j'agis sur ordre de la reine.

— Mais pour qui vous prenez-vous, Sturich ?

En digne prince du Haut-Royaume, Alan en faisait une question de principe et d'honneur. Autoriser la Garde d'Azur à fouiller la Nef des Princes, c'était comme lui reconnaître une autorité supérieure, ou tolérer d'être soupçonné d'héberger des fugitifs. Chaque nef était un fief avec ses propres lois, ses propres privilèges et sa propre justice. Du point de vue d'Alan, la seule requête de Sturich – tout capitaine de la Garde de la Reine qu'il était – frisait le crime de lèse-majesté.

— J'ai mes ordres, insista le capitaine.

Alan se tourna vers son frère. Yrdel aurait-il le front de s'opposer à la reine et à Estévéris ?

— Mon frère a raison, dit Yrdel. Il ne saurait être question que quiconque, autre que nous, fouille la Nef des Princes.

Surpris, Alan sourit.

— Monseigneur…, tenta Sturich.

Mais Yrdel le fit taire en levant la main.

— Cependant, ajouta-t-il, je ne m'opposerai pas à la traque de deux criminels fugitifs. (Il se tourna vers le capitaine de la garde de la Nef.) Capitaine, je vous ordonne de procéder à une fouille en règle de cette nef.

Et il dit en s'adressant à Sturich :

— Quant à la Garde d'Azur, je l'invite à unir ses efforts aux nôtres afin que ces fugitifs soient retrouvés au plus tôt.

Sturich s'inclina.

— Merci, monseigneur.

— Ne me remerciez pas, capitaine. Je ne permettrai pas que des criminels se réfugient sous mon autorité pour échapper à la justice royale.

— Yrdel ! protesta Alan. Tu ne peux pas permettre que…

— J'ai pris ma décision, Alan. Veille à ce que mes ordres soient exécutés. Je serai sur la Nef de la Reine.

Le prince Yrdel se leva et s'en fut sur ces mots.

La fouille de la Nef des Princes tourna court, interrompue par un coup de tête que le capitaine Sturich reçut en plein visage et qui le fit tomber à la renverse.

— On ne passe pas, dit Dwaìn qui barrait la porte des quartiers de la Garde Noire.

Il n'était pas seul. Les autres Gardes d'Onyx l'épaulaient, prêts à en découdre si nécessaire. Seuls Lorn et Vahrd manquaient.

Sturich se releva, ahuri et furieux, le nez en sang.

— Mais… Mais…, balbutia-t-il. Mais qu'est-ce qui vous a pris ? s'exclama-t-il tandis que ses hommes l'aidaient à se relever.

— Vous n'écoutiez pas, expliqua posément Dwaïn.

— Tu me le paieras ! Je… Je te ferai traîner en cour martiale.

— Ou on peut régler ça entre hommes maintenant, proposa le colosse roux. J'ai toujours un front. Et toi, il te reste un nez ?

Il fit un pas en avant.

Sturich recula.

— Vous ne pouvez pas vous opposer à l'exécution d'un ordre de la reine et du prince Yrdel !

— Si, dit Logan. On peut.

— Vous êtes fous.

— Possible, reconnut Liam.

— Mais nous sommes aussi Gardes d'Onyx, dit Lorn dans le dos de ses hommes.

Ils s'écartèrent pour le laisser passer et resserrèrent aussitôt les rangs derrière lui. Sans arme, il se planta devant eux, face à Sturich qui fulminait.

— Ni toi, ni un seul de tes hommes ne mettrez un pied dans nos quartiers.

Le capitaine de la Garde d'Azur commençait à douter mais il était devant ses hommes et quelques gardes des Princes. L'orgueil prit le dessus. Il tira son épée.

— Pas une bonne idée, ça, dit Yeras d'un ton trop calme pour ne pas être menaçant.

Sturich regarda le borgne avec inquiétude.

Puis il considéra les autres Gardes d'Onyx et enfin Lorn qui leva son poing sanglé de cuir et dit :

— Tu vois cette chevalière ? Je l'ai reçue de la main même du Haut-Roi. Elle dit que je suis Premier chevalier du Royaume. Toi, tu es une brute galonnée. Alors tu prends les ordres d'Estévéris, tu prends les ordres du prince, tu prends même ceux de la reine, et tu te les carres dans le fion. Compris ?

Sans trembler, Lorn vit alors venir le moment où Sturich, humilié, allait commettre l'irréparable.

— Ça suffit !

C'était Alan qui arrivait.

L'intervention d'un prince du Haut-Royaume eut tôt fait de calmer les esprits. Embarrassé, Sturich rengaina et essuya le sang qui empoissait sa bouche. Ses hommes et les Gardes d'Onyx reculèrent, comme pris en faute. Seul Lorn resta impassible, affectant une indifférence teintée de morgue.

Pour ne pas exploser, Alan évita de croiser le regard de quiconque. Il était furieux et cela se lisait dans ses yeux et sur son visage livide.

Cela s'entendait, également.

— Foutez le camp, dit-il à Sturich d'un ton sans appel. Foutez le camp, vous et vos hommes, et ne reparaissez plus devant moi.

Le capitaine de la Garde d'Azur ne discuta pas et s'en fut tandis que les Gardes d'Onyx se retiraient également, sur un signe de Lorn.

Alan attendit d'être seul avec lui pour le toiser des pieds à la tête d'un air glacial et lui dire :

— Tu saignes.

Lorn baissa les yeux sur le filet de sang qui coulait de sous sa manche droite vers son auriculaire. Lorsqu'il les releva, Alan lui tournait déjà le dos et s'éloignait.

Chapitre 6

Naé attendait assise sur la couchette de Lorn, les traits tirés par la fatigue et l'inquiétude. Elle jouait nerveusement avec un poignard dont elle ne savait ce qu'elle en ferait si quelqu'un d'autre que Lorn passait la porte et tentait de l'emmener. Se défendre et se battre en désespoir de cause ? Menacer de s'ouvrir les veines ? Elle ne comptait pas se laisser faire.

Elle se redressa lorsque Lorn entra et, aussitôt rassurée, lui sourit. Sans un mot, il essuya le sang qui coulait de la blessure légère qu'il avait reçue à l'épaule quand, juste avant de plonger dans le fleuve avec Naé, un carreau d'arbalète l'avait éraflé. Puis il se servit un verre de vin, but une gorgée et resta un moment à réfléchir. Voyant qu'il était préoccupé, Naé s'inquiéta de nouveau. Elle n'osait toujours rien dire et interrogea Lorn du regard. Il s'en aperçut du coin de l'œil, et lui dit assez sèchement :

— Tu ne risques plus rien. Pour l'instant.

Elle se sentit quelque peu soulagée, mais le ton et la mine agacés de Lorn lui firent baisser la tête, comme honteuse.

— Je suis… désolée, finit-elle par dire. Je… Je ne voulais pas vous attirer d'ennuis. Ni à toi, ni à papa…

Elle avait les cheveux humides et semblait plus petite et plus fragile qu'elle ne l'était dans les vêtements que Lorn lui avait prêtés. La chemise, bien trop grande, dénudait l'une de ses épaules.

Attendri, Lorn soupira et sourit.

— Et si tu me racontais tout ? proposa-t-il.

La jeune femme acquiesça :

— J'appartiens… Enfin, j'appartenais au groupe de Cael Dorsiàn. Mais il n'en reste plus rien, maintenant. Nous… Nous avons tous été arrêtés.

— Cael Dorsiàn…, laissa tomber Lorn d'un air à la fois ironique et méprisant.

Naé se tendit.

— Eh bien quoi ?

— Dorsiàn est un mercenaire. Un criminel. Sais-tu comment il gagnait sa vie ?

— Oui, je le sais. La contrebande de kesh.

— Si ce n'était que ça ! Il vendait des armes aux barbares de Dalatie. Son acier et sa poudre ont tué des soldats du Haut-Royaume.

— C'est faux !

— Ben voyons..., ricana Lorn. Et entre deux trafics, à ses heures perdues, il entretient sa fortune d'un lit à l'autre. Moitié gigolo, moitié souteneur. Tu ne serais pas la première qu'il aurait séduite, ton Cael !

Naé se leva brusquement.

— Ce n'est pas mon Cael ! s'exclama-t-elle. Et ce qu'il y a entre lui et moi ne te regarde pas !

Lorn se tut.

Naé avait raison, naturellement. S'il avait réagi de la sorte avec elle, c'était d'abord parce qu'il lui reprochait une imprudence qui avait failli la perdre et qui avait provoqué des problèmes dont certains s'avéreraient sans doute lourds de conséquences pour d'autres qu'elle : lui, Vahrd, la Garde d'Onyx. Mais son attitude n'était pas seulement guidée par la raison. Il découvrait qu'une pointe de jalousie l'aiguillonnait, alors qu'il n'avait jamais été amoureux de Naé. Elle était intelligente, vive, jolie malgré sa cicatrice et peut-être même plus émouvante grâce à elle. Néanmoins, les sentiments de Lorn à son égard n'avaient toujours été que fraternels.

Ou du moins le croyait-il jusqu'à ce jour.

Car il savait que Naé l'avait toujours aimé. Elle l'aimait depuis leur adolescence et les étés qu'ils passaient avec Alan dans la Citadelle, et il découvrait que cet amour toujours possible avait été un réconfort permanent qui flattait son orgueil et le soutenait. Quoi de plus apaisant et de plus stimulant que de se savoir irrémédiablement et patiemment aimé depuis les coulisses ? Les hommes s'y habituent vite et ils se sentent trahis lorsque tout cesse, sans avoir pourtant rien fait pour que cet amour dure. Ce qui n'était qu'un privilège immense leur semblait être un dû, et la perte de ce privilège était un vol qui les laissait étrangement peinés mais toujours égoïstes. Or voilà que Naé en aimait sans doute un autre. Voilà qu'elle s'était donnée à lui et détournée de Lorn.

Soudain conscient de l'ambiguïté de ses sentiments, Lorn se ressaisit. Et très calme, il dit :

— Pose ça, veux-tu ?

Naé s'aperçut qu'elle tenait toujours son poignard. Elle n'en avait pas menacé Lorn mais les réflexes étaient là. Elle savait se battre et tenir une arme. En se relevant pour protester, elle avait fermement agrippé le poignard par le manche, le pouce sur la lame, comme prête à frapper.

Elle baissa les yeux sur le couteau et, exaspérée contre elle-même, elle le fit sauter dans sa main pour le saisir par la pointe et le lancer sur la porte.

Où il se planta net.

Lorn considéra le poignard dans la porte, puis Naé d'un même œil perplexe et amusé. Celle-ci sourit. Elle se savait impulsive mais préférait en rire que combattre ce penchant.

— Désolée pour ça aussi…, dit-elle d'un air qui n'avait rien de contrit.

Pour achever de les réconcilier, Lorn servit un deuxième verre de vin qu'il offrit à Naé et qu'elle accepta volontiers. Ils trinquèrent, burent en échangeant un regard complice et Lorn, enfin, se détendit un peu.

— Papa va avoir des ennuis ? demanda Naé en passant l'index sur le bord de son verre.

— Non. Je le ferai libérer demain. Après tout, il n'a rien fait de mal.

— Et toi ? Et ta garde ?

— Moi ? Mais que veux-tu qu'il m'arrive avec ça ? (Lorn leva le poing gauche pour montrer sa chevalière d'onyx à son doigt.) S'en prendre à moi, c'est s'en prendre au roi, ajouta-t-il d'une voix qui troubla Naé.

Plus qu'un avertissement, c'était comme une menace à peine voilée qu'il adressait à quiconque pouvait l'entendre ou non. Son regard s'était un instant figé, et ses mâchoires s'étaient crispées.

La jeune femme hésita.

— Tu… Tu ne songes pas à… à abuser de…

Elle n'acheva pas et Lorn la regarda, interloqué.

— Quoi ? s'étonna-t-il. Moi ? Abuser de… Non ! Bien sûr que non ! (Il afficha un sourire rassurant.) Je t'assure que les seuls qui ont des raisons de s'inquiéter de moi sont les ennemis du Haut-Royaume.

— Et pas ceux du Haut-Roi ?

— Non, dit Lorn d'un air grave. Ce n'est pas la même chose.

Cette phrase, plus qu'aucune autre, inquiéta Naé.

Elle avait été élevée dans le respect, voire le culte du Haut-Roi. Certes, elle le savait faillible. Mais sa personne, sa parole et sa volonté étaient sacrées. Surtout, il lui semblait qu'elles étaient indissociables du Haut-Royaume.

Un roi, un trône, un royaume.

Devinant l'embarras de Naé, Lorn changea délibérément de sujet :

— Sais-tu ce qu'il est advenu de ceux qui ont été arrêtés avec toi ?

— Certains se sont fait tuer plutôt que de se laisser prendre. Les autres… Les autres, je ne sais pas. J'ai vite été séparée d'eux. Dalk savait parfaitement qui j'étais. Il le savait avant même que je sois capturée. D'ailleurs, je crois que des ordres avaient été donnés pour qu'il ne me soit fait aucun mal… Tous n'ont pas eu cette chance.

Le regard de la jeune femme s'assombrit.

— Dalk était bien renseigné, nota Lorn.

— Il est le meilleur espion d'Estévéris. Son âme damnée.

— Qui savait qui tu étais ? À part Dorsiàn, bien sûr…

— Dougall, répondit Naé sans hésiter. Le bras droit de Cael. (Une vague de haine la submergea un bref instant.) C'est lui qui nous a trahis. Mais je le retrouverai.

— Tu vas surtout te faire discrète, dit Lorn en allant ôter le poignard planté dans la porte. Tu as attiré assez d'ennuis à tout le monde comme ça. Et n'oublie pas que tu es une fugitive. Sans compter que Dalk et Estévéris savent parfaitement que tu es à bord de cette barge. Ils savent même que tu es ici, dans mes quartiers.

Naé se tut un moment, puis dit :

— Il mérite qu'on le venge, tu sais ? S'ils lui ont fait du mal, s'ils l'ont exécuté, Cael mérite qu'on le venge. Quoi qu'il ait pu faire, quoi que tu puisses lui reprocher, il a été de ceux qui ont voulu s'opposer à la cession d'Angborn. Et ils n'étaient pas beaucoup comme lui…

Lorn la regardait sans répondre. Elle reprit :

— Il a risqué sa liberté et sa vie, Lorn. Pour une cause qui est aussi la tienne.

Lorn réfléchit, impassible. Puis il dit :

— Je doute qu'il soit exécuté.

— Vraiment ?

— Il n'est pas n'importe qui. Estévéris ne peut se permettre de le faire pendre un matin comme un vulgaire voleur. D'ailleurs, s'il avait voulu que Dorsiàn meure, il aurait donné des ordres pour que cela arrive durant l'arrestation. Dorsiàn a été capturé parce que Estévéris et la reine le voulaient vivant. Sinon, il aurait écopé d'un malencontreux coup de dague, ou il aurait fait une chute mortelle en tentant de s'échapper : c'était l'occasion ou jamais. Mais maintenant, il est trop tard pour ça.

Lorn ne faisait qu'avancer des conjectures, en lesquelles il ne croyait qu'à moitié. Mais c'était ce que Naé avait envie et besoin d'entendre, aussi faisait-il de son mieux pour la réconforter.

Et qui sait ?

Estévéris avait peut-être des plans concernant Dorsiàn. Celui-ci était une prise de choix qu'un stratège aussi habile que le Premier ministre ne pouvait manquer d'exploiter au mieux. Peut-être allait-il l'employer comme monnaie d'échange ou moyen de pression. Peut-être prévoyait-il de le faire juger et condamner à l'issue d'un procès retentissant qui serait un avertissement destiné à tous ceux qui songeraient à défier l'autorité de la reine.

— Tu crois qu'ils le torturent ? demanda brusquement Naé d'un air farouche, comme si elle défiait Lorn de lui mentir.

Il marqua un temps.

C'était le dernier cas de figure pouvant expliquer pourquoi Cael Dorsiàn vivait : Estévéris voulait le faire parler et, dans ce cas, il ne faisait aucun doute qu'il serait soumis à la question. Le plus probable était que son calvaire avait déjà commencé et Lorn aurait préféré ne rien en dire. Mais Naé n'était ni idiote, ni naïve. Il était impossible qu'elle n'ait pas déjà envisagé cette hypothèse, ne serait-ce que parce qu'elle avait sans doute craint d'être elle-même livrée aux bourreaux.

Il n'en était rien arrivé, heureusement.

— Je l'ignore, dit Lorn.

Ce qui n'était pas exactement un mensonge.

— Tu pourrais peut-être l'aider, tenta Naé.

— L'aider ? Dorsiàn ?

— Vous êtes dans le même camp, toi et lui. Tu pourrais peut-être le faire libérer. Ou au moins t'assurer qu'il ait droit à un procès juste.

Lorn sentit se raviver la douleur provoquée par le souvenir de sa propre condamnation. Un court instant, il se demanda si, en évoquant un procès équitable, Naé avait volontairement visé un nerf particulièrement sensible. Mais il se dit que non. Naé n'avait pas assez d'intelligence mauvaise en elle pour ça.

— Je ne suis pas sûr d'en avoir le pouvoir, dit-il du ton que l'on prend pour consoler un enfant.

— Mais si tu le peux, le feras-tu ?

Les yeux de Naé étaient rivés aux siens et il sut qu'il ne pouvait pas mentir. Alors il réfléchit, et dit :

— Oui.

La jeune femme sourit.

Et ce sourire ne disait pas seulement son soulagement né d'un regain d'espoir. Il disait surtout sa joie de savoir que le Lorn qu'elle avait connu et aimé n'était pas mort à Dalroth, et qu'il était encore capable de justice et de compassion.

Elle se jeta sur lui avant qu'il ait pu réagir, et l'enlaça de toutes ses forces.

— Merci, murmura-t-elle, le visage enfoui dans son cou. Merci…

Lorn ne sut quoi faire.

Il referma maladroitement ses bras sur la jeune femme, ses mains effleurant à peine son dos. Mais il sentit sa chaleur, ses seins contre sa poitrine, son ventre contre son ventre. Troublé par le désir qu'il sentait naître en lui, il écarta doucement Naé.

— Ça va aller, dit-il. D'accord ?

Elle acquiesça, les yeux humides.

— Ferme derrière moi, conseilla-t-il en montrant le verrou sur la porte. Ne sors pas d'ici jusqu'à nouvel ordre. Et n'ouvre qu'à moi, compris ?

— Tu me laisses ?

— Je vais dormir avec les gars, dans le hamac de ton père. Tu seras bien ici.

— Merci, Lorn. Pour tout.

Presque rieur, il haussa les épaules.

— Bah ! nous n'allions tout de même pas te laisser entre les pattes d'Estévéris…

Il posa un baiser sur le front de Naé et, juste avant de sortir, lui dit :

— Et n'oublie pas le verrou. À demain.

Naé poussa le verrou et s'adossa à la porte.

Puis elle se laissa lentement glisser assise sur le plancher, les genoux repliés. Son regard se fit douloureux lorsqu'elle se retrouva seule avec le souvenir du viol auquel Dalk l'avait soumise.

Elle ne pleura pas.

Chapitre 7

Pendant ce temps, Sturich, toujours furieux, n'avait pris que le temps de se laver le visage avant de retrouver Estévéris dans ses appartements.

Le ministre se détendait sur une terrasse en sirotant un verre de vin parfumé. Son corps obèse encore humide sous une robe de soie légère, il venait de prendre un bain brûlant qui avait cuivré sa peau. Il ne portait pas ses bagues, et ses doigts replets, d'ordinaire chargés de pierreries, semblaient étrangement nus.

— Alors ? demanda-t-il d'un ton presque moqueur.

En quelques mots, le capitaine raconta alors d'une voix vibrante comment les Gardes d'Onyx s'étaient opposés à la fouille de leurs quartiers, comment Lorn s'était prévalu de l'autorité du Haut-Roi et comment le prince Aldéran avait mis fin à la querelle. Estévéris l'écouta un fin sourire aux lèvres, les yeux brillants comme s'il prenait beaucoup de plaisir à son récit. Cet amusement intrigua Sturich avant de l'agacer et de faire redoubler sa colère. Les efforts qu'il fit pour conserver son calme furent immenses.

Puis, n'y tenant plus, il dit :

— Vous… Vous souriez ?

— En effet. Bonsoir, capitaine. Ce sera tout…

Sturich se retira sans comprendre.

— Puis-je vous demander ce qui vous amuse ? demanda Dalk en sortant de l'ombre. Sturich agissait sur votre ordre. C'est votre autorité qui a été baf…

— Je sais, je sais…, l'interrompit Estévéris.

Le ministre se leva et fit signe à Dalk de lui donner le bras. Ils franchirent des voiles diaphanes qu'animait une bise tiède et sortirent sur une terrasse, sous une Grande Nébuleuse si claire que la nuit semblait grise.

La terrasse était déserte, couverte par des pans d'étoffe légère qui faisaient une longue marquise menant à une balustrade à laquelle ils allèrent s'appuyer. Elle surplombait le vide, loin des oreilles indiscrètes.

De plus, le grondement sourd du fleuve qui montait jusqu'ici couvrait sans mal les voix, pourvu que l'on ne parle pas trop haut.

—Comment croyez-vous que le forgeron a appris que nous détenions sa fille ? demanda Estévéris avec un regard entendu.

—Vous ? s'étonna Dalk. Mais pourquoi ?

—Parce que cette fille ne nous était, en définitive, que de peu d'utilité. Elle ne pouvait rien nous apprendre. Quant à l'utiliser comme moyen de pression… Sur qui ? Sur son père ? Sur Lorn ? Ils ne sont pas hommes à céder. Tout au plus établissait-elle un lien entre la Citadelle et les insurgés. Cependant, de là à impliquer le Haut-Roi…

Dalk acquiesça d'un air sombre.

Il était bien obligé d'avouer que le ministre avait raison mais, très fier d'avoir ajouté la capture de Naé à la réussite de sa mission à Angborn, il trouvait vexant de s'entendre dire que sa prise de choix, en fait, n'en était pas une. Pire, Estévéris le lui avait sciemment laissé croire. Par jeu ? Par cruauté ? Par méfiance, ou par calcul ?

—Tandis que si je faisais en sorte que le père apprenne que sa fille était à ma merci, alors je savais que Vahrd, ou Lorn, et plus probablement les deux tenteraient quelque chose. Quelque chose d'audacieux et d'illégal…

—Mais dans quel but ? Je veux dire : quel… quel intérêt pour vous ?

Satisfait de lui-même, le ministre prit un ton professoral que Dalk trouva insupportable.

—Il y avait d'abord la possibilité que la tentative d'évasion tourne mal, dit-il. Si Lorn ou un de ses hommes avaient été blessés et capturés, la Garde d'Onyx aurait été impliquée dans un scandale qui aurait provoqué sa perte et qui n'aurait sans doute pas épargné le Haut-Roi. Mais ce n'est pas tout. Imaginez, imaginez seulement que Lorn ait été tué dans l'entreprise…

Estévéris laissa traîner sa phrase d'un air rêveur, puis il se ressaisit et reprit :

—Bah ! l'important est que tout se soit déroulé comme je l'avais imaginé.

—Alors vous saviez que…

Le ministre haussa les épaules.

—Bien sûr. Je savais que Lorn volerait au secours de Naéris, je savais qu'il ne pourrait la cacher qu'à bord de la Nef des Princes, je savais que la Garde d'Onyx s'opposerait à ce que quiconque fouille ses quartiers et, enfin, surtout, je savais que le prince Yrdel ou le prince Alan devrait prendre parti.

—C'est le prince Aldéran qui est intervenu.

—Vous a-t-il semblé être le complice de Lorn ?

—Non.

— Parfait.

— Mais le prince n'en est pas moins intervenu en faveur de Lorn.

— Oui. Ce qui l'obligera sans doute à rendre des comptes au prince Yrdel. Et ce qui fera qu'il en demandera bientôt d'autres à Lorn, vous verrez.

Dalk comprit.

— Ainsi, dit-il, vous avez fait de Naé un objet de querelle…

— Ce feu prendra maintenant. Peut-être prendra-t-il plus tard. Mais je puis vous assurer que ses braises finiront par brûler…

Chapitre 8

Le lendemain matin, Lorn rejoignit Alan qui prenait son petit déjeuner seul, sur un balcon de la Nef des Princes, à l'ombre d'un dais que le vent agitait. Alan s'interrompit à peine pour saluer Lorn. Il ne l'invita pas à s'asseoir, et encore moins à partager son repas.

Lorn resta donc debout et attendit un moment.

Il remarqua la mine du prince, ses traits tendus, son regard noir. Il remarqua également qu'il déjeunait au vin mêlé de kesh et que la carafe à côté du verre était déjà bien entamée. Mais cela n'expliquait pas la nervosité du prince. Le kesh apaisait, au contraire.

Or Alan, malgré tout, semblait furieux.

Deux serviteurs, silencieux et immobiles, se tenaient en retrait. Quand l'un d'eux s'avança pour remplir le verre du prince, Lorn – qui commençait à s'agacer – jugea qu'il avait assez attendu.

— Je suis venu te demander de relâcher Vahrd, dit-il.

Alan prit le temps d'avaler une bouchée qu'il n'apprécia pas et, sans lever les yeux de son assiette, rétorqua :

— Et pourquoi je ferais ça ?

— Parce qu'il n'est coupable de rien.

— Il a tenté de s'introduire à bord de la Nef d'Estévéris. Ce n'est pas rien.

— Il était ivre. Et inquiet pour sa fille. Il a bu un verre de trop et il a fait une bêtise, voilà tout. Il a eu toute la nuit pour y réfléchir et pour dessoûler. Tu ne trouves pas que ça suffit ?

Estomaqué, Alan se renfonça dans son fauteuil, jeta son couteau dans son assiette et considéra Lorn d'un œil narquois.

— Tu ne manques vraiment pas de culot…, lâcha-t-il.

Lorn resta impassible.

— Après ce qui s'est passé cette nuit, reprit le prince, tu essaies encore de me faire croire que Vahrd n'était pas de mèche avec toi ? qu'il n'a pas fait diversion pendant que toi, tu libérais Naéris ? Est-ce que tu me prends pour un imbécile, Lorn ?

Lorn restant silencieux, Alan se leva et fit le tour de la table.

— Regarde-moi dans les yeux et dis-moi que tu n'as pas fait évader Naé. Dis-moi qu'elle n'est pas sur cette nef en ce moment même. Et dis-moi qu'elle n'a pas passé la nuit dans ta cabine…

Lorn eut un regard pour les deux serviteurs qui, sous le dais, restés de part et d'autre du siège du prince, faisaient mine de ne rien voir ni entendre. Alan comprit et les chassa d'un geste. Ils se retirèrent aussitôt, avec cette hâte prudente dont font preuve les meilleurs domestiques.

Lorn attendit qu'Alan et lui soient seuls, puis dit :

— Naé est dans ma cabine. Tu le sais très bien et tu le savais déjà cette nuit, quand tu as interdit que les quartiers de la Garde d'Onyx soient fouillés.

— Ne me fais plus un coup comme ça, Lorn ! Ne t'avise plus jamais de me refaire un coup comme ça ! Cette nuit tu m'as mis devant le fait accompli en sachant très bien que je te soutiendrais contre Estévéris, mais tu ne m'en as pas laissé le choix. Tu m'as manipulé.

— Non, protesta Lorn. Je ne t'ai pas ma…

— Tu m'as manipulé ! s'emporta Alan. Tu savais exactement ce qui allait arriver ! Tu savais parfaitement que je prendrais ton parti si nécessaire !

— Parce que tu ne trouves rien de choquant à ce que les sbires d'un ministre fouillent la Nef des Princes ? demanda Lorn d'un ton calme. Ton frère n'aurait jamais dû accepter.

— Ne change pas de sujet ! Mon frère mène sa barque comme il l'entend. Il a sans doute intérêt à ménager Estévéris et je ne crois pas que tu aies ton mot à dire là-dessus.

Ils étaient face à face, presque nez à nez, Alan frissonnant de colère contenue tandis que Lorn était d'une fixité minérale.

— Tu as raison, Alan. Mais…

— Non ! Pas de « mais ». Cette chevalière ne te donne pas tous les droits. Elle ne te fait pas roi. Ni prince.

Alan se détourna et alla s'appuyer à la balustrade du balcon. Exaspéré et peiné, il prit de grandes inspirations, le temps de recouvrer son calme.

Lorn le rejoignit et resta silencieux à ses côtés.

— Tu… Tu as profité de mon amitié pour toi, Lorn…

— C'est vrai. Pardonne-moi. Mais nous savons toi et moi qu'il ne s'agit pas seulement de cela, n'est-ce pas ?

Le prince fronça les sourcils.

— Quoi ?

— Ce que tu me reproches vraiment, expliqua Lorn, ce n'est pas de t'avoir mis le dos au mur. C'est de ne pas t'avoir prévenu, de ne pas t'avoir averti de ce que nous nous apprêtions à faire pour sauver Naé…

De fait, Alan se sentait exclu. Presque trahi.

— Mais comment voulais-tu que je te le dise ? reprit Lorn. Tu ne penses tout de même pas que tu aurais pu en être ? Tu es un prince du Haut-Royaume. En te cachant ce que je comptais faire je te…

— Ne t'avise pas de le dire, l'interrompit Alan d'une voix vibrante de colère. Ne t'avise surtout pas de dire que tu me protégeais. Tu ne me faisais pas confiance, et voilà tout.

— Je te jure que non.

Lorn était sincère mais Alan n'écoutait pas et poursuivit :

— Tu as eu tort, Lorn. Vraiment tort. Après tout, j'ai toujours été prince, non ? Alors qu'est-ce que cela change ? Pour moi, rien. Mais pour toi ?

Le prince laissa sa question en suspens et s'en fut sur ces mots :

— Tu ne rends pas la tâche facile à ceux qui veulent être tes amis, Lorn…

Lorn ne répondit pas.

À la fois peiné et en colère, Alan éprouva cependant un regain d'espoir quand Lorn le rappela.

— Alan !

Le prince avait presque quitté le balcon. Il hésita, puis se retourna vers Lorn qui, à la balustrade, gardait le regard braqué sur l'horizon.

Il attendit.

— Je suis désolé, dit Lorn.

Alan partit sans mot dire.

Chapitre 9

« Il avait été un grand roi, et valeureux, craint et respecté de tous, alliés ou ennemis. Il avait livré bien des batailles et remporté d'immenses victoires. Mais son règne s'achevant, sa gloire et ses forces déclinèrent sous le poids de ses fautes cependant que son trône vacillait. Or l'orgueil, plus que le remords et les avertissements du Destin, fit qu'il ne voulut point s'éteindre en abandonnant son royaume à la ruine. »

Chroniques (Livre du Chevalier à l'Épée)

Depuis le balcon de la salle du trône, assis sous un dais qui le protégeait des gouttes crayeuses, le Haut-Roi observait l'averse blanche qui tombait sur la Citadelle. Plus mélancolique que jamais, il restait parfaitement immobile.

— Pourquoi ces pluies ne cessent-elles pas ? demanda-t-il d'une voix faible et éraillée.

— Je l'ignore, répondit le drac blanc qui se tenait debout à côté de lui.

— N'ai-je pas obéi à la volonté du Dragon du Destin ? N'ai-je pas racheté mes fautes ?

— Je ne suis qu'un Émissaire, sire.

— Mais que disent les Gardiens ?

— Les Émissaires n'assistent pas aux conseils.

Le vieux roi esquissa un sourire derrière le voile noir qui dissimulait son visage cadavérique.

— Allons, je vous connais, dit-il. Croyez-vous être le premier Émissaire que je rencontre ? Je sais bien que vous en savez toujours plus que vous ne pouvez ou ne voulez l'admettre, vous autres…

Skeren hésita.

En qualité d'Émissaire, il y avait en effet une différence entre ce qu'il savait et ce qu'il était censé savoir. Et ce qu'il avait le droit de révéler était encore autre chose. Jalouse de ses secrets, l'Assemblée d'Ir'kans veillait toujours à en dire le moins possible. Cela contraignait parfois les Émissaires à dissimuler des vérités, voire à mentir pour parvenir à leurs fins et favoriser l'accomplissement de la Destinée.

Le drac blanc ne pouvait avouer au Haut-Roi que les Gardiens l'avaient trompé et qu'ils le trompaient encore, mais il rechignait à lui mentir de nouveau.

Il se tut.

— Norfold pense que libérer Lorn de Dalroth a été une erreur, dit le roi Erklant. Et que lui confier le sort de Haut-Royaume est folie. Il pense que je n'aurais jamais dû le rappeler. Ni faire de lui mon Premier chevalier. Ni l'autoriser à recréer la Garde d'Onyx... Bref, il pense que je n'aurais pas dû vous écouter. Norfold déteste Lorn, c'est entendu. Mais il n'aime guère plus l'Assemblée d'Ir'kans et ses Émissaires, vous savez ?

Skeren acquiesça en esquissant un sourire entendu.

— Je le sais, oui.

— Pour autant, a-t-il vraiment tort de se méfier de vous ?

— Comment pourrais-je répondre à cette question, sire ?

— Et moi ? Ai-je eu tort ?

— Je vous demande pardon, sire ? Tort ? Tort de quoi ?

— Mais de vous avoir écoutés ! De m'être fié aux Gardiens et d'avoir accompli leurs volontés.

L'Émissaire réfléchit à sa réponse, puis dit :

— Il s'agit avant tout des volontés du Dragon Gris, sire...

Un petit rire secoua les maigres épaules osseuses du Haut-Roi comme un hoquet.

— Vous... Vous êtes plus fuyant qu'un... qu'un...

Le drac devina quel mot le vieux roi n'osait prononcer.

— Qu'un serpent, sire ?

Le Haut-Roi hésita.

— C'est l'expression consacrée, ajouta aimablement Skeren. Je n'y vois aucune offense.

— Oui, dit le roi Erklant en se renfrognant un peu. Qu'un serpent...

Il plongea dans l'un de ses silences trompeurs.

Le Haut-Roi avait des absences et pouvait ainsi se taire durant de longs moments : son esprit s'échappait et privait son corps momifié du peu de vie qui l'animait encore. Mais il arrivait aussi qu'il s'endorme sans que l'on puisse voir ses paupières se fermer derrière son voile noir.

Il restait immobile dans les deux cas, mutique et indifférent, inaccessible, sa respiration sifflante soulevant lentement sa poitrine maigre.

Incertain, Skeren attendit tandis que la pluie redoublait.

De plus en plus lourdes et blanches, ses gouttes crépitaient, éclataient sur les pierres grises. Les toits étaient nappés d'une eau laiteuse qui débordait des gouttières et tombait en cataractes. Des flaques noyaient les pavés. Des ruisseaux dévalaient les rues, attirés vers les régions basses de la Citadelle désertée.

— Et après tout, est-ce que cela compte ? dit soudain le vieux roi. Est-ce que cela compte, si Norfold a en partie raison ? que Lorn n'aurait jamais dû être libéré ? Est-ce que cela compte vraiment ?

L'Émissaire se garda bien de réagir.

Le roi espérait-il vraiment une réponse ? Probablement pas. Sans doute ne faisait-il que songer tout haut, comme emporté par le cours de ses pensées, de ses doutes et de ses craintes.

— Coupable ou pas, qu'est-ce que cela change ? C'est ce que Norfold ne veut pas comprendre. À ses yeux, un traître est un traître. Il est convaincu que Lorn a trahi. Qu'il a trahi la Garde Grise et le Haut-Royaume. Qu'il m'a trahi, moi, ajouta le Haut-Roi d'un ton désabusé. Or cela, un homme de la trempe de Norfold ne peut le pardonner.

Il marqua un temps et réfléchit.

— Je sais, moi, que Lorn est innocent, dit-il. Mais la vérité est que cela n'a, désormais, plus aucune importance…

Une fois de plus, le drac blanc ne répondit pas. Il voulait d'abord connaître le fond de la pensée du vieux roi.

— Car l'intérêt commun passe avant tout, non ? reprit Erklant II. Qu'importent les fautes et les crimes d'un homme si celui-ci doit, par ses actes, sauver une multitude ?

L'Émissaire tiqua.

Il se demanda qui le Haut-Roi cherchait à convaincre. Sa question n'était-elle vraiment que rhétorique ?

— Il ne fait aucun doute que Lorn a un destin, sire.

— Et ce destin est de sauver le Haut-Royaume, n'est-ce pas ?

Skeren choisit soigneusement ses mots.

— Oui, je le crois. Mais je sais seulement que la destinée du Haut-Royaume ne peut librement s'accomplir sans Lorn. C'est ce que les Gardiens affirment. Et ils le tiennent du Dragon Gris.

Soudain agacé, le Haut-Roi fit un geste du revers de la main, comme s'il chassait une mouche.

— Ça, c'est à voir !

— Sire ?

— Les Gardiens ne nous disent que ce qu'ils veulent, n'est-ce pas ? À vous comme à moi. Comme à tout le monde. Et depuis toujours.

— Il est vrai.

Le drac savait que la méfiance du roi à l'égard de l'Assemblée d'Ir'kans était partagée par presque tout le monde. Les Gardiens, pourtant, ne méritaient pas tous les reproches qu'on leur faisait, et certainement pas d'être la cible d'une hostilité craintive dont, à l'occasion, les Émissaires pâtissaient. Pour autant, Skeren pensait que les Gardiens avaient leur part de responsabilité. Le secret dont ils s'entouraient, leur morgue et leur refus d'expliquer ou de justifier leurs décisions, tout cela contribuait à susciter le soupçon.

Que cachaient-ils, au juste ? Et pourquoi ? Dans quel but ?

Ces questions, le Haut-Roi se les posait et l'Émissaire devait bien reconnaître qu'elles étaient légitimes. Skeren avait été celui que l'Assemblée d'Ir'kans avait chargé d'annoncer au roi que Lorn devait être tiré de Dalroth et qu'il fallait lui donner tous les moyens d'accomplir son destin, car il en allait de l'avenir du Haut-Royaume. Erklant II avait assez d'expérience et de sagesse pour ne pas prendre les annonces des Gardiens à la légère. Néanmoins, il restait un roi fier dont les décisions pesaient sur le sort de la plus puissante nation d'Imélorie, et il n'entendait pas se laisser dicter ses actions par quiconque.

Peu importaient les vérités qui lui avaient alors été révélées.

Peu importaient la Prophétie des Princes et, pour troublant qu'il soit, le secret des origines de Lorn.

Il n'était pas question que le Haut-Roi prenne les dires et les promesses de l'Assemblée d'Ir'kans pour argent comptant. Il voulait des garanties et n'en avait obtenu qu'une, mais de celui qui était à la fois le meilleur et le pire de ses alliés.

Serk'Arn, le Dragon de la Destruction.

— Elle était belle, dit le vieux roi qui, une fois encore, avait erré, silencieux, dans les méandres de sa pensée. Très belle. Une reine. Elle l'était, d'ailleurs. Une reine skande. Une reine guerrière.

L'Émissaire comprit avec retard que le Haut-Roi parlait de la mère de Lorn. Presque rêveur, Erklant poursuivit :

— Je crois que je l'ai aimée. À ma manière, mais je l'ai aimée. Comme j'en ai aimé tant d'autres, il est vrai, précisa-t-il avec une pointe de regret.

Puis il affirma avec force :

— Mais j'ignorais, j'ignorais que Lorn était mon fils. Je n'y ai même jamais songé jusqu'à ce que…

Jusqu'à ce que je vienne te le dire, songea Skeren. *Et que grandisse en toi l'idée que l'innocent qui croupissait à Dalroth était peut-être ton fils. Un bâtard, certes. Mais que tu aurais pu épargner, sauver depuis trois longues années.*

— Mais de cela, dit le vieux roi en revenant brusquement à la méfiance que lui inspirait l'Assemblée d'Ir'kans, de cela je suis sûr, désormais. Sur ce point, les Gardiens n'ont pas menti. Ils ne pouvaient pas. Lorn est mon fils. Mon sang coule dans ses veines. Celui de ma lignée.

Le drac ne répondit pas et songea au détachement avec lequel le Haut-Roi avait exposé Lorn au Dragon de la Destruction. Depuis qu'il avait été asservi par magie, celui-ci ne pouvait nuire à un descendant de son vainqueur, le premier roi Erklant. Le Haut-Roi avait donc imaginé d'amener Lorn à Serk'Arn, et de voir si le dragon l'épargnerait. Pour lui, c'était le moyen de s'assurer des origines de Lorn. Et visiblement, l'idée qu'il livrait peut-être un innocent au Dragon de la Destruction ne l'avait pas effleuré, ou à peine, et certainement pas assez pour le retenir. Aurait-il seulement nourri des remords si – sur la foi d'un mensonge des Gardiens – le feu de Serk'Arn avait englouti Lorn ? L'Émissaire en doutait. Et ce n'était pas de la cruauté. Ni même du cynisme. Seulement de l'indifférence : celle d'un roi mourant et menacé par la folie qui ne se soucie plus que de sauver son royaume par tous les moyens.

— Où est-il ? demanda le vieux roi.

— Sire ?

— Lorn. Où est-il ?

— Avec le prince Aldéran, dans le Palais Flottant qui emmène la reine et sa suite à Angborn.

— Et comment se fait-il que vous n'y soyez pas déjà, vous, à Angborn ?

— J'irai peut-être, mais plus rien ne peut être fait désormais. Tout est prêt, et les tempêtes qui s'annoncent ne peuvent être repoussées.

Chapitre 10

«Arrivé au terme de son voyage sur l'Eirdre, le Palais Flottant s'arrêta devant Samarande où la Cour tout entière se déplaça avec ses ors, ses pourpres et ses fastes. Trois jours durant, la ville rendit hommage à la reine et aux princes du Haut-Royaume. Puis le jour anniversaire de la bataille des Larmes approcha en même temps que venaient les premières fraîcheurs de l'automne. Alors, sur dix navires superbes et pavoisés, la reine Célyane et sa suite embarquèrent pour aller accueillir le prince Laedras à Angborn, la cité promise à l'Yrgaärd.»

Chroniques (Livres des Cités)

Les navires voguaient vers le nord sur les eaux calmes de la petite mer des Cités franches. Ils arriveraient bientôt à Angborn qui, sur son île, gardait le détroit ouvert sur la mer des Brumes. Depuis la proue de la caravelle royale, Yssaris dans les bras, Lorn observait la ville et sa citadelle, qui semblaient approcher. L'après-midi finissait.

Angborn avait toujours été la plus yrgaärdienne des Cités. L'Hydre Noire l'avait choyée et favorisée, faisant même d'elle la capitale de la province annexée. Après la reconquête menée par Erklant II, tout lien n'avait pas été rompu avec l'Yrgaärd. Au contraire, Angborn avait profité des nouvelles libertés accordées par le Haut-Roi pour rester aussi proche que possible du plus puissant royaume du Nord. Malgré les années, les élites politiques et marchandes d'Angborn n'avaient jamais cessé de se sentir yrgaärdiennes, de sorte qu'elles avaient très bien accueilli le projet de cession. La population, elle, appréhendait de subir à nouveau le joug sévère et souvent cruel d'Orsak'yr, le Dragon Noir de la Mort et de la Nuit.

Quant au Haut-Roi…

Il avait libéré les Cités conquises par les armées d'Yrgaärd. Cela avait été l'un de ses premiers faits de gloire et il voyait à présent, à la fin de son règne, l'une des Cités franches retourner au Dragon Noir. Pour la reine, c'était une victoire, le couronnement de sa politique puisque cette cession marquerait la reprise des relations diplomatiques entre le Haut-Royaume et l'Yrgaärd. Mais pour le roi, c'était une défaite particulièrement amère.

— Si encore l'Yrgaärd reprenait Angborn par les armes, avait-il dit à Lorn. Mais non… Ce que le Haut-Royaume a conquis et défendu jadis au prix du sang, le Haut-Royaume va aujourd'hui le céder d'un trait de plume… Sais-tu combien d'hommes sont morts sur les remparts de Saarsgard ? Rendre Angborn à l'Yrgaärd, c'est comme aller pisser sur leurs tombes. C'est une insulte. C'est… C'est une honte. Une honte pour nous tous…

Lorn avait alors cru deviner les intentions du Haut-Roi, si irréalistes qu'elles puissent sembler.

— Souhaitez-vous que j'empêche la cession d'Angborn, sire ?

— Non. Non, bien sûr que non. Ce serait une folie et, d'ailleurs, il est trop tard pour cela… Vois-tu, la reine ne pense qu'à son triomphe, qu'à la gloire de réussir là où tous ont échoué en signant un traité de paix avec l'Yrgaärd. Estévéris, en revanche, voit plus loin. Il ne croit pas qu'une paix durable soit possible avec le Dragon Noir mais il sait qu'un rapprochement entre le Haut-Royaume et l'Yrgaärd lui apportera ce dont il aura le plus besoin bientôt.

— Quoi donc ?

— La liberté de se consacrer aux troubles intérieurs du royaume. Et l'argent qui lui fait cruellement défaut en ce moment.

Les caisses du Haut-Royaume, en effet, étaient vides.

Pour autant, il n'avait jamais été question – officiellement – que le Haut-Royaume vende Angborn. Il avait cependant été convenu que l'Yrgaärd réglerait une vieille dette. Après la reconquête de la province des Cités franches, le paiement d'un lourd tribut avait été imposé par le Haut-Royaume au vaincu. L'Yrgaärd n'avait versé que la première moitié de la somme convenue, et c'était la seconde moitié de cette somme qu'il se proposait de payer désormais, à l'occasion de la signature du traité d'Angborn, en un geste de bonne volonté. Une fortune particulièrement bienvenue. Personne n'était dupe mais les apparences étaient sauves.

— Estévéris sait qu'il va avoir bientôt besoin d'argent, Lorn. De beaucoup d'argent. Pour s'assurer des loyautés, mais aussi pour lever les armées nécessaires à la sauvegarde du Haut-Royaume.

Interrompu dans le cours de ses pensées par un claquement de voile, Lorn leva les yeux vers la forteresse qui dominait Angborn. Massive, sombre et menaçante, Saarsgard ressemblait à Dalroth. Elle avait d'ailleurs été bâtie à la même époque et pour les mêmes raisons, durant les Ténèbres. Et même si elle n'était pas exposée à l'Obscure, sa vue fit passer un frisson glacé dans l'échine de Lorn.

— Sinistre, n'est-ce pas ? dit Estévéris.

À la différence d'Yssaris qui avait levé la tête, Lorn n'avait pas entendu venir le ministre. D'un rapide coup d'œil, Lorn s'assura qu'ils étaient seuls ou presque : les conseillers et les gardes du ministre – dont Sturich – attendaient en retrait, assez loin pour ne rien pouvoir entendre à cause des bruits des gréements dans le vent et de la coque fendant les vagues.

— Cette architecture doit vous rappeler de bien mauvais souvenirs, ajouta Estévéris.

— En effet, dit Lorn.

— Tout cela est derrière vous, cependant...

— Vous croyez vraiment ?

— Je vous le souhaite, à tout le moins.

Lorn ne répondit pas.

— Je me réjouis de savoir que votre léger différend avec le prince Aldéran est réglé, dit le ministre après un bref silence.

Lorn resta impassible.

— Quel léger différend ?

— Vous savez, après cette déplorable évasion.

Estévéris faisait bien sûr allusion à l'explication que Lorn et Alan avaient eue le lendemain de l'évasion de Naé. Sur le moment, les deux amis s'étaient séparés sans s'être totalement réconciliés mais le temps avait fait le reste et chacun avait pu se rendre compte, durant les derniers jours de voyage sur l'Eirdre, qu'ils formaient avec Enzio un trio plus complice que jamais. En vérité, tout n'allait pas si bien entre Alan et Lorn mais ils se jouaient une comédie qui trompait tout le monde et dont ils étaient presque dupes. Lorn se demandait s'ils ne refusaient pas, l'un comme l'autre, d'admettre que les années avaient passé et qu'ils avaient changé. Ils restaient de véritables amis, certes. Cependant, l'innocence première de leur amitié avait cédé la place à la nostalgie de cette innocence. Ils savaient, désormais, que leur amitié était vulnérable à la rancœur comme au doute.

— J'ignore à quoi vous faites allusion, dit Lorn.

Le ministre sourit.

— Comme il vous plaira... Permettez-moi cependant de m'inquiéter pour votre ami Vahrd. Nul ne semble l'avoir vu depuis qu'il a été arrêté, cette fameuse nuit. Peut-être le prince Yrdel fait-il des difficultés pour le libérer ? En ce cas, je me ferais un plaisir de...

— Ce ne sera pas nécessaire, merci.

Lorn retint un petit sourire et caressa la tête d'Yssaris.

Il ne doutait pas une seconde qu'Estévéris savait qu'Alan avait gardé Vahrd sous les verrous quelques jours, pour finalement le relâcher quand le Palais Flottant était arrivé devant Samarande. En revanche, le ministre ignorait à coup sûr ce qu'il était advenu du vieux forgeron depuis.

Et de sa fille.

Lorn avait profité du désordre provoqué par le débarquement de la Cour à Samarande pour faire quitter la Nef des Princes à Naé. Déguisée en valet, riche de quelques pièces d'argent et d'une lettre de recommandation, elle avait aussitôt pris la route d'Oriale où, Lorn étant convaincu que la Tour Noire était surveillée, elle irait demander l'hospitalité à Sibellus. Vahrd avait débarqué le même jour, et tout aussi discrètement.

— J'imagine, dit Estévéris, qu'un père aime accompagner sa fille lorsque le trajet est long et périlleux.

Lorn se tut mais s'interrogea.

Périlleux, le voyage jusqu'à la capitale ne l'était pas tant que ça. Le ministre avait-il compris que Naé rentrait à Oriale et voulait-il insinuer que les routes étaient surveillées ? Ou s'efforçait-il seulement d'inquiéter Lorn dans l'espoir de lire sur son visage un début de vérité ?

Si oui, il en fut pour ses frais et renonça.

— Nous arrivons, dit-il. Je ne sais si nous aurons l'occasion de parler, ces prochains jours. Je serai très occupé et j'imagine que vous aussi. Quoi que vous soyez venu faire, ajouta-t-il en s'en allant d'un pas régulier.

Lorn ne le salua pas et leva les yeux vers les remparts et les sombres tours de Saarsgard, alors que le navire approchait du port, accueilli par des salves d'honneur.

— Je veux que tu ailles à Angborn et que tu m'y représentes, avait dit le Haut-Roi. Je veux que l'on te voie. Cela me déchire le cœur, mais la cession d'Angborn doit avoir lieu. Le Haut-Royaume a besoin de ce semblant de paix avec l'Yrgaärd. Et il a aussi besoin du tribut que l'Yrgaärd va lui payer… Ce traité doit être signé. Tu devras d'abord en convaincre Téogen, puis tu devras t'assurer sur place que personne ne vienne l'empêcher. Il en va de l'avenir du Haut-Royaume, Lorn. Ce traité est infamant et contraire à l'honneur. Mais il est notre seul espoir, comprends-tu ?

Lorn, alors, avait réfléchi.

Puis acquiescé.

Chapitre 11

La reine Célyane allait au pas sur une magnifique jument blanche, protégée d'un pâle soleil d'automne et d'une bruine tiède par un dais azur dont huit laquais tenaient les perches dorées. Devant elle, commandés par Sturich, des cavaliers de la Garde d'Azur ouvraient la marche avec des fifres, des tambours et des hérauts portant des oriflammes. Le cortège officiel suivait. D'abord d'autres cavaliers d'escorte en bleu et jaune, puis les princes de sang, les dignitaires et grands seigneurs de Haut-Royaume, les membres du clergé, les ambassadeurs et les délégations étrangères, qui tous défilaient d'une même allure solennelle.

Le cortège était parti du port, acclamé par une vaste foule. Il avait alors pris le chemin de la forteresse d'Angborn dans des rues pavoisées, où le public s'était fait de moins en moins nombreux et, surtout, de moins en moins enthousiaste. À l'évidence, les bravos et les hourras qui avaient accueilli la reine n'étaient ni sincères ni spontanés. Les agents d'Estévéris avaient fait ce qu'ils avaient pu, mais l'illusion n'avait pas duré. Malgré les guirlandes et les fanions, malgré les applaudissements de quelques-uns, on ne remarquait que les balcons vides, les volets clos, les rangs clairsemés des curieux au pied des façades. Le cortège essuya même quelques huées lancées de l'intérieur des maisons, tandis que des badauds se découvraient mais restaient graves et silencieux – ce qui était autant qu'on pouvait en faire sans manquer de respect à la souveraine de Haut-Royaume. Contrairement aux édiles et à la bourgeoisie d'Angborn qui accueillaient volontiers un changement de pouvoir dont ils espéraient tirer de grands bénéfices, le peuple ne pardonnait pas à la reine de livrer la ville à l'Yrgaärd. Il se sentait abandonné, sacrifié, et savait – pour l'avoir déjà subi – qu'il souffrirait sous le joug du Dragon Noir.

Pâle et droite, la reine enrageait, furieuse de ne pas être célébrée et se réjouissant de se débarrasser bientôt de cette populace ingrate. Elle n'en laissait rien paraître, cependant. Ou presque. Regardant droit devant elle, elle était impassible mais son regard étincelait d'un feu assassin.

C'était à croire qu'il ne suffisait pas qu'elle ait à supporter la présence du représentant du Haut-Roi…

Lorn chevauchait non loin d'elle, à côté d'Alan, derrière le prince Yrdel et ses barons. Il avait passé l'armure de la Garde d'Onyx, cependant que sa monture à la robe de jais était revêtue d'un splendide caparaçon gris brodé d'argent arborant la tête de loup, les épées croisées et la couronne royale. Inconnu, il intriguait d'autant plus que l'on ne voyait que lui parmi les habits de soie, les robes brodées, les brocarts et les passementeries, les panaches et les ornements. Tout en noir, il semblait porter un deuil que le roi portait à travers lui, celui de la gloire victorieuse du Haut-Royaume.

Le cortège traversa la cité et, par une route fortifiée, gagna Saarsgard. La forteresse se dressait en effet à l'écart d'Angborn. Adossée à des escarpements rocheux inaccessibles, elle avait son propre port et gardait moins la ville que le détroit, ses remparts et ses canons étant essentiellement orientés vers le large. Comme Dalroth, Saarsgard comptait plusieurs enceintes défendues par des tours, des herses et des ponts-levis. C'était une citadelle redoutable. Qui la possédait contrôlait Angborn. Et qui contrôlait Angborn menaçait les Cités en dominant leur mer.

Céder Angborn et sa forteresse au Dragon Noir était décidément une folie, se disait Lorn. Une folie voulue par tous et même par le Haut-Roi – bien à contrecœur, il est vrai. Mais malgré ses promesses, malgré les traités, l'Yrgaärd restait l'ennemi héréditaire du Haut-Royaume. Lui céder Angborn, c'était museler les chiens et confier la garde de la bergerie au loup parce qu'il faisait mine d'accepter la caresse.

Le gouverneur général de Saarsgard attendait la reine et son cortège dans la cour principale de la forteresse. Il s'agissait d'un courtisan sans expérience militaire qu'Estévéris avait nommé à ce poste pour sa docilité et ses sentiments pro-yrgaärdiens. La reine et son ministre ne voulaient en aucun cas d'un commandant de la garnison de Saarsgard qui puisse faire des difficultés au dernier moment. Avec le baron de Gharn, cela ne risquait pas d'arriver. Son prédécesseur, en revanche, était un vieux général fidèle au Haut-Roi, que l'on s'était empressé d'évincer dès que le projet de cession d'Angborn avait commencé à prendre forme.

La reine écouta à peine le discours que lui fit le gouverneur de Saarsgard devant la garnison alignée. Elle l'écourta même d'un air agacé et alla s'enfermer dans ses appartements, toujours en colère, suivie de quelques proches qui n'en menaient pas large. La fanfare qui devait jouer fut renvoyée, la garnison se dispersa et le cortège s'éparpilla, désappointé par la mauvaise humeur de la reine.

Lorn s'était senti oppressé en franchissant la voûte noire et basse par laquelle on entrait dans l'antique forteresse. Il laissa Alan et retrouva ses hommes avec plaisir. Liam lui annonça qu'ils avaient pris leurs quartiers et trouvé une écurie tranquille pour les chevaux. Ils avaient également eu le temps de repérer les lieux et de prendre leurs marques. Bref, tout était prêt.

— La forteresse est presque vide, dit Dwaìn.

— La garnison a déjà commencé de se retirer, expliqua Yeras. Seul le Castel est encore occupé. Ailleurs, c'est vide.

— Le Haut-Royaume est vraiment pressé de se débarrasser de cet endroit, nota Logan avec amertume. L'Yrgaärd pourra en prendre possession quelques heures après la signature du traité.

Ils savaient ce que cela signifiait.

Le lendemain, dès avant la nuit tombée, les couleurs de l'Hydre Noire flotteraient sur Saarsgard.

Par des rues désertes qui donnaient l'impression que la sinistre place forte avait été abandonnée à la suite d'une soudaine malédiction, Lorn se rendit au Castel à la tête de ses hommes. Il y logeait de même que la reine, les princes, Estévéris et tous les hôtes de marque, et il en connaissait parfaitement le chemin.

Lorn, en effet, ne découvrait pas Saarsgard.

Car c'était ici que l'Yrgaärd et le Haut-Royaume avaient mené les négociations clandestines dont il avait été chargé d'assurer le bon déroulement, lorsqu'il était encore l'un des plus brillants espoirs du Haut-Royaume. Depuis, malgré le temps passé, la vieille forteresse n'avait plus guère de secret pour lui, et il pouvait se vanter de connaître chaque bâtisse, chaque couloir, chaque pièce du Castel pour les avoir gardés nuit et jour pendant que les représentants des deux royaumes œuvraient – déjà – à rédiger un traité de paix.

Plus de trois années s'étaient écoulées depuis.

Une éternité…

Ils arrivèrent.

Le Castel était le cœur et la partie la plus ancienne de Saarsgard, une forteresse dans la forteresse née des siècles, selon certains, avant que Saarsgard ne soit bâtie. Il se dressait sur un socle rocheux, entouré d'une crevasse vertigineuse dont les parois plongeaient dans des ténèbres hantées par le ressac de la mer des Brumes. Son pont, ses herses et ses remparts abritaient un dédale de tours et de cours que reliaient des voûtes et des volées de marches creusées par l'usure. Ses murs étaient épais, percés de portes basses et de meurtrières cruciformes. Son donjon, massif et austère, aussi sinistre que menaçant, semblait avoir été creusé dans une colonne de granit crénelée.

Toujours suivi de ses hommes en armure noire, Lorn emprunta le pont qui enjambait le gouffre et disparut dans le Castel.

Tandis que la cour de Haut-Royaume finissait de s'installer, Lorn regarda le soleil se coucher sur Saarsgard depuis ses fenêtres. Il avait ses appartements au même étage du donjon que la reine et les deux princes, Estévéris ayant dû lui céder la place.

Yssaris ronronnant dans ses bras, Lorn songeait qu'après avoir été condamné à périr à Dalroth, il avait été réhabilité par le Haut-Roi dans la Citadelle, c'est-à-dire là où il avait été jugé et condamné – premier caprice du Destin. Maintenant – second caprice – il était de retour à Saarsgard pour assister à la signature d'un traité fort semblable à celui qui se préparait ici trois ans plus tôt, dans le plus grand secret et sous sa surveillance. Enfin – troisième caprice – il savait que sa vie allait de nouveau prendre en ces lieux un tour aussi dramatique que le jour où il y avait été arrêté pour haute trahison. Il avait survécu à Dalroth, mais une autre forteresse héritée des Ténèbres pourrait bien le voir périr.

— Le Dragon Gris ne manque décidément pas d'ironie, n'est-ce pas ? demanda-t-il à mi-voix.

Le chat leva les yeux vers lui et parut attendre qu'il ajoute quelque chose.

Chapitre 12

Le lendemain, alors que les ultimes préparatifs de la cérémonie occupaient la cour de Haut-Royaume, Lorn finissait de déjeuner avec Alan et Enzio dans ses appartements quand Liam entra.

— Messeigneurs, veuillez me pardonner, dit-il en s'inclinant d'abord vers le prince.

— Qu'y a-t-il ? demanda Lorn.

— Vous devriez voir ça, chevalier, répondit le vétéran en traversant la pièce d'un pas pressé.

Il se rendit à la fenêtre.

Intrigués, les trois amis se levèrent pour l'y rejoindre et virent de quoi il était question. En bas, une colonne de prisonniers franchissait une petite cour. Sous bonne garde, les condamnés marchaient d'un pas lent, ployant sous le poids de leurs chaînes et de l'épuisement. Ils disparaissaient un à un par une porte basse du donjon.

— Ils viennent d'arriver, expliqua Liam. Ce sont les rebelles qui luttaient contre la cession.

— Ceux que Naé avait rejoints ? demanda Alan.

— Oui, monseigneur. Jusqu'à ce matin, ils étaient enfermés dans la prison d'Angborn.

— Mais pourquoi les transférer ici ? s'interrogea tout haut Lorn.

— Du pur Estévéris, dit Alan.

— Estévéris ne peut pas les libérer ni les faire étrangler dans leurs cellules, dit Enzio. Et je doute qu'il veuille un procès dont ils feraient une tribune et pendant lequel d'autres prendraient leur parti.

— Surtout, ajouta le prince, il ne peut les exécuter sans faire d'eux des martyrs.

— Alors il les livre à l'Yrgaärd avec la forteresse, conclut Lorn. En laissant le soin au Dragon Noir de décider de leur sort.

— Il faut reconnaître que c'est assez bien joué, dit Alan en se détournant de la fenêtre.

Il semblait à la fois résigné et admiratif. D'une démarche moins assurée qu'il ne l'aurait voulu, il alla jusqu'à la table, remplit de vin le premier verre venu et le sécha d'un trait, debout. Ses deux amis échangèrent un regard mais ne dirent rien.

Lorn se tourna vers l'horizon miroitant et la mer des Brumes, au nord. Il y surprit l'éclat d'un objet reflétant le soleil là où une flotte yrgaärdienne attendait.

— Dix navires, dit Enzio qui avait vu la même chose que lui. Soit une escadre de guerre. Voilà ce que l'Yrgaärd arme pour escorter une mission diplomatique.

— Officiellement, dit Alan dans leur dos, il s'agit de protéger le prince-dragon contre d'éventuelles attaques de pirates skandes...

— Comme si on avait déjà vu des voiles skandes si loin à l'est dans la mer des Brumes ! lâcha Lorn.

— Peut-être n'ont-ils pas pris le chemin le plus direct..., se moqua Enzio.

Il y eut un silence, durant lequel Alan finit la dernière bouteille de vin et dit :

— Il est temps d'y aller, Enzio. La répétition générale va bientôt commencer et nous ne voulons pas faire attendre la reine, n'est-ce pas ?

— Certainement pas, répondit Enzio.

— Et que rien ne vienne gâcher la fête..., laissa tomber le prince avec une amertume qui intrigua Lorn.

Alan et Enzio s'en furent, laissant Lorn et Liam seuls.

Mais le gentilhomme sarme revint vite rechercher sa dague, qu'il avait détachée pour s'asseoir plus confortablement au début du déjeuner.

Ce n'était qu'un prétexte, cependant.

Tout en accrochant sa dague à sa ceinture, il jeta un coup l'œil à la porte restée ouverte, prit Lorn par le coude et l'entraîna à l'écart. Liam comprit et se retira après un bref salut.

— Je dois me dépêcher de rejoindre Alan, dit Enzio. Tu as remarqué, n'est-ce pas ?

— Je crois.

— Combien de verres de vin as-tu bus ?

— Deux.

— Moi aussi. Et combien comptes-tu de bouteilles vides ?

Lorn jeta un coup d'œil à la table que des serviteurs avaient commencé à desservir.

— Trois, répondit-il gravement.

— Il avait déjà bu quand il m'a retrouvé ce matin. Et ce n'est pas la première fois que ça arrive. C'est même devenu une habitude depuis quelques semaines.

Lorn se tut, soucieux.

Contrairement à Enzio, il n'avait guère vu Alan avant d'embarquer sur le Palais Flottant. Mais il lui semblait bien que chaque fois ou presque, le prince buvait un peu plus que de raison. Malheureusement, ce n'était pas le pire et Lorn – sans doute parce qu'il n'avait pas voulu se l'avouer jusqu'à présent – sut ce qu'Enzio allait lui annoncer.

— Je crois qu'Alan a recommencé à prendre du kesh, Lorn.

Lorn eut un mouvement de recul et se détourna de son ami.

— Je sais qu'il lui arrive de boire du vin parfumé au kesh, reconnut-il. Ce n'est pas sage mais…

— Non, Lorn. Je ne te parle pas de ça. Je te parle de liqueur de kesh. Je crois qu'il a recommencé à en boire sur le Palais Flottant. Depuis son… retour, il a eu tout le temps de découvrir ce qu'est devenue la cour de Haut-Royaume et je pense qu'il a de plus en plus de mal à le supporter.

Lorn soupira, le regard fixe et les mâchoires serrées par la colère, mais il se tut.

— Alan va mal, Lorn. Quelque chose le ronge. Il a besoin d'aide, et tu sais qu'il ne se confiera qu'à toi.

Chapitre 13

Ce soir-là, Lorn se sentit de plus en plus angoissé à mesure qu'il s'enfonçait dans les profondeurs de Saarsgard. Elles lui en rappelaient d'autres, celles de Dalroth, dans lesquelles il lui semblait retourner. Chacun s'entendait à affirmer que l'influence de l'Obscure ne se faisait plus ressentir à Saarsgard depuis des siècles, mais était-ce si vrai ? Et que savaient au juste les érudits de ce qui pouvait se tapir dans l'obscurité de ces caves et de ces catacombes, de ces salles voûtées et souterraines condamnées à une nuit éternelle ? Avaient-elles révélé tous leurs secrets ?

Lorn serrait le pommeau de son épée pour résister à la tentation de faire jouer les articulations de sa main marquée. Elle ne le faisait pas souffrir. Elle ne le gênait même pas. Et malgré tout, il ressentait l'envie de la masser, comme lorsque se réveille le souvenir d'une vieille douleur, alors que la blessure est depuis longtemps guérie.

Il n'avait pas souffert des effets de l'Obscure depuis des mois.

Sa dernière crise était celle qu'il avait faite au retour de l'expédition contre les Ghelts, dans les montagnes d'Argor. Il ne se croyait pas guéri pour autant et craignait toujours une rechute. Il savait que l'Obscure était un monstre patient toujours lové en lui. Si elle l'avait épargné dernièrement, il le devait d'abord aux Tours vigiles qui, bâties durant les Ténèbres pour protéger Oriale et sa population de l'Obscure, continuaient à le faire des siècles plus tard. Mais il était convaincu de le devoir aussi à Yssaris, qui ne le quittait plus guère et se promenait en ce moment même, à la lueur de la Grande Nébuleuse nocturne, sur les toits de Saarsgard.

Lorn regretta de ne pas l'avoir emmené.

Arrivé en bas d'un escalier, le geôlier poussa une grille et, une lanterne à la main, s'engagea dans un couloir. Lorn l'y suivit jusqu'à une porte dont l'homme fit jouer la lourde serrure grâce à l'une des clés qu'il avait à la ceinture.

Le geôlier poussa la porte et s'effaça en tendant sa lanterne.

Lorn la prit et dut se pencher pour entrer.

Lorn n'ôta sa capuche qu'une fois à l'intérieur, quand la porte fut refermée sur lui. Il respira alors un air vicié qu'il ne connaissait que trop bien, empuanti par le désespoir et l'odeur rance de la crasse, de la merde et de la peur.

À la lumière de sa lanterne sourde, Lorn découvrit une cellule plus longue que large, assez basse, au sol dallé. Des hommes étaient entravés le long des murs, une seule et même chaîne passant dans des anneaux rivetés dans la pierre. Tous étaient attachés par le cou et ne pouvaient que s'asseoir, se coucher ou se tenir debout, mais jamais à plus d'un mètre de la paroi maçonnée. Des rigoles censées emporter l'urine et les excréments convergeaient vers un trou à peine plus large que le bras au centre de la pièce.

Bras tendu, Lorn dirigea le faisceau de sa lanterne vers les prisonniers et les passa en revue. Quelques-uns – maigres et hagards, la barbe et les cheveux hirsutes, le corps couvert de plaies et de vermine – levèrent vers lui des regards fous de bêtes apeurées. D'autres, plus nombreux, détournaient la tête ou se protégeaient de la main. Ceux-ci étaient les prisonniers que Lorn avait vus arriver. Ils étaient sales et faibles, le visage creusé par les privations. Certains étaient blessés et tous avaient visiblement été battus. Mais ils restaient en bien meilleure forme que ceux qui croupissaient ici depuis des années. L'un de ces malheureux renvoya à Lorn dans la lumière un regard fixe et furieux, et Lorn crut un instant voir le dément qu'il était devenu à Dalroth.

— C'est moi que vous cherchez ? demanda un homme avant que le faisceau de la lanterne ne le trouve.

Il se leva dans un cliquetis de chaîne tandis que Lorn se tournait vers lui et éclairait son visage. Ébloui, Cael Dorsiàn cligna des paupières et leva le bras pour épargner ses yeux, tout en essayant de regarder de côté.

— Baissez ça, voulez-vous ?

Lorn obéit.

— Bonsoir, Cael.

L'autre hésita.

— Lorn ? C'est toi ?

— C'est moi.

— Merde. Si je m'attendais… Tu m'excuseras de ne pas te saluer, dit Dorsiàn en faisant jouer sa chaîne.

— Ne te donne pas cette peine, répondit froidement Lorn.

Dorsiàn le toisa un moment.

Grand, blond, large d'épaules, Dorsiàn était du même âge que Lorn. Il avait de l'allure en dépit des circonstances, de ses vêtements crasseux, de ses cheveux gras et emmêlés, des traces de coup sur son visage. Mais sa nonchalance affectée – qui n'était en fait que le produit de sa vanité – gâchait le personnage.

— Je vois que tu n'as pas beaucoup changé, dit-il en se rasseyant dos au mur.

Lorn se tut, attendit dans un profond silence.

— Messieurs, dit Dorsiàn à la cantonade, je vous présente Lorn Askariàn, la fine fleur du Haut-Royaume. Injustement accusé et condamné. Mais finalement innocenté et désormais Premier chevalier du Royaume. On salue bien bas.

Toujours assis, il ponctua sa phrase d'une caricature de révérence en inclinant la tête et en faisant tournoyer sa main droite en l'air.

— Tu as fini ? demanda Lorn.

— Qu'est-ce que tu viens faire ici ? Jubiler ? Toi tout en haut et moi tout en bas, c'est ça ? Comme au bon vieux temps ! Tu as toujours aimé me prendre de haut avec tes grands airs et tes grands sentiments…

Lorn et Dorsiàn avaient fréquenté ensemble l'Académie militaire royale, par où passaient les meilleurs fils – par le mérite ou la naissance – de Haut-Royaume. Doué mais paresseux, rétif à l'autorité, Dorsiàn avait été renvoyé après avoir été accusé d'un viol. Il était persuadé que Lorn était celui qui l'avait faussement dénoncé, et il lui vouait depuis une haine tenace. Quelques années plus tard, les deux jeunes hommes s'étaient de nouveau croisés dans les confins du Valmir, où Lorn combattait sous la bannière du Haut-Royaume tandis que Dorsiàn commandait une compagnie de mercenaires, se vendait au plus offrant et se livrait à divers trafics.

— Bah ! poursuivit-il. Tu aurais tort de ne pas en profiter… Si tu savais le plaisir que j'ai ressenti quand j'ai appris que le noble, le valeureux, le sans-reproche Lorn Askariàn avait été condamné pour haute trahison… Mais tout cela n'était qu'une tragique erreur, pas vrai ? Et te voilà.

— Naé va bien, dit Lorn. Elle est libre et en bonne santé.

La nouvelle prit Dorsiàn de court.

— Na… Naé ? balbutia-t-il. Libre ?

— Oui. Et hors de danger.

Dorsiàn se ressaisit.

— Alors tu sais, dit-il.

— Que tu as manqué de la faire tuer ? Oui, je sais.

— Je n'ai pas voulu ça. J'ai même tenté de la dissuader de… (Il s'interrompit.) Mais ne crois-tu pas qu'elle soit assez forte et intelligente pour faire ses propres choix ?

Lorn ne répondit pas et soutint le regard de Dorsiàn, qui esquissa un sourire et dit :

— C'est à cause de ce qu'il y a entre elle et moi, hein ?

— Tu délires.

— J'essaie simplement de comprendre ce que tu fais ici. Déjà que je ne comprends pas ce que moi, je fais ici. Jusqu'à aujourd'hui, on avait l'air de nous trouver très bien dans la prison de la ville. Nos geôliers s'amusaient beaucoup à nous battre et à nous affamer. Et voilà que ce matin, on nous conduit ici. Sais-tu pourquoi ?

— Tes compagnons et toi allez être livrés à l'Yrgaärd.

D'abord silencieux, Dorsiàn accueillit la nouvelle avec un vrai courage. Puis il se leva et demanda :

— Alors c'est un adieu ?

Lorn se tourna vers la porte et appela :

— Geôlier !

La porte s'ouvrit sur le geôlier qui entra avec deux grands paniers de victuailles et commença à distribuer la nourriture – pain, vin, viande, fromage – aux prisonniers affamés.

— Je ne peux pas faire plus pour l'instant, dit Lorn. Reprends des forces. Tu en auras bientôt besoin.

Chapitre 14

En sortant des geôles de Saarsgard, Lorn ressentit le besoin de prendre l'air et alla, seul, faire un tour sur les remparts. La forteresse semblait étrangement silencieuse. La nuit était claire et fraîche, la Grande Nébuleuse s'étalant dans un ciel parfaitement dégagé.

La vue portait loin, si bien que Lorn put distinguer, au nord, les fanaux de la flotte yrgaärdienne accompagnant le prince-dragon qui représenterait l'Hydre Noire lors de la signature du traité. D'après Alan, cette escadre de guerre avait pour but de dissuader les attaques des pirates skandes. Mais en vérité, se disait Lorn, tout l'Yrgaärd était dans cette escadre. Elle exprimait un orgueil et une méfiance, le désir d'être craint, d'impressionner par sa puissance.

Dix navires.

Et peut-être d'autres plus loin au large.

Combien d'hommes pouvaient-ils amener ? Assez pour rapidement prendre possession de Saarsgard. Les habitants d'Angborn ne seraient pas longs avant de subir le joug d'Orsak'yr.

Lorn, le regard plein d'amertume, resta un moment à contempler l'horizon nocturne.

La rivalité était séculaire entre l'Yrgaärd et le Haut-Royaume. Elle avait des motifs politiques, diplomatiques, militaires et commerciaux. Mais surtout, elle tenait à la haine qu'Orsak'yr vouait à Eyral, le dragon tutélaire de Haut-Royaume. Selon Lorn, l'Yrgaärd et le Haut-Royaume pouvaient signer tous les traités qu'ils voulaient. Entre eux, la paix ne serait possible que le jour où le Dragon de la Mort et de la Nuit cesserait de haïr celui de la Connaissance et de la Lumière…

Lorn soupira.

S'annonçant d'un miaulement, Yssaris sauta dans les bras de Lorn. Lorn sourit et, en lui caressant la tête, demanda :

— Bonne balade ?

Le jeune chat se mit à ronronner.

— Tu as raison, dit Lorn. Il est temps de rentrer.

La cession d'Angborn serait signée le lendemain.

Lorn retourna dans le donjon.

À la nuit tombée, on en avait fermé toutes les portes sauf la principale, que gardaient des sentinelles de la Garde d'Azur. Lorn passa devant elles sans un regard, tandis qu'elles se mettaient au garde-à-vous devant le représentant du Haut-Roi.

Des lampes à huile brûlaient dans les couloirs, où régnait un profond silence. Lorn voulut prendre l'escalier mais, en bas des marches, Yssaris lui échappa souplement et s'en fut d'un pas tranquille, la queue dressée, avec cet air que prennent les chats quand ils montrent le chemin.

Lorn hésita.

Puis suivit le jeune chat.

Yssaris se rendit dans le hall du donjon et disparut dans l'ombre. La salle immense accueillerait le lendemain la cérémonie de cession d'Angborn.

Ses yeux s'accoutumant sans mal à la pénombre, Lorn s'y promena.

Tout était prêt.

Une odeur de sciure, de cire et de peinture fraîche flottait encore dans l'air. Éclairées par quelques veilleuses, des tentures aux couleurs du Haut-Royaume et de l'Yrgaärd ornaient les murs et les gradins. Une galerie faisait le tour de la pièce à hauteur du premier étage et rejoignait un large balcon d'où pendaient des dizaines de bannières – de là, hérauts et tambours accompagneraient la cérémonie. Des cordons délimitaient les carrés où se tiendrait l'assistance. Un long tapis allait de la porte à l'estrade sur laquelle la reine, les princes et Lorn – en sa qualité de Premier chevalier – seraient assis. Un cinquième siège était destiné au prince-dragon. Celui-ci y prendrait place à côté de la reine à l'issue de la cérémonie, pour assister au banquet triomphal qui aurait lieu ensuite.

Lorn entendit du bruit.

Il crut d'abord que c'était Yssaris qui avait renversé quelque chose mais il devina une présence dans l'obscurité et porta aussitôt la main à l'épée.

— Pas de panique, dit Alan en se montrant. Ce n'est que… que moi, chevalier.

Sa voix était pâteuse et sa démarche hésitante. Débraillé, la paupière lourde, il tenait une bouteille à demi pleine.

— Alors toi aussi, tu es venu voir ? demanda-t-il. Voir tout ça ? Avant le grand triomphe ?

Il fit un geste du bras un peu trop large et un peu trop brusque qui le déséquilibra. Lorn eut un mouvement pour le retenir, mais il se rattrapa seul.

— Ça va, dit-il. Ça va… (Maugréant, il se laissa tomber assis sur un banc et but une gorgée au goulot de sa bouteille.) Un triomphe… Tu parles ! C'est à une tragique erreur que nous allons assister, demain, Lorn. À une tragique erreur… Et la seule… la seule véritable question est celle-ci : Cette erreur est-elle la dernière du règne de mon père ? Ou la première du règne de ma mère ?

— Tu ne peux pas rester ici, Alan. Pas dans cet état.

Soudainement abattu, le prince haussa les épaules et murmura quelque chose. N'entendant pas, Lorn s'approcha et s'accroupit devant lui.

— Que dis-tu ?

— Je… Je hais ce que le Haut-Royaume est devenu, Lorn. Je le hais… Tous ces courtisans. Ces intrigues, ces ambitions, ces mensonges. Et ces flatteries, Lorn. Ces flatteries… Si tu savais comme j'en suis las…

Alan releva un regard plein de détresse et de culpabilité.

— Tu n'y peux rien, lui dit Lorn. Ce n'est pas ta faute si…

— Je sais qu'Yrdel a fait ce qu'il a pu, l'interrompit le prince qui monologuait. Mais il était seul… Seul contre Estévéris. Seul contre… contre ma mère… Elle le déteste, sais-tu ?

— Oui, je sais.

— Parce qu'il n'est pas son fils. Tandis que moi… Moi ! Tu verras… Tu verras qu'un jour, elle me voudra sur le trône à sa place…

La phrase mourut dans un ricanement amer.

Lorn se sentit coupable. Personne au monde ne connaissait mieux Alan que lui. Plus qu'un autre, il savait que derrière le charme, l'insouciance et le panache de ce prince parfois arrogant se cachaient des doutes, des failles, des douleurs qu'il avait cru oublier, ou calmer, avec le kesh. Il était fragile et sujet à des crises de doute qui l'abattaient, mais qu'il dissimulait autant par pudeur que par orgueil. Et aussi parce qu'il avait été élevé dans l'idée qu'un prince du Haut-Royaume ne pouvait être faible.

Lorn croyait qu'Alan s'était guéri de ces crises en même temps qu'il s'était affranchi de l'emprise du kesh. Ou du moins il avait voulu le croire par égoïsme. Mais le prince ne s'était à l'évidence libéré en rien des doutes qui le rongeaient.

Ni du kesh.

— Odric ! appela Lorn.

Il était convaincu que le vieux serviteur attendait non loin et il ne se trompait pas : Odric ne tarda pas à se montrer. Il portait au visage la trace d'un coup récent. Voyant que Lorn comprenait au premier regard, il baissa les yeux, honteux pour son maître qui l'avait frappé dans un accès de colère.

Lorn passa outre.

—Aide-moi.

Ensemble, ils soulevèrent le prince. Puis, lorsque Lorn fut sûr de bien le tenir, un bras passé sur ses épaules, il dit à Odric :

—Va devant et assure-toi que nous ne croisions personne.

—Oui, messire.

Le vieux serviteur s'en fut, tandis que Lorn attendait.

—Il n'a pas demandé à me voir, dit Alan à mi-voix. Pas une fois depuis mon retour. Il aurait pu m'écrire. Demander de mes nouvelles… Mais non.

Lorn tarda à comprendre de qui Alan parlait.

—Le roi ? demanda-t-il enfin.

—Mon père, oui. Sait-il seulement que je suis en vie ?

—Bien sûr !

—Alors il s'en moque bien…

Lorn ne sut que répondre. Il aurait voulu trouver les mots pour réconforter le prince, mais il les chercha en vain. En outre, même s'il plaignait son ami, il ressentait de la colère. Voir Alan dans cet état, savoir qu'il avait de nouveau cédé au kesh le révoltait. Il ne pouvait s'empêcher de lui en vouloir. Car ils étaient quelques-uns à avoir tout fait, tout tenté pour aider le prince. Et celui-ci avait rechuté, trahissant la confiance placée en lui.

—Moi, soliloquait Alan, il me méprise. Il m'oublie et je pourrais aussi bien ne pas être revenu de ce monastère où l'on m'a enfermé pour que je…

Hurlant de douleur et suppliant parfois pour que l'on mette fin à son calvaire, rendu fou par des délires et des fièvres durant lesquels ses muscles, ses os et ses entrailles n'étaient que souffrance, Alan avait subi un martyre durant les longs mois nécessaires à purger son corps du kesh.

Et tout cela pour quoi ?

Saisi par un soudain dégoût de lui-même, le prince jeta sa bouteille qui se brisa dans le noir. L'odeur suave du kesh ne tarda pas à se répandre.

—J'ai… J'ai souffert, tu sais ? Là-bas, dans ce monastère perdu.

—Je le sais, dit Lorn.

—Mais toi…, murmura Alan en retrouvant le fil de ses pensées chaotiques. Toi, il te rappelle à lui. Il… Il te reçoit et il te fait Premier chevalier du Royaume… Peux-tu me dire pourquoi il te préfère à son propre fils ? Un roi devrait préférer son propre sang, non ?

Lorn, là encore, ne trouva rien à répondre.

Heureusement, Odric revint et, depuis la porte, leur fit signe que la voie était libre.

— Tu as besoin de dormir, dit Lorn en emmenant le prince.

Assis dans l'ombre sur le trône destiné à la reine, les pattes avant bien droites et la tête haute, Yssaris les regarda s'éloigner.

Chapitre 15

Au matin, le lendemain, sous le regard tranquille d'Yssaris, Lorn fit quelque chose qu'il n'avait plus fait depuis longtemps. Sans même savoir s'il croyait en l'essence divine des Grands Dragons, sans s'adresser à l'un d'eux en particulier, il pria, agenouillé en armes devant une fenêtre d'où tombait la lumière pâle d'une aube fragile. Il ne pria pas pour lui ni pour son pardon, mais pour l'âme de ceux qui avaient la foi et qui allaient mourir, ignorants des mensonges de la Destinée.

Dans moins d'une heure, une flotte de guerre yrgaärdienne entrerait dans le port de Saarsgard.

Chapitre 16

La cérémonie dura trois heures et se déroula sans incident.

Elle commença par l'entrée de la reine Célyane et des princes au son des trompettes de cuivre, et par leurs discours solennels devant une assistance impatiente mais respectueuse. Puis les ambassadeurs, rejoints par leurs délégations, se présentèrent un à un devant l'estrade d'honneur avant de regagner les places qui leur avaient été assignées. Tous saluèrent la reine comme si elle venait d'être couronnée et régnait désormais sur le Haut-Royaume. Rien de tout cela, bien sûr, ne fut dit. Mais Estévéris avait veillé à ce que le protocole reprenne toute la symbolique d'une accession au pouvoir, et personne ne s'y trompait. C'était bien le règne de Célyane que l'on célébrait et son autorité que l'on reconnaissait. Chaque hommage qui lui était rendu par le représentant d'une puissance étrangère confirmait sa régence et lui conférait un vernis de légitimité.

De nouveaux traités furent même signés.

Celui que le Haut-Royaume et l'Yrgaärd s'apprêtaient à conclure bouleversait en effet le jeu des coalitions et obligeait à des ajustements préalables. Depuis des siècles, toute la politique étrangère du Haut-Royaume était fondée sur son antagonisme avec l'Yrgaärd. Le moindre accord – diplomatique, commercial ou autre – qu'elle avait pu signer contenait des clauses hostiles aux intérêts yrgaärdiens. Il fallait donc que le Haut-Royaume signe de nouveaux traités – ou en amende d'anciens – avec ses alliés historiques, afin que rien ne vienne contrarier les conditions de la paix avec le Dragon Noir. Nul ne savait ce qui allait advenir maintenant que les deux plus puissants ennemis d'Imélorie prétendaient ne plus l'être. Mais chaque royaume, chaque province étrangère, chaque ville libre devait redéfinir les conditions de ses alliances avec le Haut-Royaume.

Les ambassadeurs s'avancèrent donc de nouveau et, sur un pupitre que l'on dressa devant elle, la reine signa d'un « Célyane, reine de Haut-Royaume » les traités âprement négociés qu'on lui présenta, l'un après l'autre, ouverts à la dernière page. Aussitôt après, le sceau du Haut-Royaume y était apposé solennellement, au côté de celui de la reine. Ne manquait que le sceau du Haut-Roi, imprimé dans un cachet de cire noire.

Mais la reine n'en avait cure.

Heureuse, radieuse malgré la froideur hautaine dont elle ne se départait jamais, elle avait une attention, un compliment, un sourire pour chacun. À sa gauche était le trône vide du roi. À sa droite se trouvait un siège également vide, celui destiné au prince-dragon, qui ferait bientôt son entrée. Si bien que l'on ne voyait qu'elle, au milieu, droite et couronnée, vêtue d'une robe décolletée qui lui serrait la taille et forçait son port tout en gonflant sa gorge blanche.

Elle était belle, et triomphait.

Ayant également pris place sur l'estrade, le prince Yrdel faisait pâle figure en comparaison. Réservé et austère, il semblait mal à l'aise. Quant au prince Aldéran, on lui trouvait mauvaise mine. Même s'il s'efforçait de donner le change et de tenir son rang, ses sourires étaient de circonstance et ses regards souvent absents. Si bien que quelques-uns, parmi les ambassadeurs et les dignitaires étrangers, s'interrogeaient déjà. Alan désapprouvait-il le traité avec l'Yrgaärd ? Ou avait-il d'autres raisons de ne pas partager la joie de sa mère ? Il était resté éloigné de la Cour durant plus de deux ans, qu'il avait passés à voyager et à s'instruire. Quel rôle allait-il jouer dans le Haut-Royaume, maintenant qu'il était de retour ? Et qu'en était-il au juste de ses relations avec le Premier chevalier du Royaume ?

Lorn se tenait debout derrière le trône vide du Haut-Roi, comme pour interdire à quiconque de s'y asseoir. Il en aurait eu, lui, le droit grâce à la chevalière qui ornait son annulaire. Mais il avait fait savoir à Estévéris qu'il préférait rester en retrait. Le ministre y avait vu un geste d'apaisement, une volonté de tenir son rang tout en se faisant discret, afin de ne pas attiser les tensions. La reine, elle, s'était dit qu'elle serait seule à occuper le devant de la scène avec ses deux fils. Quelques esprits chagrins interpréteraient ce siège vide comme une manière de signifier la désapprobation du roi, mais qui s'en soucierait longtemps ?

Elle ne s'était pas trompée.

Après avoir attiré les regards et suscité l'intérêt, Lorn, immobile et impassible, avait fini par se faire oublier derrière le trône. La Cour n'avait d'yeux que pour la reine et pour la magnificence et la dignité des ambassadeurs et autres émissaires royaux.

En outre, celui que tout le monde attendait de voir n'était pas encore apparu. Enroulé dans un grand manteau noir et rouge dont la capuche dissimulait parfaitement son visage, le prince-dragon avait débarqué au matin du navire amiral yrgaärdien et, entouré d'une forte escorte qui empêchait quiconque d'approcher, il avait gagné directement le donjon du Castel où – toujours sous bonne garde – il s'était enfermé dans les appartements qui lui étaient réservés.

On ne connaissait que son nom : Laedras. On disait qu'il était le « Troisième Prince-Dragon », sans que l'on sache au juste ce que cela signifiait. Personne ne l'avait vu et l'on s'interrogeait avec un mélange d'exaltation et d'angoisse sur son compte, sans qu'il soit réellement possible de faire la part de la vérité, de la rumeur et de la légende.

De sorte qu'un grand silence tomba lorsque, les trompettes et les tambours qui l'annonçaient s'étant tus, la délégation yrgaärdienne fit son entrée dans le hall immense et pavoisé.

Les grandes portes s'ouvrirent et un gentilhomme parut.

Laedras était grand et mince, athlétique, large d'épaules. On lui aurait donné trente ans, peut-être moins, alors qu'il avait déjà vécu un siècle. Il était vêtu de noir et de rouge, les couleurs de l'Yrgaärd. Il portait des bottes et des gants de cuir fin. Une cape était accrochée aux épaules de son plastron de cuirasse ciselé. Ses cheveux étaient longs et roux. Il était beau et avait de la prestance. Son pas était assuré, crâne et régulier.

Il impressionna.

Pour beaucoup, c'était la première fois qu'ils voyaient un prince-dragon. Et pour la plupart, c'était la dernière fois. Car les princes-dragons apparaissaient rarement hors de l'Yrgaärd, si ce n'était pour conduire des armées.

Laedras précédait quatre lanciers dracs dont les armures étaient aussi noires et aussi luisantes que leurs écailles. Venaient ensuite une douzaine d'hommes qui portaient, grâce à des perches passées dans des anneaux, deux énormes coffres d'ébène sculptés et incrustés de rubis. Des prêtres les suivaient, en rang par trois, les mains dans les manches, vêtus de robes noir et écarlate, et coiffés de calottes d'obsidienne qui épousaient parfaitement la forme de leurs crânes nus. Quatre lanciers humains fermaient la marche, équipés comme les premiers mais montés sur des lézards géants caparaçonnés dont la langue bifide fouettait l'air.

Un frisson parcourut l'assistance tandis que le cortège yrgaärdien avançait derrière Laedras. Un frisson de peur et d'excitation, semblable à celui que l'on éprouve – vulnérable et démuni – devant un animal superbe et mortel. La reine se redressa dans son siège et, consciente de l'importance du moment, afficha plus d'assurance qu'elle n'en éprouvait. Les princes se raidirent également.

Lorn, en retrait, n'afficha aucune émotion mais identifia sans pouvoir s'y tromper ce que tous devinaient : la présence de l'Obscure. Elle réveilla en lui de vieux échos à la fois familiers et effrayants, tandis que le sceau de pierre sur sa main gauche le démangeait. Dans les veines du prince-dragon coulait le sang de l'Hydre Noire, sa mère. Intelligent et cruel, il était une créature de l'Obscure, et parmi les plus redoutables.

La reine sentit un émoi trouble l'envahir lorsque Laedras, après l'avoir saluée, se redressa et posa sur elle le regard hypnotique de ses yeux reptiliens. Un homme se détacha du groupe des prêtres et s'avança, le bas de sa robe frôlant l'épais tapis dans un silence seulement troublé par la respiration sifflante des lézards de guerre. Il attendit, puis traduisit en imélorien commun le discours que le prince-dragon fit en haut-yrgaärdien, une langue qui ne se parlait plus que dans le palais de l'Hydre Noire. Mélodieuse et scandée, elle dérivait du draconique et semblait être dédiée aux incantations.

Lorn n'écouta pas le prince-dragon, pas plus qu'il n'écouta la réponse de la reine. Leurs déclarations auraient tout aussi bien pu ne pas être traduites. Quiconque avait assisté à la réception d'un ambassadeur extraordinaire les avait déjà entendues. De plus, le texte de chaque discours avait été rédigé – et accepté – par avance. Pas une virgule n'était improvisée. Chacun tenait son rôle. Chacun jouait selon un livret finement réglé et longuement négocié.

Lorn regardait Laedras sans l'entendre, plus curieux que fasciné. Lui aussi rencontrait un prince-dragon pour la première fois, et il se demandait quelle était la part de vérité dans l'apparence humaine que celui-ci avait revêtue. Était-ce sa forme ordinaire, celle qui lui était la plus naturelle ? Ou préférait-il la forme draconique, à savoir celle qu'il arborait lorsqu'il convoquait la puissance de l'Hydre Noire ? Cette puissance émanait de lui comme une aura glaçante. Que devenait-elle, lorsqu'il la libérait ? Selon les *Chroniques*, des hommes pourtant courageux n'y avaient pas survécu, emportés par l'effroi.

Le prince-dragon fit un geste pour indiquer aux porteurs d'approcher. Ceux-ci déposèrent les deux coffres devant la reine et les princes, ôtèrent les brancards avec lesquels il les avait transportés, et se reculèrent sans un mot. Laedras fit un autre signe, et quatre prêtres s'avancèrent. Ils firent jouer les lourdes serrures des coffres, mais attendirent que le prince-dragon – par la voix de son traducteur – dise la satisfaction que l'Yrgaärd avait à payer « une vieille dette d'honneur », en signe de bonne volonté et d'amitié, sans présager des relations futures entre les deux royaumes.

Une manière de signifier que l'Yrgaärd ne s'apprêtait pas à payer le prix d'Angborn. C'était un tribut de guerre qu'il livrait avec retard, conformément au traité signé après la reconquête des Cités, et dont il n'avait jamais respecté toutes les clauses. L'hypocrisie était totale mais les apparences étaient ainsi sauves pour le Haut-Royaume : il ne vendait pas sa ville. Et l'Yrgaärd ne l'achetait pas.

Personne n'était dupe, cependant.

Les prêtres ouvrirent les deux coffres ensemble, et les pièces d'or et les joyaux qui les remplissaient à ras brillèrent dans la lumière du même éclat victorieux que les yeux de la reine Célyane. Elle contemplait une fortune. De quoi renflouer les caisses du royaume. De quoi financer une guerre. De quoi servir ses ambitions et imposer son autorité, par le fer et le feu si nécessaire.

Un murmure de surprise et d'émerveillement parcourut la galerie, les gradins puis la salle. Dans l'assistance, ceux qui ne pouvaient voir jouèrent des coudes. Il y eut un début de bousculade que les Gardes d'Azur calmèrent aussitôt.

Lorn, lui, contemplait le prix d'une ville et de ses habitants.

Le prix de l'honneur du Haut-Royaume.

Souriante, la reine inclina la tête et remercia l'Yrgaärd en des termes convenus d'avance que le prince-dragon accueillit avec une indifférence polie. Les prêtres se retirèrent, laissant les coffres grands ouverts devant l'estrade d'honneur. Il avait été convenu qu'ils y resteraient jusqu'à la fin de la cérémonie.

Enfin, vint le moment du traité de cession.

De nouveaux discours protocolaires furent échangés, puis l'un des prêtres yrgaärdiens apporta un coffret précieux qu'il tenait comme un reliquaire. Mettant un genou au sol devant la reine, il ouvrit le coffret, dont les parois latérales s'écartèrent tandis que le fond se soulevait pour présenter un lourd rouleau de parchemin en bas duquel l'Hydre Noire avait déjà signé de sa griffe et apposé son sceau.

On présenta un pupitre, un encrier précieux et une grande plume or et bleu qu'Estévéris lui-même trempa dans l'encre avant de la tendre respectueusement à la reine. Mesurant chacun de ses gestes pour mieux apprécier la solennité du moment, convaincue de devenir la reine célébrée par les *Chroniques* pour avoir conclu la paix avec l'Yrgaärd et rendu sa gloire au Haut-Royaume, la reine Célyane remercia son ministre d'un sourire froid, prit la plume et, alors que l'on apportait déjà la cire à cacheter et les sceaux du royaume, elle s'apprêtait à signer quand…

— Un instant, je vous prie.

La reine se figea, abasourdie.

Puis, incapable d'admettre ce qu'elle venait d'entendre, elle secoua la tête et posa la plume sur le parchemin, comme si elle avait été victime d'une illusion, comme si le silence étonné qui s'était abattu sur la salle était un autre fruit de son imagination.

Mais Lorn s'avança et dit :

— Madame, s'il vous plaît.

La reine se tourna vers lui.

— Vous ! Mais de quel droit ?

— De mon droit de Premier chevalier du royaume, madame. Et d'exprimer les paroles du Haut-Roi par ma bouche.

Interloquée, la reine balbutia quelques mots qui moururent sur ses lèvres. Puis elle se tourna vers son ministre :

— Estévéris ?

C'était un appel au secours, auquel le ministre ne sut quoi répondre. Impuissant, bredouillant, il haussa les épaules :

— Madame, je ne sais que…

Le regard furieux de la reine l'aida cependant à se ressaisir. Il déglutit et demanda à Lorn :

— Qu'est-ce que cela veut dire, chevalier ?

Mais sa voix fut couverte par le bruit de la salle, où les murmures incrédules avaient gagné en force. Un brouhaha s'élevait désormais sous les hautes voûtes et y résonnait. Il ne tarderait pas à être assourdissant. On peinait déjà à s'entendre et la confusion ajoutait à la confusion.

— Silence !

L'ordre claqua, aussitôt obéi même si l'on tarda à comprendre qui l'avait lancé.

C'était le prince-dragon.

— Qui êtes-vous ? demanda-t-il en dévisageant Lorn.

Il parlait un parfait imélorien.

— Je suis Lorn Askariàn, Premier chevalier de Haut-Royaume.

— Et alors ?

La voix de Laedras était glaciale. Aiguisés par le mépris, ses mots tranchaient comme l'acier.

— Ce traité ne sera pas signé, annonça Lorn sans ciller.

Il descendit de l'estrade, passa entre les deux grands coffres et se planta face au prince-dragon.

— Le Haut-Roi s'y oppose, ajouta-t-il.

— Mais cela ne se peut ! s'exclama la reine en se levant. Vous ne pouvez prétendre… Chevalier ! M'entendez-vous ? Chevalier, je vous somme de…

— Ah ! La paix, femme ! s'exclama le prince-dragon.

Estomaquée, la reine se tut aussitôt et recula comme si on l'avait giflée. Elle s'assit.

Scandalisé, Alan voulut réagir mais Yrdel le retint.

— Non. Attends, murmura-t-il.

Le prince-dragon interpella Estévéris :

— Vous !

Le ministre s'avança.

— Monseigneur ?

— Cet homme parle-t-il vraiment pour le Haut-Roi ? demanda Laedras en plantant son regard reptilien dans celui de Lorn.

Et comme Estévéris hésitait, il insista :

— Peut-il s'opposer au traité ? En a-t-il le droit ? En a-t-il le pouvoir ?

Le ministre s'inclina et, acculé, il dut reconnaître :

— Oui. Il en a le droit et le pouvoir, si telle est la volonté du Haut-Roi.

— Angborn est et restera au Haut-Royaume, dit Lorn au prince-dragon.

— Cela reste à voir.

— Ce n'est certes pas un traité qui décidera du contraire.

— Il y a d'autres moyens, menaça le prince-dragon entre ses dents.

— Vraiment ?

Laedras remarqua alors les hommes en armure noire qui se montraient. L'un d'eux se trouvait sur la galerie, derrière Lorn. Un coude appuyé sur la rambarde, il avait épaulé une arbalète et le visait ostensiblement en pleine tête, lui, Laedras. Or un prince-dragon n'était pas immortel : un carreau d'arbalète dans le front pouvait le tuer quand il était sous forme humaine.

Laedras renonça, et lança à la cantonade :

— Cette insulte, cet affront ne restera pas impuni ! Nul ne se moque ainsi de l'Yrgaärd sans en payer le prix ! La Couronne de Haut-Royaume aura bientôt des comptes à rendre !

Et déjà prêt à partir, il fit signe aux porteurs de reprendre les coffres.

Mais Lorn s'y opposa.

— Cet or ne vous appartient plus.

Le prince-dragon fut alors pris de court.

— Je… Je vous demande pardon ?

— Cet or ne vous appartient plus, répéta Lorn.

— Vous venez d'annuler le traité. Vous ne prétendez tout de même pas…

— Si. Je prétends. Car cet or a payé « une vieille dette d'honneur » contractée naguère par l'Yrgaärd, non ? Rien à voir avec la cession d'Angborn, à ce que j'ai compris. Vous avez été très clair sur ce point. Allez-vous revenir sur votre parole donnée ?

— Je ne vous laisserai pas ce butin !

— Alors le sang coulera. Le vôtre se mêlera sans doute au mien, mais vous ne quitterez pas cette forteresse vivant.

Les yeux du prince-dragon s'étrécirent et devinrent deux fentes verticales derrière lesquelles brûlait un brasier furieux. Il avait dix lanciers avec lui, dont certains montés sur des lézards de guerre. Il pouvait faire un massacre, mais y survivrait-il ? Ce chevalier semblait prêt à aller jusqu'au bout. Ses hommes en armure noire seraient vite à ses côtés pour combattre. Et puis il y avait l'arbalétrier.

Mais repartir maintenant, floué, trompé et les mains vides…

Non.

C'était plus que l'orgueil de Laedras ne pouvait en supporter.

Lorn le devina et se tendit.

Pressentant le danger, les Gardes d'Onyx mirent la main à l'épée, prêts à bondir. Sur la galerie, Yeras cala fermement la crosse de son arbalète contre son épaule : il n'aurait droit qu'à un tir. Les prêtres reculèrent. Les dracs noirs baissèrent leurs lances.

Lorn plissa les paupières. Il n'avait pas prévu que le prince-dragon oserait recourir aux armes ici même, et pourtant…

— Gardes ! Tenez-vous prêts !

Contre toute attente, Estévéris venait de donner cet ordre.

Depuis le début de la cérémonie, la Garde d'Azur s'était comportée comme une garde d'apparat. Mais Laedras vit soudain le danger que représentaient les sentinelles aux portes et celles qui, en armure et la pique à la main, étaient alignées le long des murs ou au pied des colonnes. Il n'avait plus l'avantage, sans parler de cet arbalétrier qui le gardait sans trembler dans sa ligne de mire.

Lorn comprit qu'Estévéris avait décidé d'éviter le pire, ou du moins de sauver ce qui pouvait encore l'être : le trésor. Pour autant, l'entrée en scène de la Garde d'Azur suffirait-elle à dissuader le prince-dragon d'attaquer ?

De longues, très longues secondes s'écoulèrent dans l'anxiété générale.

Puis Laedras fit brusquement demi-tour et il s'en fut, suivi par ses prêtres qui durent presser le pas, et par ses lanciers qui reculèrent jusqu'à la porte, comme pour protéger une retraite.

— Les couleurs de l'Yrgaärd flotteront bientôt sur cette forteresse, promit-il d'une voix forte. Et quiconque s'y trouvera encore sera passé par le fer. Vous avez jusqu'à la tombée de la nuit pour quitter ces lieux !

Et se retournant sur le seuil de la grande double porte, il cria :

— Après, c'est la guerre !

Une fois les portes du hall refermées, le soulagement fut général, du moins jusqu'à ce que les dernières paroles du prince-dragon prennent tout leur sens. Un sentiment d'urgence s'empara alors de l'assistance, et la Garde d'Azur dut se mobiliser pour calmer et contenir les plus inquiets, les plus égoïstes, les plus pressés de partir.

La reine, elle, comme totalement étrangère à la panique qui naissait, se leva et descendit de l'estrade.

— Mère, vous..., tenta Alan pour la retenir.

Mais en vain.

Elle ne l'entendit pas. Elle n'entendait rien.

D'un pas lent, elle marcha vers Lorn. Livide, le regard furieux, elle le dévisagea un long moment.

Avant de le gifler de toutes ses forces.

La tête de Lorn partit sur le côté, puis son regard vint retrouver celui de la reine. Sa lèvre fendue saignait. Mais il resta calme et, comme si de rien n'était, il dit :

— Vous devriez partir, madame. Pour votre sûreté. Une guerre commence ce soir, et sa première bataille aura lieu ici.

Chapitre 17

« Car le Dragon lui avait parlé, dans le secret de la montagne qui abritait le tombeau du premier des Hauts-Rois, qui l'avait emprisonné et asservi pour lui voler sa puissance. »

Chroniques (Livre du Chevalier à l'Épée)

Au cœur de la montagne à laquelle le mausolée d'Erklant Ier était adossé dans les Égides, Lorn avait oublié le vieux roi dès l'instant où le Dragon de la Destruction s'était adressé à lui, et uniquement à lui. Toutes ses pensées, tout son être avait été accaparé, sans qu'il puisse même détacher les yeux de Serk'Arn.

— Tu as compris ce qu'ils veulent tous te faire croire, n'est-ce pas ?

— Oui, dit Lorn.

— Et tu as également compris pourquoi.

— Je l'ai compris. Le roi est-il… ?

— Dupe de tout cela ? Oui, je crois qu'il l'est. Il n'est de foi plus forte que celle de l'insensé qui veut croire. Or cet insensé-là veut croire qu'il est ton père.

La voix de Serk'Arn résonnait dans le crâne de Lorn, grave et grondante, presque douloureuse. Elle était l'expression d'un pouvoir ancien qui avait décliné, certes, mais qui dépassait encore l'entendement. Serk'Arn n'était plus un dieu. Cependant, il l'avait été et les reliquats de sa puissance étaient sans commune mesure avec tout ce à quoi Lorn avait été confronté jusqu'alors.

— Et les Gardiens ? demanda-t-il. Que croient-ils ?

— Eux ? Je ne sais. Je m'interroge… Je puis seulement t'affirmer qu'ils attendent, eux aussi, quelque chose de toi.

— L'accomplissement de mon Destin.

— Oui. Et peut-être autre chose. Tout le monde veut quelque chose de toi.

— Même vous ?

— La magie qui me lie ne protège que les descendants du premier Erklant. Si je te voulais mort…

Un frisson d'effroi parcourut Lorn.

Il était écrasé par la puissance de ce dieu déchu qu'un sortilège gardait prisonnier. C'était comme être au bas d'une tour qu'un rien empêche de s'effondrer, comme se trouver dans l'ombre d'une avalanche figée par un souffle d'air, comme lever les yeux vers les crêtes écumeuses d'un raz-de-marée qu'un enchantement retient. Lorn sentait une puissance inouïe que quelques runes et quelques chaînes d'arcanium ne pouvaient suffire à asservir.

— Alors que voulez-vous ? demanda-t-il.

— Conclure un pacte avec toi, répondit le dragon. Un pacte secret qui nous profitera à tous les deux.

— Que pourriez-vous m'offrir ? Ici, je suis à votre merci. Vous pouvez me détruire d'un souffle, mais vous ne pouvez que cela. Et dès que j'aurai franchi ces portes, vous ne pourrez plus rien ni pour, ni contre moi.

— Détrompe-toi, Lorn. Je puis encore beaucoup pour toi.

Cela semblait impossible, irréel.

Et pourtant, c'était bien à Serk'Arn, le Dragon de la Destruction, que Lorn parlait.

— L'Obscure est en toi. Je la devine. Elle est plus forte que quiconque ne peut encore le deviner et, un jour, elle te submergera. Mais cela, tu le sais déjà, n'est-ce pas ? Tu ne veux peut-être pas te l'avouer, mais tu le sais.

Lorn acquiesça d'un air grave.

À cet instant, il ignorait ce qu'il pouvait espérer, mais il ne put s'empêcher de le faire. Une lueur d'espoir, vacillante et lointaine, s'alluma en lui. Celle du malade qui veut croire à un remède miracle. Celle du condamné qui attend une grâce.

— Je ne puis te libérer de l'Obscure, Lorn. Pas plus que je ne puis me libérer de ces chaînes.

En Lorn, l'espoir mourut et céda la place à des ténèbres glacées.

— Mais je peux te permettre de la dominer, poursuivit Serk'Arn. J'ai encore ce pouvoir. L'Obscure est en toi. Grâce à moi, cependant, tu pourras la contrôler. Et qui sait ? peut-être même pourrais-tu l'utiliser à ton profit…

Lorn réfléchissait, hésitant et beaucoup plus troublé qu'il ne voulait le paraître. Les paroles du dragon lui revenaient en boucle à la mémoire : « *Il n'est de foi plus forte que celle de l'insensé qui veut croire.* » Ne risquaient-elles pas de s'appliquer autant à lui qu'au vieux roi, s'il se laissait tenter ?

— L'Obscure cesserait d'être un mal qui te ronge, et elle deviendrait une force, ajouta le Dragon de la Destruction. Est-il besoin de te dire la puissance de l'Obscure ? Imagines-tu la part d'Obscure en toi soumise à ta volonté ?

Il suffisait à Lorn d'imaginer que l'Obscure ne lui ronge plus l'âme et le corps. Mais les paroles du dragon firent mouche, néanmoins, quand il se souvint du regain d'énergie qu'il avait senti, à Béjofa, alors qu'il était passé à tabac au fond d'une ruelle. Il gisait vaincu et brisé, sanglant, quand quelque chose s'était réveillé en lui et l'avait fait se relever. Ses forces lui étaient revenues, en même temps qu'une détermination farouche qui l'avait rendu froid, lucide et impitoyable. Cette détermination, cette vigueur physique et morale recouvrée qui lui avaient sauvé la vie, il les devait à l'Obscure.

— Tu as déjà goûté à son pouvoir, n'est-ce pas ? dit Serk'Arn.

Lorn acquiesça, conscient qu'il ne pouvait rien cacher au dragon. Cependant, il objecta :

— Nul ne peut dominer l'Obscure. Pas même vous. Tôt ou tard, elle me détruira.

— Comme la mer use la falaise qui finira immanquablement par s'écrouler, oui.

— Alors à quoi bon ?

— Songe au temps qui t'est désormais imparti. Songe à celui qu'ils t'ont volé. Veux-tu te morfondre et attendre la mort ? Veux-tu consacrer les années qui te restent à mener contre l'Obscure un vain combat ? Veux-tu rester le condamné, le prisonnier que tu étais à Dalroth ?

— Non. Je… Je veux vivre.

— En ce cas, deviens mon allié.

— Et l'Obscure ? Comment vais-je pouvoir la… ?

— Cela ne dépend pas entièrement de toi. Mais si je ne me trompe pas, un moment viendra. Tu le reconnaîtras. Tu comprendras. Il est même possible que tu le pressentes… Et lorsque ce moment sera arrivé, il te faudra revenir vers moi.

— Et si ce moment n'arrive jamais ?

— Alors l'Obscure finira lentement son œuvre et te tuera.

Lorn avait réfléchi.

Puis, sa décision prise, il avait planté son regard dans celui, incandescent, de Serk'Arn.

— Soit. Qu'attendez-vous de moi ?

— Ils vont te donner du pouvoir, avait répondu le Dragon Divin dans les immenses ténèbres de la montagne creuse. Utilise-le.

Chapitre 18

« “Puisque le roi tient tant à garder Saarsgard, qu'il se charge de la défendre !” Tels furent les derniers mots que la reine Célyane, dans sa colère, prononça avant que d'embarquer sur son navire, abandonnant Saarsgard à la vindicte de l'Yrgaärd. La Cour la suivit, inquiète et empressée, si bien qu'il n'y eut qu'une poignée d'hommes pour défendre la forteresse et l'honneur du Haut-Royaume. Un prince, cependant, resta. »

Chroniques (Livre du Chevalier à l'Épée)

L'après-midi finissait.

Depuis les remparts de Saarsgard, Lorn observa les navires du Haut-Royaume qui disparaissaient au loin, sur des eaux déjà sombres. Puis son regard se posa sur les voiles noir et rouge de la flotte yrgaärdienne qui mouillait dans le port à présent désert.

— Combien d'hommes, à ton avis ? demanda-t-il.

Alan fit la moue.

— Dix navires. Quarante hommes par navire.

— Quatre cents, donc.

— Dont un tiers de marins. Mais ceux-là aussi savent se battre.

— Quatre cents…, répéta Lorn pour lui-même.

Puis, se redressant :

— Le soleil va bientôt se coucher, Alan. Il est temps que tu partes.

— Pas question.

— Et ça vaut aussi pour toi, ajouta Lorn en se tournant vers Enzio.

Celui-ci, appuyé contre une énorme bombarde tournée vers le large, griffonnait à la mine de plomb sur un carnet.

— Mauvaise nouvelle, les amis, dit-il. D'après mes calculs, nous sommes à portée de tir des canons yrgaärdiens.

— Des canons de marine, objecta Alan. Efficaces contre une coque en bois. Moins contre des murailles de pierre.

— Vrai. Mais leurs artilleurs auront tout le loisir d'ajuster leurs tirs, dans les eaux calmes du bassin. Et grâce aux réserves de l'arsenal du port, ils ne risquent pas de manquer de poudre et de boulets avant longtemps...

— Vous m'écoutez ? demanda Lorn en haussant le ton.

— Non, lui répondit Enzio en corrigeant une trajectoire. La poliorcétique est une science qui exige toute l'attention qu'on peut lui consacrer.

— Alan, insista Lorn. Tu es prince du Haut-Royaume. Ta vie vaut bien plus que cette forteresse.

Ce n'était pas la première fois que Lorn tentait de convaincre son ami de partir. Avant lui, Estévéris s'y était employé en vain jusqu'au moment d'embarquer. La reine, elle, n'avait pas dit un mot en apprenant la nouvelle.

— Lorn a raison, dit Enzio sans lever les yeux de son carnet.

— Écoutez qui parle ! protesta Alan.

— Je ne suis qu'un gentilhomme sarme. Dans mes veines ne coule pas le sang des Hauts-Rois.

— Et ça joue les modestes, maintenant...

Le fils aîné du duc de Sarme et Vallence sourit en coin.

— Lorn, dit Alan, tu sais comme moi que nous ne défendons pas seulement une forteresse, ici. Et même s'il ne s'agissait que de ça, n'est-ce pas la volonté du roi ? de mon père ? Quel fils serais-je si j'allais contre la volonté de mon père ?

Si tu savais..., songea Lorn.

— Yrdel n'a pas eu autant de scrupules, dit-il.

— Ne mêle pas mon frère à ça. D'abord, il est, lui, le prince héritier. Ensuite, je suis certain qu'il fait déjà son possible pour que ma mère revienne sur sa décision d'abandonner Saarsgard. Crois-moi, si une flotte se porte à notre secours, nous le devrons à Yrdel. Et il la commandera.

Lorn voulut objecter quelque chose mais le prince ne lui en laissa pas l'occasion.

— Ma place est ici, Lorn. Ici. Sur ces murs. J'en suis sûr comme je n'ai pas été sûr de quoi que ce soit depuis longtemps. Nous allons défendre Saarsgard et nous allons renvoyer ce prince-dragon dans ses foyers.

L'assurance presque naïve d'Alan toucha Lorn.

— En outre, ajouta Enzio, la présence d'Alan pourrait bien nous sauver la vie. Car sans lui, je ne vois aucune raison qui pourrait pousser la reine à revenir pour faire autre chose que ramasser nos cadavres...

— C'est juste, dit Alan.

— Soit, fit Lorn. Et toi, Enzio ? Quelle est ta bonne raison de rester ?

Enzio afficha un large sourire.

— Il ne manquerait plus qu'un prince sarme renonce là où un prince du Haut-Royaume persiste, dit-il.

— Parce que te voilà redevenu prince ! Qu'est-il advenu du modeste gentilhomme que tu étais à l'instant ?

— Bah ! tous les gentilshommes de Sarme et Vallence sont plus ou moins princes.

— Je croyais que c'était l'inverse, plaisanta Alan.

— Très drôle. Rappelle-moi de te tuer en duel, après le siège.

Alan et Enzio s'aperçurent alors du silence de Lorn, qui observait de nouveau le port.

Leurs sourires s'effacèrent.

— Enzio, combien de temps crois-tu que nous pourrons tenir cette porte ?

Une route dallée montait du port à la forteresse entre deux portes fortifiées. Celle que Lorn désignait était la première : la porte du port.

— Pas longtemps, dit Enzio redevenu grave. Ceux qui la défendront seront sous le feu nourri des canons.

— À ce propos…, dit Lorn en considérant l'énorme bombarde près de laquelle ils se tenaient.

Pressé de céder la place à l'Yrgaärd, le Haut-Royaume n'avait pas attendu la signature du traité pour commencer à abandonner Saarsgard. Ainsi, le plus gros de sa garnison s'était déjà retiré en emportant les canons de la forteresse, à l'exception d'une douzaine de vieilles bombardes trop lourdes et trop massives pour être déplacées.

En revanche, elles pouvaient être retournées.

— Nous ne pourrons jamais tenir ces remparts, dit Lorn. Il faudra vite se replier dans le Castel. Et là, mieux vaudrait que l'ennemi ne puisse utiliser ces gueules à feu contre nous.

— Gavons-les de mortier, proposa Enzio. C'est encore la méthode la plus rapide.

— Et pourquoi ne pas les utiliser contre la flotte yrgaärdienne ? demanda Alan

— Trop dangereux, dit Lorn. Ces bombardes ne sont peut-être plus en état. Elles pourraient nous exploser au visage.

— En outre, poursuivit le prince en pensant tout haut, si nous nous en servons, nous n'aurons peut-être plus le temps de les rendre inoffensives…

— Exactement.

Liam arriva à cet instant, avec Cael Dorsiàn menotté entre deux soldats de la garnison. Ils arrivaient des geôles, où Liam était allé chercher le prisonnier sur ordre de Lorn. Dorsiàn soutint fièrement les regards peu amènes d'Alan et Enzio.

— Détachez-le, dit Lorn.

Les soldats libérèrent Dorsiàn des fers qui entravaient ses poignets.

— Qu'est-ce qui me vaut l'honneur ? demanda-t-il.

— Regarde.

Dorsiàn approcha des créneaux. Il vit la flotte yrgaärdienne dans le port, et les voiles des derniers navires du Haut-Royaume qui disparaissaient au loin. Puis il se retourna vers la forteresse, qu'il découvrait étrangement silencieuse.

— Que se passe-t-il ?

Lorn lui expliqua la situation en quelques mots. Dorsiàn l'écouta, étonné d'abord, puis admiratif et... perplexe.

— Tu viens donc de déclencher une guerre entre le Haut-Royaume et l'Yrgaärd...

— Seulement si nous emportons cette bataille. Si nous la perdons, le Haut-Royaume présentera ses excuses, l'Yrgaärd les acceptera et le traité finira bien par être signé. Si nous gagnons, en revanche...

— Et quelles sont vos chances ?

— Nulles, pour ainsi dire.

— Je sais que l'essentiel de la garnison a déjà vidé les lieux. Combien d'hommes as-tu pour défendre cette forteresse ?

— Il reste une trentaine de soldats de la garnison.

— Trente !

— Alan a les vingt soldats de son escorte. Enzio, dix.

— Et ta Garde d'Onyx ? Combien d'hommes compte-t-elle ?

— Quatre.

Dorsiàn ricana.

— Avec vous trois, si je calcule bien, cela fait moins de soixante-dix épées. Et en face, combien sont-ils ? Cinq cents ?

— Moins.

— Et ils ont des canons.

Lorn ne répondit pas.

Se tournant vers le large, Dorsiàn réfléchit en massant ses poignets douloureux.

— Qu'est-ce que je fais ici ? demanda-t-il avec gravité.

— Tu voulais te battre pour empêcher qu'Angborn soit cédée au Dragon Noir, non ?

Dorsiàn retint un petit rire et afficha un sourire cynique.

— Voilà donc le choix que tu nous offres, à mes partisans et moi. Mourir en défendant ces remparts ou attendre d'être exécutés en prison… Je comprends mieux pourquoi tu voulais que nous reprenions des forces, hier. J'ai presque cru que tu nous apportais ces victuailles par bonté d'âme…

— Lorn t'offre l'occasion de combattre et mourir en gentilhomme, dit Enzio. C'est déjà plus que tu ne mérites.

Piqué au vif, Dorsiàn faillit répondre mais se contint.

— En outre, précisa Lorn, il n'y a qu'à toi que j'offre ce marché. Soit tu combats à nos côtés, soit tu retournes au cachot.

— Je ne comprends pas. Et mes hommes ?

— Eux, ils sont libres de partir ou de se battre. Je n'obligerai personne à défendre Saarsgard contre son gré.

— À part moi. Merci pour le traitement de faveur.

— Et nous voulons que tu nous donnes ta parole d'honneur que tu seras loyal, Cael, exigea Alan.

Enzio leva les yeux au ciel d'un air excédé.

— Vous l'avez, dit Dorsiàn après un instant de réflexion. Mais je ne peux pas parler pour mes hommes.

— C'est moi qui vais leur parler, dit Lorn.

Réunis dans une cour, tous levèrent les yeux vers Lorn lorsqu'il parut sur une galerie qui les dominait. Il avait avec lui le prince Aldéran de Haut-Royaume et Elenzio de Laurens, suivis de son lieutenant des Gardes d'Onyx et de Cael Dorsiàn, qui restèrent en retrait.

Le soir tombait.

La grande forteresse était silencieuse et déjà envahie par des ombres profondes.

Lorn observa un moment les hommes venus l'écouter. Il y avait là le restant de la garnison de Saarsgard, les silhouettes sombres et impassibles des Gardes d'Onyx, les gardes rapprochés d'Alan et Enzio, et les prisonniers tirés des geôles de la forteresse. Soit quelques dizaines d'hommes dont – pour la plupart – Lorn n'aurait pas le temps d'apprendre le nom.

Ayant pris une inspiration, il dit :

— Quand le soleil sera couché, un prince-dragon s'avancera. Il exigera que nous lui ouvrions les portes de Saarsgard et que nous abandonnions

Angborn. Il exigera que nous déposions les armes. Il exigera que nous nous rendions et que nous lui livrions la place...

Lorn marqua un temps. Le sceau de pierre au dos de sa main gauche le démangeait depuis un moment sans qu'il en parle à quiconque. Il fit discrètement jouer les articulations de ses doigts, en souhaitant que cesse la douleur naissante.

— À cela, je répondrai « non » ! reprit-il en frappant sur la balustrade d'un poing ganté de cuir noir. Malgré ses troupes nombreuses. Malgré ses dracs et ses lézards de guerre. Malgré ses navires et ses canons contre nous qui ne sommes qu'une poignée, je lui répondrai que, pour franchir ces portes, il lui faudra les abattre et vaincre ceux qui les défendent. Serez-vous à mes côtés ? demanda-t-il d'une voix forte.

Il désigna Alan de la main gauche et ne put contenir une grimace en levant le bras vers lui. Sa marque d'Obscure le faisait à présent vraiment souffrir. La douleur avait rapidement envahi sa main et remontait vers l'épaule. La sensation n'était malheureusement que trop familière. Les Tours vigiles d'Oriale avaient protégé Lorn de l'Obscure pendant plusieurs semaines, mais elles étaient loin, désormais.

Alan comprit que quelque chose n'allait pas. Mais prenant sur lui, Lorn poursuivait déjà son discours :

— Serez-vous aux côtés d'un fils de Haut-Royaume ? demanda-t-il. Lutterez-vous près de lui quand l'Yrgaärd voudra prendre ces remparts ? Ou laisserez-vous un autre sang que le vôtre se répandre et se mêler à celui d'un prince ?

De nouveau, Lorn se tut.

On crut à une pause oratoire mais il avait chaud et sa vue se brouillait. Alan et Enzio remarquèrent les grosses gouttes de transpiration qui mouillaient ses tempes et échangèrent un regard inquiet.

— Si je vous le demande, reprit Lorn, c'est parce que je n'attends pas de vous que vous combattiez contre votre gré. Tous, ici, vous êtes libres de partir, sans déshonneur, libérés de vos serments. Car le combat que nous allons livrer n'est pas un combat pour la victoire. C'est un combat pour l'honneur. Le nôtre. Celui du Haut-Royaume. Et celui du Haut-Roi dont les couleurs flottent au-dessus de nous.

Tous se retournèrent et levèrent les yeux quand Lorn pointa le doigt vers l'étendard à tête de loup. Il flottait haut sur le donjon, au-dessus de celui de Haut-Royaume. Certains n'avaient plus vu cet emblème depuis longtemps.

Lorn souffrait. Nauséeux, appuyé à la balustrade, il produisait des efforts de volonté immenses pour ne pas défaillir. Enzio voulut s'approcher pour le soutenir, ne serait-ce qu'en le prenant par le coude. Mais Lorn lui fit sèchement « non » de la tête. Il n'était pas question pour lui d'afficher la moindre faiblesse.

— Voulez-vous voir les couleurs du Dragon Noir les remplacer ? lança-t-il. Ici, des hommes vont se dresser ! Ici, des hommes vont lutter, souffrir et mourir pour leur roi ! Et s'ils ne l'emportent pas à la fin, chaque heure passée à résister et à combattre aura été une victoire ! Et chaque blessure reçue ! Et chaque coup donné, chaque goutte de sang versée, chaque ennemi tué ! Serez-vous parmi ces hommes ?

Il faillit flancher mais se reprit.

— Le choix vous appartient, dit-il d'une voix moins forte. Sondez vos cœurs. Choisissez en conscience, mais ne tardez pas. La Destinée est là ! Elle observe et elle attend, impatiente. Alors décidez. Décidez aujourd'hui de l'homme que vous êtes et du souvenir que vous laisserez !

Sur ces mots, Lorn recula hors de vue, ses jambes cédant sous lui tandis que des hourras et des cris guerriers s'élevaient dans la cour. Enzio s'empressa de l'aider à rester debout. Alan, lui, s'avança pour détourner l'attention. Aussitôt acclamé, il brandit son épée et lança :

— Demain, nous vaincrons ou nous mourrons ! Demain, ceux qui auront choisi de combattre pourront se dire mes frères d'armes ! Mais sachez que le Haut-Roi n'attend pas de vous que vous soyez des soldats ! Il attend de vous que vous soyez des héros !

Tandis qu'on continuait d'acclamer Alan, personne ne remarqua que Lorn, soutenu sous les bras, était presque porté à l'intérieur. Liam gardant la porte, Lorn fut couché sur un banc.

— Tu veux boire ? demanda Enzio.

Lorn acquiesça.

Il souffrait dans sa chair, mais pas seulement. Contre toute logique et toute raison, à Oriale, il s'était parfois laissé bercer par l'illusion qu'il était libéré de l'Obscure. Après tout, le rituel de la sorcière dans les monts d'Argor avait peut-être été plus efficace que prévu. Et une longue exposition à l'influence bénéfique des Vigiles pouvait avoir achevé sa guérison, non ? Qui pouvait le dire ? Bien sûr, Lorn savait en son for intérieur que c'était impossible. Mais comment ne pas croire ? Comment ne pas espérer ? Le doute, cependant, n'était plus permis. L'Obscure était une maîtresse jalouse et mauvaise qui ne l'avait pas abandonné et semblait prendre un malin plaisir à se rappeler à lui aux pires moments.

Enzio aida Lorn à boire un peu d'eau fraîche.
— Merci, dit Lorn. Ça va déjà mieux.
C'était vrai.
La douleur et les tremblements s'estompaient rapidement.
— Mais qu'a-t-il ? demanda Dorsiàn.
— Rien, rétorqua Enzio.
— Comment ça, rien ?
— Lorn est épuisé, c'est tout.
— Je sais reconnaître une crise d'Obscure quand j'en vois une, Enzio.
— Alors pourquoi demandes-tu ? s'agaça le gentilhomme sarme en se retournant vivement.
Alan entra.
— Je crois que j'ai le droit de savoir, non ? insista Dorsiàn. Comme tous ceux qui pourraient décider de suivre Lorn dans cette aventure, d'ailleurs.
Alan comprit de quoi il était question.
— Dis seulement un mot de tout cela à la troupe, menaça-t-il, et je t'éventre. Compris ?
Dorsiàn ne répondit pas.
— Arrêtez ! ordonna Lorn qui se remettait.
Il se redressa.
— Ce n'était pas une crise, ajouta-t-il. Seulement une… une alerte…
— Ça va ? s'enquit Enzio.
— Bien mieux, merci. Il n'y paraîtra bientôt plus.
S'adressant à Dorsiàn :
— Tu vois, il n'y a vraiment pas lieu de s'inquiéter.
— C'est à Dalroth que… ?
Dorsiàn n'acheva pas sa question.
— Oui, répondit Lorn. Mais je vais bien, je t'assure.
Il se leva sans trop chanceler.
Liam, alors, entrouvrit la porte et, passant la tête à l'intérieur, annonça :
— Il fait nuit, chevalier.
— Nous arrivons, Liam.
Lorn ôta ses lunettes. Il n'en n'aurait plus besoin.

Sa cape recouvrant la croupe de sa monture, Laedras se présenta à cheval devant la porte fortifiée qui défendait la route allant du port à la forteresse. Vêtu d'une armure d'acier noir ornée de motifs rouge sang, il était escorté de quatre porte-flambeaux et de deux dracs montés sur des lézards de guerre.

Veillant à rester à distance respectable des créneaux derrière lesquels des silhouettes se devinaient, il s'arrêta, attendit assez longtemps pour être sûr d'avoir été remarqué, et demanda d'une voix forte et calme :

— Êtes-vous revenus à la raison ? Saarsgard tombera, vous le savez comme moi. Alors épargnez vos vies ! Ne les sacrifiez pas à la folie d'un roi reclus et mourant qui vous a déjà abandonnés !

Le prince-dragon calma sa monture qui piaffait.

— Au nom de l'Yrgaärd, je vous commande d'ouvrir ces portes et de livrer la forteresse. Partez maintenant, et soyez épargnés et libres !

Il s'écoula un moment dans le silence, après quoi les portes s'ébranlèrent et s'entrouvrirent devant Laedras. Puis un homme sortit la tête basse, puis un autre, un troisième et d'autres après eux qui, tous, avaient décidé de vivre.

— Vingt, compta Enzio.

— Je m'attendais à pire, avoua Lorn.

— Nous ne sommes plus qu'une cinquantaine, dit Alan.

Ils se trouvaient au sommet de l'une des tours crénelées qui flanquaient la porte fortifiée. Éclairés par des torches, ils regardaient s'éloigner la colonne de ceux qui avaient refusé de rester, de se battre et probablement de mourir pour que l'étendard du Haut-Roi flotte sur Saarsgard. Il s'agissait pour la plupart de soldats de la garnison, auxquels s'étaient ajoutés quelques partisans de Dorsiàn.

— Difficile de leur en vouloir, dit Alan.

— Et qui peut dire si nous ne finirons pas par regretter de ne pas avoir fait le même choix qu'eux ? demanda Enzio.

— FERMEZ ! ordonna Lorn.

Lentement, les épais battants de chêne bardés d'acier se refermèrent, et la herse tomba.

— VOUS AVEZ CHOISI ! lança le prince-dragon avant de faire faire volte-face à sa monture et de s'éloigner. PLUS RIEN NE PEUT DÉSORMAIS VOUS SAUVER !

Les trois amis restèrent un instant silencieux.

— Ils n'attaqueront pas avant le lever du soleil, dit Enzio. Cela nous laisse la nuit pour nous préparer et prendre un peu de repos.

Sur ces mots, un navire yrgaärdien tira une salve de canon. La plupart des boulets passèrent au-dessus de la porte en vrombissant mais quelques-uns firent mouche. L'un d'eux détruisit même un merlon au sommet de la tour qu'occupaient Lorn, Alan et Enzio. Ils ne furent pas blessés, et le choc les surprit plus qu'autre chose.

— Je ne crois pas que nous allons pouvoir nous reposer, dit Lorn avant de se mettre à couvert, une deuxième volée de boulets arrivant.

Le pilonnage dura toute la nuit.

Chapitre 19

Les troupes de Laedras attaquèrent à l'aube, après avoir bombardé Saarsgard sans relâche. Dans l'obscurité, les boulets étaient souvent tombés au hasard mais leur but était moins d'infliger des dégâts aux défenses que de harceler les défenseurs de la forteresse. Au lever du soleil, les canons se turent et un silence étrange, fragile et tendu comme un fil d'araignée entre deux branches dans le vent, s'installa.

Exposée à des tirs directs, la porte fortifiée qui gardait la route vers Saarsgard avait beaucoup souffert. Ses merlons étaient tous entamés ou éboulés. Le haut d'une de ses tours s'était effondré et les lourds battants de chêne qui fermaient la voûte étaient défoncés. Mais la herse, elle, avait tenu bon. Bien que trouée et déformée, trois boulets logés entre ses barres de fer tordues, elle restait bien plantée dans le sol et interdisait le passage.

— Plus de canon ? s'étonna Yeras en tendant l'oreille.

— Faut croire…, dit Lorn.

Avec ses Gardes d'Onyx et une quinzaine de soldats, Lorn avait passé la nuit dans la porte fortifiée, à l'abri des boulets mais pas des détonations incessantes ni des chocs sourds qui avaient ébranlé la solide bâtisse à chaque boulet faisant mouche. Ils avaient veillé et s'étaient relayés sur le chemin de ronde, montant une garde vigilante malgré les tirs, au cas où les Yrgaärdiens auraient tenté un assaut nocturne. Sous les ordres d'Alan et Enzio, les trente autres défenseurs occupaient la forteresse, prêts à intervenir pour protéger la retraite de Lorn.

Car celui-ci savait qu'il ne pouvait tenir la porte fortifiée. Il ne s'agissait que de résister le plus longtemps possible, d'infliger autant de pertes que possible à l'ennemi, puis de se replier. Et là de se battre encore avant de reculer de nouveau.

Jusqu'à être acculé.

Ou mort.

Lorn savait que le dernier combat se livrerait dans le Castel…

Lorn et ses gardes rejoignirent les sentinelles aux créneaux. Le silence qui régnait les inquiéta et, parce qu'ils avaient tous l'expérience du combat, ils comprirent que l'assaut allait être donné.

— Aux armes ! ordonna Lorn en dégainant sa lame skande. Ils arrivent.

Les soldats yrgaärdiens approchèrent en bon ordre, hommes et dracs mêlés, armés de haches, de lances et d'épées, revêtus d'armures de cuir et de mailles qui cliquetaient au rythme de leur pas régulier. Des tambours donnaient la cadence.

— Je ne vois pas Laedras, nota Liam.

— Moi non plus, dit Lorn en plissant les paupières derrière ses verres sombres. Yeras ?

Bien que borgne, l'ancien éclaireur vestfaldien était celui qui avait la vue la plus perçante. Les détails ne lui échappaient pas.

— Non, dit-il.

— Il sait que cet assaut n'est que le premier, devina Lorn. Il se réserve sans doute pour le combat final.

Pour la mise à mort, songea-t-il.

Un cor sonna et les Yrgaärdiens s'arrêtèrent en rang, hors de portée. Ils attendirent, immobiles, leurs étendards noir et rouge flottant dans le vent. Le silence retomba.

Sur un ordre de Lorn, les arbalétriers se mirent aux créneaux.

— Ne tirez qu'à mon commandement, dit-il.

Quelques longues minutes s'écoulèrent.

Puis un navire tira un coup de canon, projetant un boulet qui, au terme d'une courbe plate, siffla au-dessus des défenseurs de la porte.

Lorn resta perplexe.

Le prince-dragon allait-il bombarder une place en même temps que ses troupes la prenaient d'assaut ? Méprisait-il à ce point la vie de ses soldats ?

Mais Lorn ne put s'interroger plus.

Un cor sonna trois longs coups, et l'armée yrgaärdienne chargea en hurlant.

— Arbalétriers, attendez ! cria Lorn pour couvrir la clameur qui augmentait. Les autres, tenez-vous prêts !

Les arbalétriers épaulèrent leurs armes. Ils étaient une dizaine et s'ils tiraient au bon moment, ils faucheraient sans mal le premier rang des assaillants. Du coin de l'œil, Lorn guettait Yeras qui, lui aussi, avait épaulé son arbalète. Ils étaient convenus que Lorn donnerait l'ordre de tir sitôt que Yeras lui en donnerait le signal…

Mais Lorn ne donna jamais cet ordre.

Car à l'instant où, les assaillants arrivant à portée, Yeras allait faire signe à Lorn, le navire qui avait déjà fait feu recommença, mais avec tous ses canons cette fois.

Lorn comprit que le premier tir n'était destiné qu'à permettre d'ajuster les suivants.

Il hurla :

—À couvert !

Trop tard.

Une volée de boulets frappa le parapet de plein fouet. Certains vrombirent entre les merlons et tuèrent trois hommes qu'ils projetèrent dans le vide, démembrés et sanglants. Les autres fracassèrent pierres et moellons. Le choc fut terrible, assourdissant. Un nuage de poussière et de mortier s'éleva et retomba sur les défenseurs sonnés et désorganisés. Pendant ce temps, arrivés au pied de la porte fortifiée, les Yrgaärdiens dressaient des échelles et grimpaient à l'assaut.

Gris de poussière, un filet de sang encroûté coulant de son front blessé par un éclat de pierre, Lorn acheva de reprendre ses esprits en voyant un grand drac noir poser le pied sur le parapet. Une mêlée furieuse s'était engagée. Yrgaärdiens et Hauts-Royaux luttaient au corps à corps dans une confusion totale. Brandissant sa skande à deux mains, Lorn se rua sur ses adversaires. Il frappa à droite, à gauche, à droite encore, tua ou mutila trois hommes avant d'arriver au drac. Celui-ci lui fit face. Il serrait dans son poing écailleux la poignée d'un grand cimeterre qu'un homme aurait peiné à soulever. La lame en était ébréchée, et déjà couverte de sang. Lorn porta deux coups que le drac para avant de riposter. C'était un coup à briser une lame ou un poignet, mais Lorn préféra l'éviter que le bloquer. Il s'effaça et contre-attaqua, blessa le drac au flanc. Le drac hurla et frappa de taille à hauteur d'épaule. Lorn se baissa, se releva après le passage de la large lame et enfonça sa lourde skande sous le bras du drac en profitant d'une faiblesse de l'armure. Lorn eut du mal à dégager sa lame fichée jusqu'à la garde. Il la retira empoissée d'un sang noir et froid, avant de faire basculer son adversaire dans le vide d'un coup de pied. En tombant, le drac heurta et entraîna deux hommes qui montaient à une échelle. Ramassant une hallebarde, Lorn voulut s'en servir pour la repousser. Mais d'autres Yrgaärdiens l'escaladaient déjà et il s'arc-bouta en vain.

—À MOI ! appela-t-il.

Presque aussitôt, Dwaìn, Logan et un soldat de la garnison de Saarsgard vinrent lui prêter main-forte. Ensemble, ils redressèrent l'échelle à la verticale au moment où un Yrgaärdien arrivait en haut, et la firent basculer à la renverse avec ceux qui s'y accrochaient.

Une petite victoire, mais que Lorn ne put apprécier.

Il entendit des grincements terribles de métal à la torture, ajoutés à des crissements et des craquements de pierre fendue.

— Qu'est-ce que c'était ? demanda Logan.

Les bruits se répétèrent.

Se penchant par un créneau, Lorn vit alors que les assaillants avaient attaché des chaînes à la herse, que les quatre lézards de guerre de Laedras étaient attelés à ces chaînes et qu'ils tiraient, tiraient lentement, inexorablement, unissant leurs forces pour arracher la dernière défense de la porte fortifiée.

Lorn n'hésita pas.

— Repli ! hurla-t-il à contrecœur. Repli !

Ils avaient en effet repoussé l'assaut des Yrgaärdiens et étaient de nouveau maîtres du parapet. Mais cela allait au moins leur permettre de se retirer en bon ordre et en emportant leurs blessés.

Une deuxième vague d'assaillants montant aux échelles, les Gardes d'Onyx protégèrent la fuite des autres soldats, luttant et reculant pas à pas vers la trappe qui, ouverte sur un escalier à vis, constituait la seule issue.

— À vous, chevalier ! dit Liam juste avant de fendre un crâne avec sa grande épée.

Lorn ne discuta pas. Décrochant une torche allumée au passage, il se jeta dans l'escalier qui débouchait sous la grande voûte. Les défenseurs y avaient dressé une barricade durant la nuit. Mais cet ultime obstacle semblait désormais bien dérisoire face aux lézards géants qui, sous les yeux de Lorn, arrachèrent la herse dans un fracas assourdissant qui résonna.

Les soldats avaient eu le temps de quitter la porte fortifiée et couraient vers la forteresse sur la route. Inquiet, Lorn se tourna vers l'escalier. Il vit en débouler Yeras, Logan, Dwaìn et Liam qui, blessé à l'épaule, dit :

— La trappe est fermée mais ils l'attaquent déjà à la hache.

— À la forteresse, vite, dit Lorn. Partez devant.

— Chevalier..., voulut objecter Liam.

— J'ai dit : partez devant !

Les gardes savaient ce que Lorn comptait faire.

Mais ils ne le laissèrent qu'à regret, seul, une torche dans une main et sa skande dans l'autre, face aux lézards qui, montés par des lanciers, ouvrant la marche aux soldats massés derrière eux, écrasaient la barricade dans l'épais nuage de poussière provoqué par l'arrachage de la herse.

Lorn attendit le dernier moment.

Et jeta sa torche allumée par terre, sur un faisceau de mèches tressées. Les mèches s'embrasèrent et Lorn courait déjà vers la sortie quand les petites flammes vives et crépitantes se séparèrent, chacune remontant la mèche qu'elle dévorait pour remonter le long des parois.

Les lanciers virent trop tard les barils de poudre qui tapissaient la voûte. Ils donnèrent l'alerte et permirent aux fantassins qui les suivaient de détaler, mais leurs montures, trop lentes et empêtrées dans les barricades, ne pouvaient fuir aussi vite. Un lézard voulut grimper sur un autre pour se retourner. Il y eut des coups de gueule et une queue écailleuse, aussi large et aussi lourde qu'un tronc d'arbre, frappa quand…

Tout explosa alors que Lorn ne s'était éloigné que d'une vingtaine de mètres. Le souffle le coucha tandis que la déflagration détruisait la porte fortifiée, soulevant des moellons énormes dans les airs en même temps que trois immenses boules de feu jaillissaient, l'une par le haut, les deux autres par les extrémités de la voûte calcinée.

Le temps sembla suspendre son cours. D'étranges secondes s'étirèrent dans un faux silence. Après quoi une pluie de débris s'abattit, pierres et braises mêlées, qui crépita sur le sol en une grêle de caillasse.

Lorn se releva en chancelant et se tourna vers la porte et ses tours qui n'étaient plus que décombres. Il les considéra un moment avec un étonnement d'homme ivre, comme s'il ne comprenait pas ce qu'il voyait. Puis il sentit qu'on le soutenait. C'étaient les Gardes d'Onyx qui étaient revenus sur leurs pas pour l'aider. Il les reconnut, ou du moins il sut qu'il les connaissait.

— Ça va, chevalier ? demanda un colosse roux.

— Vous êtes blessé ? s'enquit un petit borgne.

— Ne traînons pas ! dit un garde qui avait la mine et l'assurance d'un vétéran.

Lorn les laissa l'entraîner au trot vers la forteresse.

Chapitre 20

Les Gardes d'Onyx furent les derniers à franchir les portes de la forteresse, Dwaìn et Yeras aidant Lorn, et Liam soutenant un traînard blessé à la cuisse. Les battants se refermèrent. Une lourde herse tomba devant eux. Et deux épars aussi larges et solides que des poutres maîtresses se glissèrent dans leurs logements. Les prochains qui passeraient cette porte seraient guidés par un prince-dragon.

Lorn fut conduit dans un corps de garde où il put s'allonger sur un lit de sangles. Ses oreilles cessèrent de bourdonner et il acheva de reprendre ses esprits tandis que Liam l'inspectait d'autorité, afin de s'assurer qu'il n'était pas blessé. Yssaris, assis non loin, semblait veiller au grain.

Lorn finit par repousser Liam et se redressa :

— Je vais bien. Mais je meurs de soif.

Dwaìn lui tendait un verre de vin quand Alan et Enzio arrivèrent. Logan – qui gardait la porte – s'assura que tout allait bien d'un coup d'œil et referma derrière eux. Ils avaient assisté à la bataille depuis les remparts, puis ils avaient vu Lorn sortir en courant de la porte fortifiée juste avant qu'elle n'explose. Ils connaissaient le plan de Lorn : conscients que la porte fortifiée ne serait pas longue à tomber, ils avaient décidé ensemble de la détruire plutôt que de l'abandonner à Laedras et de lui permettre d'y installer des canons. Les risques encourus étaient énormes, néanmoins, et c'était avec angoisse qu'Alan et Enzio avaient vu leur ami englouti dans l'épais nuage provoqué par l'explosion.

— Tu nous as fait une belle peur ! s'exclama le prince du Haut-Royaume. Tu vas bien ?

— Je me porte comme un charme.

— Vraiment ?

— Comme un charme qui aurait une terrible migraine.

— Mais rien de cassé ?

— Demande-lui, dit Lorn en pointant le pouce vers Liam.

Le vétéran fit « non » de la tête, ce qui acheva de rassurer Alan.

— Fallait-il que tu attendes si longtemps ? demanda Enzio du ton du reproche.

— Ma foi…, dit Lorn en haussant les épaules. Sur le moment, ça m'a semblé être une bonne idée. Combien d'hommes avons-nous perdus ?

— Sept. Morts ou blessés graves.

Lorn s'assombrit et acquiesça d'un signe de tête. Le terrible décompte avait commencé, et il ne cesserait que lorsque le dernier d'entre eux tomberait si un secours providentiel n'arrivait pas du ciel.

Ou de la mer.

— Ça n'a pas été vain, annonça Lorn. Les lézards de guerre étaient sous la voûte quand tout a sauté.

— Tous les quatre ? s'enquit Enzio.

— Oui.

— Excellente nouvelle, dit Alan. Ces saletés grimpent aux murs.

— Et le coup est rude pour Laedras, renchérit Enzio. Il a au moins perdu une vingtaine d'hommes dans cet assaut. Si ses lézards viennent s'y ajouter…

— Reste que nous ne pouvons pas nous permettre de perdre sept hommes quand lui en perd vingt.

Lorn comprit aussitôt où le prince voulait en venir. Dans la nuit, ils avaient longuement discuté de l'opportunité de défendre les remparts de Saarsgard, et sans parvenir à un accord.

— Avons-nous le choix ? demanda-t-il en se levant.

En ce qui le concernait, la question était toute rhétorique. Mais Alan était d'un avis contraire.

— Cette forteresse est immense, Lorn. Et désormais, nous n'avons guère plus d'une quarantaine d'hommes pour la défendre. C'est impossible ! intenable !

— Il ne s'agit que de résister. Si nous nous replions d'ores et déjà dans le Castel, nous perdons une occasion de ralentir Laedras et de lui infliger des pertes.

— Et nous nous replierons dans le Castel néanmoins. À ceci près que nous serons moins nombreux pour le défendre.

— Chaque heure gagnée est une victoire, Alan.

— J'étais là quand tu as fait ton discours, merci.

Lorn ceignit son ceinturon, que ses hommes lui avaient enlevé avant qu'il ne s'allonge sur le petit lit.

— Tu t'es fourvoyé si tu espérais un triomphe, dit-il.

Agacé, Alan se tourna vers Enzio.

— Et toi ? Que dis-tu, à la fin ?

Le gentilhomme sarme ne répondit pas tout de suite. Son opinion était faite mais l'échange avait été vif entre Alan et Lorn, et il voulait l'apaiser.

— J'en dis qu'une place assiégée ne peut avoir qu'un général, et que Lorn est le nôtre.

Alan soupira.

Calmé, il s'adressa à Lorn :

— Tu tiens vraiment à ce que l'on défende chaque pierre de cette forteresse ?

— Oui.

— Quoi qu'il en coûte ?

Lorn ne répondant pas, le prince se résigna.

— Soit.

— En outre, nos murs sont trop hauts pour leurs échelles et assez solides pour résister longtemps à leurs canons. Sans ses lézards, Laedras ne peut plus les prendre d'assaut. Les combats vont se concentrer sur la grande porte. Or trente hommes suffiraient à la défendre. Nous en avons quarante. C'est dix de trop.

Alan sourit devant tant d'assurance et, à demi convaincu, prit Enzio à témoin :

— Que veux-tu répondre à ça ?

Lorn s'approcha du prince, posa ses mains sur ses épaules et planta son regard dans le sien.

— L'étendard de ton père flotte au-dessus de nos têtes, Alan. Il n'y a qu'ici qu'on peut le voir, et sur la Citadelle. Chaque heure gagnée…

— … est une victoire, oui.

La porte s'ouvrit sur Dorsiàn qui, depuis le seuil, demanda :

— Comment se porte notre héroïque boutefeu ?

— Comme tu vois, répondit Lorn.

— Parfait. Alors tu devrais venir avec moi.

Les soldats qui n'étaient pas de faction sur les remparts étaient réunis dans une vaste salle de garde dont d'épaisses colonnes soutenaient les voûtes croisées. Ils s'y restauraient, s'y détendaient et prenaient soin de leur équipement. Certains y priaient et quelques-uns, blessés, se reposaient.

C'est là que Dorsiàn conduisit Lorn, en s'effaçant devant la porte pour le laisser passer en premier.

Lorn entra.

Et malgré les morts et les blessés, malgré ceux qui étaient tombés et ceux qui tomberaient bientôt, il fut acclamé.

Chapitre 21

Le bombardement reprit et dura toute la journée.

Les boulets frappaient les remparts de Saarsgard ou passaient au-dessus pour retomber sur les toits, dans les cours ou contre les façades des bâtiments – l'un d'eux, fracassant une fenêtre, traversa tout un étage heureusement désert. Ils causaient des dommages mais ne menaçaient pas de faire une brèche. En revanche, ils usaient les nerfs. Il y avait le bruit des canons. Il y avait celui des impacts. Et il y avait la menace permanente qu'un boulet fauche un homme ou emporte une tête. Les sentinelles durent rester à couvert. Il fallait aller d'un abri à l'autre pour se déplacer.

Les Yrgaärdiens, cependant, ne tentèrent rien, et, les canons s'étant tus soudain, le calme retomba sur Saarsgard en même temps que le crépuscule.

— Laedras lèche ses plaies, dit Logan d'un air sinistre en aiguisant patiemment ses lames jumelles.

Tous savaient que le prince-dragon n'avait pas renoncé.

À la nuit tombée, sous un ciel noir hanté par les pâleurs lointaines d'une Nébuleuse presque absente, une longue et massive silhouette, sa queue serpentant derrière elle, approcha des remparts de Saarsgard. Lent mais souple, le lézard de guerre se fraya sans bruit un chemin parmi les gros rochers qui, à cet endroit, encombraient une pente abrupte. Il ouvrait le chemin à des hommes tout aussi silencieux que lui. À pied pour la plupart, ils étaient vêtus d'armures de cuir souple et armés de coutelas et d'épées courtes. Des marins. Mais qui étaient surtout des combattants agiles et redoutables.

Le lézard arriva au bas de la muraille et attendit, sa langue bifide fouettant l'air. Il était blessé. Il avait un œil crevé et des plaies luisaient sur ses flancs. Sa respiration était difficile et sifflante. Du sang, en outre, coulait de sa gueule, signe que des blessures internes le condamnaient et ne lui permettraient pas de survivre longtemps à ses congénères ensevelis sous les décombres de la porte fortifiée.

Il n'était plus bon à la bataille mais Laedras avait compris qu'il pouvait encore servir, et peut-être même apporter la victoire. Parce qu'ils n'étaient pas assez nombreux pour les surveiller, les assiégés étaient contraints de compter sur la hauteur de leurs remparts pour les protéger.

Une erreur.

Les hommes qui accompagnaient le lézard accrochèrent une longue corde à son harnais. Puis le reptile géant entreprit d'escalader le rempart. Ses griffes puissantes trouvèrent sans mal des prises dans la pierre. Son ventre frôlant le mur et son corps louvoyant rapidement, il se hissa en un instant jusqu'au chemin de ronde désert.

Ne trouvant pas le sommeil, Lorn se rendit sur les remparts. Il prit un escalier à vis jusqu'aux créneaux coiffant la porte principale et, de là, observa dans le port les navires yrgaärdiens, à bord desquels brûlaient quelques feux.

Dwaìn était en poste ici.

S'étant retourné pour voir arriver son capitaine, il lui adressa un signe de tête et reprit sa garde. Lorn vint se placer à sa droite, une main sur le pommeau de l'épée et l'autre crochetant du pouce la boucle de son ceinturon.

Les deux hommes restèrent un moment silencieux.

— Vous ne m'avez pas demandé pourquoi j'ai été condamné aux galères, dit soudain Dwaìn sans détourner le regard du lointain.

Lorn lui jeta un coup d'œil de côté.

— En effet, dit-il après un instant de réflexion. C'est important ?

— Ça l'est pour le type que j'ai tué.

Lorn accueillit la nouvelle sans ciller.

— Méritait-il de mourir ?

— Non, dit le colosse roux.

Mais il se reprit :

— Pas pour ce qu'il m'avait fait, en tout cas.

Lorn acquiesça et réfléchit.

— Si tu avais été condamné aux galères pour meurtre en Ansgarn, tu aurais été condamné à vie.

— Je n'ai pas été envoyé aux galères pour meurtre. Mais je sais, moi, que c'est à cause de ce meurtre que le Dragon du Destin a voulu que je sois condamné aux galères.

Lorn se dit que cette explication en valait bien une autre.

— Est-ce encore le Dragon Gris qui a voulu que la Garde d'Onyx te recrute ?

— Sans aucun doute.

— Et pourquoi, selon toi ?

Dwaìn haussa les épaules.

— J'en sais rien. Mais ce n'est pas nécessaire de la comprendre pour accepter sa destinée.

Lorn se tut et ce fut de nouveau Dwaìn qui rompit le silence après un moment.

— Nous nous sommes bien battus, aujourd'hui.

— Oui.

— Grâce à vous.

Lorn porta son regard vers l'horizon qui miroitait.

— À demain, Dwaìn, dit-il en s'en retournant.

— À demain, chevalier.

Lorn ne vit pas les carreaux d'arbalète arriver.

Il ne vit, du coin de l'œil, qu'une ligne étincelante traverser la gorge de Dwaìn, après quoi celui-ci tressaillit lorsque deux autres traits le frappèrent dans le dos. Le sang jailli de la blessure éclaboussa Lorn qui resta interdit un court instant. Hoquetant, Dwaìn tomba à genoux, mort avant de basculer lourdement en avant.

Puis tout se précipita et les réflexes de Lorn prirent le dessus.

Apercevant un arbalétrier qui le mettait en joue, il dégaina sa skande et, dans le même mouvement, trancha le carreau qui visait sa poitrine. Il aurait voulu se pencher sur Dwaìn, mais des Yrgaärdiens en armure de cuir se ruaient déjà sur lui. Il dévia un coutelas, trancha un poignet, faucha une tête, fit chuter un troisième adversaire et, retournant son épée, le cloua au sol d'un coup sec.

— ALERTE ! hurla-t-il avant de se ruer dans l'escalier à vis. ALERTE !

L'ennemi était dans la place, mais comment ? Depuis quand ? En quel nombre ? Les questions se bousculaient dans sa tête mais, pris dans l'action, Lorn peinait à réfléchir. Et d'ailleurs quelle importance ? Il fallait agir, prendre la mesure de la situation et sauver ce qui pouvait encore l'être.

— ALERTE ! À LA GRANDE PORTE ! AUX ARMES !

Dans l'escalier, Lorn tomba nez à nez avec un Yrgaärdien qui montait à sa rencontre. Il le projeta à la renverse d'un coup de pied dans la poitrine et l'acheva d'un revers de lame, au passage, avant qu'il ait le temps de se remettre.

—ALERTE ! s'écria-t-il encore, une fois arrivé à un palier.

Mais la sentinelle qui, ici, surveillait les abords de Saarsgard par une meurtrière gisait dans son sang au bout du couloir. Lorn ne prit pas le temps d'aller voir si elle respirait encore : il venait d'entendre un bruit effrayant, celui des chaînes et des crémaillères de la herse.

L'entrée de la forteresse était défendue par deux doubles portes qui fermaient chaque extrémité d'une large et longue voûte percée dans l'enceinte principale. La porte extérieure était renforcée par une lourde herse...

... qu'on était en train de lever.

—À LA HERSE ! À LA HERSE !

Lorn ne pouvait qu'imaginer les assaillants massés au pied des remparts et qui n'attendaient que de pouvoir entrer. Car il ne faisait aucun doute que les hommes qui – d'une manière ou d'une autre – étaient parvenus à s'introduire dans Saarsgard n'avaient qu'un but : ouvrir au gros des troupes. Cela pouvait encore être évité, espérait Lorn. Mais si la herse était relevée, les ennemis à l'extérieur n'auraient plus besoin d'aide. Il leur suffirait de quelques mines explosives pour faire sauter la double porte qui, seule, leur barrerait le chemin.

Le tocsin sonna enfin.

En arrivant sous la voûte, Lorn dut se jeter sur le côté pour esquiver deux carreaux d'arbalète. Puis, son épée brandie, il se rua à l'attaque.

Des Yrgaärdiens peinaient sur le treuil de la herse, qu'ils avaient déjà levée à moitié. Quelques-uns avaient déjà entrouvert la double porte intérieure. D'autres, enfin, se tenaient prêts et firent front contre Lorn. Ils étaient une vingtaine en tout, mais il n'eut pas peur. Il devait empêcher à tout prix que la herse soit levée. En tout cas, il devait l'empêcher assez longtemps pour permettre à ses hommes d'arriver.

Même seul.

Même à un contre vingt.

Lorn attaqua, para, riposta, fendit un visage, les lumières des torches jetant des ombres torturées qui épousaient l'arrondi de la voûte. Un coup d'épée courte le frôla. Un second fit mouche mais son armure de cuir et mailles le sauva. Frappant de taille et d'estoc, il trancha une épaule et transperça une poitrine. Sa lourde lame fit des ravages. Au cœur de la mêlée, il la mania à deux mains et retrouva la légendaire fureur des guerriers skandes qui bouillait dans son sang. Trois soldats tombèrent encore avant que ses talons ne butent contre un cadavre. Il faillit tomber, chancela, en fut quitte pour une longue estafilade au bras. Feintant, il tua un Yrgaärdien et en blessa un autre.

Mais ils étaient trop nombreux.

La herse montait toujours et Lorn comprit qu'il ne passerait pas. Enrageant, cerné de toutes parts, il entendit une clameur résonner sous la voûte.

Les secours arrivaient.

Alan et les Gardes d'Onyx en tête, les assiégés avaient forcé le passage de la porte intérieure et chargeaient. Les Yrgaärdiens reculèrent, offrant un répit inespéré à Lorn. Croyant pouvoir souffler, il ne vit pas qu'un arbalétrier le visait du haut de quelques marches. Le trait siffla et frappa Lorn à l'épaule.

Le choc fut rude.

— LORN ! cria Alan en se jetant dans la mêlée.

Mais Yeras entraînait déjà Lorn à l'écart, Liam et Logan les couvrant.

— Grave ? demanda Yeras en asseyant Lorn sur une borne.

Celui-ci fit « non » de la tête. Sa spalière avait tenu bon. Elle avait absorbé l'essentiel de l'impact, la pointe du carreau ne pénétrant que d'un centimètre dans la chair. Douloureux, mais bénin. Lorn serra les dents et arracha lui-même le projectile de la blessure.

Au même instant, la herse se bloqua en haut de la voûte.

— LA HERSE ! ordonna Lorn. VITE ! IL FAUT LA RABAISSER AVANT QU'ILS OUVRENT LA PORTE !

Et sans attendre, il ramassa son épée et s'élança.

— AVEC MOI !

Les Gardes d'Onyx le suivirent. Ensemble, ils rejoignirent Alan, Enzio, Dorsiàn et les autres défenseurs dans la bataille. Ils étaient une trentaine mais, contre eux, les Yrgaärdiens moitié moins nombreux opposaient une résistance farouche. Acculés à la porte extérieure, ils ne cédèrent pas, tuèrent et blessèrent autant qu'ils purent. Lorn et Alan combattirent côte à côte. Le prince fut exemplaire. Il reçut une blessure et tua trois hommes, sauvant même la vie à un soldat qu'il aida à traîner hors de danger. Dorsiàn et Enzio ne furent pas en reste, et, peu à peu, les rangs des défenseurs de Saarsgard avancèrent. Piégés, les Yrgaärdiens comprirent qu'ils étaient condamnés mais pas un ne rendit les armes. Il fallut les tuer un à un. L'odeur du sang emplit la voûte tandis que des flaques poisseuses recouvraient le pavé de la chaussée.

Yeras acheva sans états d'âme le dernier Yrgaärdien d'un coup de poignard, tandis que Logan tirait sur le levier censé relâcher la herse.

En vain.

Liam examina le mécanisme.

— Bloqué, dit-il.

— Rien à faire, confirma Logan en abandonnant. Ces salauds ont faussé le mécanisme !

Alan jura.

— Et impossible de rompre les chaînes, dit Enzio. Elles sont larges comme le bras.

Une odeur intrigua Yeras.

Lorn la renifla également, et s'écria :

— SORTEZ ! SORTEZ TOUS !

Il venait de voir la fumée grise qui passait sous la double porte. L'odeur que Yeras et lui avaient sentie était celle de la poudre.

— ÇA VA SAUTER !

Tous s'élancèrent vers la sortie. Vingt mètres de course sous la voûte qui résonna de leurs cris. Car des soldats, plus loin, ignoraient tout du danger et tardaient à réagir. Ils s'égosillèrent en courant.

— Sortez !

— Vite !

— Sortez tous !

D'instinct, Lorn sut qu'ils ne sortiraient pas tous de la voûte à temps.

— À terre ! ordonna-t-il en attirant Alan dans le renfoncement d'une porte. À couvert !

Ceux qui n'obéirent pas assez vite furent couchés par le souffle d'une déflagration assourdissante qui fit trembler la muraille et ouvrit à la volée les battants écartés de la porte intérieure. L'autre porte avait explosé dans leur dos, faisant de la voûte un couloir traversé de débris incandescents qui vrombirent, sifflèrent, crépitèrent contre les parois.

Lorn et Alan sortirent chancelants de leur abri.

Les oreilles bourdonnantes, ils cherchèrent les autres à tâtons dans la poussière et le chaos, se firent comprendre par gestes, aidèrent des blessés à se relever, renoncèrent à emporter les morts. Lorn devina que Yeras et Logan emportaient Liam qui semblait mal en point, mais il n'eut pas le temps de s'en inquiéter.

Les Yrgaärdiens entraient dans Saarsgard. On distinguait déjà des silhouettes qui approchaient prudemment dans l'épais nuage provoqué par la détonation.

Les défenseurs abandonnèrent la voûte.

Lorn fut le dernier à sortir. Espérant qu'ils ne laissaient personne derrière, il aida à refermer la porte extérieure et songea à Dwaïn qui gisait dans son sang sur le chemin de ronde. Sa mort le frappa seulement. Elle lui sembla injuste et cruelle, et c'est avec le terrible sentiment d'abandonner un frère d'armes au combat qu'il regarda les épars glisser dans leurs logements en travers des battants.

Cela, cependant, ne retiendrait les troupes du prince-dragon que le temps, pour les assiégés, de se replier et de se préparer à défendre le Castel. Chassant le cadavre de Dwaìn de ses pensées, Lorn donna rapidement les ordres nécessaires. Il chargea Dorsiàn de conduire la retraite et ses Gardes d'Onyx de fermer la marche. Et retenant Alan et Enzio qui suivaient le mouvement, il dit au prince :

— Non, Alan. Pas toi.

— Quoi ?

— Nous n'avons plus le choix. Nous devons nous replier dans le Castel. Et quand ce sera fait, nous serons piégés. Nous résisterons, mais sans espoir.

— Tu n'en sais rien.

— Si. Et toi aussi.

— Lorn a raison, dit Enzio en surveillant la porte.

Elle ne résisterait pas longtemps. En outre, les Yrgaärdiens ne tarderaient pas à envahir les remparts par les escaliers débouchant sous la voûte d'accès.

— Tu dois partir tant qu'il en est encore temps, ajouta Lorn. Laedras n'est pas encore maître de la forteresse. Profites-en. Échappe-toi.

— Non. Pas question que je...

Lorn attrapa brusquement Alan par le col et le plaqua contre un mur.

— Ressaisis-toi, Alan !

— Lâche-moi, Lorn !

— Commence par écouter. Je me suis trompé, d'accord ? J'ai cru que nous pourrions tenir les remparts quelques jours, mais je me suis trompé. Maintenant, tout est joué. Ceux qui s'enfermeront dans le Castel seront soit tués, soit faits prisonniers.

— Je t'ai demandé de me lâcher..., dit Alan d'une voix menaçante.

Mais Lorn n'écoutait pas.

— Tu es prince du Haut-Royaume, Alan. Si nous mourons seuls demain, on se souviendra de nous, de notre bataille, et notre mort ne sera pas vaine. Mais si tu restes, si tu es pris ou tué, la défaite sera totale. Ce... Ce sera une catastrophe. Un fils du Haut-Roi prisonnier du Dragon Noir ? Peux-tu seulement l'imaginer ?

Alan se dégagea brutalement.

Au même instant, des bruits sourds résonnèrent contre la porte.

— Écoute Lorn, intervint Enzio. Tu es blessé. Tu t'es battu et tu as résisté aussi longtemps que tu as pu. Maintenant, tu dois penser au Haut-Royaume.

Le prince hésitait.

— C'est ton devoir, Alan, dit Lorn. En outre, tu auras peut-être le temps de lever une troupe et de revenir avec des renforts. Tu peux encore nous sauver. Toi seul.

Vaincu, résigné, Alan acquiesça.

— D... D'accord. Mais je vais revenir. Avec des troupes.

Lorn sourit.

— J'y compte bien.

Ils échangèrent une accolade.

Du coin de l'œil, Lorn vit des silhouettes se profiler en haut des remparts.

— Déguerpis, maintenant.

— Tenez bon. Je te promets de...

— Je sais.

Lorn se tourna vers Enzio.

— Tu l'accompagnes. Veille à ce qu'il ne lui arrive rien.

Le gentilhomme sarme opina. Eux aussi échangèrent une accolade, durant laquelle il murmura à l'oreille de Lorn.

— Tu sais que nous ne reviendrons pas à temps, n'est-ce pas ?

Lorn ne répondit pas, mais son regard disait qu'il savait.

— Chevalier ! appela Logan. (Malgré les ordres de Lorn, il l'avait attendu.) Il faut y aller !

Lorn acquiesça.

Après un dernier salut, les trois amis se séparèrent et s'éloignèrent rapidement.

Alan et Enzio s'échappèrent par les remparts.

Le hasard les conduisit à l'endroit où les Yrgaärdiens avaient escaladé la muraille. Ils trouvèrent le cadavre du lézard géant qui s'était subitement écroulé ici, mort d'épuisement. Ils profitèrent des cordes que les assaillants avaient laissées et s'éloignèrent bientôt dans l'obscurité, à l'écart de la route que les troupes du prince-dragon empruntaient en bon ordre.

Ils arrivaient au port et se savaient désormais tirés d'affaire quand Alan se retourna sur Saarsgard, le regard douloureux. Enzio sut à quoi il pensait et lui dit avec compassion :

— On ne peut plus rien pour eux, Alan. Viens.

Chapitre 22

Lorn et Logan rattrapèrent quelques traînards qu'ils accompagnèrent jusqu'à la vieille tour qui gardait l'unique pont reliant le Castel au reste de la forteresse. C'était une bâtisse massive, large, aux murs épais percés de meurtrières. La traverser était le seul moyen de gagner le cœur de Saarsgard par une longue et étroite arche de pierre enjambant un gouffre profond. Les assiégés, en dernier recours, se réfugieraient dans le Castel. Mais une bataille pouvait encore être menée dans cette tour de garde, qu'une poignée d'hommes suffisait à tenir.

Lorn y retrouva Dorsiàn qui avait pris les devants et organisait la défense.

— Il nous reste combien d'hommes ? demanda-t-il.

— Une trentaine.

— Désigne les quinze plus vaillants. Ils resteront pour défendre la tour avec moi. Je veux que tu te replies avec les autres dans le donjon du Castel et que tu y mettes les plus grièvement blessés, ceux qui ne peuvent plus se battre, en sécurité : ils seront peut-être épargnés. Moi, je monte aux créneaux voir comment les Yrgaärdiens progressent.

Dorsiàn retint Lorn par le bras.

— Attends.

— Quoi ?

Dorsiàn entraîna Lorn un peu à l'écart dans la grande salle où certains hommes – sombres et attentifs – se préparaient à combattre, pansaient leurs plaies et attendaient leurs ordres.

— Est-ce que résister rime encore à quelque chose ? demanda Dorsiàn à voix basse.

— Tu veux te rendre ?

— Combien de temps allons-nous encore tenir ? Quelques heures ? Si encore nous avions les moyens de nous replier et de faire sauter le pont…

— Plus de poudre, dit Lorn. Et d'ailleurs nous nous serions piégés nous-mêmes. Laedras aurait envahi Saarsgard sans coup férir et il n'aurait même pas eu besoin de raser le Sanctuaire avec ses canons. Il aurait suffi qu'il nous laisse crever de faim.

— Je sais, dit Dorsiàn. Il fallait se battre. Mais seulement tant que ç'avait un sens.

— C'en a encore.

— Vraiment ? Où est Alan ?

Lorn savait que Dorsiàn connaissait déjà la réponse.

— Je lui ai dit de fuir, reconnut-il néanmoins.

— Tu as eu raison. Mais ça signifie bien que la partie est perdue, non ?

Lorn ne répondit pas.

— Je ne parle pas pour moi, ajouta Dorsiàn. Je parle pour eux. Ces hommes ont fait preuve d'un grand courage. Ils t'ont suivi alors qu'ils savaient que cette bataille ne pouvait pas être gagnée. Ils méritent de ne pas mourir pour rien. De ne pas être sacrifiés. Et quelle différence si Saarsgard tombe maintenant ou dans une heure ? Tout le monde saura ce que tu as accompli au nom du Haut-Roi, Lorn. Ça ne suffit pas ?

— Parce que tu crois que je fais ça pour la gloire ?

— Alors pour quoi ? pour qui ? Pour eux ?

Lorn se tourna vers la salle.

— Soldats ! appela-t-il. Soldats !

Les hommes se turent. Certains se levèrent. Tous attendirent.

— Ce que nous avons fait ici sera inscrit dans les *Chroniques*, dit Lorn à la cantonade. Il sera écrit que nous avons lutté et que nous avons souffert et que nous avons résisté pour un idéal, celui du Haut-Royaume. Et pour une cause, celle du Haut-Roi dont l'étendard flotte sur cette forteresse. À présent, un choix s'impose à nous. (Il marqua un temps.) Nous pouvons nous rendre, et l'on se souviendra que nous avons bien combattu. Ou nous pouvons nous battre encore, et l'on se souviendra que nous avons vaincu. (Nouveau silence.) Libre à vous d'aller quémander la clémence d'un prince-dragon. (Il haussa soudain le ton.) Mais je vous annonce que je ne céderai pas ! Je ne renoncerai pas ! Je ne rendrai jamais mon épée ! (Il dégaina sa skande.) Alors, je vous le demande, soldats. Serez-vous avec moi ? Serez-vous à mes côtés lorsque l'Yrgaärd chargera ? Serez-vous à mes côtés lorsque mon sang coulera ? Et combattrez-vous pour qu'une fois encore, rien qu'une fois, le soleil se lève à Saarsgard sur les couleurs du Haut-Roi ? (Il brandit son épée tachée de sang.) POUR LE HAUT-ROI ! s'écria-t-il.

— POUR LE HAUT-ROYAUME ! répondirent en chœur les soldats exaltés.

Lorn se tourna vers Dorsiàn.

— Tu viens de condamner ces hommes à mort, dit celui-ci.

Lorn ne cilla pas.

— Les quinze plus vaillants, rappela-t-il avant de s'en aller vers l'escalier, Logan sur les talons.

Liam et Yeras se trouvaient en haut de la tour.

— Alors ? s'enquit Lorn.

Plutôt que de répondre, Yeras donna un coup de menton vers les torches de la colonne qui entrait dans Saarsgard et progressait vers eux, au rythme lent et régulier de tambours de guerre. Un cavalier en cape écarlate marchait à sa tête. Ce ne pouvait être que le prince-dragon.

— Vous croyez qu'ils vont attaquer cette nuit ? demanda Liam.

— Je crois que Laedras va vouloir porter l'estocade, oui.

Lorn remarqua alors l'extrême pâleur de son lieutenant, et il se souvint d'avoir vu Logan et Yeras l'aider à quitter la voûte, dans la fumée et la poussière, après l'explosion de la grande porte. Liam avait le bras gauche en écharpe et la main enroulée jusqu'au coude dans un chiffon ensanglanté.

— Montre, dit Lorn.

Le vétéran fit « non » de la tête.

— Je vais bien, dit-il.

Or il souffrait, à l'évidence. Ses yeux brillaient et de la sueur perlait à son front.

— C'est grave ? demanda Lorn. Ne me mens pas !

Liam hésita, puis acquiesça à regret.

— Je veux que tu descendes faire proprement panser ça, dit Lorn d'un ton sans appel. Ensuite, tu iras épauler Dorsiàn dans le donjon.

— Mais, chevalier...

— C'est un ordre, Liam. Nous tiendrons le temps que nous tiendrons ici, mais nous finirons par nous replier vers le donjon et nous aurons besoin d'aide. Je veux pouvoir compter sur toi à ce moment-là. Compris ?

Liam se résigna.

— À vos ordres, chevalier.

Il se retira au moment où une quinzaine d'hommes arrivaient.

— C'est Dorsiàn qui vous envoie ? lança Lorn.

Ils acquiescèrent.

— Vous êtes tous volontaires ?

— Oui, chevalier, répondit l'un d'eux.

— Bien. Vous cinq, vous restez avec moi ici. Vous autres, aux meurtrières. Yeras, tu les répartis au mieux et tu t'assures qu'ils ont tous assez de munitions. Rafle toutes les flèches et tous les carreaux que tu peux.

—À vos ordres.

Yeras s'en fut avec les hommes dont il avait la charge.

—Logan, dit Lorn en se tournant vers le mercenaire aux épées jumelles, tu combattras à mes côtés.

On atteignait la tour de garde par une rampe qui s'élevait entre deux murs. Elle était sinon inaccessible, adossée au vide, le pont enjambant le gouffre prenant appui sur elle en hauteur.

Les tambours ne s'étaient pas tus.

Appuyé au parapet, Lorn regardait les troupes yrgaärdiennes qui n'attendaient plus qu'un ordre pour attaquer. Patientes et disciplinées, immobiles, elles étaient parfaitement silencieuses dans les lueurs des torches. Leur nombre les servirait dans la mesure où Laedras pourrait lancer assaut sur assaut, mais la rampe les obligerait à resserrer les rangs. Les Yrgaärdiens ne pourraient se présenter qu'à dix ou douze de front en bas de la tour et Lorn comptait bien profiter de cet avantage.

Son regard se porta plus loin, sur les remparts, et il se demanda si Alan et Enzio avaient réussi à s'échapper. Il l'espérait…

Les tambours, toujours. Lents et réguliers comme les battements de cœur d'un géant endormi.

Quelle heure pouvait-il être ?

Lorn leva les yeux vers la Grande Nébuleuse, qui lui sembla bien pâle et bien lointaine. Il ferait jour dans quelques heures, mais Lorn ignorait s'il verrait le soleil se lever et – étrangement – cela lui était plutôt indifférent.

Tout était prêt dans la tour.

Les hommes se trouvaient à leur poste et attendaient dans un silence scandé par les tambours. Un mauvais silence confit dans l'odeur de sueur que suinte la peur. Le silence d'avant l'acier, les cris et le sang.

Lorn songea aux événements qui l'avaient conduit ici, en cette heure. Il en avait subi certains et provoqué d'autres, poussé parfois par un instinct de destruction, parfois par une envie de justice, parfois par un désir de vengeance. Et parfois cet instinct, cette envie et ce désir n'avaient été qu'un même sentiment qui l'avait animé. Lorn se demandait s'il aspirait vraiment à la paix comme sont censés le faire tous ceux qui ont souffert. Il l'avait d'abord cru, mais il en doutait. Était-ce parce qu'il avait tant changé ? Quelques mois seulement s'étaient écoulés depuis qu'il avait été libéré de

Dalroth. On était alors au printemps, et désormais c'était l'automne. Or une éternité semblait avoir passé entre ces deux saisons. Une éternité qui était le début d'une nouvelle vie.

Car sa libération avait été une renaissance.

Dalroth, en l'extirpant de ses profondeurs imprégnées par l'Obscure, avait accouché de lui.

Lorn leva sa main sanglée de cuir et l'observa avec beaucoup d'attention, comme s'il la découvrait, comme si elle l'intriguait. Après quoi, lentement, il ôta la lanière qui cachait sa marque d'Obscure.

Il ne la porterait plus.

Les tambours se turent soudain et laissèrent un vide abyssal qui envahit la nuit.

Dans la tour, chacun retint son souffle.

Lorn échangea un regard grave avec Logan qui se trouvait à sa gauche. Puis il se tourna vers le jeune soldat qui se tenait à sa droite et qui, les lèvres sèches, serrait son arbalète dans des mains moites.

— Comment t'appelles-tu, soldat ?

— Glenn, chevalier. Esko Glenn.

— Pourquoi es-tu là ? Pourquoi n'es-tu pas parti avec les autres lorsque c'était encore possible ?

Le jeune homme réfléchit à sa réponse. Il pouvait entendre son cœur battre, et ce qu'il répondit l'étonna presque.

— Mon père. Il… Il aurait été fier, je crois. Il serait resté, lui.

— Merci, dit Lorn. Je te souhaite bonne chance, Esko Glenn.

Des cors sonnèrent.

Les tambours reprirent brusquement à une cadence folle et, dans une même clameur guerrière à serrer les entrailles, les Yrgaärdiens chargèrent.

Chapitre 23

Ils repoussèrent un premier assaut.

Sans même avoir pu dresser une échelle, les Yrgaärdiens se replièrent en laissant une dizaine de cadavres et en emportant autant de blessés. Les défenseurs poussèrent des hourras victorieux et Lorn les laissa faire alors qu'il savait que cet assaut n'était destiné qu'à tester leur résistance. Au moins n'avaient-ils, eux, subi aucune perte – ce dont il s'assura en allant crier dans l'escalier :

— Au rapport !

La voix de Yeras – qui commandait les arbalétriers aux meurtrières des étages – lui répondit :

— Ni mort, ni blessé.

Lorn retourna au parapet.

— Les voilà, lui dit Logan.

De fait, les Yrgaärdiens revenaient déjà en nombre avec deux grandes échelles, un bélier et de larges boucliers pour protéger ceux qui le portaient.

— Visez les hommes du bélier, dit Lorn en épaulant son arbalète. À mon commandement…

Les assaillants remontaient la rampe en courant et en hurlant, soutenus par le battement trépidant des tambours.

— Maintenant !

Lorn, Logan et les cinq soldats défendant le parapet décochèrent ensemble, presque aussitôt imités par les arbalétriers des meurtrières, Yeras ayant attendu le même moment pour donner l'ordre de tir. Une quinzaine de traits fondirent sur les soldats qui portaient l'avant du bélier. Certains se plantèrent sèchement dans des boucliers. Quelques-uns firent mouche. Les deux hommes de tête s'effondrèrent et firent trébucher les autres. Le bélier tomba lourdement et roula sur le pavé tandis que la charge se poursuivait.

— Rechargez ! ordonna Lorn.

Les arbalètes à levier furent vite bandées et épaulées. Les assaillants étaient presque parvenus au pied de la tour.

— LES PORTEURS D'ÉCHELLE ! hurla Lorn. ABATTEZ-L…

Lorn n'acheva pas, surpris par des coups de canon tirés depuis les remparts de la forteresse.

— À couvert !

Mais des boulets frappaient déjà la tour et son parapet, passaient au-dessus de leurs têtes ou vrombissaient entre les merlons. Laedras avait disposé des canons sur les remparts. Voilà pourquoi il avait attendu avant d'attaquer, laissant le temps aux défenseurs de s'organiser.

Lui aussi se préparait.

Lorn se releva légèrement sonné, mais recouvra vite ses esprits. Les troupes du prince-dragon avaient posé leurs échelles contre la tour et les escaladaient.

— Avec moi !

Dégainant sa lourde skande, il tua le premier homme qui se montra aux créneaux, fracassa le bouclier du suivant et, frappant encore à deux mains, lui fendit le crâne. Trois soldats vinrent lui prêter main-forte tandis que Logan et deux autres résistaient aux assaillants qui arrivaient par la seconde échelle.

Des chocs sourds heurtaient la porte : le bélier était à l'œuvre malgré les carreaux que tiraient les arbalétriers depuis les meurtrières. Lorsqu'un homme tombait, un autre le remplaçait aussitôt.

— RETENEZ-LES ! hurlait Lorn. NE LES LAISSEZ PAS METTRE LE PIED SUR LE PARAPET !

Les canons tirèrent une nouvelle salve alors que Logan repoussait une échelle dans le vide et recevait une blessure au flanc. Les boulets ébranlèrent la tour. L'un d'eux se logea dans une meurtrière, projetant des éclats de pierre qui tuèrent un arbalétrier. Un autre frôla Lorn et décapita un soldat qui combattait sur le parapet. Un troisième fendit un merlon dans un nuage de poussière.

Le bélier frappait toujours.

Avec ses hommes, Lorn repoussa la seconde échelle. Alors il regarda en bas, prit la mesure de la situation et se tourna vers Logan.

— LA PORTE VA BIENTÔT CÉDER. AIDE-MOI, dit-il avant de s'arc-bouter contre le merlon qu'un boulet avait frappé.

Logan poussa avec lui et les moellons descellés bougèrent, s'inclinèrent lentement, penchèrent au-dessus de la porte et finirent par basculer en une avalanche de pierre et de poussière qui se fracassa, quinze mètres plus bas, sur les hommes qui maniaient le bélier. Elle tua, mutila, broya os, chair et métal. Des cris horribles s'élevèrent et le martèlement contre la grande porte, enfin, cessa.

Le répit fut, cependant, de courte durée.

Déjà, les canons tonnaient.

Déjà, les échelles se redressaient.

Les combats reprirent aux créneaux. Abandonnant les meurtrières, Yeras et ses arbalétriers vinrent épauler Lorn et les autres, qui risquaient d'être débordés. Au sommet de la tour, ils lâchèrent une dernière volée de carreaux sur les Yrgaärdiens qui enjambaient le parapet, puis ils tirèrent l'épée et se jetèrent dans la mêlée.

Leur arrivée fit la différence.

L'assaut fut repoussé, les échelles détruites et les assaillants qui se trouvaient encore sur la tour furent vite éliminés et jetés dans le vide sans qu'il soit question de faire des prisonniers. Mais les Yrgaärdiens avaient dégagé le bélier, poussé les corps et, de nouveau, sous les ordres d'un grand drac noir, la porte subissait de terribles coups de boutoir.

Lorn comprit qu'ils devaient abandonner la place s'ils ne voulaient pas se retrouver piégés, une fois que la porte aurait cédé. En outre, des quinze hommes qui avaient défendu la tour avec lui, sept étaient morts et trois n'étaient plus en mesure de se battre.

Son regard tomba sur le cadavre du jeune Glenn.

— On se replie, dit-il en même temps que la tour essuyait une dernière salve de boulets incandescents.

— Chevalier! appela Yeras tandis que, Logan en premier, les hommes prenaient l'escalier en soutenant les blessés. Venez voir.

Lorn s'approcha prudemment du parapet en ruine.

Il remarqua que l'horizon blanchissait, puis vit ce que Yeras lui désignait.

Laedras avançait vers la tour à la tête de troupes fraîches qui marchaient au pas au rythme des tambours, parfaitement alignées, leurs étendards rouge et noir flottant au-dessus d'elles.

— Vite, dit Lorn.

Ils se hâtèrent de descendre.

Du côté du pont, la tour fermait par une herse. Celle-ci était à demi baissée, soutenue par un solide madrier que Lorn et ses hommes avaient placé là, juste après avoir détruit le mécanisme qui la retenait et permettait de la remonter.

Lorn s'assura qu'ils n'abandonnaient personne dans la tour. Puis, avec l'aide de Logan et Yeras, il retira la poutre et la herse tomba en place, Yssaris passant en dessous d'un bond pour filer ventre à terre vers le Sanctuaire.

Au même instant, la porte s'ouvrit, fendue par le bélier.

Ils couraient sur le pont lorsque Lorn entendit un grand crissement de métal torturé qui lui glaça le sang. Laissant les autres le distancer, il se retourna et vit la herse qui se tordait, s'ouvrait comme si des griffes s'étaient plantées en elle par le milieu et s'écartaient.

Les soldats continuèrent de fuir vers le Sanctuaire dont la porte les attendait grande ouverte, mais Yeras et Logan s'arrêtèrent à leur tour et revinrent sur leurs pas, prudents et inquiets.

— Qu'est-ce que c'est ? demanda Yeras.

— Laedras s'est lassé des revers que nous lui avons infligés, répondit Lorn.

— D'une certaine manière, cette idée me réconforte, nota Logan.

— Il a convoqué ses pouvoirs d'Obscure.

— Ceux qui lui viennent de l'Hydre Noire, songea tout haut Yeras.

— De sa mère, oui...

— Alors hâtons-nous, dit Logan. Nous serons toujours plus en sécurité derrière les murs du Sanctuaire.

Les soldats et les blessés entraient dans le Sanctuaire tandis que, aux créneaux, Liam et Dorsiàn observaient sans comprendre.

— Ces murs ne le retiendront pas, dit Lorn. Pas tant qu'il jouira de ses pouvoirs d'Obscure. Heureusement, ils s'épuiseront vite.

Il était parfaitement calme.

— Chevalier ? s'inquiéta Yeras.

Lorn regardait le prince-dragon qui franchissait la herse éventrée. Laedras était en armure mais tête nue, ses cheveux roux tombant sur sa cape et ses épaulières. Il marchait seul, l'épée sortie, entouré d'une brume qui, mouvante, comme animée d'une vie propre, avait l'apparence d'un dragon fait d'ombre et de nuit.

Voilà donc la forme que l'Obscure revêt pour toi, songea Lorn sans bouger d'un pouce.

— Chevalier ! insista Yeras.

Des coups de cor furent donnés dans le Sanctuaire. Ils semblaient désespérément intimer à Lorn de se replier.

En vain.

Lorn baissa les yeux sur sa main marquée.

Une chaleur avait envahi son poing puis son bras depuis le sceau de pierre gravé dans sa chair. Une chaleur brûlante et familière, mais désormais bienfaisante.

L'Obscure appelait l'Obscure.

— Partez, dit Lorn. Rejoignez les autres dans le Sanctuaire.

— Vous ne pouvez pas vaincre un prince-dragon, chevalier, dit Logan.

— Je peux le ralentir. S'il pénètre dans le Sanctuaire sous cette forme, il fera un massacre. Et croyez-moi, mieux vaut être tué par un acier yrgaärdien que par l'Obscure…

Yeras voulut objecter quelque chose mais, sans détacher ses yeux du prince-dragon qui avançait, Lorn enchaîna :

— Maintenant, partez. C'est un ordre. Sans vous retourner. Vous direz à Dorsiàn que je lui remets le commandement. Ç'a été un honneur de combattre à vos côtés.

Yeras hésita mais Logan lui prit le bras, lui fit signe de ne pas insister, et l'entraîna.

Ils s'en furent à petites foulées, laissant Lorn seul au milieu de l'arche de pierre, là où elle était la plus haute au-dessus d'une crevasse qui paraissait sans fond et d'où montaient des grondements lugubres.

Le soleil se levait.

Lorn sortit ses lunettes sombres dont un verre était fendu et les enfila. Son épaule blessée ne le faisait pas souffrir. Il était tranquille et presque confiant.

En fait, il était parfaitement indifférent à son propre sort. N'avait-il pas une Destinée ?

Il dégaina son épée et attendit.

— Tu n'imagines tout de même pas pouvoir m'arrêter ? s'amusa Laedras.

— Je peux toujours essayer.

— Rends-toi. Je te promets une mort rapide et honorable.

Lorn se contenta de sourire.

Le prince-dragon le dévisagea et Lorn ne sut qui, de Laedras ou du dragon d'Obscure qui l'entourait, le regardait avec le plus d'acuité. On devinait deux yeux brillants dans la statue de brume vivante.

— J'aimerais tout de même que tu répondes à une question… As-tu vraiment fait tout ça… (Laedras désigna la forteresse qui les entourait)… pour ça ? (Il pointa le doigt vers l'étendard du Haut-Roi qui flottait dans la lumière du soleil levant.) C'est-à-dire pour le Haut-Roi ou pour le Haut-Royaume ?

— Ce n'est pas la même chose, glissa Lorn.

Mais le prince-dragon n'écoutait pas.

— Ou bien l'as-tu fait, comme je le crois, pour mettre le feu aux royaumes iméloriens ?

— Quelle importance ?

Laedras fit la moue.

— Oui, après tout... Au moins auras-tu choisi ta mort, n'est-ce pas ?

Quelques mètres séparaient encore les deux adversaires. Il semblait n'y avoir plus qu'eux au monde, et une arche de pierre enjambant le néant.

— Adieu, dit le prince-dragon.

Lorn se mit en garde, son épée tenue à deux mains. Laedras leva la sienne vers le ciel avant de la pointer vers lui. Le dragon d'Obscure accompagna ce mouvement. Il se dressa...

Et cracha un feu noir et opaque qui noya Lorn.

Le souffle maléfique dura et dura encore, sans que l'on puisse voir ce qu'il advenait – dans son âme et dans sa chair – de celui qui le subissait. Un son terrible, un hurlement métallique vrillait les tempes et remuait les entrailles. L'air vibrait, et le pont lui-même semblait souffrir, de la poussière s'échappant d'entre ses pierres par en dessous.

Enfin, Laedras baissa son épée et son dragon cessa de cracher.

Il n'aurait dû rester qu'un être brisé et contrefait, qu'un malheureux, qu'un dément recroquevillé et implorant pour qu'on l'achève grâce à ce qui lui restait de raison.

Mais Lorn bondit, porta un coup de taille avec assez de force pour fendre une souche et frappa le prince-dragon en pleine poitrine.

Laedras chancela sous l'impact.

Le dragon se cambra et hurla de douleur.

L'armure du prince-dragon l'avait sauvé, mais il était blessé. Désemparé, ahuri que Lorn ait pu survivre à toute la puissance de son souffle d'Obscure, il para plusieurs attaques en catastrophe.

Ce qui venait de se passer était impossible.

À moins d'être protégé par l'Obscure personne ne pouvait...

Le prince-dragon, cependant, ne pouvait réfléchir, trop occupé à sauver sa vie. Transporté, exalté, Lorn ne lui laissait aucun répit. Le moment dont Serk'Arn lui avait parlé était venu. L'Obscure en lui triomphait. Poussant son avantage, comme pris de furie, il frappait, frappait sans relâche.

Sur la muraille du Sanctuaire, l'incrédulité avait cédé la place à l'enthousiasme. Des hourras et des cris d'encouragement retentissaient. Dans la tour de garde, en revanche, c'était la consternation...

Laedras voulut riposter mais, là encore, Lorn le surprit. Il esquiva, saisit le poignet du prince-dragon et lui donna un violent coup de tête en plein visage. Laedras partit à la renverse. Le dragon d'Obscure disparut aussitôt, comme emporté dans un tourbillon qui le déchiqueta. Lorn enchaîna avec, du poing qui tenait l'épée, un crochet à la mâchoire. La garde en panier de la skande sonna le prince-dragon, qui mit un genou à terre. Alors Lorn le retourna vers la tour et, l'attrapant par les cheveux de la main gauche pour l'obliger à relever haut le menton, il lui glissa son épée sous la gorge et attendit.

Les dracs de la garde personnelle du prince-dragon sortaient déjà sur le pont. Mais ils s'arrêtèrent, indécis, en voyant leur maître à la merci de Lorn. D'un geste, celui-ci pouvait l'égorger.

Oserait-il ?

Lorn entendit les portes du Sanctuaire qui s'ouvraient derrière lui. Il jeta un coup d'œil et vit ses hommes qui sortaient mais hésitaient à trop s'avancer, de peur de provoquer une catastrophe.

— Et maintenant ? demanda le prince-dragon, les dents rosies de sang.

Du haut de la tour de garde, une quinzaine d'arbalétriers yrgaärdiens les tenaient en joue.

— Je ne te laisserai pas m'emmener, reprit Laedras. Si tu essaies, je leur hurlerai de tirer.

— Ils n'obéiront pas.

— Oh ! que si. Personne ne prend un prince-dragon prisonnier.

— Mais si tes hommes s'avancent, je t'égorge.

— Tu te condamneras à mort.

— Crois-tu que j'hésiterai ?

— Non. (Le prince-dragon contint un petit rire.) Étrange victoire, n'est-ce pas ?

De fait, songea Lorn, la situation n'était guère brillante.

Il devait d'être encore en vie à un *statu quo* qui ne pouvait se prolonger indéfiniment. En outre, il suffirait d'un rien – un cri, un ordre mal entendu, une flèche décochée par un camp ou par l'autre – pour que les hostilités reprennent. Or même si le prince-dragon y perdait la vie, pas un des défenseurs de Saarsgard ne survivrait à cette dernière bataille.

Lorn réfléchit.

Hésita.

Perdu pour perdu, il envisagea de sauter dans le vide avec Laedras. Les auteurs des *Chroniques* adoreraient. Un Premier chevalier de Haut-Royaume entraînant un prince-dragon dans la mort, c'était autant matière à entrer dans l'Histoire que dans la légende…

Une ombre, alors, passa sur le pont.

Une autre.

Et une troisième, une quatrième...

Tous levèrent les yeux vers le ciel et virent les vyvernes qui arrivaient du soleil levant. Accaparé par le duel entre Lorn et Laedras, nul ne les avait vues venir et maintenant elles étaient là, toutes proches, nombreuses, qui tournaient au-dessus de Saarsgard.

C'étaient des vyvernes de guerre. Elles étaient une centaine, harnachées, caparaçonnées et montées par les meilleurs vyverniers du monde.

Elles portaient sur leurs flancs les couleurs de l'Argor.

Le comte Téogen d'Argor fut le premier à se poser sur le pont. Puis ce furent Vahrd, Dunwad et d'autres tandis que la plupart des vyverniers continuaient de tournoyer dans le ciel, les ombres de leurs montures aux ailes de cuir glissant sur Saarsgard comme autant de menaces.

En armure, sa célèbre masse au côté, Téogen s'avança vers Lorn qui, libérant Laedras, permit à celui-ci de se relever. Et d'une voix calme et ferme, le comte dit :

— Je crois, prince, que vous ne prendrez pas cette forteresse aujourd'hui. Remettez votre épée au chevalier, je vous prie.

Le prince-dragon à leur tête, les Yrgaärdiens se replièrent et rembarquèrent avant le soir pour le royaume du Dragon Noir. Saarsgard était sauve et, lorsque la nuit tomba, l'étendard du Haut-Roi flottait encore sur la forteresse.

Juste au-dessus de celui de la Garde d'Onyx.

Épilogue

Fin de l'automne 1547

Chapitre premier

« Qui dira la solitude des rois mourants ? Qui dira leurs regrets et leurs blessures ? Qui dira leur effroi ? »

Chronique (Livre des Héros Défunts)

Dans la salle du trône de la Citadelle, sous des voûtes immenses, de grands candélabres brûlaient dans l'obscurité. Son casque sous le bras, le capitaine Norfold avait mis un genou au sol pour s'approcher autant que possible de son roi. Il lui parlait doucement, comme on parle aux mourants, d'une voix tendue par l'inquiétude.

— Sire. Il faut me répondre, sire. Est-ce sur votre ordre que Lorn a empêché la signature du traité d'Angborn ?

Le Haut-Roi, immobile, le dos droit et les mains agrippées aux accoudoirs de son Trône d'Onyx, ne répondit pas. Derrière le voile noir qui cachait son visage cadavérique, il fixait un point lointain que lui seul pouvait voir.

— Qu'importe ? dit-il enfin.

— Mais, sire ! Si Lorn vous a désobéi, s'il a outrepassé ses...

— Qu'importe ! répéta le roi Erklant avec plus de force.

Le capitaine se tut et baissa la tête, partagé entre l'abattement et la colère.

— Il... Il a triomphé, n'est-ce pas ? demanda le vieux roi. Il s'est dressé seul contre l'Yrgaärd et il a vaincu.

Norfold acquiesça à contrecœur.

— Oui, dit-il. Cependant...

— Il sera célébré, l'interrompit le Haut-Roi. *Je* serai célébré, ajouta-t-il en insistant d'une voix tremblante sur le « je ». Lorn... Lorn a rendu son honneur et sa fierté au Haut-Royaume. Et à moi. À nous tous. À toi également, Norfold.

Le capitaine soupira.

Il aurait voulu parler longuement à son roi et le ramener à la raison, mais il savait désormais que la chose était impossible.

— Mais à quel prix ? Le Dragon Noir ne subira pas cet affront sans réagir. C'est une guerre qui s'annonce, sire. Contre l'Yrgaärd. Et alors que le Haut-Royaume est plus divisé que jamais.

Le roi réfléchit.

Puis il tourna lentement la tête vers Norfold, et dit :

— À quel prix ? (Ses yeux étincelèrent sous le voile que retenait sa couronne ornée de joyaux sombres.) Et quel est selon toi le prix de l'honneur du Haut-Royaume ?

— Je vous en prie, sire, tenta une dernière fois le capitaine au désespoir. Répondez-moi. Avez-vous donné ordre à Lorn de s'opposer en votre nom à la signature du traité ou… ?

Ou votre Premier chevalier est-il un homme rongé par la colère et l'Obscure, capable de provoquer la perte du Haut-Royaume ? songea-t-il sans pouvoir le dire.

Le Haut-Roi, de nouveau, fixa un point lointain du regard et retrouva une immobilité minérale.

Et il mentit :

— Oui. Je lui ai donné cet ordre.

Chapitre 2

Il y eut, à Oriale, un défilé triomphal.

Donné en l'honneur des héros de Saarsgard, il remonta la rue Erklant Ier, depuis la porte du Langre jusqu'au Palais. Les façades, pour l'occasion, étaient magnifiquement pavoisées aux couleurs du Haut-Royaume. Sous un soleil éclatant, l'or et l'azur resplendissaient en guirlandes, fanions, bannières et papiers de soie que l'on jetait au passage du cortège. Les gens se massaient au bas des maisons, aux fenêtres, aux balcons, sur certains toits et même dans les arbres.

Tous voulaient voir les héros de Saarsgard.

Mais surtout, tous voulaient voir et acclamer celui qui les avait menés à la victoire.

À savoir le prince Aldéran de Haut-Royaume.

Alan ouvrait la marche sur un cheval blanc, tête nue et souriant, revêtu d'une armure de parade étincelante. Il était applaudi. On criait son nom et des hourras. Lui distribuait des saluts d'un côté et de l'autre en s'efforçant de paraître digne et modeste, comme il sied à un prince. Le soleil accrochait des reflets dans ses cheveux blonds. Il était jeune, beau et victorieux. Hommes et femmes n'avaient d'yeux que pour lui, et les jeunes filles rêvaient.

Estévéris avait bien travaillé.

Sitôt la nouvelle de la victoire connue à Samarande, où la Cour s'était réfugiée, des hérauts avaient pris la route pour rapporter comment, une tentative de traîtrise de l'Yrgaärd ayant été découverte au dernier moment, le Haut-Royaume avait refusé de signer le traité. À quoi l'Yrgaärd, ajoutant la brutalité à la duplicité, avait répondu en tentant de prendre Angborn par la force. Mais heureusement, le prince Aldéran avait pris la tête d'une poignée d'hommes courageux pour s'y opposer. Et il avait gagné au terme d'une résistance héroïque, grâce au secours providentiel de l'Argor.

Cette version de l'histoire avait été colportée et répétée, enjolivée partout dans le Haut-Royaume durant des semaines. Bien sûr, des ambassadeurs de toutes les nations ayant assisté au coup d'éclat de Lorn, personne n'ignorait la vérité dans les différentes capitales imélioriennes. Mais Estévéris savait que le peuple est toujours avide de bonnes nouvelles glorieuses, et cela seul comptait vraiment. Qu'importait que l'on torde un peu le cou à la vérité ? D'ailleurs, il n'y avait de vérité que celle inscrite dans les *Chroniques*, et les historiens du Palais travaillaient déjà à l'établir.

— Ne comptez pas que vos mérites soient reconnus aujourd'hui, chevalier, dit Téogen.

Lorn, Enzio et lui chevauchaient côte à côte, en avant du défilé mais dix mètres derrière Alan. Ils étaient ceux qui avaient combattu avec le prince pour l'honneur et l'intégrité du Haut-Royaume. On rendait hommage à leur courage et à leur loyauté, mais ils n'étaient que des subalternes.

— Peu importe, répondit Lorn. Alan est célébré. Aimé. Il incarne un nouvel espoir, pour le Haut-Royaume.

— En outre, intervint Enzio, tous les gens bien informés savent à quoi s'en tenir. Tu seras bientôt très sollicité, Lorn.

— Cela a déjà commencé. L'ambassadeur d'Alguéra et celui du Vestfald ont demandé à me rencontrer.

— Et qu'as-tu répondu ?

Lorn haussa les épaules.

— Rien encore.

— Méfiez-vous plus de la politique que de l'acier, conseilla Téogen.

— Plus ? s'étonna Lorn.

— Il n'y a pas d'armure contre la politique, expliqua Enzio.

La reine et la Cour attendaient le cortège aux portes du Palais, sur des tribunes habillées de bleu et de jaune. Alan alla le premier présenter ses hommages à sa mère, puis ce fut le tour du comte d'Argor, d'Enzio et de Lorn d'aller poser un genou au sol devant elle.

La reine embrassa son fils et tendit sa main à baiser aux autres, avant de les inviter aimablement à se relever. Elle eut un mot aimable pour chacun d'eux, même pour Lorn à qui elle dit en souriant :

— Je sais tous vos mérites, chevalier. Et je vous en remercie.

Lorn s'en étonna.

Car il aurait suffi à la reine – qui le détestait – de sourire pour sauver les apparences. Personne, en effet, ne pouvait les entendre tant les vivats de la foule étaient forts.

Lorn sonda en vain le regard de Célyane de Haut-Royaume.

Durant le banquet, Lorn étant assis à la table d'honneur entre Alan et Estévéris, la reine continua de se montrer aimable.

Elle souriait, riait, semblait détendue et joyeuse. Et d'ailleurs, pourquoi ne l'aurait-elle pas été ? Elle jouissait désormais du soutien de la population grâce à son fils dont la popularité était sans égale, et les caisses du royaume étaient pleines grâce au formidable tribut raflé à l'Yrgaärd. Elle allait pouvoir mener la politique qu'elle voulait, à l'intérieur comme à l'extérieur des frontières. Et ses ennemis savaient désormais qu'ils pouvaient craindre une guerre.

— Quand on y songe, glissa Estévéris en proposant à Lorn un plat de viande, le Dragon Gris vous a imaginé un étrange destin. Le traité d'Angborn que vous avez empêché n'était pas très différent de celui que nous préparions avec l'Yrgaärd, il y a trois, non, quatre ans, désormais...

Lorn se tourna vers lui.

— Que *nous* préparions ? répéta-t-il en insistant sur le « nous ».

— Mais oui ! J'étais l'un des secrétaires au service des représentants du Haut-Royaume. Vous l'ignoriez ?

— Vous étiez si nombreux...

— Il est vrai.

— Que de chemin parcouru.

Cela ne sonnait pas comme un compliment, mais Estévéris ne parut pas l'entendre.

— Un même traité, donc, reprit-il. Ou peu s'en faut... Or il y a quatre ans, vous avez été faussement accusé de l'avoir compromis, et vous avez été jugé et condamné pour cela. Et voilà qu'aujourd'hui, on vous célèbre pour l'avoir fait...

— C'est surtout Alan, que l'on célèbre.

— Sans doute, sans doute... Mais que voulez-vous ? Il est le prince.

Un autre prince était assis à leur table, Yrdel, qui se trouvait à la droite de la reine et que personne ne semblait pourtant voir. Grave, fermé, éteint, il parlait peu. Sa personnalité terne le desservait et le rôle sans gloire qu'il avait joué lors de la crise d'Angborn achevait de l'isoler. Alan, déjà, d'ordinaire, attirait toute la lumière sur lui. Mais ce soir-là, Yrdel semblait plus effacé que jamais.

Lorn se demanda à quoi il pouvait penser.

En suivant la reine à Samarande, en quittant une forteresse qui ne pouvait être défendue et en préférant ne pas engager inconsidérément le Haut-Royaume dans un conflit ouvert avec l'Yrgaärd, Yrdel n'avait rien fait d'autre que son devoir de prince héritier. Car un prince du Haut-Royaume ne pouvait mettre ainsi sa vie en danger. Il ne pouvait s'exposer à être pris, blessé ou tué par l'ennemi. Il ne pouvait se jeter dans une aventure dont les conséquences politiques et diplomatiques s'avéraient potentiellement dramatiques pour le Haut-Royaume. Or Alan avait fait tout cela. Sans réfléchir. Et on le fêtait désormais.

—Je dois vous féliciter, chevalier, dit Estévéris. À l'évidence, vous aviez très bien préparé votre affaire et vous vous êtes admirablement joué de moi en me laissant croire que le sieur Vahrd s'était esquivé avec sa fille, alors que vous l'aviez envoyé quérir l'aide du comte Téogen. Bravo. Vraiment.

—Merci.

—Cependant... Cependant je vous encourage à ne plus me considérer comme un ennemi.

Lorn sourit.

—Vous souriez..., dit Estévéris. Je vous comprends. Voulez-vous une preuve de mes bons sentiments à votre égard ?

—Je vous écoute.

—Je sais que Naéris se cache chez votre ami le maître archiviste. J'aurais pu les faire arrêter tous les deux, mais je ne l'ai pas fait. Mieux, j'ai signé ce matin un décret qui libère Naéris de toutes les charges qui pesaient contre elle. Elle n'est donc plus une fugitive.

Lorn regarda Estévéris.

—Vous recevrez copie de ce document, promit le ministre.

—Merci pour Naé. Mais on n'obtient pas ma confiance avec un bout de papier.

—Cela va sans dire. Néanmoins, considérez mon offre, chevalier. Il vous faudra bientôt des alliés puissants, puisque vos ennemis le sont tout autant...

Lorn, alors, crut surprendre un regard d'Estévéris pour la reine qui, radieuse, riait à une plaisanterie.

À la fin du repas, on éteignit presque toutes les lumières pour profiter d'un spectacle. Des tambours et des cymbales commencèrent à battre un rythme enlevé, avant que des danseurs et des cracheurs de feu n'entrent en scène, bondissant, virevoltant et grimaçant comme des créatures élémentaires. Acrobaties et exercices d'adresse s'enchaînèrent alors selon une chorégraphie étourdissante que des murmures admiratifs et des applaudissements spontanés jalonnèrent.

Le spectacle, cependant, ne tarda pas à ennuyer Lorn. Il songeait d'ailleurs à se retirer quand un serviteur – en se penchant pour remplir son verre – lui remit discrètement un billet.

Lorn ne laissa rien paraître.

Il déplia le petit papier dans sa main sous la table, puis recula légèrement les épaules en s'appuyant contre le dossier de son siège et baissa le regard. En vain. Il faisait trop sombre pour qu'il puisse lire quoi que ce soit.

— Je reviens, glissa-t-il à Alan. Je vais prendre l'air.

— Tu ne te sens pas bien ?

— J'ai un peu mal à la tête et ces cymbales me cassent les oreilles. Je crois que j'ai abusé du vin.

— J'appelle Odric pour qu'il t'accompagne.

— Inutile. Je vais marcher un peu et ça ira très bien.

Lorn se leva.

— Vous nous abandonnez déjà, chevalier ? demanda Estévéris sans quitter le spectacle des yeux.

Lorn ne répondit pas.

Il sortit et put, enfin, lire le mystérieux billet à la lumière d'un candélabre. Il s'interrogeait. Quelqu'un s'était donné la peine de le contacter maintenant en toute discrétion. Le temps pressait donc, pour une raison ou pour une autre.

Lorn reconnut le code secret.

C'était un code employé par l'Irélice qui lui rappela de biens mauvais souvenirs. Il cryptait, en effet, les lettres compromettantes que l'on avait retrouvées dans ses affaires après son arrestation, et qui lui avaient valu d'être condamné pour trahison.

À l'époque, il avait juré ne rien savoir de ces documents ni du code qui les protégeait.

En vain.

Quatre ans plus tard, Lorn s'étonna de la facilité avec laquelle il déchiffra le billet.

Chapitre 3

Le duc Duncan de Feln attendait sur un banc dans un jardin discret du Palais. Éclairé par un flambeau planté dans le sol, il semblait seul et se leva en entendant Lorn approcher.

— Bonsoir, chevalier. Pardonnez-moi de vous avoir donné rendez-vous dans ces circonstances, mais je dois avoir quitté Oriale au matin et il vaut sans doute mieux pour vous que l'on ne nous voie pas ensemble.

D'un geste, il invita Lorn à s'asseoir. Mais celui-ci n'en fit rien et, allumant au flambeau le billet qui l'avait amené ici, il dit :

— Utiliser l'ancien code de l'Irélice, ce n'était guère prudent.

— Je voulais être sûr de retenir votre attention, expliqua Feln. Comme je vous l'ai dit, le temps presse. J'espérais vous voir au banquet mais Estévéris m'a fait savoir au dernier moment que ma présence n'y était plus souhaitée. Une petite humiliation pour ma fille et moi. Inutile, mais bien dans la manière de Sa Majesté la reine Célyane de Haut-Royaume…

Lorn attendit que le papier soit presque entièrement consumé pour le lâcher et le regarder se déliter, emporté par un souffle d'air, en particules incandescentes.

— Vous rentrez sur vos terres ? demanda-t-il.

— Oui. Grâce à vous, le moment est venu pour moi de me faire oublier.

— Vous m'en voyez désolé.

— La reine jouit d'un regain de popularité et les caisses du royaume sont pleines. La connaissant, rien de cela ne durera mais, pour l'heure, elle a la main. Ses alliés gagnent en nombre, cependant que les plus décidés des miens hésitent…

Feln émit un soupir fataliste et sourit.

— Que voulez-vous, chevalier ? reprit-il. La roue tourne et tournera encore. Désirez-vous faire quelques pas ?

Il faisait nuit.

Lorn considéra le jardin obscur et silencieux autour d'eux, et ironisa :

— Dois-je m'attendre à être enlevé ? Après Samarande et l'auberge fortifiée sur la route de Brenvost, cela ferait beaucoup…

— Vous avez donc deviné.

— Que l'Irélice était derrière tout ça ? Je n'ai pas eu à le deviner. Vos sbires sont devenus imprudents et bavards. En outre, qui d'autre pouvait vouloir me faire disparaître ? Qui d'autre pouvait s'inquiéter que l'on me tire du cachot où je croupissais ?

Le duc secoua la tête d'un air contrit.

— Je n'ai pas demandé qu'on vous enlève, chevalier. Et je n'ai certainement pas voulu vous faire disparaître. Je sais quels services vous nous avez rendus et je sais ce qu'ils vous ont coûté. J'ai beaucoup de défauts, mais je ne suis pas un ingrat. Je suis loyal.

— Est-ce ce que vous souhaitiez me dire ce soir ?

— En quelque sorte. Je tenais à ce que vous sachiez que vous n'aviez rien à craindre de l'Irélice. Au contraire, je vous demande de la considérer comme votre alliée.

La proposition amusa Lorn.

Après Estévéris, Feln était le second à lui tendre la main ce soir. On se disputait ses faveurs. Même la reine lui faisait des sourires dont il n'était pas dupe, pas plus qu'il ne croyait à la sincérité du ministre ou du duc. L'un comme l'autre n'étaient guidés que par leur intérêt, par leurs calculs politiques. Ces offres ne prouvaient qu'une chose : Lorn occupait désormais une place de choix sur l'échiquier du Haut-Royaume.

— Je veux également, ajouta Feln, que vous sachiez que votre secret est bien gardé avec moi. Nul ne saura jamais que les accusations de trahison portées contre vous étaient fondées. Nul ne saura jamais la vérité.

Lorn sourit, mais le regard de ses yeux vairons devint glacial. Trop calme pour ne pas être menaçant, il s'approcha de Feln, qui prit peur, retint son souffle et n'osa plus bouger. Lorn se colla à lui poitrine contre poitrine, lui passa une main ferme derrière la nuque et lui murmura à l'oreille :

— Et qui te croirait ? Un chevalier loyal et dévoué, injustement accusé de trahison, revient des enfers et sauve le royaume à la demande de son roi. Voilà l'histoire. Elle est belle, trop belle pour que les gens aient envie d'en entendre une autre. Et peu importe ce que tu sais. Peu importe ce que j'ai fait naguère. En outre, j'ai bien assez payé.

Lorn libéra Feln et recula, laissant le duc respirer.

— Bon retour, dit-il en s'en allant. Mes amitiés à votre fille.

Feln déglutit, puis lança :

— Nul ne se l'explique et certains ne veulent pas le croire, mais il paraît que l'Obscure vous protège, chevalier. Prenez garde à ce qu'elle ne vous guide !

Lorn s'enfonça d'un pas tranquille dans les ténèbres.

Lorn quitta le Palais en songeant aux dernières paroles du duc. L'Obscure, en effet, l'avait protégé contre le souffle du prince-dragon. L'acier contre l'acier. Le feu contre le feu. L'Obscure contre l'Obscure.

Il ignorait pourquoi et comment mais le fait était là.

Il vivait et ne s'était jamais senti aussi bien. Comme le Dragon de la Destruction l'avait prédit, son corps s'était laissé gagner par l'Obscure plutôt que de lui résister, et il en était sorti plus fort, plus résistant, capable de prouesses sans égales.

Comme celle de survivre à un souffle d'Obscure…

Et son âme ?

À vrai dire il s'en moquait, convaincu que s'il en avait possédé une, elle était morte à Dalroth. Peut-être était-ce le prix à payer.

Un prix exorbitant, quelles que soient ses fautes.

Lorn avait trahi, oui.

Quatre ans plus tôt, il avait révélé la teneur du traité secret que le Haut-Royaume préparait avec l'Yrgaärd, ce qui avait empêché qu'il soit signé. Malgré tout, cela ne méritait pas d'être envoyé à Dalroth et d'y subir ce qu'il y avait subi, seul contre la folie, la mort et l'oubli.

Seul contre l'Obscure.

En outre, il avait lui-même été dénoncé. Trahi. Mais par qui et pourquoi ? Il l'ignorait et allait le découvrir, maintenant qu'il en avait le pouvoir. Il était désormais assez influent pour ça et comptait bien en profiter, en commençant par obtenir de Sibellus les minutes de son procès secret.

Ensuite, celui ou ceux qui avaient causé sa perte le paieraient de leur vie.

Chapitre 4

Minuit.

Lorn envisagea un moment de retrouver ses hommes dans la taverne où ils étaient convenus de fêter la victoire d'Angborn, mais également de rendre un hommage à Dwaìn, dont la dépouille reposait désormais dans le cimetière de Saarsgard. Seuls Vahrd, Yeras et Logan étaient rentrés à Oriale avec Lorn. Liam était resté à Samarande, cloué au lit par une fièvre que les médecins juraient être sans gravité. Mieux valait qu'il se repose, cependant, le temps que sa blessure au bras guérisse. Il rejoindrait les autres plus tard.

Les pas de Lorn le ramenèrent naturellement à la Tour Noire, au travers d'un quartier des Pavés rouges en liesse. Il avançait tête baissée mais fut plusieurs fois reconnu et invité à boire un verre, ce qu'il refusa poliment en remettant à plus tard. Il était en fait assez pressé de rentrer et de s'enfermer au calme, dans ses nouveaux appartements. Après la mort d'Andara, les travaux avaient repris sans entraves, et Lorn avait eu la bonne surprise de les découvrir presque achevés à son retour. Des échafaudages l'entouraient encore, mais le donjon était désormais parfaitement habitable et fonctionnel. Coiffée d'un étendard à tête de loup et épées croisées, une Tour Noire se dressait à nouveau dans toute sa gloire à Oriale.

Lorn trouva les lieux plongés dans l'obscurité et le silence. Mais ils n'étaient pas déserts, ce qui le surprit.

— Daril ?

L'adolescent, en effet, somnolait sur une chaise au rez-de-chaussée du donjon, un bout de chandelle allumé dans une soucoupe à ses pieds.

— Que fais-tu là ? demanda Lorn.

Daril se leva en se frottant les yeux.

— Je… Je vous attendais, messire.

— Mais pourquoi ?

— Pour savoir si vous aviez besoin de moi. Avez-vous besoin de moi ?

— Non. Va t'amuser. Tu as quartier libre comme les autres.

—Mais…

—Va t'amuser! Bois un coup. Danse. Joue. Lutine une fille ou un garçon…

—Un garçon?

—Fais ce que tu veux, mais déguerpis. Sais-tu où est Cadfeld?

Bien que parfaitement remis, le marchand de vieux livres profitait encore de l'hospitalité des Gardes d'Onyx.

—Il est sorti avec les autres, messire.

—Parfait. Va donc les rejoindre, dit Lorn en s'engageant dans l'escalier en colimaçon.

—À demain, messire!

—C'est ça.

L'adolescent ébouriffé s'en fut, les yeux pétillant et un grand sourire aux lèvres.

Lorn habitait au dernier étage du donjon.

Il entra dans ses appartements sans méfiance, eut à peine le temps de voir le petit cadavre d'Yssaris qui gisait dans son sang et reçut un, deux, trois coups de dague dans le flanc.

Il s'effondra.

Des hommes sortirent des ombres. Vêtus de noir et chaussés de bottes souples, ils portaient des masques de cuir ouvragés dont les motifs harmonieux et complexes se mouvaient.

—Emmenez-le, dit l'un d'eux.

Lorn voulut bouger mais s'en trouva incapable.

Il comprit qu'un poison le paralysait. Les blessures qu'il avait reçues seraient mortelles, mais pas avant qu'il se soit vidé de tout son sang dans ses propres entrailles.

Les assassins le portèrent dans l'escalier et le déposèrent au milieu de la grande salle d'armes qui occupait presque tout le premier étage du donjon.

—Installez-le, dit celui qui semblait être le chef.

Deux assassins assirent Lorn par terre, dos à un banc de bois, et lui écartèrent les bras pour que ses mains reposent à plat sur le meuble.

Celui qui commandait s'accroupit devant Lorn. Il était grand, très mince, gracieux. Avec des yeux d'un gris si pâle qu'il semblait blanc.

Lorn sut qu'il n'oublierait jamais ces yeux-là.

—On m'a demandé de te faire souffrir, dit l'homme tandis que des assassins vidaient des outres d'huile à lampe sur les murs et le sol.

Lorn ne put hurler mais une douleur atroce le foudroya quand ils clouèrent sa main gauche au banc.

Puis sa droite subit le même sort.

— Beaucoup souffrir, ajouta le chef des assassins d'une voix douce et compatissante.

Les yeux pleins de larmes de colère, de souffrance et d'impuissance, Lorn vit alors un assassin faire entrer Daril dans la pièce.

— Messire ! implora l'adolescent effrayé. Aidez-moi !

Ils l'agenouillèrent et l'égorgèrent lentement devant lui.

Et c'est à peine si Lorn put pousser un gémissement étranglé, à peine s'il put lever les épaules alors qu'il aurait voulu hurler, ruer, s'arracher à ce banc et se jeter sur les assassins pour les tuer de ses mains suppliciées.

Daril tomba, hoquetant, la gorge ouverte et les mains liées dans le dos, les yeux figés par une expression de terreur incrédule. Il continua de s'agiter dans son sang, le temps que la dernière parcelle de vie désespérément accrochée à son jeune corps le quitte.

— C'est bien, dit le chef des assassins.

Resté seul avec Lorn, il se pencha sur lui, releva le bas de son masque de cuir et posa un baiser sur les lèvres immobiles du chevalier. Après quoi il mit le feu au plancher qui s'embrasa soudain, et s'en fut.

— Adieu, dit-il tandis que Lorn se promettait de revenir des enfers pour se venger.

FIN DU CHEVALIER
PREMIER TOME DE HAUT-ROYAUME

CPI
AUBIN IMPRIMEUR

IMPRIM'VERT
Votre imprimeur agit pour l'environnement

Achevé d'imprimer en décembre 2013
N° d'impression 1311.0085
Dépôt légal, janvier 2014
Imprimé en France
35294723-1